Agatha Christie

Das unvollendete Bildnis
Ein Mord wird angekündigt
Der Todeswirbel

Drei Klassiker in einem Band
– ungekürzt –

Scherz

»Das unvollendete Bildnis«
Überarbeitete Fassung der einzig berechtigten
Übertragung aus dem Englischen
Titel des Originals: »Five Little Pigs«
Copyright © 1941, 1942 by Agatha Christie Mallowan

»Ein Mord wird angekündigt«
Überarbeitete Fassung der einzig berechtigten
Übertragung aus dem Englischen
Titel des Originals: »A Murder is Announced«
Copyright © 1950 by Agatha Christie Mallowan

»Der Todeswirbel«
Überarbeitete Fassung der einzig berechtigten
Übertragung aus dem Englischen von Renate Hertenstein
Titel des Originals: »Taken at the Flood«
Copyright © 1948 by Agatha Christie Mallowan

Sonderausgabe 1996
Copyright © 1996 an dieser Auswahl
beim Scherz Verlag, Bern, München, Wien.
Alle Rechte der Verbreitung, auch durch Funk, Fernsehen
und auszugsweisen Nachdruck, sind vorbehalten.
Umschlaggestaltung: Erich Flückiger, unter Verwendung
eines Fotos von Gerd Weissing.

Das unvollendete Bildnis

Prolog

Wohlgefällig betrachtete Hercule Poirot das junge Mädchen, das in sein Zimmer trat.

Aus dem kurzen, sachlichen Brief, mit dem Carla Lemarchant sich angemeldet hatte, war der Grund ihres Besuches nicht hervorgegangen; aber an der Handschrift hatte Poirot erkannt, daß es sich um ein junges Mädchen handeln mußte. Nun stand sie in Fleisch und Blut vor ihm – groß, schlank, Anfang Zwanzig, eine junge Dame, nach der man sich auf der Straße umdreht.

Sie trug ein tadellos geschnittenes Kostüm und einen kostbaren Pelz, hatte starke Brauen, eine wohlgeformte Nase, ein energisches Kinn und machte einen lebhaften Eindruck; diese Lebhaftigkeit war noch augenfälliger als ihre Schönheit. Bevor sie kam, hatte Poirot sich alt gefühlt, nun aber kam er sich verjüngt, frisch und unternehmungslustig vor.

Bei der Begrüßung musterte sie ihn eingehend mit ihren ernsten dunkelgrauen Augen. Sie setzte sich, nahm die ihr angebotene Zigarette, rauchte einige Sekunden lang schweigend und betrachtete ihn immer noch ernst und nachdenklich.

»Sie wollen sich erst klarwerden, nicht wahr?« fragte Poirot freundlich.

Sie fuhr zusammen.

»Wie bitte?«

Ihre leise Stimme klang angenehm.

»Sie überlegen, ob ich ein Schwindler bin oder der Mann, den Sie brauchen?«

Lächelnd erwiderte sie: »So ungefähr, Monsieur Poirot. Sie sehen nämlich ganz anders aus, als ich Sie mir vorgestellt hatte.«

»Alt? Älter als Sie dachten?«

»Das auch. Entschuldigen Sie meine Offenheit, aber ich brauche . . . den besten Mann.«

»Dann können Sie beruhigt sein – ich *bin* der beste.«

»Bescheiden sind Sie nicht . . . aber ich glaube Ihnen.«

Selbstgefällig erklärte er: »Ich verlasse mich nicht auf meine Muskeln. Ich habe es nicht nötig, mich zu bücken, um Fußabdrücke zu messen oder Zigarettenstummel aufzulesen oder niedergetretenes Gras zu studieren. Ich brauche mich nur in meinem Sessel zurückzulehnen und nachzudenken. Das hier«, er tippte auf seinen eiförmigen Schädel, »das hier arbeitet.«

»Deshalb bin ich zu Ihnen gekommen«, sagte Carla. »Was ich von Ihnen will, ist nämlich ziemlich phantastisch.«

»Das klingt vielversprechend!«

Poirot blickte sie an.

Carla holte tief Atem.

»Zunächst: Ich heiße nicht Carla, sondern Caroline, wie meine Mutter.« Sie machte eine kleine Pause. »Auch Lemarchant ist nicht mein richtiger Name, obwohl ich ihn, so lange ich mich erinnern kann, trage . . . mein richtiger Name ist Crale.«

Poirot runzelte die Stirn und murmelte: »Crale . . . der Name kommt mir bekannt vor.«

»Mein Vater war Maler. Er war ziemlich bekannt; viele sagen, er sei ein großer Maler gewesen, und *ich* glaube, das stimmt.«

»Amyas Crale?«

»Ja.« Nach einer kleinen Pause fuhr sie fort. »Und meine Mutter, Caroline Crale, wurde angeklagt, ihn ermordet zu haben, und verurteilt.«

»Ich erinnere mich, aber nicht sehr genau. Ich war damals im Ausland, und es ist ja auch schon sehr lange her.«

»Sechzehn Jahre«, sagte sie.

Ihr Gesicht war nun wachsbleich, und ihre Augen glühten.

»Verstehen Sie? Sie wurde verurteilt . . . sie wurde nicht gehängt, weil man ihr mildernde Umstände zubilligte . . . sie wurde zu lebenslänglich Zuchthaus begnadigt. Aber ein Jahr nach der Verurteilung starb sie. Verstehen Sie? Es ist alles vorbei . . . endgültig vorbei . . .«

»Und?« fragte Poirot ruhig.

Das Mädchen, das sich Carla Lemarchant nannte, antwortete langsam, stockend, die Hände zusammenpressend:

»Sie müssen verstehen . . . genau verstehen . . . warum ich gekommen bin. Als es geschah, war ich fünf Jahre alt, zu jung, um etwas davon zu begreifen. Natürlich erinnere ich mich noch an meine Eltern, und ich erinnere mich auch, daß ich plötzlich aufs Land geschickt wurde. Ich sehe noch heute die Schweine vor mir und eine nette, aber dicke Bauersfrau . . . alle waren sehr gut zu mir . . . ich erinnere mich auch noch genau, daß alle mich merkwürdig ansahen . . . irgendwie verstohlen. Kinder merken ja meist, wenn etwas nicht stimmt, aber ich wußte nicht, was es war.

Und dann wurde ich auf ein Schiff gebracht, was sehr aufregend für mich war. Wir fuhren mehrere Tage, und dann kam ich in Kanada an. Onkel Simon holte mich ab und nahm mich mit nach Montreal zu sich und Tante Louise, und wenn ich nach Papa und Mama fragte, sagten sie, die würden bald nachkommen. Und schließlich fragte ich nicht mehr. Ich vergaß sie, und später dachte ich, daß sie tot wären, ohne daß es mir jemand gesagt hätte. Ich fühlte mich dort sehr glücklich, alle waren freundlich zu mir; ich ging in die Schule, hatte viele Freundinnen und wußte gar nicht mehr, daß ich je einen anderen Namen gehabt hatte. Tante Louise hatte mir erklärt, Lemarchant sei mein kanadischer Name, und das kam mir völlig plausibel vor.«

Sie reckte ihr energisches Kinn:

»Schauen Sie mich an! Wie Sie mich hier sehen, würden Sie doch sagen: ›Das ist ein Mädchen, dem es gutgeht!‹ Bis zu einem gewissen Grade stimmt das auch. Ich habe Geld, ich bin gesund, ich bin ganz hübsch, ich kann das Leben genießen. Und als ich zwanzig war, hätte ich mit keinem Mädchen auf der Welt tauschen wollen. Aber ich fing an, Fragen zu stellen, mich nach meinen Eltern zu erkundigen. Wer sie waren. Ich wollte es wissen . . . Und schließlich, als ich einundzwanzig wurde, sagten sie mir die Wahrheit. Sie mußten es, denn da ich großjährig wurde, bekam ich das Verfügungsrecht über mein Geld und außerdem den Brief, den meine Mutter vor ihrem Tod an mich geschrieben hatte.«

Sie blickte jetzt nicht mehr lebhaft drein, ihre Augen waren keine glühenden Kohlen mehr, sondern dunkle, trübe Teiche.

»Und so erfuhr ich die Wahrheit: Meine Mutter war wegen

Mordes verurteilt worden. Es war ... entsetzlich ... Und nun muß ich Ihnen noch etwas sagen: Ich hatte mich verlobt. Aber es hieß immer, wir müßten bis zu meiner Großjährigkeit warten. Jetzt weiß ich, warum.«

Poirot rührte sich und unterbrach sie zum ersten Mal.

»Und was sagte Ihr Verlobter?«

»John? John sagte, das ändere nichts, wenigstens nicht für ihn. Wir seien John und Carla, und die Vergangenheit spiele keine Rolle.« Sie beugte sich vor. »Wir sind noch immer verlobt. Aber es spielt eine Rolle, für mich und auch für John ... zwar nicht die Vergangenheit, aber die Zukunft.«

Sie ballte die Fäuste. »Wir wollen Kinder haben, verstehen Sie? Beide wollen wir Kinder, aber wir möchten unsere Kinder nicht derart belasten.«

»Wir alle haben unter unseren Vorfahren jemanden, der etwas auf dem Kerbholz hat«, warf Poirot ein.

»Das stimmt, aber im allgemeinen weiß man nichts davon. Wir aber wissen es, und es liegt noch nicht lange genug zurück. Manchmal sieht John mich so merkwürdig von der Seite an. Stellen Sie sich vor, wenn wir verheiratet sind und wir bekommmen Streit miteinander ... und ich würde sehen, daß er mich so anschaut, daß er *überlegt* ...«

»Wie ist Ihr Vater umgekommen?« fragte Poirot.

Die Antwort war klar und bestimmt:

»Er wurde vergiftet.«

»Hm.« Poirot schien bestürzt.

Nach kurzem Schweigen sagte das Mädchen sachlich:

»Gott sei Dank, Sie sind ein vernünftiger Mensch. Sie begreifen, was es für mich bedeutet. Sie versuchen nicht, es zu bemänteln und mich zu beschwichtigen.«

»Was es für Sie bedeuten muß, begreife ich sehr gut«, sagte Poirot, »nicht aber das, was Sie von mir wollen.«

»Ich möchte John heiraten«, erwiderte Carla schlicht, »und ich möchte Kinder haben, mindestens zwei Knaben und zwei Mädchen. Und das sollen Sie mir ermöglichen.«

»Sie meinen ... ich soll mit Ihrem Verlobten sprechen? Unsinn, das ist ja lächerlich. Sie wollen etws ganz anderes von mir. Sagen Sie mir, was Sie von mir wollen.«

»Hören Sie, Monsieur Poirot: Ich beauftrage Sie hiermit, einen Mordfall aufzuklären.«

»Wie bitte . . .?«

»Jawohl, ein Mord ist ein Mord, ob er gestern verübt wurde oder vor sechzehn Jahren.«

»Aber meine liebe junge Dame . . .«

»Einen Moment, Monsieur Poirot. Sie wissen noch nicht alles. Da ist noch ein wichtiger Punkt.«

»Ja?«

»Meine Mutter war unschuldig!«

Hercule Poirot rieb sich die Nase und murmelte:

»Natürlich . . . ich verstehe . . .«

»Es ist keine Sentimentalität. Da ist dieser Brief. Sie schrieb ihn vor ihrem Tod. Er sollte mir bei meiner Großjährigkeit ausgehändigt werden. Sie hat ihn nur geschrieben, damit ich sicher sein kann. Es steht darin, daß sie es nicht getan hat; sie sei unschuldig, ich könne dessen sicher sein.«

Poirot betrachtete nachdenklich das lebendige junge Gesicht, die ernsten Augen und sagte langsam: *Tout de même . . .*«

Carla lächelte.

»Nein, so war meine Mutter nicht. Sie halten es für eine Lüge . . . eine fromme Lüge? Hören Sie, Monsieur Poirot, es gibt Dinge, die ein Kind gut begreift. Ich kann mich nur noch dunkel an meine Mutter erinnern, aber ich weiß genau, was für ein Mensch sie war. Sie sagte nie eine Lüge, nicht einmal eine fromme Lüge. Wenn ich zum Zahnarzt gehen sollte oder wenn mir ein Splitter aus dem Finger gezogen werden mußte, verschwieg sie mir vorher nie, daß es weh tun würde. Wahrheit war ihre zweite Natur. Ich glaube, ich war kein besonders zärtliches Kind, aber ich habe ihr vertraut, und ich vertraue ihr noch heute. Wenn sie sagt, daß sie meinen Vater nicht getötet hat, dann hat sie ihn nicht getötet. Sie war nicht der Mensch, der angesichts des Todes feierlich eine Lüge niederschreibt.«

Langsam, fast widerstrebend, nickte Poirot.

Carla fuhr fort: »Darum kann ich von mir aus John heiraten. Ich weiß, daß sie die Wahrheit sagte, *er aber nicht,* er findet es nur normal, daß ich meine Mutter für unschuldig halte. Es muß also bewiesen werden, Monsieur Poirot, und deshalb bin ich zu Ihnen gekommen.«

Langsam erwiderte Poirot: »Angenommen, daß das, was Sie sagen, stimmt, Mademoiselle, so darf man nicht vergessen, daß inzwischen sechzehn Jahre vergangen sind.«

»Ich weiß, daß es sehr schwer sein wird, aber Sie sind der einzige, dem es gelingen kann. Ich habe schon so viel von Ihnen gehört. Sie interessiert doch hauptsächlich die psychologische Seite eines Falles, und daran ändert die Zeit nichts. Die sichtbaren Dinge sind nicht mehr vorhanden ... die Zigarettenstummel, die Fußspuren, das niedergetretene Gras. Aber die Tatsachen des Falles können Sie untersuchen. Sie können mit den Leuten sprechen, die damals dabei waren – alle leben noch – und dann ... dann können Sie, wie Sie vorhin sagten, sich in Ihrem Sessel zurücklehnen und *denken. Und Sie werden wissen, was wirklich geschehen ist...*«

Poirot stand auf, strich liebevoll über seinen Schnurrbart und sagte:

»Mademoiselle, ich fühle mich geehrt. Ich werde Ihr Vertrauen rechtfertigen; ich werde diesen Mord untersuchen. Ich werde mich in diese Ereignisse, die sechzehn Jahre zurückliegen, vertiefen und werde die Wahrheit herausfinden.«

Auch Carla war aufgestanden; ihre Augen leuchteten, doch sagte sie nur:

»Gut.«

Poirot hob warnend den Zeigefinger.

»Einen Augenblick. Ich habe gesagt, ich werde die Wahrheit herausfinden, aber ich bin nicht voreingenommen. Ich nehme Ihre Behauptung, daß Ihre Mutter unschuldig sei, nicht als gegeben hin. Und wenn sie nun schuldig war ... *eh bien*, was dann?«

Carla reckte stolz den Kopf.

»Ich bin die Tochter meiner Mutter! Ich will die Wahrheit wissen.«

»Dann *en avant*. Das heißt, das sollte ich eigentlich nicht sagen, sondern im Gegenteil: *en arrière*...«

Erstes Buch

1

»Ob ich mich an den Crale-Fall erinnere?« fragte Sir Montague Depleach. »Natürlich erinnere ich mich. Ganz genau sogar. Eine schöne Frau, aber völlig aus dem Gleichgewicht, sehr unbeherrscht.«

Er blickte Poirot von der Seite an.

»Aber warum fragen Sie danach?«

»Es interessiert mich.«

»Lieber Freund, es ist eigentlich nicht sehr taktvoll von Ihnen, mich darüber zu befragen«, sagte Depleach. »Der Fall zählt nicht zu meinen Erfolgen; ich habe sie nicht freibekommen.«

»Das weiß ich.«

Achselzuckend fuhr Sir Montague fort: »Ich hatte natürlich noch nicht die Erfahrung, die ich heute besitze; ich habe zwar damals schon alles Menschenmögliche getan, doch wenn der Angeklagte nicht mithilft, kann man wenig machen. Immerhin haben wir erreicht, daß die Todesstrafe auf Grund von mildernden Umständen in lebenslänglich Zuchthaus umgewandelt wurde. Viele solide Ehefrauen und Mütter hatten Petitionen eingereicht . . . Sie genoß große Sympathien.«

Er lehnte sich zurück und streckte seine langen Beine aus.

»Wenn sie ihn erschossen hätte oder erstochen, verstehen Sie, hätte ich auf Totschlag plädieren können, aber Gift . . . da war all meine Kunst vergebens.«

»Auf was baute sich die Verteidigung auf?« fragte Poirot, obwohl er es wußte, da er inzwichen die Zeitungsberichte von damals studiert hatte; doch er hielt es für richtiger, sich Sir Montague gegenüber unwissend zu stellen.

»Selbstmord natürlich, das war das einzig mögliche – wenn auch ziemlich unwahrscheinlich. Crale war nicht der Mann dazu. Sie kannten ihn wohl nicht persönlich? Er war ein

Mordskerl, übersprudelnd vor Lebensfreude; er liebte die Frauen, trank gern Bier und all das. Er schätzte alle Freuden des Fleisches und hat sie ausgiebig genossen. Man kann Geschworenen nicht einreden, daß ein solcher Mann sich hinsetzt und Gift nimmt; das paßte einfach nicht zu ihm. So stand ich von Anfang an auf verlorenem Posten, und das wußte ich.

Und sie hat mir nicht ein bißchen geholfen!

Sowie sie auf der Anklagebank erschien, wußte ich, daß wir keine Chance hatten. Sie hatte nicht den geringsten Kampfgeist, und wenn der Angeklagte nicht in das Horn des Verteidigers bläst, ziehen die Geschworenen daraus natürlich ihre Schlüsse. Wir sind keine Zauberer. Die Schlacht ist schon halb gewonnen, wenn der Angeklagte einen guten Eindruck auf die Geschworenen macht. Aber Caroline Crale versuchte nichts dergleichen.«

»Warum?«

Sir Montague zuckte die Achseln.

»Fragen Sie mich nicht. Natürlich hatte sie ihren Mann geliebt. Sie brach völlig zusammen, als sie sah, was sie angerichtet hatte. Ich glaube, sie hat sich nie von dem Schock erholt.«

»Halten Sie sie für schuldig?«

Depleach blickte ihn erstaunt an.

»Ach . . . aber das ist doch selbstverständlich!«

»Hat sie Ihnen je ihre Schuld eingestanden?«

Depleach war entrüstet.

»Natürlich nicht! . . . Natürlich nicht! Wir haben ja schließlich unseren Kodex. Unschuld wird natürlich stets vorausgesetzt. Es ist schade, daß Sie nicht mehr mit dem alten Mayhew sprechen können. Mayhew war ihr Rechtsberater und hatte mir den Fall übertragen. Der alte Mayhew hätte Ihnen viel mehr sagen können als ich, aber er ist inzwischen in die ewigen Jagdgründe eingegangen, und sein Sohn, der junge George Mayhew, war damals noch ein Kind. Es ist ja schon so lange her.«

»Natürlich. Es ist überhaupt ein Glück für mich, daß Sie sich noch an so vieles erinnern. Ihr Gedächtnis ist erstaunlich.«

Depleach murmelte geschmeichelt:

»Na ja, man erinnert sich selbstverständlich an die Hauptsachen, namentlich, wenn es sich um einen Mord handelt. Der Crale-Fall hatte ja auch eine ziemliche Publicity – Erotik und all das. Und das Mädchen war auffallend genug. Eine tolle Nummer, das kann man sagen.«

»Entschuldigen Sie bitte, wenn ich meine Frage wiederhole: Sie zweifelten also nicht an Caroline Crales Schuld?«

Depleach antwortete achselzuckend: »Über die Schuldfrage gibt es keinen Zweifel. Sie hat es getan.«

»Was für Beweise sprachen gegen sie?«

»Sehr schwerwiegende. Zunächst einmal das Motiv. Sie und Crale lebten seit Jahren wie Hund und Katze zusammen ... es gab einen Krach nach dem anderen. Er hatte immer Weibergeschichten; er konnte nicht anders. Im großen und ganzen hat sie es hingenommen, hielt ihm sein Temperament zugute – schließlich war Crale wirklich ein erstklassiger Maler. Für seine Bilder werden jetzt Phantasiepreise gezahlt. Mir liegt seine Malerei nicht sehr – er ist mir zu realistisch, aber die Bilder sind gut, das steht fest.

Also, wie ich schon sagte, gab es immer wieder Schwierigkeiten wegen Frauen. Und Mrs. Crale war nicht der Mensch, der still duldet. Sie hatten fortwährend Auseinandersetzungen, doch am Ende kam er immer wieder zu ihr zurück; seine Leidenschaft verrauchte schnell. Aber diese letzte Affäre war etwas anderes.

Es war ein blutjunges Mädchen, kaum zwanzig Jahre alt. Elsa Greer hieß sie. Sie war die einzige Tochter eines Fabrikanten aus Yorkshire, hatte viel Geld, war hemmungslos und wußte, was sie wollte, und sie wollte Amyas Crale. Sie brachte ihn so weit, daß er sie malte. Im allgemeinen malte er nämlich keine Porträts, keine dieser Gesellschaftsdamen, aber er malte nach Modellen. Ich kann mir denken, daß sich die meisten Frauen gar nicht gern von ihm malen ließen; er pflegte sie nicht zu schonen. Aber Elsa Greer malte er und verfiel ihr schließlich mit Haut und Haaren. Er war fast vierzig, wissen Sie, und schon seit langem verheiratet. Er war gerade reif, um sich wegen irgendeines jungen Dings zum Nar-

13

ren zu machen, und Elsa Greer war das geeignete Mädchen dafür. Er war ganz verrückt nach ihr, er wollte sich scheiden lassen und sie heiraten.

Das aber schluckte Caroline nicht. Zwei Leute haben gehört, daß sie ihm drohte, sie würde ihn umbringen, wenn er das Mädchen nicht aufgäbe. Und es war ihr ernst damit. Am Tag vor dem Mord waren sie bei einem Nachbarn zum Tee, der Kräuter sammelte und heilkräftige Säfte braute. Darunter gab es einen namens Koniin – ein Schierlingsextrakt. Man sprach darüber und über seine tödliche Wirkung. Am nächsten Morgen stellte der Gastgeber fest, daß die Flasche halb leer war. Das hat ihn natürlich sehr aufgeregt. Später fand man ein fast leeres Fläschchen in Mrs. Crales Kommode.«

Poirot rutschte unbehaglich hin und her und sagte: »Das könnte jemand hineingetan haben.«

»Nein, sie gestand bei der Vernehmung durch die Polizei, daß sie es genommen habe. Höchst unklug natürlich, aber sie hatte da noch keinen Anwalt.«

»Was gab sie als Grund an?«

»Sie habe Selbstmord begehen wollen; aber sie konnte nicht erklären, wieso die Flasche leer war, auch nicht, wieso nur ihre Fingerabdrücke drauf waren. Das war das belastendste. Sie behauptete steif und fest, Amyas Crale habe Selbstmord begangen. Wenn er aber das Koniin aus der Flasche genommen hätte, hätten auch seine Fingerabdrücke drauf sein müssen.«

»Man hat es ihm doch in Bier verabfolgt?«

»Ja. Sie holte die Flasche aus dem Eisschrank und brachte sie ihm in den Garten, wo er malte. Sie schenkte ihm ein und sah zu, wie er das Glas austrank. Später gingen alle zum Mittagessen, und er blieb bei seiner Arbeit, wie er es oft tat. Als sie und die Gouvernante nach dem Essen zu ihm kamen, war er tot. Sie behauptet, daß in dem Bier, das sie ihm eingeschenkt hatte, nichts gewesen sei. Unsere Theorie ging dahin, daß er plötzlich nicht mehr ein noch aus wußte und solche Gewissensbisse empfand, daß er Gift nahm. Das ist natürlich Unsinn, das paßte gar nicht zu ihm. Die Fingerabdrücke auf der Flasche waren das schlimmste.«

14

»Man fand ihre Fingerabdrücke auf der Bierflasche?«

»Nein . . . nur seine . . . und die waren falsch. Während die Gouvernante fortgegangen war, um einen Arzt zu holen, blieb sie allein bei der Leiche. Vermutlich hat sie die Flasche und das Glas abgewischt und dann seine Finger drauf gedrückt, um behaupten zu können, sie habe *diese* Flasche und das Glas nicht angerührt. Aber das nützte ihr nichts. Der alte Rudolph, der Staatsanwalt, konnte zu seinem großen Vergnügen bei der Verhandlung demonstrieren, daß ein Mensch niemals eine Flasche auf diese Weise halten könnte. Natürlich taten wir alles, um das Gegenteil zu beweisen – daß seine Finger sich im Todeskampf verkrampft hätten –, aber das Argument war sehr dünn.«

»Das Gift muß in die Flasche getan worden sein, bevor sie sie in den Garten brachte.«

»In der Flasche waren keine Giftspuren zu finden, nur im Glas.«

Er hielt inne, sein Gesicht verzog sich plötzlich, und er sagte scharf:

»Einen Moment! Auf was wollen Sie eigentlich hinaus, Poirot?«

»Wenn Caroline Crale unschuldig war«, antwortete Poirot, »wie ist dann das Gift in das Bier gekommen? Sie behaupteten in Ihrem Plädoyer, daß Crale es selbst hineingetan hätte, aber Sie sagen mir, daß das höchst unwahrscheinlich war, und ich muß Ihnen zustimmen. Er war nicht der Mann dafür. Wenn also Caroline Crale es nicht getan hat, hat es jemand anders getan.«

Depleach platzte heraus:

»Verdammt noch mal, Menschenskind, versuchen Sie doch nicht, ein totes Pferd aufzuzäumen. Die ganze Sache ist seit Jahren begraben und vergessen. Natürlich war sie es. Wenn Sie sie damals gesehen hätten, würden Sie es auch glauben. Es stand ihr im Gesicht geschrieben. Ich hatte sogar den Eindruck, daß das Urteil eine Erleichterung für sie bedeutete. Sie hatte keine Angst; sie war die Ruhe selbst. Sie wollte nur alles hinter sich haben. Sie war wirklich eine tapfere Frau . . .«

»Und doch hinterließ sie vor ihrem Tod einen Brief für ihre Tochter, in welchem sie schwor, unschuldig zu sein.«

»Selbstverständlich«, erwiderte Depleach, »Sie oder ich hätten das an ihrer Stelle auch getan.«

»Ihre Tochter behauptet, daß ihre Mutter niemals die Unwahrheit geschrieben hätte.«

»Die Tochter ... Lächerlich! Was weiß *die* davon? Mein lieber Poirot, die Tochter war damals doch ein kleines Kind ... vier oder fünf Jahre alt. Was kann sie schon wissen?«

»Kinder wissen oft mehr, als man denkt.«

»Mag sein, aber in diesem Fall bestimmt nicht. Natürlich möchte die Tochter gern daran glauben, daß die Mutter unschuldig war. Lassen wir ihr den Glauben; das tut keinem Menschen weh.«

»Leider verlangt sie aber Beweise!«

»Beweise, daß Caroline Crale ihren Mann nicht umgebracht hat?«

»Ja.«

»Die wird sie nicht bekommen.«

»Glauben Sie?«

Der berühmte Strafverteidiger blickte Poirot nachdenklich an.

»Ich habe Sie immer für einen ehrlichen Menschen gehalten, Poirot. Wollen Sie nun etwa aus dem natürlichen Pietätsgefühl einer Tochter Kapital schlagen?«

»Sie kennen Carla Lemarchant nicht. Sie ist höchst ungewöhnlich, ein Mädchen von großer Charakterstärke.«

»Das kann ich mir vorstellen. Die Tochter von Amyas und Caroline Crale ... Was will sie denn ...«

»Die Wahrheit.«

»Hm ... ich fürchte, die würde ihr nicht schmecken. Ehrlich, Poirot, ich glaube, es gibt keinen Zweifel ... sie hat ihn umgebracht.«

»Entschuldigen Sie bitte, lieber Freund, aber ich muß mich selbst davon überzeugen.«

»Ich sehe nicht, was Sie unternehmen könnten. Sie können die Zeitungsberichte studieren. Humphrey Rudolph war der Staatsanwalt, er ist tot ... Wer war sein Assistent? Der junge

Fogg, glaube ich . . . jawohl, Fogg. Sprechen Sie doch mal mit ihm. Und dann gibt es noch einige Leute, die damals dabei waren. Vermutlich werden die sich nicht darüber freuen, daß Sie die alte Geschichte ausgraben wollen, aber Sie werden ihnen bestimmt die Würmer aus der Nase ziehen können, das liegt Ihnen ja.«

»Ja, die Leute, die dabei waren. Das ist wichtig. Wissen Sie, wer noch dazu gehörte?«

Depleach überlegte.

»Lassen Sie mich mal nachdenken . . . es ist ja schon so lange her . . . Es waren nur fünf Leute, die wirklich etwas damit zu tun hatten. Die Dienstboten zähle ich nicht mit – ein altes Dienerehepaar, völlig weltfremd. Die hat niemand je in Verdacht gehabt.«

»Fünf Leute, sagen Sie. Wer denn?«

»Also zuerst Philip Blake. Er war Crales bester Freund, schon von Kindheit an. Er war damals bei ihnen zu Besuch. Er lebt noch; ab und zu treffe ich ihn auf dem Golfplatz. Er wohnt in St. George's Hill, ist Börsenmakler, spekuliert mit großem Erfolg und setzt jetzt ein bißchen zuviel Fett an.«

»Und die anderen?«

»Da ist noch Blakes älterer Bruder, ein Gutsbesitzer, der am liebsten zu Hause hockt.«

Ein Kinderlied kam Poirot in den Sinn. Er ärgerte sich darüber. Diese Erinnerungen an alte Kinderlieder waren in letzter Zeit fast schon zur Manie bei ihm geworden. Aber der Reim kam ihm wieder in den Sinn. »Ein rosiges Schweinchen ging zum Markt, ein rosiges Schweinchen blieb zu Haus . . .«

Er murmelte: »Er blieb zu Haus . . .«

»Er ist der Mann, von dem ich vorhin sprach, der mit den Kräutern und Heilmitteln. Das ist sein Steckenpferd. Ich komme jetzt nicht auf seinen Vornamen . . . ah, doch, ich hab's: Meredith . . . Meredith Blake. Ich weiß aber nicht, ob er noch lebt.«

»Wer noch?«

»Wer noch? Die Ursache allen Übels: das Mädchen! Elsa Greer.«

»Ein rosiges Schweinchen bekam Roastbeef«, murmelte Poirot.

Depleach starrte ihn an.

»Die ist gut gefüttert worden«, sagte er, »sie hat sich immer das genommen, was sie haben wollte. Sie hat jetzt bereits den dritten Mann. Eine Scheidung mehr oder weniger spielt bei ihr keine Rolle. Und bei jedem Wechsel gewinnt sie. Augenblicklich ist sie Lady Dittisham. Sie können ihr Bild in jeder Zeitschrift finden.«

»Und die andern zwei?«

»Da ist die Gouvernante. An ihren Namen erinnere ich mich nicht mehr, aber sie war eine ordentliche, tüchtige Person. Und dann das Kind, Caroline Crales Halbschwester. Sie muß damals ungefähr fünfzehn gewesen sein. Inzwischen ist sie recht bekannt geworden; sie gräbt Altertümer aus. Warren heißt sie, Angela Warren. Sie ist eine bemerkenswerte, energische Dame. Ich sprach sie erst neulich.«

»Sie ist also nicht das Schweinchen, das ›o weh, o weh‹ schrie?«

Depleach sah ihn merkwürdig an und erwiderte trocken: »Sie hätte allen Grund ›o weh, o weh‹ zu schreien! Sie ist nämlich durch eine häßliche Narbe im Gesicht entstellt. Sie . . . na, das werden Sie ja alles noch hören.«

Poirot stand auf.

»Herzlichen Dank. Sie waren sehr liebenswürdig. Wenn Mrs. Crale ihren Mann *nicht* getötet hat . . .«

Depleach unterbrach ihn:

»Aber sie hat ihn getötet, alter Freund. Verlassen Sie sich darauf.«

Ohne auf die Unterbrechung zu achten, beendete Poirot seinen Satz:

». . . dann muß es logischerweise eine dieser fünf Personen getan haben.«

»Das wäre möglich«, sagte Depleach nachdenklich, »aber ich kann das Motiv nicht sehen. Wie gesagt, ich bin ganz sicher, daß es keiner von ihnen war. Schlagen Sie sich das aus dem Sinn, alter Freund!«

Doch Hercule Poirot schüttelte lächelnd den Kopf.

2

»Eindeutig schuldig!« erklärte Mr. Fogg kurz und bündig.
Hercule Poirot betrachtete nachdenklich das schmale,
scharfgeschnittene Gesicht des berühmten Juristen.
Quentin Fogg war ein völlig anderer Mensch als Montague
Depleach – dünn und farblos. Seine Fragen waren ruhig, ge-
messen, beharrlich. Depleach konnte man mit einem Rapier
vergleichen, Fogg mit einem Bohrer. Er bohrte stetig. Er hatte
nie blendende Erfolge erzielt, galt aber als hervorragender
Jurist und pflegte seine Fälle zu gewinnen.
»Sie sind also ganz sicher?« fragte Poirot.
Fogg nickte.
»Sie hätten sie auf der Anklagebank sehen sollen. Der alte
Humpie Rudolph, der damals mein Chef war, machte einfach
Hackfleich aus ihr. Hackfleisch! Er machte mit ihr, was er
wollte.
Zunächst befragte Depleach sie, und sie stand da wie ein ge-
horsames Schulmädchen bei einer Prüfung. Ihre Antworten
klangen wie auswendig gelernt, denn man hatte ihr einge-
bläut, was sie zu sagen hatte. Es war nicht Depleachs Schuld.
Der alte Fuchs spielte seine Rolle ausgezeichnet, aber zu
einer Szene gehören zwei Schauspieler, einer allein schafft
es nicht, und sie spielte nicht mit. Das Ganze machte einen
verheerenden Eindruck auf die Geschworenen.
Und dann stand der alte Humpie auf. Ein Jammer, daß er
nicht mehr am Leben ist. Mit einem Ruck schob er die Ärmel
seines Talars zurück, wippte kurz auf den Zehenspitzen . . .
und dann ging's los! Wie ich schon sagte, machte er Hackfleisch aus ihr. Er wies auf dieses hin und auf jenes, und stets
ging sie in die Falle. Er zwang sie, die Unwahrscheinlichkeit
ihrer Aussagen zuzugeben, verwickelte sie in Widersprüche,
bis sie in ihrem eigenen Netz zappelte. Und dann kamen
seine Schlußworte, logisch, unwiderlegbar:
›Ich behaupte, Mrs. Crale, daß Ihre Geschichte, das Koniin
gestohlen zu haben, um Selbstmord zu begehen, erlogen ist.
Ich behaupte, daß Sie es gestohlen haben, um Ihren Mann zu
vergiften, der im Begriff war, Sie um einer anderen Frau wil-

19

len zu verlassen. Ich behaupte, daß Sie diese Tat mit vollster Überlegung begangen haben!‹

Und sie blickte ihn an – sie war so hübsch, so anmutig und zart – und sagte nur: ›Oh . . . nein . . . nein, ich habe es nicht getan!‹ Etwas Dürftigeres, etwas weniger Überzeugendes, hätte sie gar nicht sagen können.

Ich sah, wie sich Depleach auf seinem Sitz krümmte und wand – er wußte, daß er verloren hatte.«

Fogg schwieg einen Augenblick, ehe er weitersprach:

»Und doch . . . ich weiß nicht. Irgendwie war es ganz geschickt von ihr. Sie appellierte an die Ritterlichkeit. Die Geschworenen wußten, das ganze Gericht wußte, daß sie keine Chance hatte. Sie konnte nicht einmal für sich kämpfen, sie konnte natürlich nicht gegen so einen gerissenen Kerl wie den alten Humpie aufkommen. Dieses schwache, hilflose ›Oh, nein, ich habe es nicht getan!‹ war rührend . . . einfach rührend. Sie war verloren!

Und doch war es in einer Hinsicht das Beste, was sie hatte tun können. Die Beratung der Geschworenen dauerte nur eine halbe Stunde. Und ihr Urteil lautete: ›Schuldig, mit Begnadigungsvorschlag.‹ Sie hatte nämlich im Gegensatz zu der anderen Frau einen guten Eindruck gemacht.

Dieses Mädchen, diese Elsa Greer! Von vornherein war sie den Geschworenen unsympathisch gewesen. Sie war bildhübsch, aber kaltschnäuzig, hypermodern. Für die Frauen im Saal war sie eines der Mädchen, denen nichts heilig ist, die keine Ehe respektieren – Mädchen mit Sex-Appeal und voller Verachtung für die Rechte der Ehefrauen. Sie war ganz offen, das muß ich sagen, überraschend offen. Sie habe sich in Amyas Crale verliebt, und er sich in sie, und sie habe keine Bedenken gehabt, ihn seiner Frau und seinem Kind fortzunehmen. Irgendwie bewunderte ich sie; sie hatte Mut. Im Kreuzverhör stellte Depleach einige böse Fragen, und sie hielt tapfer stand. Aber den Geschworenen war sie unsympathisch, und auch der Richter mochte sie nicht.

Es war der alte Avis. In seiner Jugend hat er es selbst toll getrieben – aber er wurde immer höchst moralisch, wenn er in seine Robe schlüpfte. Caroline Crale gegenüber war er die

Milde in Person. Die Tatsachen konnte auch er nicht bestreiten, doch er betonte, wie sehr sie gereizt worden sei und so weiter.«

»Er schloß sich nicht der Selbstmordtheorie der Verteidigung an?« fragte Poirot.

Fogg schüttelte den Kopf.

»Die stand auf zu schwachen Füßen. Depleach hatte wirklich sein Bestes getan, er war wunderbar. Er schilderte in der rührendsten Weise, wie der großherzige, lebenshungrige, temperamentvolle Mann von der Leidenschaft zu einem schönen jungen Mädchen überwältigt wurde, wie Gewissensbisse ihn peinigten und wie er dennoch der Versuchung nicht habe widerstehen können. Dann seine Reue, seinen Ekel vor sich selbst, seine Gewissensbisse seiner Frau und seinem Kind gegenüber und sein plötzlicher Entschluß, mit allem ein Ende zu machen. Der ehrenhafte Ausweg! Es war eine äußerst rührende Darstellung. Depleach trieb einem die Tränen in die Augen, und man sah diesen armen, unglücklichen Menschen, zwischen Leidenschaft und angeborenem Anstandsgefühl hin und her gerissen, förmlich vor sich.

Doch als nach Schluß seiner Rede der Bann gebrochen war, konnte man diese geschilderte Idealfigur nicht mit dem wirklichen Amyas Crale in Einklang bringen. Man kannte Crale zu gut; das Bild paßte nicht zu ihm. Ich möchte beinahe sagen, daß Crale überhaupt kein Gewissen hatte. Er war ein hemmungsloser, gutmütiger, vergnügter Egoist, der das bißchen Ethik, das er besaß, in Kunst umsetzte. Ich bin überzeugt, daß er nie nachlässig oder schlecht gemalt hätte, wenn die Verführung auch noch so groß gewesen wäre. Aber sonst war er ein Bruder Leichtfuß und genoß, was das Dasein ihm bot. Selbstmord? Niemals!«

»Das war also ein unglücklich gewähltes Verteidigungsargument?«

Fogg zuckte die Achseln.

»Es war das einzig mögliche. Depleach konnte ja nicht gut behaupten, der Staatsanwalt habe keine Beweise gegen die Angeklagte vorgebracht; es waren eher zu viele. Sie hat selbst zugegeben, das Gift gestohlen zu haben. Es gab also Tatsachen, Motiv und Gelegenheit.«

»Hätte man nicht versuchen können zu beweisen, daß alles böswillig arrangiert war?«

»Sie hat ja fast alles zugegeben, und außerdem wäre das an den Haaren herbeigezogen gewesen. Sie wollen anscheinend behaupten, daß jemand anderes den Mord begangen und ihn ihr in die Schuhe geschoben hat?«

»Halten Sie das für ausgeschlossen?«

»Leider ja. Sie glauben doch nicht etwa an den großen Unbekannten? Wo sollte man den finden?«

»In einem engen Kreis«, antwortete Poirot. »Es waren fünf Leute, nicht wahr, die in die Sache verwickelt sein könnten?«

»Fünf? Warten Sie mal. Der alte Trottel mit seinen Kräutersäften, ein gefährliches Steckenpferd, aber ein völlig harmloser Mensch. Der ist bestimmt nicht der große Unbekannte. Dann Elsa Greer ... die hätte vielleicht Caroline vergiften können, nie aber Amyas. Und dann der Börsenmakler – Crales bester Freund. So was ist in Detektivromanen beliebt, aber in der Wirklichkeit gibt es das nicht. Und sonst war weiter niemand da ... ach ja, die kleine Schwester, aber an die denken Sie wohl nicht im Ernst? Das wären vier.«

»Sie haben die Gouvernante vergessen.«

»Ja, das stimmt. An die erinnere ich mich nur noch dunkel. So um die vierzig, schlicht, tüchtig. Ein Psychoanalytiker würde vielleicht herausfinden, daß sie eine sündige Leidenschaft für Crale empfunden und ihn daher umgebracht habe. Die unterdrückte alte Jungfer! Aber soweit ich mich an sie erinnere, war sie bestimmt kein neurotischer Typ.«

»Es ist schon lange her.«

»Fünfzehn bis sechzehn Jahre. Sie können also nicht von mir erwarten, daß ich mich noch an alle Einzelheiten erinnere.«

Poirot widersprach: »Im Gegenteil, es ist erstaunlich, wie gut Sie sich erinnern. Sie sehen doch alles noch genau vor sich. Es würde mich sogar sehr interessieren, lieber Freund, wieso Sie sich noch an alles so gut erinnern können. Was sehen Sie so deutlich? Die Zeugen? Die Geschworenen? Den Richter? Die Frau auf der Anklagebank?«

Fogg antwortete ruhig: »Ja, sie! Ich sehe sie immer vor mir . . . es ist etwas Merkwürdiges mit der Romantik. Und sie hatte etwas Romantisches an sich. Ich weiß nicht, ob sie wirklich schön war . . . sie war nicht mehr ganz jung . . . sie sah müde aus, hatte Ringe unter den Augen, aber alles drehte sich um sie, das ganze Interesse, das ganze Drama. Und doch war sie die halbe Zeit überhaupt nicht wirklich da. Sie war irgendwo anders, weit fort – nur ihr Körper war da; sie gab sich gelassen, ruhig, liebenswürdig, hatte ständig ein freundliches Lächeln auf den Lippen. Es war alles fein abgestimmt bei ihr, verstehen Sie, Licht und Schatten. Und doch war sie lebendiger als die andere, als das Mädchen mit dem vollendeten Körper, dem schönen Gesicht, der strotzenden Jugend. Ich bewunderte Elsa Greer, weil sie Mumm hatte, weil sie kämpfen konnte, weil sie die Folter der Fragen über sich ergehen ließ, ohne mit der Wimper zu zucken. Aber Caroline Crale bewunderte ich, weil sie nicht kämpfte, weil sie sich in ihre Welt mit den zarten Tönen zurückgezogen hatte. Sie wurde nicht besiegt, denn sie hatte keine Schlacht geliefert.«
Er hielt einen Augenblick inne.
»Ich weiß nur eines ganz bestimmt: Sie liebte den Mann, den sie getötet hatte, sie liebte ihn so sehr, daß die Hälfte ihres Ichs mit ihm gestorben war . . .«

3

George Mayhew war unverbindlich und vorsichtig.
Er erinnerte sich natürlich an den Fall, aber nicht sehr genau. Sein Vater war damit befaßt, er selbst sei damals erst neunzehn Jahre alt gewesen. Ja, der Fall habe viel Staub aufgewirbelt. Crale war ja eine Berühmtheit gewesen. Seine Bilder waren ausgezeichnet, wirklich ausgezeichnet. Monsieur Poirot möchte es ihm nicht übelnehmen, aber er verstehe sein Interesse nicht . . . Ach so, die Tochter! Sie möchte es wissen? Aber was gab es denn da zu wissen? Die Prozeßprotokolle lägen ja vor. Er selbst wisse wirklich nichts.

Leider bestehe wohl kaum ein Zweifel an Mrs. Crales
Schuld. Es gebe natürlich gewisse Entschuldigungen. Diese
Künstler . . . höchst schwierig, mit ihnen zu leben. Soviel er
wisse, habe Crale ständig Frauengeschichten gehabt.
Und sie sei wahrscheinlich eine jener Frauen gewesen, die
auf ihr Recht pochen, die sich nicht mit den Tatsachen abfin-
den können. Heutzutage hätte sie sich einfach von ihm
scheiden lassen und wäre darüber hinweggekommen. Dann
fügte er vorsichtig hinzu:
»Und Lady Dittisham war, glaube ich, das Mädchen, um das
es ging. Von Zeit zu Zeit bringen die Zeitungen etwas über
sie. Sie stand schon mehrmals vor dem Scheidungsrichter.
Sie ist sehr reich, wie Sie wohl wissen werden. Vor Dittisham
war sie mit einem berühmten Forschungsreisenden verheiratet. Sie steht immer im Rampenlicht; sie braucht das, nehme
ich an.«
»Vielleicht ist sie aber auch eine Heldenverehrerin«, warf
Poirot ein.
»Vielleicht«, sagte Mayhew.
»War Ihr Herr Vater schon lange Mrs. Crales Rechtsberater
gewesen?«
Mayhew schüttelte den Kopf.
»Nein. Jonathan & Jonathan waren Crales Anwälte. Unter
den gegebenen Umständen fand Mr. Jonathan, daß er nicht
gut für Mrs. Crale eintreten könne, und so veranlaßte er meinen Vater, ihre Betreuung zu übernehmen. Ich kann ihnen
nur empfehlen, Monsieur Poirot, sich mit Mr. Jonathan in
Verbindung zu setzen. Er hat sich zwar zu Ruhe gesetzt – er
ist über siebzig –, aber er kennt die Familie Crale genau und
kann Ihnen bestimmt wesentlich mehr sagen als ich. Ich war
ja damals noch sehr jung, und ich glaube, ich war noch nie
bei einer Verhandlung dabei gewesen.«
Die beiden Herren erhoben sich, Mayhew schlug vor:
»Vielleicht unterhalten Sie sich einmal mit Edmunds, unserem Bürovorsteher. Er war damals schon bei uns und hat sich
sehr für den Fall interessiert.«

Mr. Alfred Edmunds sprach langsam und vorsichtig. Er mu-

24

sterte Poirot erst eine Weile, bevor er sich zum Sprechen entschloß; schließlich sagte er:

»Ja, ich erinnere mich noch sehr gut an den Fall Crale«, und fügte streng hinzu: »Es war eine unglückliche Angelegenheit. Es ist eigentlich schon zu lange her, um das alles wieder auszugraben.«

»Ein Gerichtsurteil ist nicht immer etwas Endgültiges. Mrs. Crale hat eine Tochter zurückgelassen, und diese Tochter ist von der Unschuld ihrer Mutter überzeugt. Könnten Sie mir irgend etwas sagen, was diesen Glauben stützen würde?«

Edmunds überlegte und schüttelte schließlich langsam den Kopf.

»Als gewissenhafter Mensch kann ich das nicht. Ich habe Mrs. Crale sehr geschätzt. Was sie auch getan haben mochte – sie war eine Dame! Die andere war ein Frauenzimmer, anders kann man sie nicht bezeichnen. Schamlos, unverschämt, das war sie, und sie machte auch gar kein Hehl daraus. Mrs. Crale aber war, wie gesagt, eine Dame.«

»Und doch eine Mörderin?«

Edmunds runzelte die Stirn und wurde auf einmal lebhaft.

»Das habe ich mich oft gefragt. Sie wirkte so ruhig, freundlich und irgendwie zart auf der Anklagebank. Ich kann es nicht glauben, habe ich mir wieder und wieder gesagt. Aber, Monsieur Poirot, man *kann* nichts anderes glauben. Dieser Schierlingssaft war nicht von selbst in Mr. Crales Bier gekommen. Jemand hat ihn hineingetan, und wenn Mrs. Crale es nicht getan hat – wer denn sonst?«

»Genau das ist die Frage: Wer sonst?«

»Sie glauben, es könnte jemand anders gewesen sein?«

»Was ist Ihre Meinung?«

»Es kam niemand anders in Frage.«

»Waren Sie bei der Verhandlung?«

»Bei jeder Sitzung.«

»Sie haben alle Zeugenaussagen gehört?«

»Ja.«

»Ist Ihnen bei keiner etwas aufgefallen, irgendeine Unaufrichtigkeit zum Beispiel?«

»Sie meinen, ob jemand gelogen hat?« fragte Edmunds un-

25

umwunden zurück. »Wer hatte ein Interesse an Mr. Crales Tod? Entschuldigen Sie bitte, Monsieur Poirot, aber Ihre Idee kommt mir reichlich ausgefallen vor.«

»Denken Sie doch bitte einmal nach«, drängte Poirot.

Stirnrunzelnd überlegte Edmunds und schüttelte schließlich bedauernd den Kopf.

»Diese Person, diese Miss Greer, war böse, rachsüchtig. Dazu war sie hemmungslos, aber sie hat ja den lebenden Mr. Crale haben wollen, der tote nützte ihr nichts. Sie wollte, daß Mrs. Crale an den Galgen käme, weil der Tod ihr ihren Liebsten vor der Nase weggeschnappt hatte. Sie war wie eine enttäuschte Tigerin!

Auch Mr. Philip Blake war gegen Mrs. Crale. Er war voreingenommen und versuchte ihr zu schaden, wo er nur konnte. Aber ich muß zugeben, daß er, soweit man das beurteilen kann, ehrlich war. Mr. Crale war sein bester Freund.

Sein Bruder, Mr. Meredith Blake – ein schlechter Zeuge, zerstreut, zögernd –, schien nie genau zu wissen, was er antworten sollte. Ich kenne diese Art Zeugen, sie machen den Eindruck, als ob sie lügen, obwohl sie die Wahrheit sagen. Mr. Meredith Blake wollte möglichst wenig sagen, und gerade darum sagte er um so mehr. Er ist einer jener ruhig wirkenden Herren, die leicht in Panik geraten.

Die Gouvernante dagegen verschwendete kein Wort; ihre Aussage war klar, kurz und bündig. Man konnte nicht erkennen, für wen sie war; aber jedenfalls hatte sie ihren Verstand beisammen.«

Er hielt einen Augenblick inne.

»Ihr würde ich zutrauen, daß sie mehr wußte, als sie aussagte.«

»Ich auch«, sagte Poirot und betrachtete prüfend das schlaue, runzlige Gesicht von Mr. Alfred Edmunds.

Das Gesicht blieb unbeweglich, doch Hercule Poirot war überzeugt, einen wertvollen Wink erhalten zu haben.

4

Mr. Caleb Jonathan wohnte in Essex. Nach einem höflichen Briefwechsel erhielt Poirot eine fast fürstliche Einladung zum Abendessen mit Übernachtung. Der alte Herr war eine ausgesprochene Persönlichkeit und wirkte nach der etwas unbestimmten, verschwommenen Art des jungen George Mayhew wie köstlicher Portwein. Er hatte seine eigene Methode, ein Thema zu behandeln, und erst gegen Mitternacht, bei einem Glas ausgezeichneten alten Brandy, ging er aus sich heraus. Offensichtlich schätzte er es, daß Hercule Poirot höflicherweise nicht drängte, und war nun bereit, über die Familie Crale zu sprechen.

»Unsere Firma hat schon für mehrere Generationen der Familie gearbeitet. Ich kannte Amyas Crale und seinen Vater, Richard Crale, und ich kann mich auch noch gut an Enoch Crale, den Großvater, erinnern. Alle waren sie typische Landedelleute und kümmerten sich mehr um Pferde als um Menschen. Sie waren ausgezeichnete Reiter, liebten die Frauen und belasteten ihr Hirn nicht mit Ideen. Sie mißtrauten Ideen.

Aber Richard Crales Frau – die hatte Ideen; sie hatte mehr Ideen als Verstand. Sie war poetisch veranlagt und sehr musikalisch – ich glaube, sie spielte Harfe. Sie war kränklich und nahm sich auf dem Sofa sehr dekorativ aus.

Amyas Crale war das Produkt dieses gegensätzlichen Elternpaares. Von seiner schwächlichen Mutter erbte er den künstlerischen Einschlag, vom Vater seine Tatkraft, seinen brutalen Egoismus. Alle Crales waren Egoisten. Für sie gab es immer nur ihren eigenen Gesichtspunkt.«

Der alte Herr blickte Poirot verschmitzt an.

»Ich glaube, Monsieur Poirot, Sie interessieren sich vor allem für die Charaktere der Menschen, nicht wahr?«

»Ja, das interessiert mich am meisten«, bestätigte Poirot.

»Das kann ich verstehen. Die wahre Natur eines Verbrechers ergründen. Sehr interessant. Wir haben uns nie mit Strafsachen befaßt und waren deshalb nicht zuständig für Mrs. Crale, selbst wenn wir gewollt hätten. Aber auch ihr Anwalt hat leider nicht erkannt, daß Caroline nie ihre Rolle so spielen würde, wie er sie ihr zugedacht hatte. Sie war nicht für dramatische Effekte.«

»Wofür war sie denn?« fragte Poirot. »Das interessiert mich am meisten.«

»Sie meinen, wieso sie es getan hat? Das ist wirklich *die* Frage. Ich kannte sie schon vor ihrer Ehe. Ihr Mädchenname war Spalding. Sie war ein heftiges, unglückliches Geschöpf. Ihre Mutter war schon früh verwitwet, und Caroline hing sehr an ihr. Dann heiratete die Mutter wieder und bekam noch ein Kind. Ja, ja, das war sehr traurig, sehr schmerzlich. Diese jugendliche, peinigende Eifersucht!«

»Sie war eifersüchtig?«

»Und wie! Und es gab einen betrüblichen Vorfall. Die Arme, sie hat ihn bitterlich bereut. Aber Sie wissen ja, Monsieur Poirot, solche Dinge geschehen. Zurückhaltung übt man erst in reiferen Jahren.«

»Was ist geschehen?« fragte Poirot.

»Sie hat dem Kind, ihrer Halbschwester, einen Briefbeschwerer an den Kopf geworfen. Das Kind verlor ein Auge und war für immer entstellt.«

Mr. Jonathan seufzte.

»Sie können sich vorstellen, welche Wirkung die Erwähnung dieses Ereignisses bei der Verhandlung hervorrief.«

Er schüttelte den Kopf.

»Es wurde der Eindruck erweckt, Caroline Crale besitze ein ungezügeltes Temperament. Und das stimmte nicht. Nein, das stimmte nicht.«

Nach einer kleinen Pause fuhr er fort:

»Caroline Spalding war oft in Alderbury zu Besuch. Sie ritt gut und war schneidig. Richard Crale mochte sie sehr. Sie zeigte sich auch geschickt und freundlich und kümmerte sich viel um Mrs. Crale, die das Mädchen ebenfalls gern hatte. Caroline fühlte sich zu Hause nicht glücklich, wohl aber in Alderbury. Sie war mit Diana, Amyas Schwester, sehr befreundet, und auch mit Philip und Meredith Blake, Jungens vom Nachbargut, die häufig nach Alderbury kamen. Philip war von jeher ein ekelhafter, geldgieriger Bengel; ich

28

muß gestehen, daß ich ihn nie habe ausstehen können. Aber es heißt, daß er gut Witze erzählen kann und ein zuverlässiger Freund sei. Meredith hingegen war eher ein Träumer; er interessierte sich für Botanik und Schmetterlinge und Vögel und alles mögliche Getier.

Ach ja, all diese jungen Leute waren eine Enttäuschung für ihre Väter. Keiner entsprach ihrem Ideal: jagen, reiten, fischen. Meredith beobachtete lieber die Tiere, als sie zu jagen, und Philip zog die Stadt dem Landleben entschieden vor und widmete sich hauptsächlich dem Geldverdienen. Diana heiratete einen Burschen, der kein Gentleman war, einen dieser Offiziere, und Amyas schließlich, ausgerechnet der kräftige, gutaussehende, männliche Amyas wurde – Maler. Meiner Ansicht nach ist Richard Crale aus Kummer darüber gestorben.

Und eines Tages heiratete Amyas seine Jugendfreundin Caroline Spalding. Sie hatten sich immer schon gekabbelt, aber es war dennoch eine Liebesheirat. Sie waren ganz besessen voneinander, und so blieb es auch.

Aber wie alle Crales war Amyas ein hemmungsloser Egoist. Er liebte Caroline, doch er nahm nie Rücksicht auf sie. Er tat nur, was ihm gefiel. Meiner Ansicht nach liebte er sie so sehr, wie er einen Menschen überhaupt lieben konnte – aber seine Kunst war ihm weit wichtiger. Seine Kunst war ihm das höchste; keine Frau war ihm je wichtiger als sie. Er hatte unzählige Liebesgeschichten – das inspirierte ihn –, aber er ließ jede Frau rücksichtslos sitzen, wenn sie ihn nicht mehr interessierte. Die einzige Frau, die ihm wirklich etwas bedeutete, war seine Frau.

Und weil sie das wußte, nahm sie vieles hin. Von jedem Liebesabenteuer kam er ja auch wieder zu ihr zurück – meist mit einem neuen Bild. Er war ein großer Maler, und sie respektierte seine Kunst.

So wäre es wohl weitergegangen, wenn nicht Elsa Greer aufgetaucht wäre. Elsa Greer . . .«

Er schüttelte den Kopf.

»Was war mit Elsa Greer?«

Überraschend murmelte der alte Herr statt einer Antwort:

»Armes Kind ... Armes Kind!«

»So denken Sie über sie?«

»Ich bin ein alter Mann, und das ist vielleicht der Grund, daß mich die Jugend in ihrer oft hemmungslosen Grausamkeit manchmal zu Tränen rührt.«

Er stand auf, nahm ein Buch aus dem Regal, blätterte darin und las dann vor:

»›Wenn deine Liebe tugendsam gesinnt
Vermählung wünscht, so laß mich morgen wissen
Durch jemand, den ich zu dir senden will,
Wo du und wann die Trauung willst vollziehn.
Dann leg ich dir mein ganzes Glück zu Füßen
Und folge durch die Welt dir, mein Gebieter.‹

Auch in Julias Worten ist die Liebe innig mit der Jugend verbunden. Keine Schüchternheit, keine Zurückhaltung, keine sogenannte jungfräuliche Sittsamkeit. Es ist der Mut, die Hartnäckigkeit, die grausame Kraft der Jugend. Shakespeare kannte die Jugend. Julia wählte Romeo, Desdemona verlangte Othello. Sie hatten keine Zweifel, diese Jugend kannte keine Furcht.«

»Für Sie sprach also Elsa Greer mit Julias Worten?« fragte Poirot nachdenklich.

»Ja. Sie war ein vom Glück verwöhntes Kind, sie war jung, schön, reich. Sie fand den Mann, nach dem sie sich sehnte, und sie verlangte ihn – es war kein junger Romeo, es war ein verheirateter, keineswegs mehr junger Maler. Elsa Greer hatte keinen Sittenkodex, der sie hemmte; für sie galt das moderne: ›Nimm, was du willst – wir leben nur einmal!‹«

Seufzend lehnte sich Mr. Jonathan zurück.

»Sie war eine raubgierige Julia, jung, erbarmungslos, aber sehr verwundbar. Tollkühn setzte sie alles auf eine Karte. Und als sie anscheinend schon gewonnen hatte ... da, im letzten Moment, kam der Tod, und auch die lebendige, feurige, fröhliche Elsa starb. Zurück blieb nur eine rachsüchtige, kalte, harte Frau, die aus ganzer Seele die Frau haßte, die den Tod ihres Geliebten herbeigeführt hatte.«

Er hielt inne und sprach dann mit veränderter Stimme weiter.

»Entschuldigen Sie bitte diese sentimentale Abschweifung.

Ein grausames junges Mädchen mit einer grausamen Lebensauffassung, aber ein interessanter Charakter. Strahlende Jugend! Wenn sie vorbei ist, was bleibt übrig? Eine mittelmäßige Frau, die ihr Leben lang nach einem neuen Helden sucht, um ihn auf das leer gewordene Piedestal zu stellen.«

»Wenn Amyas Crale kein berühmter Maler gewesen wäre . . .«, warf Poirot ein.

»Sehr richtig, Sie haben den Nagel auf den Kopf getroffen. Die heutigen Elsas sind Heldenverehrerinnen – ein Mann muß etwas vollbracht haben, muß jemand sein . . . Caroline Crale hätte auch in einem Bankbeamten oder einem Versicherungsagenten verborgene Qualitäten entdecken können. Sie liebte den Menschen Amyas Crale, nicht den Maler Amyas Crale. Caroline Crale war nicht grausam – Elsa Greer war es . . . Aber sie war jung und schön und unendlich rührend.«

Nachdenklich ging Poirot zu Bett; es beschäftigte ihn, wie unterschiedlich die beiden Frauen beurteilt wurden.

5

Mr. Hale, Superintendent a. D., zog bedächtig an seiner Pfeife und sagte schließlich:

»Eine merkwürdige Liebhaberei haben Sie, Monsieur Poirot.«

»Es ist vielleicht etwas ungewöhnlich«, stimmte Poirot vorsichtig zu.

»Der Fall liegt schon so lange zurück.«

Obwohl Poirot diese Feststellung allmählich auf die Nerven ging, erwiderte er sanft:

»Das macht natürlich alles schwieriger.«

»Die Vergangenheit aufwühlen . . .«, sagte Hale sinnend. »Wenn es wenigstens einen Zweck hätte!«

»Es hat einen Zweck.«

»So?«

»Man kann aus Liebe zur Wahrheit die Wahrheit suchen. Und das tue ich. Und dann dürfen Sie die junge Dame nicht vergessen.«

Hale nickte.

»Ja, ich kann es ihr nachfühlen. Aber, entschuldigen Sie, Monsieur Poirot, Sie sind doch ein einfallsreicher Mann, Sie könnten ihr doch einfach eine Geschichte erzählen.«

»Sie kennen die junge Dame nicht«, erwiderte Poirot.

»Aber . . . ein Mann wie Sie!«

Poirot richtete sich auf.

»*Mon cher*, ich mag ein vollendeter Lügner sein . . . Sie scheinen mich dafür zu halten. Aber die Lüge läßt sich nicht mit meinen Begriffen von Ethik vereinbaren. Ich habe meine Prinzipien.«

»Entschuldigen Sie, Monsieur Poirot, ich wollte nicht Ihre Gefühle verletzen, aber es wäre doch sozusagen ein gutes Werk.«

»Davon bin ich nicht einmal so überzeugt.«

»Es ist natürlich bitter, wenn ein unschuldiges, glückliches Mädchen in dem Augenblick, da es sich verheiraten will, erfährt, daß seine Mutter eine Mörderin war. Ich an Ihrer Stelle würde Miss Crale sagen, daß es sich tatsächlich um Selbstmord gehandelt habe. Sagen Sie ihr, daß Depleach den Fall schlecht geführt habe, sagen Sie ihr, Sie seien fest davon überzeugt, daß Crale sich vergiftet habe.«

»Aber das halte ich für höchst unwahrscheinlich! Ich glaube nicht eine Sekunde, daß Crale sich vergiftet hat. Glauben Sie das etwa?«

Hale schüttelte bedächtig den Kopf.

»Verstehen Sie denn nicht?« fuhr Poirot fort. »Ich muß die Wahrheit finden, nicht eine wenn auch noch so plausible Lüge.«

Hale, dessen grobgeschnittenes rotes Gesicht noch röter wurde, blickte Poirot fest an und sagte schließlich:

»Sie sprechen von Wahrheit. Ich erkläre Ihnen hiermit, daß wir überzeugt sind, im Falle Crale der Wahrheit zu ihrem Recht verholfen zu haben.«

»Diese Erklärung ist für mich ungemein wichtig«, entgegnete Poirot rasch. »Ich weiß, daß Sie ein ehrlicher und fähiger Mann sind. Aber sind Ihnen nie Zweifel an Mrs. Crales Schuld gekommen?«

Die Antwort erfolgte prompt.

»Auch nicht der geringste Zweifel, Monsieur Poirot. Von Anfang an deuteten alle Umstände auf sie hin, und alle Tatsachen, die wir später entdeckten, bestätigten diese Ansicht.«

»Können Sie mir einen Überblick über das Anklagematerial geben?«

»Ja. Als ich Ihren Brief erhielt, habe ich die Akten noch einmal durchgesehen.« Er nahm ein Notizbuch vom Tisch. »Ich habe die wichtigsten Punkte zusammengestellt.«

»Ich danke Ihnen, lieber Freund, ich bin höchst gespannt.«

Hale räusperte sich und begann dann in amtlichem Ton:

»Am 18. September um 2.45 Uhr nachmittags wurde Inspektor Conway von Dr. Andrew Faussett angerufen, der ihm mitteilte, daß Mr. Amyas Crale plötzlich auf seinem Besitz Alderbury verschieden sei und daß er in Anbetracht der Umstände und auf Grund einer Erklärung von einem gewissen Mr. Blake der Ansicht sei, es handle sich um einen Fall für die Polizei.

Inspektor Conway begab sich sofort in Begleitung eines Sergeanten und des Polizeiarztes nach Alderbury. Dr. Faussett führte ihn zur Leiche von Mr. Crale, die nicht berührt worden war.

Mr. Crale hatte in einem abgeschlossenen Teil des Gartens gemalt. Der Platz wurde als ›die Schanze‹ bezeichnet, weil er die Küste beherrschte und nach der See zu durch eine Brustwehr mit Zinnen abgeschirmt war, auf der einige Miniaturkanonen standen. Der Platz lag etwa vier Minuten vom Haus entfernt. Mr. Crale war zum Mittagessen nicht ins Haus gegangen, da er bestimmte Lichteffekte dieser Tageszeit nutzen wollte. Er war daher allein im Garten geblieben, was, wie bereits erwähnt, nicht ungewöhnlich war. Mr. Crale legte wenig Wert auf regelmäßige Mahlzeiten, oft genügte ihm ein Sandwich. Am liebsten blieb er völlig ungestört.

Die Personen, die ihn zuletzt lebend gesehen hatten, waren

Miss Elsa Greer – Gast im Hause – und Mr. Meredith Blake, ein Nachbar. Die beiden waren zusammen zum Haus gegangen und hatten mit den anderen Hausbewohnern zu Mittag gegessen. Danach wurde auf der Terrasse Kaffee serviert.

Nachdem Mrs. Crale ihren Kaffee getrunken hatte, erklärte sie, sie wolle zur Schanze gehen und nachsehen, wie Amyas mit der Arbeit vorankomme. Miss Cecilia Williams, die Gouvernante, begleitete sie, da sie einen Pullover ihrer Schülerin, Miss Angela Warren, der Schwester von Mrs. Crale, suchen wollte, den das junge Mädchen wahrscheinlich am Strand liegengelassen hatte.

Die beiden Damen begaben sich zusammen zur Schanze, und während Miss Williams den Pfad, der zum Strand führt, hinunterging, betrat Mrs. Crale die Schanze. Miss Williams hörte nach einigen Sekunden einen Schrei des Entsetzens und eilte zurück.

Mr. Crale lag tot auf einer Bank.

Auf Mrs. Crales Wunsch eilte Miss Williams zum Haus zurück, um einen Arzt anzurufen. Unterwegs begegnete ihr Mr. Meredith Blake, dem sie ihren Auftrag übergab, so daß sie zu Mrs. Crale zurückkehren konnte, um ihr beizustehen. Eine Viertelstunde später erschien Dr. Faussett.

Er sah sofort, daß Mr. Crale schon seit einiger Zeit tot war – er schätzte, daß der Tod zwischen ein und zwei Uhr eingetreten sei. Die Todesursache war nicht erkennbar; man sah keine Spuren einer Gewalttat. Da aber Dr. Faussett wußte, daß Mr. Crale sich einer guten Gesundheit erfreute, schöpfte er Verdacht. Und in diesem Moment kam Mr. Philip Blake und machte Dr. Faussett eine gewisse Mitteilung.«

Hale hielt inne, schöpfte tief Atem und fuhr gleich darauf fort:

»Später wiederholte Mr. Blake diese Erklärung vor Inspektor Conway. Am Morgen hatte ihn sein Bruder, Mr. Meredith Blake, der in Handcross Manor, etwa zweieinhalb Kilometer entfernt, wohnte, angerufen. Mr. Meredith Blake war ein Amateurchemiker, oder, richtiger gesagt, ein Heilkräutersammler. Als er am Morgen sein Laboratorium betrat, stellte er bestürzt fest, daß eine Flasche mit Schierlingssaft, die

34

noch am Tag zuvor voll gewesen, fast leer war. Beunruhigt rief er seinen Bruder an und fragte ihn um Rat.

Mr. Philip Blake empfahl ihm, sofort nach Alderbury zu kommen, um die Angelegenheit zu besprechen. Er war dann seinem Bruder entgegengegangen, und gemeinsam waren sie zum Haus gekommen. Sie waren aber zu keinem Resultat gelangt und schoben die weitere Besprechung bis nach dem Mittagessen auf.

Inspektor Conway stellte dann folgende Tatsachen fest: Am Nachmittag des vorhergehenden Tages waren fünf Personen aus Alderbury zum Tee in Handcroos Manor gewesen, und zwar Mr. und Mrs. Crale, Miss Angela Warren, Miss Elsa Greer und Mr. Philip Blake. Mr. Meredith Blake hatte seinen Gästen einen Vortrag über sein Steckenpferd gehalten und ihnen sein kleines Laboratorium gezeigt. Dabei hatte er die Eigenart einiger Säfte erklärt, darunter auch die von Koniin, einem Schierlingsextrakt. Er sagte, daß dieser Saft, in kleinen Dosen verabreicht, ein wirksames Mittel gegen Keuchhusten und Asthma sei, fügte aber hinzu, daß er in größeren Mengen von tödlicher Wirkung sei. Zur Illustrierung seiner Ausführungen las er eine entsprechende Stelle aus einem griechischen Klassiker vor.«

Wieder hielt Hale inne, stopfte seine Pfeife neu und fuhr dann im selben Ton fort:

»Colonel Frere, der Polizeichef des Bezirks, übertrug dann den Fall mir. Auf Grund der Autopsie wurde einwandfrei festgestellt, daß der Tod durch Gift, und zwar durch Koniin, eingetreten war. Die Ärzte waren der Ansicht, daß das Gift dem Opfer zwei oder drei Stunden vor Eintritt des Todes verabfolgt worden sei. Auf dem Tisch vor Mr. Crale hatten ein leeres Glas' und eine leere Bierflasche gestanden. Die Überreste wurden analysiert, und im Glas fand man Spuren von Koniin, nicht aber in der Flasche. Ich stellte dann fest, daß in einem kleinen Schuppen neben der Schanze stets eine Kiste mit Bier sowie ein paar Gläser standen für den Fall, daß Mr. Crale bei seiner Arbeit Durst bekäme. Doch an jenem Morgen hatte Mrs. Crale eine eisgekühlte Flasche Bier aus dem Haus zur Schanze gebracht, wo sie Mr. Crale eifrig ar-

beitend vorgefunden hatte; Miss Greer, die auf der Brustwehr saß, diente ihm als Modell.

Mrs. Crale öffnete die Flasche, schenkte das Bier ein und
reichte das Glas ihrem Mann, der vor der Staffelei stand. Er
trank es in einem Zug aus – wie ich hörte, machte er das immer so. Dann schnitt er eine Grimasse, stellte das Glas auf den
Tisch und sagte: ›Mir schmeckt heute alles miserabel!‹ Woraufhin Miss Greer ihn auslachte und Mr. Crale sagte: ›Aber
wenigstens war es kalt!‹«

Wieder hielt Hale inne, und Poirot fragte:

»Um welche Zeit war das?«

»Etwa Viertel nach elf. Mr. Crale malte weiter. Laut Aussage
von Miss Greer klagte er später über Steifheit in den Gliedern
und erklärte brummend, daß es wahrscheinlich Rheumatismus sei. Er gehörte zu jenen Männern, die es hassen, Krankheiten einzugestehen, und er versuchte zweifellos zu verbergen, daß ihm übel war. Es ist charakteristisch für ihn, daß er
später ärgerlich verlangte, allein gelassen zu werden, und die
anderen zum Essen schickte. Vermutlich legte er sich sofort
hin, um sich auszuruhen. Dann setzte wohl die Muskelläh-
mung ein, und weil niemand da war, um zu helfen, starb er.

Ich ergriff die üblichen Maßnahmen. Die Feststellung der
Tatsachen bot keine Schwierigkeiten.

Am Tag zuvor hatte es eine Auseinandersetzung zwischen
Mrs. Crale und Miss Greer gegeben. Letztere hatte ziemlich
unverschämt davon gesprochen, was für Änderungen sie im
Haus vornehmen wolle, und hinzugefügt: ›Wenn ich erst hier
wohne.‹ Worauf Mrs. Crale fragte: ›Was meinen Sie denn damit?‹ Miss Greer antwortete: ›Tun Sie doch nicht so, als wüßten Sie nicht, was ich meine, Caroline. Treiben Sie doch keine
Vogel-Strauß-Politik. Sie wissen genau, daß Amyas und ich
uns lieben und daß wir heiraten werden.‹ Mrs. Crale antwortete: ›Das habe ich bisher nicht gewußt‹, woraufhin Miss
Greer sagte: ›Also, dann wissen Sie es jetzt.‹

In dem Augenblick trat Mr. Crale ins Zimmer, und Mrs. Crale
fragte ihn: ›Stimmt es, Amyas, daß du Elsa heiraten willst?‹
Mr. Crale wandte sich zu Miss Greer und brüllte sie an:
›Warum zum Teufel kannst du den Mund nicht halten?‹ Miss

Greer antwortete: ›Ich finde, Caroline sollte die Wahrheit erfahren.‹

Wieder fragte Mrs. Crale ihren Mann: ›Stimmt es, Amyas?‹

Daraufhin wandte er sich ab und murmelte etwas Unverständliches.

Sie beharrte: ›Sag es, ich muß es wissen.‹

Er erwiderte: ›Es stimmt schon, aber ich will jetzt nicht darüber sprechen.‹

Dann stürzte er aus dem Zimmer, und Miss Greer sagte: ›Sehen Sie!‹ und fügte hinzu, Mrs. Crale solle sich doch nicht benehmen wie ein Hund, der dem anderen seinen Knochen nicht gönne. Sie seien doch vernünftige Menschen, und sie hoffe, daß Caroline und Amyas auch weiterhin gute Freunde bleiben würden.«

»Und was sagte Mrs. Crale dazu?« fragte Poirot gespannt.

»Gemäß den Zeugenaussagen lachte sie und sagte: ›Nur über meine Leiche, Elsa.‹ Dann ging sie zur Tür, und Miss Greer rief ihr nach: ›Was soll das heißen?‹ Mrs. Crale wandte sich um und antwortete: ›Eher bringe ich Amyas um, als ihn *Ihnen* zu überlassen.‹«

Hale machte eine eindrucksvolle Pause und meinte dann: »Ziemlich belastend, nicht wahr?«

»Ja«, antwortete Poirot nachdenklich. »Wer alles hat denn das gehört?«

»Miss Williams und Philip Blake waren im Zimmer; es war sehr peinlich für sie.«

»Ihre Aussagen stimmen überein?«

»Fast. Es gibt ja nie zwei völlig übereinstimmende Zeugenaussagen, das wissen Sie genausogut wie ich, Monsieur Poirot.«

Poirot nickte, und Hale fuhr fort:

»Ich ließ das Haus durchsuchen. In Mrs. Crales Schlafzimmer fand ich in einer Kommodenschublade in Wollstrümpfe eingewickelt ein Parfümfläschchen, auf dessen Etikett ›Jasmin‹ stand. Es war leer und wies nur Fingerabdrücke von Mrs. Crale auf. Bei der Analyse wurde festgestellt, daß es schwache Spuren von Jasmin und eine starke Lösung von Koniin-Hydrobromid enthielt.

Ich zeigte Mrs. Crale das Fläschchen und wies darauf hin, daß sie keine sie selbst belastenden Aussagen zu machen brauche. Sie erwiderte jedoch bereitwillig, sie habe sich sehr unglücklich gefühlt und sei nach Mr. Meredith Blakes Beschreibung des Saftes im Laboratorium zurückgeblieben, habe ein Fläschchen mit Jasminparfüm, das sie in ihrer Tasche trug, ausgeschüttet und es mit der Koniin-Lösung gefüllt. Als ich sie fragte, wozu sie das getan habe, antwortete sie: ›Ich möchte über gewisse Dinge nicht reden, aber ich hatte einen großen Schock erlitten, denn mein Mann hatte mir erklärt, er würde mich wegen einer anderen Frau verlassen. Wenn das tatsächlich der Fall gewesen wäre, hätte ich nicht länger leben wollen. Darum habe ich das Koniin genommen.‹«

»Das klingt doch plausibel«, warf Poirot ein.

»Mag sein, Monsieur Poirot. Aber es paßt nicht zu dem, was sie vorher zu Miss Greer gesagt hatte. Und am nächsten Morgen hatte sie wieder eine Szene mit ihrem Mann. Mr. Philip hörte einen Teil der Auseinandersetzung und Miss Greer einen anderen. Die beiden befanden sich in der Bibliothek, Mr. Blake war in der Halle, und Miss Greer saß im Garten in der Nähe des offenen Bibliotheksfensters.«

»Und was haben sie gehört?«

»Mr. Blake hörte Mrs. Crale sagen: ›Du mit deinen Weibern. Am liebsten würde ich dich umbringen, und eines Tages werde ich es auch tun.‹«

»Also nichts von Selbstmord?«

»Keine Spur. Kein Wort wie: ›Wenn du das tust, bringe ich mich um.‹ Miss Greers Aussage war ähnlich; sie habe Mr. Crale sagen hören: ›Sei doch vernünftig, Caroline. Ich habe dich gern und wünsche dir immer alles Gute, dir und dem Kind, aber ich werde Elsa heiraten. Wir hatten doch vereinbart, daß wir einander im Falle eines Falles freigeben.‹ Darauf habe Mrs. Crale erwidert: ›Gut, aber sage nicht, daß ich dich nicht gewarnt hätte.‹ Er fragte: ›Was soll das heißen?‹ Sie antwortete: ›Das soll heißen, daß ich dich liebe und dich nicht aufgeben werde. Eher bringe ich dich um, als daß ich dich diesem Mädchen überlasse.‹«

»Ich finde es sehr unklug von Miss Greer, daß sie diese Auseinandersetzung heraufbeschwor«, murmelte Poirot. »Mrs. Crale brauchte doch nur die Scheidung zu verweigern.«

»Im Hinblick auf diesen Punkt haben wir auch einige Feststellungen gemacht«, entgegnete Hale. »Mrs. Crale vertraute sich Mr. Meredith Blake an. Er, ein alter, zuverlässiger Freund von beiden, war sehr betrübt und machte Mr. Crale Vorhaltungen. Das war am vorhergehenden Nachmittag. Unter anderem sagte er ihm, es sei nicht nur traurig, daß die Ehe zwischen ihm und Caroline in die Brüche ginge, sondern es sei doch auch für ein junges Mädchen wie Miss Greer höchst peinlich, in einen Scheidungsprozeß verwickelt zu werden. Worauf Mr. Crale grinsend erwiderte: ›Das hat Elsa auch nicht im Sinn. Sie braucht nicht vor Gericht zu erscheinen; wir werden das in der üblichen Weise regeln.‹«

»Dann war es also um so unverständlicher von Miss Greer, diesen Streit vom Zaun zu brechen.«

»Ach, Sie wissen doch, wie Frauen sind! Sie müssen sich immer in die Haare geraten. Jedenfalls war es eine höchst peinliche Situation, und ich kann nicht begreifen, daß Mr. Crale es dazu hat kommen lassen. Laut Mr. Meredith Blake wollte er unter allen Umständen sein Bild fertig malen. Verstehen Sie das?«

»O ja, lieber Freund.«

»Ich nicht. Der Mann liebte anscheinend Schwierigkeiten.« Poirot schüttelte den Kopf.

»Sie müssen sich vorstellen, lieber Freund, daß in dem Moment für Crale nur sein Bild existierte. So sehr er auch das Mädchen zu heiraten wünschte, das Bild war ihm doch wichtiger. Darum hoffte er, daß es während der Zeit ihres Besuchs nicht zu einem offenen Krach kommen würde. Für das Mädchen war es natürlich etwas anderes, für Frauen ist die Liebe das wichtigste.«

»Das kann man wohl sagen«, bestätigte Hale.

»Männer – und besonders Künstler – sind anders.«

»Kunst!« schnaubte Hale verächtlich. »Dieses ganze Gerede von Kunst! Ich habe es nie verstanden und werde es nie verstehen. Sie hätten das Bild sehen sollen, das Crale gemalt hat.

Alles war schief. Das Mädchen sah aus, als ob es Zahnweh hätte, und die Zinnen schienen zu schielen. Ein scheußlicher Anblick. Ich konnte es lange nicht vergessen; ich träumte sogar davon. Und selbst am Tag fing ich an, die Zinnen und die Brustwehr und was sonst noch auf dem Bild war, zu sehen, und natürlich das Mädchen!«

Lächelnd sagte Poirot: »Ohne es zu wissen, zollen Sie dem Genie Amyas Crales Ihren Tribut.«

»Unsinn! Warum kann ein Maler nicht so malen, daß es hübsch und erfreulich aussieht? Warum muß es häßlich sein?«

»Es gibt Menschen, *mon cher*, die Schönheit in der merkwürdigsten Form erkennen.«

»Das Mädchen sah gut aus«, sagte Hale, »stark aufgemacht und mit wenig an. Es ist wirklich unanständig, wie diese Mädchen rumlaufen. Und das war vor sechzehn Jahren, müssen Sie sich vorstellen; heutzutage würde einem das gar nicht mehr auffallen. Aber damals ... also ich war schokkiert. Hosen und ein Sporthemd, weit ausgeschnitten, und nichts darunter.«

»Sie scheinen diese Details sehr gut behalten zu haben«, murmelte Poirot verschmitzt.

Hale errötete. »Ich versuche nur, Ihnen meine Eindrücke zu vermitteln«, entgegnete er ärgerlich.

»Gut ... gut«, beruhigte Poirot ihn. »Also die Hauptbelastungszeugen waren Philip Blake und Elsa Greer?«

»Ja, und beide waren sehr heftig. Aber auch die Gouvernante wurde als Zeugin geladen, und ihre Aussage wog schwerer als die der beiden. Sie war völlig auf Mrs. Crales Seite, doch als ehrlicher Mensch machte sie ihre Aussagen wahrheitsgetreu.«

»Und Meredith Blake?«

»Er war höchst unglücklich, der arme Mann. Er wurde von Gewissensbissen wegen seiner Giftmischerei geplagt, und der Gerichtsarzt machte ihm auch schwere Vorwürfe.«

»Und Mrs. Crales kleine Schwester wurde nicht vernommen?«

»Nein, das war überflüssig. Sie war nicht dabei gewesen, als

Mrs. Crale die Drohungen gegen ihren Mann ausstieß, und sie hätte uns nicht Neues sagen können. Sie sah, wie Mrs. Crale das Bier aus dem Eisschrank nahm, und hätte wahrscheinlich auf Anweisung des Verteidigers ausgesagt, daß Mrs. Crale es direkt forttrug, ohne etwas damit anzustellen. Aber dieser Punkt war unwichtig, denn wir haben ja nie behauptet, daß in der Flasche Gift gewesen sei.«

»Wie konnte sie es denn unter den Augen der beiden in das Glas schütten?«

»Die beiden haben nicht hingeschaut; das heißt, Mr. Crale malte und blickte entweder auf seine Leinwand oder auf das Modell, und Miss Greer saß so, daß sie Mrs. Crale beinahe den Rücken zukehrte. Sie hatte das Gift in einer kleinen Röhre, so ein Ding, das man in Füllfederhalter steckt. Wir fanden die Splitter später auf dem Weg zum Haus.«

»Sie haben auf alles eine Antwort«, murmelte Poirot.

»Hören Sie mal, Monsieur Poirot! Sie droht, ihn zu töten. Sie stiehlt das Gift aus dem Laboratorium. Die leere Flasche wird in ihrem Zimmer gefunden, und nur ihre Fingerabdrücke sind darauf. Sie bringt ihm eisgekühltes Bier, obwohl sie sich gerade furchtbar gezankt hatten. Warum war sie plötzlich so freundlich? Er klagt über den schlechten Geschmack des Biers – Koniin hat einen widerlichen Geschmack. Sie richtet es so ein, daß sie die Leiche findet, und schickt die Gouvernante fort, um zu telefonieren. Warum? Damit sie die Flasche und das Glas abwischen und seine Finger daraufpressen kann. Daraufhin kann sie behaupten, er habe aus seinem schlechten Gewissen heraus Selbstmord verübt. Das ist doch eine tolle Geschichte.«

»Bestimmt nicht sehr geschickt.«

»Meiner Ansicht nach hat sie sich gar nicht die Mühe gemacht zu überlegen; sie war so besessen von Haß und Eifersucht, daß sie nur daran dachte, wie sie ihn umbringen könnte. Dann, als es vorbei war, als sie ihn tot vor sich sah . . . kam sie plötzlich zu sich, und es wurde ihr klar, daß sie einen Mord begangen hatte und daß man für Mord gehängt wird. In ihrer Verzweiflung fällt ihr nichts anderes ein, als einen Selbstmord vorzutäuschen. In gewisser Weise war es ein vorbedachtes Verbrechen, in gewisser Weise aber auch wieder nicht. Ich glaube nämlich nicht, daß sie es sich richtig überlegt hat; sie ist vielmehr blindlings hineingestolpert.«

Hale blickte Poirot neugierig an und fragte:

»Habe ich Sie davon überzeugt, Monsieur Poirot, daß es sich um einen ganz klaren Fall handelt?«

»Fast, aber nicht ganz. Es gibt da ein paar Punkte . . .«

»Sehen Sie eine Möglichkeit . . . die stichhaltig ist?«

»Was haben die anderen Personen an dem Morgen gemacht?« fragte Poirot.

»Das haben wir überprüft, das kann ich Ihnen versichern. Natürlich hatte niemand ein sogenanntes Alibi, das ist ja auch bei einem Giftmord nicht die Frage. Es besteht die Möglichkeit, daß ein Giftmörder seinem Opfer am Tag vorher irgendeine Medizin gibt, angeblich gegen Magenverstimmung, und kein Mensch kann es ihm nachweisen.«

»Aber das halten Sie in diesem Fall nicht für möglich?«

»Mr. Crale erfreute sich einer ausgezeichneten Verdauung. Es stimmt, daß Mr. Meredith Blake die Heilkraft seiner Säfte anpries, aber ich kann mir nicht vorstellen, daß Crale einen davon probierte. Wenn er es getan hätte, hätte er bestimmt darüber Witze gerissen. Außerdem, warum sollte Meredith Blake Crale, seinen Nachbarn, umbringen wollen? Sie standen ausgezeichnet miteinander. Und so war es mit den andern auch. Philip Blake war sein bester Freund, Miss Greer liebte ihn, Miss Williams . . . nun, sie mißbilligte sein Verhalten, aber zwischen moralischer Mißbilligung und einem Giftmord ist ein großer Unterschied. Die kleine Angela Warren zankte sich oft mit ihm, sie war im schlimmsten Alter, doch im Grunde hatten sich die beiden recht gern. Sie wurde sehr verwöhnt, Sie werden ja wohl gehört haben, warum. Schon das zeigt übrigens, was für ein unbeherrschter Mensch Mrs. Crale war. Auf ein Kind losgehen und es auf Lebenszeit verunstalten!«

»Es könnte auch ein Beweis dafür sein«, sagte Poirot nachdenklich, »daß Angela Warren Grund hatte, Caroline Crale zu grollen.«

»Vielleicht, aber nicht Amyas Crale. Mrs. Crale liebte übrigens ihre kleine Schwester sehr, sie nahm sie nach dem Tod der Eltern zu sich und behandelte sie, wie ich schon erwähnte, besonders liebevoll – verwöhnte sie schrecklich, sagt man. Und das Mädchen hing offensichtlich sehr an Mrs. Crale. Zur Verhandlung wurde sie nicht zugelassen – auf Mrs. Crales besonderen Wunsch hin, soviel ich weiß. Aber das Mädchen war höchst unglücklich und wollte ihre Schwester durchaus im Gefängnis besuchen. Caroline Crale lehnte dies mit der Begründung ab, daß der Eindruck dem Kind schaden könnte, und sie sorgte dafür, daß Angela ins Ausland in eine Schule geschickt wurde. Miss Warren ist übrigens eine sehr bekannte Persönlichkeit geworden; sie unternimmt Reisen in unerforschte Gebiete und hält Vorträge in der Königlichen Geographischen Gesellschaft und dergleichen.«

»Und kein Mensch bringt sie mehr mit dem Mordfall in Zusammenhang?«

»Sie hat einen anderen Namen, und auch schon die Mädchennamen der beiden waren verschieden, denn sie hatten ja nicht denselben Vater.«

»War diese Miss Williams die Gouvernante der kleinen Carla oder Angela Warrens?«

»Angelas. Für das kleine Mädchen war eine Nurse da, aber es nahm jeden Tag ein paar Stunden bei Miss Williams, glaube ich.«

»Wo war das Kind zur Zeit des Mordes?«

»Zu Besuch bei seiner Großmutter, einer Lady Tressillian.« Poirot nickte. »Aha.«

»Was die übrigen Beteiligten am Morgen des Mordtages machten, kann ich Ihnen genau sagen. Miss Greer saß nach dem Frühstück auf der Terrasse neben dem Bibliotheksfenster und hörte, wie ich schon sagte, den Streit zwischen Crale und seiner Frau. Danach ging sie mit Crale hinunter zur Schanze und saß ihm dort bis zum Mittagessen.

Philip Blake war nach dem Frühstück im Haus geblieben und hörte ebenfalls einen Teil des Streits mit an. Nachdem Crale und Miss Greer fortgegangen waren, las er Zeitung, bis sein

Bruder ihn anrief. Dann ging er ihm entgegen. Vom Strand aus folgten sie dem Pfad, der an der Schanze vorbeiführt. Miss Greer war gerade ins Haus gegangen, um sich einen Pullover zu holen, und Mrs. Crale besprach mit ihrem Mann die Vorbereitungen für Angelas Abreise ins Internat.«

»Eine freundschaftliche Unterhaltung?«

»O nein. Wie ich hörte, hat Crale ziemlich gebrüllt; er war wütend darüber, daß er mit Haushaltsdingen belästigt wurde. Ich vermute, Mrs. Crale wollte alles regeln, falls es wirklich zu einem Bruch kommen sollte. Die zwei Brüder wechselten ein paar Worte mit Amyas Crale, dann kam Miss Greer zurück, nahm wieder ihre Stellung ein, Crale griff zum Pinsel und wollte die beiden offensichtlich loswerden. Die beiden Herren gingen dann hinauf zum Haus und setzten sich auf die Terrasse. Übrigens hatte sich Amyas Crale während dieser Unterhaltung beiläufig darüber beklagt, daß das Bier im Schuppen warm sei, worauf seine Frau sagte, sie wüde ihm ein kaltes bringen.«

»Aha!«

»Richtig – aha! Sie war süß wie Honig. Sie und die kleine Angela brachten dann erst den Herren Bier auf die Terrasse. Später ging Angela baden, und Philip Blake begleitete sie. Meredith Blake ging hinüber zu einem kleinen Plateau oberhalb der Schanze, auf dem eine Bank stand. Von dort aus konnte er Miss Greer auf der Brustwehr sitzen sehen und ihre und Crales Stimmen hören. Er zerbrach sich noch immer den Kopf über das verschwundene Koniin. Elsa Greer sah ihn und winkte ihm zu. Als zum Mittagessen geläutet wurde, ging er hinunter zur Schanze und begleitete Elsa Greer zum Haus. Bei dieser Gelegenheit bemerkte er, daß Crale merkwürdig aussah – so drückte er sich aus –, aber er dachte sich nichts weiter dabei.

Die Dienstboten waren an dem Morgen wie immer im Haus beschäftigt. Miss Williams saß im Studierzimmer und korrigierte Hefte. Danach setzte sie sich auf die Terrasse und nähte. Angela Warren verbrachte fast den ganzen Morgen im Garten, kletterte auf Bäume und aß Obst. Dann kam sie ins Haus zurück und ging nach einer Weile, wie ich schon sagte, mit Philip Blake zum Strand hinunter, um zu baden.«

Hale hielt inne und fragte dann herausfordernd:

»Haben Sie irgend etwas daran auszusetzen?«

»Nichts, trotzdem möchte ich mich selbst überzeugen. Ich . . .«

»Was wollen Sie tun?«

»Ich werde diese fünf Menschen aufsuchen und mir von jedem seine Version erzählen lassen.«

Hale stieß einen Seufzer aus.

»Menschenskind, Sie sind verrückt. Die Geschichten werden nicht übereinstimmen! Das müßten Sie doch am besten wissen. Besonders nach so vielen Jahren! Sie werden fünf Erzählungen von fünf verschiedenen Morden hören!«

»Damit rechne ich, und es wird sehr aufschlußreich sein«, entgegnete Poirot.

6

Philip Blake entsprach genau Montague Depleachs Beschreibung: ein reicher, schlauer, jovial aussehender Mann, der Fett ansetzte.

Hercule Poirot hatte sich für Samstag abend halb sieben bei ihm angemeldet. Philip Blake kam gerade vom Golfplatz; er hatte achtzehn Löcher gemacht und seinem Gegenspieler fünf Pfund abgenommen. Also war er guter Laune.

Poirot erklärte ihm den Grund seines Besuches – ohne in diesem Fall eine übermäßige Wahrheitsliebe an den Tag zu legen – und behauptete, er sei dabei, ein Buch über berühmte Mordprozesse zu schreiben.

Philip Blake runzelte die Stirn.

»Großer Gott. Warum muß man diese Dinge ausgraben?«

Achselzuckend murmelte Poirot:

»Das Publikum verlangt es; die Leute verschlingen solche Bücher. So ist nun einmal die menschliche Natur. Wir beide, Mr. Blake, die wir die Welt kennen, machen uns ja keine Illusionen über unsere Mitmenschen. Die meisten sind zwar gar nicht so schlimm, aber bestimmt kann man sie nicht idealisieren.«

»Ich mache mir schon lange keine Illusionen mehr«, versicherte Blake.

Hercule Poirot fand, daß er aussah wie ein zufriedenes Schwein. »Ein rosiges Schweinchen ging zum Markt . . .« Jawohl, ein gutgefüttertes Schwein, das zum Markt geführt worden war und einen guten Preis erzielt hatte . . .

Aber früher war dieser Mann vielleicht anders gewesen. In seiner Jugend hatte er bestimmt nicht schlecht ausgesehen. Die Augen waren zwar etwas zu klein und standen zu nahe beieinander, aber er war gut gewachsen und hatte früher sicher einen angenehmen Eindruck gemacht. Wie alt war er jetzt wohl? In den Fünfzigern? Dann war er also zur Zeit von Crales Tod Ende der Dreißig gewesen. Damals hatte er wahrscheinlich noch mehr vom Leben verlangt und noch weniger erhalten . . .

Poirot murmelte: »Sie werden ja meine Lage sicher verstehen.«

»Nein, durchaus nicht.« Der Makler richtete sich auf und blickte ihn schlau an. »Sie sind doch kein Schriftsteller?«

»Nein, nicht direkt. Ich bin Detektiv.«

Diese bescheidene Feststellung hatte Poirot bisher nur selten gemacht.

»Natürlich, das weiß man ja, der berühmte Hercule Poirot!« sagte Blake mit einem ironischen Unterton, und obwohl es Poirot recht war, bei dieser Unterhaltung nicht ganz ernst genommen zu werden, ärgerte er sich darüber.

Aber er ließ sich nichts anmerken.

»Es freut mich«, log er, »daß ich Ihnen so gut bekannt bin. Meine Erfolge beruhen auf Psychologie, auf der ewigen Frage nach den Motiven menschlichen Verhaltens. Das interessiert heutzutage die Welt bei Kriminalfällen. Früher interessierte man sich bei Kriminalfällen nur für die Liebesgeschichte im Hintergrund, heute ist das anders. Die Leute wollen den ganzen Hintergrund kennenlernen.«

Blake erwiderte leicht gähnend: »Das Motiv der meisten

Verbrechen ist doch klar, im allgemeinen geht es nur ums liebe Geld.«

»Aber mein werter Herr!« rief Poirot. »Das Motiv darf nie so offensichtlich zu erkennen sein, das ist der springende Punkt!«

»Und da setzen Sie an?«

»Richtig! Man hat mich beauftragt, frühere Kriminalfälle vom psychologischen Gesichtspunkt aus zu analysieren. Kriminalpsychologie ist meine Spezialität, und so habe ich den Auftrag angenommen.«

Blake grinste.

»Recht lukrativ, nehme ich an?«

»Ich hoffe es.«

»Ich gratuliere Ihnen. Aber vielleicht sagen Sie mir jetzt, inwiefern ich Ihnen dabei behilflich sein kann.«

»Gern. Es handelt sich um den Fall Crale, Monsieur.«

Nachdenklich murmelte Blake: ». . . der Fall Crale . . .«

»Das ist Ihnen doch nicht unangenehm, Mr. Blake?« fragte Poirot besorgt.

»Es würde mir ja nichts helfen«, antwortete Blake achselzuckend. »Es hat keinen Zweck, sich über etwas zu ärgern, wogegen man nichts tun kann. Der Fall Caroline Crale ist sozusagen Allgemeingut geworden; jedermann kann nach Herzenslust darüber schreiben, und ich kann nichts dagegen tun. Ich gestehe Ihnen ganz offen, daß ich davon nicht begeistert bin. Amyas Crale war einer meiner besten Freunde, und es paßt mir gar nicht, daß diese unglückliche Geschichte wieder ans Tageslicht gezerrt wird. Aber da kann man eben nichts machen.«

»Sie sind ein Philosoph, Mr. Blake.«

»Nein, ich weiß nur, daß es keinen Zweck hat, mit dem Kopf durch die Wand rennen zu wollen, und ich glaube, daß Sie es weniger schlimm machen werden als andere.«

»Ich hoffe, daß ich wenigstens mit Takt schreiben werde, und ich versichere Ihnen, Mr. Blake, daß mich der Fall wirklich interessiert. Es ist für mich nicht nur eine Geldfrage. Ich möchte die Vergangenheit neu erstehen lassen, die Ereignisse im Geiste vor mir abrollen sehen, die Gedanken und Gefühle der an der Tragödie Beteiligten nachempfinden.«

»Ich glaube nicht, daß es sich in dem Fall um psychologische Feinheiten handelt. Es war einfach brutale weibliche Eifersucht, weiter nichts.«

»Ihre Einstellung zu der Angelegenheit würde mich außerordentlich interessieren, Mr. Blake.«

Blake lief plötzlich rot an und stieß hervor:

»Einstellung! Einstellung! Sprechen Sie doch nicht so pedantisch. Ich bin nicht einfach dabeigestanden und habe eine Einstellung gehabt. Sie scheinen nicht zu begreifen, daß mein Freund . . . mein bester Freund, sage ich Ihnen, ermordet wurde . . . vergiftet! Und wenn ich schneller gewesen wäre, hätte ich ihn retten können.«

»Wie wäre das möglich gewesen, Mr. Blake?«

»Ganz einfach. Ich nehme an, daß Sie die Fakten des Falles kennen.«

Poirot nickte.

»Dann ist Ihnen bestimmt auch bekannt, daß mein Bruder Meredith mich am Morgen des Mordtages anrief. Er war schrecklich aufgeregt. Einer seiner Teufelssäfte fehlte – und es war ein besonders gefährlicher Teufelssaft. Was habe ich getan? Ich habe ihm gesagt, er solle zu mir kommen, wir würden darüber sprechen und überlegen, was zu tun sei. Überlegen! Ich kann bis heute nicht verstehen, daß ich ein so unentschlossener Idiot gewesen bin. Ich hätte mir darüber klar sein müssen, daß keine Minute zu verlieren war. Ich hätte sofort Amyas warnen müssen, hätte ihm sagen müssen: ›Caroline hat einen von Merediths Giftsäften geklaut, und ihr beiden, du und Elsa, müßt aufpassen!‹«

Blake hatte sich erhoben und ging aufgeregt hin und her.

»Mein Gott, Menschenskind! Wie oft denke ich darüber nach, zermartere mir das Hirn. Ich weiß, daß ich ihn hätte retten können, und ich habe die Zeit vertrödelt, habe auf Meredith gewartet. Ich hätte doch wissen müssen, daß Caroline weder Gewissensbisse noch Hemmungen kannte. Sie hatte das Gift genommen, um es zu benutzen, und zwar bei der ersten Gelegenheit. Sie würde nicht darauf warten, bis Meredith den Verlust entdeckte. Ich wußte also . . . jawohl, ich wußte es . . . daß Amyas in Lebensgefahr schwebte. Und ich habe nichts getan.«

»Ich glaube, Sie machen sich ungerechtfertigterweise Vorwürfe, Monsieur. Sie hatten ja nicht viel Zeit . . .«

Blake unterbrach ihn:

»Zeit? Massenhaft! Ich hatte die verschiedensten Möglichkeiten. Ich hätte Amyas warnen können, allerdings hätte er mir wahrscheinlich nicht geglaubt, denn er war nicht der Mann, der leicht um sein Leben bangte. Er hätte mich nur ausgelacht. Und wahrscheinlich hat er nie ganz begriffen, was für ein teuflisches Weib Caroline war. Eine zweite Möglichkeit wäre gewesen, zu ihr zu gehen, ihr zu sagen: ›Ich weiß, was du vorhast. Aber ich sage dir, wenn Amyas oder Elsa an einer Koniinvergiftung stirbt, wirst du gehängt.‹ Dann hätte sie es sich überlegt. Oder ich hätte die Polizei anrufen können. Ich hätte vieles tun können . . . und statt dessen habe ich mich durch Merediths langweilige, vorsichtige Art beeinflussen lassen. Dieser alte Trottel hat noch nie in seinem Leben einen raschen Entschluß gefaßt. Ein Glück für ihn, daß er der Älteste ist und das Gut geerbt hat. Wenn er je versucht hätte, Geld zu verdienen, hätte er Hals und Kragen verloren.«

»Sie hatten also nicht den geringsten Zweifel, wer das Gift entwendete?« fragte Poirot.

»Natürlich nicht. Ich wußte sofort, daß es Caroline gewesen war. Ich kannte sie doch nur zu gut.«

»Sehr interessant. Können Sie mir sagen, Mr. Blake, was für eine Frau Caroline Crale war?«

»Sie war nicht die verfolgte Unschuld, als die sie bei der Verhandlung erschien«, entgegnete Blake scharf.

»Was war sie denn?«

Blake hatte sich wieder gesetzt und antwortete ernst:

»Caroline war böse, durch und durch böse. Aber sie war reizvoll und süß und täuschte die Menschen. Sie hatte einen rührend hilflosen Blick, der an den Kavalier im Mann appellierte. So wie sie stelle ich mir Maria Stuart vor, süß und unglücklich und bezaubernd – in Wirklichkeit aber ein kaltes, berechnendes Weib, das Intrigen spann, das die Ermordung Darnleys plante und sie ungestraft ausführte. Und so war auch Caroline: eine kalte, berechnende Intrigantin – und jähzornig dazu.

Ich weiß nicht, ob man Ihnen erzählt hat – es gehört an sich nicht zu dem Mord, war aber charakteristisch für sie –, was sie ihrer kleinen Schwester angetan hat? Sie war eifersüchtig. Ihre Mutter hatte sich wieder verheiratet und überschüttete das neugeborene Kind mit ihrer Liebe. Das konnte Caroline nicht ertragen. Sie versuchte, dem Baby mit einem Brecheisen den Schädel einzuschlagen. Zum Glück war der Schlag nicht tödlich – aber stellen Sie sich diese Gemeinheit vor!«

»Ja, unglaublich.«

»Da haben Sie die wahre Caroline. Sie mußte immer die erste sein, sie konnte es einfach nicht ertragen, jemanden vor sich zu sehen. Und ihr teuflischer Charakter machte sie zu allem fähig, sogar zu einem Mord. Sie schien lediglich impulsiv zu sein, aber in Wirklichkeit war sie berechnend. Als sie als junges Mädchen in Alderbury zu Besuch war, schätzte sie uns ab und schmiedete dann ihre Pläne. Sie war von Haus aus arm. So kam ich von vornherein nicht in Frage – der jüngere Sohn, der sich sein Geld selbst verdienen muß. Komisch, daß ich heute Meredith und Crale, wenn er noch lebte, finanziell in die Tasche stecken könnte! Eine Zeitlang hatte sie ein Auge auf Meredith geworfen, aber schließlich entschied sie sich für Amyas. Er würde Alderbury erben, was ihn zwar nicht reich machen würde, aber sie hatte bereits erkannt, daß er ein ungewöhnliches Talent besaß, das ihm nicht nur Ruhm, sondern auch Geld einbringen würde. Und das traf dann auch ein. Schon in frühen Jahren wurde Amyas berühmt. Er war kein Modemaler, aber sein Genie wurde erkannt und seine Bilder gekauft. Kennen Sie seine Bilder? Ich habe eins. Schauen Sie sich's an!«

Er führte ihn ins Eßzimmer und deutete auf die linke Wand.

»Da, das ist Amyas!«

Poirot betrachtete das Bild schweigend. Er staunte einmal mehr, daß ein Mann ein so alltägliches Objekt mit einem so eigenen Zauber erfüllen konnte: eine Vase mit Rosen auf

50

einem polierten Mahagonitisch – ein abgedroschenes Motiv. Aber wie diese Rosen lebten! Sie brannten und flammten, sie strahlten ein fast obszönes Leben aus, und selbst die polierte Tischplatte schien zu vibrieren. Wie konnte man die Erregung, die das Bild hervorrief, erklären? Denn es war aufwühlend.

Poirot stieß einen leichten Seufzer aus.

»Ja . . . da steckt alles drin.«

Blake führte ihn wieder ins andere Zimmer zurück und sagte:

»Ich verstehe nichts von Kunst, und ich weiß nicht, warum ich mir dieses Ding immer wieder anschaue. Es ist, verdammt noch mal, großartig.«

Poirot nickte nachdrücklich.

Blake bot seinem Gast eine Zigarette an:

»Und dieser Mann . . . der Mann, der diese Rosen malte . . . der Mann, der die ›Frau mit dem Cocktailshaker‹ malte . . . der Mann, der die erstaunlich schmerzliche ›Geburt Christi‹ malte, dieser Mann wurde in der Blüte seiner Jahre, auf dem Höhepunkt seines Schaffens, seiner überströmenden Lebenskraft ermordet . . . von einem rachsüchtigen, gemeinen Weib!«

Er hielt einen Moment inne.

»Sie werden denken, ich sei bitter, ich sei voreingenommen, ungerecht gegen Caroline. Sie war reizvoll . . . ich habe es selbst empfunden. Aber ich erkannte von vornherein, was dahintersteckte. Diese Frau, Monsieur Poirot, war böse, sie war grausam, berechnend, herrschsüchtig.«

»Man hat mir aber erzählt, daß Mrs. Crale in ihrer Ehe viel auszustehen hatte«, entgegnete Poirot.

»Ja, und alle Welt mußte es wissen. Sie war die Märtyrerin! Armer Amyas! Seine Ehe war eine einzige Hölle, oder hätte es sein können, wenn er nicht ein so besonderer Mensch gewesen wäre. Er hatte ja immer noch seine Kunst, verstehen Sie. In die konnte er sich flüchten. Wenn er malte, war ihm alles andere gleich. Er schüttelte Caroline ab, er kümmerte sich nicht um ihr Nörgeln, um ihr Keifen, um diese ständigen Szenen und Auftritte. Jede Woche gab es mindestens

51

einmal einen Höllenkrach wegen irgendeiner Kleinigkeit. Sie genoß das. Solche Auseinandersetzungen stimulierten sie, glaube ich; sie waren ein Ventil für sie. Sie konnte sich all ihre Gemeinheit vom Herzen reden. Nachher war sie wie umgewandelt. Sie schnurrte förmlich, sah aus wie eine glatte, gutgefütterte Katze. Aber ihn nahm es mit. Er wollte Frieden, Ruhe, ein stilles Leben. Selbstverständlich dürfte ein Mann wie er überhaupt nicht heiraten, er eignet sich nicht für ein häusliches Dasein. Ein Mann wie Crale sollte seine Abenteuer haben, sich aber nie binden. Das mußte ihn aufreiben.«

»Hat er sich Ihnen anvertraut?«

»Er wußte, daß ich immer sein Freund war. Er ließ mich manches sehen – er klagte nicht, das lag ihm nicht –, aber ab und zu sagte er: ›Zum Teufel mit den Weibern!‹ Oder: ›Heirate nie, mein Lieber. Spar dir die Hölle fürs Jenseits auf.‹«

»Sie wußten über seine Neigung zu Miss Greer Bescheid?«

»O ja, wenigstens sah ich es kommen. Er erzählte mir, daß er ein wunderbares Mädchen kennengelernt habe. Sie sei ganz anders als alle, die er bisher kannte. Das beeindruckte mich nicht weiter, denn Amyas lernte immer eine Frau kennen, die ›ganz anders‹ war. Im allgemeinen sah er einen bereits einen Monat später erstaunt an, wenn man von ihr sprach, und wußte überhaupt nicht mehr, von wem die Rede war. Aber mit Elsa Greer war es wirklich anders. Das merkte ich, als ich nach Alderbury zu Besuch kam. Sie hatte ihn gepackt, hatte ihn fest in den Klauen. Der arme Hammel fraß ihr aus der Hand.«

»Elsa Greer mochten Sie also auch nicht?«

»Nein, auch sie war besitzgierig, auch sie wollte Crale mit Leib und Seele haben; aber ich glaube trotzdem, daß sie für ihn besser gewesen wäre als Caroline. Vermutlich hätte sie ihn ab und zu in Frieden gelassen, sowie sie seiner sicher war, oder sie hätte ihn satt bekommen und eines Tages verlassen. Das beste für Amyas wäre gewesen, wenn er sich überhaupt nicht mit Frauen eingelassen hätte.«

»Aber das sah er anscheinend nicht ein?«

Blake seufzte.

»Ach ja, dieser Narr mußte immer eine Weibergeschichte haben, obwohl ihm Frauen im Grunde genommen wenig bedeuteten. Die zwei einzigen Frauen, die in seinem Leben wirklich eine Rolle spielten, waren Caroline und Elsa.«

»Hatte er das Kind gern?« fragte Poirot.

»Angela? Oh, Angela mochten wir alle gern. Mit ihr konnte man Pferde stehlen. Wie hat sie der armen Gouvernante das Leben schwergemacht! Ja, Amyas hatte Angela gern, aber wenn sie es zu toll trieb, wurde er wütend. Dann pflegte Caroline einzugreifen; sie war immer auf Angelas Seite, und das machte Amyas völlig verrückt. Es erbitterte ihn, wenn Caroline sich mit Angela gegen ihn stellte. Dabei war natürlich Eifersucht im Spiel, verstehen Sie? Amyas war eifersüchtig, weil für Caroline immer Angela zuerst kam, weil sie alles für das Kind tat. Und Angela war eifersüchtig auf Amyas und lehnte sich gegen seine Herrschsucht auf. Er hatte bestimmt, daß sie im Herbst in ein Internat gesteckt würde, und sie war wütend darüber. An sich hatte sie gar nichts dagegen, sie wollte gern hingehen, aber ich glaube, daß es die hochfahrende Art von Amyas war, die sie empörte. Aus Rache spielte sie ihm alle möglichen Streiche. Einmal steckte sie ihm zehn Schnecken ins Bett. Im großen und ganzen hatte Amyas recht, glaube ich – es war höchste Zeit, daß ihr etwas Disziplin beigebracht wurde. Miss Williams war sehr tüchtig, aber selbst sie mußte zugeben, daß sie Angela nicht gewachsen war.«

Er hielt inne, und Poirot sagte: »Als ich mich erkundigte, ob Amyas das Kind gern gehabt hatte, meinte ich eigentlich sein eigenes Kind, seine Tochter.«

»Ach, Sie meinten die kleine Carla? Ja, die war sein Liebling. Wenn er gerade dazu aufgelegt war, spielte er sehr gern mit ihr. Aber seine Gefühle für sie hätten ihn nicht davon abgehalten, Elsa zu heiraten, wenn Sie das meinen. So groß war seine Liebe zu dem Kind nun auch wieder nicht.«

»Hing Caroline sehr an ihrem Kind?«

Blakes Gesicht verzog sich krampfartig.

»Ich kann nicht abstreiten, daß sie eine gute Mutter war. Nein, das kann ich nicht.« Er sprach nun langsam, stockend weiter: »Das schlimmste für mich bei der ganzen Sache ist der Gedanke an dieses Kind. Was für eine tragische Basis für ihr junges Leben. Man schickte sie ins Ausland zu Verwandten von Amyas, und ich hoffe, daß sie ihr die Wahrheit vorenthalten konnten.«

Poirot sagte kopfschüttelnd: »Die Wahrheit, Mr. Blake, hat die Eigenschaft, sich auch noch nach vielen Jahren durchzusetzen. Im Interesse der Wahrheit möchte ich Sie jetzt um etwas bitten, Mr. Blake.«

»Was denn?«

»Ich wäre Ihnen dankbar, wenn Sie einen genauen Bericht über alles, was sich in jenen Tagen in Alderbury abgespielt hat, abfassen könnten, ich meine, wenn Sie alle Einzelheiten des ganzen Mordfalles schriftlich niederlegen würden.«

»Aber lieber Freund, nach so langer Zeit! Ich kann mich doch gar nicht mehr an Einzelheiten erinnern.«

»Ich glaube doch.«

»Wirklich nicht.«

»Die Zeit bewirkt oft, daß man nebensächliche Dinge vergißt und nur die wichtigen behält.«

»Ach so, Sie wollen nur einen allgemeinen Überblick?«

»Das nicht. Ich möchte einen gewissenhaften, in die Einzelheiten gehenden Bericht über alle Geschehnisse und über alle Unterhaltungen, an die Sie sich erinnern können.«

»Und wenn ich mich dabei irre?«

»Machen Sie es, so gut Sie können.«

Neugierig blickte ihn Blake an.

»Aber wozu? Aus dem Polizeibericht können Sie doch alles viel genauer erfahren.«

»Nein. Mr. Blake. Ich spreche jetzt vom psychologischen Gesichtspunkt aus mit Ihnen. Mich interessiert nicht eine Aufzählung der nackten Tatsachen; mich interessiert Ihre Auswahl der Tatsachen. Es gibt bestimmt Geschehnisse, Gespräche, die ich vergebens im Polizeibericht suchen würde.«

»Soll mein Bericht veröffentlicht werden?« fragte Blake scharf.

»Kein Gedanke. Er ist nur für mich bestimmt, er soll mir helfen, meine Schlüsse zu ziehen.«

»Und Sie werden ohne meine Erlaubnis nichts daraus zitieren?«

»Darauf können Sie sich verlassen.«

»Hm . . . aber ich bin ein sehr beschäftigter Mann.«

»Ich weiß, daß dieser Bericht viel Zeit und Mühe erfordert. Es wäre mir ein Vergnügen . . . Sie durch ein angemessenes Honorar zu entschädigen.«

Nach einer kurzen Pause meinte Blake:

»Danke nein, wenn ich es tue, tue ich es gratis.«

»Aber Sie werden es tun?«

Blake warnte:

»Ich mache Sie noch einmal darauf aufmerksam, daß ich nicht für mein Gedächtnis garantieren kann.«

»Selbstverständlich.«

»Also, dann werde ich es sogar gern tun. Ich glaube, in gewisser Hinsicht schulde ich das Amyas Crale.«

7

Hercule Poirot war nicht der Mann, der Kleinigkeiten übersah. Seinen Überfall auf Meredith Blake hatte er sorgfältig vorbereitet. Er wußte, daß Meredith ganz anders behandelt werden mußte als sein Bruder Philip. Ein Sturmangriff wäre bei ihm nicht angebracht, hier war eine Belagerung erforderlich.

Poirot war sich klar darüber, daß er sich für die Bezwingung der Festung eine geeignete Einführung verschaffen mußte, und zwar gesellschaftlicher, nicht beruflicher Art. Zum Glück hatte er im Laufe seiner Tätigkeit in vielen Grafschaften Freunde erworben, so auch in Devonshire. Als er bei Mr. Meredith Blake vorsprach, konnte er mit zwei Briefen aufwarten: der eine war von Lady Mary Lytton-Gore, einer liebenswürdigen, zurückgezogen lebenden Witwe, der andere von einem pensionierten Admiral, dessen Familie schon seit vier Generationen in der Grafschaft ansässig war.

Meredith Blake empfing Poirot höchst erstaunt. Er hatte in

den letzten Jahren schon oft feststellen müssen, daß sich die Welt völlig verändert hatte. Früher waren Privatdetektive Leute, derer man sich zur Überwachung der Geschenke bei großen Hochzeitsfeierlichkeiten bediente oder zu denen man – voll Scham – zwecks Regelung einer dunklen Angelegenheit ging. Aber da schrieb nun Lady Mary Lytton-Gore: »Hercule Poirot ist ein alter Freund von mir, den ich sehr schätze. Ich wäre Ihnen dankbar, wenn Sie ihm gefällig wären.« Und Mary Lytton-Gore war wirklich nicht jemand, der sich mit den üblichen Privatdetektiven einlassen würde. Und Admiral Cronshaw schrieb: »Ein tadelloser Mensch, hochanständig. Ich wäre Ihnen sehr verbunden, wenn Sie ihm helfen würden. Er ist ein höchst amüsanter Mann, der ausgezeichnet Geschichten zu erzählen weiß!«

Und der Mann selber! Ein unmöglicher Mensch! Merkwürdig gekleidet ... Knopfstiefel ... ein lächerlicher Schnurrbart. Kein Mann für ihn. Sah nicht aus, als sei er je auf die Jagd gegangen oder habe je Kricket oder Golf gespielt. Ein Ausländer!

Leicht amüsiert las Hercule Poirot seinem Gastgeber diese Gedanken von der Stirn ab. Merediths eher kühler Empfang störte ihn nicht, denn er empfand eine seltsame Erregung darüber, nun hier in Handcross Manor zu sein, wo die zwei Brüder ihre Jugend verbracht hatten, von wo sie nach Alderbury hinübergingen, um dort Tennis zu spielen mit dem jungen Amyas Crale und einem Mädchen namens Caroline. Von hier aus war Meredith auch an jenem schicksalhaften Morgen vor sechzehn Jahren nach Alderbury gegangen.

Poirot fand, daß Meredith Blake genau seinen Vorstellungen entsprach. In seiner schäbigen alten Tweedjacke verkörperte er den typischen englischen Landedelmann, der in beschränkten Verhältnissen lebt. Er hatte ein gutmütiges, verwittertes Gesicht, blaßblaue Augen; der weiche Mund wurde von einem zerzausten Schnurrbart halb verborgen. Meredith war das genaue Gegenteil von seinem Bruder. Er machte einen unentschlossenen Eindruck und vermochte offensichtlich nur langsam zu denken; es schien, als habe die Zeit das Tempo seiner Denkprozesse noch verlangsamt, während sie es bei seinem Bruder beschleunigt hatte.

Wie Poirot vermutet hatte, war Meredith ein Mensch, den man nicht drängen durfte; dafür steckte ihm das gemütliche englische Landleben zu sehr in den Knochen. Er sah wesentlich älter aus als sein Bruder, obwohl die beiden, wie Poirot wußte, nur zwei Jahre auseinander waren.

Zuerst plauderten die beiden Herren eine Weile über Lady Mary Lytton-Gore und den Admiral und andere gemeinsame Bekannte. Allmählich, höchst vorsichtig, lenkte Poirot das Gespräch auf den Zweck seines Besuches, und als Meredith entsetzt hochfuhr, erklärte er betrübt, daß das Buch unter allen Umständen geschrieben werden müsse. Miss Crale – Miss Lemarchant, wie sie jetzt heiße – habe ihn sehr gebeten, um eine würdige, diskrete Abfassung besorgt zu sein. Die Veröffentlichung der Tatsachen könnte ja leider Gottes nicht verhindert, aber peinliche Indiskretionen vermieden werden. Poirot fügte hinzu, daß er dank seines Einflusses stets imstande gewesen sei, die Publikation von gewissen zu persönlichen Einzelheiten zu verhindern.

Meredith Blake war vor Erregung rot geworden, und seine Hand zitterte, als er sich eine Pfeife stopfte. Fast stotternd sagte er:

»Es ist ab . . . abscheulich, auf diese Weise alte Dinge auszugraben. S-s-sechzehn Jahre ist es nun her. Warum kann man das nicht ruhen lassen?«

Achselzuckend entgegnete Poirot:

»Ich bin ganz Ihrer Meinung. Aber was soll man tun? Solche Dinge werden gelesen. Und jedermann kann über Morde schreiben und sie kommentieren.«

»Wie widerwärtig!«

»Unsere Zeit ist nicht sehr taktvoll. Sie wären überrascht, Mr. Blake, wenn Sie wüßten, wie viele unerfreuliche Veröffentlichungen ich schon mit Erfolg gedämpft habe. Ich werde sehr darauf bedacht sein, Miss Crales Gefühle zu schonen.«

»Die kleine Carla!« murmelte Meredith. »Amyas' Kind ist nun auch schon erwachsen, man kann es kaum glauben.«

»Ja, die Zeit fliegt. Wie Sie Miss Crales Brief entnommen haben werden, möchte sie unbedingt alle Einzelheiten über die traurigen Ereignisse erfahren.«

Meredith erwiderte ärgerlich:

»Aber wozu? Warum denn alles wieder ausgraben? Es wäre doch viel besser, es zu vergessen.«

»Das sagen Sie, Mr. Blake, weil Sie alles genau wissen. Aber Miss Crale weiß nichts, das heißt, sie kennt die Geschehnisse nur aus den amtlichen Akten.«

»Das stimmt. Die Arme. Was für eine schreckliche Situation für sie! Wie entsetzlich muß es für sie gewesen sein, als sie die Wahrheit erfuhr! Und dann diese herzlosen, trockenen Polizeiberichte.«

»Die Wahrheit kann nie durch karge amtliche Berichte zu ihrem Recht kommen. Gerade die Dinge, die darin nicht erwähnt werden, sind meist die ausschlaggebenden. Die Gefühle, die Charaktere, die mildernden Umstände . . .«

Er hielt inne, und Meredith ergriff eifrig die Gelegenheit, als habe er sein Stichwort erhalten.

»Mildernde Umstände! Das ist es! Wenn es je mildernde Umstände gegeben hat, dann in diesem Fall! Amyas Crale war ein alter Freund von mir – unsere Familien sind seit Generationen miteinander befreundet. Dennoch muß ich zugeben, daß er sich, offen gesagt, schandbar benommen hat. Er war ein Künstler, was ja vieles entschuldigt, aber es war seine Schuld, daß die Dinge auf die Spitze getrieben wurden. Kein normaler, anständiger Mann hätte es zu einer solchen Situation kommen lassen dürfen.«

»Was Sie da sagen, ist hochinteressant. Auch für mich ist diese Situation ein Rätsel. Kein wohlerzogener Mann, kein Mann von Welt hätte es so weit kommen lassen dürfen.«

Blakes schlaffes Gesicht belebte sich.

»Aber der springende Punkt ist, daß Amyas kein gewöhnlicher Mensch war. Er war Maler, verstehen Sie; seine Malerei ging ihm über alles, und zuweilen nahm seine Besessenheit ungewöhnliche Formen an. Ich verstehe diese sogenannten künstlerischen Menschen nicht – habe sie nie verstanden. Für Crale brachte ich etwas Verständnis auf, da ich ihn ja von Kindheit an kannte. Er stammte aus den gleichen Kreisen wie ich, und in vieler Hinsicht gehörte er immer noch zu uns; nur wo es sich um seine Kunst drehte, fiel er aus dem Rahmen. Er war nicht etwa ein Dilettant, keineswegs, er war ein erstklassiger Maler, viele behaupten sogar, er sei ein Genie gewesen. Das mag stimmen, aber die Folge davon war, daß er ein unausgeglichenes Wesen hatte, möchte ich sagen. Wenn er ein Bild malte, so existierte nichts weiter für ihn; kein Mensch durfte ihn stören. Er war dann wie in Trance, war völlig besessen von seiner Arbeit. Erst nach Beendigung des Bildes wachte er aus diesem Zustand auf und wurde wieder normal. Und das erklärt auch, wieso diese Situation entstehen konnte. Er hatte sich in diese Elsa Greer verliebt, er wollte sie heiraten. Er war bereit, ihretwegen Frau und Kind zu verlassen. Aber er hatte angefangen, sie zu malen, und er wollte unbedingt das Bild vollenden, alles andere interessierte ihn nicht, er sah nichts anderes. Und daß die Situation für beide Frauen unmöglich war, schien ihm nie in den Sinn gekommen zu sein.«

»Hatten die beiden Verständnis dafür?«

»Gewissermaßen ja. Elsa war begeistert von seiner Malerei, aber sie war natürlich in einer schwierigen Situation. Und Caroline ... also Caroline ... ich habe sie immer sehr gern gehabt. Es hat einmal eine Zeit gegeben, da ich ... da ich mir Hoffnungen auf sie machte; sie wurden jedoch schon im Keim erstickt. Aber ich blieb stets ihr ergebener Freund.«

Poirot nickte nachdenklich. Dieser etwas melancholische Ausdruck war charakteristisch für den Mann. Meredith Blake war einer jener Männer, die ihr ganzes Leben einer romantischen Liebe weihen, die treu und selbstlos ihrer Herzensdame dienen.

Vorsichtig die Worte wägend, fragte Poirot:

»Sie müssen ihm doch um ihretwillen sein Verhalten sehr verübelt haben?«

»O ja ... ich habe Crale sogar Vorwürfe deswegen gemacht.«

»Wann?«

»Am Nachmittag ... vor dem Unglückstag. Sie waren alle bei mir zum Tee. Ich nahm Crale beiseite und sagte ihm, daß es beiden Frauen gegenüber unfair wäre.«

»Das haben Sie gesagt?«

»Ja. Ich glaubte nämlich, daß er sich gar nicht klar darüber sei.«

»Wahrscheinlich nicht.«

»Ich sagte ihm, daß er Caroline in eine unmögliche Situation gebracht habe. Wenn er Elsa wirklich heiraten wolle, hätte er sie nicht ins Haus bringen dürfen, um ... um mit seinem Glück vor Caroline sozusagen zu prahlen. Das sei für Caroline eine schwere Beleidigung.«

»Und was antwortete er?« fragte Poirot gespannt.

»Er sagte: ›Caroline muß es schlucken.‹ Ich fand das abscheulich. Ich wurde wütend, sagte, daß er, wenn er sich schon nicht um die Gefühle seiner Frau kümmere, wenn es ihm gleich wäre, wie sehr sie litte, doch wenigstens an Elsa denken solle, denn auch sie sei ja in einer unmöglichen Lage. Darauf antwortete er nur, auch sie müsse es schlucken! Und fügte hinzu: ›Du scheinst nicht zu wissen, Meredith, daß ich augenblicklich das beste Bild meines Lebens male. Es wird gut, das sage ich dir. Und ich lasse es mir nicht durch den Zank von zwei eifersüchtigen Weibern verderben – ich denke nicht daran!‹ Es hatte also keinen Zweck, mit ihm zu reden. Ich sagte ihm noch, er habe anscheinend das Gefühl für die elementarsten Regeln des Anstands verloren; Malerei bedeute schließlich nicht alles. Da unterbrach er mich und sagte: ›Für mich schon!‹ Darauf erklärte ich ihm sehr energisch, daß er seine Ehe nicht zerstören dürfe, schließlich müsse er auch an das Kind denken. Ich hätte zwar Verständnis dafür, daß ein Mädchen wie Elsa einen Mann um den Verstand bringen könne, aber gerade um ihretwillen dürfe er nicht so rücksichtslos sein. Sie sei noch jung und habe sich blindlings in ihn verliebt, könnte es aber später bitter bereuen. Er solle sich doch zusammenreißen, mit Elsa Schluß machen und zu seiner Frau zurückkehren.«

»Und was sagte er?«

»Er blickte mich verlegen an, dann klopfte er mir auf die Schultern und sagte: ›Du bist ein guter Kerl, Meredith, aber du bist zu sentimental. Warte ab, bis das Bild fertig ist, dann wirst du einsehen, daß ich recht habe.‹ Ich rief: ›Zum Teufel

60

mit deinem Bild!« Worauf er grinsend erwiderte, das könnten sämtliche hysterischen Weiber Englands nicht fertigbringen. Dann sagte ich, er hätte wenigstens soviel Anstand besitzen müssen, die Affäre vor Caroline geheimzuhalten, bis das Bild fertig sei, worauf er antwortete, das sei nicht seine Schuld. Elsa habe aus der Schule geplaudert. Sie habe sich in den Kopf gesetzt, es sei unanständig, keine klare Situation zu schaffen. In gewisser Weise kann man das Mädchen da verstehen, ja es ihr sogar zugute halten; so schlecht sie sich auch benahm, sie wollte wenigstens ehrlich sein.«

»Durch zu große Ehrlichkeit ist schon viel Kummer und Schmerz entstanden«, bemerkte Poirot.

Meredith blickte ihn zweifelnd an; offensichtlich fand er diese Ansicht zynisch. Seufzend sagte er:

»Es war für uns alle eine höchst peinliche Situation.«

»Der einzige Mensch, den das nicht gestört zu haben scheint, war Amyas Crale«, bemerkte Poirot.

»Weil er ein krasser Egoist war. Ich sehe ihn heute noch vor mir, wie er grinsend fortging und zu mir sagte: ›Du kannst ruhig schlafen, Meredith. Es wird schon alles gut werden!‹«

»Der unverbesserliche Optimist«, murmelte Poirot.

Blake erklärte: »Er nahm die Frauen nicht ernst, selbst wenn ich ihm gesagt hätte, daß Caroline verzweifelt sei.«

»Hat sie Ihnen das gesagt?«

»Nicht direkt, aber wie sah sie an dem Nachmittag aus! Totenblaß, gespannt, verzweifelt fröhlich. Sie sprach und lachte viel. Aber ihre Augen! Es lag ein so tiefer Kummer darin ... Es war das Ergreifendste, was ich je gesehen habe.«

Schweigend betrachtete Poirot ihn. Der Mann, der da vor ihm saß, schien sich gar nicht darüber klar zu sein, wie unvereinbar alles, was er von der Frau erzählte, mit einer Mörderin war.

Meredith Blake sprach weiter. Offensichtlich hatte er nun seine anfängliche mißtrauische Feindseligkeit aufgegeben. Hercule Poirot war ein guter Zuhörer, und Menschen wie Meredith Blake lieben es, in die Vergangenheit zurückzuschweifen. Er schien mehr für sich als für seinen Gast zu sprechen.

61

»Ich hätte Verdacht schöpfen müssen, denn Caroline brachte das Gespräch auf mein Steckenpferd. Ich muß gestehen, daß ich davon besessen war. Das Studium der alten englischen Heilkräuterkunde ist äußerst interessant. Es gibt so viele Pflanzen, die früher als Heilmittel benutzt wurden und heutzutage völlig aus der Pharmakologie verschwunden sind. Ja, ich muß zugeben, daß das Brauen von Säften eine Leidenschaft von mir ist. Die Pflanzen zur richtigen Zeit pflücken, sie trocknen, sie im Mörser zerstampfen ... und all das. Und an diesem Tag hielt ich meinen Gästen einen Vortrag über den zweijährigen gefleckten Schierling. Man pflückt die Früchte kurz vor der Reife, gerade bevor sie gelb werden. Das Präparat, das man daraus gewinnt, heißt Koniin. Es ist ein tödliches Gift, aber ich habe bewiesen, daß es in kleinen Dosen sehr gut bei Keuchhusten hilft und auch bei Asthma ...«

»All das haben Sie erzählt?«

»Ja, während ich ihnen das Laboratorium zeigte. Ich erklärte die verschiedenen Drogen, zum Beispiel Baldrian und dessen Wirkung auf Katzen – einmal daran riechen genügt für sie! Es interessierte sie alle sehr.«

»Alle? Wer genau ist damit gemeint?«

»Die ganze Teegesellschaft ... also Philip war da und Amyas und natürlich Caroline, auch Angela und Elsa Greer.«

»Das waren alle?«

»Ja ... ich glaube. Ja, bestimmt.« Blake blickte ihn neugierig an. »Wer sollte sonst noch dabei gewesen sein?«

»Ich dachte, vielleicht die Gouvernante ...«

»Ach so. Nein, die war an dem Nachmittag nicht da. Eine nette Person. Nahm ihre Pflichten sehr ernst. Ich glaube, Angela hat ihr das Leben oft sehr schwer gemacht.«

»Wieso?«

»Angela war ein nettes Kind, aber sehr wild. Immer hatte sie Streiche im Kopf. Eines Tages, als Amyas eifrig malte, setzte sie ihm eine Schnecke oder so etwas Ähnliches auf den Kragen. Er platzte fast vor Wut und wünschte sie zu allen Teufeln. Schließlich bestand er darauf, daß sie in ein Internat geschickt würde.«

»In ein Internat?«

»Ja. Er hat sie bestimmt gern gehabt, aber oft ging sie ihm auch sehr auf die Nerven. Und ich glaube . . . ich habe immer gedacht . . .«

»Ja?«

»Daß er ein bißchen eifersüchtig auf sie war. Caroline, verstehen Sie, hing ein wenig übertrieben an Angela. Angela stand gewissermaßen an erster Stelle bei ihr . . . und das gefiel Amyas nicht. Caroline hatte einen Grund dafür, ich möchte mich jetzt nicht darüber auslassen, aber . . .«

Poirot unterbrach ihn.

»Caroline Crale machte sich vermutlich Vorwürfe, weil durch ihre Schuld das Mädchen entstellt worden war?«

»Oh, das wissen Sie? Ich wollte es nicht erwähnen, es ist schon so lange her.«

»Und trug Angela es ihrer Schwester nach?« fragte Poirot.

»Glauben Sie das nur nicht. Angela liebte Caroline; ich bin sicher, daß sie an die alte Geschichte überhaupt nicht mehr dachte. Aber Caroline konnte es nicht vergessen.«

»Freute Angela sich auf das Internat?«

»Nein. Sie war wütend auf Amyas. Caroline ergriff ihre Partei, aber Amyas blieb bei seinem Entschluß. Im allgemeinen war er sehr umgänglich, aber wenn er sich mal etwas in den Kopf gesetzt hatte, war nichts zu machen.«

»Sie sollte also ins Internat – wann?«

»Zu Beginn des Herbstquartals. Ich erinnere mich noch, daß ihre Ausrüstung schon komplett war. Sie sollte in ein paar Tagen fahren. Am Morgen des bewußten Tages war die Rede daon, daß man nun packen müßte.«

»Und die Gouvernante?«

»Was meinen Sie . . . die Gouvernante?«

»Wie stand sie dazu? Sie verlor doch dadurch ihre Stellung?«

»Ja, das war wohl so, denn die kleine Carla bekam ja nur ein paar Stunden, sie war damals erst . . . ich glaube sechs Jahre. Ja, wahrscheinlich hätten sie Miss Williams nicht behalten. Natürlich . . . Williams, so hieß sie. Merkwürdig, wie einem vieles wieder einfällt, wenn man von alten Dingen spricht.«

»Ja. Sie sind doch jetzt wieder ganz in der Vergangenheit?«

»Gewissermaßen . . . ja. Aber da sind Lücken . . . doch ich erinnere mich noch genau, wie entsetzt ich war, als ich erfuhr, daß Amyas Caroline verlassen wollte . . . aber ich weiß nicht mehr, ob er es mir gesagt hatte oder Elsa. Ich erinnere mich, daß ich mit Elsa darüber sprach, ich versuchte, ihr klarzumachen, wie unanständig ihr Verhalten sei. Sie, in ihrer kühlen Art, lachte mich jedoch nur aus und sagte, ich sei altmodisch. Das stimmte ja auch, aber ich glaube immer noch, daß ich recht hatte. Amyas hatte Frau und Kind und mußte bei ihnen bleiben.«

»Und Miss Greer fand diesen Standpunkt altmodisch?«

»Ja. Immerhin war vor sechzehn Jahren eine Scheidung noch nicht so etwas Selbstverständliches wie heute. Elsa jedoch wollte modern sein und fand, wenn zwei Menschen miteinander nicht glücklich sein könnten, sei es besser, Schluß zu machen. Sie sagte, daß Amyas und Caroline immer Krach miteinander hätten und daß es für das Kind viel besser wäre, wenn es nicht in einer so unharmonischen Atmosphäre aufwüchse.«

»Und dieses Argument leuchtete Ihnen nicht ein?«

»Ich hatte die ganze Zeit über das Gefühl, daß sie gar nicht wußte, wovon sie sprach. Wie ein Papagei plapperte sie diese Dinge daher, Dinge, die sie in Büchern gelesen oder von ihren Freunden gehört hatte. Irgendwie war sie rührend – es ist zwar komisch, so etwas zu sagen, denn sie war ja so jung und selbstsicher; aber manchmal hat die Jugend etwas unendlich Rührendes an sich.«

Poirot musterte ihn interessiert und murmelte schließlich.

»Ich verstehe, was Sie meinen . . .«

Blake fuhr mehr zu sich selbst als zu Poirot sprechend fort:

»Es war einer der Gründe, weswegen ich Crale Vorwürfe machte. Er war fast zwanzig Jahre älter als das Mädchen.«

»Ach, wie selten kann man einem Menschen etwas ausreden«, meinte Poirot. »Wenn sich jemand in etwas verbissen hat – namentlich wenn eine Frau dabei im Spiel ist –, ist es schwer, ihn davon abzubringen.«

»Das stimmt«, sagte Meredith mit einem bitteren Unterton. »Meine Einmischung hat jedenfalls nichts genützt, aber ich besitze ja auch keine Überzeugungskraft.«

64

Poirot entnahm dem bitteren Ton, daß Meredith unter seinem Mangel an Persönlichkeit litt. Seine wohlgemeinten Ratschläge wurden wahrscheinlich stets mißachtet, sicher nicht auf unfreundliche Weise, aber eben einfach beiseite geschoben. Meredith war ein Mensch ohne Durchsetzungsvermögen.

Um das peinliche Thema zu wechseln, erkundigte sich Poirot:

»Sie haben doch noch immer Ihr Laboratorium?«

»Nein.«

Es klang scharf, wütend, und Blake war rot geworden.

»Ich habe es aufgegeben, ich habe alles fortgeschafft. Ich konnte doch nicht weitermachen – nach dem, was geschehen war. Man konnte doch beinahe sagen, daß ich an allem Schuld hatte.«

»Nein, nein, Mr. Blake, Sie sind zu empfindlich. Aber noch eine Frage: Waren keine Fingerabdrücke auf der Koniin-Flasche?«

»Ihre.«

»Caroline Crales?«

»Ja.«

»Nicht Ihre?«

»Nein, ich hatte die Flasche nicht angefaßt, hatte nur darauf gedeutet.«

»Aber irgendwann werden Sie sie doch einmal angefaßt haben?«

»Natürlich, aber ich staube die Flaschen von Zeit zu Zeit ab – ich ließ natürlich nie einen Dienstboten dort hinein –, und das hatte ich erst vier, fünf Tage vorher gerade getan.«

»War der Raum verschlossen?«

»Immer.«

»Wann nahm Caroline Crale das Koniin aus der Flasche?«

Widerstrebend antwortete Blake:

»Sie verließ das Zimmer als letzte. Ich erinnere mich noch, daß ich sie rief und daß sie dann herausgeeilt kam. Sie war ein wenig rot im Gesicht, und ihre Augen waren vor Erregung weit aufgerissen. Mein Gott, ich sehe sie jetzt direkt wieder vor mir.«

»Haben Sie an dem Nachmittag noch mit ihr gesprochen? Ich meine, haben Sie mit ihr über den Streit mit ihrem Mann gesprochen?«

»Nicht direkt. Wie ich Ihnen schon sagte, sah sie aufgeregt aus. Als wir einen Moment allein waren, fragte ich sie: ›Ist etwas nicht in Ordnung?‹ Sie antwortete: ›Alles ist nicht in Ordnung . . .‹ Sie hätten ihren verzweifelten Ton hören müssen – Amyas Crale war Carolines ganze Welt. Sie fügte hinzu: ›Alles ist aus . . . für immer vorbei. Ich bin am Ende, Meredith!‹ Dann aber lachte sie, wandte sich zu den anderen und war plötzlich unnatürlich lustig.«

Poirot nickte nachdenklich. Er sah aus wie ein chinesischer Mandarin, als er nun sagte:

»Ja . . . ich verstehe . . . so war es . . .«

Blake schlug plötzlich mit der Faust auf den Tisch und erklärte beinahe brüllend:

»Und ich sage Ihnen, Monsieur Poirot, als Caroline vor Gericht sagte, sie habe das Gift für sich genommen, sprach sie die Wahrheit. Sie hatte keine Mordabsichten, das schwöre ich Ihnen. Das kam erst später.«

»Sind Sie sicher, daß sie diese Absicht überhaupt hatte?« fragte Poirot.

Blake starrte ihn an.

»Wie bitte? Ich verstehe Sie nicht ganz . . .«

»Ich frage Sie, ob Sie sicher sind, daß ihr der Mordgedanke überhaupt je in den Sinn kam? Sind Sie völlig überzeugt davon, daß Caroline Crale vorbedacht einen Mord begangen hat?«

Schwer atmend antwortete Blake:

»Aber wenn nicht sie . . . wenn nicht . . . glauben Sie etwa . . . an einen Unfall?«

»Nicht unbedingt.«

»Wie kommen Sie dazu?«

»Sie haben Caroline Crale als besonders zart und gütig geschildert. Verüben zarte, gütige Menschen einen Mord?«

»Sie war zart, sie war gütig . . . aber trotzdem . . . sie hatten entsetzliche Auseinandersetzungen. Caroline konnte unbedachte Dinge sagen, sie war imstande, auszurufen: ›Ich hasse dich, ich wünschte, du wärst tot!« Aber zwischen dem Wort und der Tat besteht doch ein gewaltiger Unterschied.«

»Ihrer Ansicht nach war es also kaum denkbar, daß Mrs. Crale einen Mord beging?«

»Sie treffen den Nagel auf den Kopf, Monsieur Poirot. Ich kann Ihnen nur sagen, daß es höchst unwahrscheinlich war, und ich kann es mir nur so erklären, daß die Herausforderung zu groß war. Sie vergötterte ihren Mann . . . und unter diesen Umständen könnte eine Frau imstande sein . . . zu töten.«

Poirot nickte.

»Da haben Sie recht.«

»Ich war zunächst wie betäubt; ich hielt es nicht für möglich. Und es war auch nicht möglich . . . verstehen Sie mich . . . es war nicht die eigentliche Caroline, die es getan hat.«

»Sind Sie ganz sicher, daß – im juristischen Sinne des Wortes – Caroline Crale den Mord begangen hat?«

Wieder starrte Blake ihn an.

»Aber wenn sie es nicht getan hat . . .«

»Ja, wenn sie es nicht getan hat, was denn?«

»Ich kann mir keine andere Möglichkeit vorstellen. Ein Unfall? Das ist doch unmöglich.«

»Völlig unmöglich.«

»Und an einen Selbstmord kann ich auch nicht glauben. Diese Behauptung wurde aufgestellt, aber für jeden, der Crale kannte, war sie unglaubhaft.«

»Richtig.«

»Also was bleibt?« fragte Blake.

Poirot antwortete kühl:

»Es bleibt die Möglichkeit, daß Amyas Crale von jemand anders getötet wurde.«

»Aber das ist doch absurd.«

»Glauben Sie?«

»Ich bin sicher. Wer hätte ihn töten wollen? Wer hätte ihn töten können?«

»Das sollten Sie eher wissen als ich.«

»Aber Sie glauben doch nicht ernsthaft . . .«

»Vielleicht nicht, aber es interessiert mich, alle Möglichkeiten zu erwägen. Denken Sie bitte ernsthaft darüber nach. Sagen Sie mir, was Sie denken.«

Meredith starrte ihn einige Sekunden an, dann senkte er seinen Blick und schüttelte den Kopf.

»Ich kann mir keine andere Möglichkeit denken, obwohl ich es nur zu gern tun würde. Wenn ich auch nur den leisesten Verdacht auf jemand anders hätte, würde ich mit ganzem Herzen an Carolines Unschuld glauben. Ich will ja nicht an ihre Schuld glauben; ich konnte es auch damals zunächst nicht. Aber wer könnte es sonst gewesen sei? Philip? Philip war Crales bester Freund. Elsa? Lächerlich. Ich? Sehe ich aus wie ein Mörder? Eine biedere Gouvernante? Zwei treue alte Dienstboten? Oder gar das Kind – Angela? Nein, Monsieur Poirot, es gibt keine andere Möglichkeit. Nur seine Frau konnte Amyas Crale getötet haben, aber er trieb sie dazu. Und so war es gewissermaßen doch Selbstmord.«

»Sie meinen, daß er infolge seiner Taten starb, wenn auch nicht durch seine eigene Hand?«

»Ja. Es ist zwar eine phantastische Formulierung, aber . . . Ursache und Wirkung . . . Sie wissen ja.«

»Haben Sie je darüber nachgedacht, Mr. Blake, daß die Mordursache fast stets beim Ermordeten selbst liegt?«

»Nein . . . aber ich verstehe, was Sie meinen.«

»Erst wenn man genau weiß, was für ein Mensch der Ermordete war, kann man die Umstände eines Mordes klar erkennen. Und das suche ich: ein Bild des Menschen Amyas Crale. Sie und Ihr Bruder haben mir dazu verholfen.«

Meredith hatte aus diesem Satz nur ein Wort gegriffen, und er stieß hervor:

»Philip?«

»Ja.«

»Sie haben auch mit ihm gesprochen?«

»Ja.«

»Sie hätten erst zu mir kommen müssen«, sagte Meredith scharf.

Poirot erwiderte mit einer höflichen Geste:

»Gemäß dem Recht des Erstgeborenen hätte ich das tun müssen; ich weiß ja, daß Sie der ältere sind. Aber da Ihr Bruder

68

in der Nähe von London lebt, war es leichter für mich, ihn zuerst aufzusuchen.«

Meredith runzelte die Stirn und sagte:

»Philip ist voreingenommen, er war es immer. Hat er nicht versucht, Sie gegen Caroline einzunehmen?«

»Würde das nach so langer Zeit noch etwas ausmachen?«

Meredith seufzte.

»Ich habe vergessen, wie lange das alles zurückliegt und daß alles vorbei ist. Man kann Caroline nicht mehr weh tun. Trotzdem möchte ich nicht, daß Sie einen falschen Eindruck von ihr gewinnen.«

»Und Sie glauben, daß Ihr Bruder mir einen falschen Eindruck vermitteln könnte?«

»Offen gestanden, ja. Sehen Sie, es hat immer eine gewisse . . . wie soll ich mich ausdrücken . . . eine gewisse Antipathie zwischen ihm und Caroline bestanden.«

»Warum?«

Diese Frage schien Blake zu ärgern.

»Warum? Woher soll ich das wissen? Es war nun mal so. Philip hackte bei jeder Gelegenheit auf ihr herum. Ich glaube, er war wütend, daß Amyas sie heiratete. Nach der Hochzeit ging er über ein Jahr lang nicht zu ihnen, obwohl Amyas sein bester Freund war. Ich glaube, daß das der wirkliche Grund war. Wahrscheinlich fand er, keine Frau sei für Amyas gut genug. Und vielleicht fürchtete er, daß Carolines Einfluß ihrer Freundschaft schaden könnte.«

»War das der Fall?«

»Nein, natürlich nicht. Amyas hatte Philip bis zu seinem Tod genauso gern wie früher, obwohl er ihn oft aufzog und ihn einen Geldraffer und Spießer nannte. Aber das war Philip egal. Er grinste einfach dazu und sagte, es sei ein Glück, daß Amyas wenigstens einen respektablen Freund habe.«

»Wie reagierte Ihr Bruder auf Crales Affäre mit Elsa Greer?«

»Das ist schwer zu beantworten. Er ärgerte sich, daß Amyas sich lächerlich machte, und sagte immer wieder, Amyas würde es eines Tages bereuen; aber andererseits empfand er, glaube ich, eine gewisse Schadenfreude, weil Caroline litt. Sie dürfen mich jedoch nicht falsch verstehen – ich bin der

69

Ansicht, daß er das nur in seinem Unterbewußtsein empfand, und ich glaube nicht, daß er sich je klar darüber
wurde.«

»Und nach der Tragödie?«

Meredith schüttelte schmerzlich den Kopf.

»Der arme Philip. Er war völlig gebrochen. Er hatte Amyas
vergöttert, es war eine Art Heldenverehrung. Amyas und ich
waren gleichaltrig, Philip war zwei Jahre jünger, und er
blickte schon als Kind immer zu Amyas auf. Ja, es war ein
schwerer Schlag für ihn. Und er war entsetzlich bitter Caroline gegenüber.«

»Er hegte also keinen Zweifel an ihrer Schuld?«

»Keiner von uns . . .«, antwortete Meredith.

Schweigen folgte. Dann sagte Blake anklagend:

»Es war alles vorbei, vergessen, und jetzt kommen Sie und
rühren alles wieder auf . . .«

»Ich nicht . . . Caroline Crale.«

Verblüfft starrte Meredith ihn an.

»Caroline? Was soll das heißen?«

Ihn fest ansehend antwortete Poirot:

»Caroline Crale die Zweite.«

»Ach so . . . das Kind, die kleine Carla. Ich hatte Sie mißver-
standen.«

»Sie dachten, ich meine die wirkliche Caroline Crale? Sie
dachten, sie würde . . . wie soll ich mich ausdrücken . . . sie
würde im Grab keine Ruhe finden?«

Blake erschauerte.

»Schweigen Sie!«

»Wissen Sie, daß sie ihrer Tochter schrieb – die letzten
Worte, die sie überhaupt schrieb –, daß sie unschuldig sei?«

Meredith starrte ihn an und meinte ungläubig:

»Caroline hat *das* geschrieben?«

»Ja . . . Überrascht es Sie?«

»Es würde auch Sie überraschen, wenn Sie sie im Gerichts-
saal gesehen hätten. Ein armes, gehetztes, hilfloses Geschöpf, das sich nicht einmal wehrte.«

»Sie wirkte geschlagen?«

»Nein, nein, das nicht. Ich glaube, es war das Bewußtsein,

70

daß sie den Mann, den sie liebte, getötet hatte . . . so kam es mir vor.«

»Sind Sie jetzt nicht mehr so überzeugt davon?«

»So etwas zu schreiben . . . feierlich zu schreiben angesichts des Todes . . .«

»Es war vielleicht eine fromme Lüge.«

»Vielleicht«, entgegnete Meredith zweifelnd, »aber das sieht ihr gar nicht ähnlich.«

Poirot nickte. Carla Lemarchant hatte dasselbe gesagt. Doch Carla hatte nur Kindheitserinnerungen, während Meredith Blake Caroline gut gekannt hatte. Es war für Poirot die erste Bestätigung, daß Carla mit ihrem Glauben recht haben könnte.

Meredith blickte ihn durchdringend an und sagte langsam:

»Wenn . . . wenn Caroline unschuldig war . . . aber es ist ja Wahnsinn! Ich kann keine andere Möglichkeit sehen . . . Und Sie? Was glauben Sie?«

Schweigen folgte. Schließlich sagte Poirot:

»Ich glaube noch gar nichts. Ich sammle nur Eindrücke. Wie war Caroline Crale? Wie war Amyas Crale? Wie waren die andern, die damals dabei waren? Was ist in diesen zwei Tagen geschehen? All das muß ich genau wissen, muß die Tatsachen, eine um die andere, genau untersuchen. Ihr Bruder wird mir dabei helfen. Er schickt mir einen Bericht über die Ereignisse, soweit er sich an sie erinnern kann.«

Meredith erwiderte scharf:

»Dabei wird nicht viel herauskommen. Philip ist ein sehr beschäftigter Mann. Sowie etwas vorbei ist, verliert er es aus dem Gedächtnis. Wahrscheinlich wird er sich an alles falsch erinnern.«

»Es werden natürlich Lücken in seiner Erinnerung sein, damit rechne ich.«

»Ich will Ihnen etwas sagen« – Meredith hielt abrupt inne, dann fuhr er leicht errötend fort –, »wenn Sie wollen, gebe auch ich Ihnen einen Bericht. Sie hätten dann eine Vergleichsmöglichkeit.«

»Das wäre höchst wertvoll für mich. Eine ausgezeichnete Idee!«

»Gut, ich werde es tun. Irgendwo habe ich noch alte Tagebücher. Aber ich mache Sie darauf aufmerksam«, er lachte verlegen, »daß ich kein Literat bin. Sie dürfen nicht zuviel von mir erwarten.«

»Der Stil spielt für mich keine Rolle. Ich möchte einfach eine Aufzählung von allem, an das Sie sich erinnern. Was jeder einzelne sagte, wie er ausgesehen hat . . . einfach alles, was geschehen ist. Führen Sie auch die Dinge an, die Sie für unwichtig halten. Alles kann dazu dienen, daß ich mir ein Bild zu machen vermag.«

»Ja, ich verstehe. Es muß schwierig sein, sich von Menschen und Örtlichkeiten, die man nie gesehen hat, eine Vorstellung zu machen.«

Poirot nickte.

»Ja. Nun habe ich noch eine Bitte. Alderbury ist doch das Nachbargut? Wäre es möglich, daß ich dorthin gehen könnte, um mit eigenen Augen den Schauplatz der Tragödie zu sehen?«

»Ich kann Sie sofort hinführen. Natürlich ist dort viel verändert.«

»Ist das Gelände überbaut worden?«

»So schlimm ist es nicht, Gott sei Dank. Eine Wohltätigkeitsorganisation hat den Besitz gekauft, und jetzt ist Alderbury eine Art Jugendherberge. Scharen von jungen Leuten gehen im Sommer ein und aus. Die Zimmer sind in kleine Kammern aufgeteilt worden, und auch das Gelände ist zum Teil verändert.«

»Sie müssen es für mich rekonstruieren.«

»Ich werde mein Bestes tun. Ich wünschte, Sie hätten es in den alten Zeiten gesehen; es war eine der schönsten Besitzungen.«

Meredith führte seinen Gast über die Terrasse in den Garten hinaus und ging dann einen Wiesenhang hinunter.

»Wer hat es eigentlich verkauft?« fragte Poirot.

»Der Vormund. Carla hat alles geerbt. Da Crale kein Testament gemacht hatte, wurde sein Vermögen zwischen seiner Frau und dem Kind geteilt. Und Caroline hat alles dem Kind vermacht.«

72

»Ihrer Halbschwester nichts?«

»Angela hatte von ihrem Vater ein Vermögen geerbt.«

Poirot nickte. »Ach so.« Dann rief er: »Aber wo führen Sie mich denn hin? Wir kommen ja direkt an den Strand!«

»Ich muß Ihnen die Topographie erklären. Sehen Sie, dort ist eine schmale Bucht, die tief landeinwärts geht; sie sieht fast wie eine Flußmündung aus. Um zu Land nach Alderbury zu kommen, muß man einen großen Umweg um diese Bucht machen, und so ist es am einfachsten, mit dem Boot hinüber-zurudern. Alderbury liegt direkt gegenüber. Dort, Sie können das Haus zwischen den Bäumen sehen.«

Zwei Boote waren auf den Strand gezogen. Mit Poirots un-geschickter Hilfe schob Meredith das eine ins Wasser, und dann ruderten sie zum andern Ufer, wo Blake an einem klei-nen Steindamm anlegte. Er half seinem Gast beim Ausstei-gen, band das Boot fest und schlug dann einen steilen Pfad durch den bewaldeten Abhang ein.

»Ich glaube nicht, daß wir jemandem begegnen«, sagte er, »im April ist niemand hier. Übrigens herrliches Wetter heute, wie im Sommer. Auch damals war ein herrlicher Tag. Mehr Juli als September. Strahlende Sonne, nur eine frische Brise wehte.«

Sie verließen nun das Wäldchen und folgten dem Pfad um einen Felsvorsprung herum; Meredith deutete nach oben:

»Über uns ist die sogenannte Schanze, wir gehen jetzt um sie herum.«

Wieder führte der Pfad sie zwischen einer Baumgruppe hin-durch, dann machte er eine scharfe Biegung, und sie gelang-ten zu einer Tür in einer hohen Mauer; der Pfad ging im Zickzack weiter hinauf. Meredith öffnete die Tür, und die beiden traten hindurch.

Einen Augenblick lang war Poirot nach dem Schatten unter den Bäumen wie geblendet. Die Schanze war ein künstlich angelegtes Plateau, das auf der Seeseite eine Brustwehr mit Zinnen samt Miniaturkanonen abschloß. Man hatte den Ein-druck, über dem Meer zu hängen. Wenn man über die Zin-nen hinausblickte, sah man nichts als das blaue Wasser.

»Ein reizender Fleck«, sagte Meredith. Verächtlich wies er

mit dem Kopf auf eine Art Pavillon an der rückwärtigen Mauer. »Das war natürlich nicht da... da stand nur ein alter Schuppen, in dem die Malutensilien und einige Flaschen Bier und ein paar Liegestühle waren. Auch gab es noch keinen Zementboden. Hier stand nur eine eiserne Bank und ein eiserner Tisch. Das war alles. Aber es hat sich dennoch nicht sehr verändert.«

Seine Stimme zitterte leicht.

»Und hier ist es geschehen?« fragte Poirot.

Meredith nickte.

»Die Bank stand dort... beim Schuppen. Dort lag Amyas ausgestreckt. Er pflegte sich zuweilen dort hinzulegen, wenn er malte – er warf sich einfach hin und starrte und starrte... und dann sprang er wieder auf und pinselte wie ein Wahnsinniger drauflos. Darum sah er damals auch so lebendig aus, als ob er nur eben eingeschlafen wäre. Aber seine Augen waren weit offen... hatte keine Schmerzen... das ist das einzige, worüber ich froh bin...«

Poirot fragte ihn etwas, was er bereits wußte:

»Wer hat ihn hier gefunden?«

»Sie, Caroline... nach dem Mittagessen. Elsa und ich waren die letzten, die ihn lebend gesehen haben. Aber die Wirkung des Giftes mußte da schon begonnen haben, er sah so merkwürdig aus.«

Unvermittelt wandte er sich um und verließ die Schanze. Poirot folgte ihm wortlos.

Die beiden gingen den Zickzackpfad hinauf. Oberhalb der Schanze befand sich ein anderes kleines Plateau, das ebenfalls von Bäumen überschattet war und auf dem eine Bank und ein Tisch standen.

»Hier ist nicht viel verändert«, erklärte Meredith. »Nur gab es noch nicht diese Holzbank, eine eiserne stand da. Man saß hart auf ihr, aber die Aussicht war herrlich.«

In der Tat hatte man einen reizvollen, von Bäumen umrahmten Blick über die Schanze hinweg auf die schmale Bucht.

»An jenem Morgen saß ich lange hier«, erklärte Meredith. »Die Bäume waren noch nicht so hoch wie jetzt, man konnte die Brustwehr der Schanze gut sehen. Dort saß Elsa, den Kopf zur Seite gewandt.«

Sie gingen weiter, bis sie unversehens vor dem schönen, alten Haus im georgianischen Stil standen. Auf dem Rasen davor waren fünfzig kleine Badekabinen aufgestellt.

»Die Jungens schlafen hier, die Mädchen im Haus«, erklärte Meredith. »Im Haus werden Sie nicht viel sehen können; wie ich Ihnen schon sagte, sind alle Zimmer aufgeteilt worden. Dort war ein kleines Treibhaus, das hat man aber mittlerweile abgerissen, und dafür ist eine Loggia gebaut worden.« Mit einem Ruck wandte er sich ab. »Wir nehmen nun einen anderen Weg. Alles taucht jetzt wieder vor mir auf . . . Gespenster . . . lauter Gespenster!«

Sie kehrten auf einem etwas längeren und steinigen Weg zu dem Damm zurück. Beide schwiegen. Poirot respektierte die Stimmung seines Begleiters.

In Handcross Manor wieder angelangt, sagte Meredith plötzlich:

»Ich habe das Bild gekauft, das Amyas malte. Der Gedanke, daß es versteigert würde und Menschen mit schmutziger Phantasie es anstarren könnten, war mir unerträglich. Amyas hielt es für die beste Arbeit, die er je gemacht hatte. Und auch ich finde, daß es ein Meisterwerk ist. Es ist so gut wie fertig, er wollte nur noch einen Tag daran arbeiten. Möchten Sie es sehen?«

»Gern.«

Blake führte ihn durch die Halle, schloß eine Tür auf, und sie traten in einen ziemlich großen, muffig riechenden Raum. Blake öffnete das Fenster, und die duftende Frühlingsluft strömte in das Zimmer.

»Oh, wie schön!« sagte er. Er blieb eine Weile am Fenster stehen und atmete die köstliche Luft ein. Poirot trat zu ihm. Die frühere Verwendung des Raumes war offensichtlich. Die Regale waren zwar leer, aber man sah noch die Spuren von Flaschen. Alles war staubbedeckt.

Meredith blickte zum Fenster hinaus.

»Wie all die Erinnerungen wiederauftauchen! Hier an dieser Stelle stand ich, habe den Duft des Jasmins eingeatmet und habe geredet und geredet – Narr, der ich war – über meine geliebten Kräuter und Säfte.«

Während Poirot wie geistesabwesend zum Fenster hinaus-langte und einen Jasminzweig abbrach, ging Meredith, als habe er sich plötzlich entschlossen, zur gegenüberliegenden Wand und nahm von einem Bild den Überzug ab.

Poirot stockte der Atem. Er hatte bisher vier Bilder von Amyas Crale gesehen, zuletzt das Stilleben bei Philip Blake, aber dies hier war das Bild, das der Maler selbst als sein Meisterwerk bezeichnet hatte, und wieder stellte Poirot fest, was für ein überragender Künstler Crale gewesen war.

Auf den ersten Blick hätte man annehmen können, es sei ein Plakat, so stark waren die Farbgegensätze: Ein Mädchen in einem kanariengelben Hemd und dunkelblauen Hosen saß im grellen Sonnenlicht auf einer grauen Mauer, die sich von einem leuchtendblauen Meer abhob. Es war das Motiv für ein Plakat.

Aber der erste Eindruck täuschte, der Glanz und die Klarheit des Lichtes waren nicht fotografisch genau wiedergegeben. Und das Mädchen ... ja, das war Leben. In diesem Gesicht lebte alles, es war von überströmender Lebenskraft, und die Augen ... Soviel Leben! Solch leidenschaftliche Jugend! Das also hatte Amyas Crale in Elsa Greer gesehen, das hatte ihn gegenüber diesem zarten, reizenden Geschöpf, seiner Frau, blind und taub gemacht – Elsa war für ihn das Leben, die Jugend. Ein herrliches, schlankes Geschöpf, das arrogant den Kopf wandte und dessen Augen triumphierten, das einen anblickte, beobachtete ... wartete ...

Hercule Poirot streckte die Arme aus und rief:

»Das ist großartig ... wirklich großartig ...«

Meredith sagte mit verhaltener Stimme:

»Sie war so jung ...«

Poirot nickte und folgte schweigend seinem Gastgeber zur Tür. Sein Interesse für Elsa Greer, die er als nächste besuchen wollte, hatte sich nun noch gesteigert. Wie hatten wohl die Jahre dieses leidenschaftliche, triumphierende, ungestüme Mädchen verändert? Er blickte sich noch einmal nach dem Bild um.

Diese Augen. Sie beobachteten ihn ... sie sagten ihm etwas ... Er verstand nicht, was sie ihm sagten. Würde die wirkliche Frau es ihm sagen können? Oder sagten diese Augen etwas, was sie selbst nicht wußte?

Diese Arroganz, diese triumphierende Vorfreude. Und dann hatte der Tod eingegriffen und hatte diesen gierigen, zupackenden Händen die Beute entrissen ... das Licht war aus den leidenschaftlichen, erwartungsvollen Augen geschwunden. Wie waren die Augen von Elsa Greer heute?

Nach einem letzten Blick auf das Bild verließ der den Raum. Er dachte: Sie hatte zuviel Leben in sich.

Und eine leichte Furcht überfiel ihn ...

8

Auf den Fensterbänken des Hauses in der Brook Street prangten Tulpen, und in der Halle stand eine große Vase mit weißen Lilien, die einen starken Duft verströmten.

Ein älterer Butler nahm Poirot Hut und Stock ab, gab sie einem Lakai und murmelte ehrerbietig: »Darf ich bitten, Sir?«

Poirot folgte ihm durch die Halle, eine Tür wurde geöffnet, und der Butler meldete ihn an. Ein großer schlanker Mann erhob sich aus einem Sessel beim Kamin und kam ihm entgegen.

Lord Dittisham, ein Mann Ende der Dreißig, war nicht nur Mitglied des Oberhauses, er war auch ein Dichter. Zwei seiner allegorischen Dramen waren unter großen Kosten aufgeführt worden und hatten einen Achtungserfolg erzielt.

»Nehmen Sie doch bitte Platz, Monsieur Poirot.«

Poirot setzte sich und nahm die ihm angebotene Zigarette. Dittisham gab ihm Feuer, dann setzte auch er sich und blickte seinen Besucher an.

»Sie wollen meine Frau sprechen.«

»Lady Dittisham war so liebenswürdig, mir eine Unterredung zu gewähren.«

»Ich weiß.«

Eine Pause folgte, und schließlich sagte Poirot auf gut Glück: »Ich hoffe, Sie haben nichts dagegen, Lord Dittisham?«

Auf dem träumerischen Gesicht erschien ein Lächeln.

»Die Einwände der Ehemänner, Monsieur Poirot, werden heutzutage nicht mehr ernst genommen.«

»Dann haben Sie also etwas dagegen?«

»Nein, das könnte ich nicht sagen. Aber, offen gestanden, fürchte ich mich vor der Wirkung, die diese Unterredung auf meine Frau haben könnte. Vor vielen Jahren, als meine Frau noch ein blutjunges Mädchen war, hatte sie dieses schreckliche Erlebnis. Sie ist meiner Ansicht nach darüber hinweggekommen und hat es vergessen. Nun tauchen Sie auf, und Ihre Fragen werden selbstverständlich alles wieder in ihr aufrühren.«

»Das tut mir sehr leid«, erwiderte Poirot höflich.

»Und ich weiß natürlich nicht, was die Folge davon sein wird.«

»Ich kann Ihnen nur versichern, Lord Dittisham, daß ich so diskret wie möglich vorgehen werde, um die Gefühle Ihrer Frau Gemahlin zu schonen. Zweifellos ist sie zart und empfindsam.«

Überraschenderweise lachte der Lord.

»Elsa? Elsa ist kräftig wie ein Pferd.«

»Dann . . .« Poirot machte eine diplomatische Pause.

Dittisham fuhr fort: »Meine Frau kann jeden Schock vertragen. Wissen Sie eigentlich, aus welchem Grund sie Sie empfängt?«

»Aus Neugierde?« fragte Poirot selbstgefällig.

»Oh, Sie sind sich darüber klar?«

»Natürlich. Die meisten Damen lernen gern einen Privatdetektiv kennen, während die Männer ihn zum Teufel wünschen.«

»Aber auch manche Damen würden ihn zum Teufel wünschen.«

»Nachdem sie ihn kennengelernt haben, vorher nicht.«

»Mag sein.« Nach einer kurzen Pause fragte Dittisham: »Was ist eigentlich der Zweck dieses Buches?«

78

Poirot zuckte die Achseln.

»Man gräbt alte Melodien, alte Sitten und Gebräuche, alte Kostüme aus, man gräbt auch die alten Mordfälle aus.«

»Ein Unfug!«

»Wenn Sie wollen, ein Unfug. Aber Sie können die menschliche Natur nicht ändern. Mord ist ein Drama, und die Menschen scheinen Dramen zu lieben.«

»Ich weiß . . . ich weiß . . .«, murmelte Dittisham.

»Daher wird dieses Buch geschrieben. Meine Aufgabe ist es zu verhindern, daß nicht zu schwere Irrtümer unterlaufen, daß die Tatsachen nicht verdreht werden.«

»Soviel ich weiß, sind die Tatsachen doch geklärt worden?«

»Ja, aber nicht ihre Auslegung.«

»Was wollen Sie damit sagen, Monsieur Poirot?« fragte Dittisham scharf.

»Mein lieber Lord Dittisham, es gibt viele Möglichkeiten, ein historisches Ereignis auszulegen. Nur ein Beispiel: Über Maria Stuart sind unzählige Bücher geschrieben worden, in denen sie abwechselnd als Märtyrerin, als hemmungslose, sittenlose Frau, als schlichte Heilige, als Mörderin und Intrigantin oder als Opfer der Umstände geschildert wurde. Man kann es sich auswählen.«

»Und in diesem Fall?« entgegnete Dittisham. »Crale wurde von seiner Frau umgebracht, darüber besteht kein Zweifel. Während der Verhandlung wurden gegen meine Frau Verleumdungen ausgesprochen, die meiner Ansicht nach unberechtigt waren, und nach Verkündigung des Urteils mußte sie unter Polizeischutz den Saal durch eine Hintertür verlassen. Das Publikum war ihr gegenüber feindselig eingestellt.«

»Die Engländer sind ein sehr moralisches Volk«, sagte Poirot.

»Zum Teufel mit ihnen, das sind sie wirklich!« stieß Dittisham hervor. Dann fragte er:

»Und Sie?«

»Ich führe ein sehr moralisches Leben. Das ist aber nicht dasselbe, wie moralische Ansichten zu haben.«

»Ich habe mir manchmal überlegt, wie diese Mrs. Crale in

Wirklichkeit war. All dieses Gerede von der hintergangenen Ehefrau . . . ich habe das Gefühl, daß etwas anderes dahintersteckte.«

»Ihre Frau Gemahlin weiß es vielleicht.«

»Meine Frau hat mir gegenüber noch nie ein Wort über den Fall Crale verloren«, sagte Dittisham, stand unvermittelt auf und läutete.

»Meine Frau erwartet Sie.«

Die Tür öffnete sich.

»Sie haben geläutet, Mylord?«

»Führen Sie Monsieur Poirot zu Lady Dittisham.«

Poirot folgte dem Butler zwei Treppen hinauf zum Wohnzimmer der Dame des Hauses. Er wurde gemeldet und in den luxuriös ausgestatteten Raum geleitet.

Sie starb jung . . ., dachte er unwillkürlich, als er Elsa Dittisham, die Elsa Greer gewesen war, gegenüberstand.

Er hätte sie nach dem Bild, das Meredith Blake ihm gezeigt hatte, nicht erkannt. Das Mädchen auf dem Bild war die verkörperte Jugend, voller Lebenskraft. Hier sah er von Jugend keine Spur, diese Frau sah aus, als wäre sie nie jung gewesen. Aber sie war schön, viel schöner als auf dem Bild, und bestimmt nicht alt. Sie konnte höchstens sechsunddreißig sein, da sie zur Zeit der Tragödie zwanzig gewesen war. Ihr schwarzes Haar lag glatt um ihren wohlgeformten Kopf, ihre Züge waren fast klassisch zu nennen, und sie war sorgfältig und unauffällig zurechtgemacht.

Ihr Anblick versetzte ihm fast einen Schlag. Vielleicht war es die Schuld des alten Jonathan, der sie mit Julia verglichen hatte . . . die Frau, die vor ihm stand, war keine Julia, oder man mußte sich eine Julia vorstellen, die, ihres Romeo beraubt, ein sinnlos gewordenes Leben weiterlebt . . . Es gehörte doch zu Julia, daß sie jung sterben mußte.

Elsa Greer aber hatte weiterleben müssen . . .

Sie begrüßte ihn gelassen.

»Ich bin so gespannt, Monsieur Poirot. Sagen Sie mir, was ich für Sie tun kann.«

Es interessiert sie nicht, nichts interessiert sie, dachte er.

Sie hatte große graue Augen wie tote Teiche.

80

»Es ist mir sehr unangenehm, Madame, höchst unangenehm«, rief Poirot dramatisch aus.

»Warum?«

»Weil die Erinnerung an diese Tragödie sehr schmerzlich für
Sie sein muß.«

Sie blickte ihn amüsiert, ehrlich amüsiert an.

»Vermutlich hat Ihnen mein Mann diese Idee in den Kopf gesetzt«, sagte sie. »Er hat doch mit Ihnen gesprochen? Aber er
versteht mich nicht, er hat mich nie verstanden. Ich bin gar
nicht so sensibel, wie er glaubt.« In immer noch leicht amü-
siertem Ton fuhr sie fort: »Sie müssen wissen, daß mein Vater
Fabrikarbeiter war. Er hat sich heraufgearbeitet und ein Vermögen gemacht. Das wäre nicht möglich gewesen, wenn er
eine dünne Haut gehabt hätte. Und ich bin wie er.«

Poirot dachte: Das stimmt. Ein sensibler Mensch hätte sich
nicht in Caroline Crales Haus eingenistet.

»Also was kann ich für Sie tun?« wiederholte sie ihre Frage.

»Wird es Ihnen bestimmt nicht schmerzlich sein, wenn ich die
Vergangenheit aufrühre, Madame?«

Sie überlegte, und Poirot stellte erstaunt fest, daß Lady Dittisham im Grunde genommen ein aufrichtiger Mensch war. Sie
mochte aus Notwendigkeit lügen, aber bestimmt nie ohne
triftigen Grund.

Langsam antwortete sie:

»Nein, ich glaube nicht . . . obwohl ich wünschte, es wäre so.«

»Warum?«

Ärgerlich sagte sie:

»Es ist so langweilig, nie etwas zu empfinden . . .«

Poirot dachte: Ja, Elsa Greer ist tot . . .

Laut sagte er: »Jedenfalls erleichtert das meine Aufgabe, Lady
Dittisham.«

»Also, was wollen Sie wissen?« fragte sie beinahe vergnügt.

»Haben Sie ein gutes Gedächtnis, Madame?«

»Ich glaube, ja.«

»Wird es Ihnen bestimmt nichts ausmachen, die Ereignisse
eingehend zu erörtern?«

»Nein, wirklich nicht. Es kann einem nur etwas weh tun, während es geschieht.«

»Es gibt Menschen, die so empfinden, das weiß ich.«

»Das ist das, was Edward – mein Mann – nicht verstehen kann. Er glaubt, daß die Gerichtsverhandlung und das ganze Drum und Dran eine Qual für mich gewesen sei.«

»War es das nicht?«

»Nein, ich habe es genossen«, sagte sie mit offensichtlicher Befriedigung. »Mein Gott, wie hat dieser brutale Mensch, dieser Depleach, auf mir herumgehackt. Aber es war ein Genuß für mich, denn er hat mich nicht kleingekriegt.« Lächelnd blickte sie Poirot an. »Ich hoffe, ich zerstöre nicht Ihre Illusionen. Ich hätte mich, als Mädchen von zwanzig Jahren, eigentlich vor Scham winden müssen, hätte mich verkriechen müssen, aber ich dachte nicht daran. Es war mir ganz gleich, was man über mich sagte. Ich wollte nur eines!«

»Und das war?«

»Daß sie gehängt würde, natürlich!«

Er blickte auf ihre Hände, schöne Hände mit langen gewölbten Nägeln – räuberische Hände.

»Sie halten mich für rachsüchtig? Ja, ich bin rachsüchtig, wenn man mir etwas angetan hat. Diese Frau war meiner Ansicht nach das gemeinste, was man sich vorstellen kann. Sie wußte, daß Amyas mich liebte, sie wußte, daß er sie verlassen wollte, und sie brachte ihn um, damit ich ihn nicht bekäme. Finden Sie das nicht auch gemein?«

»Sie haben wohl kein Verständnis für Eifersucht?«

»Nein. Wenn man verloren hat, hat man verloren. Wenn man seinen Mann nicht halten kann, läßt man ihn eben gehen. Diese Besitzgier begreife ich nicht.«

»Sie hätten sie vielleicht begriffen, wenn Sie ihn geheiratet hätten.«

»Das glaube ich nicht. Wir waren nicht . . .«

Sie lächelte Poirot plötzlich an. Er fand dieses Lächeln erschreckend – es war völlig gefühllos.

»Etwas möchte ich klarstellen: Glauben Sie nur nicht, daß Amyas Crale ein unschuldiges junges Mädchen verführt hätte. Kein Gedanke! *Ich* war die Verantwortliche. Ich habe ihn auf einer Gesellschaft kennengelernt, und ich flog ihm zu . . . ich wußte, daß ich ihn haben mußte . . .«

»Obwohl er verheiratet war?«

»Was bedeutet schon der Trauschein? Wenn er mit seiner Frau unglücklich war und mit mir glücklich sein konnte, warum nicht? Wir alle haben nur ein Leben zu leben.«

»Aber es heißt, er wäre mit seiner Frau glücklich gewesen.«

Elsa schüttelte den Kopf.

»Nein, sie lebten wie Hund und Katze, sie stritten sich dauernd, sie nörgelte an ihm herum . . . sie war . . . oh, sie war ein gräßliches Weib!«

Sie stand auf und zündete sich eine Zigarette an, dann fuhr sie leicht lächelnd fort:

»Wahrscheinlich bin ich ungerecht ihr gegenüber. Aber ich glaube wirklich, daß sie gräßlich war.«

»Es war eine große Tragödie«, sagte Poirot.

»Ja, eine große Tragödie.«

Sie wandte sich ihm plötzlich zu, und in die müde Gleichförmigkeit ihrer Züge kam etwas Leben.

»Und *ich* war es, die dabei getötet wurde, verstehen Sie? *Mich* hat es getötet. Seitdem habe ich nichts mehr . . . gar nichts.«

Ihre Stimme wurde flach, beinahe tonlos. »Leere!« Sie machte eine wütende Handbewegung. »Wie ein ausgestopfter Fisch in einem Glaskasten!«

»Hat Ihnen Amyas Crale soviel bedeutet?«

Sie nickte. Es wirkte irgendwie vertraulich, fast rührend.

»Ich bin immer direkt auf mein Ziel losgegangen.« Düster überlegte sie. »Wirklich, man sollte sich einen Dolch in die Brust stoßen, wie Julia. Aber das wäre das Eingeständnis, daß man erledigt ist . . . daß das Leben einen besiegt hat.«

»Und statt dessen?«

»Sollte man sich alles nehmen . . . genau wie vorher . . . wenn man erst einmal darüber hinweggekommen ist. Ich kam darüber hinweg. Es bedeutete mir nichts mehr, ich glaubte, ich könnte zum nächsten Akt übergehen.«

Ja, zum nächsten Akt. Poirot sah sie klar vor sich, wie sie mit aller Macht versuchte, diesen Entschluß durchzuführen. Er sah sie – schön, reich, verführerisch, sah, wie sie mit gierigen, räuberischen Händen versuchte, ein Leben zu füllen, das leer war. Sie hatte sich wohl von Heldenverehrung etwas

83

erhofft: Heirat mit einem berühmten Flieger ... dann mit einem Forschungsreisenden, diesem Riesen Arnold Stevenson, der wahrscheinlich äußerlich Amyas Crale glich ... dann eine andere Version der schöpferischen Kunst: Dittisham!

Sie fuhr fort: »Ich war nie eine Heuchlerin. Es gibt ein spanisches Sprichwort, das mir von jeher gefallen hat: ›Nimm, was du haben willst, und zahle dafür, sagt Gott!‹ Genau das habe ich getan. Ich nahm, was ich haben wollte, aber ich war stets bereit, dafür zu zahlen.«

»Sie verstehen aber eines nicht: Es gibt Dinge, die man nicht kaufen kann«, widersprach Poirot.

Sie starrte ihn an und sagte: »Ich meine nicht nur Geld.«

»Ich verstehe, was Sie meinen. Aber nicht alles im Leben hat sein Preisschild. Es gibt Dinge, die nicht zum Verkauf stehen.«

»Unsinn!«

Er lächelte leicht. In ihrer Stimme lag die Arroganz des erfolgreichen Fabrikarbeiters, der es zu Reichtum gebracht hat. Und sie tat ihm plötzlich leid. Er blickte auf dieses zeitlose, glatte Gesicht, die müden Augen, und er dachte an das Mädchen, das von Amyas Crale gemalt worden war ...

»Erzählen Sie mir von dem Buch. Was ist der Zweck? Wer hatte die Idee?«

»Verehrte Lady, was für einen anderen Zweck sollte es haben, als die Sensationen von gestern mit der Sauce von heute zu servieren?«

»Aber Sie sind kein Schriftsteller?«

»Nein, ich bin ein Experte in Sachen Verbrechen.«

»Sie werden von Kriminalschriftstellern zu Rate gezogen?«

»Nicht unbedingt. In diesem Fall jedoch habe ich einen Auftrag.«

»Von wem?«

»Ich verfasse dieses Buch im Auftrag einer interessierten Person.«

»Im Auftrag von wem?«

»Von Miss Carla Lemarchant.«

»Wer ist das?«

»Die Tochter von Amyas und Caroline Crale.«

Elsa starrte ihn einige Sekunden an, dann sagte sie:

»Richtig, da war ja ein Kind. Ich erinnere mich; sie muß jetzt wohl erwachsen sein.«

»Ja, sie ist einundzwanzig.«

»Wie ist sie?«

»Groß und dunkel und . . . ich glaube, schön. Und sie hat Mut und ist eine Persönlichkeit.«

»Ich möchte sie gern kennenlernen«, sagte Elsa nachdenklich.

»Vielleicht legt sie keinen Wert darauf.«

Sie blickte ihn überrascht an.

»Wieso? Ach, ich verstehe. Aber das ist doch Unsinn! Sie kann sich doch sicher an nichts erinnern, sie wird damals höchstens sechs Jahre gewesen sein.«

»Sie weiß, daß ihre Mutter wegen Ermordung ihres Vaters verurteilt wurde.«

»Und sie glaubt, es sei meine Schuld?«

»Das wäre möglich.«

Achselzuckend erwiderte sie:

»Wie dumm! Wenn sich Caroline wie ein vernünftiger Mensch benommen hätte . . .«

»Sie fühlen sich also nicht verantwortlich?«

»Warum sollte ich? Ich brauchte mich nicht zu schämen. Ich habe ihn geliebt, ich hätte ihn glücklich gemacht!« Ihr Gesicht verjüngte sich, und plötzlich erkannte er das Mädchen von dem Bild wieder. »Wenn Sie es nur mit meinen Augen sehen könnten, wenn Sie wüßten . . .«

Sich vorbeugend, unterbrach er sie:

»Aber gerade das will ich ja. Sehen Sie, Mr. Philip Blake, der damals dabei war, schreibt mir einen ausführlichen Bericht über die damaligen Ereignisse. Meredith Blake wird dasselbe tun. Und wenn Sie . . .«

Elsa Dittisham holte tief Atem und sagte verächtlich:

»Diese beiden! Philip war immer stupid, und Meredith scharwenzelte um Caroline herum, aber er war ein guter Kerl. Doch aus ihren Berichten können Sie sich kein richtiges Bild machen.«

Er beobachtete sie, sah, wie sich ihre Augen belebten, sah, wie eine tote Frau wieder zum Leben erwachte. Wild stieß sie hervor:

»Wollen Sie die Wahrheit wissen? Nicht zur Veröffentlichung, nur für Sie ...«

»Ich verpflichte mich, nichts ohne Ihre Einwilligung zu veröffentlichen.«

»Ich möchte die Wahrheit schriftlich niederlegen ...« Sie überlegte einige Sekunden und fuhr dann fort: »In die Vergangenheit zurückkehren ... alles niederschreiben ... Ihnen zeigen, wie sie war ...« Ihre Augen blitzten, ihre Brust hob sich leidenschaftlich. »Sie hat ihn umgebracht, sie hat Amyas umgebracht, Amyas, der leben wollte, der das Leben liebte, der das Leben genoß. Haß sollte nicht stärker sein als Liebe, aber ihr Haß war stärker. Und mein Haß auf sie ist ... ich hasse sie ... ich hasse sie ... ich hasse sie ...!« Sie trat zu ihm, beugte sich nieder und packte seinen Arm. »Sie müssen verstehen ... Sie müssen verstehen, was wir einander bedeuteten, ich meine Amyas und ich. Ich werde Ihnen etwas zeigen.«

Sie eilte durch das Zimmer, schloß einen kleinen Schreibtisch auf und holte etwas aus einem Fach. Dann kam sie zurück, in der Hand einen zerknitterten Briefbogen, dessen Schrift verblaßt war. Sie kam Poirot vor wie ein Kind, das ihm ein eifersüchtig gehütetes Spielzeug zeigte.

Er las:

Elsa, Du herrliches Geschöpf! Es hat nie etwas Schöneres gegeben als Dich. Aber ich fürchte, ich bin zu alt für Dich, ein älterer, launenhafter, wankelmütiger Satan. Traue mir nicht, glaube mir nicht, ich bin nichts wert, abgesehen von meiner Arbeit. Was gut in mir ist, steckt in meiner Arbeit. Sage also nicht, ich hätte Dich nicht gewarnt.

Zum Teufel! Mein Süßes, ich werde Dich trotzdem haben. Ich würde für Dich durch die Hölle gehen, und Du weißt es. Und ich werde Dich malen, werde ein Bild schaffen, daß diese spießige Welt sich auf den Kopf stellt und das Maul aufreißt! Ich bin wahnsinnig, ich bin verrückt nach Dir, ich kann nicht mehr schlafen, ich kann nicht essen. Elsa... Elsa... Elsa... ich gehöre Dir für immer, bis in den Tod. Amyas.

Vor sechzehn Jahren geschrieben. Verblaßte Tinte, zerknittertes Papier, aber die Worte lebten noch... vibrierten...
Er betrachtete die Frau, an die dieser Brief gerichtet war. Aber es war keine Frau mehr, die er sah, es war ein junges Mädchen, das liebt.
Wieder dachte Poirot an Julia...

9

»Darf ich fragen, wozu, Monsieur Poirot?«
Hercule Poirot überlegte die Antwort. Er sah, wie ihn ein Paar gescheite graue Augen aus einem runzligen kleinen Gesicht prüfend betrachteten.
Er war in den obersten Stock der kahlen Mietskaserne gestiegen, hatte an eine Tür geklopft und war in eines jener Zimmer getreten, die als Wohnungen für berufstätige Frauen bezeichnet wurden.
Hier, in einem kleinen quadratischen Raum, der Schlafzimmer, Wohnzimmer, Eßzimmer in einem war und dank einem Gaskocher auch als Küche diente, lebte Miss Cecilia Williams. So ärmlich die Umgebung auch war, hatte sie es doch verstanden, ihr eine persönliche Note zu verleihen. An den nüchternen hellgrauen Wänden hingen einige Reproduktionen: Dante, der auf einer Brücke Beatrice trifft, zwei Aquarelle von Venedig und Botticellis »Primavera«; auf einer niederen Kommode standen mehrere verblaßte Fotografien. Der Teppich war abgetreten, die billigen Möbel abgenutzt. Es war offensichtlich, daß Cecilia Williams von fast nichts lebte. Hier gab es kein Roastbeef, das war das Schweinchen, das nichts bekommen hatte.
Klar und beharrlich wiederholte Miss Williams ihre Frage:

»Darf ich wissen, wozu ich Ihnen von meinen Erinnerungen an den Fall Crale erzählen soll?«

Miss Williams war eine höchst erfolgreiche Erzieherin, und sie besaß Autorität. Sie zog es überhaupt nicht in Erwägung, daß man ihr nicht gehorchen könnte, und so fiel es schwer, sie anzulügen. Daher erzählte Poirot ihr nichts von einem Buch über frühere Mordfälle, sondern erklärte schlicht und einfach, warum Carla Lemarchant ihn aufgesucht hatte.

Die ältliche kleine Dame in dem einfachen, sauberen Kleid hörte aufmerksam zu und sagte schließlich:

»Es interessiert mich sehr zu hören, was aus dem Kind geworden ist.«

»Eine reizende junge Dame mit viel Mut und Energie.«

»Sehr gut«, bemerkte Miss Williams kurz.

»Und sie ist hartnäckig und setzt ihren Willen durch.«

Nachdenklich fragte Miss Williams:

»Hat sie künstlerische Interessen?«

»Ich glaube nicht.«

»Gott sei Dank!« sagte sie trocken. Ihrem Ton war ihre Einstellung Künstlern gegenüber klar zu entnehmen. »Demnach gleicht sie mehr ihrer Mutter als ihrem Vater.«

»Das ist möglich. Das können Sie selbst beurteilen, wenn Sie sie sehen werden.«

»Das möchte ich sehr gern. Es ist immer interessant zu sehen, was aus einem Kind geworden ist.«

»Sie war noch sehr klein, als Sie sie zuletzt sahen?«

»Fünfeinhalb. Ein reizendes Kind, vielleicht etwas zu ruhig, zu nachdenklich. Sie konnte sich stundenlang allein beschäftigen. Sie war sehr natürlich und nicht verwöhnt.«

»Ein Glück, daß sie noch so klein war«, sagte Poirot.

»Ja. Wäre sie älter gewesen, hätte diese Tragödie schlimme Auswirkungen auf sie haben können.«

»Trotzdem war es nicht gut für sie, so klein sie auch war; sie wurde doch von einem Tag zum andern in eine andere Umgebung verpflanzt, war von Geheimnistuerei und Ausflüchten umgeben. So etwas spürt ein Kind doch.«

»Die Auswirkungen sind vielleicht weniger schädlich gewesen, als Sie denken«, erwiderte Miss Williams nachdenklich.

»Bevor wir das Thema Carla Lemarchant verlassen, möchte ich Sie etwas fragen. Wenn jemand es mir erklären kann, dann Sie.«

»Ja?«

»Es ist eine Kleinigkeit, nur ein Detail, das ich nicht klar definieren kann. Jedesmal, wenn ich irgend jemandem gegenüber das Kind erwähne, erfolgt eine überraschte, verschwommene Antwort, als hätte die betreffende Person die Existenz des Kindes völlig vergessen. Und das ist nicht normal. Ein Kind ist doch eine wichtige Persönlichkeit, etwas, um das sich eigentlich alles drehen müßte. Amyas Crale mag seine Gründe gehabt haben, seine Frau zu verlassen oder nicht zu verlassen, aber wenn eine Ehe auseinandergeht, stellt das Kind doch immer einen wichtigen Faktor dar. In diesem Falle schien das Kind überhaupt nicht zu zählen, und das kommt mir so merkwürdig vor.«

»Sie haben da einen wunden Punkt berührt, Monsieur Poirot, Sie haben vollkommen recht. Und das ist mit einer der Gründe, warum ich vorhin meinte, daß Carlas Verpflanzung in eine fremde Umgebung in mancher Hinsicht gut für sie war. Später hätte sie vielleicht darunter gelitten, daß in dem elterlichen Hause etwas fehlte.«

Miss Williams beugte sich vor und fuhr langsam, ihre Worte genau abwägend, fort:

»In meinem Beruf habe ich natürlich das Problem Eltern – Kind von den verschiedensten Gesichtspunkten aus betrachten können. Viele Kinder – die meisten, möchte ich sagen – leiden darunter, daß die Eltern sich zu sehr um sie kümmern, sie werden mit zu viel Liebe überschüttet, zu sehr umsorgt. Unbewußt fühlt sich das Kind deshalb unbehaglich und sucht, sich den Eltern zu entziehen, um unbeobachtet und frei zu sein. Besonders wenn es sich um ein Einzelkind handelt, ist das der Fall, und natürlich treiben die Mütter es am schlimmsten. Die Auswirkung auf die Ehe ist häufig negativ. Der Mann nimmt es übel, erst an zweiter Stelle zu kommen; er sucht Trost und Liebe woanders, und früher oder später kommt es zur Scheidung. Das Beste für ein Kind ist meiner Überzeugung nach das, was ich als gesunde Vernachlässigung von seiten beider Eltern bezeichnen möchte. Das ergibt sich bei kinderreichen Familien mit wenig Geld häufig von selbst. Die Mutter hat einfach keine Zeit, sich zu sehr um die einzelnen Kinder zu kümmern. Die Kinder merken sehr wohl, daß die Mutter sie liebt, ohne von allzu vielen Äußerungen dieser Liebe behelligt zu werden.

Es kommt aber auch vor, daß ein Ehepaar sich selbst so genügt, so ineinander aufgeht, daß die Frucht dieser Ehe, das Kind, für sie kaum vorhanden ist. Unter diesen Umständen fühlt ein Kind sich vernachlässigt und verlassen. Wohlgemerkt, das Kind muß nicht irgendwie sichtbar vernachlässigt werden. Mrs. Crale war zum Beispiel das, was man eine vorbildliche Mutter nennt, sie sorgte für Carlas Wohl, für ihre Gesundheit, spielte mit ihr, wie es sich gehört, und war stets lieb und fröhlich mit ihr. Aber im Grunde war Mrs. Crale nur für ihren Mann da; sie lebte nur in ihm und für ihn. Und das ist meiner Meinung nach auch die Rechtfertigung dessen, was sie schließlich tat.«

»Sie meinen, daß die beiden eher Liebhaber und Geliebte waren als Ehemann und Ehefrau?«

»Richtig«, antwortete Miss Williams.

»Er liebte sie ebenso wie sie ihn?«

»Sie liebten sich sehr ... aber er war eben ein *Mann*.«

Die alte Jungfer, die lebenslange Gouvernante, entpuppte sich als Frauenrechtlerin; für sie war der Mann der Feind!

»Sie halten nichts von Männern?« erkundigte Poirot sich.

»Die Männer haben alle Vorteile in dieser Welt«, antwortete sie trocken, »und ich hoffe nur, daß das nicht immer so sein wird.«

Poirot zog es vor, darüber nicht zu diskutieren.

»Sie mochten Amyas Crale nicht?«

»Das kann man wohl sagen. Ich fand sein Verhalten schändlich, und wenn ich seine Frau gewesen wäre, hätte ich ihn verlassen. Es gibt Dinge, die keine Frau dulden darf.«

»Aber Mrs. Crale duldete sie?«

»Ja.«

»Und Sie hielten das für falsch?«

»Jawohl. Eine Frau sollte eine gewisse Selbstachtung haben und sich nicht demütigen lassen.«

»Haben Sie das je zu Mrs. Crale gesagt?«

»Natürlich nicht, das stand mir nicht zu. Ich wurde dafür bezahlt, Angela zu erziehen, nicht dafür, Mrs. Crale ungebetene Ratschläge zu erteilen. Hätte ich es getan, wäre es eine Impertinenz von mir gewesen.«

»Sie mochten Mrs. Crale?«

»Ich hatte Mrs. Crale sehr gern.« Die sachliche Stimme wurde sanfter, wärmer, mitleidig. »Ich hatte sie sehr gern, und sie tat mir sehr leid.«

»Und Ihr Zögling – Angela Warren?«

»Sie war ein höchst interessantes Mädchen – eine der interessantesten Schülerinnen, die ich je hatte. Hochintelligent, undiszipliniert, jähzornig, in vieler Hinsicht unlenkbar, aber ein wertvolles Menschenkind. Ich war stets der Überzeugung, daß sie es zu etwas bringen würde. Und das hat sie ja auch. Haben Sie ihr Buch über die Sahara gelesen? Und sie hat auch diese hochinteressanten Ausgrabungen im Fayyum gemacht. Ja, ich bin sehr stolz auf Angela. Ich war nicht lange in Alderbury – zweieinhalb Jahre –, aber ich bilde mir ein, ihren Geist angeregt und ihr Interesse für Archäologie gefördert zu haben.«

»Ich hörte, daß man sie zwecks Weiterbildung in ein Internat schicken wollte«, bemerkte Poirot. »Das müssen Sie doch bedauert haben.«

»Keineswegs, Monsieur Poirot, ich war sehr einverstanden damit. Angela war ein liebes Kind, ein wirklich liebes Kind, warmherzig und impulsiv, aber sie war auch ein schwieriges Kind, das heißt, sie war in einem schwierigen Alter. Es gibt eine Zeit, da Mädchen ihrer selbst nicht sicher sind, da sie weder Kind noch Frau sind. In einem Moment war Angela vernünftig und reif, richtig erwachsen, im nächsten war sie völlig kindlich, verübte schlimme Streiche, war unverschämt und jähzornig. Wissen Sie, Mädchen in diesem Alter sind entsetzlich empfindlich. Sie nehmen alles übel und sind sehr rasch beleidigt. In diesem Stadium war Angela. Sie hatte Wutanfälle, sie konnte es nicht ertragen, geneckt zu werden,

91

und brauste wegen jeder Kleinigkeit auf, oder sie war tage-
lang mürrisch, saß übelnehmerisch herum; dann wieder war
sie übermütig, kletterte auf Bäume, tollte mit den Bauernjun-
gen, weigerte sich, irgendeine Autorität anzuerkennen.
Wenn ein Mädchen in dieses Alter kommt, ist ein Internat
das beste. Sie braucht die Anregung durch die Mitschülerin-
nen, die gesunde Disziplin einer Gemeinschaft, das hilft ihr,
ein nützliches Glied der menschlichen Gesellschaft zu werden.
Auch die Familienverhältnisse waren für Angela keineswegs
ideal. Mrs. Crale verwöhnte sie über alle Maßen, sie
brauchte nur ein Wort zu sagen, und sofort stand Mrs. Crale
für sie ein. Die Folge war, daß Angela glaubte, sie könne die
Zeit und die Aufmerksamkeit ihrer Schwester völlig in Anspruch nehmen, und aus dieser Einstellung heraus ergaben
sich natürlich Zusammenstöße mit Mr. Crale. Mr. Crale fand
begreiflicherweise, daß er an erster Stelle kommen müsse,
und bestand auf diesem Recht. Er hatte zwar Angela wirklich
gern, sie waren gute Kameraden und balgten sich oft freundschaftlich miteinander, aber es gab auch Zeiten, da Mr. Crale
es seiner Frau übelnahm, daß sie sich so sehr um Angela
sorgte; er war wie alle Männer ein verwöhntes Kind und
glaubte, alles müsse sich um *ihn* drehen. Wenn er mit Angela
richtigen Krach bekam und seine Frau Angelas Partei ergriff,
wurde er wütend, und umgekehrt wurde Angela wütend,
wenn Mrs. Crale seine Partei ergriff.
Das war dann der Anlaß, daß Angela ihm recht bösartige
kindliche Streiche spielte. Er hatte die Angewohnheit, Gläser
in einem Zug zu leeren, und einmal zum Beispiel schüttete
sie einen Haufen Salz in sein Getränk, woraufhin er einen
Brechreiz und einen Wutanfall bekam. Was aber dem Faß
den Boden ausschlug, war der Vorfall mit den Schnecken – er
hatte eine krankhafte Aversion gegen Schnecken, und sie
hatte ihm einige ins Bett gesteckt. Er geriet außer sich vor
Wut und erklärte, daß sie in ein Internat müsse. Er wolle in
Zukunft vor solchen Dingen verschont bleiben.
Angela war entsetzlich wütend; obwohl sie ein- oder zweimal ausdrücklich erklärt hatte, in ein Internat gehen zu wol-

len, tat sie nun, als geschehe ihr schweres Unrecht. Mrs. Crale wollte nicht, daß sie fortginge; sie ließ sich aber überreden, und ich glaube, hauptsächlich auf meinen Rat hin, denn ich sagte ihr, daß es zu Angelas Bestem sei. So wurde beschlossen, daß Angela zum Herbstquartal nach Helston gehen sollte, einem ausgezeichneten Mädcheninternat an der Südküste. Doch Mrs. Crale war höchst unglücklich darüber, und Angela nahm es Mr. Crale sehr übel. Ihr Groll war nicht wirklich ernst zu nehmen, aber er kam zu anderen Dingen hinzu, die sich im Laufe des Sommers im Haus abspielten.«

»Meinen Sie Elsa Greer?« fragte Poirot.

»Richtig!« stieß Miss Williams hervor und preßte die Lippen zusammen.

»Was hielten Sie von Elsa Greer?«

»Nichts; sie war ein hemmungsloses junges Ding.«

»Sie war noch sehr jung.«

»Alt genug, um sich besser zu benehmen. Ich kann keine Entschuldigung für sie finden.«

»Sie hatte sich in Mr. Crale verliebt, ich vermute . . .«

Miss Williams unterbrach ihn brüsk:

»Sie hatte sich in ihn verliebt, das kann man wohl sagen. Aber ich bin der Ansicht, Monsieur Poirot, daß wir unsere Gefühle, so heftig sie auch sein mögen, in den Grenzen des Anstands halten müssen. Und ganz bestimmt müssen wir Herr unserer Taten sein. Dieses Mädchen hatte überhaupt keine Moral. Es spielte für Miss Greer keine Rolle, daß Mr. Crale ein verheirateter Mann war. Sie war völlig schamlos, kühl und entschlossen. Wahrscheinlich war sie schlecht erzogen worden – das ist aber auch die einzige Entschuldigung, die ich für sie habe.«

»Mr. Crales Tod muß entsetzlich für sie gewesen sein.«

»Ja, aber es war voll und ganz ihre Schuld. Ich werde nie einen Mord entschuldigen, aber wenn je eine Frau dazu getrieben wurde, so war es Caroline Crale. Ich sage Ihnen ganz offen, daß es Momente gab, da ich am liebsten beide, ihn und das Mädchen, umgebracht hätte. Vor den Augen seiner Frau um das Mädchen zu scharwenzeln, die Unverschämtheiten des Mädchens zu dulden – und diese Elsa Greer war unverschämt, Monsieur Poirot. Amyas Crale hat sein Los verdient. Kein Mann darf eine Frau so behandeln, wie er es tat, ohne dafür bestraft zu werden. Sein Tod war die gerechte Strafe für sein Benehmen.«

»Sie sind sehr streng . . .«

Ihn durchdringend anblickend, erwiderte sie:

»Ich habe sehr strenge Ansichten über die Ehe. Wenn die Ehe nicht geachtet und geschützt wird, so verkommt ein Land. Mrs. Crale war eine liebevolle und treue Frau. Ihr Mann beleidigte sie bewußt, indem er seine Mätresse ins Haus brachte. Wie ich schon sagte, hat er seine Strafe verdient. Er quälte sie über alle Maßen, und ich kann ihr das, was sie tat, nicht übelnehmen.«

»Ich gebe zu, daß er sich sehr schlecht benommen hat«, sagte Poirot langsam, »aber Sie müssen bedenken, daß er ein großer Künstler war.«

Sie schnaubte wütend:

»O ja, das Lied kenne ich! Das gilt heutzutage als Entschuldigung für alles. Ein Künstler! Das ist die Entschuldigung für zügelloses Leben, für Trunkenheit, für Prahlerei, für Untreue. Und was für ein Künstler war Mr. Crale schon? Es mag Mode sein, seine Bilder noch ein paar Jahre zu bewundern, aber das wird nicht dauern. Er konnte ja nicht einmal zeichnen! Er hatte keinen Sinn für Perspektive. Er hatte keine Ahnung von Anatomie. Ich weiß, wovon ich spreche, Monsieur Poirot. Als junges Mädchen habe ich eine Zeitlang in Florenz Malunterricht genommen, und einem Menschen, der die großen Meister kennt und schätzt, kommt diese Schmiererei von Mr. Crale lächerlich vor. Ein paar Farben auf eine Leinwand klecksen . . . keine richtige Zeichnung . . . keine Komposition.«

Sie schüttelte den Kopf.

»Nein, Sie können von mir nicht verlangen, daß ich Mr. Crales Kunst bewundere.«

Poirot begriff, daß Miss Williams in dieser Angelegenheit das letzte Wort gesprochen hatte, und ging von der Kunst auf ein anderes Thema über.

»Sie waren dabei, als Mrs. Crale die Leiche fand, nicht wahr?«

»Ja. Nach dem Mittagessen gingen wir zusammen zur Schanze. Ich wollte zum Strand, da Angela dort ihren Pullover hatte liegenlassen – sie war immer sehr nachlässig. Ich trennte mich von Mrs. Crale an der Pforte zur Schanze, aber ich hatte kaum ein paar Schritte gemacht, als sie mich zurückrief. Ich glaube, daß Mr. Crale schon über eine Stunde tot war. Er lag ausgestreckt auf der Bank vor seiner Staffelei.«

»War sie sehr aufgeregt bei der Entdeckung?«

»Was wollen Sie damit sagen, Monsieur Poirot?«

»Ich möchte wissen, was für einen Eindruck Sie hatten.«

»Ach so. Ja, sie war wie betäubt. Sie schickte mich fort, um den Arzt anzurufen. Wir waren nicht ganz sicher, ob er tot war, es hätte ja auch ein Krampf sein können.«

»Sprach sie von einer solchen Möglichkeit?«

»Ich kann mich nicht erinnern.«

»Und Sie gingen zum Haus, um anzurufen?«

»Auf halbem Weg traf ich Mr. Meredith Blake, an den ich den Auftrag weitergab, und kehrte zu Mrs. Crale zurück. Ich fürchtete, sie wäre zusammengebrochen, und Männer sind in einem solchen Fall keine Hilfe.«

»War sie zusammengebrochen?«

»Mrs. Crale hatte sich völlig in der Gewalt«, antwortete sie trocken. »Sie benahm sich nicht wie Miss Greer, die eine hysterische und höchst peinliche Szene machte.«

»Was für eine Szene?«

»Sie versuchte, Mrs. Crale anzugreifen.«

»Sind Sie der Ansicht, daß sie Mrs. Crale für schuldig am Tod ihres Mannes hielt?«

Miss Williams überlegte einige Sekunden.

»Nein, das konnte sie kaum. Dieser schreckliche Verdacht war noch nicht aufgetaucht. Sie schrie nur: ›Das ist Ihre Schuld, Caroline! Sie haben ihn umgebracht, es ist Ihre Schuld!‹ Sie schrie nicht ›Sie haben ihn vergiftet!‹, aber ich glaube, daß sie das meinte.«

»Und Mrs. Crale?«

»Ich kann Ihnen wirklich nicht sagen, was Mrs. Crale in dem

Moment empfand oder dachte. Ob sie entsetzt war über ihre Tat...«

»Machte es den Eindruck?«

»N-nein, n-nein, das könnte ich nicht sagen. Betäubt, ja... und ich glaube, erschrocken... ja, erschrocken. Aber das ist ja nur natürlich.«

Poirot sagte etwas enttäuscht:

»Ja, vielleicht ist das natürlich... Und was nahm sie als Todesursache an?«

»Selbstmord. Sie sagte von Anfang an, es müsse Selbstmord sein.«

»Wiederholte sie das, als sie mit Ihnen allein war, oder sprach sie auch von einer anderen Möglichkeit?«

»Nein, sie erklärte mir ausdrücklich, daß es Selbstmord sein müsse«, antwortete Miss Williams, aber es klang irgendwie verlegen.

»Und was sagten Sie dazu?«

»Aber Monsieur Poirot, spielt das eine Rolle, was *ich* sagte?«

»Ja.«

»Ich sehe nicht ein, warum...«

Als hypnotisiere sie sein abwartendes Schweigen, fuhr sie widerstrebend fort:

»Ich glaube, ich sagte: ›Bestimmt Mrs. Crale, es muß Selbstmord sein.‹«

»Glaubten Sie das?«

Sie hob den Kopf und sagte energisch:

»Nein! Aber ich stand vollkommen auf Mrs. Crales Seite; meine Sympathien galten ihr, nicht der Polizei.«

»Sie wünschten, daß sie freigesprochen würde?«

Trotzig antwortete sie:

»Ja.«

»Sie haben also Verständnis für die Gefühle ihrer Tochter?«

»Natürlich.«

»Würden Sie mir einen detaillierten schriftlichen Bericht über die Tragödie geben?«

»Für Carla?«

»Ja.«

»Das kann ich tun. Ist sie fest entschlossen, den Fall wieder-
aufzurollen?«

»Ja«, antwortete er. »Ich bin zwar der Ansicht, es wäre besser
gewesen, ihr überhaupt nichts davon zu sagen . . .«

Miss Williams unterbrach ihn:

»Nein, es ist immer besser, der Wahrheit ins Gesicht zu sehen. Es war ein schwerer Schlag für Carla, dies alles zu erfahren, aber nun möchte sie genau wissen, wie sich die Tragödie
abgespielt hat, und ich finde das richtig. Wenn sie erst alles
genau weiß, kann sie es vergessen und ihr eigenes Leben
aufbauen.«

»Vielleicht haben Sie recht«, sagte Poirot.

»Bestimmt habe ich recht.«

»Aber Carla begnügt sich nicht damit, die Einzelheiten zu erfahren – sie will die Unschuld ihrer Mutter beweisen.«

»Armes Kind.«

»Das sagen Sie?«

»Jetzt verstehe ich, Monsieur Poirot, warum Sie der Meinung sind, es wäre besser gewesen, wenn sie es nicht erfahren hätte. Trotzdem bleibe ich bei meiner Ansicht. Es ist ein
verständlicher Wunsch von ihr, die Unschuld ihrer Mutter
herauszufinden, aber ich glaube, daß Carla, wie Sie sie schildern, tapfer genug ist, vor der Wahrheit nicht zurückzu-
schrecken.«

»Sind Sie sicher, daß es die Wahrheit ist?«

»Ich verstehe Sie nicht.«

»Sie halten es für ausgeschlossen, daß Mrs. Crale unschuldig
ist?«

»Man kann keine andere Möglichkeit ernstlich in Erwägung
ziehen.«

»Obwohl Mrs. Crale steif und fest auf der Selbstmordtheorie
bestand?«

»Die arme Frau mußte doch etwas sagen«, entgegnete Miss
Williams trocken.

»Wissen Sie, daß Mrs. Crale einen Brief für ihre Tochter hinterließ, in welchem sie ihre Unschuld beschwört?«

Miss Williams starrte ihn an.

»Das war sehr unrecht von ihr«, sagte sie scharf.

»Meinen Sie?«

»Ja. Sie natürlich, sentimental wie alle Männer . . .«

Poirot unterbrach sie unwillig:

»Ich bin nicht sentimental.«

»Aber es gibt falsche Sentimentalität. Warum schrieb sie in ihrer letzten Stunde eine Lüge? Um ihrem Kind Kummer zu ersparen? Ich weiß, daß viele Frauen das tun würden, aber Mrs. Crale hätte ich das nicht zugetraut; sie war tapfer und wahrheitsliebend. Es wäre richtiger gewesen, ihrer Tochter zu schreiben, sie möge sie nicht verurteilen.«

Leicht erregt fragte Poirot:

»Sie halten es also für völlig ausgeschlossen, daß Caroline Crale die Wahrheit schrieb?«

»Völlig.«

»Obwohl Sie sie so gern hatten?«

»Ich hatte sie sehr gern, ich empfand eine große Zuneigung und tiefes Mitgefühl für sie.«

»Also dann . . .«

Miss Williams sah ihn merkwürdig an.

»Sie können es nicht wissen, Monsieur Poirot. Heute, nach so langer Zeit, kann ich es ja sagen. Ich weiß genau, daß Caroline Crale schuldig war!«

»*Was?*«

»Ja. Ich weiß nicht, ob es richtig war, daß ich es damals verschwieg, aber jetzt muß ich es Ihnen sagen: Ich weiß, daß Caroline Crale schuldig war . . .«

10

Milde Frühlingsluft drang durch das offene Fenster in Angela Warrens Wohnung, die auf den Regent Park ging; ohne den Straßenlärm hätte man glauben können, auf dem Land zu sein.

Poirot wandte sich vom Fenster ab, als die Tür geöffnet wurde und Angela Warren eintrat.

Er sah sie nicht zum erstenmal; er hatte vor kurzem einen

Vortrag gehört, den sie in der Geographischen Gesellschaft gehalten hatte. Sie war eine gutaussehende Frau mit gleichmäßigen, wenn auch strengen Zügen, schönen dunklen Brauen, klaren, gescheiten braunen Augen und einer zarten weißen Haut; ihre Schultern waren breit und ihr Gang etwas männlich.

Sie erinnerte keineswegs an ein Schweinchen, das »o weh, o weh« schreit, obwohl sie auf einem Auge blind war und eine lange, breite Narbe ihre rechte Wange entstellte. Sie schien im Laufe der Zeit ihre Entstellung gewissermaßen vergessen zu haben, und Poirot hielt es für möglich, daß sie gerade durch diese Benachteiligung an geistiger Kraft gewonnen hatte.

Aus dem wilden Schulmädchen war eine bemerkenswerte Frau geworden, eine Frau mit hohen geistigen Gaben und der Energie, große Taten zu vollbringen. Er war sicher, daß sie sowohl glücklich wie erfolgreich war, ihr Leben war bestimmt ausgefüllt und sehr interessant.

Sie war nicht der Typ Frau, den Poirot liebte. So sehr ihm ihr klarer Geist imponierte, fand er sie doch zuwenig fraulich.

Es war leicht, ihr den Zweck seines Besuches zu erklären, und er benötigte keine Vorwände. Er erzählte ihr einfach, was Carla Lemarchant von ihm wollte.

Angelas strenges Gesicht leuchtete auf.

»Ah, die kleine Carla! Sie ist hier? Ich würde sie gern sehen.«

»Stehen Sie nicht in Verbindung mit ihr?«

»Leider nur sehr oberflächlich. Als sie nach Kanada ging, war ich noch auf der Schule, und ich glaubte natürlich, daß sie uns bald vergessen würde. In späteren Jahren schickten wir uns gelegentlich Weihnachtsgeschenke. Ich glaubte, sie wäre in Kanada heimisch geworden, und fand, daß das für sie das beste sei.«

»Bestimmt. Der Namenswechsel ... der Ortswechsel. Ein neues Leben. Aber leider war das nicht so leicht.«

Und dann erzählte er ihr von Carlas Verlobung, davon, wie sie die Wahrheit erfahren hatte, und von ihrem Entschluß.

Angela hörte ruhig zu, die entstellte Wange auf ihre Hand gestützt. Sie zeigte keinerlei Erregung, und als Poirot fertig war, sagte sie ruhig:

99

»Carla hat recht.«

Poirot war erstaunt. Sie war die erste, die es so aufnahm.

»Sie geben ihr recht, Miss Warren?«

»Ja, und ich wünsche ihr von Herzen Erfolg. Ich werde alles tun, um ihr zu helfen, und ich mache mir jetzt Vorwürfe, daß ich selbst in dieser Hinsicht nichts unternommen habe.«

»Sie glauben also, daß sie mit ihrer Ansicht recht haben könnte?«

»Natürlich hat sie recht!« antwortete Angela energisch. »Caroline ist unschuldig, und ich habe es gewußt.«

»Sie überraschen mich sehr, Mademoiselle«, murmelte Poirot, »alle andern, die ich bisher sprach ...«

Scharf unterbrach sie ihn:

»Darauf dürfen Sie nichts geben. Gewiß hat der Schein gegen Caroline gesprochen, aber meine Überzeugung beruht darauf, daß ich meine Schwester genau kannte. Ich weiß genau, daß Caroline keinen Mord begehen konnte.«

»Kann man das von einem Menschen mit Sicherheit sagen?«

»In den meisten Fällen wahrscheinlich nicht. Ich gebe zu, daß die menschliche Bestie voller unberechenbarer Faktoren ist. Aber in Carolines Fall gibt es für meine Gewißheit besondere Gründe, Gründe, über die ich besser Bescheid weiß als alle andern.« Sie deutete auf ihre entstellte Wange. »Sehen Sie sich das an. Wahrscheinlich haben Sie schon davon gehört?«

Poirot nickte.

»Das hat Caroline getan, und darum weiß ich bestimmt, daß sie keinen Mord beging.«

»Für die meisten Menschen wäre das kein überzeugendes Argument.«

»Im Gegenteil. Es wurde sogar als Beweis gegen sie benutzt, glaube ich, als Beweis, wie unbeherrscht und heftig sie sei. Weil sie mich, die kleine Schwester, schwer verletzte, behauptete die Anklage, sie wäre auch imstande, einen treulosen Gatten zu vergiften.«

»Ich verstehe den Unterschied. Ein Wutausbruch ist etwas

anderes, als sich Gift zu beschaffen und es am nächsten Tag zu verabfolgen.«

Angela machte eine ärgerliche Handbewegung.

»Das meine ich nicht, aber ich will versuchen, es Ihnen zu erklären. Stellen Sie sich folgendes vor: Ein normaler, liebevoller und gutartiger Mensch ist eifersüchtig veranlagt. In seinen jungen Jahren, wo Selbstbeherrschung noch schwerfällt, begeht er in einem Wutanfall eine Tat, die um ein Haar den Tod eines Menschen zur Folge gehabt hätte.

Stellen Sie sich den furchtbaren Schock, das Entsetzen, die Gewissensbisse vor, die ihn daraufhin packen. Ein sensibler Mensch wie Caroline vergißt dieses Entsetzen nie, er bleibt stets von Gewissensbissen gepeinigt. Ich weiß nicht, ob ich mir dessen schon damals bewußt war, aber rückblickend weiß ich es. Caroline wurde stets verfolgt von dem Gedanken an das, was sie mir zugefügt hatte. Sie fand keinen Frieden, alle ihre Taten wurden davon beeinflußt, und so ist auch ihre Haltung mir gegenüber zu erklären.

Für mich war nichts gut genug, ich kam immer zuerst, die meisten Streitigkeiten, die sie mit Amyas hatte, entstanden meinetwegen. Ich war eifersüchtig auf ihn und spielte ihm allerhand Streiche. Ich stibitzte Katzensaft, um ihn in sein Bier zu schütten, und setzte ihm einmal einen Igel ins Bett. Aber Caroline verteidigte mich immer. Das war natürlich schlecht für mich; ich wurde auf jede Weise entsetzlich verwöhnt. Aber das tut nichts zur Sache, wir sprechen ja über Caroline. Im Gedanken an ihre frühere Tat hatte sie ihr Leben lang eine panische Angst davor, noch einmal etwas Ähnliches zu tun. Sie war ständig auf der Hut, beobachtete sich dauernd, damit nicht noch einmal so etwas vorkommen könnte. Instinktiv reagierte sie ihre Wut durch heftige Worte ab. Das war psychologisch richtig, denn wenn sie sich mit Worten Luft machte, war sie weniger in Gefahr, sich durch Taten auszutoben, und die Methode bewährte sich. Darum sagte sie oft Dinge – ich habe es selbst gehört – wie: ›Am liebsten würde ich den Soundso in Stücke schneiden und in Öl braten!‹ Oder sie sagte zu mir oder zu Amyas: ›Wenn du mich weiter so ärgerst, schlag ich dich tot!‹ Ebenso brach sie leicht einen heftigen Streit vom Zaun. Sie wußte sehr gut, wie heftig sie von Natur aus war, und so schaffte sie sich dieses Ventil. Amyas und sie hatten häufig direkt groteske Auseinandersetzungen.«

Hercule Poirot nickte.

»Bei der Verhandlung wurde das als Beweis gegen sie angeführt.«

»Solche Beweise sind stupide und irreführend«, sagte Angela. »Natürlich stritten sich die beiden. Natürlich warfen sie sich die schlimmsten Ausdrücke an den Kopf, aber kein Mensch wußte, daß sie diese Szenen genossen. Die meisten Männer hassen Szenen, sie wollen ihre Ruhe haben; aber Amyas war ein Künstler, er liebte es zu brüllen, die fürchterlichsten Drohungen auszustoßen und ausfallend zu werden. Es war, als ob er Dampf ablieĐe. Er war einer der Männer, die auf der Suche nach einem verlorenen Kragenknopf brüllen, daß das ganze Haus zittert. Es klingt merkwürdig, aber Amyas und Caroline fanden diese dauernden Kräche und Versöhnungen herrlich!«

Sie machte eine ärgerliche Geste.

»Wenn man mich doch nur nicht fortgeschickt hätte, wenn man mich nur als Zeugin vernommen hätte! Ich hätte das dem Gericht klarmachen können.« Sie zuckte die Achseln. »Aber ich nehme an, man hätte mir nicht geglaubt. Außerdem hatte ich es damals noch nicht so klar erkannt wie jetzt. Ich hatte noch nicht alles so genau durchdacht und hätte es bestimmt nicht in Worte kleiden können.«

Sie blickte Poirot an.

»Verstehen Sie mich?«

Er nickte lebhaft.

»Voll und ganz, und Sie haben recht. Es gibt Menschen, denen es langweilig ist, wenn sie sich vertragen; sie benötigen zu ihrem Wohlbefinden das Stimulans eines Kraches.«

»Richtig.«

»Miss Warren, was empfanden Sie damals?«

Sie seufzte.

»Ich war entsetzt, verzweifelt, völlig durcheinander, glaube ich. Es kam mir alles wie ein Alptraum vor. Caroline wurde

102

bald verhaftet, ich glaube, schon nach drei Tagen. Ich erinnere mich an meine Empörung, an meine dumpfe Wut und natürlich an meinen kindlichen Glauben, daß es nur ein Irrtum sei, der bald aufgeklärt werden würde. Caroline machte sich hauptsächlich meinetwegen Sorgen; sie wollte, daß ich von allem ferngehalten würde. Sie beauftragte Miss Williams, mich sofort zu Verwandten zu bringen; und die Polizei erlaubte es. Als dann feststand, daß ich nicht als Zeugin vernommen werden sollte, schickte man mich sofort auf eine Schule im Ausland. Ich sträubte mich dagegen, aber man sagte mir, daß sich Caroline meinetwegen große Sorgen mache und es eine Erleichterung für sie bedeuten würde, wenn ich ginge.«

Sie machte eine kleine Pause.

»So ging ich nach München. Und dort erfuhr ich das Urteil. Man ließ mich nie zu Caroline, sie wollte es nicht. Das ist das einzige Mal, glaube ich, daß sie kein Verständnis für mich aufbrachte.«

»Das sollten Sie nicht sagen, Miss Warren. Auf ein empfindsames junges Mädchen könnte der Besuch bei einem geliebten Menschen, der im Gefängnis sitzt, einen entsetzlichen Eindruck machen.«

Sie stand auf.

»Nach dem Urteil schrieb sie mir einen Brief. Ich habe ihn noch keinem Menschen gezeigt, aber Sie sollen ihn lesen. Er wird dazu beitragen, daß Sie Caroline verstehen. Wenn Sie wollen, können Sie ihn auch Carla zeigen.«

Sie ging zur Tür.

»Kommen Sie bitte mit, drüben habe ich ein Porträt von Caroline.«

Zum zweitenmal betrachtete Poirot nun ein Porträt. Als Kunstwerk war das Gemälde mittelmäßig, aber Poirot studierte es dennoch mit großem Interesse.

Er sah ein schmales, ovales Gesicht mit einem sanften, leicht schüchternen Ausdruck; ein gefühlvolles Gesicht, etwas unsicher, von dem eine große innere Schönheit ausstrahlte. In ihren Zügen lag nichts von der Kraft und Lebendigkeit ihrer Tochter; zweifellos hatte Carla Lemarchant ihre

Energie und Daseinsfreude von Amyas Crale geerbt. Ihre
Mutter war eine weniger positive Natur, und nun verstand
Poirot, warum ein phantasievoller Mensch wie Quentin
Fogg sie nicht hatte vergessen können.
Angela hatte inzwischen den Brief hervorgeholt und sagte:
»Lesen Sie nun, nachdem Sie sie gesehen haben, den Brief.«
Poirot entfaltete ihn bedächtig und las, was Caroline Crale
vor sechzehn Jahren geschrieben hatte:

Mein Liebling, meine kleine Angela,

Du wirst schlechte Nachrichten hören und wirst traurig
darüber sein, aber ich möchte Dir mitteilen, daß alles gut
ist. Ich habe Dir nie etwas vorgelogen und tue es auch
jetzt nicht, wenn ich Dir sage, daß ich wirklich glücklich
bin; ich empfinde alles als richtig und fühle einen Frieden wie noch nie. Es ist alles gut, Liebling, es ist alles
gut. Sieh zu, daß Du im Leben vorankommst, daß Du
Erfolge erzielst; ich weiß, daß Du fähig dazu bist. Blick
nicht zurück und gräme Dich meinetwegen nicht. Es ist
alles gut, Liebling, ich gehe zu Amyas. Ich bin ganz sicher, daß wir bald beisammen sein werden; ich könnte
ohne ihn nicht leben. Tu mir den einen Gefallen: sei
glücklich. Ich sage Dir nochmals, ich bin glücklich. Jeder
muß für seine Schuld zahlen. Es ist herrlich, Frieden zu
empfinden.
Deine Dich liebende Schwester

Caroline

Nachdem Poirot den Brief zweimal gelesen hatte, gab er ihn
zurück und sagte:
»Das ist ein wirklich schöner Brief, Mademoiselle, und er
ist sehr bemerkenswert, *sehr* bemerkenswert.«
»Caroline war eine bemerkenswerte Persönlichkeit.«
»Ja, ein außergewöhnlicher Geist ...«, stimmte er zu. »Sie
halten diesen Brief für den Beweis ihrer Unschuld?«
»Selbstverständlich!«
»Das geht aber nicht deutlich daraus hervor.«

»Weil Caroline wußte, daß ich sie auch nicht im Traum für
schuldig hielt!«
»Vielleicht . . . vielleicht . . . aber man könnte ihn auch anders verstehen, in dem Sinne, daß sie schuldig war und
durch das Büßen ihrer Schuld Frieden fand.«
Der Brief paßt zu ihrem Verhalten in der Verhandlung,
dachte er, und zum erstenmal tauchten Zweifel an ihrer Unschuld in ihm auf. Bisher hatten alle Beweise gegen Caroline
Crale gesprochen, und jetzt wendeten sich sogar ihre eigenen Worte gegen sie. Andererseits sprach die unerschütterli-
che Überzeugung Angela Warrens für sie; Angela hatte sie
zweifellos gut gekannt. Aber konnte ihre Überzeugung nicht
auf der fanatischen Treue eines Mädchens zu der geliebten
älteren Schwester beruhen?
Als hätte sie seine Gedanken gelesen, sagte Angela:
»Nein, Monsieur Poirot, ich weiß, daß Caroline unschuldig
war.«
»Ich möchte Ihren Glauben um alles in der Welt nicht er-
schüttern, aber wir wollen praktisch sein. Sie sagen, Ihre
Schwester sei unschuldig. Wie ist es dann also geschehen?«
Angela nickte nachdenklich und erklärte:
»Ich gebe zu, daß das schwer zu sagen ist. Ich nehme an, daß
Carolines Behauptung, Amyas habe Selbstmord begangen,
stimmt.«
»Sieht ihm das ähnlich?«
»Nein.«
»Aber Sie halten es nicht für unmöglich?«
»Weil, wie ich vorhin sagte, die meisten Menschen unmögli-
che Dinge tun, Dinge, die scheinbar gar nicht zu ihrem Cha-
rakter passen, in Wirklichkeit aber doch.«
»Sie kannten Ihren Schwager gut?«
»Ja, aber nicht so gut, wie ich Caroline kannte. Es kommt mir
phantastisch vor, daß Amyas Selbstmord begangen haben
soll; für ausgeschlossen halte ich es jedoch nicht. Er muß es
getan haben.«
»Sehen Sie keine andere Möglichkeit?«
Angela nahm diese Frage ruhig auf.
»Oh, ich verstehe . . . daran habe ich noch nie gedacht. Sie

meinen, jemand anders könnte ihn getötet haben? Daß es ein vorbedachter, kaltblütiger Mord war?«

»Das wäre doch möglich?«

»Ja, möglich wäre es ... aber es ist höchst unwahrscheinlich.«

»Unwahrscheinlicher als ein Selbstmord?«

»Das ist schwer zu sagen ... Aber wen sollte man verdächtigen? Auch jetzt noch, wenn ich zurückdenke ...«

»Trotzdem wollen wir einmal die Möglichkeit erörtern. Wer könnte dafür in Frage kommen?«

»Lassen Sie mich überlegen. Also ich habe ihn nicht getötet, und diese Elsa wahrscheinlich auch nicht, denn sie war wahnsinnig vor Wut, als er starb. Wer war noch da? Meredith Blake? Er liebte Caroline sehr und war von jeher der brave Hausfreund. Das hätte ein Grund für ihn sein können. In einem Roman hätte er wahrscheinlich Amyas aus dem Weg geschafft, um Caroline heiraten zu können. Doch dieses Ziel hätte er auch erreicht, wenn sich Amyas mit Elsa auf und davon gemacht hätte; dann hätte er Caroline trösten können. Außerdem kann ich mir Meredith nicht als Mörder vorstellen. Er ist zu sanft, zu vorsichtig. Und wer war noch da?«

»Miss Williams ... Philip Blake ...«

Angela lächelte flüchtig.

»Miss Williams? Miss Williams war die verkörperte Redlichkeit.« Sie machte eine kleine Pause. »Allerdings liebte sie Caroline, sie hätte alles für sie getan; und sie haßte Amyas. Sie war eine engagierte Frauenrechtlerin und konnte Männer nicht ausstehen. Aber wäre das ein Grund für einen Mord? Bestimmt nicht.«

»Kaum.«

Angela fuhr fort: »Philip Blake?« Sie schwieg einige Sekunden, dann sagte sie ruhig: »Wenn es überhaupt jemandem zuzutrauen wäre, dann ihm.«

»Das ist ja sehr interessant, Miss Warren. Darf ich fragen, weshalb?«

»Aus keinem bestimmten Grund. Aber soweit ich mich erinnere, besaß er eine ziemlich begrenzte Phantasie.«

»Und Sie meinen, eine begrenzte Phantasie könnte jemanden zu einem Mord verleiten?«

»Es könnte dazu führen, auf eine primitive Art Schwierigkeiten aus dem Weg räumen zu wollen. Menschen seiner Art empfinden eine gewisse Befriedigung bei Gewalttaten.«

»Ja ... ich glaube, Sie haben recht ... es ist jedenfalls ein einleuchtendes Argument. Dennoch genügt es nicht. Was für einen Grund könnte Philip Blake gehabt haben?«

Stirnrunzelnd blickte sie zu Boden und schwieg.

»Er war doch Amyas Crales bester Freund«, fuhr Poirot fort.

Sie nickte.

»Sie denken über etwas nach, Miss Warren, über etwas, das Sie mir nicht gesagt haben. Waren die beiden Männer vielleicht Rivalen? Wegen Elsa?«

Sie schüttelte den Kopf.

»Philip war nicht in Elsa verliebt.«

»Was könnte es denn sonst gewesen sein?«

Langsam erklärte sie:

»Manchmal fällt einem nach vielen Jahren etwas wieder ein. Hören Sie! Vor einiger Zeit wohnte ich in Paris in einem Hotel. Als ich eines Abends durch den Korridor ging, öffnete sich eine Zimmertür, und eine Bekannte von mir kam heraus. Es war nicht ihr Zimmer, ich konnte ihr das vom Gesicht ablesen. Und dabei fiel mir ein, daß ich den gleichen Ausdruck einmal auf Carolines Gesicht bemerkt hatte, als ich sie eines Abends in Alderbury aus Philip Blakes Zimmer kommen sah.«

Sie beugte sich vor und ließ Poirot nicht zu Worte kommen.

»Ich habe es damals natürlich nicht begriffen. Ich wußte zwar schon einiges, wie alle Mädchen meines Alters, aber ich brachte es nicht mit der Wirklichkeit in Verbindung. Ich fand nichts dabei, daß Caroline aus Philip Blakes Schlafzimmer kam; sie hätte ebensogut aus Miss Williams' oder aus meinem Zimmer kommen können. Doch mir fiel ihr Gesichtsausdruck auf, ein merkwürdiger Ausdruck, der mir fremd vorkam. Die Bedeutung habe ich aber erst erkannt, als ich an jenem Abend in Paris auf dem Gesicht meiner Bekannten den gleichen Ausdruck sah.«

»Höchst erstaunlich, Miss Warren«, sagte Poirot nachdenklich. »Ich hatte den Eindruck, daß Philip Blake Ihre Schwester überhaupt nicht leiden konnte.«

»Das weiß ich, und darum kann ich es mir auch nicht erklären.«

Poirot nickte bedächtig. Bereits bei seiner Unterredung mit Philip Blake hatte er das Gefühl gehabt, daß irgend etwas nicht stimmte; diese übertriebene Feindseligkeit gegenüber Caroline war ihm nicht ganz natürlich vorgekommen. Und Worte aus seiner Unterhaltung mit Meredith Blake kamen ihm in den Sinn:

»Er war sehr wütend, als Amyas heiratete . . . über ein Jahr lang ging er nicht hin . . .«

War Philip vielleicht schon immer in Caroline verliebt gewesen? Und hatte sich seine Liebe, als sie Amyas wählte, in Erbitterung, in Haß verwandelt?

Philip war zu heftig gewesen, zu parteiisch. Poirot stellte ihn sich wieder vor: der fröhliche, reiche Mann, der eifrige Golfspieler, sein schönes Haus. Was hatte Philip Blake vor sechzehn Jahren wirklich empfunden?

Angela unterbrach seine Überlegungen.

»Ich verstehe es nicht. Wissen Sie, ich habe keine Erfahrungen in der Liebe . . . ich habe keine Gelegenheit dazu gehabt. Ich teilte Ihnen meine Beobachtung lediglich mit, weil sie vielleicht wichtig sein könnte.«

Zweites Buch

1 Bericht von Philip Blake

Sehr geehrter Monsieur Poirot,
ich erfülle hiermit mein Versprechen und sende Ihnen beiliegend einen Bericht über die Ereignisse im Zusammenhang mit Amyas Crales Tod. Ich betone nochmals, daß
mich nach so vielen Jahren mein Gedächtnis trügen kann,
aber ich habe mich bemüht, alles nach bestem Wissen und
Gewissen niederzuschreiben.
Mit besten Grüßen

Ihr
Philip Blake

*Aufzeichnungen über die Ereignisse, die zu Amyas Crales Ermordung
führten.*
Meine Freundschaft mit dem Verstorbenen reicht bis in unsere Kindheit zurück. Wir waren Gutsnachbarn, und unsere
Eltern waren befreundet. Amyas war zwei Jahre älter als ich.
Als Kinder spielten wir in den Ferien zusammen, wir gingen
aber nicht in dieselbe Schule.
Aufgrund meiner langjährigen Freundschaft mit ihm fühle
ich mich besonders geeignet, Auskunft über seinen Charakter und seine Lebensanschauung zu geben. Vorausschicken
möchte ich, daß für jeden Menschen, der Amyas Crale gut
kannte, die Behauptung, er habe Selbstmord begangen, einfach lächerlich ist. Crale hätte sich nie das Leben genommen,
dazu liebte er es viel zu sehr. Die Behauptung des Verteidigers, daß er, von Gewissensbissen gepeinigt, sich vergiftet
habe, ist einfach unsinnig, denn Crale machte sich aus nichts
ein Gewissen. Er und seine Frau standen sehr schlecht miteinander, und ich glaube nicht, daß es ihm Skrupel bereitet
hätte, eine für ihn unglückliche Ehe zu beenden. Er war bereit, seine Frau und das Kind finanziell sicherzustellen, und
ich bin überzeugt, er hätte das in sehr großzügiger Weise ge-

tan. Er war ein großzügiger Mensch, er war warmherzig und liebenswert. Er war nicht nur ein großer Künstler, er war auch ein Mann, der von seinen Freunden geliebt wurde; und soviel ich weiß, hatte er keine Feinde.

Auch Caroline Crale kannte ich seit vielen Jahren, und zwar bereits vor ihrer Heirat, da sie oft nach Alderbury zu Besuch kam. Sie war etwas neurotisch und neigte zu Wutausbrüchen. Sie galt als eine reizvolle Erscheinung, aber es war bestimmt schwer, mit ihr zu leben.

Aus ihrer Liebe zu Amyas machte sie von Anfang an kein Hehl, ich glaube aber nicht, daß Amyas sie ernsthaft liebte. Da sie jedoch oft zusammenkamen und sie, wie ich schon sagte, recht reizvoll war, verlobten sie sich schließlich. Amyas' Freunde waren nicht sehr begeistert darüber; sie fanden, Caroline passe nicht zu ihm.

So bestand in den ersten Jahren eine gewisse Spannung zwischen Crales Frau und seinen Freunden, aber Amyas dachte als treuer Freund nicht daran, wegen seiner Frau seine Freunde aufzugeben. Nach einigen Jahren war jedoch unsere Beziehung wieder ebenso herzlich wie zuvor, und ich war ein häufiger Gast in Alderbury. Ich möchte noch hinzufügen, daß ich der Taufpate des Kindes bin, was beweist, daß Amyas mich weiterhin für seinen besten Freund hielt, und dies ermächtigt mich, für einen Menschen zu sprechen, der selbst dazu nicht mehr in der Lage ist.

Nun zu den Ereignissen: Aus meinem alten Tagebuch ersehe ich, daß ich fünf Tage vor dem Mord in Alderbury eintraf, das heißt also am 13. September. Ich bemerkte sofort eine gewisse Spannung. Miss Elsa Greer, die von Amyas gemalt wurde, weilte ebenfalls im Haus.

Ich sah Miss Greer zum erstenmal, hatte aber schon viel über sie gehört. Einen Monat zuvor hatte Amyas mir von ihr vorgeschwärmt. Er habe ein herrliches Mädchen kennengelernt, erzählte er, und er sprach so enthusiastisch von ihr, daß ich im Scherz zu ihm sagte: »Nimm dich in acht, alter Knabe, daß du nicht wieder den Kopf verlierst.« Aber er erwiderte, er wolle das Mädchen nur malen, er habe kein persönliches Interesse an ihr.

Ich glaubte es ihm nicht, vielmehr war ich der Ansicht, daß er bisher noch nie so verliebt gewesen war. Auch von anderer Seite hörte ich das gleiche, und man fragte sich, was seine Frau wohl dazu sagte. Viele meinten, sie sei ja Kummer gewöhnt, während andere die Ansicht vertraten, sie sei die Eifersucht in Person und habe deswegen mit Crale einen Krach nach dem andern.

Ich erwähne dies alles nur, um einen Begriff von der im Hause herrschenden Atmosphäre zu geben.

Ich fand das Mädchen außerordentlich hübsch, und ich muß gestehen, daß Carolines Eifersucht mir ein gewisses boshaftes Vergnügen bereitete.

Amyas war weniger unbekümmert als sonst. Er sagte zwar nichts, aber ich, der ihn so gut kannte, merkte an gewissen Zeichen, an Wutausbrüchen, Grübeleien und so weiter, wie sehr es ihn diesmal gepackt hatte. Obwohl er stets launenhaft war, wenn er arbeitete, konnte man seine ständigen Stimmungswechsel diesmal nicht nur auf seine Malerei zurückführen. Als ich kam, begrüßte er mich mit den Worten: »Gott sei Dank, daß du gekommen bist, Phil. Mit vier Frauen in einem Haus zusammenleben zu müssen, ist die Hölle. Die bringen mich noch ins Irrenhaus.«

Wie ich schon sagte, war Caroline offensichtlich eifersüchtig. In höflicher, verschleierter Form sagte sie Elsa die unangenehmsten Dinge, während Elsa ganz offen unverschämt zu ihr war. Elsa fühlte sich obenauf und, durch keinerlei gute Kinderstube belastet, kannte sie wenig Zurückhaltung.

Um dieser ungemütlichen Atmosphäre zu entgehen, beschäftigte sich Amyas, wenn er nicht malte, die meiste Zeit mit Angela; obwohl er sie gern mochte, kabbelte er sich ständig mit ihr. Die Folge davon war, daß auch diese beiden mehrere Male ernsthaft aneinandergerieten.

Das vierte weibliche Wesen im Haus war die Gouvernante. »Eine böse Hexe«, sagte Amyas von ihr. »Sie haßt mich wie Gift. Sie sitzt mit verkniffenem Mund da und mißbilligt alles, was ich tue.« Dann fügte er hinzu: »Zum Teufel mit all den Weibern! Wenn ein Mann seine Ruhe haben will, darf er sich nicht mit Weibern einlassen.«

»Du hättest nicht heiraten dürfen«, entgegnete ich, »du bist nicht der Mann dazu.«

Er erwiderte, daß es jetzt zu spät sei, darüber zu sprechen, aber zweifellos würde Caroline froh sein, wenn sie ihn los wäre. Das war das erste Anzeichen dafür, daß etwas Ungewöhnliches in der Luft lag.

»Was ist eigentlich los«, fragte ich, »ist die Geschichte mit der schönen Elsa wirklich ernst?«

Stöhnend antwortete er: »Sie ist doch entzückend, nicht wahr? Manchmal wünschte ich, ich hätte sie nie gesehen.«

»Du mußt dich zusammennehmen, alter Knabe«, ermahnte ich ihn. »Du darfst dich nicht wieder an eine Frau binden.«

Lachend erwiderte er: »Du hast gut reden. Ich kann nun einmal Frauen nicht in Ruhe lassen, und wenn ich es könnte, würden sie mich nicht in Ruhe lassen.« Achselzuckend fuhr er fort: »Es hat keinen Zweck, darüber zu reden, es wird schon alles wieder werden. Aber du mußt doch zugeben, daß das Bild gut ist.«

Obwohl ich von Malerei nur wenig verstehe, konnte selbst ich erkennen, daß das Bild, das er von Elsa malte, ein Meisterwerk war.

Bei der Arbeit war Amyas ein völlig anderer Mensch, er knurrte und stöhnte und schimpfte zwar und warf zuweilen wütend den Pinsel fort, aber in Wirklichkeit fühlte er sich unendlich glücklich. Erst wenn er zu den Mahlzeiten ins Haus kam, bedrückte ihn die dort herrschende feindselige Atmosphäre.

Ganz schlimm wurde es am 17. September. Die Stimmung beim Mittagessen war ausgesprochen ungemütlich gewesen. Elsa hatte sich unmöglich aufgeführt; man kann ihr Benehmen nur als unverschämt bezeichnen. Sie ignorierte Caroline völlig, sprach nur mit Amyas, als wäre sie allein mit ihm im Zimmer. Caroline hatte ungezwungen und vergnügt mit uns anderen geplaudert und geschickt alle beleidigenden Äußerungen Elsas überhört. Zum Eklat kam es, als wir im Wohnzimmer Kaffee tranken. Ich sprach über eine Holzplastik, die dort stand, und Caroline bemerkte:

»Die hat ein junger norwegischer Bildhauer gemacht. Amyas

und ich schätzen ihn sehr; wir werden ihn vielleicht im nächsten Sommer besuchen.« Diese kühle, beiläufig ihre und ihres Gatten Zusammengehörigkeit betonende Äußerung war zuviel für Elsa. Nach einigen Sekunden sagte sie klar, betont:

»Das hier wäre eigentlich ein schönes Zimmer, wenn man es richtig einrichtete; jetzt ist es viel zu vollgestopft. Wenn ich erst hier wohne, werde ich den ganzen Trödelkram rauswerfen und nur ein paar gute Möbelstücke drin lassen.« Zu mir gewandt fragte sie: »Finden Sie das nicht auch besser?«

Ehe ich antworten konnte, fragte Caroline mit sanfter Stimme, die aber einen drohenden Unterton hatte:

»Haben Sie die Absicht, das Haus zu kaufen, Elsa?«

»Das wird nicht nötig sein«, antwortete Elsa.

»Was wollen Sie damit sagen?«

Nun erklang Carolines Stimme nicht mehr sanft.

Lachend erwiderte Elsa: »Wir brauchen uns doch nichts vorzumachen. Sie wissen doch ebensogut wie ich, was ich meine, Caroline.«

»Ich habe keine Ahnung.«

»Betreiben Sie doch keine Vogel-Strauß-Politik«, erwiderte Elsa. »Sie wissen doch Bescheid; Amyas und ich lieben uns, und das Haus gehört ja nicht Ihnen, sondern ihm. Und wenn wir verheiratet sind, werde ich hier wohnen.«

»Ich glaube, Sie sind verrückt.«

»O nein, meine Liebe, und Sie wissen das sehr gut. Es wäre doch viel einfacher, offen miteinander zu sein. Sie wissen ganz genau, daß Amyas und ich uns lieben. Und wenn Sie anständig wären, würden Sie ihn freigeben.«

»Ich glaube nicht ein Wort von dem, was Sie sagen.«

Aber ihre Stimme klang nicht so überzeugt.

In dem Augenblick kam Amyas herein, und Elsa sagte lachend:

»Wenn Sie mir nicht glauben, fragen Sie doch ihn.«

»Amyas, Elsa behauptet, du würdest sie heiraten. Stimmt das?«

Der arme Amyas. Er tat mir so leid. Es ist das Peinlichste für einen Mann, wenn ihm eine Szene aufgezwungen wird. Er wurde blutrot, begann zu stammeln und sagte dann wütend zu Elsa, sie hätte ihren Mund halten sollen.

»Es ist also wahr?« fragte Caroline.

Er antwortete nicht, sondern stand einfach da und griff sich mit dem Zeigefinger zwischen Kragen und Hals. Das hatte er schon als Kind getan, wenn er verlegen war. Schließlich sagte er betont würdevoll, was ihm aber nicht ganz gelang:

»Darüber möchte ich jetzt nicht sprechen.«

»Wir werden aber jetzt darüber sprechen«, beharrte Caroline.

Elsa mischte sich ein und erklärte:

»Es ist nur anständig, es Caroline zu sagen.«

Caroline fragte wieder, ganz ruhig:

»Ist es wahr, Amyas?«

Er blickte beschämt drein, wie es Männer tun, wenn Frauen sie in die Enge treiben.

»Antworte, bitte. Ich muß es wissen!«

Er warf den Kopf zurück wie ein Stier in der Arena und stieß hervor:

»Es stimmt, aber ich will jetzt nicht darüber sprechen!«

Dann drehte er sich auf dem Absatz um und verließ das Zimmer.

Ich ging ihm nach, ich wollte mit den Frauen nicht allein bleiben. Amyas stand fluchend auf der Terrasse – ich habe noch nie einen Menschen so herzhaft fluchen hören wie ihn.

»Warum konnte sie nicht das Maul halten? Jetzt haben wir den Salat. Aber ich werde das Bild fertigmachen, Phil, es ist mein bestes Bild, das beste, das ich je in meinem Leben gemacht habe. Und ich lasse es mir nicht durch zwei alberne Weiber verderben.«

Dann beruhigte er sich ein bißchen und sagte, Frauen begriffen nie, worauf es wirklich ankäme.

Lächelnd erwiderte ich:

»Das hast du dir selbst eingebrockt, alter Knabe.«

»Das weiß ich«, stöhnte er. »Aber du mußt zugeben, Phil, daß man bei Elsa den Kopf verlieren kann. Selbst Caroline sollte das verstehen.«

Ich fragte ihn dann, was geschehen würde, wenn Caroline nicht in die Scheidung einwilligte.

Wie geistesabwesend antwortete er: »Caroline ist nicht rach-
süchtig. Aber das verstehst du nicht, mein Lieber.«
»Und das Kind?« fragte ich weiter.
Er nahm mich am Arm.
»Mein Lieber, du meinst es gut, aber krächze nicht wie ein
alter Rabe. Ich werde mit meinen Angelegenheiten schon
fertig, es wird schon alles gut werden, das wirst du sehen.«
Das war typisch für Amyas, er war ein unverbesserlicher Op-
timist. Er fügte noch, schon wieder fröhlich, hinzu:
»Zum Teufel mit dem ganzen Pack!«
Ich weiß nicht, ob er noch weitersprechen wollte, aber Caro-
line kam gerade auf die Terrasse. Sie hatte einen Hut auf,
einen sehr hübschen dunkelbraunen Sporthut, der ihr ausge-
zeichnet stand. Gelassen sagte sie:
»Zieh die schmutzige Jacke aus, Amyas. Wir gehen doch zu
Meredith zum Tee. Hast du das vergessen?«
Er blickte sie erstaunt an und stotterte:
»Ja . . . natürlich . . . ja ja, wir gehen.«
»Also dann zieh dich doch bitte um, damit du nicht wie ein
Vagabund aussiehst.«
Ohne weiter auf ihn zu achten, trat sie zu einem Dahlienbeet
und zupfte einige verwelkte Blumen heraus.
Amyas drehte sich langsam um und ging ins Haus.
Völlig unbefangen plauderte sie mit mir über das Wetter und
schlug vor, ich solle doch an einem dieser schönen Tage mal
mit Amyas und Angela angeln gehen. Sie war erstaunlich,
das muß ich zugeben, aber es war charakteristisch für sie. Sie
hatte einen enormen Willen und konnte sich ausgezeichnet
beherrschen, wenn sie wollte. Ich weiß nicht, ob sie schon in
dem Moment den Entschluß gefaßt hatte, ihn umzubringen,
aber es würde mich nicht überraschen. Sie war fähig, ihre
Pläne sorgfältig und kalt zu schmieden. Sie war eine gefährliche Frau, und ich hätte mir sagen müssen, daß sie diese Herausforderung nicht so einfach hinnehmen würde. Aber
dumm, wie ich war, glaubte ich, sie würde sich in das Unvermeidliche schicken oder hoffen, daß Amyas, wenn sie sich
benähme wie immer, bei ihr bleiben würde.
Dann traten die andern aus dem Haus. Elsa sah herausfor-

dernd und triumphierend aus. Caroline kümmerte sich nicht um sie. Angela rettete die Situation, indem sie sich mit Miss Williams stritt und erklärte, sie denke nicht daran, einen anderen Rock anzuziehen, dieser sei für den lieben alten Meredith gut genug.

Schließlich brachen wir auf. Caroline ging mit Angela, ich mit Amyas, und Elsa kam lächelnd hinterher.

An sich war sie nicht mein Typ – zu auffallend –, aber ich muß zugeben, daß sie an diesem Nachmittag unwahrscheinlich schön aussah – wie alle Frauen, wenn sie das bekommen haben, was sie wollen.

Ich kann mich nicht mehr genau an die Ereignisse des Nachmittags erinnern. Ich glaube, daß Meredith uns zuerst im Garten herumführte und daß ich mit Angela ausführlich über die Abrichtung von Terriern für die Rattenjagd sprach. Sie verzehrte unglaubliche Mengen an Äpfeln und versuchte, auch mich dazu zu bewegen.

Dann tranken wir unter der großen Zeder Tee. Meredith sah irgendwie verstört aus, ich vermute, daß Caroline oder Amyas ihm etwas erzählt hatten. Caroline hatte Meredith immer fest an der Kandare gehabt, er war der ergebene, platonische Freund, der nie zu weit gehen würde. Frauen wie sie verstehen das sehr gut.

Nach dem Tee nahm Meredith mich beiseite und sagte:

»Amyas darf das nicht tun!«

»Aber er wird es tun, verlaß dich drauf.«

»Er kann doch nicht Frau und Kind im Stich lassen und mit dem Mädchen losziehen. Außerdem ist er viel zu alt für sie, sie ist doch höchstens achtzehn.«

Ich erwiderte, daß Miss Greer ganze zwanzig Jahre alt sei.

»Also jedenfalls ist sie noch blutjung, und sie weiß nicht, was sie tut.«

»Darüber brauchst du dir keine Sorgen zu machen, sie weiß ganz genau, was sie will, und es macht ihr Spaß.«

Merkwürdigerweise erinnere ich mich nur noch flüchtig an unseren Besuch in Merediths Stinkbude. Es machte ihm von jeher Freude, den Leuten sein Steckenpferd vorzuführen, aber mich hat es immer gelangweilt. Ich glaube, ich war mit den andern drinnen, als er seinen Vortrag über die Wirkung des Koniins hielt, weiß es aber nicht mehr genau. Natürlich habe ich auch nicht gesehen, wie Caroline das Gift nahm, sie war ja eine geschickte, gerissene Frau. Nachher las uns Meredith aus Plato eine Beschreibung von Sokrates' Tod vor. Auch sehr langweilig. Klassiker haben mich immer gelangweilt.

Ich erinnere mich, daß später, nach dem Abendessen, Amyas und Angela einen Riesenkrach miteinander hatten, was uns andern nicht unangenehm war, da es die gespannte Stimmung etwas lockerte. Bevor Angela zu Bett ging, beschimpfte sie Amyas fürchterlich und schrie, sie würde ihm erstens alles heimzahlen, zweitens wünschte sie, er wäre tot, und drittens hoffte sie, er würde an der Lepra sterben, was ihm nur recht geschähe; viertens, sie wünschte, es würde ihm wie im Märchen eine Bratwurst an der Nase baumeln, die er nie wieder loswürde. Wir lachten alle über die komische Mischung ihrer frommen Wünsche. Caroline ging bald danach zu Bett, und Miss Williams zog sich ebenfalls zurück. Amyas und Elsa gingen in den Garten. Da ich merkte, daß ich überflüssig war, machte ich allein einen kleinen Spaziergang. Es war eine herrliche Nacht.

Am nächsten Morgen kam ich spät zum Frühstück herunter. Niemand war im Eßzimmer. Nach dem Frühstück ging ich in den Garten und rauchte eine Zigarette, sah aber auch da niemand. Als ich in die Halle zurückging, hörte ich, daß sich Amyas und Caroline in der Bibliothek laut zankten. Ich hörte Caroline sagen:

»Du mit deinen Weibern! Am liebsten würde ich dich umbringen. Eines Tages werde ich es auch tun.«

»Red doch nicht solchen Unsinn, Caroline!« entgegnete er.

»Ich meine es ernst, Amyas«, erwiderte sie.

Da ich nicht mehr von dieser Unterhaltung hören wollte, ging ich durch die andere Tür auf die Terrasse, wo Elsa auf einem Liegestuhl unter dem offenstehenden Bibliotheksfenster saß. Mir war sofort klar, daß sie alles gehört haben mußte. Als sie mich sah, stand sie auf, kühl bis ans Herz

hinan, kam auf mich zu, nahm lächelnd meinen Arm und sagte:
»Ist dies nicht ein zauberhafter Morgen?«
Ein kaltschnäuziges Mädchen! Sie interessierte sich nur für das, was sie haben wollte, aber sie war offen und ehrlich.
Wir standen etwa fünf Minuten auf der Terrasse und plauderten, als die Bibliothekstür zugeschmettert wurde und Amyas mit hochrotem Kopf herauskam. Ohne Umschweife packte er Elsa an der Schulter und sagte:
»Komm zur Sitzung. Ich will das Bild fertigmachen.«
»Gut. Ich hole mir nur noch rasch einen Pullover.«
Ich war neugierig, ob Amyas mir etwas sagen würde, aber er stieß nur hervor:
»Diese Weiber!«
Dann warteten wir schweigend, bis Elsa zurückkam. Die beiden gingen hinunter zur Schanze, und ich begab mich in die Halle, wo Caroline stand. Ich glaube, daß sie mich nicht einmal bemerkte; sie murmelte etwas vor sich hin, wovon ich nur verstehen konnte:
»Er ist so grausam . . .«
Dann ging sie, als habe sie eine Eingebung, an mir vorbei die Treppe hinauf, ohne mich zu beachten. Ich glaube – ich kann es nicht mit Bestimmtheit behaupten –, daß sie damals den endgültigen Entschluß zu ihrer Tat faßte und das Gift holte.
In diesem Augenblick läutete das Telefon, und ich nahm den Hörer ab. Mein Bruder Meredith war am Apparat und erzählte mir höchst aufgeregt, daß die Flasche mit dem Koniin halb leer sei.
Ich ging ihm entgegen, und zwar auf dem Pfad, der unten an der Schanze entlang zur Anlegestelle in der Bucht führt. Ich hörte, wie sich Elsa und Amyas unterhielten, während er malte. Es klang vergnügt und sorglos. Dann sah ich Meredith kommen. Er sah wachsbleich aus und sagte aufgeregt:
»Du hast einen besseren Kopf als ich, Philip. Was soll ich nur tun? Es ist ein gefährliches Gift.«
»Bist du auch ganz sicher?« fragte ich. Meredith war immer etwas zerstreut, und daher nahm ich seinen Bericht nicht so ernst, wie ich es hätte tun müssen.

Er sei ganz sicher, erwiderte er, die Flasche sei gestern noch voll gewesen.

»Und du hast keine Ahnung, wer es genommen haben könnte?« fragte ich.

Er verneinte und fragte mich, ob es wohl einer von den Dienstboten gewesen sein könnte? Das schien mir möglich, aber nicht wahrscheinlich. Er erklärte, er halte die Tür immer sorgfältig verschlossen, das Fenster sei aber einen Spaltbreit offen gewesen und vielleicht wäre jemand auf diesem Wege eingedrungen.

»Ein Einbrecher?« fragte ich skeptisch und fügte hinzu, daß wahrscheinlich, wenn seine Erzählung überhaupt stimme, Caroline das Zeug genommen habe, um Elsa zu vergiften, oder Elsa, um Caroline aus dem Weg zu räumen und sich auf diese Weise den Pfad der Liebe zu ebnen.

Meredith jammerte und sagte, das sei doch absurd, und was er denn tun solle.

Narr, der ich war, antwortete ich:

»Wir müssen uns das sorgfältig überlegen. Entweder mußt du deinen Verlust verkünden, wenn alle dabei sind, oder, noch besser, dir Caroline vorknöpfen und es ihr auf den Kopf zusagen. Wenn sie dich überzeugt, daß sie es nicht genommen hat, mußt du als nächste Elsa befragen.«

Er erwiderte: »So ein junges Mädchen, das ist doch unmöglich.«

Ich sagte, ich würde ihr alles zutrauen.

Als wir unterhalb der Schanze vorbeikamen, hörten wir Carolines Stimme. Ich glaubte, es sei wieder ein Krach wegen Elsa im Gang, aber Amyas und sie sprachen gerade über Angela. Caroline sagte: »Es ist sehr schwer für das Mädchen.« Aber Amyas schien nichts davon hören zu wollen; seine Erwiderung klang ärgerlich. Als wir zur Pforte kamen, wurde diese gerade geöffnet, und Caroline trat heraus. Bei unserem Anblick schrak sie leicht zusammen und sagte dann:

»Guten Morgen, Meredith. Wir haben gerade darüber gesprochen, ob Angela wirklich ins Internat soll. Ich weiß nicht, ob es gut ist für sie.« Amyas rief:

»Mach doch nicht solch ein Theater wegen ihr. Es ist das beste für sie, und wir sind sie los.«

In dem Moment kam Elsa vom Haus her den Pfad herunter, sie hielt einen roten Jumper in der Hand. Amyas knurrte: »Na endlich, ich möchte nicht noch mehr Zeit vertrödeln.«

Er trat zu seiner Staffelei, und ich bemerkte, daß er etwas schwankte. Ich überlegte, ob er wohl zuviel getrunken habe, was nach all den Szenen kein Wunder gewesen wäre.

Er knurrte: »Das Bier ist lauwarm. Warum kann man hier kein Eis haben?«

»Ich hole dir Bier aus dem Kühlschrank«, sagte Caroline.

Sie kam dann mit uns hinauf, und während wir auf der Terrasse Platz nahmen, ging sie ins Haus. Nach etwa fünf Minuten brachte uns Angela zwei Flaschen Bier und Gläser, was wir sehr begrüßten, da es heiß war. Dann kam Caroline mit einer Flasche Bier in der Hand und sagte, die würde sie Amyas bringen. Meredith bot ihr an, das für sie zu erledigen, aber sie lehnte ab. Dumm wie ich war, glaubte ich, daß sie es nur aus Eifersucht selber gehen wollte, daß sie es nicht ertragen könne, die beiden allein zu wissen, und aus demselben Grund auch zuvor bei Amyas gewesen war – unter dem Vorwand, mit ihm über Angelas Abreise ins Internat sprechen zu müssen.

Meredith und ich wollten eben unser Gespräch fortsetzen, als Angela kam und mich bat, mit ihr schwimmen zu gehen. Da es unmöglich schien, jetzt mit Meredith allein zu sprechen, sagte ich zu ihm nur: »Nach dem Mittagessen«, und er nickte. Nachdem ich mit Angela quer über die Bucht und zurück geschwommen war, legten wir uns auf die Felsen in die Sonne. Ich dachte noch mal über alles nach und beschloß, mir nach dem Essen Caroline vorzuknöpfen, da Meredith dazu bestimmt zu schwach war. Ich war ziemlich sicher, daß sie das Gift genommen hatte und nicht Elsa, da die für so etwas viel zu vorsichtig war. Zudem hielt ich es noch immer für möglich, daß Meredith sich geirrt hatte.

Als ich nach der Uhr sah, war es schon ziemlich spät, und wir mußten uns beeilen, um rechtzeitig zum Essen zu kommen. Es waren alle schon bei Tisch, außer Amyas, der seine Arbeit nicht hatte unterbrechen wollen. Er kam öfter aus diesem

Grund nicht zum Essen, und ich begrüßte das heute besonders.

Den Kaffee tranken wir auf der Terrasse. Caroline zeigte keine Spur von Erregung; soweit ich mich erinnere, war sie völlig ruhig und blickte traurig drein.

Es hat etwas Teuflisches, kalten Blutes einen Menschen zu vergiften. Wenn sie einen Revolver genommen und ihn erschossen hätte – ich hätte es eher verstanden. Aber diese kalte, vorbedachte, rachsüchtige Tat ... und dabei so ruhig und gefaßt zu bleiben ...

Sie stand auf und erklärte ganz natürlich, sie wolle Amyas Kaffee bringen. Und dabei wußte sie – sie muß es gewußt haben –, daß sie ihn tot vorfinden würde. Miss Williams begleitete sie, ich weiß nicht mehr, ob auf Carolines Wunsch hin. Meredith folgte ihnen nach einer Weile. Ich wollte ihm gerade nachgehen, als er zurückgelaufen kam; sein Gesicht war leichenblaß, und er keuchte: »Ein Arzt ... schnell ... Amyas ...«

Ich sprang auf.

»Ist er krank ... stirbt er?«

»Ich glaube, er ist tot ...«

Wir hatten gar nicht an Elsa gedacht, die plötzlich wie eine Besessene schrie:

»Tot? Tot ...«

Dann rannte sie davon.

Meredith keuchte:

»Lauf ihr nach, ich werde den Arzt anrufen. Gib acht auf sie, man kann nicht wissen, was sie tut.«

Ich ging ihr nach, und das war gut, denn sie hätte Caroline beinahe umgebracht. Ich habe noch nie einen solchen Wut- und Haßausbruch, einen derart elementaren Schmerz erlebt. Der letzte Rest von Benehmen und Erziehung fiel von ihr ab. Ihres Liebhabers beraubt, war sie nur noch Weib. Sie hätte Caroline am liebsten das Gesicht zerkratzt, sie an den Haaren zur Brüstung geschleift und hinuntergeworfen. Sie glaubte aus irgendeinem Grund, Caroline habe ihn erstochen; sie wußte natürlich noch nicht Bescheid.

Ich hielt sie fest, und dann griff Miss Williams ein. Sie be-

121

nahm sich fabelhaft, das muß ich sagen. Innerhalb weniger
Sekunden hatte sie Elsa zur Vernunft gebracht. Sie herrschte
sie an, dieses Getue sei unerträglich. Sie war ein Unmensch,
diese Miss Williams, aber sie hatte Erfolg. Elsa wurde ruhig,
sie keuchte und zitterte nur noch.
Und Caroline stand ganz ruhig da, wie betäubt. Aber sie war
nicht betäubt, ihre Augen verrieten sie. Sie war auf der Hut
und beobachtete alles. Ich vermute, daß sie es nun doch mit
der Angst zu tun bekommen hatte ...
Ich trat zu ihr und sagte leise, so daß die andern es nicht hö-
ren konnten:
»Du verdammte Mörderin, du hast meinen besten Freund
umgebracht!«
Sie prallte zurück und stieß hervor:
»Nein ... nein ... er ... er hat es selbst getan ...«
Ich blickte sie durchdringend an und sagte:
»Das kannst du der Polizei erzählen.«
Sie tat es, und die Polizei glaubte ihr nicht.

2   Bericht von Meredith Blake

Sehr geehrter Monsieur Poirot,
wie ich Ihnen versprach, sende ich Ihnen beiliegend einen
Bericht über die tragischen Ereignisse, die sich vor sechzehn
Jahren abgespielt haben. Ich habe noch mal eingehend über
unsere kürzliche Unterhaltung nachgedacht und bin nach
reiflicher Überlegung zu der Überzeugung gelangt, daß Caroline Crale ihren Mann nicht vergiftet hat. Ich habe es nie
glauben wollen, aber das Fehlen jeder anderen Erklärung
und ihr eigenes Verhalten verleiteten mich dazu, die Meinung anderer Leute zu teilen und mich ebenfalls dahinge-
hend zu äußern, daß außer ihr niemand anders als Täter in
Frage käme.
Ich schließe mich jetzt der These des Verteidigers an, daß
Amyas Crale Selbstmord verübt hat, obwohl es, wenn man
ihn gut kannte, höchst unwahrscheinlich, ja phantastisch an-

mutet. Ausschlaggebend für mich ist, daß Caroline selbst es glaubte. Sie kannte ja Amyas besser als wir alle, und wenn sie einen Selbstmord für möglich hielt, so *muß* es Selbstmord gewesen sein, trotz der Skepsis seiner Freunde.

Ich nehme an, daß selbst Amyas Crale so etwas wie ein Gewissen besaß, sich daher Vorwürfe machte, ja verzweifelt war über seine Exzesse, zu denen ihn sein ungestümes Temperament verleitet hatte; das aber waren Dinge, über die nur seine Frau Bescheid wissen konnte.

In jedem Menschen schlummern geheime Regungen, die irgendwann einmal zur Überraschung auch seiner besten Freunde ans Tageslicht kommen. Man entdeckt, daß ein hochgeachteter, scheinbar sittenstrenger Mann ein wüstes Doppelleben führt; ein habgieriger, nur auf Gelderwerb bedachter Mensch entpuppt sich plötzlich als großer Kunstliebhaber; harte, erbarmungslose Menschen vollbringen unvermutet gütige Taten; großmütige, joviale Männer erweisen sich auf einmal als geizig und kalt.

So kann es sein, daß sich in Amyas Crale, der stets seinen Egoismus betonte, insgeheim das Gewissen regte. Es ist zwar unwahrscheinlich, aber ich glaube jetzt, daß es so gewesen sein muß. Und ich erinnere daran, daß Caroline hartnäckig bei ihrer Behauptung blieb. Das ist für mich ein Beweis!

Nun möchte ich unter dem Gesichtspunkt meiner neuen Überzeugung die Tatsachen erörtern.

Ich glaube, ich beginne am besten mit der Wiedergabe einer Unterredung, die ich einige Wochen vor der Tragödie mit Caroline hatte. Damals war Elsa Greer zum erstenmal in Alderbury.

Caroline war sich, wie ich Ihnen ja schon sagte, meiner tiefen Zuneigung und Freundschaft gewiß, und so war ich der Mensch, dem sie sich am ehesten anvertraute. Sie hatte damals schon seit einiger Zeit keinen sehr glücklichen Eindruck gemacht, dennoch war ich überrascht, als sie mich eines Tages plötzlich fragte, ob sich meiner Ansicht nach Amyas ernsthaft für das Mädchen, das er mitgebracht hatte, interessiere.

»Es interessiert ihn, sie zu malen«, antwortete ich, »du kennst ja Amyas.«

Sie schüttelte den Kopf.

»Nein, er ist verliebt in sie.«

»Vielleicht ein bißchen.«

»Sehr, glaube ich.«

»Ich gebe zu, daß sie sehr hübsch ist, und wir beide wissen, wie empfänglich Amyas für Schönheit ist. Aber du solltest ihn gut genug kennen, um zu wissen, daß er im Grunde nur an dir hängt. Ab und zu hat er eine Liebelei, aber das dauert ja nie lange. Du bist für ihn die einzige Frau, die wirklich zählt, und obwohl er sich schlecht benimmt, ändert das nichts an seinen Gefühlen für dich.«

»Bisher habe ich das auch immer geglaubt«, erwiderte sie.

»Glaube mir, Caroline, es ist auch jetzt noch so.«

»Nein, diesmal habe ich Angst. Dieses Mädchen ist so erschreckend aufrichtig. Sie ist so jung, so intensiv. Ich habe das Gefühl, daß es diesmal ernst ist.«

»Aber gerade die Tatsache, daß sie so jung und, wie du sagst, so aufrichtig ist, wird sie schützen. Im allgemeinen sind Frauen für Amyas Freiwild, aber bei diesem Mädchen wird es anders sein.«

»Davor habe ich ja eben Angst: daß es anders sein wird. Ich bin jetzt vierunddreißig, Meredith, und wir sind schon zehn Jahre verheiratet. Was das Aussehen anbelangt, kann ich mit diesem jungen Ding nicht konkurrieren.«

»Aber du weißt doch, Caroline«, widersprach ich, »du weißt doch, daß Amyas dich wirklich liebt.«

»Weiß man bei Männern je, woran man ist?« Sie lachte traurig. »Ich bin ein primitiver Mensch; am liebsten würde ich mit der Axt auf dieses Mädchen losgehen.«

Ich entgegnete, daß das Mädchen wahrscheinlich gar nicht wisse, was es tue. Sie bewundere Amyas sehr – eine Art Heldenverehrung –, und wahrscheinlich sei ihr überhaupt nicht bewußt, daß sich Amyas in sie verliebt habe.

Caroline erwiderte nur: »Ach, du guter Meredith!«, und begann über etwas anderes zu sprechen. Ich hoffte, daß sie sich keine Sorgen mehr machen würde.

Kurz danach ging Elsa nach London zurück, und auch Amyas verreiste für einige Wochen. Ich hatte die Angelegenheit vergessen, aber später hörte ich, daß Elsa nach Alderbury zurückgekommen sei, weil Amyas das Bild fertigmalen wolle.

Diese Nachricht betrübte mich, doch als ich Caroline das nächste Mal sah, war sie nicht sehr mitteilsam gestimmt; sie schien gelassen wie immer, in keiner Weise beunruhigt, und so nahm ich an, daß alles in Ordnung sei.

Um so bestürzter war ich daher, als ich erfuhr, wie sich die Situation zugespitzt hatte. Ich habe Ihnen meine Unterhaltung mit Crale und Elsa bereits geschildert. An dem Nachmittag ergab sich keine Gelegenheit, mit Caroline zu sprechen; wir konnten, wie ich Ihnen sagte, nur ein paar Worte über den bewußten Gegenstand wechseln. Ich sehe noch heute ihr Gesicht vor mir, die weit aufgerissenen dunklen Augen, und höre sie sagen:

»Alles ist zu Ende . . .«

Ich kann Ihnen die entsetzliche Trostlosigkeit, die in diesen Worten lag, gar nicht beschreiben. Da Amyas sie verlassen wollte, war für sie alles zu Ende. Und darum nahm sie das Koniin, davon bin ich überzeugt. Es war der Ausweg für sie, den ich ihr durch meinen blöden Vortrag gewiesen hatte. Und die Stelle aus *Phaidon*, die ich vorlas, vermittelt ein lockendes Bild des Todes.

Ich glaubte jetzt, daß sie das Koniin genommen hat, um ihrem Leben ein Ende zu bereiten, falls Amyas sie verließ. Vielleicht hat er gesehen, wie sie es nahm, oder hat es später bei ihr entdeckt. Diese Entdeckung hatte eine fürchterliche Wirkung auf ihn. Er war entsetzt darüber, wie weit sein Verhalten sie getrieben hatte. Doch trotz seiner Gewissensbisse konnte er sich nicht dazu entschließen, Elsa aufzugeben. Ich verstehe das. Wer sich einmal in sie verliebt hatte, konnte nicht mehr von ihr loskommen.

Er konnte sich das Leben ohne Elsa nicht vorstellen, aber er war sich auch klar darüber, daß Caroline ohne ihn nicht leben wollte, und so fand er, der einzige Ausweg für ihn sei, das Gift zu nehmen.

Und die Art, wie er es tat, war charakteristisch für ihn. Die

Malerei war für ihn das wichtigste im Leben, und so beschloß er, mit dem Pinsel in der Hand zu sterben, vor sich das Gesicht des Mädchens, das er so leidenschaftlich liebte. Er mag geglaubt haben, daß es auch für sie das beste wäre, wenn er stürbe . . .

Ich gebe zu, daß diese Theorie einige Unwahrscheinlichkeiten enthält. Warum, zum Beispiel, waren nur Carolines Fingerabdrücke auf dem leeren Koniinfläschchen? Ich kann mir nur denken, daß, nachdem Amyas es benutzt hatte, seine Abdrücke durch die Strümpfe, in die das Fläschchen eingewickelt war, verwischt worden waren und daß Caroline es nach seinem Tod in die Hand nahm, um nachzusehen, ob jemand es berührt habe. Das wäre doch möglich und plausibel? Und was die Fingerabdrücke auf der Bierflasche angeht, so hatte ja der Verteidiger erklärt, daß sich die Finger eines Menschen unter der Einwirkung des Giftes verzerren und daher die Flasche völlig unnatürlich packen.

Es bleibt noch Carolines Verhalten während der Verhandlung zu erklären. Ich glaube, nun den Grund dafür erkannt zu haben: Sie hielt sich für seinen Tod verantwortlich, denn sie hatte das Gift aus meinem Laboratorium genommen und durch ihre Absicht, es selbst zu benutzen, ihren Mann dazu getrieben, sich das Leben zu nehmen. Sie redete sich also ein, des Mordes schuldig zu sein, wenn auch nicht der Art von Mord, deren sie angeklagt war.

Ich halte all das für möglich. Und wenn es so war, wird es Ihnen leichtfallen, die kleine Carla davon zu überzeugen. Sie kann dann ihren jungen Mann heiraten und sich mit dem Gedanken trösten, daß die einzige Schuld ihrer Mutter darin bestand, daß sie sich das Leben hatte nehmen wollen.

Doch all das wollten Sie ja gar nicht von mir wissen, sondern Sie wollten einen Bericht über die Ereignisse haben, soweit ich mich noch an sie erinnere. Ich habe Ihnen bereits ausführlich die Geschehnisse am Tag vor Amyas' Tod geschildert. Kommen wir jetzt zu dem Tag selbst.

Ich hatte sehr schlecht geschlafen; der Gedanke an die beunruhigende Situation bei meinen Freunden verfolgte mich. Schließlich fiel ich gegen sechs Uhr morgens in einen tiefen

Schlaf und wachte erst gegen halb zehn wie gerädert auf. Kurz danach hörte ich ein Geräusch im Laboratorium – wahrscheinlich eine Katze, die durch das Spaltbreit offenstehende Fenster eingedrungen war. Sowie ich mich angezogen hatte, ging ich hinunter ins Laboratorium. Ich bemerkte sofort, daß die Koniinflasche außerhalb der Reihe stand, und dann stellte ich zu meinem Erstaunen fest, daß die am Tag zuvor noch volle Flasche fast leer war.

Ich war entsetzt und verwirrt. Leider muß ich gestehen, daß mein Verstand etwas langsam arbeitet. Erst war ich bestürzt, dann besorgt, dann ausgesprochen beunruhigt. Ich fragte die Dienstboten, aber alle behaupteten, keinen Schritt ins Laboratorium getan zu haben, und nach einigem Überlegen rief ich meinen Bruder an. Philip begriff sofort, was meine Entdeckung bedeutete, und forderte mich auf, gleich zu ihm zu kommen.

Als ich das Haus verließ, begegnete mir Miss Williams, die auf der Suche nach Angela war. Ich konnte ihr versichern, daß ich Angela nicht gesehen habe und daß sie nicht im Haus gewesen sei.

Ich ging hinunter zur Bucht und ruderte hinüber. Mein Bruder erwartete mich bereits am Ufer, und wir schlugen den Pfad ein, der unterhalb der Schanze verläuft. Sie kennen ja den Weg und wissen, daß man Gespräche, die auf der Schanze geführt werden, dort hören kann. Wir hörten, daß Caroline und Amyas wieder eine Auseinandersetzung hatten, aber ich achtete nicht weiter darauf. Jedenfalls vernahm ich von Caroline keine Drohung. Es drehte sich um Angela, und ich nehme an, daß Caroline versuchte, Amyas' Entschluß, sie ins Internat zu schicken, rückgängig zu machen. Amyas war jedoch unerbittlich und schrie wütend, es sei alles beschlossen, er würde sogar für sie packen.

Als wir zur Schanze kamen, begegnete uns Caroline. Sie machte einen etwas verwirrten Eindruck, aber es fiel mir nicht weiter auf. Sie lächelte wie abwesend und erklärte, sie hätten über Angela gesprochen. In dem Augenblick kam Elsa den Pfad herunter, und da Amyas uns offensichtlich loswerden wollte, gingen wir in Richtung Haus.

Philip machte sich später schwere Vorwürfe, weil er nicht sofort etwas unternommen hatte, aber ich sehe das anders. Wir hatten kein Recht zu der Annahme, daß ein Mord beabsichtigt war. (Und ich glaube auch nicht, daß er beabsichtigt war.) Natürlich mußten wir etwas unternehmen, aber ich finde es auch heute noch richtig, daß wir die Angelegenheit erst einmal eingehend besprachen. Außerdem war ich noch nicht ganz sicher, ob ich mich nicht vielleicht doch geirrt hatte. War die Flasche wirklich voll gewesen? Ich bin nicht so wie mein Bruder Philip, der immer alles hundertprozentig genau weiß. Das Gedächtnis spielt einem zuweilen einen Streich – wie oft könnte man schwören, daß man eine Sache an einen bestimmten Platz gelegt hat, und findet dann später heraus, daß sie ganz woanders liegt. Je mehr ich über den Zustand der Flasche am vorhergehenden Tag nachdachte, um so unsicherer wurde ich. Philip ärgerte sich sehr darüber. Wir konnten aber unsere Unterhaltung nicht fortsetzen und einigten uns stillschweigend, sie bis nach dem Mittagessen zu verschieben.

Später brachten uns Angela und Caroline Bier. Ich warnte Angela und sagte ihr, daß Miss Williams sich auf dem Kriegspfad befände und sie suchen würde, und sie entgegnete, sie sähe nicht ein, warum sie ihren scheußlichen alten Rock flicken solle, da sie doch lauter neue Sachen für die Schule bekäme. Schwimmen mache ihr viel mehr Spaß.

Da ich jetzt doch nicht mit Philip allein sprechen konnte, wollte ich mir die Angelegenheit noch mal in Ruhe überlegen und ging den Pfad, der zur Schanze führt, hinunter. Direkt oberhalb der Schanze befindet sich ein Plateau – ich habe es Ihnen gezeigt –, dort setzte ich mich hin, rauchte und grübelte und betrachtete Elsa, die Amyas für sein Bild saß.

Ich sehe sie noch immer vor mir in ihrem gelben Hemd, den dunkelblauen Hosen und dem roten Pullover, den sie um die Schultern geschlungen hatte. Sie war so lebendig, so gesund, so strahlend und zukunftsfreudig. Das hört sich an, als hätte ich gelauscht, aber das war nicht der Fall. Sie konnten mich ja sehen und wußten, daß ich in der Nähe war. Elsa winkte mir zu und rief, Amyas sei ein Unmensch, sie dürfe sich keinen

Moment ausruhen. Sie sei schon ganz steif, und alle ihre Glieder schmerzten.

Amyas knurrte, daß sie bestimmt nicht so steif sei wie er, *ihm* täten alle Glieder weh; es sei wohl der Rheumatismus. Spöttisch entgegnete Elsa:

»Armer, alter Mann!«

Worauf er erwiderte, sie müsse sich eben mit einem jämmerlichen Invaliden begnügen.

Die leichtfertige Unterhaltung der beiden über ihre Zukunft, die einem anderen Menschen so viel Leid verursachen würde, schockierte mich, und doch konnte ich es Elsa nicht übelnehmen. Sie war so jung, so zuversichtlich, so verliebt. Und sie wußte gar nicht, was sie tat, sie wußte noch nicht, was Leid bedeutet. Sie nahm einfach mit der naiven Zuversicht eines Kindes an, daß es Caroline bald wieder gutgehen würde, daß sie »bald darüber hinwegkäme«. Sie sah nichts außer sich und Amyas. Sie hatte mir ja gesagt, daß meine Ansichten altmodisch seien; sie kannte keine Zweifel, keine Gewissensbisse und auch kein Mitleid. Aber kann man von strahlender Jugend Mitleid erwarten? Das ist eine Gefühlsregung, die alten, weisen Menschen vorbehalten bleibt.

Sie sprachen nicht sehr viel; kein Maler liebt es, bei der Arbeit viel zu reden. Vielleicht alle zehn Minuten sagte Elsa etwas, und Amyas knurrte eine Antwort. Das war das letzte Mal, daß ich Elsa so strahlend und zufrieden sah – auf dem Höhepunkt ihres Glücks.

Dann läutete es zum Mittagessen, und ich ging hinunter zur Schanze. Elsa kam gerade zur Pforte heraus. Das Licht blendete mich so, daß ich kaum richtig sehen konnte. Amyas lag auf der Bank, Arme und Beine von sich gestreckt, und starrte das Bild an. Ich hatte ihn schon oft in dieser Stellung gesehen und konnte daher nicht ahnen, daß das Gift bereits begonnen hatte zu wirken.

Elsa sagte, er komme nicht zum Essen, was ich insgeheim für sehr richtig hielt. Als ich auf Wiedersehen sagte, blickte er auf und sah mich merkwürdig an; mir kam sein Blick beinahe bösartig vor. Da er, wenn ihm die Arbeit nicht gut von der Hand ging, oft wütend dreinblickte, fiel es mir jedoch nicht

129

weiter auf. Weder Elsa noch ich bemerkten etwas Ungewöhnliches an ihm.

Plaudernd gingen wir zusammen zum Haus. Wenn sie gewußt hätte, die Arme, daß sie ihn nie wieder lebend sehen würde . . . Gott sei Dank, wußte sie es nicht und konnte sich noch für eine kleine Weile in ihrem Glück sonnen.

Caroline merkte man beim Mittagessen nichts an, höchstens daß sie vielleicht etwas besorgt aussah. Und das ist doch ein Beweis dafür, daß sie nichts damit zu tun hatte, nicht wahr? So schauspielern konnte sie nicht.

Nach dem Essen ging sie mit der Gouvernante nach unten und fand ihn. Als ich ihnen kurz darauf nachging, kam mir Miss Williams entgegengeeilt und sagte, ich solle sofort den Arzt anrufen. Dann lief sie zurück zu Caroline.

Das arme Kind – ich meine Elsa! Ihr unbeherrschter Kummer war wirklich der eines Kindes. Sie wollte es nicht glauben, daß das Leben ihr so etwas antun konnte. Caroline war völlig ruhig, jawohl, völlig ruhig. Sie konnte sich natürlich besser beherrschen als Elsa. Sie schien keine Gewissensbisse zu empfinden; sie sagte nur, er müsse es selbst getan haben. Und wir wollten ihr das nicht glauben; Elsa schrie ihr sogar ins Gesicht, daß sie es getan hätte. Natürlich war Caroline unterdessen bewußt geworden, daß man sie verdächtigen würde. Und das ist die Erklärung für ihr Verhalten.

Philip war fest davon überzeugt, daß sie es getan hatte.

Das Ganze wurde zu einem Alpdruck. Die Polizei kam, nahm eine Hausdurchsuchung vor und verhörte uns alle; dann wimmelte es von Reportern, die wie Schmeißfliegen um das Haus schwirrten, alles fotografierten und jedes Familienmitglied interviewen wollten.

Nach all diesen Jahren hat der Fall Crale noch immer nicht aufgehört, ein Alpdruck für mich zu sein. Ich bete zu Gott, daß wir, wenn Sie erst einmal die kleine Carla überzeugt haben, alles vergessen können und nie wieder daran erinnert werden.

Amyas *muß* Selbstmord begangen haben, so unwahrscheinlich es auch aussehen mag.

3 Bericht von Lady Dittisham

Nachstehend gebe ich einen Bericht über meine Bekannt-
schaft mit Amyas Crale und seinen tragischen Tod.
Ich lernte ihn auf einem Atelierfest kennen. Ich erinnere
mich, daß er am Fenster stand und mir sofort auffiel, als ich
das Atelier betrat. Auf meine Frage, wer er sei, antwortete
man mir:
»Crale, der Maler.«
Ich ließ ihn mir vorstellen, und wir sprachen vielleicht zehn
Minuten miteinander. Ich kann nur sagen, daß mir, nachdem
ich ihn gesehen hatte, die andern Gäste uninteressant und
fad vorkamen.
Ich sah mir gleich am nächsten Tag alle Bilder von ihm an, die
ich ausfindig machen konnte. Er hatte gerade eine Ausstel-
lung in der Bond Street, eines seiner Bilder hing in Manche-
ster, eines in Leeds und eines in einer Galerie in London. Ich
sah sie alle. Als ich ihn wiedertraf, sagte ich:
»Ich habe Ihre Bilder gesehen und finde sie wunderbar.«
Amüsiert erwiderte er:
»Ich kann mir nicht denken, daß Sie etwas von Malerei ver-
stehen.«
»Vielleicht nicht, aber die Bilder sind trotzdem wunderbar.«
»Sie sind eine kleine Närrin«, sagte er grinsend.
»Das bin ich nicht, und ich möchte von Ihnen gemalt wer-
den.«
»Wenn Sie eine Ahnung von Kunst hätten, wüßten Sie, daß
ich keine hübschen Frauen porträtiere.«
»Es muß kein Porträt sein, und ich bin nicht hübsch.«
Nun blickte er mich an, als sähe er mich zum erstenmal, und
dann sagte er:
»Vielleicht haben Sie recht.«
»Werden Sie mich also malen?«
Er betrachtete mich einige Sekunden lang, den Kopf zur Seite
geneigt, und sagte schließlich:
»Sie sind ein merkwürdiges Kind.«
»Ich bin reich«, sagte ich, »und ich kann mir ein hohes Hono-
rar leisten.«

»Warum sind Sie eigentlich so wild darauf, von mir gemalt zu werden?«

»Weil ich es will!«

»Ist das ein Grund?«

»Ja, ich bekomme immer das, was ich will.«

»Sie armes Kind, wie jung Sie noch sind!«

»Werden Sie mich malen?«

Er nahm mich bei den Schultern, drehte mich zum Licht und betrachtete mich genau, dann trat er ein paar Schritte zurück, während ich ganz still stehenblieb.

»Ich wollte schon immer einmal ein Bild malen ... ein Schwarm grellfarbener australischer Papageien umflattert St. Paul's Cathedral. Wenn ich *Sie* male mit einer hübschen, friedlichen Landschaft als Hintergrund, werde ich vielleicht genau die gleiche Wirkung erzielen.«

»Also werden Sie mich malen?«

»Sie sind das entzückendste, tollste, schillerndste, exotische Ding, das ich je gesehen habe. Ich werde Sie malen.«

»Abgemacht?«

»Aber ich warne Sie, mein Kind. Wenn ich Sie male, werde ich Sie wahrscheinlich verführen.«

»Das hoffe ich ...«, erwiderte ich.

Ich sagte das ganz ruhig und bestimmt. Er atmete hörbar, und ein merkwürdiger Ausdruck trat in seine Augen.

So plötzlich kam das alles.

Zwei Tage später trafen wir uns wieder. Er sagte mir, ich müsse mit ihm nach Devonshire fahren, dort gebe es eine Stelle mit dem richtigen Hintergrund für mich, und er fügte hinzu:

»Ich bin verheiratet, und ich liebe meine Frau.«

Ich entgegnete, daß sie, wenn er sie liebe, sehr nett sein müsse. Er sagte, sie sei besonders nett.

»Sie ist entzückend, und ich bete sie an. Merken Sie sich das, mein Kind, schreiben Sie es sich hinter die Ohren!«

Eine Woche später begann er mich zu malen. Caroline Crale empfing mich sehr liebenswürdig. Sie konnte mich nicht besonders leiden; warum sollte sie auch? Amyas war sehr vorsichtig und zurückhaltend. Er sagte nie ein Wort zu mir, das nicht auch seine Frau hätte hören dürfen, und ich war ebenfalls höflich und zurückhaltend. Aber wir wußten beide Bescheid.

Nach zehn Tagen sagte er mir, ich müsse nach London zurückkehren, und ich erwiderte:

»Das Bild ist doch noch nicht fertig.«

»Ich habe es noch kaum angefangen. Aber ich kann Sie nicht malen, Elsa.«

»Warum?«

»Das wissen Sie ganz genau, und deshalb müssen Sie fortgehen. Ich kann nicht mehr ans Malen denken, ich kann überhaupt nur noch an Sie denken.«

Wir waren auf der Schanze. Es war ein heißer Tag, die Sonne brannte, die Bienen summten, die Vögel zwitscherten. Alles schien glücklich und friedlich zu sein, aber mir war gar nicht so zumute. Ich war bedrückt. Es war, als würfen die kommenden Ereignisse ihre Schatten voraus. Ich wußte, daß es nicht angenehm sein würde, wenn ich nach London zurückginge, sagte aber:

»Gut, wenn Sie wollen, gehe ich.«

»Sie sind ein braves Kind.«

Ich ging fort, und ich schrieb ihm nicht.

Zehn Tage hielt er es aus, dann kam er. Er sah schrecklich aus, abgemagert, elend; es versetzte mir einen Schlag.

»Ich habe dich gewarnt, Elsa. Sag nicht, daß ich dich nicht gewarnt hätte.«

»Ich habe auf dich gewartet; ich wußte, daß du kommen würdest.«

Stöhnend erwiderte er:

»Es gibt Dinge, die über unsere Kraft gehen. Ich kann nicht mehr essen, nicht mehr schlafen, ich finde keine Ruhe ohne dich.«

Ich sagte, daß ich das wüßte und daß es mir ebenso ginge, daß es mir vom ersten Augenblick an so ergangen wäre. Es sei Schicksal, und man könne nicht dagegen ankämpfen.

Er fragte:

»Du hast nicht sehr dagegen angekämpft, nicht wahr, Elsa?«

Ich sagte, ich hätte überhaupt nicht dagegen angekämpft.

Dann meinte er, ich sei zu jung, und ich erwiderte, das mache nichts. Ich kann sagen, daß wir die nächsten Wochen sehr glücklich waren. Doch Glück ist nicht das richtige Wort dafür; es war etwas Tieferes, etwas Erschreckendes.

Wir waren füreinander geschaffen, wir hatten einander gefunden. Wir wußten beide, daß wir immer zusammenbleiben würden.

Doch etwas anderes geschah; das unvollendete Bild begann Amyas zu verfolgen.

»Verdammt noch mal, vorher habe ich dich nicht malen können, du bist mir direkt im Weg gestanden. Aber jetzt will ich dich malen, Elsa – ich muß dich so malen, daß es mein bestes Bild wird! Es juckt mich, ich will meine Pinsel packen, will dich auf der alten Mauer sitzen sehen, im Hintergrund das übliche blaue Meer, die dekorativen englischen Bäume, und du, du sitzt da wie der verkörperte, triumphierende Mißklang. So muß ich dich malen! Aber bevor das Bild fertig ist, will ich keinen Krach haben. Wenn es fertig ist, werde ich Caroline die Wahrheit sagen, und wir werden alles in Ordnung bringen.«

»Wird Caroline dir Schwierigkeiten machen wegen der Scheidung?« fragte ich.

Er antwortete, er glaube es nicht, aber man könne ja bei Weibern nie wissen. Ich sagte, es würde mir leid tun, wenn sie sich aufregen würde, aber schließlich passierten solche Dinge eben.

»Es ist sehr nett und vernünftig von dir, das zu sagen, Elsa. Aber Caroline ist nicht vernünftig, sie war es nie und wird es in diesem Falle bestimmt nicht sein. Sie liebt mich nämlich.«

Ich verstehe das, sagte ich, aber wenn sie ihn liebe, müsse doch für sie sein Glück zuerst kommen, und jedenfalls würde sie doch nicht versuchen, ihn zu halten, wenn er frei sein wolle. Er erwiderte:

»Solche Probleme kann man nicht ›literarisch‹ lösen. Das Leben ist nicht zahm, es ist wild!«

»Aber wir sind doch zivilisierte Menschen heutzutage!«

Lachend meinte er:

»Zivilisierte Menschen! Caroline würde wahrscheinlich am

liebsten mit dem Beil auf dich losgehen. Sie bringt so etwas fertig. Bist du dir nicht klar darüber, Elsa, daß sie leiden wird . . . leiden! Und weißt du überhaupt, was Leiden bedeutet?«

»Dann sag es ihr nicht.«

»Ich muß es ihr sagen. Du mußt mir richtig gehören, Elsa, vor aller Welt, ganz offen.«

»Aber wenn sie nicht in die Scheidung einwilligt.«

»Davor habe ich keine Angst.«

»Wovor denn sonst?«

Langsam antwortete er:

»Ich weiß nicht . . .«

Er wußte es, er kannte Caroline. Ich kannte sie nicht. Wenn ich nur die leiseste Ahnung gehabt hätte . . .

Wir fuhren also gemeinsam zurück nach Alderbury. Diesmal war alles schwieriger. Caroline war mißtrauisch geworden. Mir gefiel der Zustand gar nicht. Ich habe von jeher Heimlichtuerei und Lügen gehaßt. Ich fand, man müsse es ihr sagen, aber Amyas wollte nichts davon wissen.

Das Komische ist, daß es ihm im Grunde genommen egal war. Obwohl er Caroline sehr gern hatte und ihr nicht weh tun wollte, war ihm Ehrlichkeit oder Unehrlichkeit völlig gleich. Er malte wie besessen, und alles andere kümmerte ihn nicht. Ich hatte ihn bisher noch nie richtig arbeiten gesehen, und mir wurde zum erstenmal klar, was für ein Genie er war. Seine Kunst riß ihn so mit, daß für ihn die üblichen Anstandsregeln gar nicht existierten. Aber für mich war es etwas anderes; ich war in einer scheußlichen Lage. Caroline war böse auf mich, und mit Recht. Man konnte die Situation nur klären, indem man ihr offen und ehrlich die Wahrheit sagte.

Doch Amyas wiederholte nur, er wolle nicht belästigt werden, bevor das Bild fertig sei. Ich meinte, es würde wahrscheinlich gar keine Szene geben; dazu habe doch Caroline zu viel Stolz und Würde.

»Ich will ehrlich sein«, sagte ich. »Wir müssen ehrlich sein.«

»Zur Hölle mit deiner Ehrlichkeit. Ich male ein Bild, verdammt noch mal.«

Ich konnte seinen Standpunkt verstehen, er aber nicht meinen.

Und schließlich hielt ich es nicht mehr aus. Caroline hatte von einer Reise gesprochen, die sie gemeinsam mit Amyas im Herbst machen wollte, und plötzlich fand ich es abscheulich, daß wir sie in dem Glauben ließen. Vielleicht war ich auch wütend, weil Caroline in einer so gerissenen Weise unfreundlich zu mir war, daß ich nichts dagegen tun konnte. Und so platzte ich mit der Wahrheit heraus. Ich glaube noch heute, daß ich an sich richtig gehandelt habe, obwohl ich natürlich nicht die leiseste Ahnung hatte, was ich damit anrichtete.

Der Krach kam gleich danach. Amyas war wütend auf mich, aber er mußte Caroline gegenüber zugeben, daß ich die Wahrheit gesagt hatte.

Carolines Verhalten verstand ich nicht. Wir gingen am Nachmittag alle gemeinsam zu Meredith Blake zum Tee, und sie spielte fabelhaft Theater, plauderte und lachte. Dumm wie ich war, glaubte ich, sie habe es geschluckt. Mir war es peinlich, daß ich nicht abreisen konnte, aber Amyas wäre in die Luft gegangen, wenn ich es getan hätte. Ich glaubte, Caroline würde gehen; das hätte alles leichter gemacht.

Ich habe nicht gesehen, daß sie das Koniin nahm. Da ich ehrlich sein will, halte ich es für möglich, daß sie es in der Absicht nahm, Selbstmord zu begehen. Aber im Grunde genommen glaube ich es nicht. Ich glaube, sie war so eifersüchtig und so besitzergreifend, daß sie auf nichts verzichten wollte, was sie als ihr Eigentum betrachtete. Und Amyas war ihr Eigentum. Ich glaube, sie war von Anfang an entschlossen, ihn eher zu töten, als ihn einer anderen Frau zu überlassen. Ich glaube, sie faßte an diesem Nachmittag den Entschluß, ihn umzubringen, und Merediths Vortrag über das Koniin verschaffte ihr die Möglichkeit, ihre Absicht auszuführen. Sie war erbittert, rachsüchtig. Amyas wußte schon immer, daß sie gefährlich war. Ich nicht.

Am nächsten Morgen hatte sie eine letzte Auseinandersetzung mit Amyas. Ich saß auf der Terrasse und hörte fast alles. Er war großartig, geduldig und ruhig. Er bat sie, vernünftig zu sein, und er sagte ihr, er habe sie und das Kind immer noch lieb und würde sie immer gern haben. Er würde alles tun, um sie finanziell abzusichern. Dann wurde er energisch und sagte:

»Aber merke dir eines, ich werde Elsa heiraten; nichts kann mich davon abhalten. Wir beide haben uns von jeher gegenseitige Freiheit versprochen. Und so etwas geschieht nun einmal.«

Sie erwiderte:

»Mach, was du willst; ich habe dich gewarnt.«

»Was meinst du damit, Caroline?« fragte Amyas.

»Du gehörst mir, und ich lasse dich nicht gehen. Ehe ich dich dem Mädchen lasse, bringe ich dich um.«

In diesem Augenblick kam Philip Blake. Ich stand auf und ging ihm entgegen; ich wollte nicht, daß er die Unterredung hörte. Schließlich kam Amyas heraus und sagte, er müsse weitermalen. So gingen wir zusammen zur Schanze hinunter. Er was ziemlich schweigsam und sagte nur, daß Caroline unangenehm geworden wäre, aber er wolle nicht darüber sprechen, er müsse sich jetzt auf seine Arbeit konzentrieren, noch ein Tag, dann sei das Bild fertig.

»Es ist das beste, was ich je gemalt habe, Elsa, auch wenn dafür mit Blut und Tränen gezahlt werden muß!«

Etwas später ging ich ins Haus, um mir einen Pullover zu holen, denn es wehte ein kühler Wind. Als ich zur Schanze zurückkam, war Caroline dort; ich nehme an, daß sie einen letzten Versöhnungsversuch machen wollte. Philip und Meredith Blake waren ebenfalls da. Amyas sagte, er habe Durst und würde gern etwas trinken, aber das Bier im Schuppen sei ihm nicht kalt genug.

Caroline versprach, ihm kühles zu bringen, und das sagte sie in einem ganz natürlichen, fast freundlichen Ton. Was für eine Schauspielerin sie war! Sie mußte da doch schon gewußt haben, was sie tun wollte.

Etwa zehn Minuten später brachte sie eine Flasche, goß ihm ein Glas ein und stellte es neben ihn hin. Keiner von uns sah ihr dabei zu, denn Amyas war in seine Arbeit vertieft, und ich mußte ihm sitzen.

Amyas leerte dann auf seine übliche Art das Glas in einem Zug. Er schnitt eine Grimasse und sagte, es schmecke widerlich, aber wenigstens sei es kalt. Und selbst da schöpfte ich noch keinen Verdacht, ich lachte nur.

Nachdem er das Glas ausgetrunken hatte, ging Caroline fort. Ungefähr vierzig Minuten später klagte Amyas über Schmerzen und Steifheit in den Gliedern; es müsse Rheumatismus sein, erklärte er. Er liebte es nicht, über sein Befinden zu sprechen, und leichthin fügte er hinzu:

»Das ist das Alter, du kriegst einen jammernden alten Mann, Elsa.«

Ich ging auf seinen Ton ein, sah jedoch, daß er sich immer schwerer bewegte und ein paarmal das Gesicht schmerzlich verzog, aber ich konnte mir nicht denken, daß es etwas anderes sei als Rheumatismus.

Nach einer Weile zog er die Bank näher zur Staffelei, damit er sich bequemer hinsetzen konnte; dann richtete er sich nur noch ab und zu auf, um einen Pinselstrich zu machen. Das hatte er auch früher schon häufig getan, daß er einfach dasaß und abwechselnd mich und die Leinwand anstarrte; manchmal tat er das eine halbe Stunde lang. So fand ich nichts Außergewöhnliches dabei.

Als es zum Mittagessen läutete, sagte er, er komme nicht mit; er wolle hierbleiben, und man brauche ihm auch nichts zu schicken. Auch das war nichts Ungewöhnliches, und außerdem brauchte er so nicht mit Caroline am Tisch zu sitzen. Er sprach etwas merkwürdig; es war eigentlich mehr ein Grunzen zu nennen; aber auch das pflegte er öfters zu tun, wenn er mit seiner Arbeit nicht zufrieden war. Selbst als Meredith kam, um mich zu holen, knurrte er lediglich, als Meredith ihn etwas fragte.

Meredith und ich gingen also zusammen zum Haus und ließen ihn zurück. Wir ließen ihn dort ... ließen ihn allein sterben. Ich hatte noch nicht viel von Krankheiten gesehen; ich verstand nichts davon, und so glaubte ich, Amyas hätte nur eine seiner Künstlerlaunen. Wenn ich etwas geahnt hätte, hätte man ihn vielleicht noch retten können ... Mein Gott, warum habe ich nichts getan? Aber es hat ja keinen

Zweck, jetzt noch darüber zu grübeln. Ich war blind, blind und dumm.

Weiter ist nicht viel zu berichten.

Caroline und die Gouvernante gingen nach dem Essen zur Schanze hinunter; Meredith folgte ihnen, kam aber nach kurzer Zeit zurückgelaufen mit der Nachricht, daß Amyas tot sei. Ich wußte sofort Bescheid – ich war sicher, daß Caroline es getan hatte. Ich dachte nicht an Gift, ich glaubte, sie habe ihn, als sie eben hinuntergegangen war, erschossen oder erstochen.

Ich wollte sie umbringen . . .

Wie konnte sie das nur tun, wie konnte sie? Er war so lebendig, so erfüllt von Leben und Kraft. Und all das mußte sie vernichten, nur damit ich ihn nicht haben sollte!

Gräßliches Weib!

Gräßliches, ekelhaftes, grausames, rachsüchtiges Weib!

Ich hasse sie! Ich hasse sie immer noch!

Sie haben sie nicht einmal gehängt!

Sie hätten sie hängen müssen!

Selbst hängen wäre noch zu gut für sie gewesen!

Ich hasse sie! Ich hasse sie! Ich hasse sie!

4   Bericht von Cecilia Williams

Sehr geehrter Monsieur Poirot,
beiliegend sende ich Ihnen einen Bericht über die Ereignisse, die sich im September 19 . . . abgespielt haben und deren Zeugin ich war.

Ich habe nichts beschönigt und nichts verschwiegen, Sie können den Bericht Carla Crale zeigen. Es wird sie schmerzen, aber ich war stets für die Wahrheit. Beschönigungen sind nur schädlich; man muß den Mut haben, der Wirklichkeit ins Gesicht zu schauen. Am meisten schaden uns jene Menschen, die uns vor der Wirklichkeit schützen wollen.

Mit verbindlichen Grüßen
Ihre Cecilia Williams

Ich heiße Cecilia Williams. Ich wurde im Jahre 19...
von Mrs. Crale als Gouvernante für ihre Halbschwester
Angela Warren engagiert. Ich war damals achtundvierzig
Jahre alt.

Ich trat meinen Dienst auf Alderbury an, einem wunderschönen Besitz im Süden von Devonshire, der seit Generationen
der Familie Crale gehörte. Ich wußte, daß Mr. Crale ein sehr
bekannter Maler war, habe ihn persönlich aber erst in Alderbury kennengelernt.

Der Haushalt bestand aus Mr. und Mrs. Crale, ihrer kleinen
Tochter Carla, Angela Warren, dreizehn Jahre alt, und drei
Dienstboten, die schon seit Jahren dort arbeiten.

Ich stellte sofort fest, daß mein Zögling einen interessanten
und vielversprechenden Charakter hatte. Angela war sehr
begabt, und es war eine Freude, sie zu unterrichten. Sie war
zwar wild und ungebärdig, aber diese Fehler sind meist die
Folge eines aufgeweckten Wesens, und aufgeweckte Kinder
waren mir stets lieber. Übermäßige Lebhaftigkeit kann sich,
wenn man sie in die richtigen Bahnen lenkt, positiv auswir-
ken.

Alles in allem fand ich Angela leicht erziehbar. Sie wurde
zwar ziemlich verwöhnt, hauptsächlich von Mrs. Crale, die
viel zu nachsichtig mit ihr war. Mr. Crales Verhalten ihr
gegenüber fand ich nicht sehr klug: An einem Tag war er
unvernünftig duldsam und am nächsten übertrieben
streng. Er war ein launenhafter Mensch, was man bei
einem Künstler oft durch sein Talent zu entschuldigen
pflegt; aber ich habe nie eingesehen, warum künstlerisches
Talent eine Entschuldigung für Unbeherrschtheit sein soll.
Außerdem gefiel mir Mr. Crales Malerei nicht. Die Zeichnung kam mir falsch vor, und die Farben fand ich zu grell,
aber natürlich wurde ich nie aufgefordert, meine Meinung
zu äußern.

Ich empfand bald eine tiefe Sympathie für Mrs. Crale, und
ich bewunderte ihren Charakter und ihre Haltung angesichts
ihrer schwierigen Lage. Mr. Crale war ein treuloser Ehemann, und ich glaube, daß das eine ständige Quelle großen
Leids für sie war. Eine Frau mit einem stärkeren Charakter

hätte ihn verlassen, doch Mrs. Crale schien das nie in Erwägung zu ziehen. Sie ertrug seine Untreue und verzieh sie ihm, aber sie war nicht sanft, sie machte ihm heftige Vorwürfe. Bei der Verhandlung wurde behauptet, die beiden hätten wie Hund und Katze miteinander gelebt. Das halte ich für übertrieben, Mrs. Crale besaß viel zuviel Würde, als daß man diesen Ausdruck auf sie hätte anwenden können, aber sie hatten heftige Auseinandersetzungen, was unter diesen Umständen nur verständlich war.

Ich war etwas über zwei Jahre im Hause Crale, als Miss Elsa Greer im Sommer 19 ... auf der Bildfläche erschien. Mrs. Crale kannte sie noch nicht; sie war mit Mr. Crale befreundet, und es hieß, sie sei gekommen, weil er sie malen wolle.

Es war von Anfang an offensichtlich, daß Mr. Crale in dieses Mädchen verliebt war und daß das Mädchen ihn keineswegs entmutigte. Sie benahm sich meiner Meinung nach ländlich; sie war unverschämt zu Mrs. Crale und flirtete ganz ungeniert mit Mr. Crale.

Natürlich äußerte sich Mrs. Crale mir gegenüber nicht, aber ich konnte sehen, daß sie litt, und ich tat alles, was in meiner Macht stand, um sie abzulenken und ihre schwere Last zu erleichtern. Miss Greer saß jeden Tag Modell, aber ich stellte fest, daß die Arbeit nicht vom Fleck kam. Offensichtlich hatten die beiden anderes zu tun!

Mein Zögling bemerkte Gott sei Dank nur wenig von dem, was sich abspielte. In gewisser Beziehung war Angela noch jung für ihr Alter; obwohl geistig sehr entwickelt, war sie in keiner Weise frühreif. Sie versuchte weder verbotene Bücher zu lesen, noch zeigte sie eine besondere Neugier, wie so viele Mädchen ihres Alters. Sie fand an der Freundschaft zwischen Mr. Crale und Miss Greer nichts Ungehöriges, konnte aber Miss Greer nicht leiden, denn sie hielt sie für dumm. Womit sie recht hatte. Miss Greer hatte, so nehme ich wenigstens an, eine gute Schulbidlung genossen, las aber nie ein Buch und hatte keinerlei literarische Kenntnisse; man konnte sich über kein intellektuelles Thema mit ihr unterhalten. Sie ging voll und ganz in der Pflege ihres Äußeren auf und interessierte sich überhaupt nur für Kleider und Männer.

Ich glaube, daß Angela nicht einmal bemerkte, daß ihre Schwester unglücklich war. Sie kümmerte sich damals nicht viel um andere Menschen; den Hauptteil ihrer Zeit verbrachte sie mit allem möglichen Unfug, kletterte auf Bäume und unternahm wilde Radtouren. Auch las sie leidenschaftlich gern und bewies schon damals einen guten literarischen Geschmack.

Mrs. Crale war auch ängstlich besorgt, ihr Unglück vor Angela zu verbergen; sie täuschte in Gegenwart des Mädchens stets gute Laune vor.

Miss Greer ging dann nach einiger Zeit zurück nach London, worüber wir uns alle sehr freuten. Die Dienstboten konnten sie ebensowenig leiden wie ich; sie gehörte zu den Menschen, die viel Arbeit verursachen und vergessen, sich dafür zu bedanken.

Kurz danach verreiste auch Mr. Crale. Ich wußte natürlich, daß er dem Mädchen nachgefahren war, und Mrs. Crale tat mir sehr leid; sie war so empfindsam. Ich war äußerst erbittert über Mr. Crale. Wenn ein Mann eine so reizende, intelligente Frau hat, so darf er sie nicht auf diese Weise behandeln; doch hofften sowohl sie wie ich, daß die Affäre bald zu Ende sein würde. Wir sprachen natürlich nicht darüber, aber sie kannte meine Ansichten.

Leider tauchte das Paar nach einigen Wochen wieder auf, und die Sitzungen sollten von neuem beginnen. Mr. Crale arbeitete nun wie ein Besessener. Ihn schien jetzt weniger das Mädchen als das Bild zu interessieren; dennoch bemerkte ich, daß diese Affäre ernster war als die bisherigen. Das Mädchen hatte Macht über ihn und wußte, was sie wollte; er war wie Wachs in ihren Händen.

Am Tag vor seinem Tod, also am 17. September, hatte sich die Lage zugespitzt. Bereits in den letzten Tagen war Miss Greers Unverschämtheit unerträglich geworden; sie fühlte sich sicher, und das zeigte sie auch. Mrs. Crale verhielt sich wie eine wahre Dame. Sie war von einer eisigen Höflichkeit, gab aber der andern klar zu verstehen, was sie von ihr dachte.

Als wir an diesem Tag, dem 17. September, nach dem Mittagessen im Wohnzimmer saßen, machte Miss Greer die erstaunliche Bemerkung, daß sie die Einrichtung des Zimmers ändern wolle, sowie sie nach Alderbury ziehen würde. Natürlich konnte Mrs. Crale das nicht hinnehmen. Sie stellte Miss Greer zur Rede, die daraufhin die Unverschämtheit besaß, vor uns allen zu behaupten, sie würde Mr. Crale heiraten ... einen verheirateten Mann, und sie sagte das zu seiner Frau!

Ich war außer mir über Mr. Crale. Wie konnte er es zulassen, daß dieses Mädchen seine Frau in ihrem eigenen Wohnzimmer beschimpfte? Wenn er mit Miss Greer durchbrennen wollte, hätte er es tun sollen, sie aber nicht in sein Haus bringen und ihre Unverschämtheit unterstützen dürfen.

Trotz ihrer nur zu verständlichen Gefühle verlor Mrs. Crale ihre Würde nicht. Ihr Mann kam gerade ins Zimmer, und sie verlangte von ihm eine Erklärung. Er ärgerte sich verständlicherweise über Miss Greer, weil sie diese Situation heraufbeschworen hatte; außerdem erschien er dadurch in einem schlechten Licht, und so etwas lieben Männer nicht, es verletzt ihre Eitelkeit.

Dieser riesengroße Mann stand da wie ein ungezogener Schuljunge. Er mußte zugeben, daß es wahr sei, daß er es ihr aber noch nicht habe mitteilen wollen. Sie warf ihm nur einen verächtlichen Blick zu und verließ hocherhobenen Hauptes das Zimmer. Sie war eine schöne Frau, viel schöner als jenes schillernde Mädchen, und ihr Gang war der einer Königin.

Ich wünschte von ganzem Herzen, daß Amyas Crale für seine Grausamkeit bestraft würde, und versuchte zum erstenmal, Mrs. Crale gegenüber etwas von meinen Gefühlen zu äußern. Sie ließ es jedoch nicht zu und sagte:

»Wir müssen tun, als sei nichts geschehen. Das ist das beste. Wir gehen heute nachmittag alle zu Meredith Blake zum Tee.«

»Ich finde Sie wunderbar, Mrs. Crale«, sagte ich.

Sie erwiderte nur: »Sie wissen ja nicht ...« Sie küßte mich und fügte hinzu: »Sie sind ein großer Trost für mich.«

Dann ging sie in ihr Zimmer, und ich glaube, sie weinte. Ich sah sie erst wieder, als alle aufbrachen. Mr. Crale schien sich unbehaglich zu fühlen, versuchte das aber durch auffallendes Benehmen zu bemänteln. Mr. Philip Blake bemühte sich, unbefangen zu erscheinen, und Miss Greer sah aus wie eine Katze, die süßen Rahm genascht hat – sie schnurrte gewissermaßen.

Gegen sechs Uhr kamen sie wieder zurück. Ich hatte an diesem Abend keine Gelegenheit mehr, mit Mrs. Crale allein zu sprechen. Beim Essen war sie ruhig und ging früh zu Bett.

Nach dem Essen stritt sich Angela wieder einmal mit Mr. Crale, und zwar machte sie ihm die heftigsten Vorwürfe, weil sie ins Internat gehen sollte. Es hatte natürlich keinen Zweck, aber zweifellos spürte sie die Spannung, die in der Luft lag, und reagierte auf ihre Art darauf. Ich fürchte, ich war zu sehr mit meinen eigenen Gedanken beschäftigt, um sie in ihre Schranken zu weisen, wie es meine Pflicht gewesen wäre. Der Streit endete damit, daß sie mit einem Briefbeschwerer nach Mr. Crale warf und aus dem Zimmer stürzte. Ich ging ihr nach und wies sie scharf zurecht, aber sie war noch so aufgeregt, daß ich es für das beste hielt, sie allein zu lassen.

Ich überlegte, ob ich zu Mrs. Crale gehen sollte, beschloß aber, sie nicht zu stören. Nachträglich wäre ich froh gewesen, wenn ich meine Bedenken überwunden und sie zum Sprechen gezwungen hätte; vielleicht hätte das alles geändert, denn sie hatte außer mir ja keinen Menschen, dem sie sich anvertrauen konnte. Ich bin sehr für Selbstbeherrschung, muß aber betrübt zugeben, daß man sie zuweilen übertreiben kann. Wirklich starke Gefühle sollte man auch äußern.

Am nächsten Tag war schönes Wetter. Noch vor dem Frühstück ging ich in Angelas Zimmer, aber sie war schon auf und davon. Ich hob einen zerrissenen Rock, den sie auf den Boden geworfen hatte, auf und nahm ihn mit; sie sollte ihn nach dem Frühstück ausbessern. Sie hatte sich aber bereits in der Küche Brot und Marmelade geben lassen und war verschwunden. Nachdem ich gefrühstückt hatte, machte ich mich auf die Suche nach ihr. Aus diesem Grunde konnte ich mich an dem Morgen nicht mehr um Mrs. Crale kümmern, wie ich es wohl hätte tun sollen. Doch ich hielt es für meine Pflicht, Angela zu suchen; sie war sehr unordentlich mit ihren Kleidern, und das durfte ich ihr nicht durchgehen lassen. Ich ging hinunter an den Strand, sah sie aber weder im Wasser noch auf den Felsen und dachte, sie wäre vielleicht zu Mr. Meredith Blake gegangen, an dem sie sehr hing. Daher ruderte ich über die Bucht und suchte sie im Garten und im Haus von Mr. Blake, doch vergebens. So kehrte ich schließlich nach Alderbury zurück, wo ich Mrs. Crale und die beiden Herren Blake auf der Terrasse vorfand.

Da es sehr heiß war, bot Mrs. Crale den Herren Bier an. Neben der Terrasse war ein kleines Treibhaus, das nicht mehr für seinen ursprünglichen Zweck benutzt wurde, sondern in eine Art Bar verwandelt worden war, und dort, in einem kleinen Kühlschrank, lagen stets einige Flaschen Bier.

Ich ging mit Mrs. Crale in das Treibhaus, um Bier zu holen, und fand Angela, wie sie gerade eine Flasche Bier aus dem Eisschrank nahm. Mrs. Crale, die vor mir eingetreten war, sagte:

»Ich will Amyas eine Flasche hinunterbringen.«

Es ist für mich jetzt schwer zu entscheiden, ob ich Verdacht hätte schöpfen sollen. Ihre Stimme war völlig normal, und ich interessierte mich in dem Moment mehr für Angela, die beim Eisschrank stand und zu meiner Genugtuung schuldbewußt aussah. Ich wies sie scharf zurecht, was sie erstaunlicherweise geduldig über sich ergehen ließ. Als ich sie fragte, wo sie gewesen sei, und sie mir antwortete, sie sei schwimmen gegangen, sagte ich:

»Ich habe dich aber am Strand nicht gesehen.«

Sie lachte nur. Dann fragte ich, wo sie ihren Pullover habe, und sie antwortete, den müsse sie am Strand liegengelassen haben.

Ich erwähne diese Einzelheiten nur, um zu erklären, warum ich es zuließ, daß Mrs. Crale das Bier selbst zur Schanze brachte. Über den Rest des Morgens weiß ich nur noch wenig. Ohne weitere Widerrede nähte Angela an ihrem Rock, und ich besserte, soweit ich mich erinnere, Wäsche aus. Mr. Crale kam nicht zum Essen; ich war froh, daß er wenigstens soviel Anstand besaß.

Als Mrs. Crale nach dem Essen sagte, sie ginge hinunter zur Schanze, begleitete ich sie, da ich Angelas Pullover am Strand suchen wollte. Nachdem ich schon ein paar Schritte weitergegangen war, hörte ich einen Schrei, und gleich darauf rief mich Mrs. Crale zurück. Wie ich Ihnen schon bei Ihrem Besuch sagte, schickte sie mich, den Arzt anzurufen. Auf halbem Weg traf ich Mr. Meredith Blake und ging sofort zu Mrs. Crale zurück.

So war meine Aussage bei der Voruntersuchung und vor Gericht.

Was ich nun niederschreibe, habe ich bisher noch keinem Menschen gesagt. Da ich danach nicht gefragt wurde, brauchte ich nicht die Unwahrheit zu sagen. Ich habe mich jedoch schuldig gemacht, weil ich etwas verschwieg, aber ich bereue es nicht und würde es sogar wieder tun.

Wie ich schon sagte, begegnete ich auf dem Weg zum Haus Mr. Meredith Blake und eilte dann zur Schanze zurück. Da ich Leinenschuhe trug, hörte man meine Schritte nicht. Die Pforte zur Schanze stand auf, und ich sah, daß Mrs. Crale die Bierflasche auf dem Tisch mit ihrem Taschentuch abwischte. Dann nahm sie die Hand ihres toten Gatten und preßte seine Finger auf die Bierflasche. Die ganze Zeit über lauschte sie ängstlich, ob jemand käme. Und die Furcht auf ihrem Gesicht sagte mir die Wahrheit.

Daher weiß ich ganz bestimmt, das Caroline Crale ihren Gatten vergiftet hat. Ich kann ihr keinen Vorwurf daraus machen. Sein schändliches Verhalten konnte einen Menschen um den Verstand bringen, und somit hatte er sein Schicksal selbst heraufbeschworen.

Wie schon gesagt, habe ich keinem Menschen, auch nicht Mrs. Crale selbst, etwas von meiner Beobachtung angedeutet, aber ein Mensch hat meiner Ansicht nach das Recht, es zu wissen.

Caroline Crales Tochter darf ihr Leben nicht auf einer Lüge aufbauen. So sehr die Wahrheit sie auch schmerzen mag – Wahrheit ist das höchste Gut.

Sagen Sie ihr bitte von mir, daß niemand ihre Mutter verurteilen darf. Ihr, der liebenden Frau, war zuviel zugemutet worden. Ihre Tochter muß das verstehen und ihr verzeihen.

5 Bericht von Angela Warren

Sehr geehrter Monsieur Poirot, Ihrem Wunsch entsprechend, habe ich meine Erinnerungen an die schrecklichen Ereignisse, die nun über sechzehn Jahre zurückliegen, niedergeschrieben. Doch erst beim Schreiben wurde mir bewußt, an wie wenig ich mich noch erinnere.

Ich erinnere mich verschwommen an Sommertage, an einzelne, unzusammenhängende Ereignisse, aber ich könnte nicht einmal mit Bestimmtheit sagen, in welchem Jahr sie geschahen. Amyas' Tod kam wie ein Blitz aus heiterem Himmel. Ich war nicht darauf vorbereitet gewesen, und ich scheine nichts von all dem gemerkt zu haben, was dazu führte.

Für mich waren Caroline und Amyas die wichtigsten Personen in meinem Leben, doch ich machte mir weder über sie noch über das, was sie taten, fühlten und dachten, irgendwelche Gedanken. Auch Elsa Greers Besuch beeindruckte mich nicht besonders. Ich fand sie dumm und nicht einmal besonders hübsch. Ich hielt sie für ein reiches, aber lästiges Mädchen, das von Amyas gemalt wurde.

Zum erstenmal fiel mir etwas auf, als ich eines Tages nach dem Mittagessen von der Terrasse aus hörte, wie Elsa sagte, sie werde Amyas heiraten. Es kam mir einfach lächerlich vor, und ich erinnere mich noch, daß ich im Garten von Handcross Manor zu Amyas sagte: »Wie kann Elsa behaupten, sie würde dich heiraten, Amyas? Das geht doch nicht. Ein Mann kann doch nicht zwei Frauen haben, das wäre ja Bigamie, und dafür kommt man ins Gefängnis.«

Wütend fuhr Amyas mich an: »Wieso hast du denn das gehört?«

Ich sagte, daß ich es durch das Bibliotheksfenster gehört hätte. Noch wütender versetzte er, es sei höchste Zeit, daß ich ins Internat käme und nicht mehr lauschen könnte.

Ich weiß heute noch, wie empört ich war, denn ich fand diese Unterstellung äußerst ungerecht.

Wütend erwiderte ich, daß ich nicht gelauscht hätte, und fragte ihn, wieso Elsa so etwas Blödes sagen könnte. Amyas antwortete, es sei nur ein Scherz gewesen. Das hätte mir genügen sollen, aber ich war nicht ganz befriedigt und sagte auf dem Rückweg zu Elsa: »Ich habe Amyas gefragt, wieso Sie behaupten konnten, Sie würden ihn heiraten, und er hat gesagt, es sei nur ein Scherz von Ihnen gewesen.«

Ich hatte erwartet, daß sie das ärgern würde, doch sie lächelte nur. Ihr Lächeln gefiel mir aber nicht. Ich ging dann ins Schlafzimmer zu Caroline, die sich gerade zum Essen umzog, und fragte sie unumwunden, ob es denn überhaupt möglich sei, daß Amyas und Elsa heiraten.

An Carolines Antwort erinnere ich mich, als wäre es heute; sie muß mit großem Nachdruck gesprochen haben.

»Amyas kann Elsa erst nach meinem Tod heiraten«, sagte sie. Das beruhigte mich vollkommen. Ich war jedoch auf Amyas noch immer wütend wegen seiner Bemerkung am Nachmittag und stritt mich während des Abendessens ständig mit ihm, und nach dem Essen kam es zu einem richtigen Krach. Schließlich stürzte ich aus dem Zimmer und ging schluchzend zu Bett.

An den Nachmittag bei Meredith Blake erinnere ich mich nur sehr dunkel, ich weiß nur noch, daß er aus *Phaidon* eine Beschreibung des Todes von Sokrates vorlas.

Ebensowenig erinnere ich mich an das, was am nächsten Morgen geschah, obwohl ich immer wieder darüber nachgedacht habe. Ich glaube, daß ich schwimmen ging und später gezwungen wurde, etwas zu nähen.

Doch all das ist sehr nebelhaft und undeutlich – bis zu dem Augenblick, da Meredith keuchend auf der Terrasse erschien. Er sah grau und merkwürdig aus. Ich erinnere mich, daß Elsa ihre Kaffeetasse fallen ließ, die zerbrach, und daß sie aufsprang und davonrannte. Sie sah schreckenerregend aus.

Ich sagte dauernd zu mir: »Amyas ist tot!«, aber ich konnte es nicht wirklich glauben. Dann kam Dr. Faussett, und Miss Williams kümmerte sich um Caroline. Ich ging verloren umher und stand allen im Weg; mir war elend zumute. Zur Schanze hinunter durfte ich nicht. Dann kam die Polizei, alles mögliche wurde notiert, und schließlich wurde Amyas' Leiche auf einer Bahre mit einem Leintuch zugedeckt ins Haus gebracht.

Später holte Miss Williams mich in Carolines Zimmer. Caroline lag totenblaß auf dem Sofa. Sie küßte mich und sagte, sie wünsche, daß ich so schnell wie möglich fortführe, zu Lady Tressillian, alles sei entsetzlich, aber ich solle nicht weiter darüber nachdenken. Ich umarmte Caroline und sagte, ich wolle nicht fortgehen, ich wolle bei ihr bleiben. Sie erwiderte, es sei aber besser für mich fortzugehen, es würde ihr viel Sorge ersparen.

Nun griff Miss Williams ein und sagte:

»Du nützt deiner Schwester am meisten, Angela, wenn du ohne Widerrede ihren Wunsch erfüllst.«

So erklärte ich mich einverstanden, und Caroline sagte: »Du bist lieb, Angela.« Dann umarmte sich mich noch einmal.

Als ich in die Halle hinunterkam, stellte ein Polizeiinspektor mir einige Fragen. Er war sehr nett, wollte wissen, wann ich Amyas zuletzt gesehen hatte, und stellte noch viele andere Fragen, die mir damals überflüssig vorkamen, deren Wichtigkeit ich aber heute natürlich einsehe. Er fand, daß ich ihm nichts Neues mitteilen konnte, und sagte zu Miss Williams, daß er gegen meine Abreise nichts einzuwenden habe.

Ich ging also fort, und Lady Tressillian nahm mich sehr liebevoll auf. Natürlich erfuhr ich bald die Wahrheit. Caroline wurde sofort verhaftet. Ich war so entsetzt darüber, daß ich sehr krank wurde.

Später hörte ich, daß Caroline sich meinetwegen große Sorgen mache, und auf ihr dringendes Verlangen hin wurde ich noch vor der Verhandlung ins Ausland geschickt. Das habe ich Ihnen ja schon mündlich mitgeteilt.

Wie Sie sehen, sind meine Erinnerungen sehr dürftig. Seit unserem Gespräch habe ich mir alles wieder und wieder durch den Kopf gehen lassen, und ich kann nur wiederholen, daß Caroline es nicht getan hat.

Davon bin ich fest überzeugt und werde es immer sein, aber ich kann dafür keinen anderen Beweis als meine genaue Kenntnis ihres Charakters anführen.

Drittes Buch

1

Carla Lemarchant blickte auf; sie sah abgespannt und traurig aus. Mit einer müden Geste das Haar aus der Stirn streichend, sagte sie:

»Es ist alles so verwirrend.« Sie wies auf die Berichte. »Jeder sieht meine Mutter anders, aber die Tatsachen sind die gleichen, darin stimmen sie alle überein.«

»Die Lektüre hat Sie entmutigt?«

»Ja. Sie nicht?«

»Nein, ich finde diese Berichte sehr aufschlußreich«, antwortete Poirot langsam und nachdenklich.

»Ich wünschte, ich hätte sie nie gelesen«, erwiderte Carla. »Alle sind von Mutters Schuld überzeugt, außer Tante Angela, und ihre Aussage zählt nicht; sie hat ja keinen Beweis dafür. Sie ist ein treuer Mensch, der für einen andern durch dick und dünn geht. – Natürlich ist mir klar, daß, wenn meine Mutter es nicht getan hat, eine jener andern fünf Personen es getan haben muß. Ich habe darüber nachgedacht und mir auch schon einige Theorien zurechtgelegt, aber . . .«

»Das interessiert mich.«

»Ach, es sind nur Theorien. Zum Beispiel Philip Blake. Er ist Börsenmakler, und er war der beste Freund meines Vaters; wahrscheinlich hat Vater ihm vertraut. Künstler sind in Gelddingen meist sehr nachlässig – vielleicht war Blake in Schwierigkeiten und hatte Vaters Geld veruntreut. Vielleicht hatte er meinen Vater veranlaßt, einen Wechsel zu unterzeichnen. Dann drohte die Entdeckung, und die einzige Rettung für ihn war Vaters Tod. Das ist eine meiner Überlegungen.«

»Nicht schlecht. Und weiter?«

»Da ist Elsa. Philip Blake schreibt zwar, sie sei zu schlau, um sich durch Gift zu belasten, aber der Ansicht bin ich ganz und gar nicht. Angenommen, meine Mutter hätte ihr erklärt, sie werde unter keinen Umständen in eine Scheidung einwilligen. Sie können mir sagen, was Sie wollen, Monsieur Poirot, aber ich glaube, daß Elsa im Grunde ihres Herzens recht bürgerlich war; sie wollte richtig verheiratet sein. Nach dieser Unterredung hat sie vielleicht das Gift gestohlen, um meine Mutter bei Gelegenheit zu beseitigen. Das wäre ihr zuzutrauen. Und dann trank mein Vater infolge eines unglücklichen Versehens das Gift.«

»Auch nicht schlecht. Sonst noch ein Verdacht?«

»Also ... vielleicht ... Meredith!« antwortete Carla langsam.

»Hm ... Meredith Blake?«

»Ja. Ich glaube, er wäre imstande, einen Menschen zu ermorden. Er ist der Trottel, über den die Leute lachen, und das kränkte ihn von jeher. Mein Vater heiratete das Mädchen, das er liebte. Mein Vater war reich und hatte großen Erfolg. Vielleicht braute Meredith diese Gifte nur, um eines Tages jemanden umzubringen. Er warnte vor dem Gift, um den Verdacht von sich abzulenken. Vielleicht wollte er meine Mutter am Galgen sehen, weil sie ihn vor Jahren abgewiesen hatte. All das, was er in seinem Bericht schreibt – daß Menschen fähig seien, Dinge zu tun, die gar nicht zu ihnen passen, klingt verdächtig. Vielleicht hat er sich selbst damit gemeint.«

»Zumindest haben Sie recht damit, daß man diese Berichte nicht als unumstößliche Wahrheit hinnehmen muß. Manches mag geschrieben worden sein, um uns in die Irre zu führen. Wer käme Ihrer Meinung nach sonst noch in Frage?«

»Ich habe auch über Miss Williams nachgedacht. Es war klar, daß sie ihre Stellung verlieren würde, wenn Angela ins Internat kam. Wenn aber Amyas plötzlich starb, würde Angela wahrscheinlich nicht fortmüssen. Ich habe im Lexikon nachgeschaut und festgestellt, daß Koniin keine leicht erkennbaren Spuren hinterläßt; wahrscheinlich hätte man nie auf Mord geschlossen, wenn Meredith nicht das Gift vermißt hätte. Man hätte ja einen Sonnenstich vermuten können. Ich weiß, daß der drohende Verlust einer Stellung kein besonders plausibles Mordmotiv ist, aber es sind schon Morde aus

152

wesentlich geringfügigeren Gründen verübt worden. Eine ältere, vielleicht untüchtige Gouvernante könnte doch aus Angst um ihre Zukunft den Kopf verloren haben. Das dachte ich, bevor ich den Bericht von ihr las, aber Miss Williams scheint diesem Bild nicht zu entsprechen. Bestimmt ist sie nicht untüchtig.«

»Das kann man wohl sagen. Sie ist sehr tüchtig und gescheit.«

»Ich weiß, und was sie geschrieben hat, klingt absolut wahr. Das hat mich am meisten getroffen. Ich glaube, wir wissen nun die Wahrheit! Aber Miss Williams hat ganz recht, man muß die Wahrheit akzeptieren; es ist nicht gut, sein Leben auf einer Lüge aufzubauen. Ich werde also die Tatsache akzeptieren müssen, daß meine Mutter nicht unschuldig war. Sie schrieb mir diesen Brief, weil sie schwach und unglücklich war und meine Gefühle schonen wollte. Ich verurteile sie nicht. Vielleicht würde ich das gleiche tun – ich weiß nicht, wie weit das Gefängnis einen Menschen beeinflußt; und ich kann ihr auch keinen Vorwurf daraus machen, daß sie verzweifelt war. Sie konnte eben nicht anders. Doch auch meinen Vater verurteile ich nicht; er war so lebendig, er wollte alles vom Leben haben . . . er war nun einmal so veranlagt, und ich habe Verständnis für ihn. Außerdem war er ein genialer Maler, das entschuldigt vieles.«

»Sie glauben nun also an die Schuld Ihrer Mutter?« fragte Poirot.

»Was bleibt mir anderes übrig?« antwortete sie mit zitternder Stimme.

Poirot klopfte ihr väterlich auf die Schulter.

»Sie geben den Kampf in dem Moment auf, da es sich am meisten lohnt, zu kämpfen – in dem Moment, da ich, Hercule Poirot, zu wissen glaube, was sich wirklich ereignet hat.«

Carla starrte ihn an.

»Miss Williams liebte meine Mutter, und sie sah mit ihren eigenen Augen, wie sie dafür sorgte, daß die Fingerabdrücke meines Vaters auf der Flasche zu finden sein würden. Wenn Sie glauben, was sie schreibt . . .«

153

Hercule Poirot stand auf und sagte:
»Mademoiselle, gerade diese Erklärung von Cecilia Williams, daß sie sah, wie Ihre Mutter die Finger Ihres Vaters auf die Bierflasche – die Bierflasche, sage ich – preßte, ist für mich der Beweis, daß Ihre Mutter Ihren Vater nicht getötet hat!«
Er nickte mehrmals und ging. Carla starrte ihm nach.

2

»Womit kann ich Ihnen dienen, Monsieur Poirot?« fragte Philip Blake, ohne seine Ungeduld zu verbergen.
»Ich möchte Ihnen für Ihren ausgezeichneten und besonders klaren Bericht über die Crale-Tragödie danken«, entgegnete Poirot.
Etwas verlegen murmelte Philip Blake:
»Sehr liebenswürdig. Es hat mich selbst überrascht, an wieviel ich mich noch erinnerte.«
»Wie gesagt, der Bericht ist ausgezeichnet, aber es fehlt einiges.«
»Es fehlt einiges?« wiederholte Blake stirnrunzelnd.
»Ihr Bericht ist nicht ganz aufrichtig.« Poirots Stimme wurde schärfer. »Ich habe erfahren, Mr. Blake, daß in jenem Sommer Mrs. Crale einmal gesehen wurde, wie sie zu einer kompromittierenden Zeit, am späten Abend, aus Ihrem Schlafzimmer kam.«
In dem Schweigen, das nun folgte, hörte man Blakes heftiges Atmen, schließlich fragte er:
»Wer hat das gesagt?«
»Das spielt keine Rolle. Das Entscheidende ist, daß ich es weiß.«
Wieder folgte Schweigen. Dann entschloß Philip Blake sich zu sprechen. Er räusperte sich und sagte:
»Durch Zufall scheinen Sie eine ganz private Angelegenheit erfahren zu haben. Ich gebe zu, daß es im Widerspruch zu meinem Bericht steht, aber nur scheinbar. Daher werde ich Ihnen jetzt die Wahrheit sagen.

Ich habe stets etwas gegen Caroline Crale gehabt, doch gleichzeitig fühlte ich mich heftig zu ihr hingezogen. Vielleicht wurde meine Abneigung gerade durch meine Zuneigung hervorgerufen – ich war erbittert über die Macht, die sie über mich hatte, und versuchte meine Zuneigung zu unterdrücken, indem ich ständig das Schlechte bei ihr suchte. Ich habe sie nie gern gehabt, verstehen Sie? Aber sie hat stets einen starken erotischen Reiz auf mich ausgeübt; schon als junger Bursche war ich verliebt in sie. Sie beachtete mich nicht, und das konnte ich ihr nie vergessen. Meine Chance kam, als Amyas sich Hals über Kopf in Elsa Greer verliebte. Fast ohne es zu wollen, gestand ich nun Caroline meine Liebe, und sie antwortete gelassen: ›Das habe ich schon immer gewußt.‹ Eine Unverschämtheit!

Natürlich war mir klar, daß sie mich nicht liebte, aber sie war infolge von Amyas' Verhalten verstört und enttäuscht. Eine Frau in dieser Stimmung ist leicht zu erobern; sie versprach, in der Nacht zu mir zu kommen. Und sie kam.«

Blake hielt inne, es fiel ihm sichtlich schwer weiterzusprechen.

»Sie kam in mein Zimmer. Und dann sagte sie mir, während ich sie schon in den Armen hielt, daß sie mich nicht haben wolle! Sie könne nur *einen* Mann lieben, und trotz allem, was Amyas ihr antue, gehöre sie nur ihm. Sie bat mich um Vergebung, aber sie könne nicht anders. Und sie ging fort. *Sie ging fort!* Wundert es Sie jetzt noch, Monsieur Poirot, daß mein Haß sich verhundertfachte? Wundert es Sie, daß ich ihr das nie verziehen habe? Sowohl diese Schmach, die sie mir antat, wie die Ermordung meines besten Freundes!«

Heftig zitternd schrie er:

»Ich will nicht mehr darüber sprechen, hören Sie? Sie haben nun Ihre Antwort! Scheren Sie sich zum Teufel! Und sprechen Sie mir nie wieder davon!«

»Mr. Blake, ich möchte gern wissen, in welcher Reihenfolge Ihre Gäste an jenem Tag das Laboratorium verlassen haben.«

Meredith Blake entgegnete abwehrend:

»Aber mein lieber Monsieur Poirot, wie soll ich das nach

sechzehn Jahren noch wissen? Ich hatte Ihnen ja schon gesagt, daß Caroline als letzte herauskam.«
»Sind Sie ganz sicher?«
»Ja ... wenigstens ... ich glaube ...«
»Gehen wir ins Laboratorium. Wir müssen das klarstellen.«
Unwillig führte Meredith ihn zum Laboratorium, schloß die Tür auf und öffnete die Fensterläden.
Poirot trat ein und sagte in befehlendem Ton:
»Also, lieber Freund, stellen Sie sich vor, daß Sie Ihren Gästen gerade Ihre interessanten Kräutersäfte gezeigt haben. Schließen Sie die Augen, und denken Sie nach ...«
Meredith Blake schloß gehorsam die Augen. Poirot nahm sein Taschentuch und schwenkte es vor Blakes Gesicht hin und her. Blake murmelte, leicht mit den Nasenflügeln zuckend:
»Ja, ja ... es ist erstaunlich, was einem alles wieder einfällt. Caroline hatte ein helles, kaffeefarbenes Kleid an ... Phil ärgerte sich sichtlich ... er hielt mein Steckenpferd immer für Blödsinn.«
»Stellen Sie sich nun vor«, befahl Poirot, »Sie verlassen mit Ihren Gästen den Raum und gehen in die Bibliothek, wo Sie die Beschreibung von Sokrates' Tod vorlesen. Wer verließ den Raum zuerst ... Sie?«
»Elsa und ich ... Sie ging zuerst hinaus, ich direkt hinter ihr. Vor der Tür blieben wir stehen und warteten auf die anderen, dabei unterhielten wir uns. Philip ... ja, Philip kam als nächster, dann Angela ... sie fragte ihn gerade etwas über Stierzucht. Sie gingen durch die Halle, Amyas kam hinter ihnen. Ich blieb noch stehen und wartete ... natürlich auf Caroline.«
»Sie sind also ganz sicher, daß Caroline zurückblieb? Sahen Sie, was sie tat?«
Blake schüttelte den Kopf.
»Nein, ich stand mit dem Rücken zur Tür, verstehen Sie. Ich sprach mit Elsa – wahrscheinlich habe ich sie gelangweilt – und erklärte ihr, daß gewisse Pflanzen gemäß einem alten Aberglauben bei Vollmond gepflückt werden müßten. Schließlich kam Caroline, etwas hastig, und ich schloß die Tür ab.«

156

Er hielt inne und blickte Poirot an. Dann fuhr er fort:
»Ich bin ganz sicher, daß die Reihenfolge so war: Elsa, ich, Philip, Angela und Caroline. Nützt Ihnen das etwas?«
»So dachte ich es mir«, sagte Poirot. »Nun ... ich möchte hier ein Treffen arrangieren, es dürfte nicht allzu schwierig sein ...«

»Was gibt es denn?«
Elsa stellte die Frage neugierig wie ein Kind.
»Ich möchte Sie um eine Auskunft bitten, Madame.«
»Ja?«
»Nachdem alles vorbei war – ich meine die Verhandlung –, hat Meredith Blake Ihnen da einen Heiratsantrag gemacht?«
Elsa starrte ihn an, dann entgegnete sie verächtlich:
»Ja. Warum wollen Sie das wissen?«
»Waren Sie überrascht davon?«
»Das weiß ich nicht mehr.«
»Was haben Sie ihm denn geantwortet?«
Lachend sagte sie:
»Nach *Amyas* – Meredith? Das war doch lächerlich! Es war dumm von ihm, aber er war immer ein Dummkopf.« Sie lächelte. »Er wolle mich ›beschützen, für mich sorgen‹ ... so hat er sich ausgedrückt. Er glaubte wie alle andern, daß die Verhandlung entsetzlich für mich gewesen wäre. Die Reporter! Die Menge, die mich beschimpfte! Und wie man mich mit Dreck bewarf ...« Sie überlegte und sagte dann, wieder lachend:
»Der arme Meredith! Dieser Trottel!«

Wieder spürte Hercule Poirot, wie Miss Williams ihn streng und prüfend betrachtete, und wieder kam er sich wie ein Schuljunge vor. Er möchte eine Frage stellen, sagte er.
Miss Williams gestattete ihm, die Frage zu stellen.
Poirot wählte sorgfältig seine Worte:
»Angela Warren wurde als kleines Kind schwer verletzt. Ich wurde mehrmals darauf hingewiesen; einmal hieß es, daß Mrs. Crale dem Kind einen Briefbeschwerer an den Kopf ge-

worfen habe; ein andermal wurde behauptet, sie sei mit
einem Stemmeisen auf das Baby losgegangen. Welche Version ist richtig?«

Miss Williams erwiderte kurz:

»Ich habe nie etwas von einem Stemmeisen gehört; es war
ein Briefbeschwerer.«

»Von wem wissen Sie das?«

»Von Angela.«

»Was sagte sie Ihnen genau?«

»Sie faßte sich an ihre Wange und sagte: ›Das hat Caroline
getan, als ich noch ein Baby war. Sie hat mir einen Briefbeschwerer an den Kopf geworfen. Aber sagen Sie bitte nie
etwas darüber zu ihr, sie macht sich noch jetzt ständig die
schwersten Vorwürfe deswegen.‹«

»Hat Mrs. Crale je mit Ihnen darüber gesprochen?«

»Nicht direkt, aber sie nahm an, daß ich Bescheid wüßte.
Einmal sagte sie zu mir: ›Sie glauben, ich verwöhne Angela,
aber ich finde, daß alles, was ich für sie tue, noch zu wenig
ist, um das wiedergutzumachen, was ich angerichtet habe.‹
Und ein anderes Mal sagte sie: ›Das Bewußtsein, einen anderen Menschen für immer entstellt zu haben, ist die
schwerste Gewissensbelastung, die man sich denken
kann.‹«

»Ich danke Ihnen, Miss Williams; das ist alles, was ich wissen wollte.«

Angela Warren empfing Poirot freundlich und fragte fast
neugierig:

»Haben Sie etwas herausgefunden?«

Poirot nickte würdevoll und antwortete:

»Ich habe Fortschritte gemacht.«

»Philip Blake?«

Es war ein Mittelding zwischen Frage und Feststellung.

»Mademoiselle, es ist noch nicht an der Zeit, darüber zu
sprechen. Ich möchte Sie jedoch bitten, zu einer Zusammenkunft nach Handcross Manor zu kommen. Die andern
haben bereits zugesagt.«

Leicht die Stirn runzelnd, fragte sie:

»Was haben Sie vor? Wollen Sie die Geschehnisse von damals rekonstruieren?«

»Ich möchte sie klarstellen. Werden Sie kommen?«

»Ja. Es interessiert mich, all diese Leute wiederzusehen.«

»Und ich bitte Sie, den Brief mitzubringen, den Sie mir gezeigt haben.«

»Der Brief ist mein privates Eigentum«, entgegnete Angela unwillig. »Ich zeigte ihn Ihnen aus einem wichtigen Grund, ich bin jedoch nicht damit einverstanden, daß ihn fremde Menschen, die gegen Caroline sind, lesen.«

»Würden Sie mir die Entscheidung überlassen, ob der Brief gezeigt werden soll oder nicht?«

»Ich denke nicht daran. Ich bringe den Brief mit, aber ich werde selbst entscheiden, ob er jemandem gezeigt wird.«

3

Die Nachmittagssonne schien in Meredith Blakes ehemaliges Laboratorium in Handcross Manor. Einige Stühle und ein Sessel waren in den Raum gestellt worden, was jedoch die Leere des Zimmers nur noch mehr betonte.

Leicht verlegen an seinem Schnurrbart zupfend, sprach Meredith Blake in seiner fahrigen Art mit Carla und sagte plötzlich:

»Mein Kind, Sie gleichen Ihrer Frau Mutter sehr, und doch wieder nicht.«

»Wieso?« fragte Carla.

»Sie gleichen ihr mehr äußerlich. Sie haben ihren Gang, aber Sie sind . . . wie soll ich mich ausdrücken? Sie sind positiver als Ihre Mutter.«

Philip Blake trommelte stirnrunzelnd auf die Fensterscheiben und sagte:

»Wozu das alles? An einem so schönen Samstagnachmittag . . .«

Poirot beeilte sich, Öl auf die Wogen zu gießen.

»Ich bitte vielmals um Entschuldigung; ich weiß, es ist unverzeihlich, Sie am Golfspiel zu hindern. *Immerhin*, Mr. Blake, handelt es sich doch um die Tochter Ihres besten Freundes, und ihr können Sie doch dieses kleine Opfer bringen, nicht wahr?«

Der Butler meldete: »Miss Warren.«

Meredith ging ihr entgegen und sagte:

»Es ist sehr nett von Ihnen, Angela, daß Sie trotz Ihrer vielen Arbeit gekommen sind.«

Carla begrüßte sie herzlich und stellte ihr einen großen jungen Mann mit ruhigen grauen Augen vor.

»Das ist John Rattery. Wir hoffen, bald heiraten zu können.«

Meredith empfing unterdessen den nächsten Gast.

»Wie schön, Miss Williams, Sie nach so vielen Jahren wiederzusehen.«

Dünn, schmächtig, aber energisch wie immer, trat die alte Gouvernante näher. Angela ging auf sie zu und sagte lächelnd:

»Ich komme mir wieder wie ein Schulmädchen vor.«

»Ich bin sehr stolz auf Sie, mein liebes Kind«, erwiderte Miss Williams. »Ich habe mit Ihnen Ehre eingelegt. Das ist wohl Carla, nicht wahr? Sie wird sich nicht mehr an mich erinnern, sie war damals ja noch zu jung . . .«

Philip Blake schnitt ihr gereizt das Wort ab:

»Was heißt denn das alles? Ich hatte ja keine Ahnung . . .«

Poirot sagte: »Nennen wir es einen Ausflug in die Vergangenheit. Nehmen Sie doch bitte Platz, meine Herrschaften! Sowie der letzte Gast eintrifft, können wir mit unserer Geisterbeschwörung beginnen.«

»Was ist das für ein Unfug?« rief Philip Blake. »Sie wollen doch nicht etwa eine Séance abhalten?«

»Nein. Wir wollen nur einige Ereignisse erörtern, die sich vor vielen Jahren abgespielt haben. Was die Geister anbelangt, so werden sie nicht erscheinen, aber wer kann sagen, ob sie nicht hier bei uns sind, obwohl wir sie nicht sehen können? Wer kann sagen, ob nicht Amyas und Caroline Crale hier sind und uns zuhören?«

»So ein Blödsinn . . .«, stieß Philip Blake hervor.

In diesem Moment ging die Tür auf, und der Butler meldete Lady Dittisham.

Sie trat mit der ihr eigenen leicht gelangweilten Arroganz ein, bedachte Meredith mit einem flüchtigen Lächeln, warf Angela und Philip einen kalten Blick zu und setzte sich auf einen Stuhl am Fenster, der etwas abseits von den andern stand. Sie nahm ihren kostbaren Pelz ab, blickte sich einige Sekunden lang im Raum um, dann musterte sie Carla, die ihren Blick ruhig erwiderte. Carla Lemarchant betrachtete nachdenklich die Frau, die das Leben ihrer Eltern zerstört hatte. Aber es war keine Feindschaft in ihrem jungen, ernsten Gesicht, nur Neugierde.

Schließlich sagte Elsa:

»Entschuldigen Sie bitte meine Verspätung, Monsieur Poirot.«

»Es ist sehr liebenswürdig von Ihnen, daß Sie gekommen sind, Madame. Ich möchte Ihnen, meine Herrschaften, nun erklären, warum ich Sie hierhergebeten habe.«

In kurzen Worten sprach er von Carlas Auftrag und übersah dabei geflissentlich die Empörung, die sich auf Philips Gesicht ausdrückte, und Merediths mißbilligende Überraschung.

»Ich nahm den Auftrag an«, fuhr er fort, »und machte mich daran, nach sechzehn Jahren die Wahrheit ans Licht zu bringen.«

»Wir wissen alle, was geschehen ist«, sagte Philip Blake gereizt. »Etwas anderes zu behaupten, ist Schwindel. Sie ziehen diesem Mädchen nur das Geld aus der Tasche.«

Ohne sich aus der Ruhe bringen zu lassen, erwiderte Poirot: »Sie sagen, wir alle wüßten, was geschehen ist. Sie reden, ohne nachzudenken. Es kommt darauf an, wie man Tatsachen auslegt. Zum Beispiel haßten Sie, Mr. Blake, Caroline Crale. Das nahm man als gegeben hin. Aber jeder, der nur etwas von Psychologie versteht, muß sofort erkennen, daß gerade das Gegenteil zutraf: Sie waren von Jugend an in Caroline Crale verliebt. Sie ärgerten sich aber darüber und versuchten, über diese Liebe hinwegzukommen, indem Sie sich immer wieder alle Schwächen von Caroline Crale vor Augen hielten. Mr. Meredith Blake liebte Caroline Crale ebenfalls seit vielen Jahren. In seinem Bericht über die Tragödie schreibt er, daß er Amyas Crale sein Verhalten ihretwegen verübelte, aber man braucht nur zwischen den Zeilen zu lesen, um festzustellen, daß diese lebenslängliche Ergebenheit sich in Liebe für die junge schöne Elsa Greer verwandelt hatte, die alle Gedanken und Sinne in Anspruch nahm.«

Meredith stieß einen unartikulierten Laut aus, und Lady Dittisham lächelte.

»Ich erwähne diese Punkte nur als Beispiele, um zu zeigen, wie wichtig sie für die Ergründung der Wahrheit sein können.

Im Laufe meiner Nachforschungen habe ich folgende interessante Tatsache festgestellt: Caroline Crale hat niemals ihre Unschuld beteuert – außer in dem Brief an ihre Tochter. Caroline Crale hat auf der Anklagebank keine Furcht gezeigt, sie hat sehr wenig Interesse für die Verhandlung bewiesen, sie hat sich kaum gegen die Anklage gewehrt. Im Gefängnis war sie ruhig, ja heiter. In einem Brief, den sie gleich nach ihrer Verurteilung ihrer Schwester schrieb, erklärte sie sich mit ihrem Schicksal einverstanden. Und alle, mit denen ich sprach – mit einer Ausnahme –, hielten Caroline Crale für schuldig.«

Philip Blake nickte heftig.

»Natürlich war sie schuldig!«

Ohne den Einwurf zu beachten, fuhr Poirot fort:

»Ich durfte aber das Urteil anderer nicht so einfach hinnehmen; meine Aufgabe war, mich selbst vom Tatbestand zu überzeugen. Und ich habe mich überzeugt. Zweifellos hatte Caroline Crale gute Gründe, das Verbrechen zu begehen. Sie liebte ihren Mann, aber er hatte vor Zeugen zugegeben, daß er sie um einer anderen Frau willen verlassen wolle, und sie selbst gab zu, daß sie sehr eifersüchtig war. Zu diesen Motiven kommt die Tatsache, daß in ihrer Schlafzimmerkommode ein leeres Parfümfläschchen mit Giftspuren gefunden wurde, auf dem nur ihre Fingerabdrücke waren. Sie gestand der Polizei, daß sie das Gift aus diesem Raum hier genommen habe, daher mußte das Fläschchen ihre Fingerabdrücke

162

aufweisen. Um ganz sicher zu sein, fragte ich Mr. Meredith Blake, in welcher Reihenfolge die fünf Personen an jenem Tag den Raum verließen, denn es schien mir unwahrscheinlich, daß jemand in Anwesenheit von fünf Menschen unbemerkt das Gift hätte stehlen können. Die Reihenfolge war: Elsa Greer, Meredith Blake, Angela Warren, Philip Blake, Amyas Crale und schließlich Caroline Crale. Mr. Meredith Blake stand mit dem Rücken zur Tür, so daß er nicht sehen konnte, was Mrs. Crale tat. Sie hatte also die Möglichkeit, das Koniin zu nehmen, und ich bin überzeugt davon, daß sie das getan hat.

Nun kommen wir zu dem Morgen des Unglückstages. Die Tatsachen stehen fest. Miss Greer hatte am Tag zuvor in Gegenwart von mehreren Zeugen überraschend erklärt, daß sie und Amyas Crale heiraten würden; Amyas Crale bestätigte das, und Caroline Crale war verzweifelt. Zwischen den Eheleuten kommt es am nächsten Morgen zu einer heftigen Auseinandersetzung in der Bibliothek. Es wurde gehört, daß Caroline Crale erbittert rief: ›Du mit deinen Weibern‹ und hinzufügte: ›Eines Tages werde ich dich noch umbringen!‹ Philip Blake, der sich in der Halle befand, hörte es, ebenso Miss Greer, die auf der Terrasse saß. Miss Greer hörte außerdem, daß Mr. Crale seine Frau bat, vernünftig zu sein, worauf Mrs. Crale erwiderte: ›Ehe ich dich dem Mädchen lasse, bringe ich dich um!‹ Kurz danach kommt Amyas Crale aus der Bibliothek und fordert Elsa Greer barsch auf, mit ihm zur Schanze zu gehen und ihm zu sitzen. Sie holt sich einen Pullover und verläßt mit ihm das Haus.

Das alles ist vom psychologischen Standpunkt aus völlig glaubhaft, aber jetzt kommt etwas Merkwürdiges: Meredith Blake entdeckt das Fehlen des Koniins, ruft seinen Bruder an, sie treffen sich an der Landungsstelle und gehen unter der Schanze vorbei, wo gerade Caroline Crale eine Auseinandersetzung mit ihrem Mann hat – diesmal handelt es sich um Angela, die ins Internat soll. Das kommt mir höchst eigenartig vor. Die Gatten hatten eine furchtbare Szene, die damit endet, daß Caroline eine handfeste Drohung ausstößt, und zwanzig Minuten später geht sie zu ihm hinunter und strei-

163

tet mit ihm wegen einer verhältnismäßig unwichtigen häuslichen Angelegenheit.«

Poirot wandte sich zu Meredith Blake.

»Gemäß Ihrem Bericht hörten Sie, daß Crale sagte: ›Es ist alles abgemacht . . . ich werde sogar für sie packen.‹ Stimmt das?«

»So ungefähr«, antwortete Meredith Blake.

»Sie haben das doch auch gehört?« fragte Poirot Philip Blake. Stirnrunzelnd entgegnete Philip:

»Ich hatte gar nicht mehr daran gedacht, aber jetzt erinnere ich mich; es wurde vom Packen gesprochen.«

»War es Mr. Crale, der davon sprach?«

»Ja. Ich hörte Caroline darauf nur sagen, daß es sehr bitter für das Mädchen sei. Aber was soll das eigentlich? Wir wissen doch alle, daß Angela ins Internat gehen sollte.«

»Sie können meinen Gedanken nicht folgen«, erwiderte Poirot. »Warum sollte Amyas Crale für das Mädchen packen? Das ist absurd. Da war doch Mrs. Crale, Miss Williams oder ein Dienstmädchen, die das hätten tun können.«

Ärgerlich warf Philip ein:

»Wozu dies alles erwähnen? Das hat doch nichts mit dem Mord zu tun.«

»Das meinen Sie! Aber das war das erste, was mir verdächtig vorkam. Dann fand ich es merkwürdig, daß Mrs. Crale, eine verzweifelte Frau mit gebrochenem Herzen, die ihren Mann noch kurz vorher bedroht, die Selbstmord oder Mord im Sinne hat, nun höchst freundlich ihrem Mann eisgekühltes Bier bringt.«

Hier schaltete sich Meredith Blake ein.

»Das ist doch gar nicht so merkwürdig, wenn sie einen Mord plante. Das sollte doch als Täuschung dienen.«

»Glauben Sie? Sie hat also beschlossen, ihren Mann zu vergiften, sie hat sich bereits das Gift verschafft. Ihr Mann hat im Schuppen der Schanze einen größeren Biervorrat. Da müßte sie doch eigentlich darauf gekommen sein, das Gift in einem unbeobachteten Augenblick in eine dieser Flaschen zu schütten.«

»Das konnte sie nicht tun«, widersprach Meredith, »jemand anderes hätte davon trinken können.«

164

»Ja, Elsa Greer. Aber Sie wollen mir doch nicht einreden, daß Caroline Crale, wenn sie sich entschlossen hatte, ihren Mann zu ermorden, Bedenken gehabt hätte, das Mädchen ebenfalls umzubringen? Aber darüber wollen wir nicht streiten; halten wir uns an die Tatsachen. Caroline Crale sagt, sie werde ihrem Mann eisgekühltes Bier verschaffen. Sie geht ins Haus, holt aus dem Eisschrank eine Flasche und bringt sie ihm hinunter. Sie schenkt ihm das Bier ein, reicht ihm das Glas, er trinkt es aus und sagt: ›Heute schmeckt alles miserabel.‹

Mrs. Crale geht ins Haus zurück. Beim Mittagessen benimmt sie sich ganz normal. Es wurde zwar gesagt, sie habe ein bißchen bekümmert und nachdenklich ausgesehen, aber das will nichts heißen, das wäre kein Beweis, daß sie einen Mord begangen hatte. Es gibt ruhige Mörder und aufgeregte Mörder. Nach dem Essen geht sie wieder hinunter zur Schanze. Sie entdeckt die Leiche ihres Mannes und verhält sich so, wie man es erwarten kann: Sie ist im Moment von Schmerz überwältigt, und sie schickt die Gouvernante fort, damit diese telefonisch einen Arzt ruft. Und nun kommen wir zu einer Tatsache, die bisher unbekannt war.«

Er blickte Miss Williams an.

»Haben Sie etwas dagegen?«

Miss Williams, die erblaßt war, antwortete:

»Ich habe Sie nicht zum Schweigen verpflichtet.«

Ruhig berichtete Poirot, was die Gouvernante gesehen hatte.

Elsa Dittisham richtete sich auf, starrte die schmächtige Frau in dem großen Sessel an und fragte ungläubig:

»Das haben Sie tatsächlich gesehen?«

Philip Blake sprang auf und rief:

»Das ist doch der endgültige Beweis!«

Poirot blickte ihn an und entgegnete sanft:

»Nicht unbedingt.«

Angela Warren sagte scharf: »Das glaube ich nicht!« und bedachte ihre ehemalige Gouvernante mit einem feindseligen Blick.

Meredith Blake zupfte bestürzt an seinem Schnurrbart.

Miss Williams zeigte sich von dem allen völlig unbeeindruckt. Kerzengerade saß sie da und erklärte:

»Das habe ich gesehen.«

»Natürlich haben wir nur Ihr Wort dafür . . ., sagte Poirot langsam.

»Ich bin nicht daran gewöhnt, Monsieur Poirot, daß an meinen Worten gezweifelt wird.«

Poirot machte eine leichte Verbeugung und entgegnete:

»Ich zweifle ebenfalls nicht an Ihren Worten, Miss Williams. Was Sie sahen, wird sich genau so zugetragen haben, wie Sie es schilderten, und gerade das war für mich der endgültige Beweis, daß Caroline Crale nicht schuldig ist, nicht schuldig sein kann.«

Zum erstenmal ergriff nun der junge John Rattery das Wort und fragte:

»Ich möchte gern wissen, wieso *das* für sie spricht, Monsieur Poirot.«

»Das will ich Ihnen sagen. Miss Williams sah, daß Caroline Crale sorgfältig und ängstlich Fingerabdrücke abwischte und dann die Hand ihres toten Mannes auf die Bierflasche preßte . . . auf die Bier*flasche*, wohlgemerkt. Aber die Giftspuren waren im Glas, nicht in der Flasche. Die Polizei hat keine Giftspuren in der Flasche gefunden – in der Flasche war also nie Koniin gewesen. *Doch Caroline Crale wußte das nicht.* Sie, die ihren Mann vergiftet haben sollte, wußte nicht, *wie* er vergiftet worden war. Sie dachte, das Gift wäre in der Flasche.«

Meredith Blake wandte ein:

»Aber warum . . .«

Poirot unterbrach ihn sofort:

»Ja, warum? Warum versuchte Caroline Crale so verzweifelt, diese Selbstmordtheorie aufzustellen? Weil sie wußte, wer ihren Mann vergiftet hatte, und weil sie alles tun wollte, alles erdulden wollte, damit dieser Mensch nicht verdächtigt würde. Wir brauchen nicht weit zu suchen. Wer konnte dieser Mensch sein? Hätte sie Philip Blake schützen wollen? Oder Meredith? Oder Elsa Greer? Oder Cecilia Williams? Nein. Es gibt nur einen Menschen, den sie um jeden Preis schützen wollte.« Er hielt inne und sagte dann:

»Miss Warren, ich möchte gern den Brief Ihrer Schwester vorlesen.«

Angela Warren erwiderte: »Nein!«

»Aber Miss Warren . . .«

Angela stand auf und sagte mit eiskalter Stimme:

»Ich weiß genau, was Sie behaupten wollen. Sie meinen doch, daß ich Amyas Crale umgebracht habe und daß meine Schwester es gewußt hat. Ich weise diese Behauptung energisch zurück.«

Poirot erwiderte:

»Der Brief . . .«

»Der Brief war nur für mich bestimmt.«

Poirot blickte zu den zwei jungen Menschen hinüber, die nebeneinander standen. Carla Lemarchant sagte:

»Bitte, Tante Angela, tu das, worum Monsieur Poirot dich bittet.«

Angela entgegnete bitter:

»Aber Carla! Hast du überhaupt kein Gefühl für Anstand? Sie ist deine Mutter . . . du . . .«

Mit fester Stimme rief Carla:

»Jawohl, sie ist meine Mutter! Darum habe ich das Recht, es von dir zu verlangen. Ich spreche für sie. Ich verlange, daß der Brief vorgelesen wird!« -

Langsam zog Angela den Brief aus der Tasche, reichte ihn Poirot und sagte scharf:

»Ich wünschte, ich hätte ihn Ihnen nie gezeigt.«

Dann wandte sie sich ab und trat ans Fenster.

Während Poirot den Brief vorlas, senkten sich die Schatten der Dämmerung über den Raum. Carla hatte plötzlich das Gefühl, als nehme eine Gestalt Form an, als lausche die Gestalt, atme, warte. Sie dachte: Sie ist hier . . . meine Muter ist hier . . . hier in diesem Raum!

Poirot bemerkte abschließend:

»Sie werden zugeben, meine Herrschaften, daß das ein schöner Brief und gleichzeitig ein sehr bemerkenswerter Brief ist. Etwas geht deutlich daraus hervor: Caroline Crale beteuert darin nicht ihre Unschuld.«

Angela sagte, ohne den Kopf zu wenden:

»Das war überflüssig.«

»Jawohl, Miss Warren, es war überflüssig. Caroline Crale

brauchte ihrer Schwester nicht zu sagen, daß sie unschuldig
sei, denn sie glaubte, ihre Schwester wüßte das aus einem
guten Grund. Caroline Crale ging es nur darum, Angela zu
trösten und sie daran zu hindern, ein Geständnis abzulegen.
Sie wiederholte wieder und wieder: ›Es ist alles gut, Liebling,
es ist alles gut.‹«

»Begreifen Sie denn nicht«, unterbrach Angela ihn, »daß sie
mich trösten wollte, daß sie um mein Glück besorgt war?«

»Ja, sie war um Ihr Glück besorgt, das ist klar; es war ihre
größte Sorge. Sie hat ein Kind, aber sie denkt nicht zuerst an
das Kind, das kommt später. Nein, sie denkt nur an ihre
Schwester. Ihre Schwester muß getröstet werden, muß ermutigt werden, sie soll ein glückliches, erfolgreiches Leben
führen. Und damit die Schwester sich nicht zu schwere Gewissensbisse macht, fügt Caroline noch den aufschlußreichen Satz hinzu: ›Jeder muß für seine Schuld zahlen.‹
Dieser Satz erklärt alles. Er ist ein Hinweis auf die Gewis-
senslast, die Caroline seit vielen Jahren trug – seitdem sie in
einem Wutanfall ihrer kleinen Schwester einen Briefbeschwerer an den Kopf warf und sie dadurch für immer entstellte. Nun erhält Caroline Gelegenheit, ihre Schuld abzu-
tragen. Und Ihnen allen zum Trost sage ich, daß Caroline
Crale in dem Bewußtsein, ihre Schuld getilgt zu haben, einen
Frieden und eine Heiterkeit empfand, wie sie sie seit vielen
Jahren nicht mehr empfunden hatte. Das ist der Grund, weshalb ihr die Verhandlung und die Verurteilung nichts aus-
machten. Es ist seltsam, so etwas von einer zum Tode verur-
teilten Mörderin zu sagen: Das Urteil machte sie glücklich.
Diesen scheinbaren Widerspruch will ich Ihnen jetzt erklären, indem ich die Ereignisse von Carolines Gesichtspunkt
aus erläutere.
Zunächst einmal geschieht am Vorabend des verhängnisvol-
len Tages etwas, was sie an ihre jugendliche Untat erinnert:
Angela wirft einen Briefbeschwerer nach Amyas Crale. Dasselbe hatte sie, Caroline, vor vielen Jahren getan. Und Angela
wünscht mit lauter Stimme Amyas den Tod. Am nächsten
Morgen kommt Caroline ins Treibhaus und überrascht dort
Angela, die an einer Bierflasche herumhantiert. Miss Willi-

168

ams sagte in ihrem Bericht: ›Angela war dort und sah schuldbewußt aus.‹ Miss Williams glaubte, sie habe ein schlechtes Gewissen, weil sie am Morgen durchgebrannt war, aber Caroline legte Angelas Schuldbewußtsein anders aus. Denken Sie daran, meine Herrschaften, daß Angela früher einmal Amyas etwas ins Bier geschüttet hatte. Es konnte ja leicht sein, daß sie das wiederholte.

Caroline nimmt die Flasche, die Angela ihr gibt, und bringt sie zur Schanze. Dort schenkt sie das Bier ein, gibt es Amyas, der es trinkt, eine Grimasse schneidet und die aufschlußreichen Worte sagt: ›Heute schmeckt alles miserabel.‹

Caroline schöpft natürlich keinen Verdacht. Doch als sie nach dem Essen zur Schanze kommt und ihren Mann tot vorfindet, zweifelt sie keinen Augenblick daran, daß er vergiftet worden ist. Sie hat es nicht getan. Wer dann? Die Gedanken stürmen auf sie ein: Angelas Drohung, Angelas schuldbewußtes Gesicht, als sie mit der Bierflasche in der Hand überrascht wurde . . . schuldig . . . schuldig . . . Warum hat das Kind das getan? Aus Rache? Vielleicht wollte sie ihn gar nicht töten, sondern wollte nur, daß ihm übel wird. Oder hatte sie es nur für sie, für Caroline getan? War ihr klargeworden, daß Amyas ihre Schwester verlassen wollte? Caroline erinnert sich nur zu gut – wie gut! – an ihre eigenen Wutausbrüche, als sie in Angelas Alter war. Und sie ist nur von einem Gedanken beherrscht: Wie kann ich Angela schützen? Angela hat die Flasche in der Hand gehabt, Angelas Fingerabdrücke werden darauf sein. Rasch wischt sie die Flasche ab. Es muß der Eindruck hervorgerufen werden, daß Amyas Selbstmord begangen habe, also dürfen nur Amyas' Fingerabdrücke darauf gefunden werden. Sie versucht verzweifelt, die Finger des toten Mannes auf die Flasche zu pressen, und lauscht dabei ängstlich, ob jemand kommt . . .

Wenn man das als gegeben annimmt, wird alles weitere klar. Ihr Verlangen, Angela fortzuschicken, ihre Furcht, daß Angela von der Polizei vernommen werden könnte, ihr eifriges Bestreben, sie vor Beginn der Verhandlung ins Ausland zu schicken. Denn sie lebt in der ständigen Angst, daß Angela zusammenbrechen und alles gestehen könnte.

Langsam wandte sich Angela Warren um, blickte verächtlich die Anwesenden an und sagte:

»Wie dumm ihr doch alle seid! Wenn ich es getan hätte, würde ich es auch gestanden haben. Ich hätte nie zugelassen, daß Caroline für meine Tat büßen mußte. Niemals!«

»Aber Sie hatten doch etwas mit der Flasche gemacht«, warf Poirot ein.

»Was?«

Poirot wandte sich zu Meredith Blake.

»In Ihrem Bericht geben Sie an, daß Sie am Morgen des Unglückstages Geräusche aus dem Raum, der unter Ihrem Schlafzimmer liegt, gehört haben.«

Blake nickte.

»Aber es war eine Katze.«

»Wieso wissen Sie das?«

»Das kann ich Ihnen nicht mehr mit Bestimmtheit sagen, aber es war eine Katze, da bin ich ganz sicher. Das Fenster stand nur so weit offen, daß eine Katze durchschlüpfen konnte.«

»Aber das Fenster war nicht festgemacht, man konnte den Spalt erweitern, und ein Mensch hätte ohne weiteres hineinkommen können.«

»Das schon, aber ich weiß, daß es eine Katze war.«

»Haben Sie eine Katze *gesehen*?«

Blake blickte ihn verblüfft an und sagte zögernd: »Nein, ich habe sie nicht gesehen ...« Stirnrunzelnd fuhr er fort: »Aber trotzdem weiß ich es.«

»Ich werde Ihnen sagen, warum Sie es wissen. Jemand hätte an dem Morgen in Ihr Laboratorium eindringen, etwas vom Regal nehmen und fortgehen können, ohne von Ihnen gesehen zu werden. Wenn es jemand aus Alderbury gewesen wäre, hätten es jedoch weder Philip Blake noch Elsa Greer, noch Amyas Crale oder Caroline Crale sein können, denn wir wissen genau, was die Betreffenden den ganzen Morgen über getan haben. Es bleiben also nur Angela Warren und Miss Williams. Miss Williams war hier, Sie haben sie ja getroffen, als Sie fortgingen, und sie sagte Ihnen, daß sie Angela suche. Angela war angeblich früh schwimmen gegangen, aber Miss Williams hatte sie weder im Wasser noch am Strand gesehen. Natürlich hätte Angela leicht über die Bucht schwimmen können, was sie auch später an dem Morgen mit Philip Blake getan hat. Es wäre möglich gewesen, daß sie über die Bucht schwamm, zum Haus heraufkam, durch das Fenster kletterte und etwas vom Regal nahm.«

Angela erwiderte:

»Aber ich habe es nicht getan . . . wenigstens nicht . . .«

»Ah!« rief Poirot triumphierend aus. »Jetzt erinnern Sie sich. Sie haben mir doch selbst erzählt, daß Sie einmal, um Amyas Crale einen Streich zu spielen, einen Saft entwendet haben, den Sie als ›Katzensaft‹ bezeichneten . . .«

Meredith Blake unterbrach ihn:

»Baldrian! Das ist doch klar!«

»Richtig. Darum sind Sie auch so sicher, daß eine Katze im Laboratorium gewesen war, denn Sie haben einen ausgeprägten Geruchssinn. Sie rochen den schwachen, unangenehmen Geruch von Baldrian, ohne sich darüber klarzuwerden, aber in Ihrem Unterbewußtsein erinnerte Sie das an eine Katze. Katzen lieben Baldrian. Baldrian hat einen widerlichen Geschmack, was Sie bei Ihrem Vortrag erwähnt hatten, und so kam die mutwillige Angela auf den Gedanken, einige Tropfen in das Bier ihres Schwagers zu tun. Amyas pflegte ja, wie sie wußte, das Glas stets in einem Zug zu leeren.«

»War das wirklich an dem Tag?« sagte Angela sinnend. »Daß ich Baldrian entwendet habe, weiß ich ganz genau. Ja, und ich erinnere mich auch, daß ich die Bierflasche aus dem Eisschrank genommen habe und daß Caroline kam und mich beinahe ertappte. Natürlich erinnere ich mich jetzt . . . Aber ich wußte nicht mehr, daß es am Mordtag gewesen war.«

»Das ist leicht verständlich, denn für Sie bestand ja keine Beziehung zwischen diesen zwei völlig verschiedenen Vorgängen. Das eine war ein mutwilliger Streich, das andere eine Tragödie, die wie ein Blitz aus heiterem Himmel kam und bei Ihnen die Erinnerung an weniger wichtige Dinge verdrängte.

Aber ich habe nicht vergessen, daß Sie mir sagten: ›Ich habe etwas stibitzt, um es in Amyas' Bier zu tun.‹ Sie haben aber nicht gesagt, daß Sie es wirklich hineintaten.«

»Nein, denn ich habe es nie getan. Caroline kam gerade dazu, als ich die Flasche aufmachen wollte ... Mein Gott! Und Caroline glaubte ... sie glaubte, daß *ich* es getan hätte ...«

Sie hielt inne, blickte alle an und sagte in ihrem üblichen, gelassenen Ton:

»Ich vermute, daß auch ihr das glaubt! *Ich habe Amyas nicht getötet!* Weder durch einen mutwilligen Streich noch sonstwie. Hätte ich es getan, würde ich es gestanden haben.«

Miss Williams sagte scharf: »Natürlich hätten Sie es gestanden, mein Kind.« Mit einem wütenden Blick auf Hercule Poirot fügte sie hinzu: »Nur ein Narr kann so etwas denken!«

Freundlich erwiderte Poirot:

»Ich bin kein Narr und denke es auch nicht. Ich weiß sehr genau, wer Amyas Crale getötet hat.«

Er machte eine Pause.

»Man nimmt immer zu leicht Tatsachen als gegeben hin, die es in keiner Weise sind. Betrachten wir einmal die Lage in Alderbury. Die alte Geschichte: zwei Frauen und ein Mann. Wir haben es als gegeben hingenommen, daß Amyas Crale seine Frau um einer anderen willen verlassen wollte. Aber ich behaupte, daß er das nie beabsichtigt hatte. Er hatte sich ja schon vorher häufig in Frauen verliebt, aber seine Verliebtheit hielt nie lange an. Die meisten Frauen, in die er sich verliebte, besaßen Erfahrung, sie erwarteten nicht zuviel von ihm. Aber diesmal war es anders. Die Frau, in die er sich diesmal verliebt hatte, war keine erfahrene Frau, sie war ein Mädchen, sie war, wie Caroline Crale sich ausdrückte, erschreckend aufrichtig. Sie mag kaltschnäuzig und herausfordernd in ihrem Benehmen, in ihrer Sprache gewesen sein, aber die Liebe nahm sie erschreckend ernst. Da sie von einer tiefen Leidenschaft für Amyas erfüllt war, glaubte sie, daß er die gleiche Leidenschaft für sie empfinde. Sie nahm es als selbstverständlich an, daß es sich um eine Liebe fürs ganze Leben handle, deshalb fragte sie ihn auch gar nicht, ob er seine Frau verlassen werde. Sie werden vielleicht einwenden, es sei unverständlich, daß Amyas Crale ihr nicht reinen Wein eingeschenkt habe. Ja, warum tat er es nicht? . . . Wegen des Bildes! Er wollte das Bild fertigmalen.

Das wird vielen unglaublich vorkommen, nicht aber Menschen, die Künstler kennen. Unter diesem Gesichtspunkt ist auch die Unterhaltung zwischen Crale und Meredith Blake verständlicher. Crale ist verlegen, er klopft Blake auf die Schulter, versichert ihm, daß alles schon wieder in Ordnung kommen werde. Für Amyas Crale ist alles einfach. Er malt ein Bild, wird dabei gestört durch zwei ›eifersüchtige, hysterische Weiber‹ – wie er sich ausdrückte –, will sich aber von keinem Menschen bei dem stören lassen, was für ihn das Wichtigste im Leben ist.

Würde er Elsa jetzt die Wahrheit sagen, wäre es um das Bild geschehen. Vielleicht hatte er in der ersten Leidenschaft sogar davon gesprochen, Caroline zu verlassen; Männer sagen gern so etwas, wenn sie verliebt sind. Vielleicht ließ er sie auch in dem Glauben; er kümmert sich einfach nicht viel darum, was Elsa glaubt – sie soll denken, was sie will. Für ihn ist die Hauptsache, daß sie noch ein, zwei Tage bei der Stange bleibt. Dann wird er ihr die Wahrheit sagen, wird ihr sagen, daß zwischen ihnen alles aus ist. Er belastete sich ja nie mit Skrupeln.

Als er Elsa kennenlernte, wollte er sich nicht mit ihr einlassen, er warnte sie, sagte ihr, was für ein Mann er sei, aber sie wollte ja nicht auf ihn hören. Sie rannte in ihr Verderben. Für Crale waren Frauen Freiwild. Hätte man ihn zur Rede gestellt, würde er leichthin geantwortet haben, Elsa sei ein junges Mädchen und würde bald darüber hinwegkommen. Das war Amyas Crales Einstellung.

Der einzige Mensch, der ihm wirklich etwas bedeutete, war seine Frau; auch wenn er nicht viel Rücksicht auf sie nahm. Im Falle Elsa Greer sollte sie nur noch ein paar Tage Geduld haben. Er war wütend, daß Elsa Caroline die Szene gemacht hatte, aber sorglos, wie er war, glaubte er, daß alles wieder in

Ordnung kommen würde. Caroline würde ihm verzeihen, wie sie es schon so oft getan hatte, und Elsa müßte es eben ›schlucken‹. So einfach sind die Probleme des Lebens für einen Menschen wie Amyas Crale.

Am letzten Tag machte er sich aber wirklich Sorgen – wegen Caroline, nicht wegen Elsa. Vielleicht war er in Carolines Schlafzimmer gegangen, und sie hatte sich geweigert, mit ihm zu sprechen. Jedenfalls nahm er sie nach dem Frühstück beiseite und sagte ihr die Wahrheit: Er sei in Elsa verliebt gewesen, aber es sei vorbei; sowie das Bild fertig sei, werde er sie für immer fortschicken.

Und darauf rief Caroline empört aus: ›Du mit deinen Weibern!‹ Mit diesen Worten stellte sie Elsa in eine Reihe mit all den andern, die er schon längst vergessen hatte. Und sie fügte entrüstet hinzu: ›Eines Tages werde ich dich noch umbringen!‹

Sie war wütend, empört über seine Gefühllosigkeit, über seine Grausamkeit dem Mädchen gegenüber. Die Worte, die Philip Blake sie in der Halle murmeln hörte – ›Er ist so grausam‹ –, bezogen sich auf Elsa.

Als Crale nach der Unterredung aus der Bibliothek kam, forderte er Elsa barsch auf, mit ihm zur Schanze zu kommen. Er wußte aber nicht, daß Elsa, unter dem Bibliotheksfenster sitzend, alles gehört hatte. Stellen Sie sich vor, was für ein Schlag das für sie gewesen sein muß, als sie die Wahrheit hörte, die brutale Wahrheit! Aber sie ließ sich nichts anmerken, und ihr Bericht über diese Unterhaltung entsprach nicht der Wahrheit.

Meredith Blake hat uns berichtet, daß er am vorhergehenden Nachmittag, als er auf Caroline wartete, mit dem Rücken zur Laboratoriumstür stand und sich mit Elsa unterhielt. Das heißt, daß Elsa ihm gegenüberstand und daher über seine Schulter hinweg sehen konnte, was Caroline tat. Sie sah, daß Caroline das Gift nahm. Sie sagte niemandem etwas davon, aber es fiel ihr wieder ein, als sie beim offenen Bibliotheksfenster saß. Als Crale sie aufforderte, mit ihm zur Schanze zu kommen, benutzte sie die Ausrede, daß sie einen Pullover holen wolle, um in Carolines Schlafzimmer zu gehen und nach dem Gift zu suchen. Frauen wissen, wo andere Frauen etwas zu verstecken pflegen. Sie fand das Gift, und vorsichtig, um keine Fingerabdrücke zu hinterlassen, füllte sie die Flüssigkeit in ihren Füllfederhalter.

Dann ging sie mit Crale zur Schanze, wo sie ihm zweifellos ein Glas Bier einschenkte, das er in seiner üblichen Art in einem Zug leerte.

Inzwischen hatte sich Caroline Crale ernsthaft Gedanken gemacht. Als sie Elsa später ins Haus kommen sah – diesmal, um wirklich einen Pullover zu holen –, eilte Caroline hinunter zur Schanze und machte ihrem Mann Vorhaltungen. Sie sagte ihm unter anderem, es sei eine Schande, wie er sich benehme, und sie werde das nicht dulden. Es sei grausam und hart für das Mädchen. Amyas, der über die Störung bei seiner Arbeit wütend ist, erwidert, daß das Mädchen ihre Koffer packen müsse, sowie das Bild fertig sei. ›Ich lasse sie ihre Koffer packen, das sage ich dir!‹

Und dann hören sie die Brüder Blake kommen. Caroline geht hinaus und murmelt leicht verlegen etwas über Angela und das Internat, und sie habe noch viel zu tun. Durch eine verständliche Ideenassoziation glauben die beiden Herren, daß sich die Unterhaltung auf Angela bezogen habe, und aus dem ›ich lasse sie ihre Koffer packen‹, wird ›ich werde für sie packen‹.

Elsa, den Pullover in der Hand, kommt wieder, kühl lächelnd, und nimmt erneut ihre Pose ein. Sie hat zweifellos damit gerechnet, daß Caroline verdächtigt würde, daß das Koniinfläschchen in ihrem Schlafzimmer gefunden würde, aber nun gibt sich Caroline ihr völlig in die Hand: Sie bringt ihrem Mann eine Flasche eisgekühltes Bier und gießt es ihm ein. Amyas schüttet es herunter und sagt: ›Alles schmeckt heute miserabel.‹

Wie aufschlußreich ist diese Bemerkung! Alles schmeckt miserabel! Er hat also schon vor diesem Bier etwas zu sich genommen, das ihm schlecht schmeckte, und er hat diesen Geschmack noch immer im Mund. Noch etwas: Philip Blake berichtete, daß Crale leicht geschwankt habe und daß er, Philip, überlegt habe, ›ob er nicht zuviel getrunken habe‹.

175

Aber dieses leichte Schwanken war das erste Zeichen der Wirkung des Giftes, was bedeutet, daß ihm das Gift, schon einige Zeit bevor Caroline das eisgekühlte Bier brachte, verabfolgt worden war.

Elsa Greer saß auf der Brustwehr, und damit er keinen Verdacht schöpfen sollte, plauderte sie lustig und vergnügt mit ihm. Sie sah Meredith auf dem oberen Plateau sitzen, winkte ihm zu und spielte ihre Rolle auch seinetwegen.

Amyas Crale, der Krankheit verabscheute und sich nicht gehenlassen wollte, malte verbissen weiter, bis die Glieder ihm den Dienst versagten, bis er kaum mehr sprechen konnte; er lag ausgestreckt auf der Bank, hilflos, aber geistig noch klar.

Es läutete zum Mittagessen, und Meredith kam zur Schanze. Ich glaube, daß in diesem kurzen Moment Elsa zum Tisch lief und die letzten Tropfen Gift in das Glas mit dem Rest unvergifteten Bieres goß. Den Füller warf sie nachher unterwegs fort und zertrat ihn. Sie geht Meredith entgegen. Wenn man aus dem Schatten der Bäume auf die in Sonnenlicht gebadete Schanze kommt, ist man geblendet. Meredith konnte nicht deutlich sehen, er sah seinen Freund Crale in seiner üblichen Stellung auf der Bank liegen, sah, daß Crale böse blickte.

Wieviel wußte oder vermutete Amyas? Was er bewußt empfand, können wir nicht sagen, aber seine Hand und seine Augen arbeiteten exakt.«

Hercule Poirot deutete auf das Bild an der Wand.

»Ich hätte es sofort erkennen müssen, als ich das Bild zum erstenmal sah, denn es ist ein bemerkenswertes Bild: Es ist das Bild einer Mörderin, die von ihrem Opfer gemalt wird; es ist das Bild einer Frau, die zusieht, wie ihr Geliebter stirbt . . .«

5

In dem Schweigen, das folgte, einem entsetzten, lastenden Schweigen, erlosch langsam das Sonnenlicht; die letzten Strahlen schwanden von der Gestalt der Frau, die unbeweglich am Fenster saß.

Schließlich rührte Elsa Dittisham sich und sagte:

»Meredith, gehen Sie mit allen hinaus, und lassen Sie mich mit Monsieur Poirot allein.«

Regungslos blieb sie sitzen, bis sich die Tür hinter den Hinausgehenden schloß. Dann sagte sie:

»Sie sind sehr klug, Monsieur Poirot.«

Er schwieg.

»Was erwarten Sie von mir? Soll ich ein Geständnis ablegen?«

Er schüttelte den Kopf.

»Ich denke nämlich nicht daran«, fuhr sie fort. »Ich werde nichts zugeben. Was wir jetzt miteinander sprechen, spielt keine Rolle, es stünde nur Aussage gegen Aussage.«

»Richtig.«

»Ich möchte wissen, was Sie zu tun beabsichtigen.«

Poirot antwortete:

»Ich werde alles in meiner Macht Stehende tun, um einen nachträglichen Freispruch für Caroline Crale zu erlangen.«

»Und was haben Sie mit mir vor?« fragte sie ironisch.

»Ich werde die Ergebnisse meiner Untersuchung der zuständigen Stelle zukommen lassen. Wenn man glaubt, man könne gegen Sie vorgehen, soll man es tun. Meiner Ansicht nach genügt das Beweismaterial nicht; es sind nur Vermutungen, keine Tatsachen. Außerdem wird man sich nicht danach drängen, gegen eine Persönlichkeit wie Sie zu ermitteln, wenn keine schlagenden Beweise vorhanden sind.«

»Das wäre mir egal«, erwiderte Elsa. »Wenn ich auf der Anklagebank um mein Leben kämpfen müßte, wäre das etwas Aufregendes. Ich könnte es . . . genießen.«

»Ihr Mann aber nicht.«

Sie starrte ihn an.

»Glauben Sie, daß ich mich auch nur im geringsten darum kümmere, was mein Mann empfinden würde?«

»Nein. Ich glaube nicht, daß Sie sich je in Ihrem Leben darum gekümmert haben,was Ihre Mitmenschen empfinden könnten. Wenn Sie es getan hätten, wären Sie glücklicher geworden.«

»Warum bedauern Sie mich?« fragte sie scharf.

»Weil Sie noch so viel lernen müssen, meine Liebe.«

»Was soll ich lernen?«

»Alle Empfindungen erwachsener Menschen: Mitleid, Mitgefühl, Verständnis. Das einzige, was Sie in Ihrem Leben empfunden haben, sind Liebe und Haß.«

»Ich sah, wie Caroline das Gift nahm«, sagte Elsa. »Ich glaubte, sie wolle sich umbringen – das hätte alles vereinfacht. Und dann, am nächsten Morgen, erfuhr ich die Wahrheit. Er sagte ihr, daß er sich nichts mehr aus mir mache, er sei ein bißchen verliebt gewesen, das sei aber nun vorbei. Sowie das Bild fertig sei, würde er mir sagen, ich solle meine Koffer packen. Sie brauche sich keine Sorgen mehr zu machen.

Und sie – sie empfand Mitleid mit mir. Begreifen Sie, was das für mich bedeutete? Ich fand das Gift, ich schüttete es ihm ins Bier, und ich saß da und sah zu, wie er starb. Ich habe mich noch nie so lebendig gefühlt, so voll Macht, habe noch nie innerlich so gejubelt. Ich sah zu, wie er starb . . .«

Sie streckte die Arme aus.

»Aber ich begriff nicht, daß ich *mich* tötete, nicht ihn! Nachher sah ich, wie sie in der Falle saß . . . aber auch das nützte mir nichts. Ich konnte ihr nichts anhaben . . . ihr war alles gleich . . . es berührte sie nicht . . . sie war gar nicht da. Sie und Amyas waren zusammen irgendwohin gegangen, wo ich sie nicht erreichen konnte. Nicht sie sind gestorben, *ich* bin gestorben.«

Sie stand auf, wandte sich zur Tür und wiederholte:

»Ich bin gestorben . . .«

In der Halle ging sie an zwei jungen Menschen vorbei, deren gemeinsames Leben gerade begann.

Ein Chauffeur in Uniform hielt den Wagenschlag auf, Lady Dittisham stieg ein, und der Chauffeur legte ihr die Pelzdecke über die Knie.

Ein Mord wird angekündigt

1

An jedem Wochentag zwischen 7 Uhr 30 und 8 Uhr 30 macht Johnnie Butt auf seinem Rad die Runde durch das Dorf Chipping Cleghorn und steckt die verschiedenen Zeitungen in die Briefkästen der Häuser, so wie sie bei Mr. Totman, seines Zeichens Schreibwaren- und Buchhändler, bestellt worden waren.

Colonel Easterbrook erhält die *Times* und den *Daily Graphic*, Mrs. Swettenham die *Times* und den *Daily Worker*, bei Miss Hinchliffe und Miss Murgatroyd gibt er den *Daily Telegraph* und den *New Chronicle* ab und bei Miss Blacklock den *Telegraph*, die *Times* und die *Daily Mail*.

Am Freitag erhält jedes Haus im Dorf außerdem ein Exemplar der *North Benham and Chipping Cleghorn Gazette*, allgemein die *Gazette* genannt – und die meisten Einwohner von Chipping Cleghorn greifen nach einem flüchtigen Blick auf die Schlagzeilen der Tageszeitungen voll Neugierde nach der *Gazette* und vertiefen sich in die Lokalnachrichten. Oberflächlich werden die «Briefe an die Redaktion» gestreift, in denen die Zänkereien und Fehden der ländlichen Gegend ihren Niederschlag finden, und dann wenden sich neun von zehn Abonnenten dem Inseratenteil zu.

Auch am Freitag, dem 29. Oktober, gab es keine Ausnahme von dieser Regel.

Mrs. Swettenham strich sich ihre hübschen grauen Löckchen aus der Stirn, öffnete die *Times*, überflog sie und fand, daß es dem Blatt wie gewöhnlich gelungen war, etwa aufregende Nachrichten geschickt zu verbergen.

Nachdem sie ihre Pflicht erfüllt hatte, legte sie das Intelligenzblatt beiseite und griff neugierig nach der *Chipping Cleghorn Gazette*.

Als ihr Sohn Edmund kurz danach ins Zimmer trat, war sie schon in die Inserate vertieft.

«Guten Morgen, mein Kind», sagte sie. «Die Smedleys wollen ihren Daimler verkaufen – Modell 1935 ... reichlich alt.»

Ihr Sohn grunzte etwas vor sich hin, goß sich eine Tasse Kaffee ein, nahm zwei Brötchen, setzte sich an den Tisch, öffnete den *Daily Worker*, sein Leib- und Magenblatt, und lehnte es an den Toastständer.

«‹Junge Bulldoggen›», las Mrs. Swettenham vor. «Ich weiß wirklich nicht, wie Leute es heute noch fertigbringen, große Hunde zu füttern. Hm, Selina Lawrence sucht schon wieder eine Köchin; ich könnte ihr sagen, daß solche Anzeigen in dieser Zeit reine Verschwendung sind... Sie hat noch nicht mal ihre Adresse angegeben, nur eine Chiffrenummer – das ist *ganz* schlecht –, ich hätte ihr sagen können, daß Dienstboten immer zuerst wissen wollen, wo sie arbeiten sollen. Sie legen Wert auf eine gute Adresse... *Falsche Zähne* – ich verstehe wirklich nicht, warum falsche Zähne so beliebt sind... *Herrliche Blumenzwiebeln,* unsere Spezialauswahl, äußerst preisgünstig – scheinen wirklich nicht teuer zu sein... Hier möchte ein Mädchen ‹*Interessante Stellung – Reisen erwünscht*›. Na, wer wünscht sich das nicht? *Dachshunde* – ich habe Dachshunde nie besonders gemocht... Ja, Mrs. Finch?»

Die Tür hatte sich geöffnet und gab den Blick frei auf Kopf und Oberkörper einer grimmig blickenden Frau mit einem abgeschabten Samtbarett. «Guten Morgen, Ma'm», sagte Mrs. Finch. «Kann ich abräumen?»

«Noch nicht. Wir sind noch nicht ganz fertig», erwiderte Mrs. Swettenham freundlich, aber mit Nachdruck.

Mrs. Finch streifte Edmund und seine Morgenlektüre mit einem seltsamen Blick und zog sich schniefend zurück.

«Was heißt ‹noch nicht ganz fertig›», protestierte Edmund, «ich habe doch gerade erst angefangen.»

«Ich wünschte, Edmund, du würdest nicht dieses gräßliche Blatt da lesen, Mrs. Finch kann es *überhaupt nicht* leiden», klagte Mrs. Swettenham.

«Ich verstehe nicht, was meine politischen Ansichten mit Mrs. Finch zu tun haben, Mutter.»

«Außerdem», fuhr Mrs. Swettenham unbeirrt fort, «wenn du wenigstens ein Arbeiter wärst. Aber du tust doch keinen Handschlag.»

«Das ist einfach nicht wahr», antwortete Edmund empört. «Ich schreibe ein Buch.»

«Ich meine *richtige* Arbeit», beharrte Mrs. Swettenham ungerührt. «Und was machen wir, wenn Mrs. Finch nicht mehr zu uns kommen will?»

«In der *Gazette* annoncieren», schlug Edmund grinsend vor.

«Ich hab dir gerade erzählt, daß das sinnlos ist. Oh, mein Lieber, wenn man heutzutage nicht eine alte Kinderfrau in der Familie hat, die auch kocht und alles mögliche andere tut, ist man *aufgeschmissen*.»

«Na gut – und warum haben wir keine alte Kinderfrau? Warum hast du mich nicht rechtzeitig mit einer versorgt? Was hast du dir dabei gedacht?» fragte Edmund mit gespielter Entrüstung.

Doch Mrs. Swettenham war schon wieder in die Kleinanzeigen vertieft.

«*Schreib deinem verzweifelten Nasenbären* – Mein Gott, was für alberne Kosenamen die Leute doch haben... Schon wieder Dachshunde... und *Cockerspaniels*... Erinnerst du dich an die süße Susi, Edmund? Sie war wirklich wie ein *Mensch*. Verstand jedes Wort, das man zu ihr sagte.. *Louis-seize-Sekretär* zu verkaufen. Altes Familienerbstück. Mrs. Lucas, Dayas Hall... Die Frau lügt doch wie gedruckt! Mrs. Lucas und Louis-seize, also wirklich...!»

Mrs. Swettenham schniefte kurz und fuhr dann mit der Lektüre fort:

«‹Es war alles meine Schuld, Darling. Liebe dich unsterblich. Freitag, wie üblich – J.› Ein Streit unter Liebesleuten vermutlich – oder glaubst du, es handelt sich um einen Code von Einbrechern?... Schon wieder *Dachshunde*. Also wirklich, offensichtlich ist überall Nachwuchs eingetroffen...

‹Wegen Auslandsreise marineblaues Jackenkleid zu verkaufen›... weder Maße noch Preis sind angegeben... eine Hochzeitsanzeige... nein, ein Mord... was?... aber da hört sich doch alles auf!... Edmund, Edmund, hör dir das doch mal an: ‹Ein Mord wird hiermit angekündigt. Er wird Freitag, den 29. Oktober, um 6 Uhr 30 abends in Little Paddocks verübt. Freunde und Bekannte sind herzlichst eingeladen, daran teilzunehmen. Eine zweite Aufforderung erfolgt nicht›... Das ist doch irrsinnig! Edmund!»

«Was ist denn?»

Edmund blickte mißmutig von seiner Zeitung auf.

«Freitag, den 29. Oktober... das ist ja heute!»

«Zeig her!»

Ihr Sohn ergriff die Zeitung.

«Aber was soll das nur heißen?»

Mrs. Swettenham platzte fast vor Aufregung.

Edmund rieb sich nachdenklich die Nase.

«Wahrscheinlich eine Cocktail-Gesellschaft mit einer Mörder-Scharade oder dem ‹Mörderspiel›.»

«Meinst du?» fragte seine Mutter zweifelnd. «Aber eine merkwürdige Art der Einladung, einfach so eine Anzeige aufzugeben, und es gleicht Letitia Blacklock gar nicht; sie macht doch einen so vernünftigen Eindruck.»

«Sicher hat sich das der Bengel ausgedacht, ihr Neffe, der bei ihr wohnt.»

«Und die Einladung erfolgt erst heute. Meinst du, sie gilt auch für uns?»

«Es heißt doch: ‹Freunde und Bekannte sind herzlichst eingeladen, daran teilzunehmen›», erklärte Edmund.

«Also mir paßt diese Art Einladung gar nicht», meinte Mrs. Swettenham ärgerlich.

«Du mußt ja nicht hingehen, Mutter.»

«Natürlich nicht.»

Nachdenkliches Schweigen. Dann:

«Edmund, wie geht eigentlich das ‹Mörderspiel› vor sich?»

«So genau weiß ich das auch nicht... ich glaube, man zieht Lose aus einem Hut. Einer ist das Opfer, ein anderer der Detektiv, dann wird das Licht ausgelöscht, jemand tippt einem auf die Schulter, dann schreit man, legt sich auf die Erde und stellt sich tot.»

«Das hört sich ja sehr aufregend an.»

«Wahrscheinlich ist es ziemlich langweilig. Ich gehe jedenfalls nicht hin.»

«Unsinn, Edmund», erklärte Mrs. Swettenham energisch. «Ich gehe hin, und du kommst mit... dabei bleibt es!»

«Archie», sagte Mrs. Easterbrook zu ihrem Mann, «was sagst du dazu!»

Colonel Easterbrook hörte nicht zu, weil er sich gerade über einen Artikel in der *Times* ärgerte.

«Das Schlimme ist, daß die Leute keine Ahnung von Indien haben», erklärte er.

«Du hast recht, Archie, aber hör dir dies an: ‹Ein Mord wird hiermit angekündigt. Er wird Freitag, den 29. Oktober, um 6 Uhr 30 abends in Little Paddocks verübt. Freunde und Bekannte sind herzlichst eingeladen, daran teilzunehmen. Eine zweite Aufforderung erfolgt nicht›.»

Triumphierend hielt sie inne. Der Colonel blickte sie nachsichtig an, ohne großes Interesse zu zeigen.

«Das Mörderspiel», sagte er kurz.

«Oh!»

«Es kann ganz amüsant sein, wenn es richtig gemacht wird.» Er hatte sich etwas erwärmt. «Ja, das kann ein nettes Spiel sein, wenn der, der den Detektiv spielt, etwas von Kriminalistik versteht.»

«So wie du, Archie. Miss Blacklock hätte dich auffordern müssen, ihr bei den Vorbereitungen zu helfen.»

Der Colonel schnaubte.

«Ja, sie hat doch ihren jungen Neffen bei sich, der wird ihr das in den Kopf gesetzt haben. Aber komisch, so etwas in der Zeitung zu veröffentlichen.»

«Es ist im Inseratenteil. Man hätte es glatt übersehen können. Das soll doch eine Einladung sein, Archie?»

«Eine merkwürdige Art von Einladung. Ich gehe jedenfalls nicht hin.»

«Oh, Archie!» stieß Mrs. Easterbrook jammernd hervor.

«Die Einladung kommt zu spät; ich könnte ja etwas anderes vorhaben.»

«Aber du hast doch nichts anderes vor, Liebling.»

Schmeichelnd dämpfte sie nun die Stimme.

«Und ich finde, Archie, du müßtest wirklich hingehen, einfach um der armen Miss Blacklock zu helfen. Ich bin sicher, daß sie auf dich zählt, damit die Sache richtig gemacht wird.»

Sie legte den Kopf mit der blondgefärbten Lockenpracht zur Seite und riß ihre blauen Augen weit auf.

«Wenn du es so siehst, Laura...» Der Colonel zwirbelte wichtig seinen grauen Schnurrbart und blickte nachsichtig in das puppenhafte Gesicht seiner Frau – Mrs. Easterbrook war mindestens dreißig Jahre jünger als ihr Mann.

«Wenn du es so siehst, Laura», wiederholte er.

«Ich halte es wirklich für deine Pflicht, Archie», erklärte sie feierlich.

Auch im Hause Boulders bei den Damen Miss Martha Hinchliffe und Miss Amy Murgatroyd war die *Chipping Cleghorn Gazette* abgegeben worden.

«Martha... Martha!»

«Was ist los, Amy?»

«Wo bist du?»

«Im Hühnerstall.»

Vorsichtig trippelte Miss Murgatroyd, eine rundliche, freundliche alte Jungfer, durch das nasse hohe Gras zu ihrer Freundin, die die Hühner fütterte.

Amys graue Lockenfrisur war zerzaust, und sie war völlig außer Atem.

«In der *Gazette*», keuchte sie, «hör dir das an... Was kann das bedeuten? ‹Ein Mord wird angekündigt. Er wird Freitag, den 29. Oktober, um 6 Uhr 30 abends in Little Paddocks verübt. Freunde und Bekannte sind herzlichst eingeladen, daran teilzunehmen. Eine zweite Aufforderung erfolgt nicht›...»

«Quatsch!» erklärte Martha.

«Ja, aber was soll das heißen?»

«Auf jeden Fall etwas zu trinken», sagte Martha.

«Hältst du es für eine Einladung?»

«Das werden wir feststellen, wenn wir dort sind. Wahrscheinlich wird es schlechten Sherry geben.»

«Großer Gott!» rief Mrs. Harmond am Frühstückstisch ihrem Gatten, Reverend Julian Harmond, zu. «Bei Miss Blacklock gibt es einen Mord!»

«Einen Mord?» fragte ihr Mann, leicht überrascht. «Wann?»

«Heute nachmittag... um halb sieben. Oh, wie schade, Liebling, da mußt du gerade Konfirmandenunterricht geben. Das ist wirklich eine Schande, wo du doch Morde so gern hast.»

«Ich weiß überhaupt nicht, wovon du sprichst, Bunch.»

Mrs. Harmond, deren rundliche Formen und pausbäckiges Gesicht ihr schon frühzeitig den Spitznamen «Bunch» – Kügelchen – an Stelle ihres Taufnamens Diana eingebracht hatten, reichte ihrem Mann die *Gazette* über den Tisch.

«Da steht's, zwischen den Verkaufsanzeigen von Klavieren und gebrauchten Gebissen.»

«Eine höchst ungewöhnliche Anzeige!»

«Nicht wahr?» stieß sie vergnügt hervor. «Man kann sich aber gar nicht vorstellen, daß Miss Blacklock Interesse für einen Mord und für solche Spiele hat. Ich gehe jedenfalls hin und erzähle dir dann alles. Zu schade, daß du nicht dabei sein kannst, denn ich mag eigentlich keine Spiele, die im Dunkeln vor sich gehen; ich habe Angst, wenn mir plötzlich jemand die Hand auf die Schulter legt und mir zuflüstert: ‹Sie sind tot!› Ich weiß, ich würde mich so aufregen, daß ich vielleicht wirklich einen Herzschlag bekäme. Hältst du das für möglich?»

«Nein, Bunch, du wirst uralt – mit mir zusammen.»

«Wir werden am selben Tag sterben und im selben Grab begraben, das wäre herrlich!»

Bunch strahlte über ihr ganzes rundes Gesicht ob dieses schönen Zukunftsbildes.

«Du bist wohl sehr glücklich, Bunch?» fragte ihr Mann lächelnd.

«Wer an meiner Stelle wäre nicht glücklich?» erwiderte sie.

«Mit dir und Suzanne und Edward, ihr habt mich alle lieb,

und es macht euch nichts aus, daß ich dumm bin... und dazu scheint noch die herrliche Sonne!»

2

Auch in Little Paddocks war man beim Frühstück. Miss Letitia Blacklock, eine Dame Anfang Sechzig, die Besitzerin des Hauses, saß am Kopfende des Tisches; sie trug ein schlichtes Tweedkostüm und ein dreireihiges breites Halsband aus großen unechten Perlen, das weder zu dem Kostüm noch zu ihrer Erscheinung paßte. Sie las die *Daily Mail*, während Julia Simmons gelangweilt im *Telegraph* blätterte und Patrick Simmons das Kreuzworträtsel in der *Times* löste. Miss Dora Bunner widmete ihre ganze Aufmerksamkeit dem lokalen Wochenblatt.

Plötzlich ertönte aus Miss Bunners Mund ein glucksender Laut wie von einem erschreckten Huhn.

«Letty... Letty, hast du das gesehen? Was soll das heißen?»

«Was ist denn, Dora?»

«Eine höchst merkwürdige Annonce. Aber da steht ganz deutlich ‹Little Paddocks›... Was kann das nur heißen.»

«Wenn du es mir vielleicht zeigst, liebe Dora...», sagte Miss Blacklock und streckte die Hand aus.

Gehorsam reichte Miss Bunner ihr die Zeitung und deutete mit zitterndem Zeigefinger auf eine Anzeige.

«Sieh dir das an, Letty!»

Miss Blacklock blickte mich hochgezogenen Brauen auf das Blatt. Dann warf sie einen kurzen, prüfenden Blick über den Tisch und las schließlich die Anzeige laut vor: «‹Ein Mord wird angekündigt. Er wird Freitag, den 29. Oktober, um 6 Uhr 30 abends in Little Paddocks verübt. Freunde und Bekannte sind herzlichst eingeladen, daran teilzunehmen. Eine zweite Aufforderung erfolgt nicht›... Patrick, ist das deine Idee?» fragte sie scharf. Ihre Blicke hefteten sich auf das hübsche, unbekümmerte Gesicht des jungen Mannes am anderen Ende des Tisches.

Patricks Dementi erfolgte prompt: «Wirklich nicht, Tante Letty. Wie kommst du nur auf den Gedanken? Wieso soll ich etwas damit zu tun haben?»

«Weil es dir ähnlich sähe», entgegnete sie grimmig. «Du wärst zu einem solchen Scherz fähig.»

«Ein Scherz? Ich habe keine Ahnung davon.»

«Und du, Julia?»

Gelangweilt antwortete Julia: «Ich natürlich auch nicht!»

«Glaubst du, daß Mrs. Haymes...», murmelte Miss Bunner und blickte auf einen leeren Platz, an dem schon jemand gesessen und gefrühstückt hatte.

«Ich kann mir nicht vorstellen, daß unsere Phillipa versuchen sollte, komisch zu sein», meinte Patrick. «Sie ist doch so ernst.»

«Aber was soll es bedeuten?» fragte Julia gähnend.

«Ich vermute, es soll ein Witz sein», sagte Miss Blacklock.

«Aber wieso?» fragte Dora. «Wo ist da ein Witz? Ich finde es höchst geschmacklos!» Ihre schlaffen Wangen zitterten vor Empörung, ihre kurzsichtigen Augen funkelten.

Miss Blacklock lächelte ihr zu.

«Reg dich nicht auf, Dora», sagte sie beschwichtigend. «Irgend jemand scheint es für einen Witz zu halten, aber ich möchte wissen, wer?»

«Es heißt ‹Freitag›, also heute», erklärte Miss Bunner. «Heute um halb sieben. Was, glaubst du, wird passieren?»

«Tod!» rief Patrick mit Grabesstimme. «Köstlicher Tod!»

«Halt den Mund, Patrick!» fuhr Miss Blacklock ihn an, da Miss Bunner einen leisen Schrei ausgestoßen hatte.

«Ich meine ja nur Mizzis berühmte Torte», entgegnete er entschuldigend. «Wir nennen sie doch ‹Köstlicher Tod›.»

Miss Blacklock lächelte zerstreut.

«Aber, Letty, was glaubst du wirklich?» jammerte Miss Bunner.

Ihre Freundin schnitt ihr das Wort ab.

«Ich glaube bestimmt, daß um halb sieben etwas passieren

wird; wir werden das halbe Dorf hier haben, und jedermann wird vor Neugierde platzen. Wir müssen für genügend Sherry sorgen.»

«Du bist beunruhigt, Letty?»

Miss Blacklock, die an ihrem Schreibtisch saß und zerstreut Fischchen auf ein Löschpapier malte, zuckte zusammen und blickte in das ängstliche Gesicht ihrer alten Freundin. Sie wußte nicht, was sie antworten sollte, denn Dora durfte sich nicht aufregen. Nachdenklich schwieg sie einen Augenblick.

Sie und Dora hatten gemeinsam die Schule besucht; dann hatten die beiden Freundinnen lange nichts mehr voneinander gehört, bis Miss Blacklock vor einem halben Jahr einen rührenden, konfusen Brief erhielt: Dora war krank, sie wohnte in einem möblierten Zimmer und wollte, da sie von ihrer Altersrente nicht leben konnte, Näharbeiten übernehmen; aber ihre Finger waren steif von Rheumatismus. Sie erinnerte an die gemeinsam verbrachte Schulzeit und fragte, ob es ihrer alten Freundin möglich sei, ihr zu helfen.

Miss Blacklock hatte impulsiv reagiert. Die arme Dora, die arme, hübsche, dumme, konfuse Dora! Sie war zu ihr gefahren und hatte sie nach Little Paddocks mitgenommen, unter dem freundlichen Vorwand: «Ich brauche Hilfe für den Haushalt, die Arbeit wächst mir über den Kopf.» Es würde nicht mehr lange dauern, hatte ihr der Arzt gesagt, aber zuweilen ging ihr die arme Dora doch sehr auf die Nerven. Dora brachte alles in Unordnung, regte die temperamentvolle ausländische Köchin auf, irrte sich beim Wäschezählen, verlegte Rechnungen und Briefe und erbitterte die tüchtige Freundin häufig aufs höchste.

«Beunruhigt? Nein, das könnte ich nicht sagen», antwortete sie. «Du meinst wegen dieser lächerlichen Anzeige in der *Gazette*?»

«Auch wenn es sich nur um einen Scherz handelt, so ist es doch ein abscheulicher Scherz.»

«Das stimmt, Dora», entgegnete Miss Blacklock, «ein abscheulicher Scherz.»

«Es gefällt mir gar nicht», erklärte Dora mit ungewohnter Energie. «Ich fürchte mich.»

Plötzlich fügte sie hinzu: «Und du fürchtest dich auch, Letitia.»

«Unsinn!»

Sie hielt inne, denn ein junges Mädchen in einem grellfarbenen Dirndlkleid kam ins Zimmer gestürmt. Das Mädchen trug sein schwarzes Haar in schweren Flechten um den Kopf geschlungen, die dunklen Augen blitzten.

«Kann ich sprechen zu Ihnen . . . ja, bitte?» fragte es heftig.

«Natürlich, Mizzi, was haben Sie denn auf dem Herzen?» antwortete Miss Blacklock.

Zuweilen dachte sie, es wäre besser, die ganze Hausarbeit und auch das Kochen allein zu tun, als fortwährend von den Ausbrüchen ihrer Haushaltshilfe belästigt zu werden.

«Ich kann nicht bleiben! Ich kündige! Ich geh weg, sofort!»

«Aber warum denn? Hat Sie jemand aufgeregt?»

«Jawohl, ich bin aufgeregt», erklärte Mizzi leidenschaftlich. «Ich will nicht sterben! In Europa bin ich Tod entflohen. Aber ich, ich davongelaufen, ich gekommen nach England, ich arbeiten, ich tu Arbeit, die nie – nie ich in meinem eigenen Land tun würde . . . Ich . . .»

«Ich weiß das alles», entgegnete Miss Blacklock müde abwehrend – diese Rede kannte sie auswendig. «Aber warum wollen Sie gerade jetzt fortgehen?»

«Weil wieder sie kommen, mich morden!»

«Ach, Sie meinen die *Gazette*?»

«Jawohl, hier steht geschrieben!»

Mizzi hielt Miss Blacklock die Zeitung unter die Nase.

«Sehen Sie . . . hier steht: Ein Mord! In Little Paddocks! Das sein doch hier! Heute abend um halb sieben. Ah! Ich nicht warten, bis ich gemordet bin . . . ooh nein!»

«Aber warum soll sich das auf Sie beziehen? Wir halten es für einen Witz.»

«Ein Witz? Das ist kein Witz, jemand morden!»

«Natürlich nicht. Wenn jemand Sie ermorden wollte, würde er das doch nicht vorher in der Zeitung ankündigen.»

«Sie das nicht glauben?» Mizzi wurde unsicher. «Sie glauben, vielleicht, die wollen niemand ermorden? Aber vielleicht wollen die Sie morden, Miss Blacklock.»

«Ich bin sicher, daß niemand mich ermorden will», entgegnete Miss Blacklock, «und ich bin auch fest davon überzeugt, Mizzi, daß niemand Sie ermorden will. Aber wenn Sie ohne vorherige Kündigung tatsächlich auf der Stelle fortgehen wollen, kann ich Sie nicht halten; es wäre allerdings dumm von Ihnen.»

Da Mizzi unschlüssig dreinblickte, fügte sie energisch hinzu: «Wir müssen das Rindfleisch, das uns der Metzger geliefert hat, lange kochen; es scheint sehr zäh zu sein.»

«Ich werd Ihnen machen ein Gulasch, ein wunderbares Gulasch!»

«Und machen Sie aus dem harten Käse einige kleine Käsekuchen, ich glaube, daß wir heute abend Besuch erhalten.»

«Heute abend?»

«Um halb sieben.»

«Aber das steht ja in der Zeitung! Wer soll kommen denn? Warum sollen die kommen...?»

«Zum Begräbnis», antwortete Miss Blacklock ironisch zwinkernd. «Aber jetzt Schluß, Mizzi, ich habe zu tun. Machen Sie die Tür hinter sich zu!»

3

«So, nun wäre alles bereit!» erklärte Miss Blacklock und blickte sich noch einmal prüfend im Wohnzimmer um. Es war ein großer Raum; das ursprünglich lange, schmale Zimmer war durch Entfernung der Doppeltüren, die in ein kleineres Zimmer mit einem Erker führten, erweitert worden; daher gab es auch zwei Kamine. Zwei Bronzeschalen waren mit Chrysanthemen gefüllt, auf einem kleinen Tisch an der Wand stand eine Vase mit Veilchen sowie eine silberne

Zigarettendose und auf dem großen Mitteltisch ein Tablett mit Gläsern. Obwohl in beiden Kaminen kein Feuer brannte, war es angenehm warm.

«Ah, du hast die Zentralheizung angeworfen», stellte Patrick fest.

Miss Blacklock nickte.

«Es ist so neblig und ungemütlich, das ganze Haus ist feucht.»

Die Tür öffnete sich, und Phillipa Haymes, eine große, blonde junge Frau trat ein. Überrascht sah sie sich im Zimmer um.

«Guten Abend!» rief sie. «Gebt ihr eine Gesellschaft? Niemand hat mir etwas gesagt.»

«Ach, unsere Phillipa weiß ja von nichts», sagte Patrick. «Sie ist wohl das einzige weibliche Wesen in Chipping Cleghorn, das noch nichts davon weiß.»

Phillipa sah ihn fragend an.

«Dieses Zimmer wird der Schauplatz eines Mordes sein!» erklärte Patrick mit weit ausholender Handbewegung.

Phillipa sah ihn verständnislos an.

«Das da», Patrick deutete auf die zwei großen Schalen mit Chrysanthemen, «sind die Kränze.»

Nun wandte sich Phillipa an Miss Blacklock.

«Soll das ein Witz sein? In der Beziehung bin ich schwer von Begriff.»

«Es ist ein abscheulicher Witz!» erklärte Dora energisch.

«Zeig ihr die Annonce», sagte Miss Blacklock. «Ich muß jetzt gehen und die Enten einschließen, es wird schon dunkel.»

«Laß mich das tun, liebe Letty!» rief Miss Bunner. «Ich mache das sehr gern. Ich schlüpfe einfach in meine Galoschen... aber wo habe ich nur meinen Regenmantel?»

Inzwischen verließ Miss Blacklock lächelnd das Zimmer.

«Es hat ja keinen Zweck, Bunny», sagte Patrick. «Tante Letty ist so tüchtig, daß ihr niemand etwas recht machen kann, daher tut sie lieber alles gleich selber.»

«Sagt mir jetzt endlich, was los ist?» rief Phillipa klagend.

Nun versuchten alle auf einmal, es ihr zu erklären – die *Gazette* war nicht zu finden, da Mizzi sie in die Küche mitgenommen hatte.

Nach einer kleinen Weile kehrte Miss Blacklock zurück.

«So, das wäre erledigt», erklärte sie zufrieden und schaute auf die Uhr auf dem Kaminsims. «Zwanzig nach sechs. Bald werden sich die Besucher einstellen, oder ich müßte meine lieben Nachbarn nicht kennen.»

«Ich begreife noch immer nicht, warum irgend jemand kommen sollte», sagte Phillipa.

«Du wirst es bald sehen. Die meisten Leute sind eben neugieriger als du», erwiderte Miss Blacklock und blickte sich noch einmal prüfend im Zimmer um. Mizzi hatte eine Flasche Sherry und drei Platten mit Oliven, Käsekuchen und Gebäck auf den großen Tisch gestellt.

«Patrick, stell doch bitte das Tablett oder besser den ganzen Tisch in den Erker. Schließlich habe ich ja niemanden eingeladen, und ich möchte es nicht zu offen zeigen, daß ich Leute erwarte.»

Dann nahm sie die Sherryflasche in die Hand und betrachtete sie.

«Die ist noch halb voll», erklärte Patrick. «Das sollte genügen.»

«Eigentlich ja...» Sie zögerte und sagte dann leicht errötend: «Patrick... im Schrank in der Speisekammer steht noch eine volle Flasche... hol sie bitte, und bring einen Korkenzieher mit. Die hier steht schon so lange angebrochen da.»

Patrick kam bald mit der neuen Flasche zurück und öffnete sie. Neugierig blickte er dabei Miss Blacklock an.

«Du nimmst die Sache ziemlich ernst?» fragte er freundlich.

«Oh!» rief Dora entsetzt. «Letty, du glaubst doch nicht...»

«Still!» unterbrach Miss Blacklock sie. «Es hat geläutet.»

Mizzi öffnete die Tür des Wohnzimmers und ließ Colonel Easterbrook und seine Frau eintreten. Sie hatte ihre eigene Art, Besucher anzumelden.

«Hier Colonel Easterbrook und Frau, die wollen Ihnen besuchen», verkündete sie.

«Entschuldigen Sie bitte, daß wir Ihnen so ins Haus fallen», erklärte der Colonel – Julia unterdrückte mühsam ein Kichern. «Wir sind zufällig hier vorbeigekommen. Es ist ein so milder Abend. Ah, Sie haben die Zentralheizung schon in Betrieb, wir warten noch damit.»

«Gott, was für entzückende Chrysanthemen!» flötete Mrs. Easterbrook. «Wie bezaubernd!»

Mizzi öffnete wieder die Tür und trompetete:

«Hier die Damen von Boulders.»

«Guten Abend!» rief Miss Hinchliffe und schüttelte Miss Blacklock kräftig die Hand. «Ich habe vorhin zu Amy gesagt: ‹Wir gehen auf 'nen Sprung zu Miss Blacklock!› Ich wollte gern wissen, ob Ihre Enten gut legen.»

«Es wird jetzt schon so früh dunkel», sagte Miss Murgatroyd zu Patrick. «Oh, was für entzückende Chrysanthemen!»

«Ah, Sie heizen schon?» stellte Miss Hinchliffe fest und fügte vorwurfsvoll hinzu: «Sehr früh.»

«Das Haus ist so feucht», meinte Miss Blacklock entschuldigend.

Wieder öffnete sich die Tür, und Mrs. Swettenham segelte herein, gefolgt von ihrem mißvergnügt dreinblickenden Sohn.

«Da sind wir!» verkündete sie fröhlich und blickte sich neugierig im Zimmer um.

Dann wurde ihr auf einmal unbehaglich zumute, und sie sagte: «Ich bin nur vorbeigekommen, um Sie zu fragen, ob Sie vielleicht ein junges Kätzchen haben wollen, Miss Blacklock? Die Mutter ist eine ausgezeichnete Mäusefängerin.»

Schließlich rief sie: «Was für hübsche Chrysanthemen!»

«Ah, Sie heizen schon?» bemerkte Edmund erstaunt.

«Wie eine Grammophonplatte», murmelte Julia.

«Die Nachrichten gefallen mir gar nicht», sagte der Colonel zu Patrick, ihn am Knopfloch haltend. «Ich kann Ihnen nur sagen, diese Russen...»

«Ich interessiere mich nicht für Politik», erwiderte Patrick abweisend.

Wieder öffnete sich die Tür, und Mrs. Harmond kam herein. Ihren vom Wetter etwas mitgenommenen Hut hatte sie, in einem Versuch, mit der Mode zu gehen, nach hinten geschoben, und an Stelle ihres üblichen Pullovers trug sie eine zerknitterte Spitzenbluse.

«Guten Abend, Miss Blacklock!» rief sie, über das ganze Gesicht strahlend. «Ich bin doch nicht zu spät?»

Alle schnappten nach Luft. Julia kicherte vergnügt, Patrick verzog grinsend das Gesicht, und Miss Blacklock begrüßte freundlich lächelnd den neuen Gast.

«Julian ist außer sich, daß er nicht kommen kann», erklärte die Pfarrersgattin. «Er liebt doch Mordfälle. Drum war letzten Sonntag auch seine Predigt so gut – eigentlich sollte ich das ja von meinem eigenen Mann nicht sagen –, aber die Predigt war wirklich gut, viel besser als sonst, fanden Sie nicht auch? Und das kam daher, weil der das Buch ‹Der todbringende Hut› gelesen hatte. Kennen Sie es? Es ist fabelhaft. Man glaubt die ganze Zeit, Bescheid zu wissen, und dann kommt alles ganz anders, und es gibt so viele reizende Morde, vier oder fünf. Also ich hatte das Buch im Studierzimmer liegenlassen, als sich Julian dort einschloß, um seine Predigt vorzubereiten. Und da fing er an, darin zu lesen, und dann konnte er einfach nicht mehr aufhören! Daher mußte er die Predigt in rasender Eile aufsetzen und das, was er sagen wollte, einfach ausdrücken – ohne seine üblichen gelehrten Zitate und Hinweise –, und natürlich ist sie auf diese Weise viel besser geworden. Mein Gott, ich rede viel zuviel. Aber sagen Sie mir, wann findet der Mord statt?»

Miss Blacklock blickte auf die Uhr auf dem Kaminsims.

«Wenn er stattfindet, dann sofort», antwortete sie lächelnd. «Es ist eine Minute vor halb. Aber nehmen Sie doch vorher ein Glas Sherry.»

Patrick ging bereitwillig durch den Türbogen zum Erker, während Miss Blacklock zu dem kleinen Tisch trat, auf dem die Zigarettendose stand.

«Ja, bitte ein Gläschen Sherry!» sagte Mrs. Harmond. «Aber was meinen Sie mit ‹wenn›?»

«Ich weiß davon genausowenig wie Sie!» entgegnete Miss Blacklock. «Ich weiß nur, was...»

Sie unterbrach sich und wandte den Kopf, da die Uhr mit feinem silbernem Ton zu schlagen begann.

Alle verstummten, niemand rührte sich, jeder starrte wie hypnotisiert auf die Uhr.

Als der letzte Ton verklang, erlosch das Licht. In der Finsternis ertönten begeisterte Ausrufe.

«Es fängt an!» rief Mrs. Harmond in Ekstase.

Dora Bunner jammerte laut: «Oh, ich mag das nicht!»

Andere riefen: «Gott, wie ist das aufregend!»... «Ich hab schon Gänsehaut!»

... «Archie, wo bist du?»... «Was muß ich eigentlich tun?»

... «Verzeihung, bin ich Ihnen auf den Fuß getreten?»

Die Tür zur Halle wurde mit einem Ruck aufgerissen. Eine starke Blendlaterne leuchtete im Kreis umher, und eine heisere Männerstimme, die an vergnügliche Kinovorführungen erinnerte, schnauzte:

«Hände hoch!... Hände hoch, sage ich!»

Begeistert wurden die Hände hochgestreckt.

«Ist das nicht wunderbar?» keuchte eine weibliche Stimme. «Ich bin ja so aufgeregt!»

Und dann, überraschend, donnerten zwei Revolverschüsse... zwei Kugeln pfiffen. Auf einmal war das Spiel kein Spiel mehr. Jemand schrie...

Die Gestalt im Türrahmen drehte sich plötzlich um, schien zu zögern, ein dritter Schuß ertönte, die Gestalt schwankte, stürzte zu Boden, die Blendlaterne fiel hin und erlosch. Wieder herrschte Finsternis... mit einem leisen, klagenden Laut ging die Tür langsam zu.

Nun schien die Hölle los zu sein, und alle riefen wirr durcheinander:

«Licht!»... «Wo ist der Schalter?»... «Wer hat ein Feuerzeug?»... «Oh, ich mag das nicht!»... «Aber die Schüsse

21

waren ja echt!»... «Er hatte einen richtigen Revolver!»...
«War es ein Einbrecher?»... «Oh, Archie, ich möchte heim!»

Fast gleichzeitig flammten nun zwei Feuerzeuge auf. Blinzelnd schauten alle einander an, verblüffte Gesichter starrten in verblüffte Gesichter. An der Wand im Türbogen stand Miss Blacklock; sie hielt die Hand am Gesicht. In dem trüben Licht war zu sehen, daß etwas Dunkles über ihre Finger rann.

Colonel Easterbrook räusperte sich und befahl:

«Probieren Sie den Schalter, Swettenham!»

Edmund drehte gehorsam am Schalter.

«Es muß ein Kurzschluß sein!» rief der Colonel.

Von jenseits der Tür ertönte unaufhörlich eine schrille weibliche Stimme. Die Schreie wurden immer lauter, und dazu hörte man wütendes Hämmern gegen eine Tür.

Dora Bunner, die still vor sich hin schluchzte, rief nun:

«Das ist Mizzi. Jemand ermordet Mizzi...»

«Soviel Glück haben wir nicht», brummte Patrick.

«Wir brauchen Kerzen! Patrick, hol Kerzen...», sagte Miss Blacklock.

Der Colonel hatte bereits die Tür geöffnet, er und Edmund traten, jeder ein flackerndes Feuerzeug in der Hand, in die Halle, wo sie über eine ausgestreckt liegende Gestalt stolperten.

«Der scheint getroffen zu sein», Colonel. «Aber wo vollführt eigentlich dieses Frauenzimmer den Höllenlärm?»

«Im Eßzimmer», antwortete Edmund.

Das Eßzimmer lag auf der anderen Seite der Halle. Noch immer hämmerte Mizzi heulend gegen die Tür.

«Sie ist eingeschlossen», erklärte Edmund und drehte den Schlüssel um. Die Tür wurde aufgerissen, und wie ein wütender Tiger stürzte Mizzi in die Halle.

Im Eßzimmer brannte das Licht, und in dessen Schein bot Mizzi, die noch immer schrie, ein groteskes Bild: In der einen Hand hielt sie einen Lederlappen – sie war gerade beim Silberputzen gewesen – und in der anderen ein großes Tranchiermesser.

«Hören Sie doch auf, Mizzi!» rief Miss Blacklock.

«Halten Sie den Mund!« herrschte Edmund sie an, und da Mizzi dieser Aufforderung keineswegs Folge leistete, beugte er sich vor und schlug ihr ins Gesicht.

Mizzi keuchte, ihr Schreien ging in Schluchzen über, bis sie schließlich ganz verstummte.

«Holen Sie Kerzen!» befahl ihr Miss Blacklock. «Aus dem Küchenschrank. Patrick, weißt du, wo die Sicherungen sind?»

«Im Gang hinter der Küche. Ich schaue gleich nach.»

Als Miss Blacklock in den Lichtschein des Eßzimmers trat, gab Dora Bunner ein lautes Stöhnen von sich und Mizzi stieß wieder einen spitzen Schrei aus.

«Blut!» keuchte sie. «Blut. Sie sind geschossen... Miss Blacklock, Sie zu Tod bluten!»

«Seien Sie doch nicht albern!» entgegnete Miss Blacklock kühl. «Ich bin kaum getroffen, die Kugel hat nur mein Ohr gestreift.»

«Aber, Tante Letty, du blutest ja wirklich!» rief nun auch Julia.

Wirklich boten Miss Blacklocks weiße Bluse, das Perlenhalsband und ihre Hand einen schauerlichen Anblick.

«Meine Ohren bluten leicht», erklärte sie. «Ich erinnere mich noch, daß ich einmal als Kind beim Coiffeur in Ohnmacht fiel. Der Mann hatte mit der Schere mein Ohr nur geritzt, sofort schoß Blut hervor. Aber wir brauchen Licht!»

«Ich hole die Kerzen!» rief Mizzi.

Julia ging mit ihr, und bald kehrten sie mit einigen auf Untertassen festgeklebten Kerzen zurück.

«So, nun wollen wir uns den Übeltäter mal näher ansehen», sagte der Colonel. «Leuchten Sie, Swettenham!»

Der ausgestreckt daliegende Mann war in einen schwarzen Umhang und eine Kapuze gehüllt und trug schwarze Stoffhandschuhe, eine schwarze Maske bedeckte sein Gesicht; unter der verrutschten Kapuze wurde zerzaustes blondes Haar sichtbar. Der Colonel kniete nieder, fühlte den Puls und das Herz... dann zog er mit einem Ausruf des Ekels die Hand zurück, sie war voll Blut.

«Er hat sich erschossen», erklärte er.

«Ist er schwer verletzt?»» fragte Miss Blacklock.

«Hm. Ich fürchte, er ist tot... entweder hat er Selbstmord begangen, oder er ist über seinen Umhang gestolpert, und der Revolver ist beim Sturz losgegangen. Wenn ich nur besser sehen könnte...»

Wie durch ein Wunder ging in diesem Augenblick das Licht wieder an.

Angesichts des tot daliegenden Mannes hatten die Anwesenden ein Gefühl von Unwirklichkeit. Die Hand des Colonel war blutbefleckt, und Blut rieselte noch immer über Miss Blacklocks Hals und auf ihre Bluse.

Der Colonel zog der Leiche die Maske vom Gesicht.

«Wir wollen mal sehen, wer es ist», sagte er. «Wahrscheinlich wird ihn aber niemand von uns kennen.»

«Das ist ja ein ganz junger Mensch», verkündete Mrs. Harmond mit bedauerndem Unterton.

Plötzlich rief Dora Bunner aufgeregt:

«Letty! Letty, das ist ja der junge Mann aus dem Spa Hotel in Medenham Wells. Er kam neulich zu dir und wollte von dir das Reisegeld nach der Schweiz haben, und du hast es ihm nicht gegeben... Mein Gott, er hätte dich leicht umbringen können...»

Miss Blacklock, völlig Herrin der Situation, sagte schneidend:

«Phillipa, führe Bunny ins Eßzimmer und gib ihr ein halbes Glas Kognak! Julia, hol mir rasch aus dem Badezimmer Heftpflaster... es ist so unangenehm, wie ein Schwein zu bluten. Patrick, ruf bitte sofort die Polizei an!»

4

George Rydesdale, der Polizeichef der Grafschaft Middleshire, war ein ruhiger, mittelgroßer Mann; unter buschigen Brauen blitzten kluge Augen. Er hatte die Gewohnheit, mehr zuzuhören, als zu reden, und wenn er sprach, erteilte er mit gleichmütiger Stimme kurze Befehle, die aufs peinlichste befolgt wurden.

Er ließ sich von Inspektor Dermot Craddock, dem die Untersuchung des Falles übertragen worden war, Bericht erstatten.

«Constable Legg nahm die erste Meldung entgegen, Sir», berichtete Craddock. «Er scheint sich richtig verhalten zu haben und hat Geistesgegenwart bewiesen. Der Fall ist nicht einfach.»

«Ist der Tote identifiziert worden?»

«Jawohl, Sir. Rudi Schwarz, Schweizer, arbeitete im Royal Spa Hotel in Medenham Wells im Empfangsbüro. Wenn es Ihnen recht ist, gehe ich zunächst ins Spa Hotel und dann nach Chipping Cleghorn. Sergeant Fletcher ist schon dort. Er befragt die Buschauffeure, dann geht er zu dem Haus.»

Rydesdale nickte zustimmend und wandte sich zur Tür, die gerade geöffnet wurde.

Sir Henry Clithering, ehemaliger Kommissar von Scotland Yard, ein distinguiert aussehender, großer, älterer Herr, trat näher und hob die Brauen.

«Das Allerneueste ist», erklärte Rydesdale, «einen Mord in der Zeitung anzukündigen. Zeigen Sie, bitte, Sir Henry die Annonce, Craddock!»

Sir Henry las die Anzeige.

«Hm, das ist wirklich höchst merkwürdig», murmelte er.

«Weiß man, wer die Annonce aufgegeben hat?» fragte Rydesdale.

«Anscheinend Rudi Schwarz selbst.»

«Aber wozu wohl?» fragte Sir Henry.

«Um eine Anzahl neugieriger Dorfbewohner zu einer bestimmten Zeit in einem bestimmten Haus zu versammeln», antwortete Rydesdale, «sie dann zu überfallen und ihnen ihr Bargeld und die Wertsachen abzunehmen. Als Idee ist das gar nicht so dumm.»

«Was für ein Nest ist dieses Chipping Cleghorn?» fragte Sir Henry.

«Ein großes, malerisches Dorf; unter anderem gibt es dort einen guten Antiquitätenladen und zwei Tea-Rooms. Es ist ein beliebter Ausflugsort, wo viele Offiziere und Beamte im Ruhestand leben.»

«Ah, ich verstehe», sagte Sir Henry, «nette alte Jungfern und pensionierte Colonels. Natürlich kamen alle, nachdem sie die Annonce gelesen hatten, um halb sieben dorthin, um zu sehen, was los sei. Mein Gott, wie schade, daß ich nicht meine alte Jungfer hier habe.»

«Ihre alte Jungfer, Henry? Eine Tante?»

«Nein, keine Verwandte von mir...»

Er machte eine kleine Pause und erklärte dann fast ehrfürchtig:

«Sie ist der beste Detektiv, den es je gegeben hat. Ein geborenes Talent!»

Dann wandte er sich an Craddock.

«Unterschätzen Sie die alten Jungfern in Ihrem Dorf nicht, mein Lieber. Falls sich diese Geschichte als kompliziert herausstellen sollte, was ich freilich nicht glaube, so denken Sie daran, daß eine alte Jungfer, die strickt und ihren Garten betreut, jedem Sergeant weit überlegen ist.»

«Ich werde es mir merken, Sir», erwiderte Craddock.

Rydesdale gab Sir Henry einen kurzen Überblick über die Geschehnisse.

«Daß alle um halb sieben hinkommen würden, können wir uns denken», erklärte er. «Aber konnte dieser Schweizer das auch wissen? Und konnte er annehmen, die Anwesenden hätten so viel Geld und Wertsachen bei sich, daß ein Raub überhaupt lohnte?»

«Höchstens ein paar altmodische Broschen, Japanperlen, etwas Kleingeld, vielleicht ein, zwei Banknoten... kaum mehr», meinte Sir Henry nachdenklich. «Hatte diese Miss Blacklock viel Geld im Haus?»

«Sie sagt, nein, Sir, etwa fünf Pfund.»

«Sie meinen», murmelte Sir Henry, «daß dieser Bursche eine Komödie aufführen wollte, daß er nicht auf Raub aus war, sondern sich einfach einen Spaß machen wollte, eine

Art Gangsterfilm? Das wäre möglich. Aber wieso hat er sich dann selbst erschossen?»

Rydesdale reichte ihm einen Bericht.

«Das ist der ärztliche Befund. Der Schuß wurde aus nächster Nähe abgegeben... die Kleider waren versengt... Hm... daraus läßt sich nicht ersehen, ob es sich um einen Unfall oder um Selbstmord handelt. Er kann gestolpert und gestürzt sein, und dabei ist der Revolver, den er dicht an sich hielt, losgegangen... Wahrscheinlich war es so.»

Er blickte Craddock an.

«Sie müssen die Zeugen gründlich befragen und sie dazu bringen, genau auszusagen, was sie gesehen haben.»

Betrübt erwiderte Craddock:

«Jeder hat etwas anderes gesehen!»

«Ja, das ist bei solchen Gelegenheiten leider meist der Fall», meinte Sir Henry. «Und woher stammt der Revolver?»

«Ein ausländisches Fabrikat, das auf dem Kontinent viel gebraucht wird. Schwarz besitzt keinen Waffenschein und hat bei seiner Einreise in England die Waffe nicht deklariert...»

Im Royal Spa Hotel wurde Inspektor Craddock sofort ins Büro des Direktors geführt. Mr. Rowlandson, ein großer, freundlicher Herr, begrüßte Craddock aufs herzlichste.

«Ich stehe Ihnen in jeder Hinsicht zur Verfügung, Herr Inspektor», sagte er. «Es ist wirklich eine merkwürdige Sache. Ich hätte das nie von diesem Schwarz erwartet. Er war ein netter junger Mann, ganz durchschnittlich, und machte gar nicht den Eindruck eines Gangsters.»

«Seit wann war er bei Ihnen, Mr. Rowlandson?»

«Seit etwa drei Monaten. Er hatte gute Zeugnisse, die übliche Arbeitserlaubnis und so weiter.»

«Sie waren zufrieden mit ihm?»

Craddock bemerkte, daß Rowlandson einen Augenblick zögerte, ehe er antwortete:

«Ganz zufrieden.»

Nun benutzte Craddock eine Taktik, die er schon oft mit Erfolg angewandt hatte.

«Nein, nein, Mr. Rowlandson», sagte er kopfschüttelnd, «das stimmt doch nicht ganz?»

«Also...» Der Direktor schien leicht verlegen zu sein.

«Sagen Sie es schon. Irgend etwas war doch los... Was denn?»

«Das ist es ja gerade, ich weiß nicht, was.»

«Aber Sie dachten, daß irgend etwas nicht stimmte?»

«Ja... das schon.. aber ich kann wirklich nichts Konkretes sagen. Ich möchte nicht, daß meine Aussage zu Protokoll genommen wird.»

Craddock lächelte freundlich.

«Ich verstehe; machen Sie sich keine Sorgen.»

Widerstrebend erklärte Rowlandson nun:

«Also ein paarmal stimmten die Abrechnungen nicht. Es waren da einige Posten belastet worden, die nicht in Ordnung waren.»

«Sie hatten ihn im Verdacht, daß er gewisse Posten zu Unrecht belaste und daß er die Differenz einsteckte, wenn die Rechnung bezahlt war?»

«So etwas Ähnliches. Zu seinen Gunsten könnte man annehmen, daß es grobe Fahrlässigkeit war. Ein paarmal handelte es sich um recht erhebliche Beträge. Ich ließ daher seine Bücher durch unsern Revisor kontrollieren. Er fand auch mehrere Unregelmäßigkeiten, aber die Kasse stimmte genau. Ich nahm also an, daß es sich um Irrtümer handeln müßte.»

«Nehmen wir an, Schwarz hätte sich zuweilen nebenbei etwas Geld verschafft und damit die Kasse wieder in Ordnung gebracht.»

«Ja, wenn er das Geld dazu verwendet hätte. Aber Menschen, die sich ‹etwas Geld verschaffen›, wie Sie es nennen, geben es meist leichtsinnig wieder aus.»

«Wenn er also die fehlenden Beträge ersetzen wollte, mußte er sich das Geld durch Einbruch oder Überfall beschaffen.»

«Ja, und ich frage mich, ob das sein erster Versuch war...»

«Möglich; jedenfalls hat er es höchst ungeschickt angestellt. Woher hätte er sich sonst Geld beschaffen können? Hatte er Beziehungen zu Frauen?»

«Er war mit einer der Kellnerinnen vom Restaurant befreundet, mit einer gewissen Myrna Harris.»

«Ich möchte mit ihr sprechen.»

Myrna Harris war ein hübsches Mädchen mit roten Locken und einem kecken Stupsnäschen. Sie war aufgeregt und beunruhigt und hielt es offensichtlich für entwürdigend, von der Polizei vernommen zu werden.

«Ich weiß von nichts, Sir», erklärte sie. «Wenn ich eine Ahnung gehabt hätte, was für ein Mensch Rudi war, wäre ich nie mit ihm ausgegangen. Aber ich glaubte, er sei anständig; man weiß doch nie, woran man mit einem Menschen ist. Er wird wohl zu einer der Verbrecherbanden gehört haben, von denen man soviel liest?»

«Wir glauben, daß er allein arbeitete», erwiderte Craddock. «Sie kannten ihn doch ziemlich gut?»

«Was meinen Sie mit ‹gut›?»

«Sie waren mit ihm befreundet?»

«Ja, wir standen uns freundschaftlich nahe. Es gab nichts Ernstes zwischen uns. Ich bin immer vorsichtig mit Ausländern. Daß sie schon verheiratet sind, kommt meist erst heraus, wenn es zu spät ist. Rudi spuckte dauernd große Töne. Ich war mißtrauisch.»

Hier hakte Craddock ein:

«Große Töne! Das ist interessant, Miss Harris. Sie werden uns sehr behilflich sein. Was hat er denn erzählt?»

«Vom Reichtum seiner Eltern in der Schweiz, was für tolle Leute das seien. Dazu paßte aber gar nicht, daß er immer knapp bei Kasse war. Er behauptete, das käme durch die Devisenbestimmungen, er könnte kein Geld aus der Schweiz kriegen. Das wäre ja möglich, aber er war auch recht bescheiden gekleidet, er trug keine Maßanzüge, und dann die Geschichte, die er erzählte... Er sei ein großer Bergsteiger gewesen, hätte Leute aus Gletschern gerettet... dabei wurde ihm schon schwindlig, als wir nur am Rand der Boulters-Schlucht entlangspazierten!»

«Sind Sie oft mit ihm ausgegangen?»

«Ja... also... ja. Er hatte sehr gute Manieren, und er wußte, wie man sich einer Dame gegenüber benimmt. Immer die besten Plätze im Kino, und manchmal hat er mir sogar Blumen geschenkt, und er war ein wunderbarer Tänzer... himmlisch!»

«Hat er Ihnen gegenüber je von Miss Blacklock gesprochen?»

«Ach, die Dame, die hier ab und zu zu Mittag ißt? Und einmal hat sie auch hier gewohnt. Nein, ich kann mich nicht erinnern, daß Rudi je von ihr gesprochen hat. Ich wußte gar nicht, daß er sie kennt.»

«Hat er je Chipping Cleghorn erwähnt?»

Craddock glaubte einen ängstlichen Ausdruck in Myrnas Augen festzustellen, aber er war seiner Sache nicht sicher.

«Nicht daß ich wüßte... Einmal hat er mich nach dem Autobusfahrplan gefragt, aber ich kann mich nicht erinnern, ob er nach Chipping Cleghorn fahren wollte oder sonst wohin. Es ist schon längere Zeit her.»

Mehr konnte Craddock nicht aus ihr herauskriegen. Rudi Schwarz sei ihr ganz normal vorgekommen, gestern abend habe sie ihn nicht gesehen. Sie habe keine Ahnung gehabt, das betonte sie, daß Rudi Schwarz ein Gauner gewesen sei.

Und das glaubte Craddock ihr.

5

Little Paddocks war genauso, wie Craddock es sich vorgestellt hatte. Enten und Hühner liefen im Garten umher, der einen vernachlässigten Eindruck machte. Er sagte sich: Wahrscheinlich kann sie nicht viel Geld für den Gärtner ausgeben... das Haus müßte frisch gestrichen werden, aber das müßten heutzutage die meisten Häuser.

Als Craddocks Wagen vorfuhr, kam Sergeant Fletcher hinter dem Haus hervor.

«Aha, da sind Sie ja, Fletcher! Was haben Sie zu melden?»

«Wir haben gerade das Haus durchsucht, Sir. Offensichtlich hat Schwarz keine Fingerabdrücke hinterlassen, er trug Handschuhe. Weder Türen noch Fenster zeigen Spuren eines Einbruchs. Er scheint um sechs Uhr mit dem Autobus von Medenham gekommen zu sein. Die Hintertür des Hauses wurde um halb sechs geschlossen. Es sieht so aus, als sei er durch die Vordertür hereingekommen. Die elektrische Lichtleitung ist überall in Ordnung. Wir haben noch nicht herausgefunden, wie er den Kurzschluß bewerkstelligen konnte. Nur die Sicherung vom Wohnzimmer und der Halle war durchgebrannt, und ich weiß nicht, wie er es fertigbrachte, an dieser Sicherung herumzumanipulieren.»

Craddock klingelte nun an der Haustür.

Nach ziemlich langem Warten wurde die Tür von einem hübschen jungen Mädchen mit kastanienbraunem Haar geöffnet.

«Inspektor Craddock», stellte er sich vor.

Das Mädchen musterte ihn kühl aus ihren hübschen haselnußbraunen Augen und forderte ihn auf:

«Bitte, treten Sie näher, Miss Blacklock erwartet Sie.»

Die Wände der schmalen, langen Halle schienen nur aus Türen zu bestehen.

Das junge Mädchen öffnete eine der Türen zur Linken und sagte:

«Inspektor Craddock ist da, Tante Letty. Mizzi wollte nicht aufmachen, sie hat sich in der Küche eingeschlossen und vollführt ein Heulkonzert. Ich fürchte, wir werden heute kein Mittagessen bekommen.»

Dann, zu Inspektor Craddock gewandt: «Sie mag die Polizei nicht.»

Craddock trat auf die Besitzerin von Little Paddocks zu. Er sah eine stattliche Frau von etwa sechzig Jahren in einem gutgeschnittenen Jackenkleid und einem Pullover vor sich, deren graues Haar natürlich gewellt war und einen ansprechenden Rahmen für ihr gescheites, resolutes Gesicht bildete. Sie hatte strenge graue Augen, ein energisches Kinn

31

und war nicht geschminkt; an ihrem linken Ohrläppchen klebte ein Heftpflaster. Um den Hals trug sie erstaunlicherweise ein breites Band aus altmodischen Kameen, was ihr eine sentimentale Note verlieh, die gar nicht zu ihrem sonstigen Äußeren paßte.

Neben ihr saß eine etwa gleichaltrige Frau mit einem runden Gesicht und unordentlich frisiertem Haar, das in einzelnen Strähnen aus dem Haarnetz hing. Auf Grund des Berichts von Constable Legg wußte Craddock, daß es sich um Miss Dora Bunner, die Gesellschafterin, handeln mußte.

Miss Blacklock sagte mit einer angenehmen, kultivierten Stimme:

«Guten Morgen, Herr Inspektor. Das ist meine Freundin, Miss Brunner, die mir im Haushalt hilft. Wollen Sie, bitte, Platz nehmen.»

Mit geübtem Blick überflog Craddock den Raum: ein typisches viktorianisches Wohnzimmer, ursprünglich aus zwei Räumen bestehend. Der kleinere Raum hatte ein Erkerfenster... im größeren befanden sich zwei hohe Fenster, einige Sessel... ein Sofa... ein großer Tisch mit einer Schale voll Chrysanthemen, eine zweite stand auf einer Fensterbank; die konventionell angeordneten Blumen sahen frisch aus, während die Veilchen, die in einer Silbervase auf einem kleinen Tisch beim Türbogen standen, verwelkt waren.

«Ich nehme an, Miss Blacklock», begann Craddock, «daß in diesem Zimmer der... eh... der Überfall stattgefunden hat.»

«Ja.»

«Aber Sie hätten das Zimmer gestern abend sehen sollen», rief Miss Bunner. «Alles drunter und drüber! Zwei kleine Tische waren umgeworfen, von einem ist ein Bein abgebrochen... und die Leute haben in der Finsternis wie toll geschrien... Jemand hatte eine brennende Zigarette auf dem Tischchen liegenlassen und es angebrannt; eines unserer schönsten Möbelstücke. Die Leute, besonders die jungen Leute, sind heutzutage so nachlässig in diesen Dingen... zum Glück ist kein Porzellan zerbrochen...»

Miss Blacklock unterbrach sie freundlich, aber energisch: «Dora, all das, so ärgerlich es auch sein mag, ist ja unwichtig. Ich glaube, es wird am besten sein, wenn wir die Fragen des Inspektors beantworten.»

«Danke sehr, Miss Blacklock. Über den gestrigen Abend wollen wir nachher sprechen. Zunächst möchte ich wissen, wann Sie zum ersten Mal den Toten, diesen Rudi Schwarz, gesehen haben.»

«Rudi Schwarz?»

Sie blicke leicht überrascht drein.

«Heißt er so? Ich glaubte... Aber das ist ja unwichtig. Zum ersten Mal sah ich ihn, als ich in Medenham Einkäufe machte... das wird drei Wochen her sein. Wir, Miss Bunner und ich, saßen im Royal Spa Hotel. Als wir fortgingen, rief mich jemand beim Namen. Es war dieser junge Mann. Er sagte: ‹Entschuldigen Sie, bitte, Sie sind doch Miss Blacklock?› Er stellte sich vor als Sohn des Besitzers des Hôtel des Alpes in Montreux; meine Schwester und ich hatten während des Krieges lange dort gewohnt.»

«Hôtel des Alpes, Montreux?» wiederholte Craddock. «Konnten Sie sich an ihn erinnern, Miss Blacklock?»

«Nein. Aber wir hatten recht gern dort gewohnt, der Besitzer war sehr aufmerksam zu uns gewesen, und so wollte ich höflich sein und sagte zu dem jungen Mann, ich hoffte, es gefalle ihm in England, und er erwiderte, jawohl, sein Vater habe ihn für ein halbes Jahr zur weiteren Ausbildung hergeschickt. Das hörte sich ganz plausibel an.»

«Und dann sahen Sie ihn wieder?»

«Kürzlich, es werden etwa zehn Tage her sein, kam er plötzlich zu mir. Ich war sehr überrascht. Er entschuldigte sich wegen der Störung, ich sei aber die einzige ihm bekannte Seele in England. Er brauche dringend Geld, um in die Schweiz zu fahren, da seine Muttr schwer erkrankt sei. Das kam mir merkwürdig vor. Daß er das Geld zur Rückreise in die Schweiz benötigte, war natürlich Unsinn; sein Vater hätte ihm leicht auf Grund seiner Beziehungen telegrafisch Geld überweisen lassen können. Diese Hoteliers kennen einander doch. Ich vermutete, daß er Unterschlagungen begangen hatte oder so etwas Ähnliches.»

Sie machte eine kleine Pause und fügte dann trocken hinzu:

«Falls Sie mich für hartherzig halten sollten, muß ich Ihnen sagen, daß ich jahrelang Sekretärin eines großen Finanzmannes war und daher Bittstellern gegenüber ausgesprochen mißtrauisch bin. Ich kenne alle Geschichten, die einem in solchen Fällen aufgetischt werden.»

«Wenn Sie jetzt an diese Unterredung zurückdenken, glauben Sie, daß er herkam, um das Haus auszuspionieren?»

Miss Blacklock nickte energisch.

«Jawohl, davon bin ich überzeugt. Als ich ihn verabschiedete, machte er einige Bemerkungen über die Zimmer. Er sagte: ‹Sie haben ein sehr hübsches Eßzimmer› – ich finde es scheußlich –, es war ein Vorwand, um hineinzuschauen. Und dann beeilte er sich, selbst die Haustür aufzumachen. Ich bin mir jetzt sicher, daß er sehen wollte, wie das Schloß funktioniert. Wie die meisten Leute hier lassen wir ja tagsüber die Haustür offen... jedermann kann hereinspazieren.»

«Und was ist mit der Hintertür?»

«Die habe ich gestern abend, kurz bevor die Gäste kamen, zugesperrt, ich ließ die Enten in den Stall.»

«War sie nicht schon abgeschlossen?»

Miss Blacklock runzelte die Stirn.

«Ich weiß es nicht mehr genau, aber ich glaube. Jedenfalls habe ich sie abgeschlossen, als ich ins Haus zurückging.»

«Das wäre gegen Viertel nach sechs gewesen?»

«Ja, so ungefähr.»

«Und die Haustür?»

«Die schließen wir gewöhnlich später.»

«Schwarz hätte also leicht durch diese Tür kommen können, oder er hätte sich auch durch die Hintertür reinschleichen können, während Sie die Enten in den Stall trieben? Er hatte ja wahrscheinlich das Haus ausspioniert und verschiedene Verstecke, Schränke und so weiter, ausfindig gemacht. Das scheint alles ganz klar zu sein.»

«Entschuldigen Sie, es ist gar nicht klar», widersprach Miss Blacklock. «Warum soll sich ein Mensch die Mühe machen, hier einzubrechen und diese lächerliche Komödie eines Überfalls zu inszenieren?»

«Haben Sie viel Geld im Haus, Miss Blacklock?»

«Ungefähr fünf Pfund im Schreibtisch und ein bis zwei Pfund im Geldbeutel.»

«Schmuck?»

«Zwei Ringe, einige Broschen und die Kameen, die ich trage. Sie werden doch zugeben, Herr Inspektor, daß es absurd wäre, dafür einen Einbruch zu unternehmen?»

«Es war kein Einbruch!» rief Miss Bunner. «Ich habe es dir gleich gesagt, Letty. Es war Rache! Weil du ihm das Geld nicht gegeben hast. Er hat zweimal auf dich geschossen!»

«Also, kommen wir jetzt zum gestrigen Abend. Wie ging das Ganze nun vor sich, Miss Blacklock?»

Sie überlegte einen Augenblick und sagte dann:

«Die Uhr schlug... die Uhr auf dem Kaminsims. Ich erinnere mich noch, daß ich gerade gesagt hatte: ‹Wenn er› – der Mord, meinte ich – ‹stattfindet, dann sofort.› Und daraufhin schlug die Uhr. Wir hörten alle schweigend zu. Sie schlug zweimal, und plötzlich ging das Licht aus.»

«Sprühten Funken, oder hörten Sie ein Knistern?»

«Ich glaube nicht.»

«*Ich* hörte ein Knistern!» rief Dora Bunner.

«Und dann, Miss Blacklock?»

«Die Tür ging auf...»

«Welche Tür? Das Zimmer hat zwei Türen.»

«Diese hier. Und da stand ein maskierter Mann mit einem Revolver. Heute kommt einem das Ganze völlig phantastisch vor, aber gestern glaubte ich zunächst, es sei ein alberner Scherz. Er sagte etwas, ich habe vergessen, was.»

«Hände hoch oder ich schieße!» ergänzte Miss Bunner.

«So etwas Ähnliches», meinte Miss Blacklock zweifelnd.

«Und haben Sie alle die Hände hochgehalten?»

«O ja», bestätigte Miss Bunner. «Das gehörte doch zum Spiel.»

«Ich nicht», erklärte Miss Blacklock. «Es kam mir so dumm vor.»

«Und dann?»

«Die Laterne leuchtete mir direkt in die Augen, ich war völlig geblendet. Und dann hörte ich eine Kugel an meinem Kopf vorbeipfeifen und direkt hinter mir in die Wand einschlagen. Jemand schrie, ich spürte einen brennenden Schmerz an meinem Ohr und hörte den zweiten Schuß.»

«Es war entsetzlich!» rief Miss Bunner.

«Und was geschah dann, Miss Blacklock?»

«Das kann ich schwer sagen . . . ich war so benommen. Die Gestalt drehte sich um, schien zu stolpern, dann erfolgte noch ein Schuß, die Blendlaterne erlosch, und alle schrien und riefen durcheinander und rannten im Zimmer umher, einer fiel sozusagen über den andern.»

«Wo standen Sie, Miss Blacklock?»

«Dort neben dem kleinen Tisch», sagte Miss Bunner atemlos. «Sie hatte die Vase mit den Veilchen in der Hand.»

«Ich stand dort», Miss Blacklock ging zu dem kleinen Tisch neben dem Türbogen, «und ich hatte die Zigarettendose in der Hand.»

Der Inspektor untersuchte die Wand. Zwei Kugeleinschläge waren sichtbar. Die Kugeln selbst waren entfernt worden, um untersucht zu werden.

«Er hat auf sie geschossen!» erklärte Miss Bunner emphatisch. «Ganz bestimmt! Ich habe ihn gesehen. Er hat mit der Blendlaterne alle angeleuchtet, bis er sie fand, und dann hat er auf sie geschossen. Er wollte dich ermorden, Letty!»

«Liebe Dora, das hast du dir alles nur eingeredet.»

«Er hat auf dich geschossen!» wiederholte Dora hartnäckig. «Er wollte dich erschießen, und als er dich nicht traf, hat er sich selbst erschossen. Ich bin ganz sicher, daß es so war!»

«Ich glaube nicht einen Moment, daß er sich erschießen wollte», widersprach Miss Blacklock. «Er war nicht der Mensch, der Selbstmord begeht.»

«Sagen Sie mir, bitte, Miss Blacklock: Glaubten Sie, bis die Schüsse fielen, die ganze Sache sei ein Spaß?»

«Natürlich. Was konnte ich sonst annehmen?»

«Wer, glauben Sie, hat die ganze Sache inszeniert?»

«Du glaubtest erst, Patrick hätte es getan», murmelte Dora Bunner.

«Patrick?» fragte der Inspektor scharf.

«Mein junger Neffe, Patrick Simmons.»

Dann fuhr Miss Blacklock, offensichtlich ärgerlich über ihre Freundin, fort:

«Als ich die Anzeige in der Zeitung las, dachte ich zunächst, es sei ein dummer Scherz von ihm, aber er bestritt es sofort.»

«Und dann warst du beunruhigt, Letty», sagte Miss Bunner aufgeregt. «Du warst beunruhigt, obwohl du vorgabst, es nicht zu sein. Und wenn der Kerl dich nicht verfehlt hätte, wärst du ermordet worden. Und was wäre dann aus uns geworden?»

Sie zitterte am ganzen Leib.

Miss Blacklock klopfte ihr beruhigend auf die Schulter.

«Ist schon gut, liebe Dora, reg dich nicht auf, das ist schlecht für dich. Ist ja alles in Ordnung. Wir hatten ein gräßliches Erlebnis, doch es ist vorbei.»

Dann fügte sie hinzu: «Nimm doch, bitte, diese Veilchen fort! Ich hasse nichts mehr als verwelkte Blumen.»

«Ich habe sie gestern erst gepflückt. Komisch, daß sie schon verwelkt sind ... ach Gott, ich muß vergessen haben, ihnen Wasser zu geben. Nein, so etwas!»

Sie trippelte zur Tür hinaus, nun anscheinend ganz zufrieden.

«Sie ist kränklich, und Aufregungen sind Gift für sie», erklärte Miss Blacklock. «Wollen Sie noch etwas wissen, Herr Inspektor?»

«Ja, ich möchte über alle Personen, die im Hause wohnen, Auskunft haben.»

«Außer mir und Dora Bunner wohnen hier augenblicklich ein Neffe und eine Nichte von mir, Patrick und Julia Simmons. Ihre Mutter ist eine Großkusine von mir.»

«Haben die beiden immer bei Ihnen gelebt ...?»

37

«Nein, sie sind erst seit zwei Monaten hier. Vor dem Krieg lebten sie in Südfrankreich. Dann trat Patrick in die Marine ein, und Julia arbeitete, soviel ich weiß, in einem Ministerium. Vor einiger Zeit fragte ihre Mutter an, ob ich die beiden als ‹paying guests› zu mir nehmen würde – Julia macht einen Laborantinnenkurs im Krankenhaus in Milchester, und Patrick studiert dort an der Technischen Hochschule. Wie Sie wohl wissen, dauert die Fahrt mit dem Bus nur fünfzig Minuten. Ich bin sehr froh, die beiden hier zu haben, denn das Haus ist zu groß für mich allein. Sie zahlen eine Kleinigkeit für Kost und Logis, und es läuft alles sehr gut.»

Lächelnd fügte sie hinzu: «Und ich habe gern junge Menschen um mich.»

«Und dann wohnt noch eine Mrs. Haymes bei Ihnen, nicht wahr?»

«Ja. sie arbeitet als Hilfsgärtnerin in Dayas Hall, dem Besitz von Mrs. Lucas. Im Haus des alten Gärtners ist kein Platz, und so hat Mrs. Lucas mich gebeten, sie bei mir unterzubringen. Eine nette junge Frau. Ihr Mann ist in Italien gefallen, sie hat einen achtjährigen Jungen, der in der Nähe in einem Internat ist und der in den Ferien auch hierherkommen kann.»

«Und Dienstboten?»

«Zweimal in der Woche kommt ein Gärtner, und fünfmal kommt morgens eine Reinemachefrau. Außerdem habe ich ein Flüchtlingsmädchen als eine Art von Köchin. Ich fürchte, Sie werden Mizzi ein wenig schwierig finden. Sie leidet an Verfolgungswahn, und sie lügt.»

Craddock nickte verständnisvoll.

Als habe sie seine Gedanken gelesen, erklärte Miss Blacklock:

«Bitte, seien Sie nicht zu streng mit der armen Mizzi. Sie bringt uns oft in Wut, sie ist mißtrauisch, mürrisch und empfindlich und fühlt sich dauernd beleidigt. Aber trotzdem tut sie mir leid.» Sie lächelte. «Und wenn sie will, kocht sie wunderbar.»

«Ich will versuchen, sie möglichst wenig in Wut zu bringen», sagte Craddock. «War das Miss Julia Simmons, die mir die Tür öffnete?»

«Ja. Möchten Sie sie sprechen? Patrick ist ausgegangen, und Phillipa Haymes ist bei ihrer Arbeit in Dayas Hall.»

«Gut, Miss Blacklock, dann möchte ich jetzt Miss Simmons sprechen.»

6

Als Julia ins Zimmer kam, setzte sie sich mit einem so überlegenen Ausdruck in den Sessel ihrer Tante – die taktvollerweise den Raum verlassen hatte –, daß Craddock sich ärgerte. Gelassen blickte sie ihn an und wartete auf seine Fragen.

«Erzählen Sie mir, bitte, was gestern abend hier im Zimmer geschehen ist, Miss Simmons.»

«Eine Menge langweiliger Leute kamen . . . Colonel Easterbrook und Frau, Miss Hinchliffe und Miss Murgatroyd, Mrs. Swettenham mit ihrem Sohn Edmund und Mrs. Harmond, die Frau des Pfarrers. In dieser Reihenfolge trudelten sie ein. Und alle sagten wie eine Grammophonplatte genau das gleiche: ‹Ah, Sie heizen schon› und ‹Was für entzückende Chrysanthemen!›»

Craddock biß sich auf die Lippen.

«Nur Mrs. Harmond machte eine Ausnahme. Sie ist wirklich ein Schatz. Sie fragte unumwunden, wann denn der Mord verübt würde. Das brachte die andern ziemlich in Verlegenheit, weil alle so getan hatten, als seien sie zufällig vorbeigekommen. Und dann schlug die Uhr, und nach dem letzten Glockenschlag gingen die Lichter aus, die Tür wurde aufgerissen, und eine maskierte Gestalt rief: ‹Hände hoch!› oder so was Ähnliches. Es war genau wie in einem schlechten Film, höchst lächerlich. Und dann gab er zwei Schüsse auf Tante Letty ab, und es war gar nicht mehr lächerlich.»

39

«Wo befanden sich die einzelnen Leute in diesem Augenblick?»

«Als die Lichter ausgingen? Die standen alle herum. Nur Mrs. Harmond saß auf dem Sofa, Hinch – das ist Miss Hinchliffe – stand vor dem Kamin.»

«Waren sie alle hier in diesem Raum, oder war auch jemand im Hinterzimmer?»

«Ich glaube, die meisten waren hier. Patrick war zum Erker gegangen, um den Sherry zu holen, und wenn ich mich recht erinnere, folgte Colonel Easterbrook ihm, aber das weiß ich nicht genau. Wie ich schon sagte, standen wir alle herum.»

«Wo standen Sie?»

«Ich glaube, am Fenster. Tante Letty holte gerade Zigaretten.»

«Von dem Tisch beim Türbogen,»

«Ja . . . und dann gingen die Lichter aus, und der schlechte Film begann.»

«Meine nächste Frage ist sehr wichtig. Bitte, versuchen Sie, sie genau zu beantworten, Miss Simmons: Hielt der Mann die Blendlaterne ruhig, oder ließ er sie wandern?»

Julia dachte nach. Sie blickte nun weniger überlegen drein.

«Er ließ sie wandern», sagte sie langsam, «wie einen Scheinwerfer bei einer Tanzvorführung. Einen Augenblick blendete er direkt in meine Augen, dann wanderte das Licht durch das Zimmer, und schließlich fielen die Schüsse . . . zwei Schüsse.»

«Und dann?»

«Mit einem Satz drehte er sich um . . . und Mizzi fing irgendwo an zu schreien wie eine Fabriksirene, die Blendlaterne ging aus, und es krachte noch ein Schuß. Und dann ging die Tür zu – langsam, mit einem klagenden Laut, es war unheimlich –, und eine ägyptische Finsternis herrschte. Niemand wußte, was los war, die arme Bunny quietschte wie ein Kaninchen, und Mizzi schrie weiter.»

«Glauben Sie, daß der Mann auf Ihre Tante gezielt hat . . . auf sie im speziellen, meine ich?»

Julia schien offensichtlich überrascht.

«Sie meinen, daß er es auf Tante Letty abgesehen hatte? Das glaube ich nicht. Wenn er Tante Letty hätte umbringen wollen, hätte er viel günstigere Gelegenheiten gehabt. Zu dem Zweck hätte er doch nicht das halbe Dorf zusammentrommeln müssen, das machte es doch nur schwieriger. Er hätte sie an jedem Tag in der Woche auf alte irische Art von irgendeiner Hecke aus erschießen können, ohne dabei gefaßt zu werden.»

Mit einem Seufzer sagte der Inspektor:

«Danke sehr, Miss Simmons. Jetzt möchte ich Mizzi sprechen.»

«Hüten Sie sich vor ihren Fingernägeln!» warnte Julia ihn. «Sie ist eine Wilde!»

Von Fletcher begleitet ging Craddock in die Küche zu Mizzi. Sie rollte gerade einen Kuchenteig und blickte mißtrauisch auf, als die beiden eintraten.

Ihr schwarzes Haar hing ihr in die Augen. Sie sah mürrisch aus, und der knallrote Jumper und der grellgrüne Rock paßten nicht zu ihrem fahlen Teint.

Sie legte das Nudelholz auf den Tisch, wischte sich die Hände an einem Handtuch ab und setzte sich auf den Küchenstuhl.

«Was wollen Sie wissen von mir?» fragte sie trotzig.

«Sie sollen mir erzählen, was gestern abend hier geschehen ist.»

«Ich habe weggehen wollen. Hat sie Ihnen das gesagt? Als ich in Zeitung gelesen habe etwas über Mord, habe ich weggehen wollen. Ich habe bleiben müssen. Aber ich habe gewußt... ich habe gewußt, was wird passieren. Ich habe gewußt, ich sollte werden gemordet.»

«Aber Sie wurden nicht ermordet, nicht wahr?»

«Nein!» gab Mizzi widerwillig zu.

«Also los! Erzählen Sie endlich, was geschehen ist.»

«Ich war nervös. Oh, ich war nervös! Den ganzen Nachmittag, den Abend. Ich höre Dinge. Leute gehen herum. Einmal glaube ich, einer schleicht in der Halle... aber es war nur Mrs. Haymes.»

41

Der Gedanke an Mrs. Haymes schien Mizzi aufzuregen. Sie kam von Thema ab.

«Wer ist sie schon? Hat sie teure Universitätsstudium gemacht wie ich. Hat sie viel Examen gemacht? Nein, sie ist einfache Arbeiterin. Wer ist sie schon, daß sie sich eine Dame nennt?»

«Mrs. Haymes interessiert uns im Moment nicht. Also weiter!»

«Ich bringe den Sherry und die Gläser und das Gebäck in Wohnzimmer. Dann klingelt es, und ich gehe zur Haustür. Wieder und wieder muß ich zur Haustür. Es ist eine Schande für mich ... aber ich tue es. Und dann gehe ich zurück in Anrichteraum und fange an Silber putzen, und ich denke, es wird sehr gut sein das, weil wenn jemand mir will morden, ich großes Tranchiermesser bei mir habe, das ganz scharf ist. Und dann, plötzlich ... ich höre Schüsse! Ich glaube: ‹Das ist er ... jetzt ist es soweit!› Ich renne in Eßzimmer ... die andere Tür geht nicht auf ... ich stehe ein Moment und lausche, und dann kommt wieder Schuß und lauter Plumps draußen in Halle, ich will aufmachen die Tür, aber sie ist geschlossen von außen. Ich sitze da, bin wie Ratte in Falle. Ich brülle, und ich brülle, und ich trommle auf Tür. Und dann, endlich ... wird Schlüssel umgedreht, und ich kann raus. Und dann bringe ich Kerzen, viel, viel Kerzen ... und elektrisches Licht geht wieder an ... und ich sehe Blut ... Blut ...»

«Ja ... danke sehr», sagte der Inspektor.

«Und jetzt», rief Mizzi dramatisch, «können Sie mich verhaften und ins Gefängnis bringen!»

«Heute nicht!» erwiderte der Inspektor.

Als Craddock und Fletcher durch die Halle gingen, wurde die Haustür aufgerissen, und ein gutaussehender, großer junger Mann stieß beinahe mit ihnen zusammen.

«Ah, die hohe Polizei!» rief er.

«Mr. Patrick Simmons?»

«Erraten, Herr Inspektor. Sie sind doch der Inspektor, und der andere der Sergeant?»

«Jawohl, Mr. Simmons. Ich möchte Sie sprechen.»

«Ich bin unschuldig, Herr Inspektor, ich schwöre Ihnen, ich bin unschuldig!»

«Mr. Simmons, lassen Sie die Witze! Ich muß noch mit vielen Leuten sprechen, und ich möchte keine Zeit verlieren. Können wir in dieses Zimmer hier gehen?»

«Das ist das sogenannte Studierzimmer, aber niemand studiert hier.»

«Ich dachte, Sie seien jetzt im Kolleg», sagte Craddock.

«Ich fand, daß ich mich heute nicht auf Mathematik konzentrieren kann, und so bin ich nach Hause gegangen.»

Sachlich ließ sich nun der Inspektor Patricks Personalien und Auskunft über seine Kriegsdienste geben. «Und jetzt, Mr. Simmons, schildern Sie mir, bitte, die Vorgänge von gestern abend.»

«Wir schlachteten ein fettes Kalb, Herr Inspektor, das heißt, Mizzi machte ausgezeichnetes Gebäck, Tante Letty ließ eine neue Flasche Sherry öffnen...»

Craddock unterbrach ihn. «Eine neue Flasche? Was war mit der andern?»

«Die war nur noch halb voll, und das gefiel Tante Letty nicht.»

«Sie war wohl nervös?»

«Nein, das kann man nicht sagen, sie ist höchst vernünftig. Die alte Bunny hatte den ganzen Tag über Unheil prophezeit.»

«Miss Bunner war also ausgesprochen ängstlich?»

«O ja, sie kam auf ihre Kosten.»

«Sie nahm die Anzeige ernst?»

«Sie wurde fast wahnsinnig.»

«Als Miss Blacklock die Anzeige las, glaubte sie zunächst, Sie hätten etwas damit zu tun. Wieso glaubte sie das?»

«Ach, ich bin hier der Sündenbock für alles!»

«Sie hatten nichts damit zu tun, Mr. Simmons?»

«Ich? Kein Gedanke!»

«Also beschreiben Sie mir, was gestern abend geschah.»

«Ich war gerade im Erkerzimmer, als die Lichter ausgin-

43

gen. Ich drehe mich um, und da steht ein Kerl in der Tür und brüllt: ‹Hände hoch!› Und alle keuchen und quietschen und schreien, und er fängt an zu schießen. Dann fällt er hin, die Blendlaterne geht aus, wir sind wieder im Finstern, und Colonel Easterbrook brüllt in seinem Kasernenhofton. Ich will mein Feuerzeug anzünden, aber das Ding funktioniert nicht.»

«Hatten Sie den Eindruck, daß der Mann auf Miss Blacklock gezielt hat?»

«Wie könnte ich das sagen? Mir kam eher vor, daß er seinen Revolver aus Spaß abfeuerte . . . und dann fand er vielleicht, er sei zu weit gegangen.»

«Und hat sich erschossen?»

«Möglich. Als ich sein Gesicht sah, kam er mir vor wie ein kleiner, kümmerlicher Dieb, den der Mut verlassen hatte.»

«Sie sind ganz sicher, daß Sie ihn nie zuvor gesehen haben?»

«Ja, ganz sicher!»

«Danke sehr, Mr. Simmons. Jetzt muß ich noch die andern befragen, die gestern abend dabei waren.»

7

Der Inspektor fand Phillipa Haymes im Garten von Dayas Hall. Zunächst sah er von ihr nur ein Paar hübsche Beine in Shorts, der Rest ihrer Figur war von Büschen verdeckt. Als sie seine Schritte hörte, steckte sie den Kopf zwischen den Zweigen hervor; ihr Haar war zerzaust, ihr Gesicht gerötet.

Craddock wies auf einen gefällten Baumstamm.

«Setzen wir uns dahin», schlug er freundlich vor. «Ich möchte Sie nicht lange aufhalten. Also: Um welche Zeit kamen Sie gestern abend von Ihrer Arbeit nach Haus?»

«Gegen halb sechs. Ich war zwanzig Minuten über meine Arbeitszeit hinaus hiergeblieben, da ich noch im Treibhaus Pflanzen gießen mußte.»

«Durch welche Tür gingen Sie ins Haus?»

«Durch die Hintertür. Wenn ich direkt am Hühnerstall

vorbeigehe, spare ich den Weg ums Haus herum, außerdem habe ich manchmal schmutzige Schuhe von der Arbeit.»

«War die Tür verschlossen?»

«Nein. Im Sommer steht sie gewöhnlich weit offen, um diese Jahreszeit wird sie zugemacht, aber nicht verschlossen. Wir alle benutzen sie sehr häufig. Ich sperrte zu, als ich im Haus war.»

«Machen Sie das immer, wenn Sie nach Hause kommen?»

«Erst seit voriger Woche, denn jetzt wird es schon gegen sechs Uhr dunkel. Miss Blacklock treibt zwar abends die Hühner und die Enten in den Stall, geht aber oft durch die Küchentür hinaus.»

«Und Sie sind ganz sicher, daß Sie gestern abend die Hintertür abgeschlossen haben?»

«Ganz sicher.»

«Gut. Und was machten Sie, als Sie im Haus waren?»

«Ich zog meine schmutzigen Schuhe aus, ging hinauf in mein Zimmer, nahm ein Bad und zog mich um. Dann ging ich hinunter ins Wohnzimmer und stellte fest, daß eine Art Gesellschaft stattfand. Von der sonderbaren Anzeige hatte ich bis dahin keine Ahnung gehabt.»

«Erzählen Sie mir jetzt bitte, wie sich dieser Überfall abspielte.»

«Also, das Licht ging plötzlich aus.»

«Wo standen Sie in dem Augenblick?»

«Am Kamin. Ich suchte mein Feuerzeug, das ich, wie ich glaubte, auf den Kaminsims gelegt hatte. Das Licht ging aus . . . und alle kicherten und schrien. Dann wurde die Tür aufgerissen, ein Mann leuchtete uns mit einer Blendlaterne in die Augen, fuchtelte mit einem Revolver herum und forderte uns auf, die Hände hochzuheben.»

«Hat die Laterne stark geblendet?»

«Nein, nicht besonders, aber sie war ziemlich grell.»

«Der Mann ließ die Laterne wandern?»

«Ja, er leuchtete das Zimmer ab.»

«Als ob er jemand Bestimmtes suche?»

«Den Eindruck hatte ich nicht.»

«Und was geschah dann, Mrs. Haymes?»

Phillipa runzelte die Stirn.

«Dann? Dann herrschte ein furchtbares Durcheinander.»

«Sie sahen die Leiche des Mannes?»

«Ja.»

«Kannten Sie ihn? Haben Sie ihn je vorher gesehen?»

«Nie.»

«Glauben Sie, daß er sich versehentlich erschossen oder daß er Selbstmord begangen hat?»

«Das kann ich nicht sagen.»

«Sie hatten ihn nicht gesehen, als er vor einigen Tagen Miss Blacklock aufsuchte?»

«Nein. Soviel ich weiß, war das am Vormittag, und da bin ich nie im Haus. Ich bin ja tagsüber fort.»

«Danke sehr, Mrs. Haymes. Ach, noch etwas: Haben Sie wertvollen Schmuck? Ringe, Armbänder und dergleichen?»

Sie schüttelte den Kopf.

«Nur meinen Ehering und zwei Broschen.»

«Wissen Sie, ob sich etwas besonders Wertvolles im Haus befindet?»

«Nicht daß ich wüßte. Es gibt ganz hübsches Silberbesteck, aber das ist ja nichts Außergewöhnliches.»

«Danke sehr, Mrs. Haymes.»

«Es war entsetzlich», erklärte Mrs. Swettenham strahlend. «Ja, wirklich entsetzlich, und meiner Ansicht nach sollte die Redaktion der *Gazette* die Annoncen genau prüfen, bevor sie sie bringt. Als ich die Annonce las, kam sie mir gleich höchst verdächtig vor. Ich sagte das sofort, nicht wahr, Edmund?»

«Erinnern Sie sich, was Sie taten, nachdem das Licht ausgegangen war, Mrs. Swettenham?» fragte der Inspektor. «Wo saßen oder standen Sie in dem Augenblick?»

«Also, da muß ich genau überlegen ... mit wem sprach ich gerade, Edmund?»

«Ich habe keine blasse Ahnung, Mutter.»

«Fragte ich nicht gerade Miss Hinchliffe, ob man den Hühnern bei dem kalten Wetter Lebertran geben sollte? Oder

46

sprach ich mit Mrs. Harmond... Nein, die war ja eben erst gekommen. Ich glaube, ich sagte gerade zu Colonel Easterbrook, ich hielte es für sehr gefährlich, daß wir in England ein Atomforschungsinstitut haben.»

«Können Sie nicht sagen, ob Sie saßen oder standen?»

«Ist das eigentlich wichtig, Herr Inspektor? Also, jedenfalls, ich muß am Fenster oder am Kamin gewesen sein, denn ich weiß, daß ich ganz dicht bei der Uhr stand, als sie schlug. Ach, das war ungeheuer aufregend. Man war so neugierig, ob irgend etwas geschehen würde.»

«Hat Ihnen die Laterne direkt in die Augen geleuchtet?»

«Ja, ich war völlig geblendet, ich konnte nichts sehen.»

«Und wo waren Sie, Mr. Swettenham?»

«Ich sprach mit Julia Simmons. Wir standen mitten im Zimmer... im größeren Raum.»

«Befanden sich alle Anwesenden in diesem Raum oder waren welche im Nebenzimmer?»

«Ich glaube, daß Mrs. Haymes dorthin gegangen war; soweit ich mich erinnere, stand sie da am Kamin und suchte etwas.»

«Glauben Sie, daß der dritte Schuß versehentlich oder in selbstmörderischer Absicht abgegeben wurde?»

«Ich habe keine Ahnung.»

«Mir wurde gesagt, daß Sie die Tür des Eßzimmers aufgeschlossen und die Köchin herausgelassen haben.»

«Ja.»

«Und Sie sind ganz sicher, daß die Tür von außen verschlossen war?»

Edmund blickte den Inspektor erstaunt an.

«Aber ja, ganz sicher... Sie glauben doch nicht etwa...»

«Ich will nur die Tatsachen klarstellen. Danke sehr, Mr. Swettenham.»

Bei Colonel Easterbrook und Frau verweilte der Inspektor länger, da er einen ganzen Vortrag über sich ergehen lassen mußte.

«Heutzutage kann man solch einen Fall nur vom psychologischen Gesichtspunkt aus betrachten», erklärte ihm der Colonel. «Man muß die Psyche des Verbrechers begreifen. Also dieser Fall hier ist für einen Menschen mit meiner Erfahrung sonnenklar. Warum hat der Kerl die Anzeige aufgegeben? Psychologie! Er will die Aufmerksamkeit auf sich lenken. Er war vielleicht als Ausländer von den andern Angestellten im Hotel von oben herab behandelt worden. Ein Mädchen hat ihn vielleicht abgewiesen. Er will nun ihre Aufmerksamkeit erwecken. Wer ist heutzutage der ideale Kinoheld? Der Gangster, der tolle Kerl! Also gut, er will ein toller Kerl sein. Er macht einen Raubüberfall, mit Maske, mit Revolver. Aber er will auch Publikum haben ... er braucht Publikum. Und so verschafft er sich dieses Publikum durch eine Zeitungsannonce. Aber dann, auf dem Höhepunkt, vergißt er sich ... er ist nicht nur ein Einbrecher, er wird zum Mörder! Er schießt blindlings drauflos ...»

Froh ob dieses Stichworts unterbrach ihn der Inspektor:

«Sie sagten ‹blindlings›, Colonel Easterbrook. Sie glauben nicht, daß er auf jemand Bestimmten schoß ... sagen wir auf Miss Blacklock?»

«Kein Gedanke! Wie ich sagte: ‹blindlings›! Und dann kam er wieder zu sich. Die Kugel hatte getroffen ... daß es nur ein Kratzer war, wußte er ja nicht. Urplötzlich kommt er wieder zu sich. All das, was er sich selbst vorgemacht hatte ... das ist auf einmal Wirklichkeit! Er hat auf einen Menschen geschossen ... hat vielleicht einen Menschen getötet ... Nun verliert er völlig den Kopf und richtet in Panik den Revolver gegen sich selbst.»

«Es ist wirklich wunderbar», flötete Mrs. Easterbrook voll Bewunderung, «wie genau du weißt, was geschehen ist, Archie.»

«Wo waren Sie, als die Schüsse fielen, Colonel?»

«Ich stand mit meiner Frau mitten im Zimmmer neben einem Tisch, auf dem Blumen standen.»

«Und ich habe dich am Arm gepackt, Archie, als die Schießerei losging. Ich war ja zu Tode erschrocken, ich mußte mich an dir festhalten.»

«Armes Häschen!» sagte der Colonel zärtlich und gönnerhaft.

Der Inspektor stöberte Miss Hinchliffe beim Schweinestall auf.

«Was wollen Sie denn noch von mir wissen?» fragte sie und kraulte dabei den rosigen Rücken eines Ferkels. «Ich habe doch Ihren Leuten schon gestern abend erklärt, daß ich keine Ahnung habe, wer der Kerl war.»

«Wo waren Sie, als der Überfall stattfand?»

«Ich lehnte am Kamin und hoffte zu Gott, daß man mir bald etwas zu trinken anbieten würde», antwortete sie prompt.

«Glauben Sie, daß die Schüsse blindlings abgegeben wurden oder daß auf eine bestimmte Person gezielt wurde?»

«Sie meinen auf Letty Blacklock? Woher soll ich das wissen? Ich weiß nur, daß das Licht ausging, daß uns eine Laterne blendete, dann wurden Schüsse abgegeben, und ich dachte: ‹Wenn dieser Lausejunge Patrick Simmons seine Witze mit einem geladenen Revoler macht, wird noch jemand etwas abbekommen.›»

«Sie glaubten, es sei Patrick Simmons?»

«Patrick hat nichts als Unsinn im Kopf. Aber diesmal hab ich ihm unrecht getan.»

«Glaubte auch Ihre Freundin, daß es Patrick gewesen sei?»

«Amy? Da fragen Sie sie am besten selbst.»

Miss Hinchliffe ließ ihre Stentorstimme erschallen: «Amy... wo bist du?»

«Ich komme», ertönte eine piepsige Stimme.

«Eil dich, die Polizei!» rief Miss Hinchliffe.

Atemlos kam Miss Murgatroyd herangetrippelt. Der Saum ihres Kleides hing herunter, und einzelne Haarsträhnen waren aus dem schlecht sitzenden Netz gerutscht. Ihr gutmütiges rundes Gesicht strahlte den Inspektor erwartungsvoll an.

«Wo warst du, als der Überfall stattfand? Das will er von dir wissen, Amy», sagte Miss Hinchliffe und zwinkerte.

«Oh, mein Gott!» keuchte Miss Murgatroyd. «Natürlich,

das hätte ich mir überlegen müssen. Es handelt sich natürlich ums Alibi, also, ich stand neben jemandem.»

«Nicht neben mir», sagte Miss Hinchliffe.

«Oh, mein Gott, nicht neben dir? . . . Ja, natürlich, ich bewunderte gerade die Chrysanthemen . . . übrigens gar keine besonders schönen Exemplare, und da passierte es . . . das heißt, ich wußte gar nicht, daß etwas passiert war . . . Ich meine, ich wußte nicht, daß so etwas geschah. Ich hörte nur eine Stimme, die rief: ‹Bitte, alle die Hände hoch!›»

«‹Hände hoch!›» verbesserte Miss Hinchliffe. «Von ‹bitte› war keine Rede.»

«Ich schäme mich direkt, wenn ich daran denke, daß ich die Sache amüsant fand, bis dieses Mädchen anfing zu schreien. Aber dann bekam ich auf einmal einen Schlag gegen meine Hühneraugen, das tat entsetzlich weh . . . Wollen Sie noch mehr wissen, Herr Inspektor?»

«Danke, nein», antwortete der Inspektor und betrachtete sie forschend. «Ich glaube nicht.»

Dem Inspektor gefiel das schäbige große Zimmer, es erinnerte ihn an sein Elternhaus in Cumberland: Verblaßter Chintz, abgenutzte Klubsessel, der Tisch voll mit Blumen und Büchern, in einem Korb ein schlafender Spaniel. Auch Mrs. Harmond fand er sehr sympathisch, obwohl sie ihm sofort offen erklärte:

«Ich werde Ihnen kaum helfen können. Ich hatte meine Augen fest zugekniffen, ich kann es nicht ertragen, geblendet zu werden. Und dann knallten die Schüsse, und da kniff ich die Augen noch fester zu, und ich wünschte so sehr, daß es ein ruhiger Mord wäre. Schießen kann ich nun einmal nicht vertragen!»

«Sie haben also nichts gesehen?» fragte der Inspektor. «Gehört haben Sie doch etwas?»

«Oh, großer Gott, jawohl, es gab viel zu hören. Türen wurden aufgerissen und wieder zugemacht, blöde Sachen wurden gesagt, die Leute keuchten und schrien, und Mizzi brüllte, als ob sie am Spieß steckte . . . und die arme Bunny quietschte wie ein zu Tode erschrockenes Kaninchen. Und einer stolperte über den andern. Und dann ging auf einmal das Licht wieder an, und alles war wie vorher... ich meine, nicht wirklich wie vorher, aber wir waren wieder wir selbst, nicht einfach Menschen in einer ägyptischen Finsternis. Im Dunkeln wirken Menschen doch ganz anders, finden Sie nicht auch?... Und dann lag er da. Ein... ein kümmerlich aussehender Ausländer... mit einem jungen, rosigen Gesicht, die Augen waren wie erstaunt aufgerissen... da lag er und war mausetot... neben ihm ein Revolver. All das war mir völlig unerklärlich.»

8

Craddock unterbreitet seinem Vorgesetzten, der gerade ein Telegramm der Schweizer Polizei las, den sauber getippten Bericht über die Vernehmungen.

«Er war also vorbestraft», sagte Rydesdale. «Hm... das konnte man sich denken... Diebstahl von Schmucksachen... Unterschlagungen... ja... Scheckfälschung... also ein ausgesprochener Gauner.»

«Jawohl, Sir... aber ein kleiner Gauner.»

«Richtig. Doch Kleinigkeiten führen oft zu größeren Dingen.»

«Ich verstehe die ganze Sache nicht, Sir.»

«Wieso nicht? Das ist doch eine ganz klare Geschichte... oder nicht? Aber wir wollen sehen, was Ihnen die Leute erzählt haben.»

Er nahm den Bericht und überflog ihn rasch.

«Das Übliche... ein Haufen Widersprüche und zweifelhafte Angaben. Es ist immer das gleiche. Aber die Hauptsache scheint doch klar zu sein.»

«Ich weiß, Sir... trotzdem halten wir mal die Tatsachen fest.»

«Also, um 5 Uhr 20 nahm Rudi Schwarz in Medenham den

51

Autobus nach Chipping Cleghorn; um sechs kam er dort an – laut Aussage des Chauffeurs und zweier Mitfahrender. Von der Bushaltestelle aus ging er in Richtung Little Paddocks. Ohne Schwierigkeiten konnte er ins Haus gelangen – wahrscheinlich durch die Vordertür. Im Zimmer bedrohte er die ganze Gesellschaft, gab zwei Schüsse ab, der eine streifte Miss Blacklock, dann erschoß er sich, ob versehentlich oder mit Absicht, kann nicht festgestellt werden. Ich gebe zu, daß seine Beweggründe unerklärlich sind, aber die müssen wir ja auch gar nicht klären. Bei der amtlichen Leichenschau wird wohl festgestellt werden, ob es sich um Selbstmord oder einen Unglücksfall handelt. Doch das ist für uns unwichtig. Ich glaube, wir können einen Strich unter die ganze Sache machen.»

«Sie meinen, daß wir uns an Colonel Easterbrooks ‹Psychologie› halten sollen?» fragte Craddock stirnrunzelnd.

«Haben Sie Grund zur Annahme, daß einige der bei dem Überfall Anwesenden Sie angelogen haben?»

Zögernd antwortete Craddock: «Ich glaube, diese Ausländerin, die Köchin, weiß mehr, als sie zugibt. Aber das kann auf einem Vorurteil von mir beruhen.»

«Sie halten es für möglich, daß sie den Burschen ins Haus ließ? Ihm Informationen gab . . .?»

«So etwas Ähnliches, ich traue ihr das zu. Aber das würde heißen, daß etwas Wertvolles im Spiel war, daß sich im Haus ein größerer Geldbetrag oder kostbarer Schmuck befunden hätte, und das scheint nicht der Fall gewesen zu sein. Miss Blacklock verneint das aufs entschiedenste, ebenso die übrigen Hausbewohner. Es bliebe also nur die Vermutung, daß sich im Haus ein Wertgegenstand befunden hätte, von dem niemand etwas wußte . . .»

«Das hört sich an wie ein schlechter Kriminalroman.»

«Ich gebe zu, daß es lächerlich ist, Sir. Aber wir haben die bestimmte Behauptung von Miss Bunner, daß Schwarz einen Mordversuch auf Miss Blacklock verübt hat.»

«Also nach dem, was Sie über sie sagen . . . und nach der Art ihrer Aussagen scheint doch diese Miss Bunner . . .»

52

«Jawohl, Sir», unterbrach Craddock ihn, «sie ist eine völlig unzuverlässige Zeugin.»

«Und warum wollte dieser Schwarz Miss Blacklock ermorden?»

«Da haben wir's, Sir. Ich weiß es nicht, und Miss Blacklock weiß es nicht – es sei denn, sie ist eine bessere Lügnerin, als ich ihr zutraue. Niemand weiß es, und so stimmt es vermutlich nicht.»

Er stieß einen tiefen Seufzer aus.

«Nehmen Sie es nicht so tragisch, Craddock. Sie werden mit Sir Henry und mir zu Mittag essen, und zwar im Royal Spa Hotel in Medenham Wells – man wird uns das Beste vorsetzen.»

«Danke sehr, Sir.» Craddock blickte leicht überrascht drein.

«Wir haben nämlich einen Brief erhalten.» Rydesdale unterbrach sich, da Sir Henry Clithering eintrat. «Ah, guten Morgen, da sind Sie ja, Henry ... Ich habe etwas für Sie.»

«Was denn?»

«Einen Brief von einer alten Jungfer. Sie wohnt im Royal Spa Hotel, und sie glaubt, sie könnte uns etwas Interessantes über diesen Fall in Chipping Cleghorn mitteilen.»

«Ah, die alten Jungfern!» stieß Sir Henry triumphierend hervor. «Was habe ich Ihnen gesagt? Die hören alles, die sehen alles, und im Gegensatz zu dem berühmten Sprichwort, sind sie nicht stille Wasser, sondern sagen auch alles – und zwar das Böse. Und was hat sie uns zu erzählen?»

Rydesdale betrachtete den Brief.

«Sie schreibt wie meine Großmutter», klagte er. «Wie heißt sie? Jane ... irgend etwas wie ... Murpel ... nein, Marple, Jane Marple.»

«Großer Gott!» rief Sir Henry. «George, das ist ja meine, meine prächtige alte Jungfer! Die fabelhafteste aller alten Jungfern! Und sie hat es wirklich fertiggebracht, statt friedlich zu Hause in St. Mary Mead zu sitzen, in Medenham Wells zu sein, gerade nachdem hier ein Mord passiert ist.»

«Schön, Henry», sagte Rydesdale spöttisch. «Ich freue

53

mich darauf, Ihren ‹Star› kennenzulernen. Also los! Wir essen im Royal Spa zu Mittag und werden dort die Dame in Augenschein nehmen.»

Miss Jane Marple entsprach fast genau Craddocks Vorstellungen, nur wirkte sie noch gütiger und noch älter, als er erwartet hatte. Sie hatte schneeweißes Haar, sanfte, unschuldig dreinblickende veilchenblaue Augen, ein rosiges Gesicht voller Runzeln und war ganz und gar in weiche Wolle gehüllt. Außerdem strickte sie noch an einem Wollgegenstand, der sich als ein Babyjäckchen entpuppte.

Hochentzückt begrüßte sie Sir Henry und war ganz aufgeregt, als man ihr den Polizeichef und den Inspektor vorstellte.

«Wirklich, Sir Henry, ich freue mich sehr . . . ich habe Sie ja schon so lange nicht mehr gesehen . . . Ach ja, mein Rheumatismus, der ist in der letzten Zeit noch schlimmer geworden . . . Aber ich rede zuviel . . . Unser Polizeichef persönlich, das hätte ich nie erwartet, doch ich fürchte, ich werde ihm seine Zeit rauben.»

Völlig senil! dachte Craddock.

«Wir wollen in das Privatbüro des Direktors gehen», schlug Rydesdale vor. «Dort können wir ungestört reden.»

Nachdem sie Platz genommen hatten, sagte Rydesdale: «Also, Miss Marple, dann erzählen Sie doch mal bitte.»

Überraschend prägnant kam sie nun gleich zur Sache.

«Es war ein Scheck», erklärte sie. «Er hat ihn gefälscht.»

«Er?»

«Der junge Mann im Empfangsbüro, von dem man glaubt, er habe diesen Überfall inszeniert und sich dann erschossen.»

«Er hat einen Scheck gefälscht, sagen Sie?»

Miss Marple nickte. «Ja, ich habe ihn bei mir.»

Sie zog einen Scheck aus ihrer Handtasche und legte ihn auf den Tisch.

«Heute morgen schickte ihn mir meine Bank. Wenn Sie genau hinsehen, können Sie sehen, daß er ursprünglich auf sieben Pfund ausgestellt war und dann in siebzehn Pfund abgeändert wurde. Es ist sehr geschickt gemacht, er scheint Übung gehabt zu haben. Er konnte die gleiche Tinte benutzen, weil ich den Scheck in seinem Büro ausstellte. Ich glaube, so etwas hat er schon häufig gemacht, meinen Sie nicht auch?»

«Diesmal ist er allerdings an die Falsche geraten», bemerkte Sir Henry.

Miss Marple nickte zustimmend.

«Ja. Ich fürchte, mit seinen kriminellen Erfahrungen war es nicht weit her. Ich war jedenfalls genau die falsche Person. Eine geschäftige, junge verheiratete Frau oder ein verliebtes Mädchen – die schreiben alle möglichen Schecks über alle möglichen Summen aus und wissen oft nicht mehr, wann sie wofür wieviel bezahlt haben. Aber eine alte Frau, die mit jedem Penny rechnen muß und die vor allem ganz bestimmte feste Gewohnheiten hat – die ist genau das falsche Opfer. Siebzehn Pfund! Über eine solche Summe würde ich *nie* einen Scheck ausschreiben. Zwanzig Pfund, eine runde Summe, für monatliche Löhne oder sonstige fixe Ausgaben. Und für meine persönlichen Dinge hebe ich immer sieben Pfund ab – früher waren es fünf, aber es ist alles so teuer geworden.»

«Und ganz bestimmt hat er Sie an irgend jemanden erinnert?» ahnte Sir Henry, sie mißtrauisch und amüsiert zugleich musternd.

Miss Marple lächelte und schüttelte leise den Kopf.

«Sie sind sehr ungezogen, Sir Henry. Aber es stimmt. Er *hat* mich an jemanden erinnert – an Fred Tyler aus dem Fischladen. Immer wieder tauchte mal ein Shilling extra auf in den monatlichen Abrechnungen. Da die Leute heutzutage so viel Fisch essen, sind die Rechnungen immer ziemlich lang – und so mancher prüft nicht alles einzeln nach. Jedesmal zehn Shilling in die eigene Tasche – nicht viel, aber immerhin genug, um sich mal eine besonders schöne Krawatte zu kaufen und Jessie Spragge (das Mädchen aus dem Textilwarenladen) ins Kino einzuladen. Ihren Schnitt machen – das ist es, was diese jungen Burschen wollen.

Nun, gleich in der ersten Woche, die ich hier war, wies

55

meine Rechnung einen Fehler auf. Ich machte den jungen Mann darauf aufmerksam, er entschuldigte sich aufs höflichste und schaute ganz betrübt drein. Doch ich dachte bei mir: ‹Du hast einen falschen Blick, junger Mann.›

Damit meine ich, daß jemand einem besonders ‹aufrichtig› und ‹gerade› in die Augen schaut, nicht wegsieht oder blinzelt.»

«Rudi Schwarz war ein ausgesprochener Gauner», erklärte Rydesdale. «In der Schweiz hat er ein langes Vorstrafenregister.»

«Dort wird ihm der Boden zu heiß geworden sein, nehme ich an, und so kam er, vermutlich mit gefälschten Papieren, hierher», meinte Miss Marple.

«So ist es», bestätigte Rydesdale.

«Er ist mit der kleinen rothaarigen Kellnerin vom Restaurant herumgezogen», erklärte Miss Marple. «Aber ich glaube nicht, daß ihr sein Tod sehr nahegeht. Sie wollte nur mal ein bißchen Abwechslung haben, und er brachte ihr oft Blumen und Schokolade mit, was englische Männer ja nicht zu tun pflegen. Hat sie ihnen alles erzählt, was sie weiß?» wandte sie sich plötzlich an Craddock. «Oder doch nicht alles?»

«Ich bin nicht sicher», antwortete Craddock vorsichtig.

«Ich glaube, man kann noch etwas aus ihr herausbekommen», fuhr Miss Marple fort. «Sie macht sich offensichtlich Sorgen. Heute morgen brachte sie mir Bücklinge statt Heringe, und sie hatte die Milch vergessen. Bisher war sie eine ausgezeichnete Kellnerin ... jawohl, sie ist beunruhigt. Ich glaube, daß sie noch etwas auszusagen hätte. Aber Sie, Herr Inspektor, werden sie ja leicht dazu bringen, daß sie Ihnen alles erzählt, was sie weiß.»

Der Inspektor errötete, und Sir Henry lachte leise.

«Es könnte sehr wichtig sein», meinte Miss Marple. «Vielleicht hat er ihr gesagt, wer es gewesen ist.»

Rydesdale schaute sie verblüfft an.

«Was meinen Sie damit?»

«Ach, Verzeihung, ich drücke mich so ungeschickt aus. Ich meine, wer ihn dazu angestiftet hat.»

56

«Sie glauben, daß ihn jemand angestiftet hat...?»

Sie riß erstaunt die Augen auf. «Aber selbstverständlich... ich meine... im Grunde genommen war er doch ein harmloser junger Mann, er hat ab und zu kleine Betrügereien gemacht, Schecks abgeändert, ein Schmuckstück entwendet, einen Griff in die Portokasse gemacht und dergleichen. Er hat sich zusätzliches Taschengeld verschafft, um sich gut anzuziehen und mit einem Mädchen ausgehen zu können... lauter solche Dinge. Und plötzlich nimmt er einen Revolver, macht einen Überfall, bedroht einen Haufen Leute in einem Zimmer, schießt auf jemanden... das sieht ihm doch gar nicht ähnlich... das ist doch unmöglich! Da stimmt etwas nicht!»

«Vielleicht können Sie uns sagen, Miss Marple», murrte Craddock, und seine Stimme klang plötzlich aggressiv, «was wirklich geschehen ist?»

Überrascht wandte sie sich ihm zu.

«Aber woher soll ich das wissen? Ich habe nur den Zeitungsbericht gelesen, und da steht nicht allzuviel drin. Man kann sich natürlich seine Gedanken machen, aber ich habe ja keine Unterlagen.»

«George», fragte Sir Henry den Polizeichef, «würde es die Vorschriften verletzen, wenn wir Miss Marple den Bericht über die Vernehmungen der Leute in Chipping Cleghorn lesen ließen?»

«Es mag die Vorschriften verletzen», antwortete Rydesdale, «aber bisher sind wir mit der Einhaltung der Vorschriften nicht weit gekommen. Ich bin sehr neugierig auf das, was Miss Marple sagen wird.»

Miss Marple schien ganz verwirrt zu sein, als Rydesdale ihr den Bericht reichte. Eine Weile herrschte Schweigen, während sie las.

Schließlich legte sie den Bogen auf den Tisch.

«Das ist höchst interessant», erklärte sie mit einem leichten Seufzer. «Es geht alles so durcheinander, es scheint alles so unwichtig zu sein, und das, was nicht unwichtig ist, kann man nur schwer ausfindig machen... es ist so, als sollte man in einem Heuhaufen eine Stecknadel suchen.»

Craddock war enttäuscht, er ärgerte sich über sie und knurrte schroff:

«Die Tatsachen sind ja klar. Obwohl die Leute einander widersprechen, haben sie doch alle eines gesehen: einen Mann mit einer Maske vor dem Gesicht, einem Revolver und einer Blendlaterne in der Hand, der die Tür öffnet und ruft: ‹Hände hoch!›»

«Entschuldigen Sie, bitte», widersprach Miss Marple sanft, «die Leute konnten doch gar nichts gesehen haben ... wenn ich richtig verstehe» – ihre Wangen hatten sich nun leicht gerötet, ihre Augen glänzten wie die eines Kindes – «war doch das Licht ausgegangen, und die Halle war finster. Wenn also ein Mann in der Tür stand und mit einer starken Blendlaterne in das Zimmer leuchtete, konnten die Leute doch nur die Laterne sehen, nicht wahr?»

«Das stimmt, ich habe es ausprobiert.»

«Wenn also jemand behauptet, einen Mann mit einer Maske und weiterem Räuberzubehör gesehen zu haben, so schildert er lediglich das, was er erst wahrnahm, als das Licht wieder funktionierte. All diese Aussagen widersprechen also nicht der Annahme, daß Schwarz nur ein Strohmann gewesen ist.»

Nachsichtig lächelnd fragte Rydesdale:

«Wollen Sie etwa sagen, daß jemand anders ihn dazu überredet hätte, blindlings in ein Zimmer voller Menschen zu schießen? Das wäre doch ein tolles Stück.»

«Ich glaube, daß ihm jemand gesagt hat, es handle sich um einen Scherz», entgegnete Miss Marple. «Er wurde natürlich dafür bezahlt. Er mußte eine Anzeige in die Zeitung setzen, das Haus ausspionieren und am betreffenden Abend mit einer Maske vor dem Gesicht und in einer schwarzen Pelerine dorthin gehen, eine Tür aufreißen, mit einer Blendlaterne die Leute anleuchten und: ‹Hände hoch!› rufen.»

«Und schießen?»

«Nein, nein!» widersprach sie. «Er hatte keinen Reovlver!»

«Aber alle sagen doch ...», begann Rydesdale.

Miss Marple ließ ihn nicht aussprechen.

«Das ist es ja. Niemand kann einen Revolver gesehen haben, selbst wenn er einen gehabt hätte, und ich glaube nicht, daß es der Fall war. Ich glaube, daß sich jemand in der Finsternis hinter ihn geschlichen und über seine Schulter hinweg die zwei Schüsse abgefeuert hat. Darauf war Schwarz zu Tode erschrocken; er drehte sich um, die hinter ihm stehende Person erschoß ihn und ließ den Revolver zu Boden fallen.»

Die drei Männer blickten sich groß an.

Sir Henry flüsterte leise: «Das wäre möglich.»

«Aber wer ist dieser Mr. X., der da in der Finsternis auftauchte?» fragte Rydesdale.

Miss Marple hüstelte. «Sie müssen von Miss Blacklock herausbekommen, wer ein Interesse daran haben könnte, sie zu ermorden.»

Dora Bunners fixe Idee, dachte Craddock. Instinkt gegen Vernunft.

«Sie glauben also, daß es sich um einen Mordversuch an Miss Blacklock handelte?» fragte Rydesdale.

«So sieht es aus», antwortete Miss Marple. «Allerdings gibt es da noch einige Widersprüche. Aber vielleicht kann man doch zunächst mal irgend etwas ausfindig machen, das uns weiterhilft. Ich bin sicher, daß Schwarz von seinem Auftraggeber strikte Anweisung erhalten hatte, kein Sterbenswörtchen von der Geschichte verlauten zu lassen. Vielleicht hat er aber doch nicht geschwiegen, sondern diesem Mädchen, dieser Myrna Harris, etwas erzählt.»

«Ich werde sie mir sofort vornehmen», sagte Craddock und stand auf.

Miss Marple nickte.

«Ich bin Ihnen ja so dankbar, daß Sie mir keine Vorwürfe machen», flüsterte Myrna Harris. «Ich werde Ihnen alles sagen. Aber wenn es Ihnen irgendwie möglich ist, lassen Sie mich aus dem Spiel, wegen meiner Mutter. Es fing alles damit an, daß Rudi ein Rendezvous mit mir rückgängig machte. Wir hatten vor, am Abend ins Kino zu gehen, und auf einmal sagte er mir, daß er nicht könne, er habe keine Zeit. Und da war ich natürlich ärgerlich und habe ihm meine Meinung gesagt ... schließlich hatte *er* es ja vorgeschlagen, und es paßt mir nicht, für dumm verkauft zu werden. Er behauptete, er könne nichts dafür, und ich schimpfte, das sei mir eine faule Ausrede. Da verriet er mir, er würde ein großes Ding drehen, und ich bekäme danach eine schöne Uhr. Ich fragte ihn, um was für ein ‹Ding› es sich denn handle. Und er erkärte, ich dürfte mit keinem Menschen darüber sprechen, aber irgendwo würde eine Gesellschaft stattfinden, und dort sollte er aus Spaß einen Überfall inszenieren. Er zeigte mir die Anzeige, die er aufgegeben hatte, und ich mußte natürlich lachen. Er machte sich lustig darüber, sagte, die Sache wäre kindisch, aber das sehe den Engländern ähnlich, die würden ja nie erwachsen. Es hat sich wirklich alles wie ein ausgelassener Ulk angehört, als er es mir erzählte. Ich habe auch nicht die geringste Ahnung davon gehabt, daß er einen Revolver hatte, er hat kein Wort davon gesagt, daß er einen mitnehmen würde.»

Craddock beruhigte sie und stellte dann die wichtigste Frage:

«Und wer hat ihm den Auftrag gegeben?»

Aber gerade das wußte das Mädchen nicht.

«Hat er keinen Namen erwähnt? Sprach er von einem ‹Er› ... oder von einer ‹Sie›?»

«Er hat nur gesagt, das würde ein Geschrei geben. ‹Ich werde mich totlachen, wenn ich die erschrockenen Gesichter sehe›, hat er gesagt.»

Er hatte nicht mehr viel zu lachen, dachte Craddock.

«Nur eine Theorie!» sagte Rydesdale zu Craddock, als sie nach Medenham fuhren. «Wollen wir es als Hirngespinst einer alten Jungfer ansehen und es dabei bewenden lassen?»

«Ich denke nicht, Sir.»

«Es klingt doch alles höchst phantastisch: Ein geheimnisvoller X. taucht plötzlich in der Finsternis hinter unserem Schweizer auf. Woher kam er? Wer war er?»

«Er hätte durch die Hintertür kommen können, genau wie

Schwarz», meinte Craddock. «Oder», fügte er gedehnt und mit aller Ironie hinzu, «er hätte aus der Küche kommen können.»

«‹Sie› hätte aus der Küche kommen können, meinen Sie doch...?»

«Jawohl, Sir, das wäre eine Möglichkeit. Ich traue dieser Katze, der Köchin, einfach nicht. Dieses ganze Geschrei und diese hysterischen Ausbrüche, all das kann Theater sein. Sie könnte dem Burschen etwas eingeredet, ihn zu geeigneter Zeit ins Haus gelassen und ihn dann erschossen haben. Danach stürzte sie zurück ins Eßzimmer und führte ihre Schreiszene auf.»

«Dagegen spricht die Aussage von diesem... wie heißt er nur gleich... ach ja, Edmund Swettenham, der ausdrücklich erklärt hat, die Tür sei von außen zugeschlossen gewesen und er habe die Köchin herausgelassen. Gibt es in diesem Teil des Hauses noch eine Tür?»

«Ja, es gibt noch eine Tür zur Küche, aber die Klinke ist vor drei Wochen abgebrochen und noch nicht wieder eingesetzt worden. Also kann die Tür nicht geöffnet werden. Und das scheint zu stimmen, die beiden Griffe liegen auf einem Regal neben der Tür in der Halle und sind ganz mit Staub bedeckt.»

«Stellen Sie vorsichtshalber mal fest, ob die Papiere des Mädchens in Ordnung sind. Mir kommt die Sache nach wie vor höchst suspekt vor.»

«Und da ist noch die Geschichte mit dem Revolver», sagte Craddock. «Wenn Miss Marple recht hat, besaß Schwarz überhaupt keinen Revolver.»

«Es ist ein deutsches Fabrikat.»

«Ich weiß, Sir. Aber es gibt hier eine Menge Revolver vom Festland. Die Amerikaner und auch unsere Leute haben sie mitgebracht. Das will also nichts heißen.»

«Stimmt. Aber könnte man nicht noch irgendwo anders ansetzen?»

«Da wäre das Motiv», antwortete Craddock. «Wenn Miss Marples Theorie stimmt, so wäre dieser Überfall nicht nur ein Scherz oder ein gewöhnlicher Raubüberfall, sondern ein kaltblütiger Mordversuch gewesen. Jemand versuchte, Miss Blacklock zu ermorden. Aber warum? Meines Erachtens kann nur Miss Blacklock selbst diese Frage beantworten.»

«Aber sie hat doch diese Idee weit von sich gewiesen.»

«Sie glaubt nicht daran, daß Schwarz sie ermorden wollte. Und damit hat sie ja recht. Aber nun kommt noch etwas, Sir.»

«Nämlich?»

«Der Versuch könnte wiederholt werden.»

«Das würde die Theorie bestätigen», meinte Rydesdale trocken. «Übrigens, passen Sie auf Miss Marple auf.»

«Auf Miss Marple? Warum?»

«Wie ich hörte, wird sie nach Chipping Cleghorn ins Pfarrhaus ziehen und nur zweimal in der Woche nach Medenham Wells zur Behandlung fahren. Die Frau des Pfarrers ist die Tochter einer alten Freundin von Miss Marple. Die alte Jungfer hat übrigens einen guten Instinkt.»

«Ich wünschte, sie würde nicht nach Chipping Cleghorn ziehen», murmelte Craddock besorgt. «Sie ist eine nette Person. Ich möchte nicht, daß ihr etwas zustößt . . . ich meine, vorausgesetzt, daß ihre Theorie stimmt.»

9

«Entschuldigen Sie, bitte, daß ich Sie schon wieder störe, Miss Blacklock», begann der Inspektor, «aber ich muß Ihnen zunächst mitteilen, daß Schwarz gar nicht der Sohn des Besitzers vom Hôtel des Alpes in Montreux war. Er scheint zuerst Angestellter in einer Klinik in Bern gewesen zu sein – viele Patienten vermißten Wertgegenstände. Dann war er unter anderem Namen Kellner in einem kleinen Winterkurort; dort war es seine Spezialität, im Restaurant in den Rechnungsduplikaten andere Beträge einzusetzen, die Differenz steckte er natürlich in die eigene Tasche. Dann war er Angestellter in einem Warenhaus in Zürich; während er dort arbeitete, wurden mehr Ladendiebstähle als früher festgestellt, und es sah so aus, als hätten nicht nur Kunden diese Diebstähle begangen.»

«Kurz gesagt, ein kleiner Gauner», bemerkte Miss Blacklock trocken. «Ich hatte also recht, als ich glaubte, ihn vorher nie gesehen zu haben.»

«So ist es. Wahrscheinlich hat ihn jemand im Hotel auf Sie aufmerksam gemacht, und daraufhin tat er so, als kenne er Sie von früher her. In der Schweiz war ihm der Boden zu heiß geworden, und so kam er mit gefälschten Papieren hierher und verschaffte sich die Stellung im Hotel. Übrigens, Sie bleiben dabei, daß sich hier im Hause nichts Wertvolles befindet?»

«Natürlich nicht. Ich kann Ihnen versichern, Herr Inspektor, daß wir keinen unbekannten Rembrandt oder so etwas haben.»

«Dann sieht es doch so aus, als hätte Miss Bunner recht – er hatte es auf Sie abgesehen.»

Miss Blacklock blickte ihn durchdringend an.

«Also, wir wollen das mal klarstellen: Sie glauben wirklich, dieser junge Mann wäre hierhergekommen, nachdem er durch eine Annonce das halbe Dorf zu einer bestimmten Zeit hergelotst hatte?»

«Aber vielleicht hat er gar nicht damit gerechnet», unterbrach Miss Bunner sie aufgeregt. «Vielleicht ist es nur eine Art von grauenhafter Warnung gewesen... für dich, Letty... so habe ich es empfunden, als ich die Annonce las. ‹Ein Mord wird angekündigt›... Mir lief es eiskalt über den Rücken, ich fühlte, daß es etwas Entsetzliches ist... wenn alles so gekommen wäre, wie er es sich gedacht hatte, hätte er dich erschossen und wäre davongekommen... und niemand hätte je herausgefunden, wer es gewesen ist.»

«Das stimmt schon», sagte Miss Blacklock. «Aber...»

«Ich wußte, daß diese Annonce kein Scherz war, Letty. Ich habe es gleich gesagt, und denk an Mizzi, sie hatte auch Angst!»

«Ach ja», sagte Craddock, «diese Mizzi! Die interessiert mich besonders.»

63

«Ihr Paß und ihre Arbeitserlaubnis sind in Ordnung.»

«Das bezweifle ich nicht», meinte Craddock trocken. «Auch die Papiere von Schwarz schienen in Ordnung zu sein.»

«Aber was für einen Grund sollte dieser Schwarz gehabt haben, mich ermorden zu wollen? Das haben Sie mir noch immer nicht erklären können, Herr Inspektor.»

«Es könnte jemand hinter ihm gesteckt haben», mutmaßte Craddock. «Haben Sie daran noch nicht gedacht?»

«Das ändert nichts an der Tatsache», erwiderte Miss Blacklock. «Wer sollte ein Interesse haben, mich zu ermorden?»

«Die Antwort auf diese Frage wollte ich eigentlich von Ihnen hören, Miss Blacklock.»

«Die Antwort kann ich Ihnen nicht geben, ein für allemal! Ich habe keine Feinde. Soviel ich weiß, stand ich mit meinen Nachbarn stets auf bestem Fuß. Ich weiß von niemandem etwas Schlimmes; also die ganze Idee ist absurd! Und wenn Sie vermuten, daß Mizzi etwas damit zu tun haben könnte, so ist auch das abwegig. Wie Miss Bunner gerade sagte, war Mizzi zu Tode erschrocken, als sie diese Anzeige in der *Gazette* sah. Sie wollte sogar sofort ihre Siebensachen packen und sich auf und davon machen.»

«Das könnte ein geschickter Schachzug von ihr gewesen sein; sie konnte sich ja denken, daß Sie sie zum Bleiben drängen würden.»

«Wenn Sie so wollen, können Sie bei allen etwas finden. Aber ich kann Ihnen versichern, daß Mizzi, wenn sie mich unverständlicherweise haßte, mir vielleicht Gift ins Essen getan hätte, aber ich bin sicher, daß sie nicht dieses ganze Theater aufgeführt hätte; das ist, wie gesagt, absurd. Ich glaube, daß die Polizei den Komplex hat, in jedem Ausländer einen Verbrecher zu sehen. Mizzi mag eine Lügnerin sein, aber sie ist keine kaltblütige Mörderin. Wenn Sie es jedoch für richtig halten, sie zu schikanieren, so tun Sie es in Gottes Namen, aber ich warne Sie – wenn sie mir deswegen davonläuft, müssen Sie mein Essen kochen.»

Craddock ging in die Küche und richtete an Mizzi dieselben Fragen, die er schon einmal an sie gestellt hatte, und erhielt die gleichen Antworten:

Jawohl, sie habe kurz nach vier die Haustür geschlossen ... Nein, sie habe das nicht immer getan, sondern nur an dem bewußten Nachmittag, weil sie wegen der «grauenvollen Anzeige» Angst gehabt habe. Es habe keinen Zweck gehabt, die Hintertür zu verschließen, weil Miss Blacklock und Miss Bunner diese stets benutzten, wenn sie die Hühner fütterten und sie abends in den Stall trieben, und auch Mrs. Haymes benutze gewöhnlich diese Tür, wenn sie von der Arbeit nach Hause käme.

«Mrs. Haymes sagt, sie habe die Tür verschlossen, als sie um halb sechs Uhr nach Hause kam.»

«Ah, und Sie ihr glauben ... oh, natürlich, Sie ihr glauben ...»

«Meinen Sie, wir sollten ihr nicht glauben?»

«Es ist doch egal, was ich meine! Sie mir doch nicht glauben.»

«Angenommen, wir gäben Ihnen Gelegenheit dazu? Sie glauben, daß Mrs. Haymes die Tür nicht abgeschlossen hat?»

«Ich glaube, daß Sie sich gehütet hat, es zu tun.»

«Was wollen Sie damit sagen?» fragte Craddock.

«Der junge Mann, er nicht hat gemacht allein ... nein, er weiß, Tür wird sein offen für ihn ... oh, ja, sehr bequem offen!»

«Was wollen Sie damit sagen?» wiederholte Craddock.

«Was hat Zweck das, was ich sagen? Sie werden nicht hören. Sie sagen, ich sei arme Flüchtlingsmädchen, das lügt. Sie sagen, daß blonde englische Dame, o nein, sie nicht lügen ... sie ist gute Engländerin, sie so ehrlich. So Sie glauben ihr und nicht mir. Aber ich könnte sagen Ihnen, o ja, ich könnte sagen Ihnen!»

Zur Bekräftigung schlug sie mit einer Pfanne auf den Herd.

Craddock schwankte, ob er von ihrem Gerede, das lediglich auf Haß beruhen mochte, überhaupt Notiz nehmen sollte.

«Wir gehen allem nach, was uns gesagt wird», erklärte er schließlich.

«Ich werde Ihnen sagen überhaupt nichts. Warum soll ich? Ihr sein alle gleich, ihr verfolgen und verachten arme Flüchtling. Wenn ich sage Ihnen, daß wenn vor einer Woche der junge Mann gekommen ist, um Miss Blacklock um Geld zu bitten und sie ihn fortgeschickt hat... wenn ich sage, daß ich nachher ihn habe gehört sprechen mit Mrs. Haymes... ja, draußen in Gartenhäuschen... Sie nur sagen, ich habe erfunden.»

Das wird wahrscheinlich auch der Fall sein, dachte Craddock, sagte aber laut:

«Sie konnten ja gar nicht hören, was im Gartenhäuschen gesprochen wurde.»

«Da Sie sich irren!» rief Mizzi triumphierend. «Ich war gewesen in Garten, um zu holen Brennessel... man kann machen schöne Gemüse aus Brennessel, die andern das nicht glauben, aber ich koche Brennessel und sage nicht. Und ich höre beide sprechen in Häuschen. Er sagen ihr: ‹Aber wo kann ich mir verstecken?› Und sie sagt: ‹Ich dir werde zeigen›... und dann sie sagt: ‹Um Viertel nach sechs›, und ich denke: Aha! So eine bist du, du feine Dame! Nachdem du kommst zurück von Arbeit, du dir treffen mit eine Mann. Du ihn bringen in Haus. Ich werde aufpassen, denke ich, und hören, und dann ich werde sagen Miss Blacklock. Aber jetzt weiß ich, daß ich mich habe geirrt. Sie hat nicht vorgehabt Liebe mit ihm, es war Raub und Mord! Aber Sie werden sagen, ich all das habe erfunden. Böse Mizzi, Sie werden sagen, ich stecke sie in Gefängnis.»

Craddock überlegte – sie konnte das erfunden haben, es konnte aber auch wahr sein. Vorsichtig fragte er:

«Sind Sie sicher, daß es Rudi Schwarz war, mit dem sie sprach?»

«Aber natürlich! Ich habe gesehen, wie er zu Gartenhäuschen gegangen ist. Und Sie können sehen jetzt», fügte sie trotzig hinzu, «daß ich jetzt gehe in Garten und gucke, ob dort nicht sind hübsche junge grüne Brennessel.»

«Sie haben nur das, was Sie mir eben sagten, gehört?»
Mizzi nickte bekümmert.

«Die Miss Bunner, die mit die lange Nase, sie ruft mir und
ruft mir. Mizzi! Mizzi! So habe ich in Haus gehen müssen.
Oh, sie kann einen machen wütend, sie mischt sich immer in
alles ein.»

«Warum sagten Sie mir das alles nicht schon neulich?»
fragte Craddock streng.

«Weil ich mich nicht habe erinnert . . . ich nicht habe dran
gedacht. Erst später habe ich gesagt zu mir, das war geplant
damals . . . geplant mit ihr.»

«Sie sind ganz sicher, daß es Mrs. Haymes war?»

«O ja. Ich bin sicher, o ja, ich ganz sicher. Sie ist ein Dieb,
die Mrs. Haymes, ein Dieb und Genossin von Diebe. Was sie
kriegt für Arbeit in Garten ist nicht genug für so feine Dame, o
nein!»

Tief in Gedanken versunken ging Craddock durch die
Halle und wollte eine Tür öffnen, die aber verschlossen war.

Miss Bunner, die gerade die Treppe herunterkam, erklärte:
«Diese Tür geht nicht auf, die nächste links ist die richtige.
Man kann sich wirklich leicht irren mit diesen vielen Türen.»

«Ja, hier ist ja eine Tür neben der anderen», meinte
Craddock und blickte sich um.

Liebenswürdig erklärte ihm nun Miss Bunner:

«Man kann sie leicht verwechseln, da sie direkt nebeneinander liegen. Ich habe auch schon einige Male die falsche zu
öffnen versucht. Bis vor kurzem stand ein Tisch davor, aber
den haben wir an die andere Wand geschoben.»

Craddock sah an der Tür die Spuren der Tischkante. Fast
unbewußt fragte er:

«Wann ist der Tisch fortgestellt worden?»

«Da muß ich überlegen», antwortete sie. «Warten Sie . . .
das war so vor zehn, vierzehn Tagen.»

«Warum wurde er denn fortgestellt?»

«Ich weiß es gar nicht mehr . . . wegen der Blumen glaube
ich. Phillipa hatte dort eine große Vase hingestellt – sie
arrangiert so wunderschön Blumen –, Herbstblumen in

prächtigen Farben und dazwischen Zweige, und wenn man dort vorbeiging, blieb man oft daran hängen. Und da sagte Phillipa: ‹Am besten stellt man den Tisch an die Wand gegenüber, das ist für die Blumen auch ein besserer Hintergrund als die Tür.›»

«Wohin führt denn die Tür, und warum ist sie immer verschlossen?» fragte Craddock, die Tür betrachtend.

«Es ist die Tür des kleinen Wohnzimmers; als aus den beiden Zimmern eins gemacht wurde, hat man diese hier verriegelt, da man ja nicht zwei Türen für ein Zimmer braucht.»

«Verriegelt?»

Craddock versuchte die Klinke.

«Ist sie nur zugeschlossen oder auch vernagelt?»

«Ich glaube, sie ist zugeschlossen und oben verriegelt.»

Er versuchte, den Riegel zu öffnen... er glitt ganz leicht zur Seite – zu leicht.

«Wann wurde die Tür zum letzten Mal benutzt?» fragte er.

«Ach, ich denke, vor Jahren. Jedenfalls ist sie, seitdem ich hier bin, nicht benutzt worden, das weiß ich bestimmt.»

«Wissen Sie, wo der Schlüssel ist?»

«In der Tischschublade; dort liegen viele Schlüssel, wahrscheinlich ist er dabei.»

Craddock öffnete die Schublade und sah in einer Ecke einen Haufen verrosteter Schlüssel liegen. Er entdeckte einen, der anders aussah als die andern, ging zur Tür und versuchte ihn... er paßte und drehte sich überraschend leicht. Er drückte die Klinke nieder... geräuschlos öffnete sich die Tür.

«Oh, geben Sie acht», rief Miss Bunner. «Auf der anderen Seite könnte etwas stehen, wir benutzen die Tür doch nie.»

«Meinen Sie?» sagte der Inspektor. Sein Gesicht war finster geworden, und nachdrücklich fügte er hinzu:

«Die Tür ist erst kürzlich benutzt worden, Miss Bunner, das Schloß und die Angeln sind frisch geölt!»

Offenen Mundes starrte sie ihn an, ihre törichten Augen waren weit aufgerissen.

«Aber wer kann das getan haben?» fragte sie.

«Genau das werde ich herausfinden!» antwortete Craddock.

10

Diesmal hörte Miss Blacklock ihm aufmerksamer zu. Sie war intelligent, und sie begriff sofort die Bedeutung seiner Entdeckkung.

«Ja», meinte sie ruhig, «das ändert allerdings die Angelegenheit ... Niemand hatte an der Tür etwas zu suchen.»

«Sie sehen doch ein, was das bedeutet», sagte der Inspektor eindringlich. «Als das Licht ausging, konnte an jenem Abend jeder der im Wohnzimmer Versammelten durch diese Tür hinausschlüpfen, sich hinter Schwarz schleichen und – schießen.»

Langsam entgegnete Miss Blacklock: «Und Sie glauben, daß einer meiner netten, harmlosen Nachbarn versucht hat, mich zu ermorden? Mich? Aber warum?»

«Meiner Ansicht nach müßten Sie die Antwort auf diese Frage selbst wissen, Miss Blacklock.»

«Aber ich weiß sie nicht, Herr Inspektor. Ich versichere Ihnen, ich weiß sie nicht!»

«Also, wollen wir versuchen, die Antwort zu finden. Wer wird Sie beerben?»

Widerstrebend antwortete sie: «Patrick und Julia. Die Hauseinrichtung habe ich Bunny vermacht und ihr außerdem eine kleine Jahresrente ausgesetzt. Ich werde ja nicht viel hinterlassen. Ich hatte Kapitalanlagen in Deutschland und Italien, die keinen Wert mehr haben, und von meinem Vermögen hier bleibt nach Abzug der Steuern nur noch wenig übrig. Es würde sich bestimmt nicht lohnen, mich zu ermorden.»

«Aber immerhin haben Sie doch ein Einkommen, Miss Blacklock? Und Ihr Neffe und Ihre Nichte würden das erben.»

«Also Patrick und Julia sollten versucht haben, mich zu

ermorden? Das ist unmöglich! Außerdem haben sie selber genug.»

«Wissen Sie das bestimmt?»

«Nein. Ich weiß nur, was die beiden mir erzählt haben. Aber trotzdem habe ich natürlich nicht den leisesten Verdacht gegen sie... Eines Tages könnte es sich allerdings lohnen, mich zu ermorden.»

«Was meinen Sie damit, daß es sich eines Tages lohnen könnte, Sie zu ermorden, Miss Blacklock?» hakte der Inspektor nach.

«Eines Tages, vielleicht bald, kann ich sehr reich werden.»

«Das klingt ja interessant. Wollen Sie mir das nicht näher erklären?»

«Aber gern. Ich war über zehn Jahre lang Sekretärin von Randall Goedler und war auch mit ihm befreundet.»

Das interessierte Craddock sehr. Randall Goedler war ein berühmter Finanzmann gewesen. Seine gewagten Spekulationen in großem Stil und seine theatralische Publizität hatten ihn zu einer Persönlichkeit gemacht, die man schwerlich vergaß. Er war 1937 oder 1938 gestorben, soweit Craddock sich erinnerte.

«Wahrscheinlich haben Sie von ihm gehört», sagte sie.

«O ja. Er war doch Millionär?»

«Mehrfacher... allerdings ging es bei ihm immer auf und ab. Oft setzte er in einem einzigen Coup mehr aufs Spiel, als er überhaupt besaß.»

Sie erklärte das mit einer gewissen Begeisterung, ihre Augen leuchteten.

«Jedenfalls war er bei seinem Tod sehr reich. Er hatte keine Kinder und hat die Nutznießung seines Vermögens seiner Frau vermacht... nach ihrem Tod werde ich das ganze Vermögen erben... In den letzten zwölf Jahren», fügte sie leicht zwinkernd hinzu, «hätte ich also ein ausgesprochenes Interesse daran gehabt, Mrs. Goedler zu ermorden... doch diese Kenntnis nutzt Ihnen nicht viel, nicht wahr?»

«Entschuldigen Sie die Frage, aber... war Mrs. Goedler nicht böse über das Testament ihres Mannes?»

70

Miss Blacklock blickte nun ausgesprochen amüsiert drein.

«Sie brauchen gar nicht so diskret zu sein. Sie möchten doch wissen, ob ich Randall Goedlers Geliebte war? Nein, das war ich nicht. Ich glaube nicht, daß Randall je nur der Gedanke gekommen wäre, und von mir kann ich Ihnen bestimmt sagen, daß ich nie auch nur im Traum daran gedacht habe. Er liebte nur Belle – seine Frau –, und er liebte sie bis zu seinem Tode. Wahrscheinlich wollte er mir auf diese Art seine Dankbarkeit bezeugen. Wissen Sie, Herr Inspektor, zu Beginn seiner Laufbahn stand er nämlich einmal dicht vor dem Ruin, obwohl es sich nur um ein paar tausend Pfund Bargeld handelte. Es war ein großer Coup, es war höchst aufregend, es war tollkühn wie all seine Spekulationen, aber gerade dies bißchen Bargeld fehlte ihm, um ihn über Wasser zu halten. Ich hatte etwas Vermögen und stellte ihm das Geld zur Verfügung... eine Woche später war er ein enorm reicher Mann. Von da an behandelte er mich mehr oder weniger als seine Partnerin. Ja, das waren aufregende Zeiten!»

Sie seufzte und schien eine Zeitlang in Gedanken an verflossene Tage versunken.

«Ich habe das genossen. Dann starb mein Vater, und meine einzige Schwester blieb hoffnungslos krank zurück. Ich mußte alles aufgeben und sie pflegen. Zwei Jahre später starb Randall. Ich hatte während unserer Zusammenarbeit ein ganz schönes Vermögen gemacht und hatte gar nicht erwartet, daß er mir etwas hinterließe, aber ich war zutiefst gerührt und sehr stolz, als ich erfuhr, daß ich, wenn Belle vor mir stürbe, sein ganzes Vermögen erben würde. Ich glaube, der arme Mann wußte einfach nicht, wem er es vermachen sollte. Belle ist eine entzückende Frau, und sie war richtig froh über sein Testament. Sie ist so lieb. Sie lebt in Schottland, ich habe sie seit Jahren nicht mehr gesehen, wir schreiben uns nur zu Weihnachten. Gerade vor dem Krieg ging ich mit meiner Schwester in ein Sanatorium in die Schweiz... sie ist dort an einer Lungenentzündung gestorben.»

Sie schwieg einen Augenblick, dann fügte sie hinzu:

«Erst vor einem Jahr bin ich nach England zurückgekehrt.»

«Sie sagten, Sie könnten sehr bald eine reiche Frau werden... wie bald?»

«Ich hörte von Belles Krankenschwester, daß sich ihr Zustand rapide verschlechtere. Es kann also schon in ein paar Wochen der Fall sein.»

Wieder seufzte sie, diesmal weniger erinnerungsselig denn traurig.

«Das Geld wird mir jetzt nicht mehr viel bedeuten. Ich habe genug für meine bescheidenen Bedürfnisse. Früher wäre es ein Vergnügen für mich gewesen, große Transaktionen durchzuführen, aber jetzt... man wird alt. Aber Sie sehen doch ein, Herr Inspektor, daß, wenn Patrick und Julia mich aus finanziellen Gründen ermorden wollten, die beiden wahnsinnig wären, damit nicht noch einige Wochen zu warten?»

«Das schon, Miss Blacklock, aber was würde geschehen, wenn Sie vor Mrs. Goedler stürben? Wer würde dann das Geld erben?»

«Das habe ich mir eigentlich nie überlegt... Pip und Emma, nehme ich an...»

Craddock starrte sie verblüfft an, und sie lächelte.

«Das klingt wohl verrückt? Ich glaube, wenn ich vor Belle stürbe, würden die legalen Nachkommen – oder wie der juristische Ausdruck lautet – von Sonja, Randalls einziger Schwester, das Vermögen erben. Randall hatte sich mit seiner Schwester entzweit, weil sie einen Mann geheiratet hatte, den er für einen Gauner, für einen Lumpen hielt.»

«War er ein Gauner?»

«O ja, das kann man wohl sagen. Aber die Frauen waren vernarrt in ihn. Er war ein Grieche oder ein Rumäne oder so etwas Ähnliches... wie hieß er nur... Stamfordis, Dimitri Stamfordis.»

«Hat Goedler seine Schwester enterbt, als sie den Mann heiratete?»

«Sonja besaß selbst ein beträchtliches Vermögen. Aber ich glaube, daß er, als der Notar ihn drängte, einen Nacherben

72

einzusetzen, falls ich vor Belle stürbe, widerstrebend Sonjas Nachkommen als Erben bestimmte, weil er einfach nicht wußte, wem er das Vermögen hinterlassen sollte. Es lag ihm nicht, Wohltätigkeitsinstitutionen etwas zu vermachen.»

«Und die Schwester hatte Kinder aus ihrer Ehe?»

«Ja, Pip und Emma.»

Sie lachte.

«Das klingt komisch. Ich weiß nur, daß Sonja ein einziges Mal nach ihrer Hochzeit an Belle schrieb und sie bat, Randall auszurichten, daß sie überglücklich sei und gerade Zwillinge bekommen habe, die sie Pip und Emma nenne. Soviel ich weiß, hat sie nie wieder geschrieben. Aber sicher wird Belle mehr wissen.»

Miss Blacklock war von ihrem Bericht offensichtlich amüsiert, aber der Inspektor blickte gar nicht amüsiert drein.

«Also es ist so», sagte er, «daß es, wenn Sie neulich ermordet worden wären, vermutlich wenigstens zwei Menschen auf der Welt gäbe, die ein Riesenvermögen geerbt hätten. Sie irren sich, Miss Blacklock, wenn Sie sagen, niemand sei an Ihrem Tod interessiert. Mindestens zwei Menschen gibt es, die ein ungemeines Interesse daran haben... Wie alt müßten diese Zwillinge jetzt sein?»

Sie runzelte die Stirn.

«Ich muß überlegen... 1922... nein, ich kann mich nicht mehr recht erinnern... ich denke, so fünfundzwanzig bis sechsundzwanzig Jahre.»

Ihr Gesicht hatte sich verdüstert. «Aber Sie glauben doch nicht...»

«Ich glaube, daß jemand mit der festen Absicht, Sie zu töten, auf Sie geschossen hat, und ich halte es für möglich, daß derselbe Mensch oder dieselben Menschen den Versuch wiederholen werden. Ich möchte Sie bitten, Miss Blacklock, sehr vorsichtig zu sein. Ein Mordversuch wurde unternommen und ist mißlungen. Ich halte es für möglich, daß dieser Mordversuch sehr bald wiederholt wird.»

73

Phillipa Haymes richtete sich auf und strich eine Haarsträhne aus ihrer feuchten Stirn. Sie war gerade dabei, ein Blumenbeet zu jäten.

«Ja, was ist, Herr Inspektor?»

Fragend blickte sie ihn an.

Er betrachtete sie genauer als bisher. Sie sah gut aus, fand er, sehr englisch mit ihrem schmalen Gesicht, den klaren blauen Augen, dem energischen Kinn und Mund und dem aschblonden Haar. Offensichtlich war sie ein Mensch, der sehr wohl ein Geheimnis hüten konnte.

«Es tut mir leid, daß ich Sie immer bei Ihrer Arbeit stören muß, Mrs. Haymes», entschuldigte er sich, «aber ich dachte, es sei besser, hier und nicht in Little Paddocks mit Ihnen zu sprechen.»

«Ja, bitte, Herr Inspektor?»

Ihre Stimme klang gleichmütig; trotzdem glaubte er, einen müden Unterton zu hören, war aber nicht sicher, ob das nicht nur Einbildung von ihm war.

«Heute morgen wurde mir etwas mitgeteilt, was Sie betrifft.»

Phillipa zog ein wenig die Brauen hoch.

«Sie sagten mir, Mrs. Haymes, daß Ihnen dieser Rudi Schwarz völlig unbekannt gewesen sei.»

«Ja.»

«Daß Sie ihn zum ersten Mal in Ihrem Leben gesehen haben, als er tot in der Halle lag. Ist das nicht so?»

«Ja, ich habe ihn nie vorher gesehen.»

«Sie hatten also nie eine Unterredung mit ihm im Gartenhäuschen von Little Paddocks?»

«Im Gartenhäuschen!»

Ihre Stimme kam ihm ängstlich vor.

«Jawohl, Mrs. Haymes.»

Einen Augenblick herrschte Schweigen, dann stieß Phillipa ein kurzes, verächtliches Lachen aus und blickte spöttisch drein.

«Ich weiß nicht, wer Ihnen diesen Bären aufgebunden hat», erwiderte sie. «Ich kann es mir allerdings denken. Es ist

74

eine plumpe, blöde Lüge, ziemlich gehässig. Aus irgendeinem Grund verabscheut Mizzi mich noch mehr als die andern.»

«Sie bestreiten es also?»

«Natürlich stimmt es nicht . . . ich habe diesen Schwarz nie in meinem Leben gesehen, und an dem Morgen war ich überhaupt nicht im Haus, sondern habe hier gearbeitet.»

«An welchem Morgen?» fragte Craddock sanft . . .

Ihre Augenlider zuckten, und erst nach einem Augenblick antwortete sie:

«An jedem Morgen. Ich bin ja jeden Morgen hier und gehe erst um ein Uhr fort.» Verächtlich fügte sie hinzu: «Sie müssen von Mizzis Erzählungen keine Notiz nehmen, ihr täte die Zunge weh, wenn sie ein wahres Wort sagte.»

Im Garten des Pfarrhauses saß Miss Marple strickend neben dem Inspektor. Es war ein milder Herbsttag, und der Sonnenschein, der Friede, das stete Klicken der Stricknadeln übten eine fast einschläfernde Wirkung auf Craddock aus. Doch gleichzeitig fühlte er sich wie von einem Alptraum bedrückt.

Plötzlich sagte er: «Sie sollten nicht hierbleiben.»

Das Klicken der Stricknadeln hörte für einen Augenblick auf. Miss Marple blickte ihn aus ihren ruhigen blauen Augen nachdenklich an und entgegnete schließlich:

«Ich verstehe Sie. Sie sind ein sehr gewissenhafter Mann. Aber es ist gar nicht auffallend, daß ich hier bin. Bunchs Eltern sind gute alte Freunde von mir. Also ist es das Natürlichste von der Welt, daß ich, wenn ich in Medenham bin, zu Bunch auf Besuch komme.»

«Das schon», sagte er. «Aber . . . zeigen Sie nicht zuviel Interesse . . . ich habe so ein dumpfes Gefühl. Nein, mehr als das, ich glaube, Sie sind hier im Dorf nicht sicher.»

Da die frisch geölte Tür ein Beweis für ihn war, daß mindestens einer der Gäste Letitia Blacklocks an jenem Abend keineswegs ein harmloser, freundlich gesinnter Nachbar war, hegte er wirklich Befürchtungen für Miss

75

Marple, die alt war, so zerbrechlich wirkte und eine so scharfe Beobachtungsgabe besaß.

Voll Sorge erzählte er nun Miss Marple von Goedler und von Pip und Emma.

«Es sind nur zwei Namen», sagte er, «dazu noch Spitznamen! Es ist möglich, daß die beiden überhaupt nicht mehr leben oder als respektable Bürger irgendwo in Europa sitzen; es kann aber auch sein, daß einer oder beide hier in Chipping Cleghorn sind.»

Ungefähr fünfundzwanzig Jahre alt... auf wen träfe das zu?

Laut denkend sagte er:

«Ihr Neffe und ihre Nichte... wie lange hatte sie die beiden nicht gesehen?»

«Soll ich das für Sie herausfinden?» fragte Miss Marple freundlich.

«Bitte, Miss Marple, ich möchte nicht...»

«Das ist ganz einfach für mich, Herr Inspektor, deswegen brauchen Sie sich keine Sorgen zu machen. Und es wird auch nicht auffallen, wenn ich diese Erkundigungen einziehe, denn das ist nicht amtlich. Wenn nämlich irgend etwas nicht stimmen sollte, dürfte man die beiden nicht warnen.»

Pip und Emma, dachte Craddock, Pip und Emma? Er war schon ganz besessen von diesen beiden Namen. Dieser verwegene, gutaussehende junge Mann, dieses hübsche Mädchen mit den kühlen Augen...

Er sagte: «Ich werde vermutlich in den nächsten achtundvierzig Stunden einiges über Pip und Emma herauskriegen. Ich fahre nach Schottland. Wenn Mrs. Goedler überhaupt noch sprechen kann, wird sie mir etwas erzählen.»

«Ich finde das sehr vernünftig, daß Sie zu ihr fahren.»

Sie stockte einen Augenblick, dann murmelte sie: «Sie haben doch Miss Blacklock ermahnt, vorsichtig zu sein?»

«Ja, das habe ich getan. Und ich werde sie von einem meiner Leute unauffällig bewachen lassen.»

Dann blickte er sie durchdringend an und fügte hinzu: «Und denken Sie daran, ich habe auch Sie gewarnt.»

76

«Ich kann Ihnen versichern, Herr Inspektor, daß ich sehr gut selbst auf mich aufpassen kann.»

11

Mrs. Harmond kam zu Letitia Blacklock zum Tee und brachte eine alte Dame mit, die für einige Zeit bei ihr zu Besuch weilte.

Miss Marple war sehr charmant in ihrer freundlichen, leicht geschwätzigen Art, und es zeigte sich bald, daß sie zu jenen alten Damen gehörte, die in ständiger Furcht vor Einbrechern leben.

«Dieser Überfall bei Ihnen muß doch entsetzlich gewesen sein», sagte sie. «Bunch hat mir alles erzählt.»

«Ich war zu Tode erschrocken», erklärte Bunch.

«Es scheint wirklich ein Akt der Vorsehung gewesen zu sein», fuhr Miss Marple fort, «daß der Kerl über seinen Mantel stolperte und sich dabei selbst erschoß. Diese Einbrecher sind heutzutage so gewalttätig. Wie ist er eigentlich ins Haus gekommen?»

«Bei uns ist die Tür meist offen», erwiderte Miss Blacklock.

«O Letty!» rief nun Miss Bunner aufgeregt. «Ich habe ganz vergessen, dir zu erzählen, daß der Inspektor heute morgen höchst merkwürdig war. Er bestand darauf, die zweite Tür zu öffnen – die zum Nebenraum, die seit Jahren verschlossen war. Und er sagte dann, die Türangel und das Schloß seien frisch geölt. Aber ich verstehe gar nicht, wieso...»

Zu spät merkte sie, daß Miss Blacklock ihr durch Zeichen Schweigen bedeutete, und einen Augenblick saß sie mit weit-aufgerissenem Mund da.

Dann stieß sie hervor: «Oh, Lotty... ach, entschuldige, bitte, Letty... oh, mein Gott, wie dumm bin ich doch!»

«Es macht gar nichts», sagte Miss Blacklock, doch offensichtlich war sie ärgerlich. «Ich glaube aber, daß Inspektor Craddock nicht haben will, daß man darüber spricht.»

77

Miss Bunner fuchtelte nervös mit den Händen, blickte unglücklich drein und rief schließlich:

«Immer sage ich das Falsche... mein Gott, ich bin ja nur eine Last für dich, Letty.»

«Im Gegenteil, Dora, du bist ein großer Trost für mich», widersprach Miss Blacklock rasch. «Und in einem kleinen Nest wie Chipping Cleghorn kann ja sowieso nichts verborgen bleiben.»

«Hat der Überfall in diesem Zimmer hier stattgefunden?» fragte nun Miss Marple und fügte dann entschuldigend hinzu: «Sie werden mich bestimmt für schrecklich neugierig halten, Miss Blacklock, aber es ist so aufregend... so etwas liest man doch sonst nur in der Zeitung... und jetzt kann ich es an Ort und Stelle erfahren... Sie verstehen wohl, was ich meine...»

Mitten in diese Unterhaltung platzte Patrick herein, und gutmütig beteiligte er sich an der Berichterstattung; er ging sogar so weit, die Rolle von Rudi Schwarz zu spielen.

«Und Tante Letty stand dort», erklärte er, «in der Ecke neben dem Türbogen... stell dich doch dorthin, Tante Letty.»

Miss Blacklock gehorchte, und dann wurden Miss Marple die zwei Kugeleinschläge in der Wand gezeigt. «Ich wollte gerade meinen Gästen Zigaretten anbieten...», sagte Miss Blacklock und deutete auf die silberne Zigarettendose auf dem Tisch.

«Die Leute sind so nachlässig beim Rauchen», bemerkte Dora Bunner mißbilligend. «Schauen Sie sich doch diesen furchtbaren Brandfleck an! Jemand hat seine brennende Zigarette hier auf diesen schönen Tisch gelegt... es ist doch eine Schande!»

Miss Blacklock sagte: «Ich finde, daß man zu oft zu sehr an seinen Besitz denkt.»

«Aber es ist doch ein so entzückender Tisch, Letty!»

Miss Bunner liebte die Besitztümer ihrer Freundin sehr.

«Ja, es ist wirklich ein entzückender Tisch», meinte Miss Marple höflich. «Und wie hübsch ist diese Porzellanlampe!»

Dora Bunner nahm das Kompliment entgegen, als sei sie und nicht Letitia Blacklock die Besitzerin.

«Ist sie nicht reizend? Echt Meißen. Wir haben zwei, die andere ist im Abstellraum, glaube ich.»

«Du weißt wirklich, wo alles hier im Haus ist, Dora, oder glaubst es wenigstens zu wissen», sagte Miss Blacklock gutmütig. «Du hängst mehr an meinen Sachen als ich.»

«Ich muß gestehen», sagte nun Miss Marple, «daß auch ich an meinen wenigen Besitztümern sehr hänge ... es sind so viele Erinnerungen damit verknüpft, verstehen Sie. Und ich liebe vor allem mein Fotografie-Album. Ich habe Bilder von meinen Neffen und Nichten als Babys, dann als Kinder und so weiter.»

Jetzt wandte sie sich an Patrick.

«Ihre Tante wird wohl viele Fotografien von Ihnen haben?»

«Wir sind ja nur weitläufig miteinander verwandt», erklärte Patrick.

«Ich glaube, deine Mutter schickte mir einmal ein Bild von dir als Säugling, Pat», sagte Miss Blacklock. «Aber leider habe ich es nicht aufbewahrt. Ich hatte überhaupt vergessen, wie viele Kinder es waren; sogar eure Namen. Das alles erfuhr ich erst wieder, als sie mir schrieb, daß ihr beide hier in der Gegend seid.» Und erklärend fügte sie hinzu: «Pats und Julias Mutter sah ich zum letztenmal bei ihrer Hochzeit, das war vor dreißig Jahren. Sie war ein bildhübsches Mädchen.»

«Darum hat sie auch so bildhübsche Kinder», sagte Patrick lachend.

«Du hast ein schönes altes Fotoalbum», bemerkte Julia. «Neulich haben wir es doch noch zusammen angesehen, Tante Letty. Diese komischen Hüte!»

«Und wie elegant kamen wir uns damals vor», sagte Miss Blacklock.

«Hast du das mit Fleiß getan?» fragte Bunch, als sie und Miss Marple nach Hause gingen. «Ich meine, daß du von den Fotos angefangen hast?»

«Weißt du, mein Kind, es war interessant zu erfahren, daß

Miss Blacklock weder ihren Neffen noch ihre Nichte je vorher gesehen hatte... jawohl, ich glaube das wird Inspektor Craddock sehr interessieren.»

12

Edmund Swettenham setzte sich vorsichtig auf eine Rasenmähmaschine und sagte: «Guten Morgen, Phillipa!»

«Guten Morgen.»

«Haben Sie viel zu tun?»

«Warum? Was wollen Sie denn?» lautete Phillipas kühle Gegenfrage.

«Ich wollte Sie sehen.»

Philippa warf ihm einen flüchtigen Blick zu.

«Es wäre mir lieber, Sie kämen nicht hierher, Mrs. Lucas wird nicht begeistert davon sein.»

«Gestattet sie nicht, daß Sie Verehrer haben?»

«Seien Sie nicht albern! Und gehen Sie jetzt bitte fort, Edmund, Sie haben hier nichts zu suchen.»

«Verdammt noch mal, Phillipa, warum sind Sie denn so? Was geht hinter Ihrer wunderschönen Stirn vor? Was denken Sie? Was empfinden Sie? Sind Sie glücklich oder unglücklich? Haben Sie Angst, oder was ist los? Es muß doch irgend etwas sein!»

«Was ich empfinde, ist meine Privatangelegenheit», entgegnete sie ruhig.

«Nein, das geht auch mich etwas an. Ich will Sie zum Sprechen bringen. Ich will wissen, was in Ihrem ruhigen Kopf vorgeht. Ich habe ein Recht darauf, es zu wissen... ja, wirklich. Ich wollte mich nicht in Sie verlieben, ich wollte ruhig zu Hause sitzen und mein Buch schreiben. Es ist ein schönes Buch, es soll zeigen, wie jämmerlich die Welt ist. Aber jetzt kann ich nur noch an Sie denken.»

«Also, was wollen Sie?»

«Sie sollen reden! Sie sollen mir Ihr Herz ausschütten! Sie

sind jung, Sie sind entzückend, und ich liebe Sie bis zum Wahnsinn. Reden Sie in Gottes Namen von Ihrem Mann, erzählen Sie mir von ihm.»

«Da gibt es nichts zu erzählen. Wir haben uns kennengelernt, und wir haben geheiratet.»

«Waren Sie nicht glücklich mit ihm? Erzählen Sie doch, Phillipa!»

«Es gibt nichts zu erzählen, ich sagte es Ihnen schon. Wir waren verheiratet, wir waren glücklich, so wie die meisten Eheleute es sind, nehme ich an. Harry, unser Kind, kam auf die Welt. Ronald ging an die Front... er ist in Italien gefallen.»

«Ich habe Harry gern, er ist ein reizender Junge», erklärte Edmund, «und er hat auch mich gern. Und Sie und ich, wir verstehen uns doch. Wie wär's, Phillipa, wollen wir nicht heiraten? Sie könnten weiterhin Gärtnerin spielen, und ich könnte mein Buch weiterschreiben, und sonn- und feiertags lassen wir die Arbeit und genießen gemeinsam das Dasein. Mit List und Tücke und Takt werden wir es schaffen, daß wir nicht bei meiner Mutter wohnen müssen. Sie wird ein bißchen bluten müssen, um ihren geliebten Sohn zu unterstützen. Ich weiß, ich bin ein Schmarotzer, ich schreibe schlechte Bücher, ich bin kurzsichtig, und ich rede zuviel... Wollen Sie es nicht mit mir versuchen?»

Phillipa betrachtete ihn. Da stand er, ein großer junger Mann mit zerzaustem flachsfarbenem Haar und einer großen Brille, und blickte sie feierlich, flehend an.

«Nein!» entgegnete sie.

«Endgültig nein?»

«Endgültig nein!»

«Warum?»

«Sie wissen ja gar nichts von mir.»

«Ist das der einzige Grund?»

«Nein. Sie wissen ja überhaupt nichts.»

Edmund überlegte.

«Vielleicht haben Sie recht», stimmte er schließlich zu. «Aber wer weiß überhaupt etwas? Phillipa, Liebling...»

Er hielt inne, denn eilig sich nähernde Schritte wurden vernehmbar.

«Mrs. Lucas kommt...», flüsterte Phillipa hastig.

«Verdammt!» zischte Edmund. «Geben Sie mir so einen blöden Kürbis!»

Sergeant Fletcher war allein im Hause Little Paddocks. Er wollte einmal in Ruhe das Haus durchsuchen und ging von Zimmer zu Zimmer.

Da wurde er durch ein Geräusch von unten gestört.

Rasch schlich er zum Treppengeländer und blickte hinunter.

Mrs. Swettenham ging mit einem Korb in der Hand gemütlich durch die Halle. Erst sah sie ins Wohnzimmer, dann trat sie ins Eßzimmer. Einige Augenblicke später kam sie ohne den Korb wieder heraus.

Eine Diele knarrte unter Fletchers Füßen, woraufhin sie den Kopf wandte und rief:

«Sind Sie es, Miss Blacklock?»

«Nein, Mrs. Swettenham, ich bin's», antwortete Fletcher.

Sie stieß einen schwachen Schrei aus.

«Mein Gott, wie haben Sie mich erschreckt. Ich dachte, es sei wieder ein Einbrecher.»

Fletcher ging die Treppe hinunter.

«Das Haus scheint aber nicht gegen Einbrecher geschützt zu sein», sagte er. «Kann jedermann so wie Sie hier ein und aus gehen?»

«Ich habe Quitten gebracht», erklärte sie. «Miss Blacklock will Quittenconfitüre machen. Ich habe den Korb ins Eßzimmer gestellt.»

Plötzlich lächelte sie.

«Ah, Sie möchten wissen, wie ich ins Haus gekommen bin? Einfach durch die Hintertür. Wir alle gehen in allen Häusern ein und aus, niemand denkt daran, vor Einbruch der Dunkelheit sein Haus abzuschließen.»

Nun ging sie zur Haustür.

«Ich will Sie nicht aufhalten, Sergeant.»

Mrs. Swettenham verließ das Haus, und Fletcher war zumute, als hätte er einen Schlag auf den Kopf erhalten. Bisher hatte er angenommen, daß nur die Hausbewohner Gelegenheit gehabt hätten, die Tür zu ölen. Er sah nun ein, daß er sich geirrt hatte. Ein Fremder brauchte nur darauf zu warten, bis Mizzi mit dem Bus davongefahren war und die Damen Blacklock und Bunner das Haus verlassen hatten. Das hieß also, daß jeder der beim Überfall Anwesenden die Tür geölt haben konnte.

«Amy!»

«Ja, Martha?»

«Ich habe nachgedacht.»

«Ja, Martha?»

«Jawohl, mein fabelhaftes Gehirn hat gearbeitet. Weißt du, Amy, dieser ganze Überfall kommt mir höchst verdächtig vor.»

«Verdächtig?»

«Jawohl. Streich dir dein Haar aus der Stirn, Amy, und nimm diese Kelle in die Hand. Tu so, als sei sie ein Revolver.»

«Oh!» stieß Miss Murgatroyd entsetzt hervor.

«Keine Angst, die Kelle beißt dich nicht. Also, jetzt komm mit mir zur Küchentür. Du bist der Einbrecher... du stehst hier... jetzt machst du die Tür auf und hältst einen Haufen Idioten in Schach... nimm die Taschenlampe... knipse sie an!»

«Aber es ist doch heller Tag!»

«Laß deine Phantasie spielen, Amy... knipse die Taschenlampe an!»

Amy tat es, sehr ungeschickt, und während sie es tat, klemmte sie die Kelle unter den Arm.

«Schön», sagte Martha. «Also, jetzt fang an!»

Gehorsam hob Amy ihre linke Hand mit der Taschenlampe, fuchtelte mit der Kelle, die sie in der rechten Hand hielt, in der Luft herum und ging zur Küchentür. Dann nahm sie die Lampe in die rechte Hand, öffnete die Tür, trat auf die Schwelle und nahm die Lampe wieder in die linke.

«Hände hoch!» rief sie mit zittriger Stimme und fügte dann ärgerlich hinzu: «Mein Gott, das ist aber schwierig, Martha.»

«Wieso?»

«Ich kann doch die Tür nicht aufhalten, wenn ich beide Hände voll habe.»

«Da liegt der Hund begraben!» rief Martha dröhnend. «Die Wohnzimmertür in Little Paddocks fällt auch wieder ins Schloß, wenn man sie nicht aufhält.»

«Vielleicht hat der Einbrecher etwas zwischen die Tür gesteckt, um sie offenzuhalten», mutmaßte Amy stirnrunzelnd.

«Streng dein Hirn an, Amy! Meinst du, er reißt die Tür auf, sagt: ‹Entschuldigen Sie bitte einen Moment!›, bückt sich, klemmt etwas zwischen die Tür, richtet sich wieder auf und ruft schließlich: ‹Hände hoch!›... Versuch doch, die Tür mit deiner Schulter aufzuhalten.»

«Das geht auch nur sehr schwer», klagte Amy.

«Da liegt der Hase im Pfeffer!» Martha war ganz begeistert. «Ein Revolver, eine Lampe und eine Tür halten, das ist ein bißchen viel auf einmal, nicht wahr? Aber wir wissen, daß er einen Revolver hatte, er hat ja geschossen, und wir wissen, daß er eine Lampe hatte, denn wir haben sie ja alle gesehen... es erhebt sich also die Frage, ob jemand die Tür für ihn aufgehalten hat?»

«Aber wer könnte das getan haben?»

«Du zum Beispiel, Amy. Soweit ich mich erinnere, hast du direkt neben der Tür gestanden, als das Licht ausging.»

Miss Hinchliffe lachte über Amys verdutztes Gesicht.

«Das ist höchst merkwürdig!» knurrte Colonel Easterbrook.

«Höchst merkwürdig... Laura!»

«Ja, Liebling?»

«Komm bitte her!»

«Ja, was ist, Liebling?» flötete Mrs. Easterbrook, ins eheliche Schlafgemach tretend.

«Du erinnerst dich doch noch, daß ich dir meinen Revolver gezeigt habe?»

«O ja, Archie, so ein gräßliches schwarzes Instrument.»

«Jawohl, ein Andenken an die Deutschen. Er lag doch hier in der Schublade, nicht wahr?»

«Ja.»

«Aber er ist nicht mehr da.»

«Archie, wie *merkwürdig*!»

«Du hast ihn doch nicht irgendwo anders hingelegt?»

«Um Gottes willen, nein! Ich würde doch nie dieses gräßliche Ding anrühren!»

«Aber wo ist er?»

«Woher soll ich das wissen?» fragte sie kläglich.

«Großer Gott! Dieser Kerl hat ihn gestohlen!»

«Aber wieso konnte er denn wissen, daß du einen Revolver hast?»

«Diese Gangsterbanden haben einen ausgezeichneten Nachrichtendienst. Sie schnüffeln überall herum, sie kennen jedes Haus.»

«Was du nicht alles weißt, Archie!»

13

Miss Marple kam aus dem Garten des Pfarrhauses und ging den schmalen Weg entlang, der zur Hauptstraße führte, wo sie gerade Dora Bunner in das Café «Zum Blauen Vogel» eintreten sah. Miss Marple fand, daß sie gegen die herrschende Kälte dringend eine Tasse Kaffee benötigte.

Vier, fünf Damen saßen bereits im Café und erholten sich von der Anstrengung des morgendlichen Einkaufs.

Miss Marple blinzelte ein bißchen, als sie den düsteren Raum betrat, und blieb scheinbar unschlüssig stehen, bis Dora Bunners Stimme neben ihr ertönte.

«Guten Morgen, Miss Marple. Wollen Sie sich nicht zu mir setzen? Ich bin allein.»

«Gern. Es weht ein so kalter Wind, und ich kann nur ganz langsam gehen, weil ich Rheumatismus in den Beinen habe.»

«Oh, ich kann Ihnen nachfühlen, wie schlimm das ist. Ich hatte ein Jahr lang Ischias. Es war eine Qual.»

Die beiden Damen sprachen nun eine Weile eifrig über Rheumatismus, Ischias und ähnliche Gebrechen.

Ein etwas mißmutig aussehendes Mädchen in einem rosa Kleid und einer blaugeblümten Schürze nahm ihre Bestellung von Kaffee und Kuchen mit gelangweilter Miene entgegen.

«Die Kuchen», vertraute Miss Bunner mit konspirativem Flüstern Miss Marple an, «sind hier wirklich *außerordentlich* gut.»

«Ich war sehr angetan von dem hübschen jungen Mädchen, das ich neulich traf, nachdem ich bei Miss Blacklock war», sagte Miss Marple. «Ich glaube, sie sagte, sie arbeite im Garten. Hynes – ist so ihr Name?»

«Oh, ja, Phillipa Haymes. Unsere ‹Untermieterin›, wie wir immer sagen.»

Miss Bunner lachte über ihren eigenen Scherz.

«Wirklich ein ganz reizendes Mädchen. Eine *Dame*, wenn Sie verstehen, was ich meine.»

«Das wundert mich nicht. Ich kannte einen Colonel Haymes – indische Kavallerie. Ihr Vater vielleicht?»

«Sie ist eine *Mrs*. Haymes. Witwe. Ihr Mann ist auf Sizilien oder sonst irgendwo in Italien gefallen. Aber vielleicht war es ja *sein* Vater.»

«Na, da spinnt sich vielleicht eine kleine Romanze an?» vermutete Miss Marple errötend. «Mit diesem großen jungen Mann?»

«Mit Patrick, meinen sie? Oh, ich weiß nicht –»

«Nein, ich meinte einen jungen Mann mit Brille. Ich sah ihn neulich.»

«Oh, natürlich, Edmund Swettenham! Tja – seine Mutter, Mrs. Swettenham, sitzt übrigens dort drüben in der Ecke. Tja, also, ich weiß nicht. Sie glauben, er verehrt sie? Er ist ein so seltsamer junger Mann – sagt manchmal die verwirrendsten Dinge. Aber er gilt als sehr klug, verstehen Sie», sagte Miss Bunner mit leichtem Zweifel in der Stimme.

«Klugheit ist nicht alles», erwiderte Miss Marple, nachdenklich den Kopf schüttelnd. «Ah, da ist ja unser Kaffee.»

Das mürrische Mädchen servierte ihn mit heftigem Geklirr.

Dann sagte Miss Marple: «Ich hatte gar nicht gewußt, daß Sie eine Schulfreundin von Miss Blacklock sind. Das ist eine wunderbare Sache, Freundschaften aus der Kindheit.»

«Jawohl.» Dora Bunner seufzte. «Es gibt nur wenige Menschen, die so treu zu alten Freunden halten wie meine liebe Letitia. Mein Gott, wie lange liegt das schon zurück! Sie war ein so hübsches Mädchen und genoß das Leben so sehr. Und dann wurde alles so traurig.»

Obwohl Miss Marple keine Ahnung hatte, was so traurig gewesen war, nickte sie seufzend und murmelte:

«Ja, das Leben ist manchmal schwer!»

«Schweres Leiden tapfer ertragen», murmelte nun Dora mit Tränen in den Augen, «an diesen Vers muß ich immer denken. So viel Ergebenheit und Geduld muß belohnt werden, das sage ich immer. Nichts ist zu gut für die liebe Letitia, und was immer ihr noch Gutes beschieden wird, das verdient sie.»

«Ja, Geld kann einem das Leben sehr erleichtern», sagte daraufhin Miss Marple – sie nahm an, daß sich Doras Bemerkung auf die Miss Blacklock bevorstehende Erbschaft bezog.

Diese Worte riefen bei Dora jedoch eine unerwartet heftige Reaktion hervor.

«Geld!» stieß sie bitter hervor. «Was Geld wirklich bedeutet, weiß man nur, wenn man unter Geldmangel gelitten hat.»

«O ja, das verstehe ich», sagte Miss Marple freundlich und betrachtete mitfühlend Doras zuckendes Gesicht.

«Ich schrieb an Letty», erzählte nun Dora, «weil ich zufällig ihren Namen in der Zeitung las; sie hatte an einem Wohltätigkeitsbasar zugunsten des Krankenhauses Milchester teilgenommen. Das brachte mir die Vergangenheit in Erinnerung. Ich hatte viele, viele Jahre nichts mehr von ihr gehört. Wissen Sie, sie war Sekretärin dieses immens reichen Mannes Goedler gewesen. Ich sagte mir, vielleicht erinnert sie sich an mich . . . und sie ist bestimmt ein Mensch, den ich um eine kleine Unterstützung angehen könnte.»

87

Wieder stiegen Dora Tränen in die Augen.

«Und dann kam Lotty und nahm mich mit. Sie sagte, sie brauche eine Hilfe zur Führung ihres Haushalts. Natürlich war ich sehr überrascht... sehr überrascht. Und wie lieb war sie, wie mitfühlend. Und sie erinnerte sich noch so gut an die alten Zeiten... Ach, ich würde alles für sie tun, alles! Und ich bemühe mich so sehr, ihr zu helfen, aber ich fürchte, daß ich zuweilen ein großes Durcheinander anrichte... mein Kopf ist nicht mehr der gleiche wie früher. Ich mache Fehler, und ich bin vergeßlich, und ich sage törichte Dinge. Aber sie hat soviel Geduld mit mir.»

Sie schniefte – offensichtlich untröstlich über ihre Unzulänglichkeit. «Wissen Sie», fuhr Dora Bunner schließlich fort, «ich machte mir große Sorgen, auch als ich schon in Little Paddocks war, was aus mir werden würde, wenn Letty etwas zustieße. Schließlich gibt es doch so viele Unglücksfälle; diese herumrasenden Autos, man weiß doch nie, was passieren kann. Natürlich habe ich nie so etwas gesagt, aber sie muß es erraten haben. Eines Tages teilte sie mir ganz überraschend mit, daß sie mich in ihrem Testament mit einer kleinen Jahresrente bedacht habe und daß ich ihre schönen Möbel erben würde, was ich noch viel höher schätze. Ich war ganz überwältigt... Ich bin eigentlich gar nicht so dumm, wie ich aussehe», fuhr sie schlicht fort. «Ich merke sehr wohl, wenn man Letty ausnutzen will. Einige Leute – ich werde keine Namen nennen – nutzen sie aus. Die liebe Letty ist vielleicht ein bißchen zu vertrauensselig.»

«Das ist ein Fehler», stimmte Miss Marple zu.

«Jawohl. Sie, Miss Marple, und ich, wir kennen die Welt, aber die liebe Letty...»

Sie schüttelte den Kopf.

Miss Marple dachte, daß Letitia Blacklock als Sekretärin eines großen Finanzmannes wahrscheinlich auch die Welt kennengelernt habe.

«Dieser Patrick!» sagte Dora plötzlich mit einer Bitterkeit, die Miss Marple erstaunte. «Soviel ich weiß, hat er mindestens zweimal Geld aus ihr herausgepreßt.»

Mit Verschwörermiene beugte sie sich vor.

«Sie werden es niemandem sagen, nicht wahr, liebe Miss

Marple? Aber ich werde das Gefühl nicht los, daß er irgend etwas mit dieser grauenhaften Sache zu tun hat. Ich glaube, daß er diesen jungen Mann kannte... oder Julia kannte ihn. Ich wage nicht, der lieben Letitia eine Andeutung zu machen... das heißt, letzthin tat ich es, aber sie fuhr mich heftig an... Alle reden jetzt soviel über diese zweite Wohnzimmertür. Auch das macht mir viel Sorge. Der Detektiv sagt, sie sei frisch geölt worden. Wissen Sie, ich sah...»

Plötzlich stockte sie.

«Ja, das ist alles sehr schwer für Sie», meinte Miss Marple mitfühlend. «Natürlich möchten Sie nicht, daß die Polizei etwas davon erfährt.»

«Das ist es ja», klagte Dora. «Nachts kann ich nicht schlafen und zerbreche mir den Kopf... Wissen Sie, neulich kam ich in den Geräteschuppen, und da war Patrick. Ich suchte frisch gelegte Eier – ein Huhn legt die Eier immer dorthin –, und da stand er mit einer Hühnerfeder und einer Tasse mit Öl in der Hand. Als er mich sah, zuckte er erschrocken zusammen.

Und dann hörte ich an einem anderen Tag zufällig eine merkwürdige Unterhaltung zwischen ihm und Julia. Die beiden schienen sich zu zanken, und er sagte: ‹Wenn ich glaubte, du hättest mit der Sache etwas zu tun!› Und Julia – Sie wissen ja, sie ist immer so ruhig – erwiderte: ‹Na, Brüderchen, was würdest du dann machen?› Und in dem Moment trat ich leider gerade auf die Diele, die immer knarrt, und da sahen mich die beiden. Ich sagte scheinbar harmlos: ‹Zankt ihr euch?› und Patrick erwiderte: ‹Ich warne Julia vor Schwarzmarktgeschäften.› Oh, das war sehr geschickt, aber ich glaube keinen Moment, daß die beiden von so etwas gesprochen haben!

Und ich muß Ihnen sagen, ich glaube auch, daß Patrick mit dieser Lampe im Wohnzimmer herumhantiert hat, damit das Licht ausgeht, denn ich erinnere mich noch ganz genau, daß die Schäferin auf dem Tisch gestanden hatte... nicht der Schäfer. Und am nächsten Tag...»

Sie unterbrach sich und wurde puterrot.

89

Miss Marple wandte den Kopf und sah Miss Blacklock hinter sich stehen – sie mußte gerade hereingekommen sein.

«Kaffee mit Klatsch, Bunny?» fragte Miss Blacklock mit einem leichten Vorwurf in der Stimme. «Guten Morgen, Miss Marple. Was für eine Kälte!»

«Wir haben uns eben über die vielen Rationierungsvorschriften unterhalten», erklärte Dora hastig, «man weiß wirklich nicht mehr, woran man ist.»

Jetzt ging mit lautem Krach die Tür wieder auf, und Bunch Harmond erschien.

«Guten Morgen!» trompete sie. «Habe ich noch Zeit, einen Kaffee zu trinken?»

«Natürlich, mein Kind», antworterte Miss Marple. «Setz dich und trink eine Tasse.»

«Wir müssen nach Hause», sagte Miss Blacklock. «Hast du alle Einkäufe gemacht, Bunny?»

«Ja . . . Ja, Lotty. Ich muß nur noch rasch im Vorbeigehen in die Apotheke und mir dort etwas Aspirin und Hühneraugenpflaster holen.»

Als sich die Tür hinter den beiden Damen geschlossen hatte, schwieg Miss Marple einige Augenblicke.

Dann fragte Bunch:

«Woran denkst du, Tante Jane?»

«Es gibt so viele merkwürdige Menschen, mein Kind», antwortete Miss Marple vage.

«In St. Mary Mead?»

«Ich dachte gerade an Schwester Ellerton, sie war wirklich eine ausgezeichnete, brave, freundliche Krankenschwester. Eine alte Dame, die von ihr gepflegt wurde, schien sie ins Herz geschlossen zu haben. Dann starb die alte Dame. Danach pflegte sie eine andere, und auch diese starb. Es war Morphium, alles kam heraus. Sie hat diese Morde auf die schmerzloseste Weise verübt, und das Entsetzliche war: Die Frau wollte wirklich nicht einsehen, daß sie Verbrechen verübt hatte. In jedem Fall wären die beiden bald gestorben, hatte sie erklärt, und die eine hätte Krebs gehabt und fürchterliche Schmerzen gelitten.»

«Meinst du, daß sie aus Mitleid gemordet hatte?»

«O nein. Beide hatten sie als Erbin eingesetzt. Sie liebte das Geld, weißt du . . .»

«Hast du eigentlich Offiziere von der anglo-indischen Armee gekannt, Tante?» fragte Bunch unvermittelt.

«Ja, mein Kind. Major Vaughan und Colonel Wright, die wohnten in meiner Nähe. Beide waren sehr korrekte Herren. Aber ich erinnere mich noch, daß ein anderer Nachbar, Mr. Hodgson, ein Bankdirektor, auf einer Überseefahrt eine Frau kennenlernte und heiratete, die seine Tochter hätte sein können. Er hatte keine Ahnung, woher sie kam, er wußte nur das, was sie ihm erzählt hatte.»

«Und das stimmte nicht?»

«Keineswegs, mein Kind.»

«Wie interessant», sagte Bunch nickend und begann an den Fingern abzuzählen. «Da haben wir die treue Dora und den schönen Patrick und Julia und Mrs. Swettenham und Edmund und Phillipa Haymes und Colonel Easterbrook und Mrs. Easterbrook . . . ich glaube, bei ihr stimmt auch nicht alles, aber was sollte sie für ein Interesse daran haben, Letty Blacklock zu ermorden?»

«Letty Blacklock könnte vielleicht etwas von ihr wissen, was ihr, Mrs. Easterbrook, peinlich ist.»

Plötzlich blickte Miss Marple entsetzt drein.

«Tante Jane!» rief Bunch ängstlich. «Wie schaust du denn aus? Was hast du denn?»

«Aber das kann ja nicht sein!» murmelte Miss Marple. «Da ist doch kein Grund . . .»

«Tante Jane!»

Miss Marple seufzte und sagte dann lächelnd:

«Es ist nichts, mein Kind.»

«Ist dir gerade jemand eingefallen, der den Mord verübt haben könnte?» fragte Bunch. «Wer denn?»

«Ich weiß gar nichts», erwiderte Miss Marple. «Ich hatte nur einen Augenblick lang so eine Idee . . . aber das ist schon wieder vorbei. Ich wünschte, ich wüßte es. Die Zeit ist so kurz, so entsetzlich kurz.»

«Was meinst du damit?»

«Die alte Dame oben in Schottland kann jeden Augenblick ihre Augen für immer schließen.»

«Also du glaubst wirklich an Pip und Emma?» fragte Bunch, sie anstarrend. «Du glaubst, die beiden seien es gewesen und sie würden es wieder versuchen?»

«Natürlich», antwortete Miss Marple wie geistesabwesend.

«Wenn sie es einmal versucht haben, werden sie es wieder versuchen. Wenn sich ein Mensch dazu entschlossen hat, jemanden zu ermorden, wird er von seinem Vorhaben nicht ablassen, weil es ihm das erste Mal nicht gelungen ist, namentlich dann nicht, wenn er glaubt, ganz außer Verdacht zu sein.»

«Aber wenn es Pip und Emma wären», sagte Bunch, «kämen hier doch nur zwei Menschen in Frage... Patrick und Julia. Sie sind Geschwister, und sie sind im richtigen Alter.»

«Mein Kind, so einfach ist das nicht. Es gibt da alle möglichen Verwicklungen und Kombinationen. Da wäre Pips Frau, wenn er verheiratet ist, oder Emmas Mann. Und dann wäre da noch ihre Mutter, auch sie wäre interessiert, obwohl sie nicht direkt erben würde. Wenn Letty Blacklock sie dreißig Jahre lang nicht gesehen hat, würde sie sie wahrscheinlich kaum wiedererkennen. Und dann wäre da noch der Vater, der doch offensichtlich ein übler Kerl war.»

«Das schon, aber er ist doch Ausländer.»

«Von Geburt. Das ist jedoch kein Grund zu der Annahme, daß er gebrochen Englisch spricht und mit Händen und Füßen redet. Ich könnte mir vorstellen, daß er sehr gut die Rolle eines anglo-indischen Colonel spielen könnte.»

«Also, das denkst du?»

«Nein, wirklich nicht, Kind. Ich denke nur, daß sehr viel Geld auf dem Spiel steht, ein Riesenvermögen. Und ich weiß leider nur zu gut, zu was für entsetzlichen Dingen Menschen fähig sind, um an viel Geld zu kommen.»

14

Inspektor Craddock wurde auf dem kleinen Bahnhof im schottischen Hochland von einem grauhaarigen Chauffeur abgeholt, der ihn zu einem altmodischen großen Daimler geleitete. Es war ein herrlicher, sonniger Tag, Craddock genoß die drei Kilometer lange Fahrt durch die Berglandschaft sehr, und als die grauen Mauern der alten Villa vor ihm auftauchten, hatte er das Gefühl, die Zeit habe sich wohltuend zurückgedreht.

Nachdem er sich gewaschen und rasiert und ein reichliches Frühstück zu sich genommen hatte, erschien eine ältere Frau in Schwesterntracht, die ihn freundlich begrüßte und sich als Schwester McClelland vorstellte.

«Mrs. Goedler erwartet Sie, Mr. Craddock. Sie freut sich sehr auf Ihren Besuch.»

«Ich werde mich bemühen, sie nicht aufzuregen», versprach er.

«Ich möchte Sie gleich auf das vorbereiten, was geschehen wird», erklärte die Schwester. «Sie werden Mrs. Goedler ganz normal finden, sie wird lebhaft reden und dann – ganz plötzlich – zusammenfallen. Dann müssen Sie sofort das Zimmer verlassen und mich rufen. Sie steht fast dauernd unter Morphium und befindet sich meist in einer Art Dämmerzustand. Ich habe ihr vorhin ein starkes Anregungsmittel gegeben, aber sowie die Wirkung nachläßt, wird sie in ihren Dämmerzustand zurücksinken.»

«Ja, ich verstehe, Schwester. Könnten Sie mir nun bitte genau sagen, wie es um Mrs. Goedler steht?»

«Sie wird es nicht mehr lange machen, es kann höchstens noch ein paar Wochen dauern. Wenn ich Ihnen sage, daß sie eigentlich schon seit Jahren tot sein müßte, wird Ihnen das merkwürdig vorkommen, aber es stimmt. Daß Mrs. Goedler überhaupt noch lebt, ist nur ihrer ungeheuren Vitalität und ihrer Lebensfreude zuzuschreiben. Obwohl sie seit fünfzehn Jahren das Haus nicht mehr verlassen kann, hat sie sich einen erstaunlichen Lebenswillen bewahrt.»

Und lächelnd fügte sie hinzu:

«Sie ist eine reizende Dame, das werden Sie sofort sehen.»

Craddock wurde in ein Schlafzimmer geführt, in dem ein helles Kaminfeuer loderte. In einem großen Himmelbett lag eine alte Dame, die, obwohl sie nur etwa sieben oder acht Jahre älter war als Letitia Blacklock, durch ihre Gebrechlichkeit wesentlich älter erschien.

Ihr weißes Haar war sorgfältig frisiert, eine flockige, hellblaue Bettjacke lag um ihre Schultern, und ihr Gesicht hatte trotz der Schmerzenslinien, die es durchzogen, seinen Reiz nicht völlig eingebüßt.

«Also, das ist ja interessant», sagte sie, vergnügt lächelnd, «Besuch von der Polizei habe ich nicht oft erhalten. Wie ich höre, wurde Letitia bei dem Anschlag gottlob nur leicht verletzt. Wie geht es ihr jetzt?»

«Sehr gut, Mrs. Goedler, sie läßt Sie herzlich grüßen.»

«Danke schön. Gott, wie lange habe ich sie nicht mehr gesehen . . . seit Jahren schon bekomme ich von ihr nur noch Weihnachtskarten. Als sie nach Charlottes Tod nach England zurückkehrte, hatte ich sie eingeladen, mich zu besuchen, aber sie lehnte es ab, da sie das Wiedersehen als zu schmerzlich empfand; vielleicht hat sie recht . . .»

Craddock ließ sie gern eine Weile reden, bevor er seine Fragen stellte. Er wollte ja soviel wie möglich von der Vergangenheit erfahren, einen Eindruck von Goedlers Kreis gewinnen.

«Ich vermute», sagte Belle, «daß Sie mich wegen des Testamentes befragen wollen. Randall hat verfügt, daß nach meinem Tod Blackie sein ganzes Vermögen erben soll. Er hat natürlich nie im Traum daran gedacht, daß ich ihn überleben würde. Er war so ein kräftiger, großer Mann, war nie einen Tag in seinem Leben krank gewesen, während ich immer ein Häufchen Elend war, voller Klagen und Schmerzen und Leiden; dauernd kamen Ärzte, die bei meinem Anblick lange Gesichter zogen.»

«Warum hat wohl Mr. Goedler das Testament in dieser Form abgefaßt?»

«Sie meinen, warum er Blackie das Geld vermacht hat? Nicht aus dem Grund, den Sie wahrscheinlich vermuten.» Verschmitzt zwinkerte sie ihm zu.

«Was für eine Phantasie ihr Polizisten habt. Randall hätte nie daran gedacht, sich in sie zu verlieben, und sie auch nicht in ihn. Wissen Sie, Letitia hat den Verstand eines Mannes. Sie hat keinerlei frauliche Schwächen und Gefühle. Ich glaube, sie war nicht ein einziges Mal in ihrem Leben verliebt. Sie war nicht hübsch, und sie machte sich nichts aus Kleidern.»

Mit einem mitleidigen Unterton fügte sie hinzu:

«Sie hat nie erfaßt, was für ein Vergnügen es ist, eine Frau zu sein.»

Craddock betrachtete die zarte kleine Gestalt in dem großen Bett und dachte, daß sie, Belle Goedler, es bestimmt genossen hatte – es auch jetzt noch immer genoß –, eine Frau zu sein.

«Ich habe stets gefunden, daß es entsetzlich fade sein muß, ein Mannsbild zu sein», erklärte sie, wieder vergnügt zwinkernd, und fuhr dann nachdenklich fort: «Ich glaube, Randall betrachtete Blackie als eine Art ältere Schwester. Er verließ sich auf ihr Urteil und hatte recht damit. Wissen Sie, sie hat ihn mehr als einmal von zweifelhaften Sachen abgehalten und damit vor großen Schwierigkeiten bewahrt.»

«Sie erzählte mir, daß sie ihm einmal mit einer größeren Summe ausgeholfen habe.»

«Ja, das stimmt, sie ist grundanständig und so vernünftig, ich habe sie immer bewundert. Die zwei Schwestern hatten eine schreckliche Kindheit. Der Vater war ein alter Landarzt, furchtbar eigensinnig und engstirnig, verbohrt, der typische Haustyrann. Letitia brach schon früh aus, sie ging nach London und lernte Buchhaltung. Ihre Schwester war krank, sie verließ nie das Haus und verkehrte mit keinem Menschen. Als der Alte starb, gab Letitia der Schwester wegen ihre Stellung auf und ging nach Haus, um sich um sie zu kümmern.»

«War das lange vor dem Tod Ihres Mannes?»

«Etwa zwei Jahre. Randall hatte sein Testament gemacht,

bevor sie die Firma verließ, und er änderte es auch nicht mehr. Er sagte zu mir: ‹Wir haben sonst niemanden, der uns nahesteht› – unser Sohn ist im Alter von zwei Jahren gestorben –, ‹wenn wir, du und ich, tot sind, soll Blackie das Geld haben. Sie wird damit die ganze Börse auf den Kopf stellen.›»

«Sie sagten, Mrs. Goedler, daß Ihr Mann sein Vermögen Miss Blacklock vermachte, weil er sonst keine Angehörigen hatte. Aber das stimmt doch nicht ganz? Er hatte doch eine Schwester.»

«Ja, Sonja. Aber sie hatten sich schon vor Jahren verkracht und waren völlig auseinander.»

«Er war mit ihrer Heirat nicht einverstanden...?»

«Ja, sie heiratete einen Mann namens... wie heißt er nur wieder?»

«Stamfordis.»

«Ja, richtig, Stamfordis.»

«Mr. Goedler und seine Schwester haben sich nie ausgesöhnt?»

«Nein. Randall und Sonja hatten sich nie gut verstanden, und sie hat es ihm sehr übelgenommen, daß er die Heirat hintertreiben wollte. Sie sagte zu ihm: ‹Du bist ein unmöglicher Mensch, du wirst nie mehr etwas von mir hören!›»

«Aber Sie hörten noch von ihr?»

Belle lächelte.

«Nur noch ein einziges Mal. Ungefähr anderthalb Jahre nach ihrer Hochzeit bekam ich einen Brief von ihr, aus Budapest, wie ich mich erinnere, sie gab aber keine Adresse an. Sie schrieb mir, ich solle Randall sagen, daß sie überglücklich sei und gerade Zwillinge bekommen habe.»

«Und teilte sie die Namen mit?»

Wieder lächelte Belle.

«Sie schrieb, sie seien Punkt zwölf Uhr mittags auf die Welt gekommen, sie wolle sie Pip und Emma taufen. Das kann ein Witz von ihr gewesen sein.»

«Haben Sie dann noch mal etwas von ihr gehört?»

«Nein. Sie schrieb nur, daß sie mit ihrem Mann und den

Kindern für kurze Zeit nach Amerika ginge. Und dann habe ich nie wieder etwas von ihr gehört. Sie verschwand völlig aus unserem Leben...»

«Aber trotzdem vermachte Mr. Goedler sein Vermögen ihren Kindern für den Fall, daß Miss Blacklock vor Ihnen stürbe.»

«Das habe ich fertiggebracht. Als er mir vom Testament erzählte, sagte ich ihm: ‹Und angenommen, Blackie würde vor mir sterben?› Ganz überrascht sagte er: ‹Ja, dann haben wir wirklich keinen anderen Menschen.› Ich sagte: ‹Da ist doch Sonja›, worauf er wütend erwiderte: ‹Und dieser Kerl soll mein Geld kriegen? Ausgeschlossen!› Da sagte ich: ‹Also dann hinterlasse es doch ihren Kindern, Pip und Emma, und vielleicht sind inzwischen noch einige hinzugekommen›... Er brummte und knurrte zwar, änderte das Testament dann aber doch entsprechend ab.»

«Aber Sie haben nie mehr etwas von Ihrer Schwägerin oder deren Kindern gehört?» fragte Craddock langsam.

«Nichts... sie können tot sein... sie können irgendwo am Ende der Welt leben.»

Sie können in Chipping Cleghorn sein, dachte Craddock.

Als habe sie seine Gedanken gelesen, blickte Belle ihn plötzlich unruhig an und sagte:

«Sorgen Sie dafür, daß sie Blackie nichts antun! Blackie ist gut.. wirklich gut... Sie dürfen nicht zulassen, daß ihr etwas zustößt...»

Ihre Stimme verebbte plötzlich, Craddock sah auf einmal graue Schatten um ihre Augen und ihren Mund.

«Sie sind müde», sagte er, «ich werde gehen.»

Sie nickte.

«Mac soll kommen», flüsterte sie. «Ja, müde...»

Sie machte eine schwache Bewegung mit der Hand.

«Passen Sie auf Blackie auf... es darf Blackie nichts passieren... Passen Sie auf sie auf...!»

«Ich werde alles menschenmögliche tun, Mrs. Goedler.»

Er erhob sich und ging zur Tür...

Wie ein Hauch tönte ihre Stimme hinter ihm her:

«Es wird nicht mehr lange dauern... bald bin ich tot... es ist gefährlich für sie... passen Sie gut auf sie auf!»

Später sagte er zur Schwester: «Leider hatte ich keine Gelegenheit, Mrs. Goedler zu fragen, ob sie alte Familienfotos hat. Das würde mich sehr interessieren...»

Die Schwester unterbrach ihn: «Ich fürchte, es sind keine da. Ihre ganzen persönlichen Dinge, auch Papiere und so weiter, sowie die Möbel des Londoner Hauses waren in London in einem Speditionshaus untergestellt. Das Lager wurde ausgebombt.»

Da ist also nichts zu machen, dachte Craddock. Aber er hatte diese Reise doch nicht umsonst unternommen, er wußte nun, daß Pip und Emma, die Zwillinge, keine Phantasiegestalten waren.

Da gibt es einen Bruder und eine Schwester, die irgendwo auf dem Kontinent aufgewachsen sind, grübelte er. Als Sonja heiratete, war sie eine reiche Frau, aber das Geld kann sich im Laufe der Jahre verflüchtigt haben. Unzählige Riesenvermögen sind in diesen Zwischenkriegs- und Kriegsjahren in die Binsen gegangen. Da sind diese zwei jungen Leute, der Sohn und die Tochter eines vorbestraften Mannes. Angenommen, die beiden wären mehr oder weniger abgebrannt nach England gekommen. Was würden sie tun? Sich nach reichen Verwandten umsehen. Ihr Onkel, ein Mann mit einem Riesenvermögen, ist tot. Wahrscheinlich würden sie sich als erstes nach seinem Testament erkundigen. Sie nehmen Einsicht in das Testament, erfahren von der Existenz Letitia Blacklocks und machen Randall Goedlers Witwe ausfindig – sie erfahren, daß sie todkrank in Schottland liegt... wenn diese Letitia Blacklock vor ihr stirbt, werden sie, Pip und Emma, das Riesenvermögen erben. Sie kriegen heraus, wo Letitia Blacklock lebt. Sie gehen dorthin, aber unter anderem Namen... werden sie gemeinsam gehen – oder getrennt? Emma...? Pip und Emma? Ich möchte meinen Kopf wetten, daß Pip oder Emma oder beide jetzt in Chipping Cleghorn sind...

15

In der Küche von Little Paddocks erteilte Miss Blacklock ihrer etwas hysterischen Köchin die letzten Anweisungen:

«Machen Sie Sandwiches mit Sardinen und Tomaten und das Gebäck, das Ihnen immer so ausgezeichnet gelingt, und Ihre Spezialtorte.»

«Ah, Leute kommen, drum Sie wollen haben all die Sachen.»

«Miss Bunner hat Geburtstag, und es werden einige Bekannte zum Tee kommen.»

«In ihrem Alter hat man nicht Geburtstag, besser vergessen.»

«Aber sie will das gar nicht vergessen. Bekannte werden ihr Geschenke bringen, und so wird es nett sein, eine kleine Feier zu veranstalten.»

«Genau das haben Sie gesagt letzte Mal... und schauen Sie, was ist passiert!»

Miss Blacklock unterdrückte ihren Ärger.

«Also diesmal wird nichts passieren.»

«Was wissen Sie, was kann passieren in diese Haus? Ganze Tag lang zittere ich, und in Nacht verschließe ich meine Tür und guck in Schrank und unter Bett.»

«Das wird Sie jung und hübsch erhalten», entgegnete Miss Blacklock trocken.

«Die Torte, die ich soll machen, ist die...»

«Jawohl, diese schöne.»

«Ja, sehr schön. Aber ich brauchen Schokolade und viel Butter und Zucker und Rosinen.»

«Sie können alles nehmen, was Sie brauchen.»

Nun strahlte Mizzi über das ganze Gesicht.

«Ah, ich mache sie schön für Sie... gut!» rief sie wie in Ekstase. «Oh, sie wird schön! Und drauf mache ich Schokoladeneis... das kann ich so gut... und drauf schreibe ich: ‹Herzliche Glückwunsch›. Die Engländer mit ihre Torten, die schmecken wie Sand, werden nie, nie so eine Torte gegessen haben. Köstlich, sie werden sagen... köstlich...»

Nun verdüsterte sich ihre Miene.

«Mr. Patrick hat sie genannt ‹Köstliche Tod› . . . mein Torte! Ich erlaube nicht, daß er mein Torte nennt so!»

«Das ist doch ein Kompliment», erklärte Miss Blacklock. «Er meint, es lohne sich zu sterben, wenn man so eine Torte gegessen hat . . .»

Mizzi blickte sie zweifelnd an.

«Also, ich nicht liebe diese Wort – Tod! Die werden nicht sterben, weil sie essen mein Torte, nein, sie werden sich fühlen alle viel, viel besser . . .»

«Bestimmt.»

Miss Blacklock drehte sich um und verließ mit einem Seufzer der Erleichterung die Küche.

In der Halle kam ihr Dora entgegen.

«Edmund Swettenham hat gerade angerufen», sagte sie. «Er hat mir gratuliert und gesagt, er würde mir einen Topf Honig schenken. Ist das nicht reizend von ihm? Aber woher weiß er, daß ich Geburtstag habe?»

«Alle scheinen es zu wissen, du wirst es ihnen gesagt haben, Dora.»

«Ach, ich habe neulich zufällig erwähnt, daß ich heute neunundfünfzig Jahre alt werde.»

«Du wirst vierundsechzig», widersprach Miss Blacklock ironisch zwinkernd.

«Ha!» rief Patrick pathetisch, als die Gesellschaft im Eßzimmer am Tisch Platz nahm. «Was sehe ich vor mir? Köstlicher Tod!»

«Sei still!» sagte Miss Blacklock. «Laß das nur nicht Mizzi hören, sie beklagt sich sehr, daß du ihre Torte so nennst.»

«Trotzdem ist es ‹Köstlicher Tod›! Ist es nicht Bunnys Geburtstagstorte?»

«Ja», antwortete Dora Bunner. «Ich habe wirklich den schönsten Geburtstag, den man sich vorstellen kann.»

Ihre Wangen waren vor Aufregung gerötet; Colonel Easterbrook hatte ihr mit einer Verbeugung eine Schachtel Pralinen überreicht und dabei gesagt: «Etwas Süßes für die Süße!»

Den guten Dingen auf dem Teetisch wurde volle Gerechtigkeit zuteil, und alle waren sehr vergnügt.

«Mir ist ein wenig übel», erklärte Julia nach einer Weile. «Das kommt von der Torte. Als wir sie letzthin aßen, ist mir auch übel geworden.»

«Aber es lohnt sich», meinte Patrick.

«Haben Sie einen neuen Gärtner?» wandte sich Miss Hinchliffe an Miss Blacklock, nachdem sie ins Wohnzimmer gegangen waren.

«Nein, warum?»

«Ich habe einen Mann ums Hühnerhaus streichen sehen; er sieht recht ordentlich aus, wie ein ehemaliger Armeeangehöriger.»

«Ach der», sagte Julia, «das ist unser Detektiv.»

Mrs. Easterbrook ließ vor Erstaunen ihre Tasche fallen.

«Ein Detektiv!» rief sie. «Aber... aber warum?»

«Ich weiß nicht», antwortete Julia. «Er lungert hier herum und bewacht das Haus. Ich nehme an, er soll Tante Letty beschützen.»

«Aber jetzt ist doch bestimmt alles vorbei!» rief Mrs. Easterbrook. «Allerdings wollte ich Sie schon fragen, warum eigentlich die amtliche Leichenschau verschoben wurde.»

«Das bedeutet, daß die Polizei mit den Untersuchungsergebnissen noch nicht zufrieden ist», erklärte der Colonel.

«Aber wieso sind sie noch nicht zufrieden?»

Der Colonel schüttelte den Kopf und gab sich den Anschein, als könnte er sehr viel sagen, wenn er nur wollte.

Edmund Swettenham, der den Colonel nicht ausstehen konnte, sagte:

«Wir alle stehen unter Verdacht.»

«Unter was für einem Verdacht?» fragte Mrs. Easterbrook.

«Daß jemand von uns die Absicht hat, bei der erstbesten Gelegenheit einen Mord zu begehen.»

«Aber bitte, Mr. Swettenham, sagen Sie doch so etwas nicht!» rief Dora Bunner weinerlich. «Bestimmt wird niemand die liebe Letty ermorden wollen.»

Einen Augenblick herrschte betretenes Schweigen.

Edmund, der puterrot geworden war, murmelte: «Es war ja nur ein Witz», und Phillipa schlug mit klarer Stimme vor, sich die Sechs-Uhr-Nachrichten anzuhören, ein Vorschlag, der mit Begeisterung aufgenommen wurde.

Patrick flüsterte Julia ins Ohr:

«Schade, daß Mrs. Harmond nicht hier ist, sie würde bestimmt unverblümt trompeten: ‹Aber sicher wartet jemand auf eine gute Gelegenheit, Sie zu ermorden, Miss Blacklock.›»

«Ich bin froh, daß sie und die alte Miss Marple nicht kommen konnten», sagte Julia. «Diese alte Jungfer steckt ihre Nase überall hinein.»

Nach einer Weile verabschiedeten sich die Gäste unter vielen Danksagungen.

«Bist du zufrieden, Bunny?» fragte Miss Blacklock, nachdem der letzte Besucher gegangen war.

«O ja. Aber ich habe entsetzliche Kopfschmerzen, das kommt sicher von der Aufregung.»

«Das ist die Torte», erklärte Patrick, «auch mir ist es ein bißchen komisch im Magen, und du hast außerdem noch den ganzen Morgen über Schokolade gegessen.»

«Ich werde mich hinlegen», sagte Dora, «zwei Aspirin nehmen und versuchen, bald einzuschlafen.»

«Da hast du recht», stimmte Miss Blacklock zu, und Dora ging hinauf.

«Trink doch einen Sherry, Tante Letty», schlug Julia vor.

«Das ist eine gute Idee. Man ist wirklich nicht mehr an solche Schlemmereien gewöhnt... Gott, Bunny, hast du mich erschreckt. Was ist denn?»

«Ich kann mein Aspirin nicht finden», erklärte Dora kläglich, die plötzlich wieder aufgetaucht war.

«Dann nimm doch von meinen. Sie stehen auf dem Nachttisch.»

«Danke schön... danke vielmals. Aber meine müssen doch irgendwo sein. Ein neues Fläschchen... wo habe ich es nur hingetan?»

«Phillipa, mein Kind, ich möchte mit dir sprechen.»

«Ja, Tante Letty?»

Phillipa blickte erstaunt auf.

«Machst du dir über irgend etwas Sorgen?»

«Nein, Tante Letty. Wieso?»

«Also... ich habe gedacht, daß vielleicht du und Patrick...?»

«Patrick!»

Jetzt war Phillipa wirklich überrascht.

«Also nicht? Entschuldige, bitte, daß ich gefragt habe, aber ihr seid so oft zusammen.»

Phillipas Gesicht war nun wie versteinert.

«Ich werde nie wieder heiraten!» stieß sie hervor.

«O doch, eines Tages wirst du schon wieder heiraten, mein Kind. Du bist ja noch jung. Aber darüber brauchen wir jetzt nicht zu reden. Es gibt ja noch andere Sorgen, machst du dir vielleicht Sorgen wegen... Geld?»

«Nein, ich komme ganz gut zurecht.»

«Ich dachte, vielleicht machst du dir Sorgen wegen der Erziehung deines Jungen. Darüber wollte ich mit dir sprechen. Heute nachmittag war ich in Milchester bei Mr. Beddingfield, meinem Notar, und habe ein neues Testament gemacht... Man kann ja nie wissen, was geschieht. Außer der Rente, die ich Bunny ausgesetzt habe, wirst alles du erben, Phillipa.»

«Was?»

Phillipa blickte entsetzt drein.

«Aber das will ich nicht... Wirklich nicht... Und wieso eigentlich? Wieso ich?»

«Vielleicht weil niemand anderer da ist», antwortete Miss Blacklock mit besonderer Betonung.

«Aber da sind doch Patrick und Julia, dein Neffe und deine Nichte.»

«Wir sind nur sehr weitläufig verwandt, beiden gegenüber habe ich keinerlei Verpflichtungen.»

«Aber mir... mir gegenüber doch auch nicht... ich weiß gar nicht, wieso du... oh, ich will es nicht haben!»

Es schien fast, als fürchte sie sich.

«Ich weiß sehr gut, was ich tue, Phillipa. Ich habe dich liebgewonnen, und dann ist da dein Junge... Ihr würdet nicht viel erben, wenn ich jetzt stürbe, aber in ein paar Wochen könnte das anders sein», erklärte sie und blickte Phillipa durchdringend an.

«Aber du wirst nicht sterben», widersprach Phillipa.

«So bald nicht, wenn ich die nötigen Vorsichtsmaßnahmen ergreife.»

«Vorsichtsmaßnahmen?»

«Ja... aber mach dir keine Sorgen.»

Mit diesen Worten verließ sie das Zimmer, und Phillipa hörte sie in der Halle mit Julia sprechen.

Einige Augenblicke später trat Julia ins Zimmer, ihre Augen funkelten.

«Das hast du schön eingefädelt, Phillipa. Du bist ein stilles Wasser...»

«Ah, du hast gelauscht...»

«Ja, ich habe alles gehört, und ich glaube, Tante Letty wollte, daß ich es höre.»

«Was soll das heißen?»

«Unsere alte Letty ist nicht dumm... aber jedenfalls bist du jetzt fein raus, Phillipa.»

«Aber, Julia... ich wollte es nicht, ich habe nie daran gedacht...»

«Was du nicht sagst! Natürlich warst du darauf aus. Du sitzt doch in der Klemme. Aber denk dran: Wenn Tante Letty jetzt etwas zustößt, fällt der Verdacht zuerst auf dich...»

«Was für ein Unsinn! Es wäre doch Wahnsinn von mir, wenn ich sie jetzt ermordete... ich brauche ja nur zu warten...»

«Ach so, du weißt also, daß die alte Dame – wie heißt sie nur gleich? – da oben in Schottland im Sterben liegt... Phillipa, ich glaube immer mehr, daß du ein sehr stilles Wasser bist.»

«Ich will weder dich noch Patrick um etwas bringen.»

104

«Wirklich nicht, meine Liebe? Entschuldige bitte, aber das glaube ich dir nicht.»

16

Inspektor Craddock hatte im Zug eine schlechte Nacht verbracht und war froh, als er endlich in Milchester ankam. Sofort ging er zu Rydesdale und erstattete ihm ausführlich Bericht.

«Das bringt uns zwar nicht viel weiter», sagte Rydesdale, «aber es bestätigt wenigstens das, was Miss Blacklock Ihnen erzählt hat. Pip und Emma, hm.»

«Patrick und Julia Simmons sind genau in dem Alter, Sir. Wenn wir feststellen könnten, daß Miss Blacklock die beiden seit ihrer Kindheit nicht mehr gesehen hat...»

Leicht lächelnd unterbrach Rydesdale ihn.

«Unsere Verbündete, Miss Marple, hat das bereits festgestellt: Miss Blacklock hatte die beiden nie gesehen.»

«Also dann, Sir...»

«So einfach ist das nicht, Craddock. Wir haben das Vorleben der beiden geprüft, und sie scheinen unverdächtig zu sein. Patrick war in der Marine, wo er sich gut geführt hat, bis auf eine leichte Neigung zu ‹Insubordination›, dann haben wir in Cannes angefragt, und Mrs. Simmons hat uns empört geantwortet, daß ihr Sohn und ihre Tochter in Chipping Cleghorn bei ihrer Kusine seien.»

«Und Mrs. Simmons ist tatsächlich Mrs. Simmons?»

«Wenigstens ist sie es schon sehr lange», antwortete Rydesdale trocken.

«Da scheint also alles klar zu sein, nur trifft sonst alles so gut auf die beiden zu, das richtige Alter, Miss Blacklock kennt sie nicht persönlich... zu schade.»

Rydesdale nickte nachdenklich, dann reichte er Craddock ein Schreiben.

«Da ist etwas, was wir über Mrs. Easterbrook ausfindig gemacht haben.»

Mit hochgezogenen Brauen las der Inspektor den Bericht.

«Sehr interessant», bemerkte er. «Sie hat also den alten Esel richtiggehend eingefangen, doch soweit ich sehen kann, nützt uns das auch nichts.»

«Anscheinend nicht. Aber hier ist ein Bericht, der Mrs. Haymes betrifft.»

Wieder zog Craddock beim Lesen die Brauen hoch.

«Hm, diese Dame werde ich mir also noch vorknöpfen,» sagte er.

Eine Weile schwiegen beide, dann fragte Craddock:

«Gibt es Neues von Fletcher, Sir?»

«Er war sehr emsig. Im Einverständnis mit Miss Blacklock hat er das Haus gründlich durchsucht, konnte aber nichts von Interesse finden. Dann wollte er feststellen, wer Gelegenheit gehabt haben könnte, die Tür zu ölen. Das hat er an dem Tag gemacht, an dem die Köchin Ausgang hatte; auch Miss Blacklock und Miss Bunner waren ins Dorf gegangen – wie meist am Nachmittag –, so hatte er das Feld für sich.»

«Die Haustür ist wohl stets unverschlossen...»

«Früher schon, ich glaube aber, jetzt nicht mehr.»

«Und was hat Fletcher festgestellt? Hat jemand von den Nachbarn die Abwesenheit der Hausbewohner genutzt?»

«Praktisch das ganze Dorf scheint hinzugehen, wenn das Haus leer steht.»

Rydesdale schaute auf einen Bericht, der vor ihm lag.

«Da haben wir zum Beispiel Miss Hinchliffe. Sie behauptet zwar, sie sei seit längerem nicht dortgewesen, was aber nicht stimmt, denn Mizzi hatte sie aus der Haustür herauskommen sehen. Miss Hinchliffe gab dann zu, dortgewesen zu sein, sie habe es aber vergessen; sie könne sich nicht erinnern, was sie dort gewollt habe, wahrscheinlich nur einen Besuch abstatten.»

«Das klingt merkwürdig.»

«Und anscheinend war auch ihr Verhalten merkwürdig.» Er lächelte nun leicht.

«Miss Marple war auch sehr aktiv. Fletcher berichtet, daß sie am Morgen im Café ‹Zum Blauen Vogel› gewesen war, dann hat sie bei Miss Hinchliffe einen Sherry getrunken, nachher war sie zum Tee in Little Paddocks, dann hat sie Mrs. Swettenhams Garten bewundert und schließlich Colonel Easterbrook besucht und sich seine indischen Andenken angeschaut.»

«Sie wird uns sagen können, ob Colonel Easterbrook tatsächlich Colonel in Indien gewesen ist.»

«Sie glaubt, daß es stimmt; aber wir müssen bei den Behörden in Indien Rückfrage halten. Bis die Antwort eintrifft, wird jedoch eine Weile vergehen.»

«Es ist schrecklich, wir haben doch solche Eile. Ich halte die Gefahr für wirklich groß, Sir. Es steht ja ein Riesenvermögen auf dem Spiel, und wenn Belle Goedler stirbt...»

Das Läuten des Telefons unterbrach ihn.

Rydesdale nahm den Hörer ab, und Craddock sah, wie sich sein Gesicht verdüsterte.

«Inspektor Craddock wird sofort kommen», donnerte Rydesdale und legte den Hörer auf.

«Ist sie...», begann Craddock, aber Rydesdale schnitt ihm kopfschüttelnd das Wort ab.

«Nein, es ist Dora Bunner. Sie hatte Kopfschmerzen, und da sie ihr Aspirinfläschchen nicht fand, hat sie das von Letitia Blacklocks Nachttisch genommen. Es waren nur drei Tabletten drin, von denen sie zwei nahm. Der Arzt hat die übriggebliebene zur Analyse fortgeschickt, sagte aber jetzt schon, daß es bestimmt kein Aspirin sei.»

«Ist sie tot?»

«Ja. Man hat sie heute morgen tot im Bett aufgefunden. Der Arzt sagt, sie sei im Schlaf gestorben, aber er glaubt nicht an einen natürlichen Tod, obwohl ihre Gesundheit sehr angegriffen war. Er glaubt, daß sie an Gift gestorben ist. Heute abend findet die Autopsie statt.»

«Aspirintabletten von Letitia Blacklocks Nachttisch! Was für ein heimtückischer Satan!... Wer war nur in den letzten zwei Tagen im Haus? Diese vergifteten Tabletten können ja nicht lange dort gelegen haben.»

«Die ganze Gesellschaft war gestern dort», sagte Rydesdale gedehnt. «Es war eine Geburtstagsfeier für Dora Bunner. Jeder der Anwesenden konnte sich während der Feier hinaufgeschlichen und die Tabletten ausgetauscht haben, und die Hausbewohner natürlich zu jeder Zeit.»

17

Vor der Tür des Pfarrhauses sagte Mrs. Harmond zu Miss Marple:

«Richte, bitte, Miss Blacklock aus, daß Julian leider jetzt nicht kommen kann, er muß einen sterbenden Mann im Nachbardorf besuchen. Aber er wird sich nach dem Mittagessen bei ihr melden, hier sind einstweilen die Notizen für die Beerdigung. Hoffentlich erkältest du dich nicht bei diesem Wetter. Ich würde den Brief ja selbst hinbringen, aber ich muß ein krankes Kind im Spital besuchen.»

Als Miss Marple in Little Paddocks im Wohnzimmer auf Miss Blacklock wartete, blickte sie sich um und überlegte, was Dora Bunner an dem Morgen im Café gemeint haben könnte, als sie sagte, sie glaube, Patrick habe ‹mit der Lampe herumhantiert, damit das Licht ausgeht›. Welche Lampe? Und wie hatte er an ihr ‹herumhantiert›?

Wahrscheinlich hatte Dora die kleine Stehlampe auf dem Tisch neben dem Türbogen gemeint. Sie hatte etwas von einem Schäfer und einer Schäferin gesagt... der Fuß dieser Lampe war ein Schäfer aus Meißner Porzellan. Und Dora Bunner hatte gesagt: ‹Ich erinnere mich noch ganz genau, daß auf dem Tisch die Schäferin gestanden hatte› und am nächsten Tag... Also jedenfalls stand jetzt dort ein Schäfer.

Auch hatte Dora an dem Nachmittag, als sie, Miss Marple, mit Bunch in Little Paddocks zum Tee gewesen war, gesagt, daß es ein Pendant zu der Lampe gegeben habe, natürlich eine Schäferin. Am Tag des Überfalls habe die Schäferin dort gestanden... nicht der Schäfer, und am nächsten Morgen die Lampe mit dem Schäfer. Also waren die Lampen während der Nacht offensichtlich ausgetauscht worden. Und Dora Bunner hatte den Verdacht, daß Patrick es getan habe.

Warum...? Wenn die ursprünglich dort gewesene Lampe untersucht worden wäre, hätte sich herausgestellt, wie Patrick es fertiggebracht hatte, das Licht ausgehen zu lassen. Aber wie hatte er es fertiggebracht?

Miss Marple betrachtete prüfend die Lampe, die vor ihr stand. Die Schnur verlief über den Tisch zur Wand, der Schalter war in der Mitte der Schnur angebracht. Miss Marple überlegte weiter: Miss Blacklock hatte als erstes geglaubt, ihr Neffe Patrick habe etwas mit der Anzeige zu tun. Solch instinktive Annahmen sind häufig berechtigt, denn wenn man einen Menschen gut kennt, weiß man auch, was er im Kopf hat.

Patrick Simmons... ein charmanter, gutaussehender junger Mann, der Frauen gefällt, jungen und alten. Er war ein Typ Mann, wie ihn vielleicht Randall Goedlers Schwester geheiratet hätte. Könnte Patrick Simmons «Pip» sein? Aber er war während des Krieges in der Marine. Das ließ sich leicht überprüfen.

Zuweilen geschahen die merkwürdigsten Identitätsauswechslungen. Mit genügend Kühnheit kann man viel machen...

Miss Blacklock trat ins Zimmer. Sie schien um Jahre gealtert zu sein und ihre ganze Vitalität eingebüßt zu haben.

«Entschuldigen Sie, bitte, daß ich Sie störe», sagte Miss Marple, «aber der Pfarrer muß einen Sterbenden besuchen, und Bunch mußte zu einem kranken Kind ins Spital gehen, so hat sie mich gebeten, Ihnen diesen Brief zu übergeben.»

Miss Blacklock öffnete ihn und sagte:

«Nehmen Sie doch bitte Platz, Miss Marple.»

«Danke sehr. Ich möchte Ihnen auch mein herzlichstes Beileid aussprechen.»

Nun brach Letitia plötzlich in Tränen aus, und Miss Marple ließ sie schweigend gewähren.

Nach einer Weile blickte Letitia auf und sagte:

«Entschuldigen Sie, bitte, aber es überkam mich auf einmal. Es ist so entsetzlich für mich. Dora war der einzige Mensch, den ich noch von Kindheit her kannte ... jetzt bin ich ganz allein.»

Dann schwiegen beide, bis Letitia zum Schreibtisch ging und sagte:

«Ich muß dem Pfarrer ein paar Zeilen schreiben.»

Sie hielt den Federhalter ungeschickt und erklärte:

«Ich habe Arthritis in den Fingern. Zuweilen kann ich überhaupt nicht schreiben. Wollen Sie so freundlich sein und meine Antwort mitnehmen?»

Von draußen erklang eine männliche Stimme, und düster blickend trat Inspektor Craddock ein.

Diskret verabschiedete sich Miss Marple.

«Ich will keine Zeit mit Beileidsbezeugungen verlieren, Miss Blacklock», sagte er. «Miss Bunners Tod geht mir aber vor allem deshalb besonders nahe, weil wir diesen Mord hätten verhindern müssen.»

«Ich wüßte nicht, wie Ihnen das möglich gewesen wäre.»

«Leicht wäre es nicht gewesen, aber nun dürfen wir auch nicht mehr eine Minute Zeit verlieren. Wir müssen rasch vorgehen. Wer hat es getan, Miss Blacklock? Wer hat zwei Schüsse auf Sie abgegeben? Wer ist es gewesen? Denn der Betreffende wird wahrscheinlich den Mordversuch wiederholen.»

Letitia zitterte ...

«Ich weiß es nicht, Herr Inspektor. Ich weiß es nicht!»

«Ich habe mit Mrs. Goedler gesprochen, sie hat mir alles gesagt, was sie wußte; leider ist es nicht viel. Es gibt einige Leute, für die Ihr Tod ausgesprochen günstig wäre. In erster Linie für Pip und Emma. Patrick und Julia Simmons sind zwar im entsprechenden Alter, aber sie scheinen es nicht zu sein. Sagen Sie, Miss Blacklock, würden Sie Sonja Goedler wiedererkennen?»

«Sonja wiederentdecken? Aber natürlich.»

Sie stockte.

«Nein», fuhr sie langsam fort, «ich glaube doch nicht. Es ist so lange her, dreißig Jahre: Sie ist ja jetzt eine ältere Frau.»

«Wie sah sie damals aus?»

«Sonja?»

Letitia überlegte einige Augenblicke.

«Sie war ziemlich klein, dunkel...»

«Hatte sie irgendwelche besonderen Mmerkmale... Gewohnheiten?»

«Nicht daß ich wüßte. Sie war fröhlich, sehr fröhlich.»

«Vielleicht ist sie jetzt nicht mehr so fröhlich», sagte Craddock. «Haben Sie ein Foto von ihr?»

«Von Sonja? Warten Sie mal... in einem Album müßte ich einige alte Schnappschüsse von ihr haben.»

«Könnte ich die sehen?»

«Natürlich... aber wo habe ich nur dieses Album?»

«Sagen Sie mir, bitte, Miss Blacklock, halten Sie es für möglich, daß Mrs. Swettenham Sonja Goedler sein könnte?»

«Mrs. Swettenham!»

Miss Blacklock blickte ihn verdutzt an.

«Ihr Mann war Kolonialbeamter, soviel ich weiß, zuerst in Indien und dann in Hongkong.»

«Das hat sie Ihnen erzählt. Sie wissen das nicht, wie man vor Gericht sagt, aus erster Hand?»

«Nein, das natürlich nicht», antwortete sie langsam. «Aber Mrs. Swettenham! Das ist zu absurd!»

«Hat Sonja Goedler je Theater gespielt, ich meine, bei Liebhaberaufführungen?»

«O ja, und sie war sogar sehr gut.»

«Da haben wir's! Noch etwas, Mrs. Swettenham trägt eine Perücke. Wenigstens behauptet das Mrs. Harmond», verbesserte sich der Inspektor.

«Ja, das ist gut möglich, all diese kleinen grauen Löckchen. Aber ich halte es noch immer für absurd, wenn sie auch manchmal sehr komisch ist.»

«Und dann haben wir Miss Hinchliffe und Miss Murgatroyd. Könnte eine von ihnen Sonja Goedler sein?»

«Miss Hinchliffe ist zu groß, sie ist ja so groß wie ein Mann.»

«Miss Murgatroyd?»

«Nein, bestimmt nicht.»

«Sie sehen doch nicht gut, Miss Blacklock.»

«Ich bin kurzsichtig.»

«Ich möchte zu gern eine Aufnahme von Sonja Goedler sehen, selbst wenn es eine alte, schlechte ist. Wir haben Übung darin, Ähnlichkeiten festzustellen.»

«Ich werde die Bilder suchen.»

«Würden Sie das, bitte, gleich tun?»

«Gern. Aber ich muß erst überlegen . . . ich habe das Album zum letzten Mal gesehen, als wir den Schrank in der Halle ausräumten. Julia hat mir dabei geholfen. Ich erinnere mich noch, daß sie über die Kleider, die wir damals trugen, lachte . . . Die Bücher stellten wir auf das Regal hier im Wohnzimmer. Wo haben wir nur das Album hingelegt? Gott, was habe ich für ein schlechtes Gedächtnis! Vielleicht weiß Julia es.»

«Ich werde sie suchen.»

Der Inspektor fand Julia in keinem der Parterrezimmer und rief dann nach oben:

«Miss Simmons!»

Als er keine Antwort erhielt, ging er in den ersten Stock, wo Julia gerade aus einer Tür trat, hinter der eine Wendeltreppe zu sehen war.

«Ich war auf dem Speicher», erklärte sie. «Was ist denn?»

Der Inspektor sagte es ihr.

«Ach, diese alten Fotoalben. Ja, ich erinnere mich sehr gut. Soviel ich weiß, haben wir sie in den Bücherschrank im Studierzimmer gestellt. Ich werde sie holen.»

Sie ging mit dem Inspektor ins Studierzimmer und holte aus dem großen Bücherschrank zwei Fotoalben.

Craddock blätterte die Alben durch . . . Frauen mit riesigen Hüten, Frauen mit langen Röcken. Unter den Fotos standen kurze Bezeichnungen, die Tinte war verblaßt.

«Die Aufnahmen müßten in diesem hier sein», erklärte Miss Blacklock. «Auf der zweiten oder dritten Seite, glaube ich. In dem andern sind Aufnahmen nach Sonjas Hochzeit.»

Sie drehte ein Blatt um.

«Hier müssen sie sein...» Sie stockte.

Auf dieser Seite waren mehrere leere Stellen. Craddock entzifferte die verblaßte Schrift:

«Sonja... ich... Randall.» Unter der nächsten stand: «Sonja und Belle am Strand». Auf der andern Seite: «Picknick in Sheyne». Er schlug die nächste Seite auf. Wieder eine leere Stelle und darunter die Worte: «Charlotte, ich, Sonja, Randall».

Craddock stand auf. Seine Lippen waren zusammengepreßt.

«Jemand hat diese Fotos entfernt», stieß er hervor. «Und zwar erst kürzlich.»

«Julia, als wir neulich die Alben anschauten, waren doch keine leeren Stellen da?» fragte Letitia.

«Ich kann mich nicht erinnern, ich interessierte mich ja nur für die Kleider... aber warte... ja, du hast recht, Tante Letty, es gab keine leeren Stellen.»

Craddock blickte noch finsterer drein.

18

«Entschuldigen Sie bitte, daß ich Sie schon wieder störe, Mrs. Haymes.»

«Bitte sehr, Herr Inspektor», erwiderte Phillipa kühl.

«Mrs. Haymes, Sie hatten mir doch gesagt, Ihr Mann sei in Italien gefallen?»

«Ja... und?»

«Warum haben Sie mir nicht die Wahrheit gesagt? Warum haben Sie mir nicht gesagt, daß Ihr Mann desertiert ist?»

Er sah, wie sie leichenblaß wurde.

Bitter entgegnete sie:

«Müssen Sie alles ausgraben?»

«Wir verlangen, daß uns die Wahrheit gesagt wird», erwiderte Craddock trocken.

Sie schwieg und sagte erst nach einer Weile:

«Was wollen Sie nun tun? Es aller Welt sagen? Ist das notwendig? Ist das richtig von Ihnen?»

«Weiß das hier niemand?» fragte Craddock.

«Niemand. Harry» – ihre Stimme änderte sich nun – «mein Sohn weiß es nicht, und er soll es nie erfahren.»

«Das halte ich nicht für richtig. Wenn der Junge groß genug ist, sollten Sie ihm die Wahrheit sagen. Falls er eines Tages selbst die Wahrheit entdeckt, wird das schlimm für ihn sein. Wenn Sie ihm Geschichten erzählen, sein Vater sei als Held gestorben...»

«Das tue ich nicht. Ich spreche einfach nicht darüber.»

«Ihr Mann lebt noch?»

«Vielleicht. Woher soll ich das wissen?»

«Wann haben Sie ihn zum letzten Mal gesehen, Mrs. Haymes?»

«Seit Jahren nicht mehr», antwortete sie rasch.

«Sind Sie ganz sicher? Haben Sie ihn nicht vor ungefähr vierzehn Tagen gesehen und gesprochen?»

«Was wollen Sie damit sagen?»

«Ich habe es nie für sehr wahrscheinlich gehalten, daß Sie sich mit Schwarz im Gartenhäuschen getroffen haben. Aber Mizzi behauptet es steif und fest. Ich glaube, Mrs. Haymes, daß der Mann, den Sie damals am Morgen getroffen haben, Ihr Gatte gewesen ist...»

«Ich habe niemanden im Gartenhäuschen getroffen.»

«Vielleicht hatte er kein Geld, und Sie haben ihm welches gegeben?»

«Ich habe ihn nicht gesehen, sage ich Ihnen. Ich habe niemanden im Gartenhäuschen getroffen!»

«Deserteure sind häufig in einer verzweifelten Lage. Oft beteiligen sie sich an Raubüberfällen und Einbrüchen. Und viele von ihnen haben ausländische Waffen, die sie von der Front mitgebracht haben.»

«Ich weiß nicht, wo mein Mann ist, ich habe ihn seit Jahren nicht mehr gesehen.»

«Ist das Ihr letztes Wort, Mrs. Haymes?»

«Ich kann Ihnen nichts anderes sagen.»

Nachdem Craddock Phillipa verlassen hatte, murmelte er wütend vor sich hin:

«Störrisch wie ein Maulesel!»

Er war ziemlich sicher, daß Phillipa log, aber er konnte es ihr nicht nachweisen. Er wünschte, er wüßte etwas mehr über diesen Captain Haymes. Die Informationen, die er vom Militärdepartement erhalten hatte, waren recht dürftig, vor allem gab es keine Anhaltspunkte, daß Haymes ein Verbrecher geworden sei.

Auch schien es unwahrscheinlich, daß Haymes die Tür geölt hatte. Das mußte ein Hausbewohner getan haben oder jemand, der leicht Zutritt zum Haus hatte.

Sinnend schaute er die Treppe an, und plötzlich fiel ihm ein, daß Julia auf dem Speicher gewesen war.

Was hatte Julia dort zu suchen?

Rasch ging Craddock in den ersten Stock. Niemand war dort.

Er öffnete die Tür, aus der Julia getreten war, und ging die Wendeltreppe hinauf zum Speicher.

Dort standen Kisten, alte Koffer, einige Möbelstücke, eine beschädigte Porzellanlampe, einiges Geschirr.

Er öffnete einen der Koffer. Kleider... altmodische Damenkleider. Die gehörten wahrscheinlich Miss Blacklock oder ihrer verstorbenen Schwester.

Er öffnete einen anderen Koffer: Vorhänge.

Dann öffnete er ein Handköfferchen: Papiere und Briefe, vergilbte Briefe mit verblaßter Schrift.

Auf dem Deckel des Köfferchens standen die Initialen: «C. L. B.» Daraus schloß er, daß es Letitias Schwester Charlotte gehört hatte.

Er begann einen der Briefe zu lesen: «Liebste Charlotte! Gestern ging es Belle viel besser, und sie konnte mit Randall, der sich einen Tag freigemacht hatte, zu einem Picknick fahren. Die Arizona-Vorzugsaktien steigen dauernd, Randall verdient ein Vermögen daran...»

Den Rest überflog Craddock und schaute auf die Unterschrift: «Viele Küsse, Deine Letitia.»

115

Er nahm einen anderen Brief: «Liebste Charlotte! Ich wünschte, Du würdest dich nicht so vergraben und mal ab und zu einige Leute sehen. Du übertreibst. Deine Entstellung ist nicht halb so schlimm, wie Du es Dir vorstellst. Die Leute achten gar nicht darauf...»

Craddock nickte. Er erinnerte sich daran, daß Belle Goedler gesagt hatte, Charlotte Blacklock habe eine entstellende Krankheit gehabt. Aus all diesen Briefen sprach Letitias liebevolle Sorge um ihre schwerkranke Schwester. Anscheinend hatte sie ständig über ihr Leben und Treiben ausführliche Berichte geschrieben, von denen sie glaubte, sie könnten das kranke Mädchen interessieren. Und Charlotte hatte diese Briefe aufbewahrt; einigen waren auch Schnappschüsse beigefügt.

Craddock war ganz aufgeregt. Hier könnte er auf einen Hinweis stoßen; in diesen Briefen könnten Tatsachen erwähnt sein, die Letitia Blacklock längst vergessen hatte. Hier könnte er ein treues Abbild der Vergangenheit finden, es könnte ihm helfen, die – oder den – Unbekannten zu identifizieren.

Sorgfältig packte er die Briefe zusammen und ging hinunter.

Auf dem Flur im ersten Stock begegnete ihm Letitia, die ihn erstaunt fragte:

«Ach... Sie waren auf dem Speicher? Ich hörte Schritte und konnte mir gar nicht vorstellen, wer...»

«Miss Blacklock, ich habe einige Briefe gefunden, die Sie vor vielen Jahren Ihrer Schwester Charlotte geschrieben haben. Gestatten Sie mir, daß ich sie mitnehme und lese?»

Sie wurde rot vor Ärger.

«Ist das denn nötig?» entgegnete sie scharf. «Warum? Was für ein Interesse haben Sie an den Briefen?»

«Es könnte darin einiges über Sonja Goedler stehen, es mögen Hinweise darin sein, die mir meine Nachforschungen erleichtern.»

«Es sind Privatbriefe, Herr Inspektor!»

«Ich weiß.»

116

«Ich nehme an, daß Sie diese Briefe auf jeden Fall mitnehmen werden. Sie haben die Vollmacht, es zu tun, oder werden diese Vollmacht leicht erhalten. Nehmen Sie sie in Gottes Namen! Aber Sie werden darin sehr wenig über Sonja finden. Sie heiratete und ging fort, ein, zwei Jahre, nachdem ich zu Goedler kam.»

Hartnäckig erwiderte Craddock:

«Es könnte etwas darin stehen. Wir müssen alles versuchen, ich versichere Ihnen, die Gefahr ist wirklich groß!»

Sie biß sich auf die Lippen und meinte:

«Ich weiß, Bunny ist tot. Und zwar wurde sie mit einer Aspirintablette vergiftet, die für mich bestimmt war. Das nächste Mal kann es statt meiner Patrick oder Julia und Phillipa oder Mizzi treffen, junge Menschen, die meinetwegen ihr Leben verlieren würden. Jemand trinkt ein Glas Wein, das für mich eingeschenkt wurde, oder ißt ein Stück Schokolade, das mir zugedacht war. Also nehmen Sie die Briefe. Aber verbrennen Sie sie nachher. Es ist alles vorbei, vergangen, versunken. Niemand erinnert sich jetzt...»

Sie faßte an ihr Halsband aus falschen Perlen. Und wieder dachte Craddock, wie wenig dieser unechte Schmuck zu dem schlichten Jackenkleid paßte.

Am nächsten Tag, es war trüb und stürmisch, ging der Inspektor ins Pfarrhaus.

Miss Marple saß dicht am Kamin und strickte, während Bunch auf allen vieren auf dem Boden umherkroch und ein Schnittmuster anfertigte.

«Es ist zwar ein Vertrauensbruch», sagte Craddock zu Miss Marple, «aber ich bitte Sie trotzdem, diesen Brief zu lesen.»

Er erzählte, wie er die Briefe auf dem Speicher entdeckt hatte.

«Sie sind wirklich rührend, diese Briefe», erklärte er. «Man sieht den alten Vater direkt vor sich, diesen Doktor Blacklock. Ein richtiger Tyrann.»

Miss Marple nahm den Brief, entfaltete ihn und begann zu lesen:

Liebste Charlotte!

Ich habe Dir zwei Tage lang nicht geschrieben, weil hier ein fürchterlicher Familienstreit im Gange ist. Du erinnerst Dich doch noch an Randalls Schwester Sonja. Sie hat Dich einmal mit dem Auto abgeholt und mit Dir einen Ausflug gemacht. Ich wünschte so sehr, daß Du das des öfteren tun könntest. Also Sonja hat Randall erklärt, sie wolle einen gewissen Dimitri Stamfordis heiraten. Ich habe den Mann erst einmal gesehen. Er sieht sehr gut aus, man kann ihm aber meines Erachtens nicht über den Weg trauen. Randall ist außer sich vor Wut und sagt, er wäre ein Gauner und Betrüger. Belle, lieb wie sie ist, liegt auf dem Sofa und lächelt nur. Und Sonja, die scheinbar ruhig ist, hat eine fürchterliche Wut auf Randall.

Ich habe alles mögliche versucht. Ich habe mit Sonja gesprochen und mit Randall und habe sie etwas zur Vernunft gebracht, aber sowie die beiden wieder miteinander sprechen, beginnt der Streit von neuem.

Inzwischen vernachlässigt er das Geschäft. Ich bin jetzt meist allein im Büro, was mir Freude macht, denn Randall läßt mir freie Hand. Gestern sagte er mir: «Gott sei Dank, daß es wenigstens noch einen vernünftigen Menschen auf der Welt gibt. Sie werden sich doch nie in einen Gauner verlieben, Blackie?» Ich antwortete ihm, daß das höchst unwahrscheinlich sei.

Belle lacht nur über alles. Sie hält diesen ganzen Streit für einen Unsinn. Gestern sagte sie zu mir: «Ich glaube, Sonja möchte sich mit Randall vertragen wegen des Geldes. Sie hängt sehr am Geld.»

Wie geht es Vater? Kommst du mit andern Menschen zusammen? Du darfst Dich nicht zu sehr verkriechen, Liebling.

Sonja läßt Dich grüßen. Soeben kam sie zu mir und öffnete und schloß die Hände wie eine wütende Katze, die ihre Krallen schärft. Ich nehme an, daß sie wieder mit Randall Streit gehabt hat.

Verliere nicht den Mut, Liebling. Diese Jodkur kann Dich

vielleicht völlig heilen. Ich habe mich erkundigt und habe gehört, daß schon fabelhafte Erfolge damit erzielt wurden. Viele Küsse von Deiner Dich liebenden

Letitia.

Miss Marple faltete nachdenklich den Brief zusammen und gab ihn Craddock zurück.

«Was sagen Sie dazu?» fragte er erwartungsvoll. «Was für einen Eindruck haben Sie bekommen?»

«Von Sonja? Es ist sehr schwer, sich aus der Schilderung einer Dritten ein Bild zu machen . . . Sie scheint ihren eigenen Kopf zu haben, das geht klar daraus hervor.»

«Öffnet und schließt die Hände wie eine wütende Katze», murmelte Craddock. «Das erinnert mich an jemanden . . .»

Er runzelte die Stirn, dann fuhr er fort:

«Wir haben noch nicht herausbekommen, woher der Revolver stammt. Jedenfalls gehörte er nicht Schwarz. Wenn ich nur wüßte, wer in Chipping Cleghorn einen Revolver besaß.»

«Colonel Easterbrook hat einen», sagte Bunch. «Er bewahrt ihn in der Schublade seiner Schlafzimmerkommode auf.»

«Woher wissen Sie das, Mrs. Harmond?»

«Von Mrs. Butt, meiner Putzfrau, die zweimal in der Woche zu mir kommt. Sie hat mir erzählt, daß er als ehemaliger Offizier natürlich einen Revolver hätte, und das sei sehr gut, wenn ein Einbrecher käme.»

«Wann hat sie Ihnen das erzählt?»

«Vor einer Ewigkeit, ich glaube, so vor einem halben Jahr.»

«Colonel Easterbrook?» murmelte Craddock. «Einige Tage vor dem Überfall war er in Little Paddocks, er hat ein Buch hingebracht. Er könnte dabei die Tür geölt haben. Aber er hat seinen Besuch sofort eingestanden, im Gegensatz zu Miss Hinchliffe.»

Miss Marple hüstelte.

«Sie müssen an die Zeiten denken, in denen wir leben, Herr Inspektor», sagte sie.

Craddock blickte sie verständnislos an.

«Schließlich gehören Sie doch zur Polizei», erklärte sie. «Die Leute können doch der Polizei nicht alles sagen.»

«Ich sehe nicht ein, warum nicht», widersprach Craddock, «es sei denn, sie hätten etwas Verbrecherisches zu verbergen.»

«Sie meint Butter», erklärte nun Bunch, «Butter und Kornfutter für die Hühner und manchmal Rahm . . . und manchmal eine Speckseite.»

«Zeig ihm den Zettel von Miss Blacklock», sagte Miss Marple.

«Er ist schon vor einiger Zeit geschrieben, aber man könnte meinen, er sei aus einem Kriminalroman.»

Bunch gab dem Inspektor den Zettel.

«Ich habe mich erkundigt. Es ist am Donnerstag», hatte Miss Blacklock geschrieben. «Irgendwann nach drei Uhr. Wenn Sie etwas für mich bekommen haben, lassen Sie es, bitte, an der üblichen Stelle.»

Bunch spuckte lachend die Nadeln aus dem Mund, und Miss Marple betrachtete amüsiert das erstaunte Gesicht des Inspektors.

Schließlich gab die Pfarrersfrau die Erklärung:

«Donnerstag buttern unsere Bauern und geben Butter schwarz ab. Gewöhnlich holt Miss Hinchliffe sie ab. Sie steht mit allen Bauern auf bestem Fuß, ich nehme an, wegen ihrer Schweine. Und ganz heimlich geht im Ort ein Tauschhandel vor sich. Der eine schickt gegen Butter Gurken oder so was Ähnliches, oder ein Stück Fleisch, wenn ein Schwein geschlachtet wird – ab und zu erleidet ein Tier einen Unfall und muß notgeschlachtet werden. Also, Sie können es sich ja denken. Aber das kann man doch nicht gut der Polizei erklären. Ich glaube, daß dieser Tauschhandel meist illegal ist, doch niemand erfährt etwas davon, weil alles so kompliziert ist. Ich denke mir, daß Hinch ein Pfund Butter oder irgend so etwas nach Little Paddocks gebracht und es an die übliche Stelle gelegt hat.»

Seufzend sagte Craddock:

«Ich bin froh, daß ich zu Ihnen gekommen bin, meine Damen, aber es ist besser, Sie erzählen mir nichts mehr davon. Es ist natürlich höchst ungesetzlich.»

«Es sollte keine so albernen Gesetze geben», entgegnete Bunch, die gerade wieder Nadeln in den Mund nahm. «Ich mache es nicht, weil Julian es mir strikt verboten hat, aber ich weiß natürlich auch, was gespielt wird.»

Den Inspektor packte eine Art Verzweiflung.

«Jetzt sind bereits ein Mann und eine Frau ermordet worden, und eine andere Frau kann das Opfer sein, bevor ich imstande bin, etwas dagegen zu tun. Augenblicklich konzentriere ich meinen Gedankengang auf Sonja. Wenn ich nur wüßte, wie sie aussah. Bei den vorgefundenen Briefen befinden sich ein paar Schnappschüsse, aber auf keiner ist sie mit drauf.»

«Woher wissen Sie das denn? Sie wissen ja nicht, wie sie aussah.»

«Sie war klein und dunkel, sagte Miss Blacklock.»

«Ach, das ist aber höchst interessant!» meinte Miss Marple.

«Auf einer Aufnahme war ein Mädchen, das mich an jemanden erinnert, ein großes, blondes Mädchen, das Haar hochfrisiert. Ich weiß nicht, wer es sein könnte, jedenfalls nichts Sonja. Meinen Sie, daß Mrs. Swettenham in ihrer Jugend dunkles Haar gehabt haben könnte?»

«Nicht sehr dunkel», antwortete Bunch. «Sie hat blaue Augen.»

Das Telefon läutete.

Bunch stand auf und ging in die Halle.

Nach einem Augenblick kam sie zurück und sagte zu Craddock: «Es ist für Sie.»

Überrascht ging er an den Apparat.

«Craddock? Hier Rydesdale.»

«Jawohl, Sir.»

«Ich habe Ihren Bericht gelesen. Phillipa Haymes hat also geleugnet, ihren Mann seit seiner Desertion gesehen zu haben?»

«Meiner Ansicht nach hat sie gelogen.»

«Das glaube ich auch. Aber erinnern Sie sich an einen Unfall vor etwa zehn Tagen: Ein Mann wurde von einem Lastwagen überfahren und mit einem schweren Schädelbruch ins Krankenhaus in Milchester eingeliefert?»

«Ist das der Mann, der ein Kind vor den Rädern des Lastwagens wegriß und dabei selbst überfahren wurde?»

«Genau der. Er hatte keinerlei Papiere bei sich, und niemand konnte ihn identifizieren. Letzte Nacht ist er gestorben, ohne das Bewußtsein wiedererlangt zu haben. Aber er ist jetzt identifiziert worden: Es war Ronald Haymes. Ex-Captain und Deserteur.»

«Phillipa Haymes' Mann?»

«Ja. Übrigens hatte er ein altes Autobusbillett nach Chipping Cleghorn in der Tasche und ziemlich viel Geld.»

«So hat er also Geld von seiner Frau bekommen. Ich vermutete schon seit einiger Zeit, daß er der Mann war, den Mizzi mit ihr im Gartenhäuschen sprechen hörte. Sie leugnete es natürlich. Aber, Sir, dieser Unfall war doch vor...»

Rydesdale nahm ihm das Wort aus dem Mund:

«So ist es, Haymes wurde am 28. ins Spital eingeliefert, und der Überfall fand am 29. statt. Er kann also nichts damit zu tun haben. Aber seine Frau weiß natürlich nichts von dem Unfall, und sie mag die ganze Zeit geglaubt haben, er sei an dem Mord beteiligt gewesen. Und so hat sie natürlich den Mund gehalten; immerhin war er ja ihr Mann.»

19

«Ich stelle die Lampe hier neben dich auf den Tisch», sagte Bunch.

«Es ist so dunkel, jeden Moment kann ein Unwetter losbrechen, aber ich muß fort.»

Sie stellte die kleine Leselampe auf den Tisch neben Miss Marple, die strickend in einem großen Sessel saß.

Als Bunch die Schnur über den Tisch legte, sprang Tiglatpileser, der Kater, darauf, krallte sich in der Schnur fest und biß hinein.

«Aber, Tiglatpileser, das darfst du nicht tun ... du böses Tier! Schau mal, Tante Jane, er hat die Schnur fast ganz durchgebissen ... Siehst du denn nicht ein, du dummer Kater, daß du einen bösen elektrischen Schlag kriegen kannst, wenn du das tust?»

«Danke schön, mein Kind», sagte Miss Marple und streckte die Hand aus, um die Lampe anzuknipsen.

«Nein, da nicht. Der Schalter ist mitten in der Schnur. Einen Moment, ich stelle die Vase beiseite.»

Sie hob eine Vase mit Herbstrosen hoch. Tiglatpileser sprang auf sie zu und krallte sich an ihrem Arm fest.

Vor Schreck verschüttete Bunch etwas Wasser, das auf die Stelle spritzte, an der die zerbissene Schnur lag, und auf den Kater, der empört fauchend zu Boden sprang.

Miss Marple drückte auf den Schalter, und sofort sprühten an der feuchten Stelle knisternde Funken hoch.

«Mein Gott!» rief Bunch. «Jetzt haben wir sicher einen Kurzschluß, im ganzen Haus wird das Licht nicht funktionieren.»

Sie knipste den Zimmerschalter an, aber die Deckenbeleuchtung funktionierte nicht.

«Da haben wir die Bescherung. Zu dumm, daß alles an einer Sicherung hängt. Und da ist auch ein Loch in den Tisch gebrannt. Böser Tiglatpileser, das ist deine Schuld ... Tante Jane, was hast du denn? Hat dich das so erschreckt?»

«Es ist nichts, mein Kind, mir ist nur plötzlich etwas eingefallen, das mir schon längst hätte in den Sinn kommen müssen.»

«Ich schraube eine neue Sicherung ein und bringe dir Julians Schreibtischlampe.»

«Danke, nein, mein Kind, bemühe dich nicht, du versäumst noch deinen Bus. Ich brauche kein Licht, ich will einfach ruhig dasitzen und über etwas nachdenken. Aber eil dich, sonst kriegst du den Bus nicht mehr.»

Nachdem Bunch fortgegangen war, saß Miss Marple eine Weile ganz still da.

Dann nahm sie ein Stück Papier und schrieb das eine Wort «Lampe?» und unterstrich es doppelt.

Nach einigen Sekunden schrieb sie wieder ein Wort, und dann kritzelte sie noch mehrere geheimnisvolle Bemerkungen...

In dem ziemlich dunklen Wohnzimmer von Boulders hatten Miss Hinchliffe und Miss Murgatroyd eine kleine Auseinandersetzung.

«Das Schlimme mit dir, Amy, ist», schimpfte Miss Hinchliffe, «daß du dir nicht einmal Mühe gibst.»

«Aber ich sage dir doch, Martha, daß ich mich an nichts mehr erinnern kann.»

«Also hör zu, Amy, wir müssen ein bißchen konstruktiv denken. Bisher haben wir ja noch keine detektivischen Glanzstücke vollbracht. Mit der Tür habe ich mich völlig geirrt. Du hast gar nicht dem Mörder die Tür aufgehalten! Es ist unser Pech, daß wir die einzige schweigsame Putzfrau von ganz Chipping Cleghorn haben. Meist bin ich ja froh darüber, aber diesmal stört es mich. Das ganze Dorf weiß schon seit einer Ewigkeit, daß die zweite Wohnzimmertür benützt worden ist, und wir haben es erst gestern erfahren...»

«Ich verstehe noch immer nicht, wieso...»

«Aber das ist doch höchst einfach! Mit unserer ursprünglichen Annahme hatten wir vollkommen recht. Ein Mensch allein kann nicht gleichzeitig eine Tür aufhalten, mit einer Blendlaterne herumfuchteln und mit einem Revolver schießen. Wir nahmen an, er hätte nur mit dem Revolver und der Laterne hantiert, aber das war unser Fehler, wir hätten den Revolver ausnehmen müssen.»

«Aber er hatte doch einen Revolver», widersprach Amy. «Ich habe ihn doch gesehen, er lag auf dem Boden neben ihm.»

«Ja, nachdem der Kerl tot war. Es ist ganz klar, er hat nicht geschossen...»

«Aber wer denn sonst?»

«Das müssen wir eben herausfinden. Und wer es getan hat, hat auch die vergifteten Aspirintabletten auf Letty Blacklocks Nachttisch gestellt und so die arme Dora Bunner umgebracht. Und das kann dieser Schwarz nicht getan haben, denn er war ja schon tot. Es muß also jemand gewesen sein, der beim Überfall im Wohnzimmer war, und wahrscheinlich jemand, der an der Geburtstagsfeier teilnahm. Die einzige Person, die dadurch ausscheidet, ist Mrs. Harmond.»

«Du glaubst, daß jemand während der Geburtstagsfeier diese vergifteten Tabletten in das Fläschchen getan hat?»

«Natürlich! Aber frag nicht so dumm, Amy. Ich will mich jetzt zunächst mit dem Überfall beschäftigen. Streng ein bißchen dein Hirn an, denn alles hängt von dir ab.»

«Von mir!» stieß Amy ängstlich hervor. «Aber ich weiß doch nichts, wirklich nicht, Martha!»

«Benutze ein bißchen diese Strohmasse, die du dein Hirn nennst! Also zunächst: Wo waren die einzelnen Leute, als das Licht ausging...?»

«Ich weiß nicht.»

«Doch, du weißt es! Du gehst einem wirklich auf die Nerven, Amy. Du weißt doch, wo du warst, oder nicht? Du hast neben der Tür gestanden!»

«Ja. Sie ist gegen meine Hühneraugen gestoßen, als der Mann sie aufriß.»

«Warum gehst du nicht zu einem richtigen Hühneraugenoperateur, statt selbst an deinem Fuß herumzuschneiden! Eines Tages wirst du dir noch eine Blutvergiftung holen. Also: Du hast neben der Tür gestanden. Ich stand beim Kamin, und die Zunge hing mir zum Hals heraus, weil ich nichts zu trinken bekam. Letty Blacklock stand am Tisch neben dem Türbogen und holte Zigaretten. Patrick Simmons war in den Nebenraum gegangen, um die Getränke zu holen... richtig?»

«Ja, ich erinnere mich.»

«Gut. Irgend jemand ging hinter Patrick in den Nebenraum, einer der Männer. Das Dumme ist, daß ich nicht mehr weiß, ob es Easterbrook oder Edmund Swettenham war. Erinnerst du dich noch?»

«Nein.»

«Natürlich nicht! Und dann ging noch jemand in den Nebenraum – Phillipa Haymes. Daran erinnere ich mich noch genau, denn ich dachte, was für einen schönen Rücken die Frau hat und wie gut sie auf einem Pferd aussehen würde. Sie ging zum Kamin im Nebenraum. Ich weiß nicht, was sie dort suchte, denn in dem Moment ging das Licht aus. Also da hätten wir folgende Situation: Im Nebenraum sind Patrick Simmons, Phillipa Haymes und entweder Colonel Easterbrook oder Edmund Swettenham. Nun paß gut auf, Amy! Wahrscheinlich hat jemand von den dreien es getan, denn wenn jemand zu der zweiten Tür hinausgehen wollte, trachtete der Betreffende natürlich, im Nebenraum zu sein, wenn das Licht ausging. Wenn das der Fall ist, Amy, kannst du nichts zur Klärung des Falles beitragen.»

Amys Miene hellte sich auf.

«Aber es besteht die Möglichkeit», fuhr Martha fort, «daß es keiner von den dreien war; dann brauchen wir dich wieder, Amy.»

«Aber wie soll ich denn das wissen?» fragte Amy wieder.

«Ich sagte dir schon vorhin, daß du der einzige Mensch bist, der es wissen kann, denn du warst der einzige Mensch im Zimmer, der etwas sehen konnte. Du hast neben der Tür gestanden, dich hat die Laterne nicht geblendet, denn zwischen dem Mann und dir war die Tür. Du hast mit dem Schein der Laterne ins Zimmer gesehen, wir andern wurden ja von ihr geblendet, du aber nicht», erklärte ihr Martha.

«Aber ich habe nichts gesehen, der Schein der Laterne ist doch gewandert...»

«Und was hast du da gesehen? Das Licht hat Gesichter erhellt, nicht wahr? Und Tische? Und Stühle?»

«Ja...das schon...Miss Bunner stand da, den Mund weit aufgerissen, die Augen fielen ihr fast aus dem Kopf, und sie blinzelte...aber mehr habe ich wirklich nicht gesehen.»

«Du meinst, du hast ein leeres Zimmer gesehen? Niemand stand dort? Niemand hat dagesessen?»

«Natürlich nicht. Miss Bunner hatte den Mund weit aufgerissen, und Mrs. Harmond saß auf der Lehne eines Sessels; sie hatte die Augen fest zugekniffen und die Fäuste darauf gepreßt, wie ein kleines Kind.»

«Schön, da hätten wir also Mrs. Harmond und Dora Bunner. Verstehst du jetzt, worauf ich hinauswill? Wenn wir die ausgeschaltet haben, die du gesehen hast, kommen wir zu dem wichtigen Punkt, nämlich: Wen du nicht gesehen hast! Kapiert? Außer den Tischen und Sesseln und den Chrysanthemen und all dem Zeug waren doch noch einige Leute da: Julia Simmons, Mrs. Swettenham, Mrs. Easterbrook, entweder Colonel Easterbrook oder Edmund Swettenham. Dora Bunner und Bunch Harmond. Also das hast du schon gesagt, daß du Bunch Harmond und Dora Bunner gesehen hast. Die können wir beiseite lassen. Nun denke scharf nach, Amy, streng dein Hirn an: Als der Kerl mit der Blendlaterne herumleuchtete, war einer der Genannten nicht im großen Zimmer?»

In diesem Augenblick zuckte Amy zusammen, da der Wind einen Ast gegen das offene Fenster geweht hatte. Sie schloß die Augen und murmelte:

«Die Blumen... auf dem Tisch... der große Sessel... der Strahl der Laterne kam nicht bis zu dir, Martha... Mrs. Harmond, ja...»

Das Telefon läutete schrill, und Martha nahm den Hörer ab: «Hallo... Wer?... Der Bahnhof?»

Inzwischen ließ Amy gehorsam mit geschlossenen Augen die Ereignisse jenes Abends Revue passieren:

Der Strahl der Blendlaterne, der durchs Zimmer wanderte... einige Menschen... die Fenster... das Sofa... Dora Bunner... die Wand... der Tisch... mit der Lampe... der Türbogen... der Feuerschein des Revolvers...

«Aber das ist ja merkwürdig!» stieß sie auf einmal hervor...

«Was?» schnauzte Martha empört ins Telefon. «Seit heute

127

morgen ist er dort...? Seit wann...? Ja, sind Sie denn wahnsinnig, mich jetzt erst anzurufen...? Ich werde Ihnen den Tierschutzverein auf den Hals hetzen... Ein Versehen...? Ist das Ihre einzige Entschuldigung...?»

Wütend schmiß sie den Hörer auf die Gabel.

«Der Hund ist da», erklärte sie. «Der rote Setter. Seit heute morgen acht Uhr ist er auf dem Bahnhof! Ohne einen Tropfen Wasser! Und diese Idioten rufen erst jetzt an. Ich fahre sofort hin!»

Sie stürmte aus dem Zimmer, aufgeregt lief Amy hinter ihr her.

«Hör doch, Martha, etwas ganz Merkwürdiges... ich verstehe es nicht...»

Martha war inzwischen zum Schuppen gerannt, der als Garage diente.

«Wenn ich zurückkomme, reden wir weiter darüber», rief sie. «Ich kann nicht auf dich warten, bis du fertig bist. Du hast ja wie üblich Pantoffeln an.»

Sie drückte auf den Anlasser und fuhr mit einem Ruck aus der Garage hinaus.

Amy sprang zur Seite.

«Hör doch, Martha!» rief sie. «Ich muß dir sagen...»

«Wenn ich zurückkomme...»

Der Wagen schoß davon, Amy rief hinterher:

«Martha, sie war nicht dort...»

Der Himmel hatte sich mit tief hängenden schwarzen Wolken überzogen, und während Amy dastand und dem davonrasenden Wagen nachstarrte, fielen die ersten schweren Tropfen.

Aufgeregt lief sie zu einer Wäscheleine, auf der sie vor einigen Stunden zwei Jumper und eine wollene Kombination zum Trocknen aufgehängt hatte. Atemlos murmelte sie vor sich hin:

«Das ist wirklich sehr merkwürdig... Mein Gott, ich werde die Sachen nicht mehr rechtzeitig ins Haus bringen können... Und sie waren schon fast trocken...»

Während sie an einer Wäscheklammer zog, hörte sie

Schritte, die sich näherten; sie wandte den Kopf. Dann lächelte sie freundlich und rief: «Guten Abend... Gehen Sie doch gleich ins Haus, Sie werden sonst naß.»

«Darf ich Ihnen helfen?»

«Oh, sehr liebenswürdig... Es wäre so ärgerlich, wenn die Sachen wieder naß würden. Das beste wäre, wenn ich die Leine einfach herunterließe, aber ich reiche nicht so weit hinauf.»

«Hier ist Ihr Schal. Soll ich ihn Ihnen umlegen?»

«Oh, vielen Dank... ja, bitte... Wenn ich doch nur an diese Klammer käme...»

Der wollene Schal wurde um ihren Hals geschlungen, und dann, plötzlich, fest zugezogen.

Amy öffnete den Mund... nur ein schwaches Gurgeln ertönte. Immer fester wurde der Schal gezogen...

Auf der Rückfahrt vom Bahnhof hielt Miss Hinschliffe in der Hauptstraße an, da sie Miss Marple im Regen einhereilen sah, und rief:

«Guten Abend! Sie werden ja ganz naß. Steigen Sie ein, und trinken Sie eine Tasse Tee bei uns. Ich habe Bunch auf den Autobus warten sehen, kein Mensch ist im Pfarrhaus. Kommen Sie mit! Amy und ich machen gerade eine Rekonstruktion des Überfalls, und ich glaube, wir haben etwas herausgefunden... Passen Sie auf den Hund auf, er ist ziemlich aufgeregt.»

«Ein wunderschönes Tier!»

«Nicht wahr? Diese Idioten haben ihn seit heute morgen am Bahnhof gelassen, ohne mich zu benachrichtigen.»

Der kleine Wagen fuhr in den Hinterhof des Hauses. Eine Schar hungriger Enten und Hühner umdrängte die beiden Damen, als sie ausstiegen.

«Diese faule Amy!» rief Martha. «Sie hat ihnen nicht ein einziges Körnchen gegeben.»

Die Hühner fortscheuchend, führte sie Miss Marple ins Haus.

«Hallo... Amy... wo bist du?» rief sie. «Wo steckt sie

129

nur...? Amy...? Wo ist denn der Hund? Der ist jetzt auch verschwunden.»

Ein tiefes, klägliches Heulen ertönte aus dem Garten.

«Zum Teufel!»

Sie stapfte hinaus. Der rote Setter schnüffelte an einer Gestalt, die auf dem Boden unter der Leine lag, an der Wäschestücke im Winde flatterten.

«Amy hatte nicht einmal soviel Verstand, die Wäsche ins Haus zu holen», knurrte Martha. «Wo steckt sie nur?»

Der Hund reckte den Kopf und stieß wieder ein klägliches Heulen aus.

«Was ist denn mit dem Hund los?»

Sie ging über den Rasen.

Besorgt lief Miss Marple hinter ihr drein.

Beide standen nebeneinander, der Regen klatschte ihnen ins Gesicht, die Ältere legte den Arm um die Schultern der andern.

Sie spürte, wie Martha sich versteifte, während sie auf die Gestalt hinabblickte, die mit verzerrtem Gesicht und heraushängender Zunge dalag.

«Ich werde sie umbringen, wer auch immer es war!» zischte Martha, «wenn sie mir in die Hände gerät...»

«Sie?» fragte Miss Marple.

Martha wandte ihr das schmerzverzerrte Gesicht zu.

«Jawohl. Ich bin ihr fast auf der Spur... das heißt, es gibt drei Möglichkeiten.»

Sie blieb noch einen Augenblick stehen und blickte auf ihre tote Freundin, dann ging sie zum Haus. Ihre Stimme klang trocken und hart.

«Wir müssen die Polizei anrufen», sagte sie. «Inzwischen werde ich es Ihnen erklären. Es ist meine Schuld, daß Amy dort liegt. Ich hatte ein Spiel daraus gemacht... und ein Mord ist kein Spiel...»

«Nein», sagte Miss Marple, «weiß Gott nicht.»

Martha erstattete am Telefon einen kurzen Bericht und schilderte, nachdem sie den Hörer aufgelegt hatte, Miss Marple ihr Gespräch mit Amy.

«Sie rief noch etwas hinter mir her, als ich davonfuhr...
Daher weiß ich, daß es eine Frau und kein Mann ist... Wenn
ich doch nur gewartet, wenn ich ihr doch nur zugehört hätte!
Verdammt noch mal, der Hund hätte auch noch eine Viertelstunde länger auf dem Bahnhof bleiben können... Während
Amy sprach, war ein Geräusch am Fenster, ich erinnere mich
jetzt. Vielleicht stand sie vor dem Fenster... Natürlich, so
muß es gewesen sein... sie wollte uns gerade besuchen...
und Amy und ich sprachen laut miteinander... da hörte sie
alles...»

«Sie haben mir noch nicht gesagt, was Ihre Freundin
gerufen hat.»

«Nur einen Satz: ‹Sie war nicht dort!›»

Martha schwieg eine Weile.

«Verstehen Sie, wir hatten drei Frauen noch nicht ausgeschaltet: Mrs. Swettenham, Mrs. Easterbrook, Julia Simmons. Eine von den dreien war nicht dort. Sie war nicht im
Wohnzimmer, weil sie sich durch die andere Tür in die Halle
geschlichen hatte.»

«Ja, ich verstehe», sagte Miss Marple.

«Eine von den dreien ist es, ich weiß nicht, welche, aber,
bei Gott, ich werde es herausfinden!»

20

Am Nachmittag, zehn Minuten vor fünf, hatte der Briefträger
drei Briefe nach Little Paddocks gebracht.

Der eine, dessen Adresse eine Kinderhandschrift aufwies,
war für Phillipa Haymes, die zwei anderen waren für Miss
Blacklock.

Beide Damen setzten sich an den Teetisch und öffneten die
Briefe.

Der erste Brief für Miss Blacklock enthielt eine Rechnung
für eine Boiler-Reparatur, der zweite lautete folgenderma-
ßen:

Liebe Tante Letty!

Ich hoffe, daß es Dir recht ist, wenn ich Dienstag zu Dir komme! Ich schrieb Patrick vor zwei Tagen, aber er hat mir nicht geantwortet, daher nehme ich an, daß Du mit meinem Besuch einverstanden bist. Mutter kommt nächsten Monat nach England und freut sich schon darauf, Dich wiederzusehen.

Mein Zug ist um 6 Uhr 15 in Chipping Cleghorn. Herzliche Grüße von Deiner Nichte

Julia Simmons

Verblüfft las Miss Blacklock den Brief ein zweites Mal, und ihr Gesicht nahm einen grimmigen Ausdruck an. Sie sah zu Phillipa hinüber, die lächelnd in das Schreiben ihres Sohnes vertieft war.

«Sind Julia und Patrick schon zurückgekommen?» fragte Miss Blacklock.

Phillipa blickte auf.

«Ja, sie kamen gleich nach mir. Sie ziehen sich um, weil sie klatschnaß sind.»

«Ruf sie doch, bitte ... einen Moment, lies das erst!»

Sie gab Phillipa den Brief, den diese stirnrunzelnd las.

«Ich verstehe nicht ...»

«Ich auch nicht ... aber ich werde es wahrscheinlich schnell klären. Ruf bitte Patrick und Julia!»

Phillipa ging in die Halle und rief:

«Patrick! Julia! Tante Letty möchte euch sprechen.»

Patrick kam die Treppe heruntergerannt und trat ins Zimmer.

«Bleib hier, Phillipa!» sagte Miss Blacklock.

«Guten Abend, Tante Letty», rief Patrick vergnügt. «Was ist?»

«Würdest du mir das, bitte, erklären!»

Sie reichte ihm den Brief, und Patricks Gesicht verzog sich zu einem kläglichen Grinsen, während er las.

«Ich wollte ihr telegrafieren! Ich Idiot!»

«Ich nehme an, daß der Brief von deiner Schwester Julia ist?»

«Ja...»

Nun sagte Miss Blacklock grimmig:

«Darf ich dich fragen, wer das Mädchen ist, das du als Julia Simmons, als deine Schwester und meine Nichte, ins Haus gebracht hast?»

«Also... siehst du... Tante Letty... also es ist so: Ich kann dir alles erklären... ich weiß, es war nicht recht von mir... es schien so ein wunderbarer Spaß zu sein... also darf ich dir erklären...»

«Ich warte darauf. Wer ist das Mädchen?»

«Also kurz nach meiner Entlassung habe ich sie auf einer Party kennengelernt. Während der Unterhaltung erzählte ich ihr, daß ich zu dir ginge... ja, und dann fanden wir, daß das doch eigentlich ganz lustig wäre, wenn ich sie mitnähme... weißt du, Julia, die richtige Julia, wollte zur Bühne gehen, und Mutter hatte deswegen fast einen Tobsuchtsanfall bekommen... Julia hatte nun gerade eine Chance, sich einer Theatertruppe anzuschließen... und da täuschte sie Mama vor, sie sei mir mir zusammen hier und absolviere brav einen Laborantinnenkurs im Krankenhaus.»

«Du hast mir noch immer nicht gesagt, wer dieses Mädchen ist.»

Zu Patricks sichtlicher Erleichterung trat gerade Julia, kühl und überlegen, ins Zimmer.

«Der Bart ist ab!» verkündete er.

Julia hob die Brauen, trat zu einem Sessel und setzte sich.

«So», sagte sie. «So weit sind wir also. Ich nehme an, du bist sehr wütend... ich darf doch weiter du sagen?»

Sie betrachtete forschend Miss Blacklocks Gesicht.

«Ich wäre an deiner Stelle auch wütend.»

«Wer bist du?»

Julia stieß einen tiefen Seufzer aus. «Ich glaube, ich muß nun mit allem rausrücken. Also ich bin die eine Hälfte des Zwillingspaares Pip und Emma, genauer gesagt, mein richtiger Name ist Emma Jocelyn Stamfordis – den Namen Stamfordis hat Vater allerdings bald abgelegt –, ich glaube, er nannte sich dann de Courcy.

Ungefähr drei Jahre nach meiner Geburt gingen meine Eltern auseinander, und wir Zwillinge wurden getrennt. Ich wurde Vater zugeteilt. Im großen und ganzen war er ein schlechter Vater, aber ein höchst charmanter. Ab und zu wurde ich in eine Klosterschule gesteckt, wenn Vater kein Geld hatte oder wenn er etwas besonders Schlimmes landen wollte. Die erste Rate des Schulgeldes pflegte er zu zahlen, dann überließ er mich für ein, zwei Jahre den Nonnen. Dann gab es wieder Zeiten, da ich mit ihm in der großen Welt herumreiste, und es war recht amüsant.

Durch den Krieg kamen wir völlig auseinander, ich habe keine Ahnung, was aus ihm geworden ist. Mein Leben war ziemlich abenteuerlich. Eine Zeitlang arbeitete ich für die Résistance, was sehr aufregend war. Aber, um die Geschichte kurz zu machen: Nach dem Krieg landete ich in London und fing an, über meine Zukunft nachzudenken.

Ich wußte, daß Mutters Bruder, mit dem sie sich verkracht hatte, als schwerreicher Mann gestorben war. Ich sah mir sein Testament an, um festzustellen, ob er mir etwas vermacht habe. Das war nicht der Fall, oder richtiger gesagt, nicht direkt. Dann zog ich Erkundigungen über seine Witwe ein und hörte, daß sie es nicht mehr lange machen würde.

Also, offen gestanden, es sah so aus, als ob du mir die besten Aussichten bieten könntest. Du würdest einen Haufen Geld kriegen, und soweit ich feststellen konnte, schienst du keinen Menschen zu haben, für den du es ausgeben könntest. Ich will ganz offen sein. Ich dachte mir, dich auf freundschaftliche Art kennenzulernen, und wenn ich dir gefiele...

Alles Geld, das wir je gehabt hatten, ist natürlich im Krieg zum Teufel gegangen. Ich dachte mir, du würdest vielleicht Mitleid mit einem armen Waisenkind haben, das allein in der Welt steht, und mir einen kleinen Zuschuß gewähren.»

«Was du nicht sagst!» schnaubte Miss Blacklock grimmig.

«So ist es. Ich hatte ja keine Ahnung von dir... Ich hatte geplant, auf deine Mitleidsdrüse zu wirken... Und dann, durch einen glücklichen Zufall, lernte ich Patrick kennen, und es stellte sich heraus, daß er dein Neffe ist. Ich fand das eine fabelhafte Chance, machte mich also an Patrick heran, und er fiel erfreulicherweise sofort auf mich herein.

Du darfst es Patrick nicht allzu übelnehmen. Er hatte Mitlied mit mir, da ich ganz allein in der Welt stand, und er fand, es wäre wirklich gut für mich, hier als seine Schwester aufzutreten und mich bei dir beliebt zu machen.»

«Und er war auch damit einverstanden, daß du der Polizei eine Lüge nach der andern aufgetischt hast?»

«Sei doch nicht so hart, Letty! Du kannst dir doch denken, daß ich mich nach diesem lächerlichen Überfall gar nicht mehr wohl fühlte in meiner Haut. Offensichtlich hatte ich doch ein Interesse daran, dich aus der Welt zu schaffen – ich kann dir allerdings mein Wort darauf geben, daß ich es nicht versucht habe. Aber du kannst doch nicht von mir erwarten, daß ich mich freiwillig bei der Polizei in Verdacht bringe. Selbst Patrick äußerte von Zeit zu Zeit böse Gedanken gegen mich, und wenn sogar er so etwas denken konnte, was sollte da erst die Polizei denken? Dieser Inspektor kam mir besonders skeptisch vor. Also ich fand, daß mir nichts anderes übrigbliebe, als weiterhin Julia zu spielen und mich bei der erstbesten Gelegenheit aus dem Staub zu machen.

Ich konnte ja nicht wissen, daß die verrückte Julia, die richtige Julia, Krach mit ihrem Direktor bekommen und die Truppe verlassen würde. Sie schreibt Patrick und fragt, ob sie herkommen könnte, und statt daß er ihr antwortet ‹Um Gottes willen, bleib fort!›, vergißt er es.»

Sie warf Patrick einen wütenden Blick zu.

«Dieser Idiot!»

Wieder stieß sie einen tiefen Seufzer aus.

«Du weißt gar nicht, was ich alles in Milchester angestellt habe, um die Zeit totzuschlagen. Natürlich bin ich nie im Krankenhaus gewesen, aber irgendwo mußte ich schließlich bleiben. Und so habe ich Stunden im Kino gesessen und mir wieder und wieder die blödesten Filme angeschaut.»

«Pip und Emma!» murmelte Miss Blacklock. «Trotz allem habe ich nie geglaubt, daß sie wirklich existieren . . .»

Prüfend betrachtete sie Julia.

«Du bist also Emma. Wo ist Pip?»

Julia hielt ihrem Blick stand und anwortete:

«Ich weiß es nicht. Ich habe keine Ahnung.»

«Ich glaube, du lügst, Julia. Wann hast du ihn zum letzten Mal gesehen?»

Julia schien einen Augenblick zu zögern, sagte dann aber klar und bestimmt:

«Als ich drei Jahre alt war, ging meine Mutter mit ihm fort, und seitdem habe ich weder ihn noch sie gesehen, ich weiß nicht, wo sie sind.»

«Ist das alles, was du zu sagen hast?»

Julia stieß einen Seufzer aus.

«Ich könnte sagen, es täte mir leid, daß ich auf diese Art bei dir eingedrungen bin, aber das wäre nicht wahr. Ich würde es wieder tun, allerdings natürlich nicht, wenn ich wüßte, daß ein Mord passiert.»

«Hör mal, Julia», sagte Miss Blacklock. »Ich nenne dich weiter so, weil ich an den Namen gewöhnt bin – du warst bei der Résistance, hast du gesagt.»

«Ja, anderthalb Jahre.»

«Dann kannst du wohl schießen?»

Wieder blickten die kühlen Augen sie starr an.

«O ja, ich bin eine erstklassige Schützin. Aber ich habe nicht auf dich geschossen; das kann ich allerdings jetzt nicht beweisen. Doch ich kann dir das eine sagen, daß ich, wenn ich auf dich geschossen hätte, dich wohl kaum verfehlt haben würde.»

Die Spannung, die im Zimmer herrschte, wurde durch das Poltern eines vorfahrenden Wagens unterbrochen.

«Wer kann denn das sein?» fragte Miss Blacklock.

Schon streckte Mizzi ihren zerzausten Kopf zur Tür herein und rief:

«Wieder ist gekommen Polizei! Das ist Verfolgung! Warum lassen sie uns nicht in Ruhe? Ich nicht länger ertragen das . . . ich werde schreiben zu Premierminister, ich werde schreiben zu Ihre König!»

Craddock schob sie nicht allzu freundlich zur Seite und trat ins Zimmer. Er blickte grimmig drein und sagte streng:

«Miss Murgatroyd ist ermordet worden, vor etwa einer Stunde wurde sie erwürgt.»

Seine Augen richteten sich auf Julia.

«Miss Simmons, wo sind Sie den Tag über gewesen?»

«In Milchester», antwortete Julia müde. «Ich bin gerade nach Hause gekommen.»

Nun wandte Craddock sich an Patrick:

«Und Sie? Sind Sie mit ihr zusammen hergekommen?»

«Ja... jawohl», antwortete Patrick.

«Nein!» widersprach Julia. «Es hat doch keinen Zweck, Patrick, das ist doch eine der Lügen, die sofort herauskommen. Die Autobuschauffeure kennen uns zu gut. Also, ich bin mit einem früheren Bus zurückgekommen, Herr Inspektor, mit dem Vier-Uhr-Bus.»

«Und was haben Sie dann getan?»

«Ich bin spazierengegangen.»

«In Richtung Boulders?»

«Nein, ich ging querfeldein.»

Er starrte sie durchdringend an.

Julia, die blaß geworden war und die Lippen zusammengepreßt hatte, hielt seinem Blick stand.

Bevor noch jemand etwas sagen konnte, läutete das Telefon. Mit einem fragenden Blick auf Craddock nahm Miss Blacklock den Hörer ab.

«Ja... Wer...? Oh, Bunch... Was? Nein... Sie ist nicht hiergewesen. Ich habe keine Ahnung... Ja, er ist hier.»

Sie ließ den Hörer sinken und sagte zu Craddock:

«Mrs. Harmond möchte Sie sprechen, Herr Inspektor.»

Mit zwei langen Schritten war Craddock neben ihr und packte den Hörer: «Hier Craddock.»

«Ich bin unruhig, Herr Inspektor.»

In Bunchs Stimme war ein kindliches Zittern.

«Tante Jane ist ausgegangen, und ich weiß nicht, wo sie ist. Und ich habe gehört, daß Miss Murgatroyd ermordet worden sei. Stimmt das?»

137

«Ja, es stimmt, Mrs. Harmond. Miss Marple war bei Miss Hinchliffe, als die Leiche gefunden wurde.»

«Ah, also dort ist sie.»

Bunchs Stimme klang erleichtert.

«Ich fürchte, nein. Sie ist vor... warten Sie... vor ungefähr einer halben Stunde von dort fortgegangen. Und sie ist noch nicht bei Ihnen?»

«Nein... es ist doch nur ein Weg von zehn Minuten. Wo kann sie nur sein?»

«Vielleicht hat sie irgendwelche Bekannten besucht.»

«Ich habe schon überall angerufen, sie ist nirgends. Ich habe Angst, Herr Inspektor.»

Ich auch, dachte er und sagte: «Ich komme sofort zu Ihnen.»

«Ja, bitte. Sie hat etwas aufgeschrieben, bevor sie ausging. Ich weiß aber nicht, was es bedeutet; es kommt mir verworren vor.»

Craddock legte den Hörer auf.

Miss Blacklock fragte besorgt:

«Ist Miss Marple etwas zugestoßen? Ich hoffe, nicht.»

«Das hoffe ich auch.»

Er hatte die Lippen grimmig verzogen.

Miss Blacklock zerrte an ihrem Perlenhalsband und sagte erregt:

«Es wird immer schlimmer. Wer das auch ist, er muß irrsinnig sein, Herr Inspektor, völlig wahnsinnig...»

«Das bezweifle ich.»

Durch das nervöse Zerren riß auf einmal das Perlenhalsband... die glänzenden weißen Kugeln rollten im Zimmer umher.

Voller Angst und Wut rief Letitia:

«Meine Perlen... meine Perlen...!»

Das klang so qualvoll, daß alle sie erstaunt anblickten. Mit einer Hand den Hals bedeckend, stürzte sie schluchzend aus dem Zimmer.

Phillipa begann die Perlen aufzulesen.

«Ich habe sie noch nie so aufgeregt gesehen», sagte sie.

138

«Sie trägt dieses Halsband immer. Glauben Sie, daß es einen besonderen Erinnerungswert für sie haben könnte? Vielleicht ist es ein Geschenk von Randall Goedler?»

«Das wäre möglich», antwortete langsam der Inspektor.

«Es sind doch keine echten Perlen... das kann doch nicht sein», sagte Phillipa; sie kniete noch immer und suchte die verstreuten Kugeln zusammen.

Craddock nahm eine in die Hand und wollte gerade verächtlich erwidern: «Echt? Natürlich nicht», unterdrückte aber diese Worte. Vielleicht waren sie doch echt? Sie waren zwar so groß, so gleichmäßig, so weiß, daß man sie für unecht halten mußte, aber ihm fiel ein Fall ein, da ein kostbares echtes Perlenkollier bei einem Pfandleiher für ein paar Pfund gekauft worden war.

Letitia Blacklock hatte ihm versichert, daß sich im Hause keine Kostbarkeiten befänden. Doch wenn diese Perlen echt wären, stellten sie ein Vermögen dar, und wenn sie ein Geschenk von Goedler wären, würden sie echt sein. Sie sahen unecht aus, sie mußten unecht sein, aber... wenn sie dennoch echt wären? Was wären sie dann wert? Eine Summe, die einen Mord lohnte.

Mit einem Ruck riß sich der Inspektor von seinen Überlegungen los. Miss Marple war verschwunden, er mußte ins Pfarrhaus gehen.

Er fand Bunch und ihren Mann mit ängstlichen, müden Gesichtern.

«Sie ist noch immer nicht zurückgekommen», erklärte Bunch hastig.

«Hat sie, als sie von Boulders fortging, gesagt, sie ginge direkt hierher?» fragte der Pfarrer.

«Das hat sie nicht gesagt», antwortete Craddock langsam und überlegte, wie Miss Marple gewesen war, als er sie in Boulders verlassen hatte: Die Lippen waren fest aufeinandergepreßt gewesen, und die sonst so freundlichen blauen Augen hatten finster geblickt.

Was hatte sie vorgehabt?

«Zuletzt sah ich sie mit Sergeant Fletcher sprechen, am Gartentor von Boulders», sagte er. «Dann ging sie auf die Straße, und ich nahm an, sie ginge direkt zu Ihnen. Vielleicht weiß Fletcher etwas. Wo steckt Fletcher?»

Craddock läutete Boulders an, aber dort wußte man nicht, wo er war, und er hatte auch nichts hinterlassen.

Dann rief Craddock die Polizei in Milchester an, aber auch dort wußte man nichts von dem Sergeant.

Auf einmal fiel ihm ein, was ihm Bunch am Telefon gesagt hatte.

«Wo ist der Zettel, den Sie vorhin erwähnt haben, Mrs. Harmond?»

Bunch brachte ihn.

Während er las, blickte sie ihm über die Schulter. Die Schrift war zittrig, und nur mit Mühe entzifferte er:

‹Lampe›, dann: ‹Veilchen›, nach einem größeren Zwischenraum: ‹Wo ist das Aspirinfläschchen?› Das nächste war noch schwerer zu entziffern: ‹Köstlicher Tod.›

Bunch erklärte: «Das ist Mizzis Torte.»

«‹Schweres Leiden tapfer ertragen›... Was soll das wohl heißen...?» murmelte der Inspektor und las weiter: «‹Jod›... ‹Perlen›... Ach ja», sagte er, «das Perlenhalsband.»

«Und dann ‹Lotty, nicht Letty›, las Bunch. «Ihre ‹e› sehen wie ‹o› aus. Und dann ‹Bern›.»

Beide blickten einander erstaunt an.

Schließlich fragte Bunch:

«Hat das für Sie einen Sinn? Ich begreife nichts.»

«Mir dämmert etwas», erwiderte Craddock gedehnt. «Aber ich verstehe es noch nicht ganz. Jedenfalls ist es merkwürdig, daß sie die Perlen erwähnt.»

«Was ist mit den Perlen? Was bedeutet es?»

«Trägt Miss Blacklock dieses dreireihige Perlenhalsband immer?»

»Ja, fast immer. Oft machen wir uns darüber lustig, man sieht doch auf den ersten Blick, daß sie nicht echt sind. Aber sie glaubt wohl, es sei höchst elegant.»

«Es könnte einen anderen Grund haben», entgegnete Craddock langsam.

«Sie meinen doch nicht, daß sie echt sind ... das ist doch unmöglich.»

Craddock verließ das Pfarrhaus und ging zu seinem Wagen. Suchen! Es blieb ihm nichts anderes übrig, als zu suchen.

Auf einmal ertönte hinter einem tropfenden Busch eine Stimme:

«Sir!» rief Sergeant Fletcher eindringlich. «Sir ...»

21

Das Abendessen war in Little Paddocks in unbehaglichem Schweigen eingenommen worden.

Patrick, der peinlich empfand, daß er in Ungnade gefallen war, machte nur wenige krampfhafte Versuche, eine Unterhaltung in Gang zu bringen, stieß aber auf keine Resonanz.

Phillipa war tief in Gedanken versunken, und Miss Blacklock hatte nicht einmal den Versuch unternommen, ihre übliche unbefangene Art zu zeigen. Sie hatte sich zum Abendessen umgezogen und trug das Kameenhalsband. Zum ersten Mal sprach aus ihren dunklen, umränderten Augen Furcht, und ihre Hände zitterten.

Nur Julia hatte den ganzen Abend über zynische Unbekümmertheit zur Schau getragen.

«Es tut mir leid, Letty», erklärte sie, «daß ich nicht meine Siebensachen packen und das Feld räumen kann. Aber ich nehme an, die Polizei würde das nicht erlauben, doch jedenfalls werde ich ja nicht mehr lange dein Haus verunzieren – oder wie man es nennen will. Inspektor Craddock wird wohl jeden Augenblick mit einem Haftbefehl und den Handschellen auftauchen; ich wundere mich nur, daß es noch nicht geschehen ist.»

«Er sucht Miss Marple», sagte Letitia.

«Glaubst du, daß sie auch ermordet worden ist?» fragte Patrick mit beinahe wissenschaftlicher Neugierde. «Aber warum? Was könnte sie wissen?»

«Ich habe keine Ahnung», antwortete Letitia dumpf. «Vielleicht hat ihr Amy Murgatroyd ein Geheimnis anvertraut.»

«Aber wenn sie auch ermordet worden ist...», begann Patrick, konnte jedoch nicht weitersprechen, da zu aller Schrecken Letitia plötzlich schrie:

«Mord... Mord...! Könnt ihr denn von nichts anderem reden? Ich habe Angst... Versteht ihr denn nicht? Ich habe Angst, bis jetzt habe ich keine Angst gehabt. Ich hatte geglaubt, ich könnte auf mich selbst aufpassen... aber was kann man gegen einen Mörder tun, der lauert und beobachtet und seine Zeit abwartet? O Gott!»

Sie bedeckte ihr Gesicht mit den Händen.

Nach einem Augenblick sah sie wieder auf und sagte:

«Verzeihung, ich habe die Beherrschung verloren.»

«Das macht nichts, Tante Letty», redete ihr Patrick liebevoll zu. «Ich werde auf dich aufpassen.»

«Du...?»

Das war alles, was Letitia darauf erwiderte, aber dieses Wort klang fast wie eine Beschuldigung.

Diese Unterhaltung hatte kurz vor dem Abendessen stattgefunden und wurde durch Mizzi unterbrochen, die plötzlich ins Zimmer stürmte und erklärte, sie denke nicht daran, ein Abendessen zu kochen.

«Ich nichts mehr mache hier in diese Haus. Ich gehe in meine Zimmer, ich mir schließe ein, ich dort bleibe, bis es wird hell. Ich habe Angst, Leute werden gemordet... Miss Murgatroyd mit ihre dumme englische Gesicht, warum ist sie gemordet worden? Hat nur ein Verrückter getan! Also ein Verrückter läuft rum! Und ein Verrückter, ihm ist egal, wen er mordet. Aber ich, ich will nicht werden gemordet! Da sein Schatten in die Küche... Und ich hören Geräusche. So ich jetzt in meine Zimmer gehe und verschließen Tür und vielleicht stellen Kommode davor, Und am Morgen sage ich dem grausame Polizist, ich gehen fort von hier. Und wenn er mir nicht läßt fortgehen, ich ihm sagen: ‹Ich brüllen und brüllen und brüllen, bis Sie mir lassen gehen!›»

Da alle nur zu gut Mizzis Fähigkeiten auf diesem Gebiet kannten, schauderten sie bei dem Gedanken.

«So ich gehen in mein Zimmer», erklärte Mizzi. «Gute Nacht, Miss Blacklock. Vielleicht morgen leben Sie nicht mehr. Für den Fall sage ich Ihnen, leben Sie wohl.»

Sie ging hinaus, und wie üblich schloß sich die Tür langsam, wie leise klagend.

Julia stand auf und sagte sachlich:

«Ich werde das Essen machen. Das ist in jedem Fall gut, denn dann müßt ihr mich nicht bei euch am Tisch ertragen. Patrick soll zunächst alles kosten, bevor ihr eßt, denn ich möchte nicht zu allem übrigen noch des Giftmordes bezichtigt werden.»

So hatte also Julia gekocht, und das Essen war ausgezeichnet gewesen.

Phillipa war in die Küche gegangen und hatte ihre Hilfe angeboten, die Julia aber entschieden ablehnte.

«Julia, ich möchte dir etwas sagen...», begann Phillipa.

«Es ist jetzt nicht die Zeit für backfischhafte Vertraulichkeiten», unterbrach Julia sie energisch. «Geh zurück ins Eßzimmer, Phillipa...»

Nach dem Essen saßen alle im Wohnzimmer an dem kleinen Tisch neben dem Kamin und tranken Kaffee. Niemand schien etwas zu sagen zu haben, es war, als warteten alle auf etwas...

Um halb neun rief Inspektor Craddock an und verkündete Miss Blacklock:

«In einer Viertelstunde komme ich mit Colonel Easterbrook und Frau sowie Mrs. Swettenham und Sohn zu Ihnen.»

«Aber, Herr Inspektor, ich kann heute abend keinen Besuch vertragen...»

Ihre Stimme klang, als sei sie am Ende ihrer Kräfte.

«Ich kann Ihre Gefühle nur zu gut verstehen, Miss Blacklock, aber es tut mir leid, wir müssen kommen.»

143

«Haben Sie Miss Marple gefunden?»

«Nein», antwortete der Inspektor und legte auf.

Julia trug das Kaffeegeschirr in die Küche und fand dort zu ihrer Überraschung Mizzi vor, die das im Ausguß aufgehäufte Geschirr betrachtete. Bei Julias Anblick fuhr sie los:

«So, das machen Sie in meine schöne Küche? Die Bratpfanne... nur, nur für Omelette brauche ich sie! Und Sie, wozu haben Sie benutzt sie?»

«Zum Zwiebeln braten.»

«Kaputt... sie ist kaputt!»

«Ich weiß nicht, wozu Sie die einzelnen Pfannen benutzen», entgegnete Julia ärgerlich. «Sie gehen zu Bett, und wozu Sie wieder aufgestanden sind, kann ich mir nicht vorstellen. Scheren Sie sich nur wieder fort, und lassen Sie mich in Frieden das Geschirr abwaschen.»

«Nein, ich Sie nicht lasse hier in meine Küche!»

«Mizzi, Sie sind unmöglich!»

Mit diesen Worten verließ Julia wütend die Küche.

In diesem Augenblick läutete es an der Haustür.

«Ich machen nicht auf die Tür!» rief Mizzi aus der Küche.

Julia ging zur Haustür.

Es war Miss Hinchliffe.

«'n Abend», sagte sie barsch. «Entschuldigen Sie die Störung, aber der Inspektor wird ja angerufen haben.»

«Er sagte nicht, daß Sie kämen», erwiderte Julia und ging ihr zum Wohnzimmer voran.

«Er sagte, ich brauchte nur zu kommen, wenn ich wollte», erklärte Miss Hinchliffe, «und ich wollte.»

«Zündet alle Lichter an», befahl Miss Blacklock, «und legt mehr Holz auf! Mir ist kalt, entsetzlich kalt. Kommen Sie, setzen Sie sich hier an den Kamin zu uns, Miss Hinchliffe.»

«Mizzi ist wieder in die Küche gekommen», berichtete Julia.

«So! Manchmal glaube ich, daß das Mädchen wahnsinnig ist, völlig wahnsinnig... aber vielleicht sind wir alle wahnsinnig.»

Nun hörte man einen Wagen vorfahren, und gleich danach

144

traten Craddock, Colonel Easterbrook und Frau sowie Mrs. Swettenham und Sohn ein.

Mrs. Easterbrook, die ihren Pelzmantel nicht ablegen wollte, setzte sich dicht neben ihren Mann. Ihr hübsches, puppenhaftes Gesicht machte den Eindruck eines bekümmerten Wiesels.

Edmund, der offensichtlich schlecht gelaunt war, blickte alle wütend an, und Mrs. Swettenham begann sofort wie ein Wasserfall zu reden.

«Mutter!» unterbrach Edmund sie nach einer Weile. «Hör doch endlich auf!»

«Ich werde kein Wort mehr sagen!» erklärte Mrs. Swettenham gekränkt und setzte sich neben Julia aufs Sofa.

Der Inspektor stand bei der Tür, ihm gegenüber saßen, wie Hühner auf der Stange, die drei Frauen: Julia und Mrs. Swettenham auf dem Sofa und Mrs. Easterbrook auf der Lehne des Sessels, in dem ihr Mann saß.

Der Inspektor hatte diese Sitzordnung nicht vorgeschlagen, aber sie paßte ihm gut.

Miss Blacklock und Miss Hinchliffe kauerten am Kamin, Edmund stand neben ihnen, Phillipa hielt sich in der Ecke des Zimmers auf.

Ohne weitere Einleitung begann Craddock nun:

«Sie alle wissen, daß Miss Murgatroyd ermordet wurde. Wir haben Grund zu der Annahme, daß eine Frau den Mord begangen hat. Ich möchte nun die anwesenden Damen fragen, was sie heute nachmittag zwischen vier und vier Uhr zwanzig getan haben. Auf diese Frage hat mir bereits die Dame, die sich Miss Simmons nannte, geantwortet. Ich bitte Sie, Miss Simmons, trotzdem Ihre Antwort zu wiederholen. Ich mache Sie aber darauf aufmerksam, daß Sie die Antwort verweigern können, wenn Sie glauben, daß Sie sich dadurch beschuldigen, und ferner mache ich Sie darauf aufmerksam, daß Ihre Aussage von Constable Edwards zu Protokoll genommen wird und vor Gericht gegen Sie verwendet werden kann.»

«Das müssen Sie wohl sagen», entgegnete Julia, die blaß,

aber noch immer sehr gefaßt war. «Ich wiederhole, daß ich zwischen vier und halb fünf einen Feldweg, der zu dem Bach bei der Compton-Farm führt, entlangging. Auf dem Rückweg ging ich auf einem Weg längs des Feldes, auf dem drei Pappeln stehen. Soweit ich mich erinnere, bin ich keinem Menschen begegnet, und ich kam nicht in die Nähe von Boulders.»

«Mrs. Swettenham?»

«Warnen Sie uns alle?» fragte Edmund.

Der Inspektor wandte sich ihm zu.

«Nein, einstweilen nur Miss Simmons. Ich habe keinen Grund zu der Annahme, daß die andern Herrschaften sich durch ihre Aussagen beschuldigen würden, aber natürlich haben alle das Recht, die Anwesenheit eines Anwalts zu verlangen, und brauchen erst dann meine Fragen zu beantworten, wenn er zugegen ist.»

«Aber das wäre doch töricht und reine Zeitverschwendung!» rief Mrs. Swettenham. «Ich kann Ihnen sofort sagen, was ich getan habe. Das wollen Sie doch wissen? Soll ich gleich beginnen?»

«Ja, bitte, Mrs. Swettenham.»

«Also... einen Augenblick!»

Sie schloß einige Sekunden lang die Augen.

«Natürlich habe ich mit dem Mord an Miss Murgatroyd nichts zu tun. Das wissen bestimmt alle hier. Aber es ist schwer zu sagen, was ich getan habe, denn ich habe ein schlechtes Zeitgefühl. Ich glaube, um vier Uhr stopfte ich gerade Socken... nein, das stimmt nicht, ich war im Garten und schnitt die verwelkten Chrysanthemen... ach nein, das war ja früher, das war ja noch, bevor es zu regnen anfing.»

«Der Regen», sagte der Inspektor, «begann genau um vier Uhr zehn.»

«Ach wirklich! Gut, daß Sie mir das sagen. Also dann war ich im obersten Stock und stellte eine Waschschüssel in den Gang, dort, wo es immer durchregnet. Und es regnete dann so rasch durch, daß ich sofort vermutete, die Dachrinne sei wieder verstopft. Ich ging also hinunter und zog meinen

Regenmantel und meine Gummischuhe an. Und dann machte ich mich an die Arbeit, wissen Sie, den Besen band ich an die lange Stange, mit der man das Oberlicht an den Fenstern öffnet.»

«Sie wollen damit sagen, daß Sie die Dachrinne säuberten, nicht wahr?» fragte Craddock.

«Ja, sie war ganz verstopft mit Blättern. Es dauerte ziemlich lange, und ich wurde pitschnaß, aber schließlich war sie sauber. Dann ging ich hinunter und wusch mich – verfaulte Blätter riechen so schlecht, und dann stellte ich in der Küche Wasser auf. Auf der Küchenuhr war es genau zwanzig vor fünf . . . oder so ungefähr.»

«Hat Sie jemand gesehen, als Sie die Dachrinne reinigten?»

«Niemand», antwortete Mrs. Swettenham. «Leider nicht, sonst hätte ich ja Hilfe gehabt. Es ist sehr schwierig, das allein zu tun.»

«Sie waren also, während es regnete, im Regenmantel und mit Gummistiefeln auf dem Dach und reinigten die Dachrinne, aber das hat niemand gesehen. Sie haben dafür also keine Zeugen!»

«Sie können sich ja die Dachrinne ansehen», erwiderte Mrs. Swettenham, »sie ist sauber!»

Nun wandte sich der Inspektor zu Mrs. Easterbrook.

«Und Sie, Mrs. Easterbrook?»

«Ich saß bei Archie im Studierzimmer», erklärte sie und sah ihn aus weitaufgerissenen Augen unschuldig an. «Wir hörten zusammen Radio, nicht wahr, Archie?»

Der Colonel, der puterrot geworden war, antwortete zunächst nicht, sondern griff nach der Hand seiner Frau.

«Du verstehst diese Dinge nicht, Häschen», sagte er schließlich. «Also, ich muß sagen, Inspektor, Sie haben uns mit dieser Sache überrascht. Meine Frau, müssen Sie wissen, regt sich über all das fürchterlich auf. Sie ist sehr nervös und weiß nicht, wie wichtig es ist, daß man . . . daß man sich alles richtig überlegen muß, bevor man eine Aussage macht.»

«Archie!» rief Mrs. Easterbrook vorwurfsvoll. «Du willst doch nicht sagen, daß du nicht mit mir zusammen warst?»

147

«Also, ich war um die bewußte Zeit nicht mit dir zusammen, Liebling. Man muß sich an die Tatsachen halten, das ist bei solchen Vernehmungen sehr wichtig. Ich sprach mit Lampson – das ist ein Bauer aus der Nachbarschaft – über Hühner. Das war ungefähr um Viertel vor vier. Ich bin erst nach dem Regen nach Hause gekommen, gerade rechtzeitig zum Tee, so um Viertel vor fünf, Laura röstete gerade das Brot.»

«Und Sie waren auch ausgegangen, Mrs. Easterbrook?»

Das hübsche Gesicht glich nun noch mehr einem Wiesel, die Augen hatten einen gehetzten Ausdruck.

«Nein... nein, ich habe Radio gehört. Ich war nicht ausgegangen, nicht um diese Zeit, es war früher, gegen... gegen halb vier. Ich habe nur einen kleinen Spaziergang gemacht, nicht weit.»

Sie blickte ängstlich drein, als erwarte sie weitere Fragen, aber der Inspektor sagte ruhig:

«Das genügt, danke schön, Mrs. Easterbrook.»

Dann fuhr er fort: «Diese Erklärungen werden nun zu Protokoll genommen. Ich bitte die Herrschaften, alles durchzulesen und zu unterschreiben, wenn sie damit einverstanden sind.»

Nun erfolgte einer von Mizzis dramatischen Auftritten. Sie riß die Tür so heftig auf, daß sie beinahe Craddock umgeworfen hätte. Wütend stieß sie hervor:

«Ach, Sie nicht bitten Mizzi herkommen mit die andern, Sie steife Polizist! Ich sein nur Mizzi! Mizzi von der Küche! Sie soll bleiben in Küche, wo sie hingehört! Aber ich sage Ihnen, daß Mizzi so gut wie alle andere ist, und vielleicht besser, ja besser, kann Dinge sehen. Ja, ich Dinge sehen. Ich habe die Abend vom Überfall gesehen. Ich habe was gesehen, aber ich nicht richtig geglaubt, und drum habe ich Mund gehalten bis jetzt. Ich mir gesagt, ich werde nichts sagen, was ich habe gesehen, noch nichts, ich warten!»

«Und dann wollten Sie, wenn sich alles beruhigt hätte, von einer gewissen Person ein bißchen Geld verlangen, nicht wahr?» bemerkte Craddock.

Mizzi fuhr wie eine wütende Katze auf Craddock los.

«Und warum nicht? Warum soll ich mich nicht lassen bezahlen, wenn ich gewesen bin so nobel, Mund zu halten? Besonders, wenn eine Tag viel Geld kommen wird, viel, viel mehr Geld. Oh, ich habe Dinge gehört, ich weiß, was passiert. Ja, ich würde gewartet haben und verlangt haben Geld... aber jetzt habe ich Angst. Ich will lieber sein sicher, denn vielleicht wird sonst jemand mir morden. So ich werde sagen, was ich weiß.»

«Also gut», sagte der Inspektor skeptisch. «Was wissen Sie?»

«Ich sage Ihnen», erklärte Mizzi feierlich, «an dem Abend hab ich nicht Silber geputzt in die Küche, wie ich gesagt habe... ich war schon in Eßzimmer, als ich höre schießen. Ich gucke durch Schlüsselloch. Die Halle ist finster, aber der Revolver geht los und los, und Laterne fällt, Laterne dreht sich rum beim Fallen... ich sehe sie. Ich sehe sie direkt bei ihm, sie hat Revolver in Hand... ich sehe Miss Blacklock!»

«Mich?» Miss Blacklock richtete sich verblüfft auf. «Sie sind ja wahnsinnig!»

«Aber das ist unmöglich», rief Edmund. «Mizzi kann Miss Blacklock nicht gesehen haben...»

Nun unterbrach Craddock ihn schneidend:

«Warum wohl nicht, Mr. Swettenham? Ich will es Ihnen sagen: Nicht Miss Blacklock, sondern Sie standen mit dem Revolver in der Hand da. Das stimmt doch?»

«Ich...? Natürlich nicht... ja, zum Teufel...!»

«Sie haben Colonel Easterbrooks Revolver gestohlen. Sie haben die ganze Geschichte mit Rudi Schwarz verabredet. Sie sind hinter Patrick Simmons in den Nebenraum gegangen, und als das Licht ausging, schlichen Sie durch die sorgfältig geölte Tür in die Halle. Sie schossen auf Miss Blacklock, und dann erschossen Sie Schwarz. Gleich danach waren Sie wieder im Wohnzimmer und hantierten mit Ihrem Feuerzeug.»

Einen Augenblick schien Edmund die Sprache verloren zu haben, dann sprudelte er hervor:

«Das ist doch Wahnsinn! Warum ich! Was für einen Grund sollte ich haben?»

«Wenn Miss Blacklock vor Mrs. Goedler stirbt, werden zwei Menschen die Erbschaft antreten, das wissen Sie. Diese zwei Menschen sind Pip und Emma. Es hat sich nun herausgestellt, daß Julia Simmons tatsächlich Emma ist...»

«Und Sie glauben, ich sei Pip?»

Edmund lachte schallend.

«Phantastisch! Ich habe das gleiche Alter, das stimmt, aber sonst nichts. Und ich kann Ihnen beweisen, Sie Narr, daß ich Edmund Swettenham bin, ich habe meinen Geburtsschein, Schulzeugnisse, Immatrikulationsbescheinigung, was Sie wollen.»

«Er ist nicht Pip!» ertönte es aus der dunklen Ecke.

Phillipa trat vor, mit leichenblassem Gesicht.

«Ich bin Pip, Herr Inspektor.»

«Sie, Mrs. Haymes?!»

«Ja. Alle nahmen an, daß Pip ein Knabe wäre – Julia wußte natürlich, daß der andere Zwilling ebenfalls ein Mädchen war, ich verstehe nicht, warum sie das heute nachmittag nicht gesagt hat...»

«Aus Familiensinn!» erklärte Julia. «Mir wurde plötzlich klar, wer du bist; bis dahin hatte ich keine Ahnung.»

«Ich hatte die gleiche Idee gehabt wie Julia», sagte Phillipa mit leicht zitternder Stimme. «Nachdem ich meinen Mann... verloren hatte und der Krieg vorbei war, überlegte ich, was ich anfangen sollte. Meine Mutter ist schon vor vielen Jahren gestorben. Ich erkundigte mich nach ihrer Verwandtschaft und erfuhr, daß Mrs. Goedler im Sterben liege und daß nach ihrem Tod eine gewisse Miss Blacklock das ganze Vermögen erben würde. Ich machte Miss Blacklock ausfindig, kam hierher und nahm die Stellung bei Mrs. Lucas an. Ich hoffte, daß Miss Blacklock mir vielleicht helfen würde... das heißt, nicht mir, denn ich kann ja arbeiten, sondern ich hoffte auf einen Zuschuß zu Harrys Erziehungskosten. Schließlich handelte es sich ja um Goedlersches Geld. Dann geschah dieser Überfall, und ich bekam Angst.»

Nun sprach Phillipa rascher, als habe sie alle Zurückhaltung verloren und könne nicht schnell genug das herausbringen, was sie auf dem Herzen hatte.

«Ich hatte Angst, weil ich glaubte, der einzige Mensch, der ein Interesse am Tod Miss Blacklocks haben könnte, sei ich. Ich hatte keine Ahnung, wer Julia war. Obwohl wir Zwillinge sind, sehen wir uns nicht ähnlich. Also nahm ich an, daß ich der einzige Mensch sei, auf den der Verdacht fallen müsse.»

Sie hielt nun inne und strich sich das Haar aus der Stirn.

Craddock wurde plötzlich klar, daß jener verblaßte Schnappschuß in einem der Briefe Letitias eine Fotografie von Phillipas Mutter gewesen sein mußte. Die Ähnlichkeit war unverkennbar, und nun wußte er auch, warum ihn die Erwähnung des Auf- und Zumachens der Hände an jemanden erinnert hatte – Phillipa tat es soeben.

«Miss Blacklock war gut zu mir, sehr, sehr gut, ich habe keinen Mordanschlag auf sie verübt, ich habe nie daran gedacht, sie zu ermorden. Aber trotzdem bin ich Pip.»

Dann fügte sie hinzu: «Sie brauchen also Edmund nicht mehr zu verdächtigen.»

«Meinen Sie?» fragte Craddock; seine Stimme war wieder schneidend wie zuvor. «Edmund Swettenham ist ein junger Mann, der Geld liebt, ein junger Mann, der vielleicht gerne eine reiche Frau heiraten würde. Aber sie wäre erst dann eine reiche Frau, wenn Miss Blacklock vor Mrs. Goedler stürbe. Und da es fast sicher war, daß Mrs. Goedler vor Miss Blacklock sterben würde... ja, da mußte er etwas dagegen tun... Und das haben Sie doch getan, Mr. Swettenham, nicht wahr?»

Plötzlich ertönte ein gräßlicher Laut; er kam aus der Küche, ein unheimlicher, entsetzlicher Schreckensschrei.

«Das ist nicht Mizzi!» rief Julia.

«Nein», sagte Craddock, «das ist ein Mensch, der drei Morde auf dem Gewissen hat.»

22

Als sich der Inspektor Edmund Swettenham zuwandte, war Mizzi leise aus dem Wohnzimmer in die Küche geschlichen. Sie ließ gerade Wasser in den Ausguß laufen, als Miss Blacklock eintrat.

Mizzi warf ihr einen beschämten Blick zu.

«Was sind Sie für eine Lügnerin, Mizzi», sagte Miss Blacklock freundlich. «Aber so können Sie doch nicht richtig Geschirr abwaschen. Zuerst müssen Sie sich das Silberbesteck vornehmen, und Sie müssen den Ausguß mit Wasser vollaufen lassen. Mit so wenig Wasser können Sie doch nicht abwaschen.»

Gehorsam drehte Mizzi den Hahn auf.

«Sie sind nicht bös wegen das, was ich habe gesagt, Miss Blacklock?» fragte sie.

«Wenn ich wegen all Ihrer Lügen böse sein wollte, wäre ich schon längst vor Wut gestorben», entgegnete Miss Blacklock.

«Ich werde gehen und Inspektor sagen, daß ich habe gelogen. Soll ich?» fragte Mizzi.

«Das weiß er schon», erwiderte Miss Blacklock, immer noch freundlich.

Nun drehte Mizzi den Hahn zu, und während sie das tut, wurde plötzlich ihr Kopf von zwei Händen gepackt und in den gefüllten Ausguß gedrückt.

«Nur ich werde wissen, daß du *einmal* die Wahrheit gesagt hast!» zischte Miss Blacklock.

Mizzi wand und wehrte sich verzweifelt, aber Miss Blacklock war stark und preßte den Kopf des Mädchens immer tiefer ins Wasser.

Doch plötzlich ertönte hinter ihr kläglich Dora Bunners Stimme:

«Oh, Lotty... Lotty... tu es nicht... Lotty!»

Miss Blacklock schrie. Mit einem Ruck ließ sie Mizzi los, die prustend den Kopf hob, streckte die Arme hoch und schrie und schrie, denn außer ihr und Mizzi war niemand in der Küche. Sie schrie:

152

«Dora... Dora, verzeih mir! Ich mußte es tun! Ich mußte...»

Außer sich vor Verzweiflung rannte sie versehentlich zur Tür der Abstellkammer, aber Sergeant Fletcher tauchte plötzlich auf und versperrte ihr den Weg; hinter seinem Rücken kam hochrot und triumphierend Miss Marple hervor.

«Ich konnte von jeher gut Stimmen nachahmen», erklärte sie.

«Sie kommen mit mir», sagte der Sergeant zu Miss Blacklock. «Ich bin Zeuge, daß Sie versuchten, dieses Mädchen zu töten. Und es werden noch weitere Beschuldigungen gegen Sie erhoben. Ich mache Sie darauf aufmerksam, Miss Letitia Blacklock...»

«Charlotte Blacklock», verbesserte Miss Marple ihn. «Sie ist Charlotte Blacklock. Unter dem Perlenhalsband, das sie stets trägt, können sie die Operationsnarbe erkennen.»

«Operation?»

«Ja, eine Kropfoperation.»

Miss Blacklock, die ganz ruhig geworden war, blickte Miss Marple durchdringend an und sagte:

«Sie wissen das also?»

«Ja, schon seit einiger Zeit.»

Jetzt begann Charlotte Blacklock wieder zu weinen.

«Doras Stimme hätten Sie nicht nachahmen dürfen», schluchzte sie. «Das hätten Sie nicht tun dürfen. Ich habe Dora liebgehabt, ich habe Dora wirklich liebgehabt!»

Inzwischen drängten sich Craddock und die anderen an der Küchentür.

Constable Edwards, der Sanitäterkenntnisse besaß, bemühte sich um Mizzi. Sowie sie die Sprache wiedergewonnen hatte, verkündete sie laut ihr Lob:

«Ich haben das gut gemacht, habe ich! Oh, ich sein intelligent! Ich sein tapfer! Oh, ich sein so tapfer! Fast hat sie auch mir gemordet. Aber ich sein so tapfer, ich riskiere alles.»

Plötzlich schob Miss Hinchliffe mit einem Ruck die anderen beiseite und stürzte sich auf die weinende Charlotte.

Sergeant Fletcher mußte seine ganze Kraft aufwenden, um sie zurückzuhalten.

«Nein...», rief er. «Nein, Miss Hinchliffe, das dürfen Sie nicht!»

Zwischen zusammengebissenen Zähnen stieß sie hervor:

«Lassen Sie mich los! Ich muß sie packen, sie hat Amy ermordet.»

Charlotte Blacklock blickte auf und erklärte, noch immer schluchzend:

«Ich habe sie nicht töten wollen, ich habe niemanden töten wollen... ich mußte es tun... aber Doras Tod ist entsetzlich... nachdem Dora tot war, war ich ganz allein... ganz allein seit ihrem Tod... Dora, Dora...»

Und wieder vergrub sie den Kopf in den Händen und weinte bitterlich.

23

Miss Marple saß in dem großen Sessel, Bunch kauerte auf dem Boden vor dem Kamin, die Arme um die Knie geschlungen. Reverend Julian Harmond thronte, neugierig vorgebeugt, auf seinem Stuhl, Inspektor Craddock rauchte seine Pfeife und trank einen Whisky-Soda – offensichtlich fühlte er sich außer Dienst. Den äußeren Kreis bildeten Julia, Patrick, Edmund und Phillipa.

«Sie müssen erzählen, Miss Marple, es ist ja alles Ihr Verdienst», sagte Craddock.

«O nein, mein Lieber. Ich habe nur hier und dort ein bißchen geholfen. Sie hatten den ganzen Fall in Händen und haben alles fabelhaft gemacht, Sie verstehen doch viel mehr von diesen Dingen als ich.»

«Erzählt es uns doch gemeinsam!» schlug Bunch ungeduldig vor. «Abwechselnd, jeder ein Stückchen. Wann ist dir zum ersten Mal der Gedanke gekommen, daß der Überfall von Miss Blacklock inszeniert war?»

«Das ist schwer zu sagen, liebe Bunch. Von Anfang an hielt ich es für das Natürlichste, daß sie selbst den Überfall inszeniert habe. Nach allem, was man erfuhr, war sie der einzige Mensch, der Verbindung zu dem Schweizer Rudi Schwarz hatte, und außerdem konnte sie es in ihrem eigenen Haus am leichtesten in Szene setzen.

Zum Beispiel das mit der Zentralheizung... im Kamin brannte kein Feuer, denn dann wäre der Raum erleuchtet gewesen, und der einzige Mensch, der anordnen konnte, daß der Kamin nicht angemacht wird, war die Herrin des Hauses.

Ich bin nicht sofort darauf gekommen, sondern glaubte zunächst wie alle übrigen, daß tatsächlich jemand Letitia Blacklock ermorden wollte.»

«Glaubst du, daß dieser Schweizer sie erkannt hatte?» fragte Bunch.

Miss Marple blickte fragend zu Craddock hinüber.

«In Bern gibt es einen weltberühmten Spezialisten für Kropfoperationen», erklärte nun Craddock. «Charlotte Blacklock ging in seine Klinik, um sich ihren Kropf operieren zu lassen. Schwarz war damals dort Krankenpfleger. Als er nun nach England kam, erkannte er sie im Hotel und sprach sie an. Das hat er wohl in der ersten Freude getan, denn bei richtiger Überlegung hätte er sich davor gehütet, da es ja gar nicht günstig für ihn war, jemanden zu sprechen, der ihn aus seiner Schweizer Vergangenheit kannte.»

«Er behauptete ihr gegenüber also nicht, daß sein Vater Hotelbesitzer in Montreux sei?»

«Kein Gedanke. Das hatte sie sich ausgedacht, damit sie erklären konnte, woher er sie kennt.»

«Es muß ein schwerer Schlag für sie gewesen sein, als dieser junge Mann auftauchte», meinte Miss Marple nachdenklich. «Sie hatte sich verhältnismäßig sicher gefühlt, und nun erschien da ein Mensch, der sie nicht als eine der beiden Schwestern Blacklock kannte – darauf war sie stets gefaßt –, sondern ausgesprochen als Charlotte Blacklock, eine Patientin, die eine Kropfoperation hinter sich hatte.

Aber ihr wollt ja alles von Anfang an wissen.

Es begann, glaube ich, damit, daß Charlotte Blacklock, ein hübsches, unbekümmertes, nettes Mädchen, plötzlich an einer Vergrößerung der Schilddrüse litt, also einen Kropf bekam. Ihr ganzes Leben kam ihr nun verpfuscht, zerstört vor, denn sie war ein sehr sensibles Mädchen und legte großen Wert auf ihr Aussehen. Wenn ihre Mutter noch gelebt hätte oder ihr Vater vernünftiger gewesen wäre, hätte man sie vielleicht schon lange vorher operieren lassen. Aber Doktor Blacklock war ein rückständiger, störrischer, engstirniger Mann. Er hielt nichts von diesen Operationen. Charlotte mußte ihm glauben, daß nichts anderes zu machen sei, als mit Jod zu pinseln und bestimmte Medikamente einzunehmen. Sie glaubte ihm, und ich nehme an, daß auch ihre Schwester mehr Vertrauen in seine ärztliche Kunst setzte, als er verdiente.

Charlotte war also überzeugt, daß ihr Vater sie richtig behandle. Sie verkroch sich mehr und mehr und weigerte sich schließlich, da der Kropf ständig wuchs, überhaupt noch Menschen zu sehen. Sie war dabei aber ein wirklich gütiger, liebevoller Mensch.»

«Das ist eine merkwürdige Beschreibung für eine Mörderin», warf Edmund ein.

«Das weiß ich nicht», entgegnete Miss Marple. «Schwache und zugleich gütige Menschen sind oft heimtückisch. Und wenn sie mit ihrem Dasein unzufrieden sind, wird die geringe moralische Kraft, die sie besitzen, völlig untergraben.

Letitia Blacklock war eine ganz andere Persönlichkeit. Inspektor Craddock hat mir gesagt, daß Belle Goedler sie als wirklich guten Menschen bezeichnete, und ich glaube, daß sie das auch war. Sie liebte ihre Schwester, sie schrieb ihr regelmäßig lange Briefe, in denen sie ausführlich ihr Leben schilderte, damit ihre Schwester nicht völlig den Kontakt zur Welt verliere. Sie war sehr unglücklich über den morbiden Zustand, in den Charlotte mehr und mehr geriet.

Als Doktor Blacklock starb, gab Letitia ohne zu zögern ihre

Stellung bei Goedler auf und widmete sich ganz ihrer Schwester. Sie ging mit ihr in die Schweiz, um dort medizinische Kapazitäten zu konsultieren; der Kropf war zwar schon in einem fortgeschrittenen Stadium, aber wie wir wissen, gelang die Operation dennoch. Die Entstellung war verschwunden, die Narbe leicht durch ein Perlenhalsband zu verbergen.

Als der Krieg ausbrach, blieben die beiden Schwestern, da die Rückkehr nach England schwierig war, in der Schweiz und betätigten sich beim Roten Kreuz und anderen Wohltätigkeitsorganisationen.

Gelegentlich erhielten sie Nachrichten aus England, unter anderem werden sie gehört haben, daß Belle Goedlers Zustand bedenklich geworden war. Bestimmt hatten sie Pläne gemacht für die Zeit, da das Riesenvermögen Letitia zufiele – das ist nur zu menschlich ...

Aber ich glaube, daß diese Aussicht Charlotte viel mehr bedeutete als Letitia. Zum ersten Mal in ihrem Leben konnte sich Charlotte in dem Bewußtsein bewegen, ein normaler Mensch zu sein, eine Frau, die nicht mit Abscheu oder Mitleid betrachtet wird. Endlich würde sie das Leben genießen, ein jahrzehntelanges, trostloses Dasein vergessen können. Sie würde reisen, ein prächtiges Haus haben, einen herrlichen Park, Kleider und Juwelen, würde Theater und Konzerte besuchen, jeder Laune frönen, es schien ihr, als würde für sie ein Märchen Wirklichkeit.

Und dann bekam Letitia, die kräftige, kerngesunde Letitia, eine Lungenentzündung und starb innerhalb einer Woche! Charlotte hatte nicht nur ihre Schwester verloren, sondern der ganze wunderbare Traum für ihre Zukunft war vernichtet. Ich glaube, daß sie deswegen Letitia beinahe böse war. Warum mußte Letitia sterben, gerade als sie die briefliche Nachricht erhalten hatte, daß Belle Goedler nicht mehr lange zu leben hätte? Vielleicht nur noch einen Monat, und das Geld hätte Letitia gehört, und dann, nach Letitias Tod, ihr ...

Nun wirkte sich meiner Ansicht nach der Unterschied in den Charakteren der beiden Schwestern aus. Charlotte emp-

157

fand das, was sie tat, gar nicht als Unrecht. Das Geld sollte Letitia zufallen. In wenigen Monaten wäre Letitia in den Besitz des Geldes gelangt, und sie betrachtete sich als eins mit Letitia. Wahrscheinlich kam ihr die Idee erst, als der Arzt oder sonst jemand nach dem Vornamen ihrer Schwester fragte, und da wurde ihr plötzlich klar, daß sie allen nur als die beiden Misses Blacklock bekannt gewesen waren.

Warum sollte nicht Charlotte gestorben sein und Letitia noch leben? Vielleicht war es nur ein Impuls, vielleicht war es nicht planvoll überlegt. Jedenfalls wurde Letitia unter Charlottes Namen begraben. ‹Charlotte› war tot, ‹Letitia› kehrte nach England zurück.

Nun wirkte sich Charlottes angeborene Tatkraft, die so viele Jahre geschlummert hatte, aus. Als Charlotte hatte sie stets die zweite Geige gespielt, jetzt nahm sie Letitias dominierende Art an. Im Grunde genommen hatte geistig gar kein so großer Unterschied zwischen den beiden bestanden, wohl aber moralisch.

Charlotte hatte natürlich einige Vorsichtsmaßnahmen ergriffen. Sie kaufte ein Haus in einer Gegend Englands, in der sie gänzlich unbekannt war.

Sie ließ sich in Little Paddocks nieder, nahm den Verkehr mit einigen Nachbarn auf, und als sie einen Brief von einer entfernten Verwandten erhielt, die die liebe Letitia bat, ihre Kinder für eine Weile aufzunehmen, freute sie sich über den Besuch des Neffen und der Nichte. Daß diese beiden sie ohne weiteres als Tante Letty ansahen, erhöhte noch ihr Sicherheitsgefühl.

Das Ganze lief also ausgezeichnet.

Aber dann machte sie, und zwar aus ihrer angeborenen Gutherzigkeit, den einen großen Fehler. Sie erhielt einen Brief von einer Schulfreundin, der es jämmerlich ging, und sie eilte ihr zu Hilfe. Vielleicht tat sie es, weil sie sich trotz des Verkehrs mit den Nachbarn und der Anwesenheit der zwei jungen Verwandten einsam fühlte; auch hielt sie sich wegen ihres Geheimnisses etwas zurück. Und sie hatte Dora Bunner wirklich gern gehabt. Dora war für sie gewissermaßen ein

Symbol ihrer fröhlichen Kindheit. Jedenfalls fuhr sie auf Doras Brief hin persönlich zu ihr. Und Dora mußte sehr überrascht gewesen sein! Sie hatte Letitia geschrieben, und Charlotte kam! Sie hat nie den Versuch gemacht, Dora vorzutäuschen, Letitia zu sein; Dora war nämlich eine der wenigen alten Freundinnen gewesen, die Charlotte während ihrer Krankheit hatten besuchen dürfen.

Da sie wußte, daß Dora die Angelegenheit genauso betrachten würde wie sie selbst, erzählte sie ihr, was sie getan hatte. Und Dora stimmte aus ganzem Herzen zu. In ihrem konfusen Sinn schien es ihr unrecht zu sein, daß die liebe Lotty durch den unzeitigen Tod Lettys der Erbschaft beraubt werden sollte. Lotty verdiente eine Belohnung für all die Leiden, die sie so geduldig ertragen hatte. Es wäre eine Schande gewesen, wenn das viele Geld unbekannten Menschen zufallen würde.

Dora kam also nach Little Paddocks, aber bald sah Charlotte ein, daß sie einen großen Fehler begangen hatte.

Es war nicht so schlimm, daß Dora Bunner infolge ihres konfusen Wesens sie oft zur Weißglut brachte, darüber wäre sie hinweggekommen, denn sie hatte Dora ja wirklich gern, und außerdem hatte der Arzt gesagt, daß Dora nicht mehr lange zu leben habe. Aber Dora wurde bald eine wirkliche Gefahr. Für sie waren die beiden Schwestern immer Letty und Lotty gewesen, und obwohl sie sich krampfhaft bemühte, ihre Freundin stets Letty zu nennen, entschlüpfte ihr häufig der richtige Name. Auch erwähnte sie oft gemeinsame Erinnerungen, und Charlotte mußte ständig auf der Hut sein und diese peinlichen Bemerkungen vertuschen. Und sie wurde nervöser und nervöser, obwohl natürlich niemand auf diese Unstimmigkeiten achtete.

Der wirkliche Schlag für Charlottes Sicherheit aber kam, als sie von Rudi Schwarz im Royal Spa Hotel erkannt und angesprochen wurde. Ich glaube, daß das Geld, mit dem Schwarz seine Betrügereien deckte, von Charlotte Blacklock stammte. Aber weder Inspektor Craddock noch ich glauben, daß Schwarz sie mit Erpressungsgedanken um Geld anging.»

«Er hatte nicht die leiseste Ahnung», erklärte nun der Inspektor, «daß es etwas gab, auf Grund dessen er sie hätte erpressen können. Er hielt sich für einen gutaussehenden jungen Mann und hatte die Erfahrung gemacht, daß solche jungen Männer leicht von älteren Damen Geld erhalten, wenn sie eine plausible Geschichte über ihre eigene Notlage erzählen.

Aber sie hat das wohl in einem anderen Licht gesehen. Sie wird geglaubt haben, daß seine Art, sie um Geld anzugehen, nur eine versteckte Erpressung sei, daß er vielleicht etwas vermute und daß er später, wenn in den Zeitungen Belle Goedlers Todesanzeige erschiene, erkennen würde, was für eine Goldgrube sie für ihn darstellen könnte.

Wenn er aus dem Weg geräumt werden könnte, wäre sie sicher.

Vielleicht spielte sie zunächst nur mit diesem Gedanken. In ihrem ganzen Leben hatte sie sich ja nach Aufregungen, nach dramatischen Ereignissen gesehnt. Es war gewissermaßen ein Zeitvertreib für sie, den Plan für den Überfall in allen Einzelheiten auszuarbeiten.

Aber schließlich entschloß sie sich, ihn zu verwirklichen. Sie sagte Schwarz, daß sie einen Ulk mit ihren Nachbarn plane; es solle ein Überfall vorgetäuscht werden, ein Fremder müsse die Rolle des ‹Gangsters› spielen, und sie versprach ihm eine hohe Belohnung für seine Mitwirkung.

Sie ließ ihn die Anzeige aufgeben, sie veranlaßte, daß er sie in Little Paddocks besuchte, damit er sich mit der Örtlichkeit vertraut mache, und zeigte ihm, wo sie ihn an dem bewußten Abend ins Haus einschmuggeln würde. Natürlich hatte Dora Bunner von all dem keine Ahnung. Der Tag kam...»

Der Inspektor hielt inne, und Miss Marple setzte mit ihrer sanften Stimme die Erzählung fort:

«Sie muß einen entsetzlichen Tag verbracht haben. Nun war es zu spät, die Sache rückgängig zu machen...

Es war vielleicht ein Spaß für sie, den Revolver aus Colonel Easterbrooks Wäschekommode in Abwesenheit der Hausbewohner zu entwenden. Es war ein Spaß für sie, die zweite

Wohnzimmertür zu ölen, damit sie geräuschlos benutzt werden konnte. Spaß war es, vorzuschlagen, den Tisch von der Tür fortzurücken, damit Phillipas Blumenarrangement besser zur Geltung käme. Das mag ihr alles wie ein Spiel vorgekommen sein. Aber was dann an diesem Tag geschehen sollte, das war kein Spiel mehr. O ja, sie hatte Angst . . . Dora Bunner hatte recht gehabt.»

«Trotzdem hielt sie durch», setzte nun wieder Craddock den Bericht fort. «Die Ereignisse wickelten sich ab, wie sie es geplant hatte. Kurz nach sechs ging sie hinaus, trieb die Enten in den Stall und ließ Schwarz ins Haus hinein, gab ihm die Maske, den Umhang, die Handschuhe und die Blendlaterne.

Um halb sieben, als die Uhr auf dem Kamin zu schlagen begann, stand sie an dem Tisch beim Türbogen, die Hand auf der Zigarettendose.

Es ist alles so natürlich, Patrick ist in den Nebenraum gegangen, um die Getränke zu holen, sie als Gastgeberin will Zigaretten anbieten. Mit Recht hatte sie angenommen, daß alle Anwesenden, wenn die Uhr zu schlagen begann, zum Kamin blicken würden.

Nur die treue Dora hielt ihre Augen auf die Freundin gerichtet, und sie hat uns bei der ersten Vernehmung das berichtet, was Miss Blacklock wirklich getan hatte, nämlich die Vase mit den Veilchen in die Hand genommen.

Vorher hatte sie an einer Stelle der Lampenschnur die Isolierung entfernt, so daß der Draht bloßlag. Das Ganze erforderte nur einen Augenblick, die Zigarettendose, die Vase und der Schalter waren ja dicht beieinander. Sie nahm die Vase, schüttete Wasser auf den freigelegten Draht, knipste die Lampe an, und so entstand ein Kurzschluß.»

«Wie letzthin bei uns», stellte Bunch fest. «Warst du darum so erschrocken, Tante Jane?»

«Ja, mein Kind. Ich hatte mir wegen dieser Lampen den Kopf zerbrochen. Ich war dahintergekommen, daß zwei Lampen, ein Schäferpaar, vorhanden waren und daß diese wahrscheinlich in der Nacht nach dem Überfall ausgetauscht worden waren. Ich verstand gleich, was Dora Bunner meinte, als sie sagte, am Abend zuvor habe die Schäferin auf dem Tisch gestanden, aber ich nahm ebenso wie sie irrigerweise an, dies sei Patricks Werk.

Dora Bunner war höchst unzuverlässig in der Wiederholung von Dingen, die sie gehört hatte, aber ganz genau berichtete sie, was sie gesehen hatte. Und sie hatte bestimmt gesehen, daß Letitia die Vase mit den Veilchen in die Hand nahm, und...»

»Und auch Funken hatte sie wahrgenommen», warf Craddock ein. «Ich könnte mich noch jetzt ohrfeigen. Dora Bunner plapperte etwas von einer Brandstelle auf dem Tisch: ‹Jemand hat dort eine brennende Zigarette hingelegt›, aber es hatte sich überhaupt niemand eine Zigarette angezündet... und die Veilchen waren verwelkt, weil kein Wasser in der Vase war – auch ein Versehen Letitias, sie hätte die Vase wieder füllen müssen.

Ich glaube, daß sie Dora Bunner das Mißtrauen gegen Patrick eingeredet hat. Sie wollte dadurch vermeiden, daß Dora auf den Gedanken käme, sie, Miss Blacklock, hätte diesen Überfall inszeniert.

Also, wir wissen ja, was dann geschah. Sowie das Licht ausging und alle durcheinanderschrien, schlüpfte Miss Blacklock durch die frisch geölte Tür und schlich sich hinter Schwarz, der mit seiner Blendlaterne die Anwesenden beleuchtete.

Sicherlich machte ihm diese Rolle Spaß, und er hatte keine Ahnung, daß sie mit dem Revolver hinter ihm stand.

Sie wartet, bis der Lichtstrahl die Stelle der Wand erreicht, wo sie hätte stehen müssen. Dann gibt sie zwei Schüsse ab, und als er sich überrascht und erschrocken umdreht, hält sie den Revolver dicht an seinen Körper und schießt auf ihn. Sie läßt den Revolver neben ihm zu Boden gleiten, eilt durch die zweite Wohnzimmertür zurück an den Platz, an dem sie gestanden hatte, als das Licht ausging, und fügt sich eine kleine Wunde am Ohrläppchen zu – ich weiß nicht genau, wie sie das tat...»

«Mit einer Nagelschere, nehme ich an», erklärte Miss Marple. «Die kleinste Wunde am Ohrläppchen verursacht einen starken Blutverlust. Da nun tatsächlich Blut auf ihre weiße Bluse tropfte, war es ohne weiteres glaubhaft, daß jemand auf sie geschossen und sie beinahe getötet hätte.»

«Es hätte eigentlich alles so verlaufen müssen, wie sie plante», fuhr Craddock fort. «Man hätte Selbstmord oder einen Unglücksfall annehmen können, und die Sache wäre erledigt gewesen. Doch ich fühlte, daß irgend etwas nicht stimmte, ich wußte aber nicht was, bis mich Miss Marple auf die richtige Spur brachte.

Und dann widerfuhr Miss Blacklock wirkliches Pech. Ich entdeckte zufällig, daß die zweite Wohnzimmertür frisch geölt worden war. Bis dahin hatten wir, obwohl wir etwas vermuteten, keinerlei Beweise, aber diese Tatsache war ein Beweis.

So ging die Jagd von neuem los, doch nun unter anderen Voraussetzungen: Wir suchten jetzt Menschen, die Interesse daran haben konnten, Letitia Blacklock zu ermorden.»

«Und es gab jemanden in ihrer unmittelbaren Umgebung, und sie wußte es», sagte Miss Marple. «Ich glaube, sie hat Phillipa sofort erkannt. Sonja Goedler gehörte zu den wenigen Menschen, die Charlotte vorgelassen hatte. Phillipa sieht ihrer Mutter sehr ähnlich. Ich glaube auch, daß Charlotte sich merkwürdigerweise freute, als sie Phillipa erkannte. Sie gewann Phillipa lieb, und unbewußt wird es auch dazu beigetragen haben, etwaige Gewissensbisse zu unterdrükken. Sie sagte sich, daß sie, wenn sie das Geld erbte, für Phillipa sorgen würde. Sie wollte sie wie eine Tochter behandeln, Phillipa und Harry sollten bei ihr leben. Sie war sehr glücklich bei dem Gedanken und fühlte sich als Wohltäterin.

Aber als der Inspektor Fragen stellte und schließlich die Existenz von ‹Pip und Emma› ausfindig machte, wurde Charlotte höchst unruhig. Sie wollte Phillipa nicht zum Sündenbock machen, ihr Plan war ja gewesen, daß der Überfall angeblich von einem jungen Verbrecher ausgeheckt worden sei, der dabei den Tod gefunden habe. Aber jetzt hatte sich alles geändert. Soviel sie wußte, gab es außer Phillipa keinen Menschen, der ein Interesse haben könnte, sie zu ermorden – sie hatte nämlich keine Ahnung, wer Julia wirklich war. So tat sie ihr möglichstes, Phillipa zu schützen.»

«Und wenn ich denke, daß ich Mrs. Swettenham im Verdacht hatte, Sonja Goedler zu sein!» stieß Craddock ärgerlich hervor.

«Meine arme Mama», murmelte Edmund. «Eine Frau mit einem tadellosen Lebenswandel – wenigstens nehme ich das an.»

«Aber Dora Bunner stellte nach wie vor die eigentliche Gefahr dar», fuhr Miss Marple fort. «Von Tag zu Tag wurde Dora vergeßlicher und geschwätziger. Ich erinnere mich noch, wie Miss Blacklock sie angeschaut hatte, als ich zum Tee in Little Paddocks war. Und warum? Dora hatte sie wieder mit ‹Lotty› angesprochen. Uns kam es nur als ein kleines Versehen vor, aber Charlotte hatte es erschreckt. Und so ging es nun weiter, denn die arme Dora konnte nicht anders, sie mußte schwatzen.

An dem Morgen, als ich mit ihr im ‹Blauen Vogel› Kaffee trank, hatte ich den merkwürdigen Eindruck, als rede sie von zwei Menschen, nicht nur von einem – und tatsächlich war das ja auch der Fall. Einmal bezeichnete sie ihre Freundin als nicht hübsch, aber so charaktervoll, und fast im selben Atemzug schilderte sie sie als ein hübsches, sorgloses Mädchen. Und dann sagte sie, Lotty sei so tüchtig und erfolgreich, und erzählte gleich danach, was für ein trauriges Dasein sie geführt habe, und spricht von einem schweren Leiden, das sie tapfer ertrug, was doch überhaupt nicht zu Letitias Leben paßte. Ich glaube, Charlotte hat einen Teil dieser Unterhaltung mitangehört. Jedenfalls hatte sie gehört, daß Dora erwähnte, die Lampe sei ausgewechselt worden. Und da wurde ihr endgültig klar, was für eine große Gefahr die arme treue Dora für sie darstellte.

Sie liebte Dora, sie wollte Dora nicht umbringen, aber sie sah keinen anderen Ausweg. Und ich glaube, daß sie sich

einredete, es sei tatsächlich eine gütige Tat von ihr – wie das
diese Schwester Ellerton getan hat, von der ich dir erzählte,
Bunch. Die arme Bunny, sie würde ja sowieso nicht mehr
lange leben und vielleicht einen qualvollen Tod erleiden
müssen. Das Merkwürdige ist, daß sie ihr möglichstes tat,
Bunnys letzten Lebenstag glücklich zu gestalten. Die Geburtstagsfeier und diese wunderbare Torte...»

«‹Köstlicher Tod!›» stieß Phillipa schaudernd hervor.

«Jawohl, so war das... sie bemühte sich, ihrer Freundin
einen ‹köstlichen Tod› zu bereiten... die Feier, die Süßigkei-
ten, und sie versuchte, die Leute daran zu hindern, Dinge zu
sagen, die Dora aufregen konnten. Und dann vertauschte sie
die Aspirintabletten. Es sollte so aussehen, als seien die
vergifteten Tabletten für Letitia bestimmt gewesen...

Und so starb Bunny im Schlaf, glücklich, ohne Schmerzen,
und Charlotte fühlte sich wieder in Sicherheit.

Aber ihr fehlte Dora Bunner, sie vermißte ihre Liebe und
Treue, sie vermißte es, mit ihr über die alten Zeiten zu
sprechen. Sie weinte bitterlich, als ich an jenem Nachmittag
mit dem Schreiben von Julian zu ihr kam, und ihr Schmerz
war ehrlich. Sie hatte ihre liebste Freundin umgebracht...»

«Wie entsetzlich!» rief Bunch. «Entsetzlich!»

«Aber es war menschlich», entgegnete Reverend Harmond. «Man vergißt, wie menschlich Mörder sein können.»

«Ich weiß», stimmte Miss Marple zu. «Menschlich, und oft
zu bemitleiden, aber sie sind sehr gefährlich, namentlich eine
schwache, gütige Mörderin wie Charlotte Blacklock. Denn
wenn ein schwacher Mensch erst einmal in Angst gerät, wird
er vor Entsetzen ein Wilder und kennt keine Grenzen mehr.»

«Übrigens, Tante Jane», fragte nun Bunch, «was meintest
du mit der Bemerkung auf deiner Liste ‹Schweres Leiden
tapfer ertragen›? Das hatte dir Bunny im Café gesagt, aber
Letitia hatte doch gar kein Leiden gehabt. Und dann die
Bemerkung ‹Jod›, das hat dich wohl auf die Spur des Kropfes
gebracht?»

«Ja, mein Kind. Sie hatte ja erzählt, ihre Schwester sei in
der Schweiz an Lungenentzündung gestorben. Und es fiel

mir ein, daß die berühmtesten Spezialisten für Kropfoperationen Schweizer sind. Und da war dieses auffallende flache Perlenhalsband, das sie stets trug, und so kam ich auf den Gedanken, es könnte dazu dienen, eine Narbe zu verbergen.»

«Jetzt verstehe ich auch, warum sie an dem Abend, an dem die Kette riß, derart aufgeregt war», sagte Craddock. «Das kam mir ziemlich übertrieben vor.»

«Und du hast geschrieben ‹Lotty›», sagte Bunch.

«Ja, ich erinnerte mich, daß ihre Schwester Charlotte geheißen hatte und daß Dora Bunner, als sie Miss Blacklock ein- oder zweimal mit ‹Lotty› anredete, jedesmal furchtbar verlegen war.»

«Und was bedeutete ‹Bern›?»

«Rudi Schwarz war Krankenpfleger in einer Klinik in Bern gewesen.»

Miss Marples Stimme wurde leiser.

«Als mir das klargeworden war, wußte ich, daß sofort etwas unternommen werden müßte. Aber es war noch kein Beweis vorhanden. Ich dachte mir einen Plan aus und sprach mit Sergeant Fletcher darüber.»

«Fletcher wird noch etwas von mir zu hören bekommen», sagte Craddock. «Er hätte sich für Ihre Pläne nicht einspannen lassen dürfen, ohne mir Meldung zu erstatten.»

«Er fühlte sich auch gar nicht wohl in seiner Haut, aber es gelang mir, ihn zu überreden», erklärte Miss Marple. «Wir gingen nach Little Paddocks, und ich nahm mir Mizzi vor.»

Julia warf ein:

«Ich kann mir gar nicht vorstellen, wie Sie Mizzi überreden konnten.»

«Das war auch nicht einfach», bestätigte Miss Marple. «Sie denkt viel zuviel an sich, und es war sehr gut für sie, auch einmal etwas für ihre Mitmenschen zu tun. Ich schmeichelte ihr und sagte ihr, ich sei sicher, daß sie, wenn sie während des Krieges in ihrem Vaterland gewesen wäre, bei der Widerstandsbewegung mitgearbeitet hätte. Und sie sagte: ‹Aber natürlich!› Dann sagte ich ihr, sie sei für solch eine

166

Aufgabe ideal geeignet, denn sie sei so tapfer und habe keine Angst vor Gefahren und so weiter. Ich erzählte ihr von Heldentaten, die Mädchen in der Widerstandsbewegung vollbracht hätten; einige dieser Geschichten stimmten, andere habe ich, das muß ich zu meiner Schande gestehen, erfunden. Sie regte sich furchtbar auf.»

«Großartig!» rief Patrick.

«Und dann brachte ich sie so weit, daß sie zustimmte, die Rolle zu spielen. Ich paukte ihr jedes Wort ein und sagte ihr dann, sie solle in ihr Zimmer gehen und erst herunterkommen, wenn Inspektor Craddock erschienen sei. Das Schlimme bei so rasch erregbaren Menschen ist, daß sie leicht den Kopf verlieren und vorzeitig loslegen.»

Nun setzte Craddock wieder den Bericht fort:

«Ich mußte Mizzis Erklärung, sie habe Miss Blacklock in der Halle gesehen, scheinbar mit Skepsis aufnehmen, dafür beschuldigte ich jemanden, der bisher noch nicht verdächtigt worden war, nämlich Edmund.»

«Und ich habe meine Rolle sehr schön gespielt», sagte Edmund. «Verabredungsgemäß leugnete ich alles wütend. Was aber gegen den Plan verstieß, war, daß du, Phillipa, mein Liebling, dich als ‹Pip› entpupptest. Weder der Inspektor noch ich hatten eine Ahnung davon. Ich sollte Pip sein! Das brachte uns nun schwer aus dem Konzept, aber der Inspektor fand gleich eine Lösung, indem er einige gemeine Verdächtigungen gegen mich ausstieß – ich wollte eine reiche Frau heiraten –, eine Behauptung, die wahrscheinlich in deinem Unterbewußtsein weiterleben und eines Tages Ärger zwischen uns hervorrufen wird.»

Nun fiel wieder Miss Marple ein:

«Charlotte Blacklock nahm an, daß die einzige Person, die die Wahrheit vermutete oder sie wußte, Mizzi sei. Die Polizei verdächtigte zwar offensichtlich Edmund und glaubte Mizzi nicht. Aber wenn Mizzi auf ihrer Aussage bestünde, könnte man ihr schließlich doch Glauben schenken – also mußte auch Mizzi für immer zum Schweigen gebracht werden.

So folgte sie Mizzi, nachdem diese, wie ich ihr gesagt hatte, in die Küche gegangen war. Mizzi war anscheinend allein, aber Sergeant Fletcher und ich hatten im Abstellraum Stellung bezogen... ein Glück, daß ich so dünn bin.»

Bunch blickte Miss Marple an und fragte:

«Was glaubtest du denn, was geschehen würde, Tante Jane?»

«Entweder würde Charlotte dem Mädchen Geld versprechen, damit es den Mund hält – in diesem Fall wäre der Sergeant Zeuge gewesen –, oder... oder, so dachte ich, sie würde versuchen, Mizzi umzubringen.»

«Aber sie konnte doch nicht annehmen, daß dieser Mord nicht entdeckt würde. Der Verdacht hätte sich doch sofort gegen sie gerichtet.»

«Ach, mein Kind, sie war ja ganz von Sinnen, sie war wie eine in die Enge getriebene Ratte. Denk doch, was am Nachmittag geschehen war. Sie hört die Unterhaltung zwischen Miss Hinchliffe und Miss Murgatroyd. Miss Hinchliffe fährt zum Bahnhof, sowie sie zurückkommt, wird Miss Murgatroyd ihr sagen, daß Letitia Blacklock während des Überfalls nicht im Wohnzimmer gewesen sei. Es stehen ihr also nur wenige Minuten zur Verfügung, um Miss Murgatroyd zum Schweigen zu bringen. Sie kann keine Pläne machen, keinen Ausweg erfinden, ihr bleibt nur ein gemeiner Mord übrig.

Sie packt die arme Frau und erwürgt sie.

Dann eilt sie nach Hause, zieht sich um, sitzt beim Kamin, als die andern kommen, muß sie harmlos erscheinen, als sei sie nicht draußen gewesen.

Und dann erhält sie diesen Brief, der Julias wahre Persönlichkeit enthüllt. Sie zerreißt ihr Halsband und hat entsetzliche Angst, daß ihre Narbe bemerkt werden könnte. Später ruft der Inspektor an und teilt ihr mit, daß er mit sämtlichen Nachbarn nach Little Paddocks kommen wird. Sie hat keine Zeit zu überlegen, sie hat nicht einen Augenblick Ruhe. Sie ist nun ganz verstrickt in Morde, aber sie fühlt sich noch halbwegs sicher.

Doch dann taucht mit Mizzi eine neue Gefahr auf! Es gibt nur eins: Mizzi den Mund zu stopfen, sie zu ermorden! Sie ist außer sich vor Angst, sie ist kein Mensch mehr, sie ist zum reißenden Tier geworden.»

«Aber warum warst du in dem Abstellraum, Tante Jane?» fragte Bunch. «Du hättest das doch dem Sergeant überlassen können.»

«Es war sicherer, wenn wir zu zweit dort waren, mein Kind. Und außerdem wußte ich, daß ich Dora Bunners Stimme nachahmen konnte. Wenn etwas zum Zusammenbruch Charlotte Blacklocks führen konnte, so war es das.»

Ein langes Schweigen folgte, das schließlich Julia brach:

«Mizzi ist ganz verändert, sie erzählte mir, sie würde eine Stellung in der Nähe von Southampton annehmen.»

«Zu mir ist sie ganz sanft geworden», berichtete Phillipa. «Sie hat mir sogar das Rezept für den ‹Köstlichen Tod› als eine Art Hochzeitsgeschenk mitgeteilt. Sie stellte aber die Bedingung, ich dürfte es nicht Julia verraten, weil Julia ihre Omelettepfanne verdorben hätte.»

«Und Mrs. Lucas ist jetzt die Liebenswürdigkeit selbst zu Phillipa», sagte Edmund. «Sie hat uns einen silbernen Spargelheber als Hochzeitsgeschenk geschickt. Es wird mir aber ein Riesenvergnügen sein, sie nicht zur Hochzeit einzuladen, da sie immer so ekelhaft zu Phillipa war.»

«Und so werden sie alle glücklich leben!» rief nun Patrick. «Edmund und Phillipa... und Julia und Patrick?» fügte er zögernd hinzu.

«Mit mir wirst du nicht glücklich leben», widersprach Julia. «Die Bemerkung, die Inspektor Craddock gegen Edmund richtete, trifft auf dich zu. Du bist einer jener jungen Männer, die auf eine reiche Frau aus sind. Mit mir ist da nichts zu machen!»

«Undank ist der Welt Lohn!» erwiderte Patrick. «Nach allem, was ich für dieses Mädchen getan habe.»

«Mich fast wegen Mordverdachts ins Gefängnis gebracht, das hast du mit deiner Vergeßlichkeit für mich getan», sagte Julia. «Ich werde den Moment, da der Brief deiner Schwester ankam, mein Lebtag nicht vergessen. Ich dachte, ich sei nun in der Falle, und sah keinen Ausweg.»

Dann fügte sie nachdenklich hinzu: «Ich glaube, ich werde zur Bühne gehen...»

«Was? Du auch?» stöhnte Patrick.

«Ja. Vielleicht gehe ich nach Perth und versuche, Julias Platz bei der Truppe einzunehmen. Und wenn ich dann den Theaterbetrieb aus dem Effeff kenne, werde ich selbst ein Theater übernehmen und vielleicht Edmunds Stücke aufführen.»

«Tiglatpileser muß eigentlich der stolzeste Kater der Welt sein», sagte Bunch unvermittelt. «Er hat uns gezeigt, wie der Kurzschluß entstanden ist.»

«Wir sollten ein paar Zeitungen und Zeitschriften bestellen», sagte Edmund zu Phillipa am Tag ihrer Rückkehr aus den Flitterwochen. «Laß uns zu Totman gehen.»

Mr. Totman, ein schwer atmender, sich langsam bewegender Mann, empfing sie mit aller Liebenswürdigkeit.

«Ich freue mich, Sie wiederzusehen, Sir. Und Sie natürlich auch, Madam.»

«Wir möchten ein paar Zeitschriften und Zeitungen bestellen.»

«Natürlich, Sir. Und Ihre Frau Mutter ist wohlauf, hoffe ich? Sie hat sich in Bournemouth niedergelassen, nicht wahr? Will sie für immer dort bleiben?»

«Sie liebt Bournemouth», erklärte Edmund, der nicht im entferntesten wußte, ob das der Wahrheit entsprach, aber wie die meisten Söhne zog er es vor anzunehmen, daß es jenen geliebten, aber auch ziemlich irritierenden Wesen, die Eltern nun mal sind, einfach gutgeht.

«Natürlich, Sir. Ein ausgesprochen reizendes Plätzchen. Hab dort im letzten Jahr meine Ferien verbracht. Meiner Frau hat es auch sehr gefallen dort.»

«Wie schön. Nun zu den Zeitschriften, wir möchten –»

«Und ich habe gehört, daß ein Stück von Ihnen in London gespielt wird, Sir. Sehr amüsant, erzählte man mir.»

«Ja, es läuft recht gut.»

«Es heißt *Elefanten vergessen*, sagte man mir – stimmt das? Sie entschuldigen, Sir, wenn ich Sie das frage, aber ich dachte immer, sie würden *nicht* – vergessen, meine ich.»

«Ja – ja, genau. Ich glaube langsam selber, daß es ein Fehler war, das Stück so zu nennen. So viele Leute haben mich schon, so wie Sie, darauf angesprochen.»

«Ein naturwissenschaftliches... äh... biologisches Faktum, dachte ich immer.»

«Gewiß. So wie Ohrwürmer gute Mütter machen.»

«Was Sie nicht sagen, Sir. Das habe ich *nicht* gewußt.»

«Nun zu den Zeitungen...»

«*The Times*, Sir, die hatten Sie abonniert?»

Mr. Totman wartete mit gezücktem Bleistift.

«*The Daily Worker*», erwiderte Edmund würdevoll.

«Und den *Daily Telegraph*», sagte Phillipa.

«Und den *New Statesman*», ergänzte Edmund.

«*The Radio Times*», fügte Phillipa hinzu.

«*The Spectator*», fiel Edmund noch ein.

«*The Gardener's Chronicle* nicht zu vergessen», erinnerte Phillipa.

Beide machten eine Pause, um Atem zu holen.

«Vielen Dank, Sir», sagte Mr. Totman. «*Und* die *Chipping Cleghorn Gazette*, nicht wahr?»

«Nein», sagte Edmund.

«Nein», sagte Phillipa.

«Entschuldigen Sie – Sie *wollen* die *Gazette*?»

«Nein.»

«Nein.»

«Sie meinen» – Mr. Totman war ein Mann, der völlige Klarheit liebte – «Sie meinen, Sie wollen *nicht* die *Gazette*?!»

«So ist es. Wir wollen sie nicht.»

«Ganz bestimmt nicht.»

«Sie wollen nicht die *North Benham News and the Chipping Cleghorn Gazette*???»

«Nein.»

«Sie wollen sie nicht jede Woche zugeschickt bekommen?»

171

«*Nein*», wiederholte Edmund mit Nachdruck und fügte hinzu: «Ist das jetzt klar?»

«Oh, ja, Sir – ja, gewiß.»

Edmund und Phillipa verabschiedeten sich und verließen Mr. Totman – der sofort, nachdem die Tür sich hinter den beiden geschlossen hatte, in sein hinteres Büro eilte.

«Hast du einen Stift, Mutter?» fragte er. «Mein Schreiber streikt.»

«Hier», sagte Mrs. Totman, nahm dann aber gleich selbst den Bestellblock zur Hand und meinte: «Ich schreib's auf. Was wollen Sie haben?»

«*Daily Worker, Daily Telegraph, Radio Times, New Statesman, Spectator* . . . laß mich überlegen . . . und *Gardener's Chronicle*.»

«*Gardener's Chronicle*», wiederholte Mrs. Totman, eifrig kritzelnd. «Und die *Gazette*.»

«Die *Gazette* wollen sie nicht.»

«Was?»

«Sie wollen die *Gazette* nicht. Haben sie gesagt.»

«Unsinn», schnaubte Mrs. Totman. «Du mußt dich verhört haben. Natürlich wollen sie die *Gazette*! Jeder hat die *Gazette*. Wie sollen sie sonst wissen, was hier geschieht?»

Der Todeswirbel

1

In jedem Club gibt es ein Mitglied, das allen anderen auf die Nerven geht. Der Coronation Club bildete da keine Ausnahme, und daß gerade ein Luftangriff im Gange war, änderte nichts an der Tatsache.

Major Porter, ehemaliger Offizier der Indischen Armee, raschelte mit seiner Zeitung und räusperte sich, Aufmerksamkeit heischend. Die Anwesenden hüteten sich ängstlich, seinem Blick zu begegnen, aber die Maßnahme erwies sich als zwecklos.

»Die *Times* bringt eine Anzeige zum Tod von Cordon Cloade, sehe ich eben«, hub der Major an. »Sehr diskret aufgemacht, selbstverständlich. ›Am 5. Oktober starb infolge einer feindlichen Aktion‹ und so weiter. Keine nähere Bezeichnung des Schauplatzes. Zufällig ereignete sich die Geschichte unweit meines eigenen Hauses. In einem dieser großen Häuser oben auf Campden Hill. Ehrlich gesagt, die Sache ging mir ziemlich nahe. Ich bin dem Luftschutz zugeteilt, verstehen Sie. Cloade war gerade aus den Staaten zurückgekommen, hatte drüben im Auftrag der Regierung Einkäufe tätigen müssen und während dieser Zeit geheiratet. Eine junge Witwe, jung genug, um seine Tochter sein zu können. Eine gewisse Mrs. Underhay. Zufälligerweise kannte ich ihren ersten Mann von Nigeria her.«

Major Porter schaltete eine Pause ein. Niemand legte Interesse an den Tag oder bat ihn sogar, in seiner Erzählung fortzufahren. Im Gegenteil, die Köpfe versteckten sich hinter krampfhaft hochgehaltenen Zeitungen. Doch hätte es drastischerer Mittel bedurft, um Major Porter zu entmutigen. Er liebte es, weitschweifige Geschichten zu erzählen von Leuten, die niemand kannte.

»Interessant«, murmelte er unverdrossen vor sich hin, den Blick geistesabwesend auf ein Paar auffallend spitzer Lackschuhe gerichtet – eine Art Fußbekleidung, die er zutiefst verabscheute. »Interessant, wie das Haus getroffen wurde. Der Einschlag drückte das Untergeschoß ein und fegte das

5

Dach buchstäblich weg; das erste Stockwerk blieb so gut wie
unberührt. Sechs Leute befanden sich im Haus. Drei Dienstboten – ein Ehepaar und ein Mädchen – und Gordon Cloade,
seine Frau und deren Bruder. Dieser Bruder war der einzige,
der mit ein paar Schrammen davonkam. Die anderen hielten
sich alle im Untergeschoß auf, er war gerade in seinem Zimmer im ersten Stock. Die Dienstboten waren auf der Stelle
tot. Gordon Cloade wurde aus dem Schutt gegraben. Er lebte
noch, starb aber auf dem Transport ins Krankenhaus. Seine
Frau erlitt schwere Verletzungen. Die Explosion hatte ihr die
Kleider vom Leib gerissen. Man hofft aber, sie retten zu können. Sie wird eine reiche Witwe sein. Gordon Cloade war sicher eine Million schwer.«
Abermals schaltete der Major eine Pause ein. Sein Blick wanderte von den spitzen Lackschuhen empor über ein Paar gestreifte Hosen und eine schwarze Jacke zu einem eiförmigen
Kopf mit imposantem Schnurrbart. Ein Ausländer – natürlich! Das erklärte auch die Schuhe. Schrecklich! schoß es
dem Major durch den Kopf. Nicht einmal mehr hier im Club
ist man vor diesen Ausländern sicher.
Die Tatsache, daß der mißbilligend betrachtete Ausländer als
einziger der Erzählung des alten Offiziers ungeteilte Aufmerksamkeit schenkte, erschütterte Porters Abneigung in
keiner Weise.
»Fünfundzwanzig Jahre alt wird sie sein, kaum mehr«, fuhr
er in seinem unerwünschten Bericht fort. »Und zum zweiten
Mal Witwe, zumindest glaubt sie das.«
In der Hoffnung, mit dieser letzten Bemerkung Neugierde
erweckt zu haben, hielt er inne. Als auch dieses Mal keinerlei
Reaktion erfolgte, redete er unerbittlich weiter.
»Ich habe da so meine eigenen Ideen in dieser Sache. Ich
kannte zufällig ihren ersten Mann, wie ich schon sagte, Underhay. Ein netter Bursche, war Distriktskommissar in Nigeria zu jener Zeit. Sehr pflichtbewußter Mensch, ausgezeich-
neter Beamter. Das Mädchen heiratete er damals in Kapstadt,
wo sie mit einer Theatertruppe auftauchte. Es ging ihr nicht
besonders, hatte Pech gehabt, fühlte sich einsam und verlas-

sen, na . . . und ein hübsches Ding war sie. Sie hörte dem guten Underhay zu, wie er von seinem Distrikt und der wunderbaren Natur schwärmte, und flüsterte selig: ›Ach, wie herrlich! und ›Wie gern würde ich in solcher Weltabgeschiedenheit leben‹, und der Schluß von der Geschichte war, daß sie ihn heiratete und mit ihm in die vielgepriesene Weltabgeschiedenheit zog. Aber aus der Nähe besehen war die Abgeschiedenheit nicht mehr so erfreulich. Er war bis über beide Ohren in sie verliebt, der arme Kerl. Sie haßte den Urwald, hatte Angst vor den Eingeborenen und langweilte sich zu Tode. Sie wollte ins Theater gehen können, mit Leuten schwatzen und abgelenkt sein. *Solitude à deux* im Urwald entsprach eben doch nicht so ganz ihrem Geschmack. Ich habe sie nie kennengelernt, das alles weiß ich nur von dem armen Kerl, dem Underhay. Es machte ihm schwer zu schaffen, aber er benahm sich grundanständig. Er schickte sie heim und willigte in die Trennung ein. Kurz danach traf ich ihn. Er war völlig am Ende mit seinen Nerven und in der Verfassung, in der ein Mann seinem Herzen Luft machen muß. Er war ein komischer Kauz, ein altmodischer Geselle, römisch-katholisch und prinzipiell gegen Scheidung. ›Es gibt noch andere Möglichkeiten, einer Frau ihre Freiheit zurückzugeben‹, sagte er mir damals. ›Machen Sie keine Dummheiten, mein Lieber‹, versuchte ich ihm gut zuzureden. ›Keine Frau der Welt ist's wert, daß man sich ihretwegen eine Kugel durch den Kopf jagt.‹

Das wäre auch gar nicht seine Absicht, meinte er. Aber er stünde ganz allein da, hätte keine Verwandten, die sich seinetwegen Sorgen machen könnten. Wenn ein Rapport seinen Tod melde, sei Rosaleen Witwe, und das sei alles, was sie sich wünsche. ›Und was soll aus Ihnen werden?‹ fragte ich ihn unverblümt. ›Wer weiß‹, erwiderte er. ›Vielleicht taucht irgendwo tausend Meilen von hier ein Mr. Enoch Arden auf und beginnt ein neues Leben.‹ – ›Das kann aber eines Tages für Rosaleen unangenehme Folgen haben‹, wandte ich ein. ›Keine Spur. Ich würde die Sache durchziehen. Underhay wäre ein für allemal tot‹, gab er darauf zurück.

Ich vergaß die Geschichte wieder, bis ich so ungefähr sechs Monate darauf hörte, Underhay sei irgendwo im Urwald am Fieber gestorben. Die Eingeborenen, die bei ihm gewesen waren – alles vertrauenswürdige Burschen –, kamen mit einer bis in alle Einzelheiten glaubwürdig klingenden Geschichte zur nächsten Siedlung. Sie brachten sogar einen Wisch mit – ein paar von Underhay hingekritzelte Zeilen–, der besagte, daß es mit ihm zu Ende gehe und seine Leute für ihn getan hätten, was sie nur hätten tun können. Einen Eingeborenen, der seine rechte Hand und ihm ganz besonders ergeben gewesen war, pries er in den höchsten Tönen. Dieser Mann hing an Underhay, und die anderen gehorchten diesem Burschen bedingungslos. Sie hätten bestimmt beschworen, was er sie zu beschwören hieß. So steht die Sache . . . Möglich, daß Underhay irgendwo in Afrika begraben liegt, ebensogut möglich aber auch, daß dem nicht so ist, und wenn's so wäre, könnte es passieren, daß Mrs. Gordon Cloade eines Tages eine böse Überraschung erlebt. Ehrlich gestanden, geschähe ihr da gar nicht so unrecht. Ich hab zwar nie das Vergnügen gehabt, die Dame persönlich kennenzulernen, aber ich hab eine gute Witterung für diese Art Glücksritter.«

Major Porter sah sich abermals Anerkennung heischend um, aber er begegnete nur dem gelangweilten und etwas glasigen Blick des jungen Mr. Mellow und der unverändert höflichen Aufmerksamkeit Monsieur Hercule Poirots.

In diesem Augenblick raschelte eine Zeitung; aus dem Sessel beim Kamin erhob sich ein grauhaariger Herr mit betont ausdruckslosem Gesicht und verließ den Raum.

Der Major starrte dem Verschwundenen entsetzt nach, und der junge Mellow stieß einen leisen Pfiff aus.

»Schöne Geschichte haben Sie sich da geleistet«, meinte er schadenfroh. »Wissen Sie, wer das war?«

»Gott im Himmel!« stieß der Major hervor. »Natürlich weiß ich's. Wir sind nicht gerade befreundet, aber wir kennen uns. Jeremy Cloade . . . Gordon Cloades Bruder! Sehr peinlich, wirklich sehr peinlich. Wenn ich nur eine Ahnung gehabt hätte . . .«

»Er ist Rechtsanwalt«, stellte der junge Mellow fest und fügte ohne große Anteilnahme hinzu: »Das trägt Ihnen aller Voraussicht nach eine Klage wegen Verleumdung, Kreditschädigung und übler Nachrede ein.«

»Sehr peinlich! Wirklich außerordentlich peinlich!« war alles, was der Major darauf zu erwidern wußte.

»Heute abend wird ganz Warmsley Heath im Bilde sein«, fuhr Mr. Mellow junior ungerührt fort. »Das ist die Residenz der Cloadeschen Sippschaft. Vermutlich versammeln sie sich heute noch dort, um ein gemeinsames Vorgehen zu besprechen.«

Da in diesem Augenblick die Sirene das Ende des Alarms anzeigte, verzichtete Mr. Mellow darauf, den armen Major weiter mit Andeutungen über etwaige Rachepläne der Familie Cloade zu ängstigen, und strebte mit seinem Freund Hercule Poirot dem Ausgang zu.

»Scheußliche Atmosphäre in diesen Clubs«, meinte er. »Und eine verrückte Mischung komischer Käuze trifft sich da. Dieser Porter ist der allgemeine Clubschrecken. Wenn er anfängt, den indischen Seiltrick zu schildern, dauert das endlos, und er kennt jeden, dessen Mutter, Großmutter oder Schwester sich's jemals einfallen ließ, durch Poona zu reisen.«

Dies ereignete sich im Herbst 1944. Im Spätfrühling des Jahres 1946 empfing Hercule Poirot einen Besuch.

Hercule Poirot saß an einem heiteren Maimorgen vor seinem aufgeräumten Schreibtisch, als sein Diener George sich näherte und mit ehrerbietig leiser Stimme meldete:

»Eine Dame wünscht Sie zu sprechen, Sir.«

»Was für eine Art Dame?« erkundigte sich Poirot, den die minuziösen Schilderungen Georges stets amüsierten.

»Sie dürfte zwischen vierzig und fünfzig sein, Sir, nicht sehr elegant, mit einem sozusagen künstlerischen Anflug in der Erscheinung. Derbe Halbschuhe, ein Tweedkostüm, aber eine Spitzenbluse. Um den Hals eine exotische, mehrreihige Kette und überdies einen pastellblauen Seidenschal.«

Poirot schüttelte sich leicht.

»Ich spüre kein großes Verlangen, diese Dame zu sehen«, erklärte er.

»Soll ich sagen, Sie fühlten sich nicht wohl?« erkundigte sich George.

Poirot musterte seinen Diener nachdenklich.

»Sie haben ihr doch vermutlich bereits angedeutet, daß ich in eine äußerst wichtige Arbeit vertieft bin und keinesfalls gestört werden darf, wie ich Sie kenne, George.«

George hüstelte und verzichtete auf jede direkte Antwort.

»Sie käme extra vom Land herein, sagte sie, und es mache ihr nichts aus zu warten.«

Poirot seufzte.

»Gegen das Unvermeidliche zu kämpfen, ist sinnlos«, beschied er. »Wenn eine Dame fortgeschrittenen Alters und geschmückt mit exotischen Halsketten es sich in den Kopf gesetzt hat, den berühmten Hercule Poirot zu sprechen, und zu diesem Zweck extra eine Reise unternommen hat, wird nichts sie hindern können, ihr Vorhaben auszuführen. Sie wird in der Halle sitzen und sich nicht vom Fleck rühren. Also führen Sie sie lieber gleich herein.«

George zog sich zurück und kam gleich darauf wieder, um würdevoll zu verkünden:

»Mrs. Cloade.«

Mit wehendem Schal, die Ketten bunter Perlen in klirrender Bewegung, fegte eine Gestalt in abgetragenem Tweedkostüm zur Tür herein, Hercule Poirot beide Hände entgegenstreckend.

»Monsieur Poirot, spiritistische Erleuchtung hat mir den Weg zu Ihnen gewiesen«, verkündete sie, ohne zu zögern.

Poirot blinzelte leicht irritiert.

»Vielleicht nehmen Sie erst einmal Platz, meine Verehrteste, und sagen mir –« Er kam nicht weiter.

»Durch automatisches Schreiben, Monsieur Poirot, und durch Klopfzeichen. Madame Elvary (Ach, was für eine wundervolle Person sie ist!) und ich, wir befragten gestern den Tisch. Und immer wieder kamen die gleichen Buchstaben. H. P. H. P. H. P. Natürlich begriff ich nicht sofort die Bedeu-

10

tung. Das geht nicht so im Handumdrehen. Leider ist uns armen Wesen in diesem Erdental der wahre Durchblick nicht gegeben. Ich zerbrach mir den Kopf, was diese Initialen bedeuten könnten, auf wen in meinem Bekanntenkreis sie paßten. Natürlich mußte eine bestimmte Verbindung mit unserer letzten Sitzung vorhanden sein, ach, und was für eine wichtige und aufregende Sitzung das war! Ich kaufte mir die *Picture Post,* und da haben Sie wieder ein untrügliches Zeichen spiritistischer Eingebung, denn sonst kaufe ich immer den *New Statesman,* und kaum hatte ich die Zeitung aufgeschlagen, sah ich Ihr Bild! Ihr Bild und eine genaue Beschreibung Ihrer außerordentlichen Erfolge. Ist es nicht wunderbar, wie alles, alles in diesem Leben einen bestimmten Zweck verfolgt? Sind Sie nicht auch dieser Meinung? Ganz offensichtlich haben die Geister Sie dazu auserkoren, Licht in diese Angelegenheit zu bringen.«

Poirot beobachtete seinen seltsamen Besuch nachdenklich. Was sonderbarerweise seine Aufmerksamkeit am meisten fesselte, waren die schlauen Äuglein der Frau. Sie verliehen dem wirren Gerede einen beklemmenden Nachdruck.

»Darf ich fragen, Mrs. Cloade –«, hub Poirot an und hielt dann stirnrunzelnd inne. »Mir ist, als hätte ich den Namen schon einmal gehört.«

Sie nickte lebhaft.

»Natürlich. Mein armer Schwager – Gordon. Wahnsinnig reich und sehr oft in den Zeitungen erwähnt. Er starb infolge eines Luftangriffs vor gut anderthalb Jahren. Es war ein schrecklicher Schlag für uns alle. Mein Mann ist ein jüngerer Bruder von Gordon. Er ist Arzt, Dr. Lionel Cloade . . .« Sie fuhr mit verhaltener Stimme fort. »Er hat natürlich keine Ahnung davon, daß ich Sie aufsuche. Er wäre sehr dagegen. Ärzte neigen im allgemeinen zu einer mehr materialistischen Einstellung. Spiritismus scheint ihnen völlig wesensfremd zu sein. Sie vertrauen ihr Schicksal der Wissenschaft an. Aber was – frage ich – kann die Wissenschaft schon? Was ist die Wissenschaft überhaupt?«

Auf diese Frage schien es für Hercule Poirot keine andere

Antwort zu geben, als Mrs. Cloade einen ausführlichen Vortrag zu halten über das Leben und Wirken so großer Persönlichkeiten wie Pasteur, Lister, Koch, Edison und über die wohltuende Annehmlichkeit des elektrischen Lichts wie hundert anderer nicht minder epochemachender Erfindungen. Doch das war selbstverständlich nicht die Antwort, die Mrs. Lionel Cloade zu hören wünschte. Genau betrachtet erheischte ihre Frage, wie so viele Fragen, überhaupt keine Antwort. Sie war rein rhetorisch.

Hercule Poirot begnügte sich daher mit der nüchternen Erkundigung:

»Und in welcher Angelegenheit suchen Sie meine Hilfe, Mrs. Cloade?«

»Glauben Sie an das Vorhandensein einer Geisterwelt, Monsieur Poirot?«

»Ich bin ein guter Katholik«, erwiderte Poirot ausweichend.

Mrs. Cloade tat den katholischen Glauben mit einem nachsichtigen Lächeln ab.

»Blind!« stellte sie fest. »Die Kirche ist blind, in Vorurteilen befangen und nicht imstande, die Schönheit jener Welt, die jenseits unseres Erdendaseins unser harrt, zu erkennen.«

»Um zwölf Uhr habe ich eine wichtige Besprechung«, bemerkte Hercule Poirot.

Mrs. Cloade lehnte sich vor; sie hatte den Hinweis verstanden.

»Ich will zur Sache kommen. Wäre es Ihnen möglich, eine verschollene Person aufzuspüren, Monsieur Poirot?«

Poirots Brauen schoben sich in die Höhe.

»Vielleicht«, erwiderte er vorsichtig. »Nur kann die Polizei in solchen Fällen von weit größerer Hilfe sein als ich. Ihr steht der nötige Apparat zur Verfügung.«

Mrs. Cloade tat die Polizei mit dem gleichen nachsichtigen Lächeln ab, das sie für die katholische Kirche übrig gehabt hatte.

»Nein, Monsieur Poirot. Die Stimmen aus der Geisterwelt haben mich zu Ihnen geführt, nicht zur Polizei. Hören Sie gut zu. Ein paar Wochen vor seinem Tod hat mein Schwager geheiratet. Eine junge Witwe, eine gewisse Mrs. Underhay. Der erste Mann dieser Mrs. Underhay soll in Afrika gestorben sein. Schrecklich für die junge Frau, finden Sie nicht? Sie erhielt aus Afrika einen Bericht über den Tod ihres Mannes. Ein geheimnisvolles Land – Afrika.«

»Ein geheimnisvoller Erdteil«, berichtigte Poirot sachlich. »Welcher Teil Afrikas war –«

»Zentralafrika«, fiel Mrs. Cloade eifrig ein. »Wo die Voodoos und die Zombies –«

»Die Zombies sind in Westindien beheimatet«, wandte Poirot ein, doch nahm Mrs. Cloade hiervon keine Notiz.

»– die Schwarze Magie, seltsame Sitten und Gebräuche daheim sind«, fuhr sie mit dramatisch erhobener Stimme fort. »Ein von Geheimnissen umwobenes Land, in dem ein Mann untertauchen könnte, ohne die geringste Spur zu hinterlassen.«

»Möglich, möglich«, gab Poirot zu. »Aber das gleiche trifft auch auf Piccadilly Circus zu.«

Mrs. Cloade tat Piccadilly als nicht zur Sache gehörig ab.

»Zweimal haben wir in jüngster Zeit die Botschaft eines Geistes erhalten, der sich selbst Robert nennt. *Nicht tot . . .* Die Botschaft stürzte uns zunächst in schreckliche Verwirrung. Wir konnten uns an keinen Robert erinnern. Wir baten um einen helfenden Hinweis, und da wurden uns die Buchstaben R. U. übermittelt. *Erzähle R.,* hieß es weiter. Wir sollen Robert berichten? erkundigten wir uns. Nein, hieß es, ihr sollt *von Robert* berichten. Wir standen noch immer vor einem Rätsel. Was soll denn das U bedeuten? forschten wir. Und da vernahmen wir den Takt einer Melodie. Ta-ta-ta ta-tata, ta-ta-ta tatata. Verstehen Sie?«

»Nein, ich verstehe kein Wort.«

Mrs. Cloade betrachtete ihn mitleidig.

»Kennen Sie nicht das Kinderlied: Unter einem Heustock, unter einem Heustock . . . schläft ein kleiner Bub. *Unter* dem *Heu*stock . . . begreifen Sie nun? *Unter* dem *Heu,* das bedeutet doch ganz offensichtlich Underhay.«

Poirot fand dies nicht ganz so offensichtlich, doch verzichtete er darauf, sich zu erkundigen, wieso der Name Underhay nicht buchstabiert werden konnte, wenn sich das Kunststück mit dem Namen Robert hatte vollführen lassen, und warum der Geist plötzlich zu einer Art primitivem Geheimdienst-Jargon seine Zuflucht nehmen mußte.

»Und der Name meiner Schwägerin ist Rosaleen«, beendete Mrs. Cloade triumphierend ihre Erzählung. »Diese vielen Rs sind natürlich ein wenig verwirrend, aber die Bedeutung liegt auf der Hand: *Berichte Rosaleen, daß Robert Underhay nicht tot ist.*«

»Und haben Sie es ihr berichtet?«

Die unverblümte Frage brachte Mrs. Cloade etwas aus der Fassung, aber sie hatte sich gleich wieder im Griff.

»Tja, sehen Sie ... das ist so ... die Menschen neigen im allgemeinen dazu, alles Unerwartete skeptisch zu betrachten. Ich war überzeugt, Rosaleen würde sehr skeptisch sein. Und außerdem würde es doch eine furchtbare Aufregung für sie bedeuten. Die Arme! Sie würde beunruhigt sein und wissen wollen, wo ihr früherer Mann steckt und was er treibt.«

»Was er treibt, abgesehen davon, seine Stimme durch den Äther zu senden, meinen Sie? Eine ungewöhnliche Methode, über den Stand des eigenen Befindens zu berichten, das muß man allerdings sagen.«

»Ach, Monsieur Poirot, Sie leben nicht in Verbindung mit der Geisterwelt. Und woher sollen wir wissen, welche Umstände ihn zu diesem Vorgehen veranlaßten? Der arme Captain Underhay – oder ist er Major? – schmachtet vielleicht irgendwo im finsteren Afrika in gräßlicher Gefangenschaft! Doch wenn man ihn aufspüren könnte? Wenn es gelänge, ihn in die Arme seiner geliebten Rosaleen zurückzuführen! Stellen Sie sich das Glück der jungen Frau vor, Monsieur Poirot! Oh, Monsieur Poirot, eine höhere Macht hat mich zu Ihnen geführt. Sie werden doch einen Auftrag aus der Geisterwelt nicht zurückweisen?«

Poirot betrachtete die exaltierte Dame kühl.

»Mein Honorar ist sehr hoch«, erklärte er höflich. »Man

14

kann sogar sagen: außerordentlich hoch. Und die mir zuge-
dachte Aufgabe scheint mir sehr schwierig.«

»Ach, du meine Güte ... das ist wirklich unangenehm ...
wir befinden uns leider in etwas beschränkten Verhältnissen, schlechten Verhältnissen kann man ruhig sagen,
schlechteren sogar, als mein Mann überhaupt ahnt. Ich habe
nämlich Aktien erworben – einer spiritistischen Eingebung
folgend –, und bis jetzt hat sich diese Eingebung als sehr wenig nutzbringend erwiesen, eher besorgniserregend, um die
Dinge beim richtigen Namen zu nennen. Kaum hatte ich die
Aktien gekauft, fielen sie, und im Augenblick stehen sie so
niedrig, daß sie praktisch unverkäuflich sind.«

Sie blickte Poirot mit einem bangen Ausdruck an, als erwarte
sie einen tröstlichen Rat von ihm.

»Ich habe bisher noch nicht den Mut gehabt, meinem Mann
mein Pech einzugestehen. Ich habe es Ihnen nur erzählt, um
Ihnen die Situation zu erklären, in der ich mich befinde. Aber
denken Sie doch, mein lieber Monsieur Poirot, welch edel-
mütige Tat es wäre, ein junges Paar wieder zusammenzu-
bringen.«

»Edelmut, *chère madame,* wird leider weder bei der Eisenbahn
noch bei Fluggesellschaften oder Schiffahrtslinien in Zah-
lung genommen, und genausowenig kann man damit Tele-
grammspesen decken.«

»Aber sobald er gefunden wird – ich meine, sobald Captain
Underhay lebend gefunden wird –, steht es wirklich ganz außer Frage, daß Ihnen alle Auslagen ersetzt werden und Sie
ein gutes Honorar bekommen.«

»Ah, er ist also reich, dieser Captain Underhay?«

»Nein, das nicht«, beeilte sich Mrs. Cloade zu erwidern.
»Aber ich gebe Ihnen mein Wort, daß es dann nicht die ge-
ringsten Schwierigkeiten bereiten wird, allen finanziellen
Verpflichtungen nachzukommen.«

Poirot schüttelte bedächtig den Kopf.

»Ich bedaure unendlich, Madame, aber meine Antwort lautet: nein.«

Es war nicht ganz einfach, die spiritistisch erleuchtete Dame dazu zu bringen, sich mit diesem abschlägigen Bescheid zu begnügen.

Als sie endlich gegangen war, blieb Poirot einen Moment lang sinnend stehen. Er erinnerte sich an das Gerede Major Porters im Club an jenem Tag, als man durch den Fliegeralarm dort festgehalten worden war. Die Geschichte des Majors, der niemand Aufmerksamkeit schenkte, hatte sich um einen Mann namens Cloade gedreht. Poirot erinnerte sich auch an das Zeitungsrascheln, das Aufstehen eines Herrn und die damit verbundene Bestürzung des Majors.

Doch mehr noch als diese Erinnerung beschäftigte ihn die sonderbare Dame, die ihn soeben verlassen hatte und über die er sich absolut nicht schlüssig werden konnte. Die spiritistische Ader, das teils forsche, teils vage Geplapper, der wehende Schal und die klirrenden Ketten und Armbänder voller Amulette, dazu das plötzliche schlaue Glitzern in den blaßblauen Augen – das alles schien so gar nicht zusammenzupassen.

»Warum ist sie nur zu mir gekommen?« fragte er sich. »Und was hat sich wohl in« – er warf einen Blick auf die Visitenkarte auf dem Tisch –, »in Warmsley Vale zugetragen?«

Genau fünf Tage nach dem seltsamen Besuch fiel Hercule Poirot eine Zeitungsnotiz ins Auge, die besagte, daß in Warmsley Vale, einem bescheidenen Dorf unweit der bekannten Warmsley-Heath-Golfanlage, ein Mann namens Enoch Arden tot aufgefunden worden war.

Und zum zweiten Mal fragte Poirot sich:

»Was hat sich wohl in Warmsley Vale zugetragen?«

2

Warmsley Heath besteht aus einem Golfplatz, zwei Hotels, einigen überaus eleganten Villen, alle mit Blick auf den Golfplatz gebaut, sowie einer Reihe ehemaliger – das heißt: vor dem Kriege – Läden für Luxusartikel und einem Bahnhof.

Von diesem Bahnhof aus führt eine Landstraße nach London; nach der entgegengesetzten Seite zweigt ein kleiner Weg ab, der durch ein Schild als »Fußweg nach Warmsley Vale« gekennzeichnet ist.

Das inmitten waldiger Hügel versteckte Warmsley Vale ist grundverschieden von Warmsley Heath. Es ist ein nie wichtig gewesener Marktflecken, der im Laufe der Zeit zu völliger Bedeutungslosigkeit herabsank. Es gibt dort eine sogenannte Hauptstraße mit alten Häusern, selbstverständlich einige Gasthäuser und vereinzelte, denkbar einfache Läden, vor allem aber eine Atmosphäre der Weltabgeschiedenheit, als läge der Ort hundertfünfzig und nicht achtundzwanzig Meilen von London entfernt.

Sämtliche Einwohner von Warmsley Vale sind sich einig in ihrer Verachtung für das pilzgleiche Aufschießen Warmsley Heaths.

Am Rand des Ortes stehen einige hübsche Häuschen mit verträumten alten Gärten, und in eines dieser Häuschen kehrte Lynn Marchmont zurück, als sie im Frühjahr 1946 aus dem Frauenhilfsdienst entlassen wurde.

Am dritten Morgen nach ihrer Heimkehr stand sie am Fenster ihres Schlafzimmers und atmete in vollen Zügen die frische, nach Erde und feuchten Wiesen riechende Luft ein. Zweieinhalb Jahre hatte sie diesen Geruch vermißt.

Herrlich war es, wieder daheim zu sein, herrlich, wieder in dem geliebten eigenen Zimmer zu stehen, nach dem sie sich so oft gesehnt hatte in diesen vergangenen Jahren, die sie jenseits des Ozeans verbracht hatte, und herrlich, statt in die Uniform wieder in Rock und Bluse schlüpfen zu können, selbst wenn die Motten sich während der Kriegsjahre über Gebühr daran gütlich getan hatten.

Es tat gut, wieder ein freies Wesen zu sein, obwohl Lynn gern Dienst getan hatte. Die Arbeit war interessant gewesen, auch an Abwechslung und Vergnügen hatte es nicht gefehlt, aber das Gefühl, ständig mit anderen Menschen zusammengepfercht zu sein, hatte doch von Zeit zu Zeit das verzweifelte Verlangen in ihr geweckt, auszureißen, um endlich einmal allein sein zu können.

Und wenn diese Sehnsucht sie packte, stand plötzlich Warmsley Vale mit dem anspruchslosen Haus vor ihrem inneren Auge und natürlich auch die liebe gute Mama.

Lynns Verhältnis zu ihrer Mutter war eigenartig. Sie liebte sie und fühlte sich gleichzeitig verwirrt und manchmal peinlich berührt durch Mrs. Marchmonts Art. Aber fern von daheim hatte sich dieser Eindruck verwischt oder nur dazu beigetragen, die Sehnsucht nach Hause zu verstärken. Ach, was hätte sie darum gegeben, hätte sie dort draußen im Fernen Osten nur einmal Mamas liebe, stets etwas klagend klingende Stimme eine ihrer ewig wiederholten Redensarten sagen hören!

Und nun war sie daheim, schon drei Tage. Es gab keinen Dienst mehr, sie konnte sich als freier Mensch fühlen, und doch begann bereits eine seltsame Ungeduld Besitz von ihr zu ergreifen. Es war genau wie früher – viel zu genau wie früher –, das Haus und die Mama und Rowley und die Farm und die Familie. Was sich geändert hatte und eben nie hätte ändern dürfen, das war sie selbst.

»Lynn . . .« Mrs. Marchmonts dünnes Stimmchen drang von unten herauf. »Soll ich meinem Töchterchen das Frühstück vielleicht ans Bett bringen?«

»Aber nein, ich komme selbstverständlich runter!« rief Lynn mit mühsam unterdrückter Ungeduld zurück.

Warum sie nur immer von mir als ihrem Töchterchen redet, dachte sie ärgerlich. Es klingt so albern.

Sie ging hinunter und betrat das Speisezimmer.

Es gab kein besonders gutes Frühstück. Aber das erbitterte Lynn weniger als die Feststellung, wieviel Kraft und Zeit in ihrem Elternhaus auf die Nahrungsbeschaffung verschwendet wurde. Abgesehen von einer wenig zuverlässigen Frau, die viermal wöchentlich einen halben Tag helfen kam, quälte sich Mrs. Marchmont allein mit dem Haushalt ab. Sie war beinahe vierzig Jahre alt gewesen, als Lynn geboren wurde, und um ihre Gesundheit war es nicht allzugut bestellt. Es kam Lynn mit zunehmendem Unbehagen zu Bewußtsein, wie sehr sich auch die finanzielle Lage daheim geändert hatte. Das nie besonders hohe, aber absolut ausreichende Einkommen, das ihnen vor dem Krieg gestattet hatte, ein angenehm sorgloses Leben zu führen, wurde durch die Steuern beinahe um die Hälfte geschmälert. Die Ausgaben aber waren alle gestiegen.

Schön sieht es aus in der Welt, dachte Lynn grimmig. Sie überflog die Stellengesuche in der Zeitung. »Demobilisierter Soldat sucht Posten, der Initiative und Fahrausweis verlangt.« – »Ehemalige Frauenhilfsdienstlerin sucht Anstellung, wo ihr ausgeprägtes Organisationstalent und die Fähigkeit, Aufsicht zu führen, von Nutzen sein könnten.«

Unternehmungslust, Organisationstalent, Initiative – das wurde angeboten. Doch was wurde verlangt? Frauen, die kochen und putzen konnten oder geübte Stenotypistinnen waren.

Nun, sie brauchte sich in dieser Beziehung keine grauen Haare wachsen zu lassen. Ihr Weg lag klar vor ihr. Sie würde ihren Vetter Rowley Cloade heiraten. Vor sieben Jahren, kurz vor Ausbruch des Krieges, hatten sie sich verlobt. Solange sie zurückdenken konnte, war es selbstverständlich gewesen, daß sie eines Tages Rowley heiraten würde. Seine Liebe zum Landleben und der Arbeit auf einer Farm hatte sie stets geteilt. Ein gutes Leben lag vor ihnen, kein sehr abenteuerliches oder aufregendes Leben, sondern Tage erfüllt von harter Abeit, aber sie liebten beide die Natur und den Duft der Wälder und Wiesen sowie die Pflege der Tiere.

Ihre Aussichten waren allerdings nicht mehr so rosig wie früher einmal. Onkel Gordon hatte stets versprochen gehabt –

Mrs. Marchmont unterbrach Lynns Gedankengang.

19

»Es war ein schrecklicher Schlag für uns, Lynn, wie ich dir ja schon geschrieben habe. Gordon war gerade zwei Tage in England. Wir hatten ihn noch nicht einmal gesehen. Wenn er nur nicht in London geblieben, sondern geradewegs hierhergekommen wäre!«

»Ja, wenn . . .«

Als Lynn fern von daheim die Nachricht vom Tod ihres Onkels erreichte, hatte sie Kummer und Entsetzen bei ihr ausgelöst. Welche Folgen für sie alle jedoch mit dem Ableben Gordon Cloades verbunden waren, begann ihr erst jetzt klarzuwerden.

Solange sie sich erinnern konnte, hatte Gordon Cloade in ihrem Leben – und auch im Leben der anderen Familienmitglieder – eine hervorragende Rolle gespielt. Der wohlhabende, reiche Mann hatte sich stets seiner gesamten Verwandtschaft angenommen und bestimmend in ihr Schicksal eingegriffen.

Selbst Rowley bildete da keine Ausnahme. Er hatte mit seinem Freund Johnnie Vavasour zusammen eine Farm übernommen, und Gordon, der selbstverständlich um Rat gefragt worden war, hatte der Übernahme zugestimmt.

Lynn gegenüber hatte er sich deutlicher geäußert.

»Um eine Farm rentabel zu bewirtschaften, braucht man Kapital, aber ich möchte erst einmal sehen, ob die beiden jungen Männer wirklich das Zeug dazu haben, tüchtige Farmer zu werden. Würde ich ihnen jetzt Geld zuschießen, wäre es ein leichtes für sie, aber ich könnte nie beurteilen, wie weit ihre eigene Leistungsfähigkeit und ihr Durchhaltevermögen gehen. Lasse ich sie jetzt aber ihre Probleme allein durchkämpfen, und ich sehe nach einer gewissen Zeit, daß es ihnen ernst ist und daß sie gewillt sind, ihre ganze Kraft einzusetzen, dann brauchst du dir keine Sorgen zu machen, Lynn, dann werde ich ihnen mit dem nötigen Kapital unter die Arme greifen. Hab keine Angst vor der Zukunft, Mädchen. Du bist die richtige Frau für Rowley, das weiß ich. Aber behalte das, was ich dir eben gesagt habe, für dich.«

Sie hatte Wort gehalten und keine Silbe von dem Gespräch

verlauten lassen, doch Rowley hatte ohnehin das wohlwollende Interesse gespürt, das der Onkel seinem Unternehmen entgegenbrachte. Es war an ihm, dem alten Herrn zu beweisen, daß Johnnie Vavasour und er selbst es wert waren, in ihrem Bestreben unterstützt zu werden.

Und so waren sie alle mehr oder weniger von Gordon Cloade abhängig gewesen. Nicht, daß sie sich etwa darauf verlassen und die Hände in den Schoß gelegt hätten. Jeremy Cloade war Seniorpartner in einem Anwaltsbüro, Lionel Cloade praktizierte als Arzt.

Aber das beruhigende Gefühl, daß es Gordon Cloade und sein Geld gab, verlieh doch Sicherheit. Es bestand kein Grund, besonders zu geizen oder zu sparen. Die Zukunft war gesichert; Gordon Cloade, der kinderlose Witwer, würde sich im Notfall ihrer aller annehmen. Mehr als einmal hatte er ihnen das versichert.

Gordons verwitwete Schwester, Adela Marchmont, blieb in dem geräumigen weißen Haus wohnen, als es ratsamer gewesen wäre, ein kleineres, nicht so viel Arbeit verursachendes Haus zu beziehen. Lynn besuchte die besten Schulen, und wäre der Krieg nicht dazwischengekommen, hätte es ihr freigestanden, sich, unbekümmert um die Ausbildungskosten, einen ihr zusagenden Beruf zu wählen. Onkel Gordons Schecks trafen mit angenehmer Regelmäßigkeit ein und gestatteten mancherlei Luxus.

Alles lief in wunderbar ruhigem, sicherem Fahrwasser, bis plötzlich, aus heiterem Himmel, die Nachricht von Gordon Cloades Heirat kam.

»Wir waren alle wie vor den Kopf gestoßen«, gestand Adela. »Daß Gordon noch mal heiraten könnte, war das letzte, das einer von uns vermutet hätte. Über Mangel an Familie konnte er sich doch weiß Gott nicht beklagen.«

O nein, dachte Lynn, Mangel an Familie sicher nicht, vielleicht aber zu viel.

»Er war immer so reizend«, fuhr Mrs. Marchmont fort. »Obwohl er sich manchmal ein klein wenig tyrannisch gebärdete. Daß wir keine Tischtücher benutzen, konnte er, zum Beispiel, gar nicht leiden. Er bestand darauf, daß ich mich an die altmodische Sitte vorschriftsmäßig gedeckter Tische hielt. Aus Italien brachte er mir die herrlichsten venezianischen Spitzendecken mit.«

»Es zahlte sich jedenfalls aus, ihm nachzugeben«, entgegnete Lynn trocken. »Wie hat er eigentlich seine zweite Frau kennengelernt? Darüber hast du mir nie etwas geschrieben.«

»Ach, an Bord irgendeines Schiffs oder Flugzeugs auf einer seiner Reisen von Südamerika nach New York, glaube ich. Unvorstellbar, nach all den Jahren und nach den unzähligen Sekretärinnen und Stenotypistinnen und Haushälterinnen, die er hatte.«

Lynn mußte unwillkürlich lächeln. Die Sekretärinnen und Hausangestellten Onkel Gordons waren von seiten der Verwandtschaft von jeher mit äußerstem Argwohn betrachtet worden.

»Sie wird sehr hübsch sein, nehme ich an«, sagte sie.

»Ehrlich gestanden, meine Liebe, finde ich ihr Gesicht eher ausdruckslos. Ein bißchen dümmlich.«

»Du bist eben kein Mann, Mama.«

»Man muß natürlich in Erwägung ziehen, daß das arme Ding einen Bombenangriff hinter sich hat und wirklich schrecklich krank war infolge der furchtbaren Erlebnisse. Meiner Meinung nach hat sie sich von ihrer Krankheit nie richtig erholt. Ein Nervenbündel ist sie, und zeitweise wirkt sie direkt wie geistig zurückgeblieben. Ich kann mir nicht vorstellen, daß sie Gordon eine seinen geistigen Interessen gewachsene Person gewesen ist.«

Lynn bezweifelte, daß sich ihr Onkel eine um so viel jüngere Frau genommen hatte, um eine seinen geistigen Ansprüchen gewachsene Partnerin neben sich zu wissen.

»Und dann kommt hinzu – aber es ist mir schrecklich peinlich, das aussprechen zu müssen –, daß sie keine Dame ist.«

»Wie altmodisch, Mama! Was hat das heutzutage noch zu sagen?«

»Auf dem Lande ist man noch altmodisch, Lynn. Und ich

22

meine damit, daß sie eben einfach nicht in unsere Kreise
paßt.«

»Die Arme!«

»Ich verstehe nicht, was du damit ausdrücken willst«, erwiderte Mrs. Marchmont gekränkt. »Wir haben uns alle sehr
zusammengenommen und bemüht, höflich und freundlich
zu ihr zu sein. Schon Gordon zuliebe.«

»Sie wohnt in Furrowbank?« erkundigte sich Lynn.

»Natürlich. Wo sollte sie sonst wohnen? Die Ärzte sagten,
als sie aus der Klinik entlassen wurde, sie müßte von London
weg. Also lag es doch nahe, nach Furrowbank zu ziehen. Sie
lebt dort mit ihrem Bruder.«

»Was ist das für ein Mensch?«

»Ein schrecklicher junger Mann«, erwiderte Mrs. Marchmont und fügte nach einer kleinen Pause hinzu: »Ein völlig
ungehobelter Geselle.«

In Lynn flackerte Sympathie für die junge Frau und ihren unerwünschten Bruder auf. Ich wäre an seiner Stelle sicher
auch ungehobelt, ging es ihr durch den Kopf.

»Wie heißt er denn?«

»Hunter. David Hunter«, gab die Mutter Auskunft. »Es
scheinen Iren zu sein. Natürlich keine Familie, von der man
jemals gehört hat. Sie war verwitwet und hieß Mrs. Underhay. Es liegt mir nichts ferner, als hartherzig zu sein, aber
man muß sich doch fragen, was für eine sonderbare Witwe
das ist, die mitten im Krieg von Südamerika dahergereist
kommt. Unwillkürlich folgert man daraus, daß sie herumreiste, um sich einen reichen Gatten einzufangen.«

»Was ihr – wenn du recht haben solltest – ja auch gelungen
ist«, bemerkte Lynn.

Mrs. Marchmont seufzte.

»Dabei war Gordon stets so auf der Hut. Nicht, als ob die
Frauen nicht stets hinter ihm hergewesen wären. Erinnerst
du dich noch an diese letzte Sekretärin? Mein Gott, wie hat
sich das Mädchen an ihn gehängt. Sie war sehr tüchtig, aber
er mußte sie sich vom Hals schaffen.«

»Vermutlich gibt es früher oder später immer ein Waterloo.«

»Zweiundsechzig ist eben ein gefährliches Alter«, fuhr Mrs. Marchmont fort. »Und in Kriegszeiten, scheint mir, ist alles besonders schwierig vorauszusehen. Ich kann dir nicht schildern, welche Aufregung sein Brief aus New York bei uns auslöste.«

»Was hat er denn eigentlich geschrieben?«

»Der Brief war an Frances adressiert. Ich denke, weil Gordon für Frances' Erziehung gesorgt hatte, hielt er sie für am ehesten verständnisbereit. Er schrieb, wir würden sicher alle sehr überrascht sein, daß er sich so plötzlich wieder verheiratet habe, aber er sei sicher, daß wir sehr bald Rosaleen – was für ein verrückter Name, findest du nicht? So theatralisch! –, also daß wir sie bald liebgewinnen würden. Sie hätte ein schweres Leben gehabt und trotz ihrer Jugend schon viel Bitteres erleben müssen, und es sei bewunderungswürdig, wie sie sich allen Schicksalsschlägen zum Trotz bisher im Leben behauptet habe. Und Gordon fuhr fort, wir sollten ja nicht annehmen, daß dies in seinen Beziehungen zur Familie die geringste Lockerung bedeute. Nach wie vor fühle er sich für unser aller Wohlergehen verantwortlich.«

»Aber er verfaßte nach seiner Heirat kein Testament?« fragte Lynn.

»Nein.« Mrs. Marchmont schüttelte den Kopf. »Das letzte Testament, von dem wir wissen, stammt aus dem Jahr 1940. Die Einzelheiten sind mir unbekannt, aber er sagte uns damals, wir sollten uns keine Gedanken machen, es wäre für uns alle gesorgt, falls ihm etwas zustieße. Durch seine Heirat ist dieses Testament natürlich gegenstandslos geworden. Ich bin überzeugt davon, daß es seine Absicht war, ein neues aufzusetzen nach seiner Heimkehr. Aber es kam nicht mehr dazu. Er starb am Tag nach seiner Ankunft.«

»Und jetzt fällt alles Rosaleen in den Schoß?«

»Ja, weil das alte Testament durch die Heirat ungültig geworden ist.«

Lynn versank in Schweigen. Sie war kein besonders materiell eingestellter Mensch, daß ihr aber diese unerwartete

Veränderung der Situation zu denken gab, war schließlich nur menschlich.

Die Entwicklung der Dinge entsprach sicher nicht Gordon Cloades Plänen. Den Löwenanteil seines Vermögens hätte er vermutlich seiner jungen Frau vermacht, aber seine Familie wäre nicht leer ausgegangen, besonders nachdem er immer und immer wieder versichert hatte, daß für alle gesorgt sei. Es bestehe kein Anlaß für sie zu sparen, hatte er stets wiederholt, und sie selbst war Zeuge gewesen, wie er zu Jeremy sagte: »Wenn ich sterbe, wirst du reich sein.« Und Lynns Mutter hatte er geraten: »Bleib in eurem Haus. Es ist dein Heim. Wegen Lynn mach dir keine Gedanken. Ich übernehme die Verantwortung für sie, das weißt du. Es wäre mir schrecklich, würdest du aus Sparsamkeitsgründen umziehen. Schick die Rechnungen für alle Reparaturen mir.« Rowley hatte er zum Kauf der Farm ermutigt; Antony, Jeremys Sohn, war nur auf Gordons Drängen hin seinem heimlichen Wunsch gefolgt, die militärische Laufbahn einzuschlagen. Der wohlhabende Onkel hatte ihm allmonatlich ein reichliches Taschengeld zukommen lassen. Und Lionel Cloade war durch seinen Bruder veranlaßt worden, einen Großteil seiner Zeit wissenschaftlichen Forschungen, die kaum etwas einbrachten, zu widmen und seine Praxis dementsprechend zu vernachlässigen.

Lynns Gedankengang wurde wieder durch ihre Mutter unterbrochen. Mit zitternden Lippen wies Mrs. Marchmont auf ein Bündel Rechnungen.

»Schau dir das an«, klagte sie. »Was soll ich nur machen? Wie um Himmels willen soll ich diese Rechnungen jemals bezahlen? Von der Bank habe ich heute morgen einen Brief bekommen, mein Konto sei überzogen. Ich verstehe das gar nicht. Ich bin doch so sparsam. Wahrscheinlich bringen meine Anlagen kaum mehr etwas. Und dann sind da natürlich diese schrecklichen Steuern und außerordentlichen Abgaben – Kriegsschädensteuer und so weiter. Man muß zahlen, ob man will oder nicht.«

Lynn überflog die Rechnungen. Es befand sich wirklich

keine unnötige Ausgabe darunter. Dachziegel, Installation des längst benötigten neuen Küchenboilers, eine Reparatur der Wasserleitung – alles zusammen ergab einen beträchtlichen Betrag.

»Wir müßten natürlich hier ausziehen«, erklärte Mrs. Marchmont mit wehleidiger Stimme. »Aber wo sollen wir hin? Es gibt einfach kein kleines Haus, das in Frage käme. Ach, es ist mir wirklich schrecklich, daß ich dich mit diesen Dingen behelligen muß, Lynn, wo du kaum heimgekommen bist, aber ich weiß mir keinen Rat. Ich weiß mir beim besten Willen keinen Rat.«

Lynn musterte ihre Mutter. Mrs. Marchmont war nun über sechzig und ihr Leben lang nicht besonders widerstandsfähig gewesen. Während des Krieges hatte sie Evakuierte aus London bei sich aufgenommen, hatte für sie gekocht und sich um sie gekümmert, überdies bei der Schulfürsorge mit angepackt, Marmelade für die Wohlfahrtsempfänger gekocht und an die vierzehn Stunden am Tag gearbeitet, sehr im Gegensatz zu ihrem sorglosen, bequemen Leben vor dem Krieg. Lynn sah ihr an, daß sie nun am Ende ihrer Kraft und einem völligen Zusammenbruch nahe war.

Der Anblick der überarbeiteten, müden Frau ließ ein Gefühl der Erbitterung in ihr aufsteigen. Sie sagte langsam:

»Könnte diese Rosaleen uns denn nicht helfen?«

»Wir haben kein Recht, etwas zu beanspruchen«, erwiderte Mrs. Marchmont errötend.

»Doch«, entgegnete Lynn hart. »Ein moralisches Recht. Onkel Gordon hat uns immer geholfen.«

»Von jemandem Hilfe zu erbitten, den man nicht besonders mag, ist nicht sehr anständig«, entgegnete Mrs. Marchmont. »Und dieser Bruder – Rosaleens Bruder, meine ich – würde ihr niemals gestatten, auch nur einen Penny zu verschenken.«

Und dann siegte echt weiblicher Argwohn über alles andere, und sie fügte anzüglich hinzu:

»Wenn er überhaupt ihr Bruder ist.«

3

Frances Cloade musterte über den Tisch hinweg nachdenklich ihren Gatten.

Sie war achtundvierzig Jahre alt und eine jener Frauen, die am besten in sportlicher Kleidung aussehen. Ihr Gesicht war noch immer schön, wenn auch von einer arroganten und ein wenig verwitterten Schönheit, wozu noch beitrug, daß sie auf jedes Make-up verzichtete und nur einen – nachlässig aufgetragenen – Lippenstift benutzte. Jeremy Cloade war bereits dreiundsechzig, ein grauhaariger Mann mit einem stumpfen, ausdruckslosen Gesicht.

Heute sah er noch unbeteiligter drein als sonst. Seine Frau stellte dies mit einem verstohlenen Blick fest.

Ein fünfzehnjähriges Mädchen bediente bei Tisch. Es hantierte ungeschickt mit Schüsseln und Tellern, die Augen stets ängstlich auf Mrs. Cloade gerichtet. Runzelte ihre Herrin die Stirn, ließ Edna beinahe die Schüssel fallen, nickte Frances ihr jedoch anerkennend zu, strahlte das junge Ding übers ganze Gesicht.

Die Bewohner von Warmsley Vale waren sich bewußt, daß, wenn es überhaupt jemandem in diesen Zeiten gelang, Dienstboten zu bekommen, dies Frances Cloade war. Sie hatte eine besondere Art, mit dem Personal umzugehen. Ihr Mißfallen wie ihre Anerkennung waren gleich persönlich und interessiert, und sie schätzte eine gute Köchin mit der gleichen Selbstverständlichkeit, mit der sie einer guten Pianistin Anerkennung zollte.

Frances Cloade war die einzige Tochter Lord Edward Trentons, der seine Rennpferde in der Nähe von Warmsley Vale trainiert hatte. In eingeweihten Kreisen wurde Lord Edwards schließlicher Bankrott als ein glücklicher Ausgang von Ereignissen beurteilt, die leicht anders hätten enden können. Man hatte von Pferden getuschelt, die nicht so ins Rennen geschickt worden waren, wie dies die Vorschriften erheischten, und auch von Einvernahmen der Kellner des Jockey Clubs war eine Zeitlang die Rede gewesen, doch gelang es

27

Lord Edward, aus der etwas undurchsichtigen Affäre mit nur leicht lädiertem Ruf hervorzugehen und mit seinen Gläubigern eine Vereinbarung zu treffen, die es ihm nun gestattete, im schönen Südfrankreich ein beschauliches Leben zu führen. Und daß er so glimpflich davongekommen war, hatte er nicht zuletzt der Schlauheit und dem entschlossenen Vorgehen seines Anwalts Jeremy Cloade zu verdanken.

Jeremy Cloade hatte sich ganz besonders für diesen Klienten ins Zeug gelegt. Er hatte sogar persönliche Garantien übernommen und während der schwierigen Verhandlungen kein Hehl aus seiner Bewunderung für Frances Trenton gemacht. Als dann die Affäre zum glimpflichen Abschluß kam, wurde nach kurzer Zeit aus Frances Trenton Mrs. Jeremy Cloade.

Was Frances Trenton selbst von dieser Entwicklung hielt, erfuhr nie jemand. Sie erfüllte ihren Teil des Abkommens über jeden Tadel erhaben. Sie war Jeremy eine tüchtige und loyale Frau, seinem Sohn eine besorgte Mutter und gab sich Mühe, ihrem Mann in jeder Beziehung bei seinem Fortkommen behilflich zu sein. Nie verriet sie durch eine Handlung oder auch nur durch ein Wort, ob ihr Entschluß, Jeremy Cloade zu heiraten, freiem Willen oder dem Gefühl der Verpflichtung, für die Rettung ihres Vaters zu danken, entsprungen war.

Zum Dank für diese tadellose Haltung hegte die gesamte Familie Cloade ungeschmälerte Bewunderung für Frances. Man war stolz auf Frances, man unterwarf sich ihrem Urteil, aber man fühlte sich nie auf völlig vertrautem Fuß mit ihr.

Wie Jeremy Cloade über seine Heirat dachte, erfuhr man ebenfalls nicht, da überhaupt nie jemand Einblick in Jeremys Gedanken oder Empfindungen gewann. Sein Ruf als Mensch und als Anwalt war ausgezeichnet. Die Firma Cloade, Brunskill & Cloade war über jeden Zweifel erhaben. Die Geschäfte gingen gut, und die Cloades lebten in einem sehr hübschen Hause in der Nähe des Marktplatzes. Die Birnbäume in dem großen ummauerten Garten boten im Frühling den Anblick eines weißen Blütenmeers.

Das Ehepaar begab sich nach Tisch in ein Zimmer, welches, an der Rückfront des Hauses gelegen, auf den Garten hinausging, und dorthin brachte Edna, das fünfzehnjährige Dienstmädchen, den Kaffee.

Frances schenkte ein. Der Kaffee war stark und heiß.

»Ausgezeichnet, Edna«, lobte sie.

Und Edna, vor Freude über die Anerkennung über und über rot werdend, verließ das Zimmer und wunderte sich, wie jemand schwarzen Kaffee ausgezeichnet finden konnte. Sollte Kaffee gut schmecken, mußte er ihrer Meinung nach sehr hell sein, viel Zucker und vor allem sehr viel Milch enthalten.

Frances lehnte sich in ihrem Stuhl zurück und warf ihrem Gatten einen prüfenden Blick zu. Jeremy war sich des Blickes bewußt und strich sich mit einer für ihn charakteristischen Geste mit der Hand über die Oberlippe. Doch Frances schaltete eine Pause des Nachdenkens ein, bevor sie zu sprechen begann. Ihre Ehe mit Jeremy war glücklich verlaufen, doch wirklich nahe waren sie sich nie gekommen, zumindest nicht, soweit es unter Eheleuten eigene vertrauliche Gespräche betraf. Sie hatte Jeremys Zurückhaltung stets respektiert, und ebenso hatte er es gehalten. Selbst als das Telegramm mit der Mitteilung von Antonys Tod im Felde kam, war keiner von ihnen zusammengebrochen.

Jeremy hatte das Telegramm geöffnet und dann zu Frances aufgeschaut, und sie hatte nur gefragt: »Ist es –?«

Er hatte den Kopf gesenkt und das zusammengefaltete Stück Papier in ihre ausgestreckte Hand gelegt.

Nach einer Weile schweigenden Beisammenstehens sagte Jeremy nur: »Ich wünschte, ich könnte dir helfen, meine Liebe.« Und sie antwortete mit fester, tränenloser Stimme: »Es ist für dich ebenso schlimm.«

»Ja«, hatte er erwidert, »ja.« Und mit steifen Schritten, plötzlich gealtert, zur Türe gehend, fügte er müde hinzu: »Was ist da zu sagen . . . was ist da zu sagen . . .«

Ein überströmendes Gefühl der Dankbarkeit war in ihr aufgestiegen. Dankbarkeit für sein wortkarges Verständnis und Mitleid mit ihm, der ohne Übergang zum alten Mann geworden schien, hatte ihr Herz erfüllt. Mit ihr selbst war nach dem Tod ihres Sohnes eine Veränderung vor sich gegangen. Ihre im allgemeinen freundliche Art erstarb gleichsam, ein Panzer schloß sich um ihre Empfindungen, und es war, als verstärke sich der energische Zug in ihrem Wesen. Sie wurde noch tüchtiger und sachlicher – die Leute erschraken jetzt manchmal vor ihrer etwas barschen Art.

Zögernd strich Jeremy Cloade mit dem Finger über die Lippen, und schon klang es durch den Raum:

»Was gibt's, Jeremy.«

»Wie meinst du?« Jeremy schrak zusammen.

»Was es gibt, habe ich gefragt«, wiederholte seine Frau ungeduldig.

»Was soll es geben, Frances?«

»Mir wäre es lieber, du würdest mir's erzählen, anstatt mich raten zu lassen«, kam umgehend die Antwort.

»Nichts, Frances, es gibt nichts«, erklärte Jeremy wenig überzeugend.

Frances ersparte sich die Antwort auf ihres Mannes letzte Bemerkung. Sie schob sie als nicht zur Kenntnis genommen beiseite und schaute Jeremy eindringlich an. Er erwiderte ihren Blick unsicher.

Und für den Bruchteil einer Sekunde verflog die Stumpfheit in seinen Augen und machte einem erschreckenden Ausdruck abgrundtiefer Verzweiflung Platz. Es dauerte nur den Bruchteil einer Sekunde, aber Frances gab sich keiner Täuschung hin.

»Sag mir lieber, was dich bedrückt«, forderte sie ihren Mann auf, und ihre Stimme klang ruhig und sachlich wie immer, obwohl der plötzliche Wechsel in seinem Ausdruck eben ihr beinahe einen Schrei entlockt hätte.

Jeremy stieß einen tiefen Seufzer aus.

»Du mußt es schließlich doch erfahren, früher oder später«, meinte er.

Und er fügte – zu Frances' Erstaunen – hinzu:

»Ich fürchte, du hast mit mir ein schlechtes Geschäft gemacht.«

Frances fragte ohne lange Umschweife:

»Was ist los? Geld?«

Sie wußte selbst nicht, wieso ihr als erstes diese Möglichkeit in den Sinn kam. Es lagen keinerlei Anzeichen finanzieller Schwierigkeiten vor. In der Kanzlei gab es mehr Arbeit, als der kleine Mitarbeiterstab bewältigen konnte. Doch Mangel an Arbeitskräften herrschte überall, und einige Angestellte aus Jeremys Büro waren sogar kürzlich aus der Armee entlassen worden und in ihre alten Stellungen zurückgekehrt. Eher wäre zu vermuten gewesen, es sei eine heimliche Krankheit, die Jeremy bedrückte. Er sah seit einigen Wochen schlecht aus, und die frische Farbe war aus seinen Wangen gewichen. Aber Frances ließ sich von ihrem Instinkt leiten, der auf finanzielle Sorgen tippte, und allem Anschein nach hatte sie den Nagel auf den Kopf getroffen.

Jeremy nickte.

»Aha.«

Frances blieb einen Augenblick stumm. Sie dachte nach. Ihr selbst lag wenig an Geld, aber das zu begreifen war Jeremy nicht möglich. Für ihn bedeutete Geld das Vorhandensein einer um ihn festgefügten Welt mit Sicherheit und Zufluchtsmöglichkeiten, mit einem festen, angestammten Platz von eherner Unverrückbarkeit.

Für Frances hingegen bedeutete Geld etwas, womit man spielte, das einem in den Schoß fiel, um sich damit zu vergnügen. Sie war in einer Umgebung finanzieller Unsicherheit aufgewachsen. Hatten die Rennpferde die in sie gesetzten Erwartungen erfüllt, war alles in Hülle und Fülle vorhanden; dann wieder gab es Zeiten, wo die Händler sich weigerten, weiter auf Kredit zu liefern, und Lord Edward alle möglichen Tricks anwenden mußte, um die Geldeintreiber von der Schwelle zu verscheuchen. Hatte man kein Geld, dann borgte man sich eben bei Bekannten was oder lebte ein Weilchen bei Verwandten oder verzog sich nach Europa.

Doch ein Blick auf ihres Gatten Gesicht belehrte Frances, daß es in der Welt Jeremys keinen dieser Auswege gab. Dort lebte man nicht auf Pump oder nistete sich ein Weilchen bei guten Freunden ein. Umgekehrt erwartete man auch nicht,

31

um Geld angegangen zu werden oder Bekannte, die sich gerade in Nöten befanden, bei sich aufnehmen zu müssen.

Frances hatte Mitleid mit Jeremy und konnte ein Gefühl der Schuld nicht ganz unterdrücken, weil ihr das alles überhaupt nicht naheging. Sie rettete sich ins Praktische.

»Müssen wir alles hier verkaufen? Ist die Firma am Ende?«

Jeremy Cloade zuckte zusammen, und zu spät kam es Frances zu Bewußtsein, daß sie schonungslos gesprochen hatte.

»Laß mich nicht länger im dunklen tappen, Jeremy«, sagte sie etwas weicher. »Schenk mir reinen Wein ein.«

Jeremy nahm sich zusammen.

»Du weißt, daß vor zwei Jahren die Affäre mit dem jungen Williams uns ziemlich zu schaffen machte«, hub er weitschweifig an. »Dann kam die veränderte Situation im Fernen Osten dazu. Es war nicht so einfach, nach Singapore –«

»Ach, Jeremy«, unterbrach sie ihn. »Spar dir die Erklärungen, warum und wieso es so ist, das ist doch nicht wichtig. Du bist in eine Sackgasse geraten und kannst dich nicht daraus befreien, ja?«

»Ich habe mich auf Gordon verlassen. Gordon hätte alles in Ordnung gebracht.«

Frances konnte einen leisen Seufzer der Ungeduld nicht unterdrücken.

»Nichts liegt mir ferner, als Gordon einen Vorwurf daraus machen zu wollen, daß er sich in eine hübsche junge Frau verliebt hat. Das ist schließlich nur menschlich. Und warum hätte er nicht noch mal heiraten sollen? Aber daß er bei dem Luftangriff umkam, bevor er noch ein Testament machen oder überhaupt nach dem Rechten sehen konnte, das ist ein schlimmer Schlag. Abgesehen von dem Verlust, den Gordons Tod für mich bedeutet«, fuhr Jeremy fort, »ist die Katastrophe ausgerechnet in einem Augenblick über mich hereingebrochen –« Er sprach nicht weiter.

»Sind wir bankrott?« erkundigte sich Frances unerschüttert.

Jeremy betrachtete seine Frau mit einem an Verzweiflung grenzenden Blick. So unbegreiflich Frances dies auch gewesen wäre, hätte Jeremy Cloade es doch viel besser verstanden, einer in Tränen aufgelösten Frau Rede und Antwort zu stehen als der sachlichen Frances.

»Bankrott? Es ist schlimmer als das«, erklärte er heiser.

Er beobachtete sie, wie sie stumm diese Erklärung aufnahm. Es nützte nichts. Gleich würde er es ihr sagen müssen. Gleich würde sie erkennen, was für ein Mensch er war. Wer weiß, vielleicht glaubte sie es ihm nicht einmal.

Frances Cloade richtete sich in ihrem Lehnstuhl auf.

»Ach so. Ich verstehe. Eine Veruntreuung, ja? Eine Unterschlagung? So etwas Ähnliches, wie es damals der junge Williams angestellt hat?«

»Ja, aber diesmal bin ich der Verantwortliche. Ich habe Gelder, die uns anvertraut waren, für eigene Zwecke benutzt. Bis jetzt ist es mir gelungen, alles zu vertuschen, aber –«

»Aber jetzt kommt es heraus?« forschte Frances interessiert.

»Wenn ich nicht schnell Geld auftreiben kann, ja.«

Schlimmer als alles war die Scham. Wie würde sie dieses Geständnis aufnehmen?

Frances saß, die Wange auf die Hand gestützt, da und dachte mit gerunzelter Stirn nach.

»Zu dumm, daß ich kein eigenes Geld besitze«, sagte sie endlich.

»Du hast natürlich deine Mitgift«, bemerkte Jeremy steif, doch Frances unterbrach ihn geistesabwesend:

»Aber die wird auch weg sein, nehme ich an.«

Es fiel Jeremy schwer weiterzusprechen.

»Es tut mir leid, Frances. Es tut mir sehr leid, mehr als ich dir sagen kann. Du hast ein schlechtes Geschäft gemacht.«

Sie blickte auf.

»Was meinst du damit? Das hast du vorhin schon behauptet.«

»Als du dich einverstanden erklärtest, mich zu heiraten«, erwiderte Jeremy würdevoll, »konntest du mit Recht annehmen, daß ich dir ein Leben ohne Peinlichkeiten, ein Leben ohne Sorgen und Demütigungen bereiten würde.«

Frances betrachtete ihren Mann mit äußerstem Erstaunen.

»Ja, aber Jeremy, was um Himmels willen glaubst du, hat mich veranlaßt, dich zu heiraten?«

33

Er lächelte überlegen.

»Du warst stets eine gute Frau, Frances, und du hast stets zu mir gehalten. Aber ich kann mir kaum schmeicheln, daß du mich auch unter – hm – andersgearteten Umständen zum Mann gewählt hättest.«

Frances starrte ihren Mann verdutzt an und brach dann in Lachen aus.

»Ach, du dummer Kerl, du! Was für romantische Gedanken du hinter deiner trockenen Juristenstirn verbirgst! Hast du wirklich geglaubt, ich hätte dich quasi zum Dank dafür, daß du Vater vor den Wölfen gerettet hast, geheiratet?«

»Du hast sehr an deinem Vater gehangen, Frances.«

»Ich vergötterte ihn. Er war der lustigste Kamerad, den man sich wünschen kann, und er sah fabelhaft aus. Aber deswegen habe ich mich doch nie Illusionen über ihn hingegeben. Und wenn du glaubst, ich hätte dich als Vaters Anwalt nur geheiratet, um ihn vor dem zu bewahren, was ihm unweigerlich früher oder später widerfahren mußte, dann kennst du mich nicht. Dann hast du mich überhaupt nie gekannt.«

Sie sah ihren Mann verblüfft an. Wirklich sonderbar, daß man über zwanzig Jahre mit einem Mann verheiratet sein konnte, ohne die leiseste Ahnung zu haben, was eigentlich in ihm vorging.

»Ich habe dich geheiratet, weil ich dich liebte«, stellte sie sachlich fest.

»Du liebtest mich? Aber was kann dir an mir gefallen haben?«

»Ach, was für eine Frage, Jeremy! Ich weiß es selbst nicht. Vielleicht weil du so anders warst als die Leute, die um meinen Vater herum waren. Und vielleicht auch, weil du nie über Pferde gesprochen hast. Du kannst dir gar nicht vorstellen, wie satt ich es hatte, über nichts anderes als Pferde und Rennen reden zu hören. Ich erinnere mich, wie du eines Abends zum Essen kamst und ich dich fragte, ob du mir erklären könntest, was Bimetallismus sei. Und du konntest es wirklich. Es dauerte zwar das ganze Essen lang – wir hatten damals gerade Geld und konnten uns einen fabelhaften französischen Koch leisten –«

»Ich muß dir schrecklich auf die Nerven gegangen sein.«
»Im Gegenteil! Ich war fasziniert. Kein Mensch hatte mich jemals zuvor so ernst genommen. Andrerseits schien ich überhaupt keinen Eindruck auf dich zu machen, und das reizte mich. Ich setzte mir in den Kopf, dich dazu zu bringen, mich zu beachten.«
»Ich beachtete dich mehr als genug«, versetzte Jeremy. »Du hattest ein blaues Kleid mit einem Kornblumenmuster an. Ich schlief damals die ganze Nacht nicht und dachte nur immer an dich in deinem blauen Kleid.«
Er räusperte sich.
»Ja . . . das liegt alles so lange zurück.«
Sie half ihm geistesgegenwärtig, die aufkommende Verlegenheit zu überwinden.
»Und heute sitzen wir hier, ein Ehepaar mittleren Alters, das sich in Schwierigkeiten befindet und nach einer Lösung sucht.«
»Nach dem, was du mir jetzt gesagt hast, Frances, ist alles noch hundertmal schlimmer . . . die Schande . . .«
»Aber Jeremy! Streuen wir uns doch keinen Sand in die Augen. Du hast etwas getan, was mit dem Gesetz in Konflikt steht, stimmt. Möglich, daß man Anklage erhebt und dich zu Gefängnis verurteilt.« Jeremy zuckte unwillkürlich zusammen. »Aber Grund zu moralischer Entrüstung haben wir trotzdem nicht. Wir sind keine so schrecklich moralische Familie. Vater war ein charmanter Mann, das steht außer Frage, aber im Grunde doch ein kleiner Hochstapler. Na, und mein Vetter Charles, den man schleunigst in die Kolonien verfrachtete, als ein Prozeß drohte, oder mein anderer Vetter Gerald, der in Oxford einen Scheck fälschte und trotzdem später das Viktoriakreuz bekam für besondere Tapferkeit vor dem Feind – nein, Jeremy, kein Mensch ist nur gut oder nur schlecht. Daß ich selbst eine weiße Weste habe, liegt vielleicht nur daran, daß ich nie in Versuchung geraten bin. Aber eines steht fest: Ich habe Mut, Jeremy, und lasse mich nicht so leicht zur Verzweiflung bringen.«

Sie lächelte ihm zu, und er stand auf, kam steif auf sie zu und drückte ihr einen Kuß aufs Haar.

»Jetzt laß uns einmal vernünftig miteinander reden. Was können wir tun?« fuhr Frances nach kurzem Überlegen fort.

»Irgendwo Geld auftreiben?«

Jeremys Gesicht verfinsterte sich.

»Ich wüßte nicht wo.«

»Es wird uns nichts anderes übrigbleiben, als von jemandem zu borgen. Und da kommt wohl nur Rosaleen in Frage.«

Er schüttelte den Kopf.

»Es handelt sich um eine größere Summe, und Rosaleen hat nicht das Recht, das Kapital anzugreifen. Sie hat nur die Nutznießung, solange sie lebt.«

»Ach so, das wußte ich nicht. Und was geschieht, wenn sie stirbt?«

»Dann bekommen Gordons Erben das Geld, das heißt, es wird zwischen uns, Lionel, Adela und Maurices Sohn Rowley geteilt.«

Etwas Unausgesprochenes lag in der Luft; der Schatten eines Gedankens schien sowohl Jeremy wie Frances zu streifen.

»Das Schlimmste ist, daß wir es weniger mit ihr zu tun haben als mit ihrem Bruder. Sie steht völlig unter seinem Einfluß«, bemerkte Frances nach kurzer Pause.

»Ein wenig anziehender Bursche«, sagte Jeremy.

Ein unvermitteltes Lächeln überflog Frances' Gesicht. »Im Gegenteil, er ist sogar sehr anziehend. Auffallend anziehend, und – wie mir scheint – ein bedingungsloser Draufgänger. Aber das bin ich im Grunde auch.«

Ihr Lächeln fror gleichsam ein.

»Wir geben uns nicht geschlagen, Jeremy. Es muß einen Ausweg geben. Ich werde ihn finden, und wenn mir nichts anderes übrigbleibt, als das Geld aus einer Bank zu stehlen.«

4

»Geld!« sagte Lynn.

Rowley Cloade nickte bedächtig. Er war ein kräftig gebauter junger Mann mit gesunder, von der Landluft gebräunter Haut, nachdenklichen blauen Augen und sehr hellem Haar. Das Gemessene in seiner Sprechweise und seinem Gehaben schien eher einer angenommenen Gewohnheit als natürlicher Veranlagung zu entsprechen. Wie manche Leute sich durch Schlagfertigkeit hervortun, fiel Rowley durch seine bedachtsame Art auf.

»Ja, heutzutage scheint sich wirklich alles nur noch um Geld zu drehen«, erwiderte er.

»Aber ich habe immer gedacht, während des Krieges sei es den Farmern ausgezeichnet gegangen«, versetzte Lynn.

»Stimmt. Aber das nützt auf die Dauer nichts. In einem Jahr stehen wir wieder da, wo wir angefangen haben. Die Löhne werden gestiegen sein, es wird Arbeitskräftemangel herrschen, und niemand wird wissen, was er eigentlich will. Wenn man eine Farm nicht in großem Stil betreiben kann, steht das Risiko in keinem Verhältnis zum Erfolg. Das wußte Gordon, und deshalb war er bereit, mir zu einem richtigen Start zu verhelfen.«

»Und jetzt . . .«, sagte Lynn vage.

»Jetzt fährt Mrs. Gordon nach London und gibt ein paar Tausender für einen hübschen Nerzmantel aus.«

»Es ist eine Gemeinheit.«

»O nein, Lynn.« Rowley lächelte. »Ich hätte nichts dagegen, könnte ich dir einen Nerzmantel kaufen.«

»Wie ist sie eigentlich, Rowley?«

»Du wirst sie heute abend ja mit eigenen Augen sehen. Onkel Lionel und Tante Kathie haben sie eingeladen.«

»Ich weiß, aber ich möchte hören, was du von ihr hältst. Mama behauptet, sie sei geistig zurückgeblieben.«

Rowley überlegte sich seine Antwort gründlich, bevor er erwiderte:

»Ihr Intellekt ist sicher nicht ihre stärkste Seite, aber geistig

37

zurückgeblieben ist sie auch nicht. Sie wirkt nur manchmal so einfältig, weil sie ständig auf der Hut ist.«

»Auf der Hut? Wovor?«

»Ach, vor allem. Davor, sich durch ihren Akzent lächerlich zu machen, davor, bei Tisch das falsche Messer zu nehmen, davor, sich in einem Gespräch zu blamieren.«

»Ist sie wirklich völlig ungebildet?«

Rowley schmunzelte.

»Der Prototyp einer Dame ist sie bestimmt nicht, wenn du das damit sagen willst. Sie hat hübsche Augen, sehr schöne Haut und ist – sehr schlicht. Ich denke mir, daß gerade ihre Einfachheit Gordon den Kopf verdreht hat. Ob sie sich diese Schlichtheit nur zugelegt hat, weiß man natürlich nicht. Aber ich glaube nicht. Man kann es nicht recht beurteilen. Sie steht im allgemeinen nur da und läßt sich von David dirigieren.«

»David?«

»Ja, das ist ihr Bruder. Er ist bedeutend weniger unverfälscht als sie. Ich traue ihm jede Gerissenheit zu, die man sich denken kann. Uns liebt er nicht besonders.«

»Das kann man ihm nicht übelnehmen«, entfuhr es Lynn, und als Rowley sie erstaunt ansah, fügte sie hinzu: »Ihr könnt ihn doch auch nicht leiden.«

»Ich bestimmt nicht, und dir wird es nicht anders gehen. Er gehört nicht zu den Leuten, die uns liegen.«

»Wie willst du wissen, wer mir liegt und wer nicht, Rowley? Mein Horizont hat sich in den letzten Jahren erweitert.«

»Du hast mehr von der Welt zu sehen bekommen als ich, das ist wahr.«

Rowleys Stimme klang ruhig, aber Lynn sah trotzdem prüfend zu ihm hinüber. Die Bemerkung war nicht so bedeutungslos gewesen, wie sie sich angehört hatte. Lynn spürte den Unterton. Doch Rowley wich ihrem prüfenden Blick nicht aus. Es war nie einfach gewesen, die Gedanken hinter Rowleys glatter Stirn zu lesen, dachte Lynn. Was für eine verrückte Welt das doch war. In früheren Zeiten pflegten die Männer in den Krieg zu ziehen und die Frauen daheimzubleiben.

Von den beiden jungen Männern, die die Farm bewirtschafteten, Rowley und Johnnie, hatte notgedrungen einer daheimbleiben müssen. Sie hatten gelost, und Johnnie hatte das Los getroffen. Kurz nachdem er ausgezogen war, fiel er. In Norwegen. Und Rowley war auf der Farm geblieben und während all der Kriegsjahre höchstens eine Meile weit gekommen. Sie, Lynn, hingegen hatte Ägypten, Sizilien und Nordafrika gesehen und mehr als eine gefährliche Situation durchgestanden.

Ob Rowley wohl mit dem Schicksal haderte, das sie beide auf solcherart verdrehte Posten gestellt hatte? Sie stieß ein nervöses kurzes Lachen aus.

»Ist es dir sehr schwergefallen, Rowley, daß Johnnie . . . ich meine, daß er –«

»Laß Johnnie aus dem Spiel«, unterbrach Rowley sie barsch. »Der Krieg ist vorbei. Ich habe Glück gehabt.«

»Du meinst, du hast Glück gehabt, daß du nicht zu gehen brauchtest?«

»Ist das kein Glück?« Seine Stimme klang ruhig wie immer, und doch war der schneidende Unterton nicht zu überhören. »Für euch Mädchen, die ihr aus dem Krieg kommt, wird es schwer sein, sich wieder an die heimatliche Scholle zu gewöhnen.«

»Ach, red doch keinen Unsinn, Rowley.«

Sie reagierte unerklärlich gereizt. Warum? Vielleicht, weil ein Körnchen Wahrheit in Rowleys Bemerkung steckte?

»Findest du denn, daß ich mich verändert habe?« fragte sie, schon nicht mehr so selbstsicher.

»Nicht gerade verändert . . .«

»Vielleicht bist du anderen Sinnes geworden.«

»Ich bin, wie ich war. Auf der Farm hat sich nicht das geringste verändert.«

»Um so besser«, entgegnete Lynn, der Spannung, die plötzlich zwischen ihnen bestand, gewahr werdend. »Dann laß uns bald heiraten. Wann es dir paßt.«

»Ich denke im Juni irgendwann, ja?«

»Ja.«

Sie verfielen in Schweigen. So war es also abgemacht. Lynn kämpfte vergebens gegen ein Gefühl der Unlust an. Rowley war Rowley, wie er immer gewesen. Freundlich, nicht aus der Ruhe zu bringen und von peinlicher Genauigkeit in allem.

Sie liebten einander, hatten sich immer geliebt. Von Gefühlen war nie viel die Rede gewesen zwischen ihnen. Wozu jetzt davon anfangen?

Sie würden im Juni heiraten und dann in Long Willows leben. Ein hübscher Name für eine Farm, das hatte sie schon immer gefunden. Sie würde in Long Willows leben, und sie würde nicht mehr weggehen von dort. Weggehen in dem Sinne, wie sie es jetzt seit dem Krieg verstand. Brummende Flugzeugmotoren, rasselnde Ankerketten, an Deck stehen und hinüberschauen zum Land, das langsam aus ungewissen Schatten feste Formen annahm; Leben und Treiben fremder Städte und Länder, fremde Sprachen, fremde Sitten, Packen und Auspacken, prickelnde Ungewißheit, was als nächstes kam – alles vorbei.

Das lag hinter ihr. Der Krieg war aus. Lynn Marchmont war heimgekehrt – aber es war nicht die gleiche Lynn, die vor drei Jahren ausgezogen war. Mit unvermittelter Klarheit wurde sie sich dessen bewußt.

Sie schrak aus ihren Gedanken auf und schaute zu Rowley hinüber. Rowley beobachtete sie.

5

Tante Kathies Gesellschaften verliefen stets gleich. Die etwas atemlose, sprunghafte Art der Gastgeberin übertrug sich auf die Gäste und erfüllte die Atmosphäre mit Unruhe. Dr. Cloade gab sich die äußerste Mühe, von der allgemeinen Nervosität nicht angesteckt zu werden, und war betont höflich zu seinen Gästen, aber es entging niemandem, welche Anstrengung dies für ihn bedeutete.

Rein äußerlich war Lionel Cloade seinem Bruder Jeremy nicht

ganz unähnlich, doch fehlte ihm des Rechtsanwalts Ausgeglichenheit. Lionel war kurz angebunden und sehr ungeduldig; seine brüske, leicht gereizte Art hatte schon manchen seiner Patienten vor den Kopf gestoßen und für die außerordentliche Tüchtigkeit und die unter der Schroffheit verborgene Gutmütigkeit des Arztes blind gemacht. Dr. Cloades eigentliches Terrain war die Forschungsarbeit und sein Lieblingsgebiet der Gebrauch medizinischer Kräuter im Laufe der Jahrhunderte.

Während Lynn und Rowley die Frau ihres Onkels Jeremy stets »Frances« nannten, wurde Onkel Lionels Gattin von ihnen nie anders als »*Tante Kathie*« gerufen.

Die heutige Gesellschaft, veranstaltet zu Ehren von Lynns Heimkehr, war eine reine Familienfeier.

Tante Kathie begrüßte ihre Nichte sehr herzlich.

»Hübsch siehst du aus, Lynn, so braungebrannt! Die Farbe hast du dir sicher in Ägypten geholt. Hast du das Buch über die Geheimnisse der Pyramiden gelesen, das ich dir geschickt habe? Sehr interessant! Es erklärt alles, findest du nicht? Alles!«

Zum Glück wurde Lynn durch den Eintritt Mrs. Gordon Cloades und ihres Bruders einer Antwort auf Tante Kathies überschwengliche Frage enthoben.

»Das ist meine Nichte Lynn Marchmont, Rosaleen.«

Lynn betrachtete Gordon Cloades Witwe mit höflich versteckter Neugier.

Diese Rosaleen, die Gordon Cloade nur seinem vielen Geld zuliebe geheiratet hatte, war hübsch. Das ließ sich nicht leugnen. Und was Rowley behauptet hatte, nämlich, daß etwas Unschuldiges von ihr ausging, stimmte. Das schwarze Haar fiel in lockeren Wellen, die irischen blauen Augen, halboffene Lippen – unbedingt reizvoll.

Der Rest war Aufmachung. Kostspielige Aufmachung. Ein teures Kleid, darüber ein elegantes Pelzcape, Schmuck, gepflegte Hände. Eine gute Figur, unbestreitbar; aber – ging es Lynn durch den Kopf – sie versteht es nicht, die teuren Sachen richtig zu tragen.

»Es freut mich«, sagte Rosaleen Cloade, drehte sich dann zögernd zu ihrem Bruder um und fuhr fort: »Das . . . das ist mein Bruder.«

»Freut mich«, sagte David Hunter.

Er war ein magerer junger Mensch mit dunklen Haaren und dunklen Augen. Er wirkte nicht sehr glücklich und machte einen eher trotzigen und leicht anmaßenden Eindruck.

Lynn begriff sofort, warum die gesamte Familie Cloade diesen David Hunter nicht leiden konnte. Sie hatte diesen Typ junger Männer in den letzten Jahren manchmal getroffen. Draufgänger, nicht ganz ungefährlich, die weder Gott noch Teufel fürchteten; Männer, auf die man sich nicht verlassen konnte, die skrupellos ihre eigenen Gesetze schufen und sich um nichts scherten; Männer, die an der Front nicht mit Gold aufzuwiegen waren und im normalen Leben eine stete Gefahr bildeten.

»Wie gefällt es Ihnen in Furrowbank?« erkundigte sich Lynn höflich bei Rosaleen.

»Es ist ein herrliches Haus«, erwiderte Rosaleen.

David Hunter stieß ein spöttisches Lachen aus.

»Der gute Gordon hat sich's wohl sein lassen«, bemerkte er anzüglich. »Es scheint ihm nichts zu teuer gewesen zu sein.« Ohne es zu wissen, traf David damit den Nagel auf den Kopf. Als Gordon Cloade sich entschieden hatte, einen Teil seines geschäftigen Lebens in Warmsley Vale zu verbringen, hatte er sich ein Haus nach seinem Geschmack bauen lassen. Ein Heim, dem bereits der Stempel anderer Bewohner aufgedrückt war, hätte ihm nicht behagt. Nein, Gordon hatte einen jungen Architekten beauftragt, ihm ein Haus zu bauen, und er hatte dem Architekten freie Hand gelassen. Die meisten Einwohner von Warmsley Vale fanden den modernen weißen Bau mit den vielen eingebauten Möbeln, den Schiebetüren und gläsernen Tischen gräßlich. Nur um seine Badezimmer wurde Furrowbank allgemein und ausnahmslos beneidet.

»Sie waren beim Frauenhilfsdienst, ja?« erkundigte sich David.

»Ja.«

Seine Augen überflogen sie mit einem zugleich prüfenden und anerkennenden Blick, und Lynn spürte, wie ihr die Röte in die Wangen stieg.

Tante Kathie tauchte plötzlich neben ihnen auf. Sie hatte eine Art, unvermittelt in Erscheinung zu treten, als materialisierte sie sich aus dem Nichts. Möglich, daß sie diesen Trick bei einer ihrer zahlreichen spiritistischen Séancen gelernt hatte.

»Abendbrot ist fertig«, verkündete sie in ihrer kurzatmigen, hektischen Art und setzte erklärend hinzu. »Ich finde es klüger, von einem Abendbrot zu reden, als großartig zu sagen: ›Es ist angerichtet.‹ Das wirkt so hochtrabend und erweckt große Erwartungen. Dabei ist alles so schrecklich schwierig. Mary Lewis hat mir anvertraut, daß sie dem Fischverkäufer alle zwei Wochen zehn Shilling in die Hand drückt. Ich kann mir nicht helfen, ich finde das unmoralisch.«

Man begab sich in das abgenutzte, häßliche Speisezimmer; Jeremy und Frances, Lionel und Katherine, Adela, Lynn und Rowley. Eine gemütliche Zusammenkunft der Familie Cloade – mit zwei Außenseitern. Denn obwohl Rosaleen Cloade den gleichen Namen trug, war sie doch kein Mitglied der Familie geworden wie Frances oder Katherine.

Sie war eine Fremde, nervös, auf der Hut und fühlte sich offensichtlich unbehaglich in dieser Umgebung.

David war mehr als ein Außenseiter, er war fast ein Feind der Gesellschaft.

Eine bedrückende Spannung lag in der Luft. Unausgesprochen, unsichtbar war die Atmosphäre von etwas Bösem erfüllt. Was war es? Konnte es Haß sein?

Aber das habe ich seit meiner Rückkehr überall gefunden, auf Schritt und Tritt, dachte Lynn. Diese Spannung, diese innere Abwehr, dieses Mißtrauen dem anderen gegenüber. In der Straßenbahn, in der Eisenbahn, auf den Straßen, in den Büros, zwischen Angestellten, zwischen Arbeitern, zwischen willkürlich zusammengewürfelten Passagieren eines Autobusses war es zu spüren. Abwehr, Neid, Mißgunst. Aber hier kam noch etwas hinzu. Hier wirkte es bedrohlicher. Und erschrocken über ihre eigene Schlußfolgerung fragte Lynn sich in Gedanken: Hassen wir sie denn so sehr? Diese Fremden, die genommen haben, was wir stets als unser Eigentum betrachteten?

Nein! Sie wies sich selbst zurecht. Abwehr ist da, aber nicht Haß. Noch nicht. Sie aber, sie hassen uns.

Die Erkenntnis überwältigte sie dermaßen, daß sie stumm bei Tisch saß und kein Wort an David Hunter richtete, der ihr Nachbar war.

Seine Stimme klang nett, immer ein wenig, als mache er sich über das, was er sage, lustig. Lynn hatte ein schlechtes Gewissen. Womöglich dachte David, daß sie sich absichtlich ungezogen benahm.

»Entschuldigen Sie. Ich war geistesabwesend. Ich dachte eben über den Zustand der Welt nach.«

»Außerordentlich wenig originell«, erwiderte David kühl.

»Leider haben Sie recht. Jedermann bemüht sich heutzutage, ernst zu sein, und es scheint herzlich wenig Gutes dabei herauszukommen.«

»Im allgemeinen erweist es sich als bedeutend produktiver, sich um die Dinge zu kümmern, die Schaden anrichten, anstatt um solche, die die Welt verbessern. Wir haben die letzten Jahre dazu verwendet, einige wirksame Mechanismen oder Waffen, oder wie Sie es nennen wollen, zu erfinden, darunter unsere *pièce de résistance,* die Atombombe. Ein nicht zu verachtender Erfolg.«

»Darüber habe ich ja gerade nachgedacht. Ach, nicht über die Atombombe, aber über dieses Das-Schlechte-Wollen, dieses krampfhafte Bemühen, Böses anzurichten, Schaden zuzufügen.«

»Das hat es immer gegeben. Denken Sie ans Mittelalter und die Schwarze Magie. An den bösen Blick, an die Amulette, an das heimtückische Töten von des Nachbarn Vieh oder auch des Nachbarn selbst.« Er zuckte die Achseln. »Mit allem schlechten Willen der Welt, was können Sie schon gegen Rosaleen oder mich tun? Sie und Ihre Familie?«

Lynn richtete sich auf. Die Unterhaltung begann sie zu amüsieren.

»Der Tag ist schon ein bißchen zu weit vorgeschritten, um noch darauf einzugehen«, entgegnete sie lächelnd.

David Hunter lacht laut heraus. Auch er schien Gefallen an dem Gespräch zu finden.

»Sie meinen, wir haben unser Schäfchen im trockenen? Tja, für uns läuft's nicht schlecht.«

»Und es gefällt Ihnen großartig, wie?«

»Reich zu sein? Ich gestehe es ehrlich – jawohl.«

»Ich meinte nicht nur das Geld. Ich meinte, es gefällt Ihnen wohl großartig, sich uns gegenüber als der starke Mann aufspielen zu können.«

»Sie haben doch das Geld vom alten Gordon schon so gut wie in der eigenen Tasche gesehen, Sie alle«, stellte David amüsiert fest. »Wäre der lieben Familie nicht schlecht zupaß gekommen, das Vermögen vom lieben Onkel Gordon.«

»Schließlich hat Onkel Gordon uns immer in Sicherheit gewiegt und uns stets in Erinnerung gebracht, daß wir auf ihn zählen können. Er hat uns gelehrt, nicht zu sparen und uns keine Gedanken wegen der Zukunft zu machen; er hat uns ermutigt, alle möglichen Projekte in Angriff zu nehmen.«

Zum Beispiel Rowley mit seiner Farm, dachte Lynn, aber sie hütete sich, es auszusprechen.

»Nur eines hat er Sie nicht gelehrt«, bemerkte David lachend.

»Nämlich?«

»Daß man sich auf niemanden verlassen sollte und daß nichts in dieser Welt wirklich sicher ist.«

Lynn versank in Nachdenken. Nein, in der Welt David Hunters war nichts sicher. Da konnte man sich auf nichts verlassen. Aber bei ihnen? Bei den Cloades?

»Stehen wir nun auf Kriegsfuß miteinander?« drang Davids Stimme an ihr Ohr.

»Aber nein«, beeilte sie sich zu versichern.

»Nehmen Sie Rosaleen und mir unseren unehrenhaften Eintritt in die Welt des Reichtums noch immer übel?«

»Das allerdings«, gab Lynn lächelnd zu.

»Sehr gut. Und was gedenken Sie dagegen zu tun?«

»Ich werde mir Zauberwachs kaufen und mich in Schwarzer Magie üben.«

David lachte laut auf.

»Das traue ich Ihnen nicht zu. Sie gehören nicht zu denen, die mit altertümlichen Mitteln kämpfen. Sie gehen bestimmt mit hypermodernen und sehr wirksamen Waffen ans Werk. Aber gewinnen werden Sie nicht.«

»Wieso sind Sie so überzeugt davon, daß es zu einem Kampf zwischen uns kommen wird? Haben wir uns nicht alle in das Unvermeidliche gefügt?«

»Sagen wir lieber: Sie benehmen sich alle betont höflich. Es ist sehr amüsant.«

Es entstand eine kleine Pause, bevor Lynn mit verhaltener Stimme fragte:

»Warum hassen Sie uns so?«

In David Hunters seltsamen dunklen Augen flackerte etwas auf.

»Ich glaube nicht, daß Sie das jemals verstehen könnten.«

»Ich glaube, Sie irren sich.«

David sah sie einen Augenblick stumm an, dann wechselte er den Ton und fragte obenhin:

»Wieso wollen Sie eigentlich Rowley Cloade heiraten? Er ist doch ein Einfaltspinsel.«

»Wie können Sie sich ein Urteil über ihn erlauben«, fuhr Lynn auf. »Sie kennen ihn nicht und wissen nichts von ihm.«

Unberührt von dem ärgerlichen Vorwurf in ihrer Stimme fuhr er im gleichen Konversationston fort:

»Was halten Sie von Rosaleen?«

»Sie ist sehr hübsch.«

»Und abgesehen davon?«

»Sie scheint sich nicht wohl zu fühlen in ihrer Haut.«

»Stimmt«, gab David zu. »Sie ist hübsch, aber nicht sehr gescheit. Und sehr ängstlich. Sie läßt sich stets treiben und gerät auf diese Weise in Situationen, denen sie nicht gewachsen ist. Soll ich Ihnen ein bißchen von Rosaleen erzählen?«

»Gern«, erwiderte Lynn höflich.

»Als junges Mädchen wollte sie unbedingt zur Bühne, und sie setzte es auch irgendwie durch. Aber Sie können sich denken, daß sie kein besonderes Talent hatte. Sie landete in einer drittklassigen Truppe, mit der sie nach Südafrika auf Tournee ging. Sie fand, Südafrika höre sich so interessant an. In Kapstadt erlitt die Truppe Schiffbruch. Rosaleen hatte dort unten einen Regierungsbeamten kennengelernt, der irgendwo in Nigeria seinen Bezirk hatte. Und wie meine Schwester sich stets von den Dingen treiben läßt, ließ sie sich auch in die Ehe mit dem Herrn aus Nigeria treiben. Nigeria gefiel ihr kein bißchen, und ich glaube, ich täusche mich nicht, wenn ich sage, daß sie sich auch aus dem Herrn aus Nigeria nicht besonders viel machte. Wäre es ein handfester Bursche gewesen, der ab und zu einen über den Durst getrunken und im Rausch seine Frau verprügelt hätte, wäre vielleicht alles noch gut ausgegangen. Aber dieser Beamte neigte eher zu intellektuellen Interessen. Er schleppte eine Menge Bücher mit in die Wildnis und liebte es, sich über Metaphysik zu unterhalten. Also faßte Rosaleen einen Entschluß – sehr vage natürlich wie alles, was sie tut – und fuhr zurück nach Kapstadt. Der Regierungsbeamte benahm sich sehr anständig und schickte ihr Geld. Er hätte sich von ihr scheiden lassen können, das wäre das einfachste gewesen, aber er war katholisch; vielleicht kam deshalb eine Scheidung nicht in Frage. Wie dem auch gewesen sein mag: Er starb – sozusagen ein glücklicher Zufall, ist man versucht zu sagen – an Malaria, und Rosaleen erhielt eine kleine Witwenpension. Dann brach der Krieg aus, und sie beschloß, nach Südamerika zu fahren. Südamerika gefiel ihr aber nicht sonderlich, also nahm sie ein anderes Schiff, und auf diesem Schiff lernte sie Gordon Cloade kennen. Sie erzählte ihm, wie traurig ihr Leben bisher verlaufen war, und sie heirateten. Ein paar Wochen lebten sie glücklich und in Freuden in New York, dann kamen sie heim; kurz darauf traf eine Bombe den armen Gordon, und Rosaleen blieb zurück mit einem Riesenhaus, einer Unmenge herrlicher Schmuckstücke und einem unwahrscheinlich großen Einkommen.«

»Wie erfreulich, daß die Geschichte ein so glückliches Ende hat«, bemerkte Lynn sarkastisch.

»In Anbetracht der Tatsache, daß sie nicht gerade mit überragenden Geistesgaben gesegnet ist, hat Rosaleen bisher unerhörtes Glück gehabt«, fuhr David fort. »Gordon Cloade war ein kräftiger alter Herr. Er war zweiundsechzig. Bei seiner Konstitution hätte er leicht achtzig oder gar neunzig werden können. Für Rosaleen wäre das nicht sehr heiter gewesen. Sie ist sechsundzwanzig . . .«

»Sie sieht sogar noch jünger aus«, stellte Lynn fest.

Sie schauten beide zu Rosaleen hinüber, die eingeschüchtert dasaß und nervös Brot zwischen den Fingern zerkrümelte.

»Armes Ding«, entfuhr es Lynn.

David runzelte die Stirn.

»Wozu das Mitleid?« fragte er scharf. »Ich passe schon auf Rosaleen auf. Und jeder, der es wagt, ihr zu nahe zu kommen, kriegt es mit mir zu tun. Ich weiß, wie man sich zur Wehr setzt. Mir ist Kriegführen geläufig, und meine Waffen sind nicht immer über allen Tadel erhaben.«

»Werde ich jetzt vielleicht das Vergnügen haben, auch Ihre Lebensgeschichte erzählt zu bekommen?« erkundigte sich Lynn kühl.

»Eine stark gekürzte Fassung.« David lächelte. »Wie allen Iren liegt mir das Kämpfen im Blut. Als der Krieg ausbrach, war ich dabei, aber die Geschichte dauerte nicht lange. Ich erwischte eine Verwundung am Bein, und da war's aus. Ich ging nach Kanada und war dort als Ausbilder tätig. Mit großer Inbrunst war ich, ehrlich gestanden, nicht bei der Sache, und als ich Rosaleens Telegramm bekam, in dem sie mir ihre Heirat ankündigte, nahm ich das nächste Flugzeug nach New York. Rosaleen hatte nichts von dem Geldsegen, der mit der Heirat verbunden war, erwähnt, aber ich habe eine gute Nase. Jedenfalls gesellte ich mich als Dritter im Bunde zu dem jungen Paar und begleitete die beiden auch nach London.«

Er lächelte Lynn an, doch Lynn blieb reserviert.

Sie erhob sich mit den anderen. Als sie zum Wohnzimmer hinübergingen, trat Rowley neben sie und fragte:

»Du scheinst dich sehr angeregt mit David Hunter unterhalten zu haben. Worüber habt ihr denn gesprochen?«
»Ach, über nichts Besonderes«, war Lynns ausweichende Antwort.

6

»Wann fahren wir nach London zurück, David? Und wann nach Amerika?«
David Hunter warf seiner Schwester über den Frühstückstisch hinweg einen überraschten Blick zu.
»Wozu die Eile? Gefällt es dir hier denn nicht?«
Sein Blick umfaßte den Raum, während er sprach. Furrowbank war auf einem Hügel erbaut, und durch die hohen Fenster hatte man einen herrlichen Blick über die träumende englische Landschaft. Ein sanft abfallender Abhang war mit Tausenden von Narzissen bepflanzt. Sie waren beinahe verblüht, aber der Schimmer der goldgelben Blüten hob sich noch in starkem Kontrast vom Grün des Rasens ab.
Geistesabwesend ihr Brot zerkrümelnd, sagte Rosaleen:
»Du hast selbst gesagt, wir würden so bald wie möglich nach Amerika gehen.«
»Ja, aber es ist nicht so einfach, wie du dir das vorstellst. Man bekommt nur sehr schwer Plätze. Wir können keine wichtigen Geschäfte vorgeben, also müssen wir warten. Das sind Folgeerscheinungen des Krieges.«
Die Gründe, die David anführte, klangen – obwohl sie den Tatsachen entsprachen – ihm selbst wie Ausflüchte in den Ohren. Ob Rosaleen wohl denselben Eindruck hatte? Warum hatte sie sich überhaupt plötzlich in den Kopf gesetzt, nach Amerika zu fahren?
»Du hast gesagt, wir brauchten nur für kurze Zeit hier zu bleiben«, murmelte Rosaleen mit gesenktem Kopf.
»Was hast du gegen Warmsley Vale?« fragte David. »Fur-

rowbank ist doch herrlich. Heraus mit der Sprache: Was paßt dir hier nicht?«

»Sie passen mir nicht, sie, die Cloades. Keiner von ihnen.«

»Und mir bereitet es gerade ein ganz besonderes Vergnügen, ihre erzwungene Höflichkeit zu beobachten und dabei zu sehen, wie sie der Neid und die Mißgunst innerlich zerfressen. Laß mir mein Vergnügen, Rosaleen.«

Rosaleen schaute verwirrt auf.

»Du solltest nicht so reden, David. Es gefällt mir nicht, was du da sagst.«

»Sei doch vernünftig, Mädchen. Wir sind genug herumgestoßen worden, du und ich. Die Cloades waren immer auf Samt und Seide gebettet. Sie haben sich's auf Kosten vom lieben Onkel Gordon wohl sein lassen. Kleine Schmeißfliegen, die als Parasiten von der großen Schmeißfliege gelebt haben. Ich hasse diese Sorte Menschen. Ich habe sie immer gehaßt.«

»Nicht doch, David.« Rosaleen war zutiefst erschrocken. »Es ist schlecht, andere Menschen zu hassen. Das darf man nicht.«

»Ach, du Unschuldslamm! Bildest du dir ein, sie hassen dich nicht?«

»Sie waren nicht unfreundlich zu mir«, wandte Rosaleen zweifelnd ein.

»Aber sie würden was darum geben, könnten sie sich's leisten, unfreundlich zu dir zu sein.« Er lachte. »Hätten sie nicht Angst um die eigene Haut, wärst du vielleicht längst eines Morgens mit einem Messer im Rücken aufgefunden worden.«

Rosaleen schauderte.

»Schrecklich! Wie kannst du nur so etwas sagen, David?«

»Vielleicht nicht gerade ein Messer. Eher traue ich ihnen Strychnin in der Suppe zu.«

Rosaleens Lippen begannen zu zittern.

David wurde wieder ernst.

»Mach dir keine Gedanken, Rosaleen. Du brauchst keine Angst zu haben. Ich bin da. Ich passe schon auf dich auf.«

»Aber wenn es wahr ist, was du sagst . . . daß sie uns hassen, meine ich . . .« Rosaleen suchte hilflos nach Worten. »Dann wäre es doch erst recht besser, wir gingen weg von hier. Nach London, dort wären wir sicher vor ihnen.«

»Das Leben auf dem Land tut dir gut, Rosaleen. Du weißt, wie nervös dich London gemacht hat.«

»Die Bomben . . . als London bombardiert wurde . . .« Sie schloß die Augen. »Nie werde ich das vergessen, nie!«

»Natürlich wirst du das vergessen. Nimm dich zusammen, Rosaleen. Es ist vorbei mit den Bombardierungen.«

Er stand auf, nahm Rosaleen bei den Schultern und rüttelte sie sanft.

»Der Arzt hat gesagt, Landluft und Landleben für geraume Zeit würden dir guttun. Deshalb will ich nicht mit dir nach London.«

»Ist das der wirkliche Grund, David? Ich dachte . . . vielleicht . . .«

»Was hast du gedacht?«

»Ich dachte, du willst vielleicht ihretwegen hierbleiben.«

»Ihretwegen?«

»Du weißt schon, wen ich meine. Das Mädchen von neulich abend. Die beim Frauenhilfsdienst war, in Ägypten und überall.«

Davids Gesicht wurde plötzlich abweisend.

»Lynn? Lynn Marchmont?«

»Sie gefällt dir.«

»Lynn Marchmont? Sie ist mit Rowley verlobt. Mit diesem temperamentlosen Daheim-Bleiber Rowley, diesem gutmütigen, langweiligen Ochsen.«

»Ich habe euch beobachtet, wie ihr zusammen gesprochen habt«, spann Rosaleen ihren Faden weiter.

»Ach, hör doch schon auf, Rosaleen!«

»Ihr habt euch seither gesehen, nicht wahr?«

»Ja, ich habe sie gestern oder vorgestern in der Nähe der Farm getroffen, als ich ausritt.«

»Und du wirst sie wieder treffen.«

»Natürlich werde ich sie wieder treffen! Das läßt sich gar nicht vermeiden in diesem Nest. Du kannst keine zwei

51

Schritte tun, ohne über einen Cloade zu stolpern. Wenn du dir einbildest, ich hätte mich in Lynn Marchmont verliebt, dann bist du auf dem Holzweg. Sie ist eine eingebildete Person mit einem unverschämten Mundwerk. Weit entfernt von meinem Typ.«

»Bist du sicher, David?«

»Jawohl.«

»Ich weiß, du hältst nichts vom Kartenlegen.« Sie lächelte halb entschuldigend. »Aber die Karten lügen nicht. Und da war ein Mädchen, das Unruhe ins Haus bringt. Ein Mädchen, das übers Meer kommt. Und außerdem war ein dunkler Fremder da, der sich in unser Leben drängt und Gefahr mit sich bringt. Und die Todeskarte –«

»Du und deine dunklen Fremden!« David lachte laut auf. »Laß dich nicht mit dunklen Fremden ein, das ist mein gutgemeinter Rat für dich. Wie kann man nur so abergläubisch sein.«

Noch lachend schlenderte er aus dem Haus ins Freie, aber kaum hatte er sich ein paar Schritte entfernt, verfinsterte sich sein Gesicht, und die schwarzen Brauen zogen sich zusammen.

Rosaleen sah ihm nach, wie er quer durch den Garten auf ein Tor zuging, durch das man auf einen schmalen öffentlichen Weg kam. Dann stieg sie in ihr Zimmer hinauf und stellte sich vor den Schrank. Nie wurde sie müde, ihren neuen Nerzmantel zu betasten und zu streicheln und sich voller Staunen der Freude hinzugeben, ein so herrliches Kleidungsstück zu besitzen. Sie befand sich noch in ihrem Schlafzimmer, als das Mädchen Mrs. Marchmont meldete.

Adela saß steif auf einem der Stühle im Salon. Ihre Lippen waren fest aufeinandergepreßt; ihr Herz schlug doppelt so schnell wie sonst. Seit Tagen kämpfte sie mit dem Entschluß, Rosaleen aufzusuchen und um Hilfe anzugehen, aber getreu ihrer Natur zögerte sie jedesmal von neuem, wenn sie endlich meinte, genügend Mut für das Unternehmen gefaßt zu haben. Was sie zusätzlich aus dem Gleichgewicht gebracht hatte, war, daß Lynns Einstellung sich sonderbarerweise ver-

52

ändert hatte, und Mrs. Marchmont nun im ausgesprochenen Gegensatz zum Willen ihrer Tochter handelte, als sie sich zu guter Letzt doch aufraffte, bei Gordon Cloades Witwe Erlösung aus ihrer finanziellen Bedrängnis zu erbitten.

Ein weiterer Brief der Bank hatte Mrs. Marchmont veranlaßt, zur Ausführung des längst gehegten Plans zu schreiten. Es blieb ihr gar keine andere Wahl. Lynn war schon frühzeitig aus dem Haus gegangen, und als Mrs. Marchmont David Hunter erspähte, wie er den Fußweg entlangschlenderte, schien der Moment gekommen. Auf keinen Fall wollte sie mit David zu tun haben. Rosaleen allein würde viel leichter zu einer Anleihe zu bewegen sein. Darüber war sich Adela Marchmont im klaren.

Trotz allem war sie entsetzlich nervös, während sie in dem sonnenüberfluteten Salon wartete. Doch als Rosaleen eintrat und auf ihrem Gesicht das von Mrs. Marchmont stets als »leicht blöd« bezeichnete Lächeln lag, wurde ihr etwas wohler zumute.

Ob sie erst nach dem Schock des Bombardements so geworden ist oder schon immer so war? Mrs. Marchmont stellte sich diese Frage nur stumm, während ihre Augen auf der eintretenden Rosaleen ruhten.

»Oh, guten Morgen«, sagte Gordon Cloades Witwe unsicher. »Was gibt es denn?«

»Was für ein herrlicher Morgen«, eröffnete Mrs. Marchmont mit betonter Frische die Unterhaltung. »Meine Frühtulpen sind alle schon draußen. Ihre auch?«

Die junge Frau schaute ihren Besuch verlegen an.

»Ich weiß nicht.«

Was fing man nur mit einem Menschen an, der weder über Hunde noch über Gärten zu reden verstand, diese beiden eisernen Bestandteile jeder Konversation auf dem Lande, dachte Adela unbehaglich.

»David ist leider nicht da . . .«, begann Rosaleen hilflos. Ihre Stimme erstarb gegen Ende des Satzes, als wüßte sie nichts mehr hinzuzufügen, aber auf Adela Marchmont hatten ihre Worte eine alarmierende Wirkung. David konnte jeden Augenblick zurückkehren. Sie mußte die Gelegenheit beim Schopf packen. Sie nahm einen Anlauf und platzte heraus:

»Ich bin hergekommen, um Sie um Hilfe zu bitten.«

»Hilfe? Ich soll helfen? Ihnen?« stammelte Rosaleen.

»Ja. Sehen Sie, für uns ist alles sehr, sehr schwer geworden. Gordons Tod hat unser aller Situation von einem Tag zum anderen grundlegend verändert.«

Du blödes Ding! dachte sie. Mußt du mich anstarren, als ob du keine Ahnung hättest, wovon ich rede? Du warst doch selbst ein Habenichts ...

Haß gegen Rosaleen glomm in ihr auf. Sie haßte die junge Frau, weil sie, Adela Marchmont, hier in Gordons Salon saß und um Geld winselte. Ich kann es nicht, dachte sie verzweifelt. Ich bringe es einfach nicht fertig!

Im Bruchteil einer Sekunde flogen die vielen Tage und Nächte qualvoller Überlegungen und bedrückender Sorgen an ihr vorüber. Und dann sagte sie, aus Ärger darüber, daß sie hier sitzen und um Geld betteln mußte, gereizter, als es ihre Absicht war:

»Es handelt sich um Geld.«

»Geld?« wiederholte Rosaleen.

Ihr Ton war von naivem Staunen erfüllt, als sei Geld das letzte, worüber zu hören sie erwartet hatte.

Adela fuhr fort zu reden, und die Worte überstürzten sich.

»Ich habe mein Konto auf der Bank überzogen, und zu Hause liegen unbezahlte Rechnungen – notwendige Reparaturen –, und selbst meinen dringendsten Verpflichtungen bin ich noch nicht nachgekommen. Es hat sich alles so erschreckend verringert, sogar mein Einkommen, meine ich. Die Steuern fressen alles auf. Und Gordon half uns immer. Mit dem Haus, verstehen Sie? Er hat immer alle Reparaturen bezahlt und das Dach ausbessern und die Wände streichen lassen, und was es eben so gab. Außerdem hat er jedes Vierteljahr der Bank eine gewisse Summe für mich überwiesen. Und immer wieder hat er mich beruhigt, mir keine Sorgen zu machen, und darum habe ich das natürlich auch nie getan. Solange er lebte, war das alles recht schön und gut, aber –«

54

Adela hielt inne. Sie war zutiefst beschämt, und zugleich fühlte sie sich von einer Zentnerlast befreit. Das Schlimmste war überstanden. Lehnte Rosaleen ab, so lehnte sie eben ab. Es ließ sich nichts daran ändern.

Rosaleen schaute völlig fassungslos drein.

»Ach, du lieber Gott«, stammelte sie hilflos. »Ich hatte ja keine Ahnung ... ich werde mit David reden.«

Die Hände um die Stuhllehne gekrampft, stieß Adela verzweifelt hervor: »Könnten Sie mir nicht einen Scheck geben? Jetzt, meine ich, sofort?«

»Doch, natürlich.«

Rosaleen hatte sich von ihrer Verwirrung noch nicht erholt. Sie erhob sich hastig, trat zum Schreibtisch und stöberte in verschiedenen Schubladen, bis sie endlich ein Scheckbuch fand.

»Soll ich ... ich meine ... wieviel?«

»Wäre es möglich – fünfhundert Pfund?«

»Fünfhundert Pfund«, wiederholte Rosaleen gehorsam und begann zu schreiben.

Wie leicht war das gewesen! Ein Kinderspiel! Bestürzt wurde Adela sich bewußt, daß sie eher Ärger als Dankbarkeit über die Leichtigkeit ihres Sieges empfand.

Rosaleen trat mit dem ausgefüllten Scheck auf Adela zu. Nun war sie die Unsichere. Adela fühlte sich der Situation vollkommen gewachsen.

Sie nahm den Scheck entgegen. Mit kindlicher Schrift war quer über das rosa Papier geschrieben: Mrs. Marchmont. Fünfhundert Pfund. Rosaleen Cloade.

»Das ist sehr lieb von Ihnen, Rosaleen. Vielen Dank.«

»Ach ... nicht doch ... ich meine ... ich hätte von selbst ...«

Mit dem Scheck in ihrer Handtasche fühlte sich Adela Marchmont wie ein anderer Mensch. Die junge Frau hatte sich wirklich sehr entgegenkommend gezeigt. Die Unterhaltung über Gebühr auszudehnen, war jedoch überflüssig. Es schien Rosaleen nur peinlich zu sein. Adela verabschiedete sich und machte sich auf den Heimweg. Draußen vor dem

Haus begegnete ihr David. Mit einem freundlichen »guten Morgen« ging sie an ihm vorüber.

7

»Was wollte diese Marchmont hier?« erkundigte sich David, sobald er seiner Schwester gegenüberstand.

»Ach, David, sie brauchte entsetzlich nötig Geld. Ich hätte nie gedacht –«

»Und du hast's ihr vermutlich gegeben?«

Halb belustigt, halb verzweifelt betrachtete er sie.

»Ich konnte es nicht abschlagen, David. Fünfhundert Pfund.«

Zu ihrer Erleichterung lachte David.

»Ach, die Lappalie.«

»Lappalie? Aber David! Das ist doch schrecklich viel Geld!«

»Nicht für unsere heutigen Verhältnisse, Rosaleen. Du hast noch immer nicht begriffen, was für eine reiche Frau du jetzt bist. Aber trotzdem laß dir's eine Lehre sein. Wenn sie fünfhundert verlangte, wäre sie auch mit zweihundertundfünfzig zufrieden gewesen. Du mußt die Sprache der Schnorrer erst lernen.«

»Es tut mir leid, David«, sagte Rosaleen unterwürfig.

»Aber Kind! Schließlich ist's doch dein Geld.«

»Nein, das ist es nicht.«

»Jetzt fang nicht wieder damit an«, zankte David. »Gordon Cloade starb, bevor er Zeit hatte, ein Testament zu machen. Das nennt man Glück. Auf die Weise haben wir gewonnen und die anderen verloren. Glück und Pech, das ist nun einmal so.«

»Aber es scheint mir nicht recht zu sein.«

»Hand aufs Herz, Schwester! Macht dir dies alles hier etwa keine Freude? Ein herrliches Haus, Schmuck, Dienstboten zur Verfügung? Ist's nicht, als sei ein Traum Wahrheit geworden? Ganz ehrlich, manchmal habe ich Angst, ich könnte aufwachen und entdecken, ich hätte wirklich alles nur geträumt.«

Sie stimmte in sein Lachen ein, und David wußte, daß er gewonnenes Spiel hatte. Er kannte Rosaleen und verstand es, sie richtig zu nehmen. Sie hatte nun einmal ein Gewissen. Das war unbequem, aber nicht zu ändern.

»Aber laß es jetzt gut sein mit Gedanken an die wohledle Familie Cloade, Rosaleen«, warnte er. »Von denen hat jeder immer noch mehr Geld, als du und ich früher jemals besessen haben.«

»Das ist sicher wahr«, gab sie zu.

»Wo steckte denn Lynn heute morgen?« erkundigte er sich beiläufig.

»Sie ist nach Long Willows hinüber, soviel ich weiß«, erwiderte Rosaleen.

Nach Long Willows! Zu Rowley, dem einfältigen Bauern. Davids gute Laune war wie weggewischt.

Mißmutig schlenderte er zum Haus hinaus, durch das kleine Seitentor hinauf auf den Hügel. Von dort aus führte ein Pfad zum Fuß der Anhöhe und an Rowleys Farm vorbei.

Von seinem Ausblick aus sah David Lynn, die von der Farm kam.

Er zögerte einen Moment, dann streckte er trotzig das Kinn vor und setzte sich in Bewegung, ganz bewußt einen Weg einschlagend, auf dem er Lynn begegnen mußte.

»Guten Morgen. Na – wann ist Hochzeit?« begrüßte er das Mädchen.

»Das haben Sie mich schon öfter gefragt«, entgegnete Lynn. »Sie wissen genau, daß sie im Juni ist.«

»Sie wollen's wirklich wahrmachen?«

»Ich weiß nicht, was Sie damit andeuten wollen.«

»Das wissen Sie ganz genau.« David lachte höhnisch. »Rowley! Lieber Gott, wer ist schon dieser Rowley!«

»Ein besserer Mensch als Sie«, gab Lynn obenhin zurück.

»Messen Sie sich mit ihm, wenn Sie den Mut haben.«

»Daß er besser ist als ich, bezweifle ich keine Sekunde. Aber Mut genug, mich mit ihm zu messen, habe ich. Für Sie, Lynn, täte ich alles.«

Es entstand eine kurze Pause. Dann sagte Lynn:

»Begreifen Sie denn nicht, daß ich Rowley liebe?«

»Ich bin nicht so überzeugt davon.«

Lynns Temperament ging mit ihr durch.

»Doch, ich liebe ihn«, beharrte sie aufbrausend.

»Wir machen uns alle ein Bild von uns selbst, wie wir uns gern sähen. Sie malen sich eine Lynn Marchmont aus, die Rowley liebt, ihn heiratet, die Farm mit ihm bewirtschaftet und bis zum Ende ihrer Tage glücklich an der Scholle klebt. Aber das ist nicht die wahre Lynn Marchmont. Sagen Sie selbst: Entspricht das Ihrer wahren Natur?«

»Ach Gott, was ist eigentlich diese wahre Natur? Was ist Ihre wahre Natur? Wie sehen Sie David Hunter?«

»Als einen Mann, der Ruhe nach dem Sturm sucht, aber manchmal kommen mir Bedenken, und ich frage mich, ob das meiner wirklichen Sehnsucht entspricht. Ich weiß nicht, Lynn, manchmal habe ich das Gefühl, als sei uns beiden gar nicht wohl bei der Aussicht auf ein beschauliches Leben. Wir brauchen Abenteuer.«

Er verfiel in Schweigen und fügte nach einem Weilchen mürrisch hinzu:

»Wozu sind Sie hier aufgetaucht? Bis Sie kamen, fühlte ich mich ausgesprochen glücklich.«

»Und jetzt sind Sie's nicht mehr?«

David sah sie an: Eine unerklärliche Erregung ergriff von Lynn Besitz, ihr Atem ging schneller. Nie hatte sie stärker als in diesem Augenblick empfunden, welche Anziehungskraft Davids seltsame, hintergründige Art auf sie ausübte. Seine Hände schnellten vor, packten Lynn an den Schultern und drehten sie mit einem Ruck zu sich um.

Bevor Lynn sich noch klar darüber werden konnte, was eigentlich geschah, fühlte sie, wie sein Griff sich lockerte. Über ihre Schulter hinweg starrte er hügelaufwärts.

Lynn wandte sich abrupt um, um zu sehen, was es gab.

Sie sah eben noch eine Frau durch das schmale Tor oberhalb Furrowbanks verschwinden.

»Wer war das?« erkundigte sich David argwöhnisch.

»Wenn ich mich nicht irre, war's Frances«, entgegnete Lynn.

»Frances? Was mag die wohl wollen? Rosaleen bekommt hier nur Besuche von Leuten, die etwas von ihr wollen. Ihre Mutter hat ihr heute morgen auch schon ihre Aufwartung gemacht.«

Lynn trat einen Schritt zurück.

»Mutter? Was hat sie denn gewollt?«

»Können Sie sich das nicht denken? Geld natürlich.«

»Geld?«

Lynn preßte die Lippen aufeinander.

»Sie hat's bekommen«, versicherte David mit dem kalten spöttischen Lächeln, das für sein Gesicht geschaffen schien.

Vor wenigen Sekunden waren sie einander so nahe gewesen; nun schienen sie Meilen voneinander entfernt, getrennt durch unüberbrückbare Gegensätze.

»Nein! Nein! Nein!« rief Lynn abwehrend.

»Doch! Doch! Doch!« David ahmte ihren Ton nach.

»Ich kann's nicht glauben! Wieviel denn?«

»Fünfhundert Pfund.«

Lynn unterdrückte einen Ausruf.

»Ich bin gespannt, wieviel Frances haben will. Man kann Rosaleen wirklich keine fünf Minuten allein lassen. Das arme Ding versteht's nicht, nein zu sagen.«

»War sonst noch . . . jemand . . .«, fragte Lynn bedrückt.

»Tante Kathie hatte ein paar Schulden, die sie drückten, aber es war nicht viel. Mit zweihundertfünfzig Pfund war der Schaden behoben. Sie hatte schreckliche Angst, ihre Bitte um Unterstützung könnte dem Doktor zu Ohren kommen. Der wäre nicht sehr erbaut gewesen von den Schulden, um so mehr, als sie von der Bezahlung spiritistischer Medien herstammten. Die gute Tante Kathie ahnte natürlich nicht, daß der Doktor selbst ebenfalls schon um ein Darlehen ersucht hatte.«

»Was für einen Eindruck müssen Sie von uns haben«, sagte Lynn leise.

Völlig unerwartet für David machte sie plötzlich kehrt und lief davon. Sie hatte die Richtung zu Rowleys Farm einge-

59

schlagen, und die Erkenntnis, daß sie sich zu Rowley flüchtete, wie eine verwundete Taube an ihr angestammtes Plätzchen flattert, machte David mehr zu schaffen, als er sich einzugestehen wagte.

Stirnrunzelnd straffte er die Schultern und schaute zu dem Haus auf dem Hügel empor.

»Nein, Frances«, murmelte er. »Du hast dir den falschen Tag ausgesucht.«

Er platzte in den Salon hinein, als Frances gerade sagte:

»Ich wünschte, es ließe sich einfacher erklären, Rosaleen, aber es ist wirklich furchtbar schwierig —«

»Ist's das wirklich?« unterbrach David, der unbemerkt eingetreten war, sie.

Frances fuhr herum. Im Unterschied zu Adela hatte sie es keineswegs darauf abgesehen gehabt, Rosaleen allein anzutreffen. Die Summe, die sie brauchte, war zu groß, als daß anzunehmen gewesen wäre, Rosaleen hätte sie ohne Beratung mit ihrem Bruder gewährt. Frances war es daher denkbar unangenehm, daß David nun den Eindruck erhielt, sie habe das Geld ohne sein Wissen aus Rosaleen herauslocken wollen. Doch sein unerwartetes Auftauchen bestürzte sie, und überdies entging ihr nicht, daß er sich in besonders schlechter Laune befand.

»Ich bin froh, daß Sie kommen, David«, sagte sie obenhin. »Gerade habe ich Rosaleen anvertraut, daß wir durch Gordons plötzlichen Tod in arge Verlegenheit geraten sind . . .«

Sie fuhr fort, die Lage zu schildern, flocht mit geschickten Worten die notwendige Summe ein, erwähnte die Hypotheken auf ihrem Haus, Gordons Versprechungen, auf die fest zu bauen gewesen war, und die drückenden Steuerlasten.

Eine gewisse Bewunderung für Frances glomm in Davids feindlich gesinntem Gemüt auf.

Wie hemmungslos diese Frau doch zu lügen verstand! Die Geschichte, die sie da auftischte, war schlau und glatt zusammengefügt; sie klang wahrscheinlich, aber sie entsprach bestimmt nicht der Wahrheit. Was war eigentlich die Wahrheit? Frances und ihr Mann mußten tief in der Patsche sitzen,

60

wenn Jeremy seiner Frau gestattete, diesen Gang nach Canossa anzutreten.

»Zehntausend?« erkundigte er sich geschäftsmäßig.

»Eine Menge Geld«, murmelte Rosaleen voller Ehrfurcht vor der Zahl.

Schnell hakte Frances ein.

»Eine Menge Geld, ich weiß. Weil es sich um eine schwer aufzutreibende Summe handelt, komme ich ja zu Ihnen. Jeremy wäre nie auf dieses Geschäft eingegangen, hätte Gordon ihm nicht seine Unterstützung zugesagt. Es ist furchtbar, daß Gordons plötzlicher Tod –«

»Sie alle an einer windigen Ecke Ihrem Schicksal überläßt«, vollendete David den Satz mit höflichem Spott, »nachdem sich's unter seinen Fittichen bisher so behaglich leben ließ.«

»Sie haben eine merkwürdige Art, die Situation zu schildern«, entgegnete Frances mit einem nervösen Flackern in den Augen.

»Rosaleen darf das Kapital nicht anrühren. Nur die Zinsen stehen ihr zu.«

»Ich weiß, und die Besteuerung ist heutzutage horrend. Aber es ließe sich doch sicher machen. Wir würden es ja zurückzahlen.«

»Es ließe sich allerdings machen«, antwortete David kalt. »Aber es wird nicht gemacht.«

Frances wandte sich hastig Rosaleen zu.

»Rosaleen, Sie sind doch großzügiger –«

David unterbrach sie brutal.

»Wofür halten die Cloades Rosaleen eigentlich? Für eine Milchkuh? Die ganze Sippschaft ist hinter ihr her, bettelt sie an und schmiert ihr Honig ums Maul. Und hinter ihrem Rücken? Da haßt man sie, wünscht ihr Tod und Teufel an den Hals.«

»Das ist nicht wahr!«

»Jawohl, es ist wahr. Ich habe sie satt, die Cloades! Alle miteinander. Und Rosaleen geht's genauso. Von uns ist kein Geld mehr zu bekommen, also können Sie sich die Besuche und die Bettelei sparen.«

Davids Gesicht war vor Wut verzerrt.

Frances erhob sich. Kein Muskel in ihrem Gesicht bewegte sich. Sie zog sich ihre Handschuhe an, geistesabwesend, aber doch sorgfältig, als handle es sich um eine äußerst bedeutsame Verrichtung.

»Sie machen keine Mördergrube aus Ihrem Herzen, David«, sagte sie.

»Es tut mir so leid«, murmelte Rosaleen. »Es tut mir so leid.«

Frances schenkte ihr nicht die geringste Aufmerksamkeit. Sie schritt zur Tür.

»Sie haben behauptet, ich haßte Rosaleen. Das stimmt nicht. Sie hasse ich.«

»Was meinen Sie damit?« schnappte David mehr als er fragte.

»Eine Frau muß sehen, wo sie bleibt. Rosaleen hat einen um Jahrzehnte älteren Mann geheiratet. Warum nicht? Aber Sie! Sie heften sich wie ein Parasit an sie, leben von ihr, von ihrem Besitz.«

»Ich stelle mich nur zwischen sie und die Meute habgieriger Geier, die sie umlauert.«

Sie standen einander gegenüber und maßen sich mit stummem Blick. Es schoß David durch den Kopf, daß Frances Cloade keine ungefährliche Feindin war. Er verhehlte sich nicht, daß diese Frau skrupellos ein einmal gestecktes Ziel verfolgen würde.

Als Frances Miene machte, das Schweigen zu beenden, spürte David beinahe körperlich die Spannung, die den Raum erfüllte. Doch Frances Cloade machte nur eine bedeutungslose Bemerkung.

»Ich werde nicht vergessen, was Sie gesagt haben, David.«

Und ohne sich noch einmal umzusehen, verließ sie den Raum.

Rosaleen weinte leise.

»Hör auf, Närrin!« fuhr David sie an. »Möchtest du etwa, daß die ganze Bande über dich hinwegtrampelt und dir jeden Cent, den du besitzt, aus der Tasche zieht?«

»Aber wenn's doch nicht mein rechtmäßiges Geld –«

Davids Blick machte sie verstummen.

»Ich hab's nicht so gemeint, David.«

»Das will ich hoffen«, erwiderte er grob.

Das dumme Gewissen! Rosaleens Gewissen würde ihnen noch zu schaffen machen.

Ein Schatten flog über sein Gesicht. Rosaleen rief unvermittelt:

»Ein Schatten fällt auf mein Grab!«

David sah seine Schwester verdutzt an. Nach einem Moment der Verständnislosigkeit sagte er:

»Siehst du selbst, daß es so weit kommen könnte?«

»Was meinst du damit, David?«

»Ich meine, daß fünf oder sechs Leute keinen anderen Gedanken haben, als dich schneller in dein Grab zu befördern, als du hineingehörst.«

»Soll das heißen . . . Mord . . .?«

Ihre Stimme war fast tonlos vor Entsetzen.

»Aber so nette Leute wie die Cloades begehen doch keinen Mord.«

»Ich bin nicht so sicher, daß es nicht gerade die netten Leute wie die Cloades sind, die Morde begehen. Aber solange ich da bin und auf dich aufpasse, werden sie keinen Erfolg haben. Zuerst müssen sie mich aus dem Weg schaffen, wollten sie an dich ran. Falls ich jemals aus dem Weg geräumt werden sollte, Rosaleen, dann gib acht auf dich, hörst du?«

»Sag nicht so furchtbare Dinge, David!«

Er packte ihren Arm.

»Gib acht auf dich, Rosaleen, wenn ich nicht da sein sollte, um dich zu beschützen. Das Leben ist keine Spazierfahrt, es ist eine gefährliche Angelegenheit, und ich habe so das Gefühl, als sei es für dich ganz besonders gefährlich.«

»Kannst du mir fünfhundert Pfund leihen, Rowley?«

Rowley starrte Lynn fassungslos an. Atemlos vom Laufen, die Lippen trotzig zusammengepreßt und mit blassem Gesicht stand sie in der Tür.

Besänftigend und in einem Ton, wie er ihn einem erregten Pferd gegenüber anzuwenden pflegte, sagte Rowley:

»Aber beruhige dich doch, Mädchen. Was gibt's denn? Was ist denn los?«

»Ich brauche fünfhundert Pfund.«

»Die könnte ich auch gebrauchen, ehrlich gesagt.«

»Es ist kein Witz, Rowley. Kannst du mir das Geld leihen?«

»Ich bin völlig blank, Lynn. Der neue Traktor —«

Lynn wehrte ungeduldig ab.

»Ja, ja, ich weiß, aber du könntest das Geld doch irgendwo aufnehmen. Du könntest es dir doch sicher beschaffen, wenn es sein müßte.«

»Wofür brauchst du es, Lynn? Ist denn irgend etwas passiert?«

»Ich brauche das Geld für ihn.«

Eine jähe Bewegung mit dem Kopf deutete in Richtung des Hauses auf dem Hügel.

»Für Hunter? Ja, aber um Himmels willen —«

»Mama hat sich das Geld von ihm geborgt. Sie steckt in Schwierigkeiten mit irgendwelchen Zahlungen.«

»Sie sah in letzter Zeit schlecht aus. Ich kann mir vorstellen, daß es schwer ist für sie.« Rowley nickte voller Verständnis. »Ich wünschte, ich könnte dir helfen, Lynn.«

»Ich ertrage es nicht, daß sie sich von diesem Menschen Geld leiht.«

»Sei vernünftig, Lynn. Schließlich ist es Rosaleen, die über das Geld zu verfügen hat, nicht Hunter. Und was ist schließlich dabei?«

»Was dabei ist? Rowley! Wie kannst du nur so fragen!«

»Ich finde beim besten Willen nichts dabei«, beharrte Rowley. »Sie weiß, daß Gordon uns alle stets unterstützt hat, und es ist nur natürlich, daß sie jetzt einspringt, wenn Not am Mann ist.«

»Rowley, du wirst dir doch nicht etwa auch von ihr geborgt haben?«

»Nein, aber das ist etwas anderes. Ich kann nicht gut zu einer Frau gehen und sie bitten, mir Geld zu geben.«

»Begreifst du denn nicht, daß es gräßlich ist für mich, David Hunter für etwas dankbar sein zu müssen?« fragte Lynn eindringlich.

»Du bist ihm in keiner Weise zu Dank verpflichtet. Es ist nicht sein Geld.«

»Doch, es ist sein Geld. Er allein ist maßgebend. Rosaleen tut nur, was er sagt.«

»Wenn du es so betrachtest – möglich. Aber juristisch gesehen gehört das Geld ihr und nicht ihm.«

»Du willst oder kannst mir also nichts leihen?«

Sie schnitt alle vom Thema abweichenden Erörterungen mit einer schroffen Handbewegung ab.

»Nimm doch Vernunft an, Lynn, und sei nicht so hartnäckig. Wenn du in wirklicher Not wärst, ich meine, wenn's um Erpressung oder drückende Schulden ginge, da könnte ich natürlich ein Stück Land verkaufen oder Vieh, aber so etwas sollte man nur tun, wenn's wirklich keinen anderen Ausweg mehr gibt, wenn es ums Letzte geht. Was weiß ich, was die Regierung einem nächstens an neuen Lasten aufbürdet? Es ist einfach zu viel für einen Mann allein, eine solche Farm zu bewirtschaften.«

»Ich weiß«, entgegnete Lynn voller Bitterkeit, »wenn nur Johnnie nicht gefallen wäre –«

»Laß gefälligst Johnnie aus dem Spiel«, fuhr Rowley auf.

Er hatte regelrecht geschrien. Entgeistert starrte Lynn ihn für einen Augenblick an. Dann drehte sie sich um und ging langsam heim.

»Kannst du es ihm nicht zurückgeben, Mama?«

»Ausgeschlossen, Lynn, ausgeschlossen. Ich ging geradewegs zur Bank damit. Und dann habe ich gleich Arthurs und

65

Bodgham und Knebworth bezahlt. Knebworth hat in letzter Zeit entsetzlich gedrängt. Ach, was war das für eine Erleichterung, diese drückenden Schulden los zu sein. Seit Nächten habe ich kein Auge mehr zugetan. Rosaleen war sehr nett und verständnisvoll.«

»Da wirst du wohl jetzt von Zeit zu Zeit zu ihr pilgern.«

»Das wird hoffentlich nicht nötig sein. Was in meinen Kräften steht, tue ich; aber bei der heutigen Lage! Alles wird teurer, und es sieht nicht danach aus, als ob sich das so bald änderte.«

»Wir hätten sie nicht um Geld angehen dürfen«, erklärte Lynn hartnäckig. »Jetzt hat jeder das gute Recht, uns zu verachten.«

»Wer verachtet uns?«

»David Hunter.«

»Es will mir nicht einleuchten, was das David Hunter angehen soll. Zum Glück war er heute morgen nicht daheim, als ich vorsprach. Er hat sie vollkommen in der Gewalt.«

»Den ersten Morgen nach meiner Heimkehr hast du eine so sonderbare Bemerkung gemacht, Mama. ›Wenn er überhaupt ihr Bruder ist‹, hast du gesagt. Was meintest du damit?«

»Ach . . .« Mrs. Marchmont sah leicht irritiert drein. »Man hört so mancherlei reden. Du weißt doch . . .«

Lynn begnügte sich damit, ihre Mutter fragend anzusehen. Mrs. Marchmont hüstelte verlegen und fuhr dann fort:

»In Gesellschaft von Frauen dieser Art, Abenteuerinnen – der gute Gordon hat sich natürlich einfangen lassen? –, ist meist ein junger Mann anzutreffen, der so gut wie dazugehört. Angenommen, Rosaleen kabelte nach Kanada, oder was weiß ich wohin, dem jungen Mann, und dann tauchte der junge Mann plötzlich auf, und Rosaleen gab ihn als ihren Bruder aus. Wie hätte Gordon wissen sollen, ob es wirklich ihr Bruder war oder nicht?«

»Ich glaube es nicht«, erklärte Lynn. »Ich glaube es einfach nicht.«

Mrs. Marchmont zog zweifelnd die Augenbrauen hoch. »In diesen Dingen, liebes Kind, weiß man nie . . .«

9

Eine Woche später entstieg dem Zug, der um fünf Uhr zwanzig nachmittags in Warmsley Heath hält, ein Mann mit einem Rucksack.

Auf dem gegenüberliegenden Bahnsteig warteten mehrere Golfspieler auf den Gegenzug. Der hochgewachsene, bärtige Mann mit dem Rucksack gab seine Fahrkarte ab und trat auf den Platz vor dem Bahnhof. Ein paar Minuten stand er unschlüssig da, dann fiel sein Blick auf das Schild mit dem Hinweis: »Fußweg nach Warmsley Vale«, und er machte sich auf den Weg.

In Long Willows hatte Rowley sich eben eine Tasse Tee gebraut, als ein Schatten über den Küchentisch fiel und ihn veranlaßte, aufzublicken.

Falls er erwartet hatte, das Mädchen vor der Tür sei Lynn, so dauerte seine Enttäuschung nur den Bruchteil einer Sekunde, bevor sie Erstaunen Platz machte, denn die weibliche Gestalt war Rosaleen Cloade.

Sie trug ein Kleid aus gestreiftem, grobgewebtem Leinen, eines dieser einfach aussehenden Stücke, die mehr kosten, als Rowley sich jemals hätte träumen lassen.

Bisher hatte er Rosaleen nur in eleganten Modellen gesehen, die sie trug wie ein etwas unsicheres Mannequin. Das grün und orange gestreifte Leinenkleid verwandelte sie zu ihrem Vorteil. Es unterstrich ihre blauen Augen und die dunklen Haare. Selbst ihre Stimme schien von der Verwandlung angesteckt und natürlicher zu sein als sonst.

»Es ist solch ein herrlicher Nachmittag«, erklärte sie. »Da habe ich einen Spaziergang gemacht. David ist in London«, fügte sie hinzu.

Sie sagte es beinahe schuldbewußt. Dann nahm sie eine Zigarette aus ihrer Tasche und bot auch Rowley eine an. Er nahm ihr das kostbar aussehende goldene Feuerzeug aus der Hand und brachte es mit einer Bewegung zum Brennen. Als Rosaleen sich über die Flamme beugte, fielen ihm ihre lan-

67

gen, seidigen Wimpern auf, und er dachte: Gordon wußte, was er tat . . .

»Ein hübsches Kälbchen haben Sie da auf Ihrer Wiese«, sagte Rosaleen. Erstaunt über ihr Interesse an ländlichen Dingen, begann Rowley über die Farm zu erzählen. Ihr Interesse war nicht geheuchelt. Rowley fand bald heraus, daß sie vom Farmwesen allerhand verstand. Melken und Buttern waren ihr vertraute Begriffe.

»Sie gäben ja eine prächtige Farmersfrau ab, Rosaleen«, erklärte er lachend.

»Wir hatten eine Farm . . . in Irland . . . bevor ich hierherkam.«

Ihr Gesicht überschattete sich.

»Bevor Sie zur Bühne gingen?«

»Es ist noch nicht lange her«, meinte Rosaleen. »Ich erinnere mich noch an alles. Wenn es sein müßte, könnte ich jetzt, auf der Stelle, Ihre Kühe melken, Rowley.«

Das war eine neue Rosaleen. Ob David Hunter wohl mit der Offenbarung der ländlichen Vergangenheit seiner Schwester einverstanden gewesen wäre? Rowley bezweifelte das. Irischer Landadel, das war der Eindruck, den David zu erwekken wünschte. Rosaleens Version kam der Wahrheit näher, davon war er überzeugt. Hartes Bauernleben, dann die Versuchung des Theaters, die Tournee nach Südafrika, Heirat, darauf Trennung, dann ein Weilchen zielloses Umherirren und endlich neuerliche Heirat mit einem Millionär in New York . . .

»Würde Ihnen ein Rundgang über die Farm Freude machen?« fragte Rowley.

»O ja!« Ihre Augen leuchteten richtig auf.

Amüsiert von ihrem eifrigen Interesse führte Rowley sie herum. Doch als er schließlich vorschlug, nun für sie beide Tee zu machen, sah sie plötzlich schuldbewußt drein und meinte, es sei höchste Zeit für sie, heimzukehren. Sie schaute auf ihre Uhr und rief entsetzt:

»Mein Gott, wie spät es schon ist! David kommt mit dem 5-Uhr-20-Zug zurück. Er wird sich wundern, wo ich stecke.«

Und schüchtern fügte sie hinzu: »Es war ein schöner Nachmittag, Rowley.«

Rowley sah ihr nach, wie sie eilig den Weg nach Hause einschlug. Sie hatte wirklich einen schönen Nachmittag verbracht. Ausnahmsweise hatte sie sein dürfen, wie sie war, ungekünstelt und natürlich, ein einfaches, hübsches Mädchen aus ländlicher Umgebung. Sie hatte Angst vor David, daran war nicht zu zweifeln. David regierte in dieser Gemeinschaft. Und heute war er fort, und sie hatte ihre Freiheit genossen wie ein Dienstbote, der einmal in der Woche Ausgang hat. Die reiche Mrs. Gordon Cloade!

Er lächelte grimmig, als er ihr nachsah. Kurz bevor Rosaleen den Zaun auf halber Höhe des Hügels erreichte, kletterte ein Mann darüber. Im ersten Augenblick meinte Rowley, David zu sehen, doch dann erkannte er, daß der Mann größer und stärker war. Rosaleen trat zurück, um den Mann vorbeizulassen, dann sprang sie über den Zaun und rannte den Rest der Strecke.

Rowley stand noch eine Weile in Gedanken versunken da. Eine fremde Stimme riß ihn aus seinen Träumen.

Ein hochgewachsener Mann mit einem Filzhut auf dem Kopf und einem lässig über die Schulter geworfenen Rucksack stand auf dem Fußweg jenseits des Gatters.

»Ist dies der Weg nach Warmsley Vale?« erkundigte sich der Fremde.

»Ja, halten Sie sich nur immer an den Pfad. Quer über dieses Feld dort, dann kommen Sie zur Landstraße. Da wenden Sie sich nach rechts, und in ein paar Minuten sind Sie mitten im Dorf.«

Hunderte von Malen hatte er die gleiche Auskunft erteilt.

Die nächste Frage war nicht so üblich, doch beantwortete Rowley sie, ohne ihr weitere Beachtung zu schenken.

»Im ›Hirschen‹ oder im ›Glockenhof‹. Sie sind beide gleich gut – oder gleich schlecht, wie man's nimmt. In einem von beiden Hotels kriegen Sie sicher ein Zimmer für die Nacht.«

Rowley betrachtete sich den Fragesteller genauer. Der Mann war auffallend groß, hatte blaue Augen, ein von der Sonne gebräuntes Gesicht und einen Bart. Er sah nicht schlecht aus, wenn auch etwas derb und draufgängerisch. Er gehörte jedenfalls nicht zu den Menschen, die gleich auf den ersten Blick vorbehaltlos Sympathien erwecken.

Wahrscheinlich kommt er von Übersee, dachte Rowley. Ihm schien, als spräche der Fremde mit einem Akzent, der ein wenig an die Kolonien erinnerte. Sonderbar, aber das Gesicht kam ihm nicht völlig fremd vor.

»Können Sie mir sagen, ob es hier in der Nähe ein Haus namens Furrowbank gibt?«

»Ja, dort oben auf dem Hügel«, erwiderte Rowley. »Sie müssen daran vorbeigekommen sein, wenn Sie zu Fuß vom Bahnhof hergegangen sind.«

»Das große, neu aussehende Haus auf dem Hügel? Das ist es also.«

Der Mann wandte sich um und schaute zu Furrowbank hinauf.

»Es muß eine Menge kosten, so ein Anwesen zu unterhalten.«

Allerdings, dachte Rowley, und es ist unser Geld! Ärger überflutete ihn einen Moment und ließ ihn vergessen, daß er sich in Gesellschaft eines Fremden befand. Als er sich wieder zusammenriß, fiel ihm der sonderbare Ausdruck in den Augen des Mannes auf, der immer noch das Haus auf dem Hügel anstarrte.

»Wohnt dort nicht eine gewisse Mrs. Cloade?« fragte er.

»Stimmt«, bestätigte Rowley. »Mrs. Gordon Cloade.«

Die Brauen des Fremden zogen sich erstaunt in die Höhe. Ein amüsiertes Lächeln umspielte seinen Mund.

»Ach, Mrs. Gordon Cloade. Da hat sie ja Glück gehabt.« Er nickte Rowley zu. »Danke für die Auskunft«, und den Rucksack zurechtschiebend, setzte er seinen Weg nach Warmsley Vale fort.

Rowley wandte sich langsam wieder seinem Haus zu. Wo hatte er dieses Gesicht nur schon gesehen? Der Gedanke ließ ihn nicht los.

Gegen halb zehn Uhr am Abend des gleichen Tages erhob

sich Rowley vom Tisch, der von einer Unzahl Formulare bedeckt war, warf einen Blick auf Lynns Bild auf dem Kamin und verließ dann nachdenklich das Haus.

Zehn Minuten später stieß er die Tür zur Wirtsstube des Hotels »Zum Hirschen« auf. Beatrice Lippincott nickte ihm hinter der Theke zu. Bei einem Glas Bier tauschte Rowley die üblichen Bemerkungen über das Wetter, die Fehler der augenblicklichen Regierung und die Ernte aus. Nach einem Weilchen gelang es ihm, sich näher an Beatrice heranzupirschen und sie leise zu fragen:

»Ist heute nicht ein Fremder angekommen? Großer Mann. Verbeulter Hut.«

»So gegen sechs Uhr ist ein Gast gekommen. Der könnte es sein, Mr. Rowley.«

»Den meine ich. Er kam bei mir vorbei und fragte nach dem Weg.«

»Er scheint hier in der Gegend nicht bekannt zu sein«, bemerkte Beatrice.

»Ich war neugierig, wer es wohl sein könnte.«

Er lächelte Beatrice an, und Beatrice lächelte zurück.

»Nichts leichter als das, Mr. Rowley, wenn Ihnen daran liegt, es zu wissen.«

Sie holte unter der Theke ein großes, in braunes Leder gebundenes Buch hervor, in das die ankommenden Gäste eingeschrieben wurden. Die letzte Eintragung lautete:

Enoch Arden. Kapstadt. Britischer Staatsangehöriger.

10

Es war ein herrlicher Morgen. Die Vögel zwitscherten, die Sonne schien, und Rosaleen, in ihrem teuren, so einfach wirkenden gestreiften Kleid zum Frühstück hinunterkommend, war mit sich und der Welt zufrieden.

Die Ahnungen und Ängste, die sie in letzter Zeit bedrückt hatten, waren verflogen. David war ebenfalls guter Laune und zu Scherzen aufgelegt. Sein Besuch in London am Vortag war zu seiner Zufriedenheit verlaufen. Das Frühstück war ausgezeichnet. Sie waren eben damit fertig, als die Post gebracht wurde.

Sieben oder acht Briefe waren an Rosaleen gerichtet. Rechnungen, Bitten um Unterstützung verschiedener Wohltätigkeitsorganisationen, nichts von Bedeutung.

David legte ein paar kleine Rechnungen beiseite und öffnete einen Umschlag, dessen Adresse in Druckbuchstaben geschrieben war. Auch der inliegende Brief war in der gleichen unpersönlichen Weise abgefaßt.

Sehr geehrter Mr. Hunter,
da der Inhalt dieses Briefes Ihre Schwester »Mrs. Cloade« erschrecken könnte, halte ich es für richtiger, mein Schreiben an Sie zu richten. Um mich kurz zu fassen: Ich habe Nachrichten von Captain Robert Underhay, was Ihre Schwester sicher freuen wird zu hören. Ich wohne im »Hirschen«. Falls Sie mich dort heute abend aufsuchen wollen, werde ich Ihnen gern Näheres mitteilen.

Mit vorzüglicher Hochachtung
Enoch Arden

Ein erstickter Laut entfloh David. Rosaleen schaute lächelnd auf, wurde jedoch sogleich ernst, als sie das Gesicht ihres Bruders sah, und fragte beunruhigt:

»Was gibt's denn, David?«

Er hielt ihr stumm den Brief entgegen.

Rosaleen las das Schreiben.

»Aber David . . . ich verstehe nicht, was . . . was hat das zu bedeuten?«

»Du kannst doch lesen, oder hast du's verlernt?«

»Bedeutet das, daß wir . . . was sollen wir tun?«

Auf Davids Stirn hatten sich tiefe Querfalten gebildet. Nun nickte er seiner Schwester besänftigend zu.

»Mach dir keine Sorgen. Ich werde die Sache erledigen.«

»Ja, aber bedeutet das, daß wir –«

»Hab nicht gleich Angst, Rosaleen. Ich werde dir sagen, was du tust. Du gehst gleich hinauf, packst ein Köfferchen und fährst nach London. Bleib in der Wohnung dort, bis du von mir hörst. Alles übrige überlaß ruhig mir.«

»Ja, aber –«

»Tu, was ich dir gesagt habe, Rosaleen.«

Er lächelte ihr zu und sprach freundlich und mit zuversichtlich klingender Stimme auf sie ein.

»Geh hinauf und pack deine Siebensachen. ich fahre dich zum Bahnhof. Du kannst den 10-Uhr-32-Zug noch erwischen. Sag dem Portier in London, daß du niemanden zu sehen wünschst. Falls jemand nach dir fragt, per Telefon oder persönlich, so laß sagen, du seiest nicht da, du seiest nicht in der Stadt. Drück dem Portier ein Trinkgeld in die Hand, damit er's nicht vergißt. Er darf niemanden zu dir lassen außer mir.«

»Oh!« Rosaleens Hände hoben sich in ängstlicher Geste.

»Es besteht kein Grund zu Befürchtungen«, versicherte David. »Aber die Situation ist nicht einfach, und du bist ihr nicht gewachsen. Deshalb will ich dich aus dem Weg haben. Ich werde schon damit fertig, hab keine Angst.«

»Kann ich nicht hierbleiben, David?«

»Nein, Rosaleen, sei vernünftig. Ich muß freie Hand haben mit diesem Burschen, wer immer er sein mag.«

»Glaubst du, daß er –«

»Im Augenblick glaube ich überhaupt nichts«, erwiderte David nachdrücklich. »Wir müssen der Reihe nach vorgehen. Und als erstes mußt du von der Bildfläche verschwinden. Dann kann ich herausfinden, wie die Dinge liegen. Sei vernünftig, Rosaleen, und beeil dich.«

Gehorsam verließ sie den Raum.

David musterte stirnrunzelnd den Brief in seiner Hand. Der Ton war höflich, der Inhalt nichtssagend. Irgendwelche Schlüsse aus den Zeilen zu ziehen, war schwierig. Möglich, daß der Schreiber ehrliche Besorgtheit ausdrücken wollte, möglich aber auch, daß es ihm darum zu tun war, eine versteckte Drohung anzubringen. Was David etwas seltsam erschien an dem Brief, waren die Anführungszeichen vor und nach dem Namen seiner Schwester. Dieses »Mrs. Cloade« wirkte beunruhigend.

Er betrachtete die Unterschrift. Enoch Arden. Eine Erinnerung wurde geweckt, blieb aber verschwommen. Irgendwelche Verse hingen damit zusammen.

Als David an diesem Abend die Halle des »Hirschen« betrat, war, wie üblich, niemand da. Eine Tür an der linken Seite trug die Aufschrift »Café«, eine Tür an der rechten Seite war bezeichnet mit »Salon«. Eine weiter hinten liegende Tür führte zu Räumlichkeiten, die laut Hinweis »Nur für Hotelgäste« reserviert waren. Durch einen Korridor, der rechts abzweigte, kam man in die Wirtsstube, aus der gedämpftes Stimmengewirr herüberdrang. Auf die durchsichtige Vorderfront eines Glasverschlags was »Büro« gemalt. Neben dem Schiebefenster stand vorsorglich eine Glocke.

Man mußte manchmal vier- oder fünfmal läuten, bevor sich jemand herabließ, nach den Wünschen des Gastes zu fragen. David wußte das aus Erfahrung. Bis auf die wenigen Stunden, in denen die Mahlzeiten serviert wurden, war die Halle des »Hirschen« meist menschenleer wie Robinson Crusoes Eiland.

Heute hatte David Glück. Schon beim dritten Läuten tauchte Miss Beatrice Lippincott von der Wirtsstube her auf und betrat, ihren leuchtendblonden Haarschopf zurechtstreichend, die Halle. Mit einem freundlichen Lächeln schlüpfte sie in den Glasverschlag: »Guten Abend, Mr. Hunter. Kalt draußen für diese Jahreszeit, finden Sie nicht?«

»Ja. Ist bei Ihnen ein Mr. Arden abgestiegen?«

»Warten Sie, ich will nachschauen«, erwiderte Miss Lippincott und blätterte im Gästebuch, als müsse sie sich vergewissern. Es war eine überflüssige kleine Prozedur, auf die sie nie verzichtete, wohl in der irrigen Ansicht, dadurch das Ansehen des »Hirschen« zu steigern.

»Ja, hier haben wir ihn. Nummer 5 im ersten Stock. Sie können nicht fehlgehen, Mr. Hunter. Die Treppe hinauf und

74

dann nicht zur Galerie, sondern links herum und drei Stufen hinunter.«

Dieser Anweisung folgend, stand David kurz darauf vor Nummer 5. Auf sein Klopfen rief eine Stimme: »Herein.« David trat ein und schloß die Tür hinter sich.

Beatrice Lippincott verließ den Glasverschlag und rief: »Lilly!«, woraufhin ein etwas dumm dreinschauendes Mädchen mit wäßrigen Glotzaugen erschien.

»Können Sie mich für ein Weilchen vertreten, Lilly?« fragte Miss Lippincott. »Ich muß nach der Bettwäsche sehen.«

Lilly kicherte unmotiviert und erwiderte: »Ja, Miss Lippincott.« Und mit einem sehnsüchtigen Seufzer fügte sie hinzu: »Ist der Mr. Hunter nicht ein wunderschöner Mann?«

»Ach, ich habe einen Haufen junger Leute von seinem Schlag zu Gesicht bekommen während des Krieges«, tat Miss Lippincott die schwärmerische Bemerkung überlegen ab. »Junge Piloten vom Flugplatz drüben und was damals alles dort so herumschwirrte. Man wußte nie, ob die Schecks auch gut waren, die sie einem gaben. Aber sie hatten eine Art, daß man manchmal wider besseres Wissen handelte. Worauf ich Wert lege, Lilly, ist Klasse. Ein Gentleman ist ein Gentleman und läßt sich auf den ersten Blick erkennen, selbst wenn er einen Traktor fährt.«

Und mit dieser für Lilly nicht leicht zu verstehenden Feststellung verschwand Miss Lippincott in den oberen Regionen.

In Zimmer Nummer 5 blieb David bei der Tür stehen und sah zu dem Mann hinüber, der sich Enoch Arden nannte.

In den Vierzigern, taxierte David, weit herumgekommen, aber nicht immer glimpflich behandelt worden – alles in allem sicher kein leichtzunehmender Mensch.

»Sind Sie Hunter?« eröffnete Arden das Gespräch. »Nehmen Sie Platz. Was wollen Sie? Einen Whisky?«

Er selbst hatte es sich bequem gemacht, wie David bemerkte. Ein kleiner Vorrat an Flaschen stand bereit; im Kamin

brannte Feuer, sehr angenehm an diesem kühlen Frühlings-
abend. Die Kleidung war nicht von englischem Schnitt, aber
salopp, wie Engländer sie zu tragen pflegen. Dem Alter nach
hätte es stimmen können . . .

»Danke. Einen Whisky nehme ich gern.«

Sie benahmen sich ein wenig wie Hunde, die noch nicht
recht wissen, woran sie miteinander sind. Gespannt, jeden
Augenblick bereit, sich spielerisch zu balgen oder zuzu-
schnappen. Doch über den Gläsern löste sich die Spannung
etwas. Die erste Runde war beendet.

Der Mann, der sich Enoch Arden nannte, sagte:

»Sie waren wohl überrascht, als Sie meinen Brief bekamen?«

»Ehrlich gestanden, weiß ich nicht recht, was ich davon halten soll. Ich entnehme Ihren Andeutungen nur, daß Sie den
ersten Mann meiner Schwester, Robert Underhay, kannten.«

»Das stimmt. Ich kannte Robert sogar sehr gut.«

Arden lächelte und vergnügte sich damit, blaue Rauchringe
in die Luft zu blasen.

»So gut, wie man einen Menschen nur kennen kann. Sie sind
nie mit ihm zusammengetroffen, Hunter, nicht wahr?«

»Nein.

»So? Das ist ja gut.«

»Was meinen Sie damit?« fragte David argwöhnisch.

»Es macht alles viel einfacher, mein Lieber, nichts weiter.
Entschuldigen Sie, daß ich Sie ersucht habe, hierherzukom-
men, aber ich hielt es für besser« – er schaltete eine kleine
Pause ein –, »Rosaleen aus dem Spiel zu lassen. Wozu ihr
unnötig Sorgen bereiten?«

»Dürfte ich Sie bitten, zur Sache zu kommen?«

»Selbstverständlich. Haben Sie jemals die Möglichkeit erwogen, es könne mit Robert Underhays Tod eventuell nicht
alles mit rechten Dingen zugegangen sein?«

»Was zum Teufel wollen Sie damit sagen?«

»Nun, Underhay war ein sonderbarer Mensch. Er hatte so
seine eigenen Vorstellungen. Möglich, daß es Ritterlichkeit
war, möglich aber auch, daß ihn andere Motive bewogen haben, doch können wir das beiseite lassen und einfach anneh-

76

men, Underhay wäre es damals, vor einigen Jahren, aus bestimmten Gründen sehr recht gewesen, als tot zu gelten. Er verstand ausgezeichnet, mit den Eingeborenen umzugehen. Sie zu veranlassen, eine Geschichte von angeblichen Ereignissen in Umlauf zu setzen, bereitete ihm sicher keine nennenswerte Schwierigkeit. Mehr brauchte es nicht. Eine Geschichte, mit genügend glaubwürdigen Einzelheiten ausgeschmückt. Alles, was für ihn zu tun blieb, war, tausend Meilen vom Schauplatz entfernt unter anderem Namen wiederaufzutauchen.«

»Das erscheint mir eine etwas gewagte Annahme«, wehrte David ab. »Zu phantastisch.«

Arden grinste. Er lehnte sich vor und tätschelte Davids Knie. »Aber angenommen, es ist die Wahrheit. Was dann?«

»Ich würde unwiderlegbare Beweise verlangen.«

»Ja? Möglich, daß Underhay selbst eines Tages in Warmsley Vale auftaucht. Würde Ihnen dieser Wahrheitsbeweis gefallen?«

»Jedenfalls wäre er eindeutig«, bemerkte David trocken.

»Eindeutig allerdings, aber gleichzeitig doch auch ein bißchen peinlich. Für Mrs. Gordon Cloade, meine ich. Sogar ziemlich peinlich. Das müssen Sie doch wohl zugeben.«

»Meine Schwester ging ihre zweite Ehe im ehrlichen Glauben ein, verwitwet zu sein.«

»Selbstverständlich. Das bedarf gar keiner Erwähnung. Jeder Richter würde das anerkennen. Nicht der geringste Vorwurf kann sie treffen.«

»Wieso Richter?« erkundigte sich David stirnrunzelnd.

Enoch Arden sagte in entschuldigendem Ton:

»Ich dachte an die juristische Seite: Bigamie.«

»Worauf wollen Sie hinaus?« fragte David ungeduldig.

»Regen Sie sich doch nicht auf, mein Lieber! Lassen Sie uns in Ruhe gemeinsam überlegen, was am besten zu tun ist. Am besten für Ihre Schwester, meine ich. Wem liegt schon daran, Staub aufzuwirbeln und den Leuten Gesprächsstoff zu liefern? Underhay war immer ein Kavalier.« Arden machte eine Pause. »Er ist es noch . . .«

»Er ist es noch?« wiederholte David.

»Das sagte ich eben.«

»Sie behaupten, Robert Underhay lebt? Wo befindet er sich augenblicklich?«

Arden lehnte sich vor, und sein Ton wurde vertraulich.

»Wollen Sie das wirklich wissen, Hunter? Wäre es nicht besser, Sie wären nicht im Bild? Oder sagen wir der Genauigkeit halber: Wäre es nicht besser, Sie und Rosaleen könnten erklären, soweit Sie informiert seien, starb Underhay in Afrika? Na, sehen Sie! Und falls Underhay lebt, weiß er nichts davon, daß seine Frau sich wieder verheiratet hat, denn hätte er eine Ahnung, würde er sich selbstverständlich melden . . . Rosaleen hat von ihrem zweiten Mann ein großes Vermögen geerbt. Nun, wie die Dinge stehen, wäre Rosaleen doch eigentlich nicht erbberechtigt. Underhay ist ein Mann von ausgeprägtem Ehrgefühl. Es wäre ihm entsetzlich zu wissen, daß sie diese Erbschaft unter Vorgabe falscher Tatsachen zugesprochen bekommen hat.« Wieder entstand eine Pause. »Aber Underhay braucht ja, wie gesagt, von dieser zweiten Heirat nichts zu erfahren. Es geht ihm nicht gut, dem armen Kerl. Gar nicht gut.«

»Inwiefern geht es ihm nicht gut?«

»Er ist krank, sehr krank, und braucht dringend ärztliche Hilfe und Pflege. Er müßte sich einer Kur unterziehen, alles sehr kostspielige Dinge . . .«

David hakte ein.

»Kostspielig?«

»Ja, leider kostet doch alles Geld. Und Robert Underhay besitzt praktisch nichts außer dem, was er am Leibe trägt.«

Davids Blick wanderte durch den Raum und blieb auf dem über einem Stuhlrücken hängenden Rucksack haften. Von einem Koffer war nichts zu sehen.

»Ich hege gewisse Zweifel daran, daß Robert Underhay wirklich so ein vollendeter Kavalier ist, wie Sie es mich glauben machen wollen«, meinte er nach einer Pause.

»Er war es früher«, versicherte der andere. »Aber die Not hat ihn naturgemäß ein wenig härter und zum Zyniker gemacht.

Gordon Cloade war ein von Gütern außergewöhnlich gesegneter Mann. Der Anblick zu großen Reichtums erweckt im Armen manchmal die niedrigeren Instinkte.«

»Meine Antwort steht fest.« David Hunter erhob sich. »Scheren Sie sich zum Teufel!«

Ohne seine lässige Haltung zu verändern, erwiderte Arden: »Ich habe diese Antwort von Ihnen erwartet.«

»Sie sind ein regelrechter Erpresser und nichts weiter«, erklärte David. »Und ich hätte die größte Lust, die Polizei auf Sie zu hetzen.«

»Mich der Öffentlichkeit preisgeben, ja?« Arden grinste. »Doch Ihnen wäre es weniger angenehm, würde ich mich an die Öffentlichkeit wenden. Aber beruhigen Sie sich, ich verzichte darauf. Wenn Sie nicht kaufen wollen, weiß ich noch andere Interessenten für meine Ware.«

»Was soll das heißen?«

»Na, die Cloades! Angenommen, ich gehe zu ihnen mit meiner Geschichte? ›Entschuldigen Sie, bitte, wenn ich Sie störe, aber es interessiert Sie vielleicht, daß Robert Underhay noch lebt!‹ Mein Lieber, stellen Sie sich den Empfang vor, den man mir bereiten würde. Mit offenen Armen käme die gesamte Familie mir entgegen.«

»Es würde Ihnen wenig nützen. Von denen kriegen Sie keinen roten Heller. Die sind samt und sonders arm wie die Kirchenmäuse«, entgegnete David grimmig.

»Es gibt doch so etwas wie – die Juristen nennen es so – ein Erfolgshonorar. Man einigt sich darauf, daß soundsoviel in bar zu zahlen ist an dem Tag, an dem klipp und klar bewiesen wird, daß Robert Underhay noch lebt, Mrs. Gordon Cloade also dem Gesetz nach Mrs. Underhay ist und Gordon Cloades vor der Heirat abgefaßtes Testament seine volle Gültigkeit behalten hat.«

Einige Minuten saß David da, ohne ein Wort zu erwidern. Dann fragte er ohne alle Umschweife:

»Wieviel?«

Die Antwort wurde ihm ebenso unverblümt zuteil:

»Zwanzigtausend.«

»Kommt nicht in Frage. Meine Schwester darf das Kapital nicht antasten. Sie hat nur die Nutznießung.«

»Also zehntausend. Sie kann sich das Geld irgendwo verschaffen. Mit Leichtigkeit. Und sie wird doch auch Schmuck haben.«

Wieder verfiel David in minutenlanges Schweigen, bevor er erwiderte:

»Gut. Einverstanden.«

Der andere sah ihn fassungslos an und ein wenig unsicher, als sei ihm der unerwartet in den Schoß gefallene Sieg nicht ganz geheuer.

»Keine Schecks«, erklärte er. »Nur bares Geld.«

»Aber Sie müssen uns Zeit geben, damit wir das Geld irgendwo auftreiben können.«

»Ich gebe Ihnen achtundvierzig Stunden.«

»Sagen wir nächsten Dienstag.«

»Einverstanden. Bringen Sie mir das Geld hierher.« Und bevor David noch etwas entgegnen konnte, fügte er hinzu: »Sie an einer einsamen Wegbiegung oder einer abgelegenen Stelle am Fluß zu treffen, fällt mir nicht ein. Sie müssen mir das Geld hierher in den ›Hirschen‹ bringen, und zwar am nächsten Dienstag abends um neun.«

»Großes Vertrauen bringen Sie mir nicht entgegen«, sagte David höhnisch.

»Ich habe schon allerhand erlebt, und ich kenne Ihren Typ.«

»Also abgemacht. Nächsten Dienstag.«

David verließ das Zimmer, das Gesicht von Wut verzerrt.

Beatrice Lippincott trat aus dem Zimmer Nummer 4 auf den Korridor. Zwischen den Zimmern Nummer 4 und Nummer 5 gab es eine Verbindungstür, da jedoch der Kleiderschrank von Nummer 5 davorstand, blieb sie den Bewohnern dieses Zimmers meist verborgen.

Miss Lippincotts Wangen waren rosig überhaucht, und ihre Augen glänzten vor innerer Erregung.

11

Shepherds Court nannte sich das imposante Appartement-
haus in Mayfair, das in luxuriöse Wohnungen aufgeteilt war.
Auch jetzt noch wurden die Räume mit Bedienung vermie-
tet, obwohl die Bedienung nicht mehr so erstklassig war wie
vor dem Krieg. Früher hatten zwei Portiers den Dienst in der
Halle unten versehen; nun mußte einer dieser Aufgabe ge-
recht werden. Im Restaurant konnte man auch jetzt noch alle
Mahlzeiten bekommen, doch wurde mit Ausnahme des
Frühstücks nichts mehr aufs Zimmer serviert.
Das von Mrs. Gordon Cloade gemietete Appartement befand sich im dritten Stock und umfaßte einen Salon mit ein-
gebauter Bar, zwei Schlafzimmer mit eingebauten Schränken
und ein hochelegantes Bad, in dem auf Hochglanz polierte
Kacheln mit den verchromten Hähnen und Handtuchhaltern
um die Wette funkelten.
David Hunter ging im Salon mit großen Schritten auf und ab,
während Rosaleen ängstlich und eingeschüchtert in der Ecke
eines Sofas saß und ihn beobachtete.
»Erpressung!« murmelte David. »Erpressung, gemeine Erpressung. Himmel, bin ich der Mensch, der sich erpressen
läßt?«
Rosaleen schüttelte ratlos den Kopf.
»Wenn ich nur eine Ahnung hätte«, sagte David. »Wenn ich
nur eine Ahnung hätte.«
Von Rosaleen kam ein unterdrückter Schluchzer.
»Dies im dunklen Tappen macht mich verrückt.« Unvermittelt drehte er sich zu seiner Schwester um. »Hast du die Sma-
ragde in die Bond Street zu Greatorix gebracht?«
»Ja.«
»Und wieviel?«
»Viertausend. Viertausend Pfund. Er hat gesagt, falls ich sie
nicht verkaufe, müßten sie neu versichert werden.«
»Ja, Edelsteine sind im Wert gestiegen. Wenn's sein muß,
können wir natürlich das Geld auftreiben. Aber wenn wir
zahlen, ist das ja nur der Anfang, Rosaleen. Es bedeutet, daß

man uns aussaugen wird, buchstäblich aussaugen bis auf den letzten Heller.«

»Können wir denn nicht einfach wegfahren, David? Nach Irland oder nach Amerika, irgendwohin?« weinte Rosaleen.

»Du bist keine Kämpfernatur, Rosaleen. Mach dich aus dem Staube, sobald es brenzlig wird, das ist dein Motto.«

»Ach nein, aber das alles ist schrecklich, und wir sind im Unrecht. Von Anfang an. Es war schlecht von uns«, jammerte sie.

»Hör auf mit dem moralischen Getue«, fuhr David sie an. »Wir saßen schön drin im warmen Nest. Zum ersten Mal in meinem Leben habe ich in einem warmen Nest gesessen, und ich denke nicht dran, mich so mir nichts, dir nichts hinauswerfen zu lassen. Wenn nur diese verfluchte Ungewißheit nicht wäre! Wenn man wüßte . . . Begreifst du denn nicht, daß die ganze Geschichte ein Bluff sein könnte? Ein billiger Bluff, und wir kriechen zitternd und zagend gleich auf den Leim. Wer weiß . . . Underhay liegt vielleicht, wahrscheinlich sogar, irgendwo in Afrika friedlich begraben, so wie wir's immer angenommen haben.«

Ein Schaudern überlief Rosaleen.

»Nicht, David, sag nicht so etwas«, bat sie.

Er blickte ungeduldig zu ihr hinüber, als er jedoch ihre vor Angst geweiteten Augen sah, beherrschte er sich. Er kam zu ihr, setzte sich neben sie und nahm ihre kalten Hände in seine.

»Mach dir keine Sorgen, Rosaleen«, sagte er tröstend. »Ich werde schon alles ins reine bringen. Tu nur, was ich dir sage. Das kannst du doch, nicht wahr?«

»Das tue ich doch immer, David.«

Er lachte.

»Ja, Schwesterchen, das tust du immer. Laß mich nur machen. Wir werden uns schon zu helfen wissen. Mr. Enoch Arden wird sich an mir noch die Zähne ausbeißen.«

»Gibt es nicht ein Gedicht, David, das von einem Mann handelt, der zurückkommt und –«

»Ja«, unterbrach er sie. »Das macht mir ja eben Sorgen. Aber ich werde der Sache schon auf den Grund kommen.«

»Und Dienstag abend bringst du ihm – das Geld?«
Er nickte.

»Ja. Aber nur fünftausend. Ich werde ihm erklären, daß ich unmöglich auf einmal die ganze Summe auftreiben konnte. Auf alle Fälle muß ich ihn daran hindern, zu den Cloades zu laufen. Ich glaube, es war eine leere Drohung, aber ich bin nicht sicher.«

Er hielt inne und lehnte sich zurück. In seine Augen trat ein nachdenklicher Ausdruck. Die Gedanken hinter seiner Stirn arbeiteten, erwogen Möglichkeiten, maßen ab und trafen Entscheidungen.

Und dann lachte er plötzlich. Es war ein unvermitteltes, heiteres und unbekümmertes Lachen. Es war das Lachen eines Mannes, der zur Tat schreitet und den nichts von einem gefährlichen Unternehmen abhalten kann. Trotz lag darin und zugleich Genugtuung.

»Ich kann mich auf dich verlassen, Rosaleen«, sagte er. »Gott sei Dank kann ich mich auf dich verlassen.«

»Auf mich verlassen?« Rosaleen sah ihn verständnislos an. »In welcher Beziehung?«

»Daß du dich genau an meine Anweisungen hältst und handelst, wie ich es dir gesagt habe. Absolute Zuverlässigkeit und Genauigkeit, Rosaleen, ist bei allen strategischen Operationen der Faktor, von dem der Erfolg abhängt, glaube mir.« Er lachte. »Operation Enoch Arden.«

12

Mit einigem Erstaunen betrachtete Rowley das lila Kuvert in seiner Hand. Wer von seinen Bekannten besaß solches Briefpapier? Und wo war es in der heutigen Zeit überhaupt zu haben? Der Krieg hatte mit Erzeugnissen dieser Art mehr oder weniger aufgeräumt.

Lieber Mr. Rowley,

entschuldigen Sie, daß ich mich auf diese Weise an Sie wende, aber ich hoffe, Sie werden meine Kühnheit entschuldigen, wenn Sie hören, was ich Ihnen mitzuteilen habe. Es gehen Dinge vor, von denen Sie unbedingt unterrichtet sein müssen.

Rowley unterbrach die Lektüre, um einen verständislosen Blick auf die Unterschrift zu werfen.

Ich knüpfe an unser Gespräch von vor einigen Tagen an, als Sie sich nach einer gewissen Person erkundigten. Wenn es Ihnen möglich wäre, im »Hirschen« vorbeizukommen, erzähle ich Ihnen gerne näheres. Wir alle hier haben uns damals empört, als Ihr Onkel starb und sein Geld an Fremde fiel.

Ich hoffe, Sie nehmen mir meine Zeilen nicht übel, aber ich hielt es für sehr wichtig, mich an Sie zu wenden.

Mit bestem Gruß
Beatrice Lippincott

Ratlos starrte Rowley auf den Bogen in seiner Hand. Was sollte das heißen? Wie ließen sich diese Zeilen auslegen? Die gute Bee! Sie kannten sich seit ihrer Kindheit. Seinen ersten Tabak hatte er im Laden ihres Vaters gekauft und später manche Stunde mit ihr hinterm Ladentisch vertrödelt. Sie war ein hübsches Mädchen gewesen. Während einer fast einjährigen Abwesenheit Bees von Warmsley Vale hatten böse Zungen behauptet, sie habe irgendwo ein uneheliches Kind zur Welt gebracht. Vielleicht war es nur Gerede, vielleicht entsprach es der Wahrheit. Heute jedoch genoß sie allgemeines Ansehen. Rowley warf einen Blick auf die Uhr. Er zog es vor, sich unverzüglich auf den Weg zum »Hirschen« zu machen. Er wollte wissen, was hinter diesen Andeutungen Beatrices steckte. Es war kurz nach acht Uhr, als er die Tür zur Wirtsstube aufstieß. Rowley grüßte diesen und jenen Gast, ging aber geradewegs zur Theke, wo er sich ein Glas Bier bestellte.

Beatrice lächelte ihm zu. »Guten Abend, Mr. Rowley.«
»Guten Abend, Beatrice. Vielen Dank für Ihren Brief.«
»Ich habe gleich Zeit für Sie. Nur einen Moment.«
Rowley nickte und trank dann langsam sein Bier, während
Beatrice die bestellten Getränke ausgab. Sie rief über die
Schulter nach Lilly, und bald darauf kam das Mädchen und
löste sie ab.
»Wollen Sie bitte mit mir kommen, Mr. Rowley?«
Sie führte ihn durch einen Korridor zu einer Tür, auf der
»Privat« stand. Das kleine Zimmer dahinter war mit Plüsch-
möbeln und Porzellanfigürchen vollgepfropft. Auf einer
Sessellehne thronte neckisch ein bereits ziemlich mitgenom-
mener Pierrot aus buntem Seidenstoff.
Beatrice stellte das plärrende Radio ab und deutete auf einen
Sessel.
»Ich bin sehr froh, daß Sie meiner Aufforderung gefolgt
sind, Mr. Rowley, und ich hoffe wirklich, Sie nehmen mir
mein Schreiben nicht übel. Das ganze Wochenende habe ich
mir den Kopf zerbrochen und überlegt, was ich tun soll, aber
ich habe das Gefühl, Sie müssen einfach wissen, was hier los
war.«
Beatrice fühlte sich glücklich und völlig in ihrem Element.
Außerdem kam sie sich sehr wichtig vor.
Rowley fragte mit sanftem Drängen:
»Und was war los?«
»Sie erinnern sich doch an Mr. Arden, nicht wahr? Den
Herrn, nach dem Sie sich neulich erkundigt haben, Mr.
Rowley.«
»Ja, natürlich.«
»Am nächsten Abend kam Mr. Hunter und fragte nach ihm.«
»Mr. Hunter?«
Rowley richtete sich interessiert auf.
»Ja, Mr. Rowley. ›Nummer 5 im ersten Stock‹, sagte ich, und
Mr. Hunter ging gleich die Treppe hinauf. Ich war etwas
überrascht, wenn ich ehrlich sein soll, denn dieser Mr. Ar-
den hatte kein Wort davon erwähnt, daß er irgend jemanden
in Warmsley Vale kenne, und ich war überzeugt gewesen, er

sei hier in der Gegend völlig fremd. Mr. Hunter machte einen ziemlich nervösen Eindruck, so, als sei ihm eine Laus über die Leber gelaufen, aber ich achtete noch nicht weiter darauf.«

Sie schaltete eine Pause zum Atemholen ein, und Rowley ließ ihr Zeit. Er drängte sie nicht. Das war nicht seine Art. Würde in ihre Worte legend, fuhr Beatrice fort:

»Kurz darauf mußte ich im Zimmer Nummer 4 die Bettwäsche und die Handtücher wechseln. Zwischen Nummer 4 und Nummer 5 gibt es eine Verbindungstür, aber in Nummer 5 steht ein großer Schrank davor, so daß man die Tür nicht sieht. Im allgemeinen ist diese Tür geschlossen, aber zufällig war sie an jenem Abend ein kleines bißchen offen, wieso und warum und wer sie geöffnet hat, ist mir allerdings schleierhaft.«

Wieder verzichtete Rowley darauf, etwas zu sagen; er nickte nur.

Er zweifelte nicht daran, daß die gute Beatrice hinaufgegangen war und die Tür geöffnet hatte, um zu lauschen.

»Und so konnte ich einfach nicht anders als hören, was nebenan gesprochen wurde. Ich sage Ihnen, Mr. Rowley, ich fiel aus allen Wolken. Sie hätten mich mit einer Feder umwerfen können –«

Dazu wäre schon eine Feder von einigen Kilo Gewicht nötig gewesen, dachte Rowley amüsiert.

Er lauschte mit unbeteiligtem, beinahe ausdruckslosem Gesicht Beatrices Wiederholung des Gesprächs zwischen den beiden Männern. Als sie ihren Bericht beendet hatte, sah sie ihn erwartungsvoll an.

Doch sie mußte mehrere Minuten warten, bevor Rowley sich aufraffte.

»Vielen Dank, Beatrice«, sagte er. »Vielen Dank.«

Und mit diesen Worten ging er zur Tür und verschwand. Beatrice blieb wie versteinert sitzen. Das hatte sie nicht erwartet. Irgendeinen Kommentar zu dem eben Gehörten hätte Mr. Rowley, ihrer Meinung nach, schon abgeben können.

13

Automatisch lenkte Rowley seine Schritte der Farm zu, doch nach einigen hundert Metern hielt er plötzlich inne und schlug eine andere Richtung ein.

Seine Gedanken arbeiteten nur langsam. Erst jetzt kam ihm die volle Bedeutung dessen, was Beatrice ihm da erzählt hatte, zu Bewußtsein. Wenn ihr Bericht auf Wahrheit beruhte, und im wesentlichen war dies sicher der Fall, so ging das die gesamte Familie Cloade an. Die neue Situation durfte nicht verheimlicht werden, und die in dieser Lage geeignetste Person, eine Entscheidung zu treffen, war ohne Zweifel Onkel Jeremy. Jeremy Cloade in seiner Eigenschaft als Rechtsanwalt würde gleich wissen, was sich mit der überraschenden Mitteilung anfangen ließ und welche Schritte zu unternehmen waren.

Obwohl Rowley im ersten Impuls die Dinge lieber selbst in die Hand genommen hätte, hielt er es schließlich doch für gescheiter, einen mit schwierigen Situationen vertrauten Rechtsanwalt über die Lage urteilen zu lassen. Je eher Jeremy von den Vorfällen unterichtet wurde, desto besser, und dieser Erkenntnis entsprechend lenkte Rowley seine Schritte direkt zu seines Onkels Haus. Das Dienstmädchen öffnete ihm die Tür und teilte ihm mit, die Herrschaften säßen noch bei Tisch. Sie wollte Rowley ins Speisezimmer führen, aber er zog es vor, im Arbeitszimmer seines Onkels zu warten. Ihm lag nichts daran, Frances bei der Unterredung dabei zu haben.

Ungeduldig schritt er im Zimmer auf und ab. Nach einem Weilchen ließ er sich in einen Sessel fallen.

»Was Rowley nur plötzlich von dir will?« fragte Frances nachdenklich ihren Mann.

»Wahrscheinlich kennt er sich mit den Formularen nicht aus, die er ausfüllen muß. Die meisten Farmer verstehen nur die Hälfte von dem, was man da von ihnen wissen will«, entgegnete Jeremy Cloade gleichgültig. »Rowley nimmt's vermutlich sehr genau und will sich Rat holen.«

»Er ist ein netter Bursche«, meinte Frances, »aber entsetzlich schwerfällig. Er tut mir leid. Ich habe das Gefühl, als stimme in letzter Zeit nicht mehr alles so ganz zwischen ihm und Lynn.«

»Wieso ... Ach so, ja, Lynn ... du mußt entschuldigen, meine Liebe, es fällt mir entsetzlich schwer, mich auf irgend etwas zu konzentrieren. Ich zermartere mir ständig mein Gehirn ...«

Jeremy fuhr sich mit der Hand über die Stirn.

»Mach dir keine Sorgen«, fiel Frances hastig ein. »Es kommt schon alles in Ordnung. Du wirst sehen, ich habe recht.«

»Du machst mir manchmal angst, Frances. Du bist so unbekümmert. Du bist dir nicht im klaren über die Situation –«

»Ich bin mir absolut im klaren darüber, und ich laufe vor der Erkenntnis nicht davon. Im Gegenteil, im Grunde versetzt es mich in eine Art Spannung, in eine gehobene Stimmung –«

»Das eben macht mir ja angst, meine Liebe«, gab Jeremy zu bedenken.

Frances lächelte ihrem Mann beruhigend zu.

»Laß unseren armen jungen Farmer nicht zu lange warten. Hilf ihm Formular Nummer elfhundertundneunundneunzig ausfüllen oder was er sonst auf dem Herzen hat.«

Doch als sie aus dem Speisezimmer traten, fiel eben die Haustür ins Schloß. Edna kam und richtete aus, daß Mr. Rowley beschlossen habe, wieder zu gehen, da es doch nichts Wichtiges sei, was er mit Mr. Cloade habe besprechen wollen.

14

An jenem bewußten Dienstagnachmittag machte Lynn Marchmont einen längeren Spaziergang. Eine innere Unruhe trieb sie aus dem Haus. Sie hatte das Gefühl, einmal gründlich und in aller Ruhe über verschiedenes nachdenken zu müssen.

Sie hatte Rowley schon seit ein paar Tagen nicht mehr gesehen. Wohl waren sie sich seit jenem Nachmittag, an dem sie ihn mit der Forderung überfallen hatte, ihr fünfhundert Pfund zu leihen, wieder begegnet, aber es herrschte doch eine gewisse Spannung zwischen ihnen. Lynn war mittlerweile selbst zu der Erkenntnis gekommen, daß ihr Anliegen unvernünftig gewesen war und Rowley im Grunde keinen Vorwurf dafür verdiente, daß er es abgeschlagen hatte. Aber Vernunftgründe haben selten Aussicht, von Liebenden berücksichtigt zu werden.

Sie hatte sich in den letzten Tagen verlassen gefühlt und Langeweile empfunden, wagte sich aber nicht einzugestehen, daß dies vielleicht mit David Hunters Abreise zusammenhängen könnte. David war eine anregende Persönlichkeit. Das ließ sich nicht bestreiten.

Die Familie ging ihr in diesen Tagen mehr als sonst auf die Nerven. Ihre Mutter war strahlender Laune und hatte erst heute beim Frühstück angekündigt, daß sie nach einem zweiten Gärtner Umschau halte.

»Der arme alte Tom kann es wirklich nicht mehr allein schaffen.«

»Aber wir können es uns nicht leisten!« hatte Lynn protestiert. Doch war dieser Protest auf unfruchtbaren Boden gefallen.

»Gordon wäre entsetzt, würde er unseren Garten sehen«, war Mrs. Marchmonts Antwort gewesen. »Alles war immer so schön in Ordnung, und schau dir einmal an, wie vernachlässigt der Rasen und die Wege und die Beete sind. Nein, Gordon wäre von ganzem Herzen einverstanden damit, daß wir den Garten in Ordnung bringen.«

»Auch, wenn wir uns zu diesem Zweck Geld von seiner Witwe borgen müssen?«

»Ich habe dir doch gesagt, daß Rosaleen sehr nett gewesen ist. Sie war sehr verständnisvoll. Ich denke, sie hat unseren Standpunkt absolut begriffen. Übrigens habe ich noch einen ganz hübschen Überschuß auf der Bank, obwohl ich alle Rechnungen bezahlt habe. Ich sage dir, Lynn, ein zweiter

Gärtner wäre keine Verschwendung, sondern eher Sparsamkeit. Stell dir vor, wieviel Gemüse wir anpflanzen könnten.«

»Du kriegst auf dem Markt mehr Gemüse, als du auf den Tisch bringen kannst, für bedeutend weniger als drei Pfund in der Woche.«

»Ich bin sicher, wir könnten jemand zu einem niedrigeren Gehalt finden. Es werden jetzt so viele Männer demobilisiert, die alle Arbeit suchen.«

»In Warmsley Heath oder Warmsley Vale wirst du kaum solche Arbeitskräfte finden«, wandte Lynn trocken ein.

Obwohl Mrs. Marchmont es für diesmal dabei bewenden ließ, bedrückte Lynn der Gedanke, daß ihre Mutter sich anscheinend darauf eingestellt hatte, Rosaleen als Spenderin regelmäßiger Unterstützungen zu betrachten. Bei solchen Überlegungen wurden Davids spöttische Worte qualvoll lebendig.

Um sich von der schlechten Laune zu befreien, in die das morgendliche Gespräch mit der Mutter sie versetzt hatte, war Lynn zu einem Spaziergang aufgebrochen.

Daß sie ihre Tante Kathie vor der Post traf, trug nicht gerade zur Hebung ihrer gesunkenen Lebensgeister bei. Tante Kathie hingegen befand sich in ihrem Element.

»Ich glaube, meine Liebe, wir werden bald interessante Neuigkeiten hören«, verhieß sie.

»Was willst du damit andeuten?« erkundigte sich Lynn.

Tante Kathie lächelte, schüttelte vielsagend den Kopf und machte ein überlegenes Gesicht.

»Ich habe erstaunliche Verbindungen bei unserer letzten Séance gehabt. Wahrhaft erstaunlich. Verbindung mit der Welt der Geister. Alle unsere Sorgen finden ein Ende, Lynn. Einen Dämpfer habe ich erhalten, aber das war am Anfang, und dann hieß es immer wieder: ›Gib's nicht auf! Gib's nicht auf!‹ Ich will nicht aus der Schule plaudern, Lynn, und ich bin sicher die letzte, die falsche Hoffnungen wecken möchte, aber glaube mir, die Stimmen aus der Geisterwelt trügen nicht, und bald, sehr bald, hat unser aller Elend ein Ende. Höchste Zeit wäre es, weiß Gott. Dein Onkel macht mir große Sorgen. Er hat während der vergangenen Jahre viel zu schwer gearbeitet. Es ist zu viel für ihn; er müßte sich zurückziehen und ganz seinen Studien widmen können. Aber ohne ein festes Einkommen kann er sich das natürlich nicht leisten. Manchmal versagten ihm in den letzten Wochen die Nerven. Wirklich, ich mache mir große Sorgen seinetwegen. Er ist zuzeiten so merkwürdig.«

Lynn nickte nachdenklich. Die mit ihrem Onkel vorgegangene Veränderung war auch ihr aufgefallen. Sie hatte ihn im Verdacht, manchmal zu einer aufputschenden Droge Zuflucht zu nehmen, und fragte sich insgeheim, ob er wohl bis zu einem gewissen Grad süchtig geworden war. Das würde auch den überreizten Zustand seiner Nerven erklärt haben. Ob Tante Kathie etwas vermutete oder gar wußte? Sie war keineswegs so nichtsahnend, wie sie sich manchmal gab.

Auf dem Weg über die Hauptstraße sah Lynn von weitem ihren Onkel Jeremy sein Haus betreten. Sie beschleunigte ihren Schritt. Das Verlangen, Warmsley Vale so schnell wie möglich hinter sich zu lassen und die Wiesen und Hügel außerhalb zu gewinnen, trieb sie voran. Sie hatte sich vorgenommen, während eines ausgiebigen Marsches querfeldein mit sich ins reine zu kommen. Bisher hatte sie sich stets geschmeichelt, einen klaren Kopf zu haben und immer zu wissen, was sie wollte. Daß sie überhaupt imstande war, sich so treiben zu lassen, wie es in den letzten Tagen der Fall war, bedeutete etwas noch nie Dagewesenes bei ihr.

Ja, sie hatte sich treiben lassen, seitdem sie aus dem Dienst entlassen worden war. Heimweh und Sehnsucht überkam sie nach jenen Tagen, da alle Pflichten klar vorgezeichnet waren und man ihr die Entscheidung über so viele Dinge abgenommen hatte. Doch im Augenblick, da sie sich dies klarmachte, erschrak sie vor der tieferen Bedeutung dieser Erkenntnis. Ging es heutzutage nicht den meisten Menschen wie ihr? Und war der Krieg daran schuld? Es waren nicht die körperlichen Gefahren wie Minen im Meer oder Bombardements oder Schüsse aus dem Hinterhalt, die am nachhaltigsten wirkten, nein, viel schlimmer war es, daß man lernte, wieviel einfacher das Leben sein konnte, wenn man aufhörte, über die Dinge nachzudenken. Sie selbst war nicht mehr das intelligente Mädchen mit dem klaren Kopf und der Fähigkeit zu schnellen Entschlüssen, das sie gewesen war, als sie sich zum Dienst meldete. Man hatte sie eingereiht, ihre Fähigkeiten genützt, und nun stand sie da, wieder ganz auf sich selbst angewiesen, und fühlte sich auf einmal absolut nicht mehr imstande, mit ihren persönlichen Schwierigkeiten fertig zu werden.

Und diejenigen, die daheim geblieben waren ... Zum Beispiel Rowley ...

Der Name Rowley verscheuchte die allgemeinen Erwägungen aus Lynns Kopf und schob das Persönliche in den Vordergrund. Sie und Rowley. Das war der Kernpunkt des Problems. Das Problem überhaupt, um das es ging.

Lynn setzte sich auf halber Höhe des Hügels ins weiche Gras. Das Kinn auf die Hand gestützt, blickte sie über das in der Abenddämmerung versinkende Tal. Jeder Zeitbegriff war ihr abhanden gekommen, nur ihr inneres Widerstreben, sich auf den Heimweg zu machen, war ihr bewußt. Unter ihr, zur Linken, lag Long Willows. Rowleys Farm, die ihr Heim sein würde, wenn sie ihn heiratete.

Wenn! Da war es wieder, dieses »Wenn«!

Mit einem ängstlichen Schrei flog ein Vogel aus den Bäumen auf. Es klang wie der Schrei eines erschrockenen Kindes. Von einem in der Ferne vorbeiratternden Zug stiegen Rauchfahnen gen Himmel, und es schien Lynn, als formten sich die grauen Wolken zu wandernden Fragezeichen.

Soll ich Rowley heiraten? Will ich ihn noch heiraten? Habe ich ihn jemals wirklich heiraten wollen? Und könnte ich es ertragen, ihn nicht zu heiraten?

Der Zug dampfte das Tal entlang und verschwand um eine Biegung. Der Rauch löste sich zitternd auf, doch für Lynn blieb das Fragezeichen bestehen.

Sie hatte Rowley ehrlich geliebt, bevor sie wegging. Aber ich habe mich verändert, grübelte sie. Ich bin nicht mehr die gleiche Lynn.

Und Rowley? Rowley hatte sich nicht verändert.

Ja, das war es eben. Rowley hatte sich nicht verändert. Rowley war noch genauso, wie sie ihn vor vier Jahren verlassen hatte. Wollte sie Rowley heiraten? Und wenn sie es nicht wollte – was wollte sie dann eigentlich?

Zweige krachten im Gehölz hinter ihr, und eine fluchende Männerstimme war zu hören, während sich jemand durch das Dickicht Bahn brach.

»David!« entfuhr es Lynn.

»Lynn!«

Er schaute überrascht auf, als er sie vor sich sah. »Was um Himmels willen machen Sie denn hier?«

Er mußte in ziemlich scharfem Tempo gelaufen sein, denn sein Atem ging kurz.

»Nichts Besonderes. Dasitzen und nachdenken. Nichts weiter«, gab sie Auskunft. Sie lächelte unsicher. »Ich glaube, es ist spät. Höchste Zeit für mich, heimzugehen.«

»Wissen Sie nicht, wieviel Uhr es ist?« erkundigte sich David. Sie schaute auf ihre Armbanduhr.

»Sie ist schon wieder stehengeblieben. Eine Spezialität von mir, alle meine Uhren aus der Bahn zu bringen.«

»Nicht nur Uhren!« bemerkte David. »Sie sind erfüllt von Leben, von Elektrizität. Ihre Vitalität ist's. Sie sind so lebendig.«

Er näherte sich ihr, und in vager Abwehr erhob sich Lynn.

»Es wird schon dunkel. Wirklich Zeit für mich, heimzugehen. Wie spät ist es, David?«

»Viertel nach neun Uhr. Ich muß auch machen, daß ich weiterkomme. Ich muß den 9-Uhr-20-Zug nach London noch erreichen.«

»Ich hatte keine Ahnung, daß Sie überhaupt zurückgekommen waren.«

»Ich mußte in Furrowbank einiges holen. Aber ich darf den Zug nicht versäumen. Rosaleen ist allein in der Wohnung, und wenn sie allein eine Nacht in London verbringen muß, bekommt sie Angstzustände.«

»Aber um sie herum wohnen doch Leute«, entgegnete Lynn spöttisch.

93

»Gegen Angst kann man nicht mit Logik ankämpfen«, erwiderte David. »Wenn Sie einen solchen Schock erlitten hätten wie Rosaleen damals bei dem Bombenangriff –«

»Entschuldigen Sie. Das hatte ich ganz vergessen.«

Sie war ehrlich betrübt.

»Natürlich, es ist alles so schnell vergessen«, versetzte David mit plötzlich aufwallender Bitterkeit. »Wir sind wieder wie früher, verkriechen uns in unsere Mauselöcher, fühlen uns sicher und unantastbar und machen uns wichtig. Und Sie sind genauso wie die anderen, Lynn!«

»Das ist nicht wahr, David«, fuhr Lynn auf. »Das ist nicht wahr! Gerade als Sie kamen, habe ich darüber nachgedacht –«

»Worüber? Über mich?«

Seine rasche Art verwirrte sie. Bevor sie recht wußte, wie ihr geschah, hatte er sie an sich gezogen und küßte sie leidenschaftlich.

»Rowley Cloade? Dieser gutmütige Ochse? Nein, Lynn, du gehörst mir!«

Und genauso plötzlich, wie er sie an sich gerissen hatte, ließ er sie los, schob sie fast ein wenig von sich weg und sagte:

»Ich werde noch den Zug verpassen.«

Und ohne ein weiteres Wort rannte er hügelabwärts.

»David!«

Im Laufen wandte er den Kopf und rief ihr zu:

»Ich rufe dich von London aus an!«

Sie sah ihm nach, wie er durch die rasch zunehmende Dämmerung lief, leichten Schritts und doch mit kraftvoller Eleganz.

Und dann, völlig verwirrt, mit klopfendem Herzen und ratloser als zuvor, machte sie kehrt und ging langsam heim.

Vor dem Haus zögerte sie einen Moment. Der Gedanke an den Redefluß der Mutter, das wortreiche Willkommen und die unaufhörlichen Fragen, war ihr zuwider.

Und da fiel ihr das Geld wieder ein. Von Leuten, die sie verachtete, hatte sich Adela Marchmont fünfhundert Pfund geliehen.

Wir haben nicht das geringste Recht, Rosaleen und David zu verachten, dachte Lynn, während sie die Treppe hinaufstieg. Wir sind um kein Jota besser. Wir sind zu allem imstande – wenn's um Geld geht.

Vor dem Spiegel in ihrem Zimmer blieb sie stehen. Ein fremdes Gesicht schien ihr entgegenzusehen.

Unvermittelt stieg Ärger in ihr hoch.

Wenn Rowley mich wirklich liebte, hätte er die fünfhundert Pfund irgendwie aufgetrieben. Er hätte mir diese entsetzliche Demütigung erspart, es von David annehmen zu müssen. Von David! David ...

David hatte gesagt, er würde sie von London aus anrufen.

Wie im Traum ging sie die Treppe wieder hinunter ...

Träume, ging es ihr durch den Kopf, können sehr gefährlich sein ...

15

»Da bist du ja, Lynn, ich habe dich gar nicht hereinkommen hören.« Adelas Stimme klang erleichtert. Sie plätscherte beruhigt fort: »Bist du schon lange da?«

»Ewigkeiten«, erwiderte Lynn ausweichend. »Ich war oben.«

»Ach, mir wäre es lieber, du würdest mir sagen, wenn du heimkommst. Ich bin immer unruhig, wenn ich dich nach Einbruch der Dunkelheit draußen herumstreifen weiß.«

»Das ist doch weiß Gott übertrieben, Mama. Meinst du nicht, ich bin imstande, auf mich selbst achtzugeben?«

»Man liest aber immer so furchtbare Sachen in der Zeitung. Was in letzter Zeit alles passiert! Und die vielen entlassenen Soldaten ... sie belästigen Frauen und Mädchen.«

»Wahrscheinlich wollen die Frauen und Mädchen belästigt werden.«

Lynn mußte wider Willen lächeln, aber es war kein frohes Lächeln.

Sehnten die Frauen sich insgeheim nicht nach Gefahren?
Wer wollte letzten Endes denn schon sicher sein . . .?
»Lynn! Du hörst mir überhaupt nicht zu.«
Lynn riß sich zusammen. Sie hatte wirklich nicht zugehört.
»Ja, Mama? Was hast du gesagt?«
»Ich sagte gerade, hoffentlich haben deine Brautjungfern genügend Kupons, um sich Kleider für die Hochzeit machen
lassen zu können. Ein Glück, daß du bei der Entlassung
deine Kupons nachträglich ausgeliefert bekommen hast. Die
armen Mädchen, die heiraten müssen mit den paar Textilku-
pons, die einem gewöhnlicherweise zustehen, tun mir
schrecklich leid. Sie können sich überhaupt nichts Neues anschaffen. Ich meine, keine neuen Kleider. Die Unterwäsche
ist meist in einem solchen Zustand nach diesen Kriegsjahren, wo nichts ersetzt werden konnte, daß man zuerst einmal
daran denken muß, nun, und da bleibt für ein Hochzeitskleid
nichts mehr übrig. Du hast großes Glück, Lynn.«
»Ja – großes Glück.«
Sie bewegte sich durch das Zimmer, nahm hier etwas auf,
legte es ein paar Schritte weiter wieder ab und stand keine
Minute still.
»Du bist so entsetzlich rastlos, meine Liebe«, klagte Adela.
»Ist etwas los?«
»Was soll denn los sein?«
Lynns Ton war scharf.
»Spring mir nicht gleich an die Kehle. Aber, um auf die
Brautjungfern zurückzukommen: Ich finde, du solltest un-
bedingt Joan Macrae bitten. Ihre Mutter war meine beste
Freundin, und sie wäre gekränkt, wenn –«
»Aber ich hasse Joan Macrae! Ich hab sie nie ausstehen kön-
nen.«
»Ich weiß, Liebste, aber das ist doch nicht so wichtig. Marjo-
rie wäre außer sich –«
»Schließlich ist es doch meine Hochzeit, Mama.«
»Natürlich, Lynn, natürlich, aber ich dachte –«
»Wenn es überhaupt zu einer Hochzeit kommt.«
Die Worte waren ihr entschlüpft, bevor sie sich überlegte,

was sie da sagte. Nun war es zu spät. Sie ließen sich nicht mehr zurücknehmen. Adela Marchmont starrte ihre Tochter fassungslos an.

»Was soll das heißen, Lynn?«

»Ach, nichts, Mama.«

»Du hast dich doch nicht etwa mit Rowley gestritten?«

»Aber nein, Mama, reg dich nicht auf und sieh keine Gespenster. Es ist nichts.«

Doch Adela ließ sich nicht so leicht abspeisen. Sie spürte den Sturm der widerstreitenden Gefühle, dem ihre Tochter ausgesetzt war.

»An der Seite Rowleys wärst du geborgen und sicher«, bemerkte sie zögernd. »Der Überzeugung war ich immer.«

»Wer will schon sicher sein?« fragte Lynn abweisend. Sie blieb plötzlich stehen und horchte.

»War das das Telefon?«

»Nein. Erwartest du einen Anruf?«

Lynn schüttelte verneinend den Kopf. Wie demütigend es war, auf einen Anruf zu warten! Er hatte gesagt, er würde sie noch heute abend anrufen. Er mußte sein Versprechen halten. Du bist verrückt, schalt sie sich gleich darauf.

Was war es nur, das ihr so gut gefiel an David Hunter? Sein dunkles, unfrohes Gesicht erschien vor ihren Augen. Sie versuchte es zu verscheuchen und sich an seiner Stelle den stets freundlichen, gutmütigen Rowley vorzustellen. Wieder fragte sie sich, ob Rowley sie wirklich liebte. Wie hatte er ihr dann die Bitte abschlagen können, ihr fünfhundert Pfund zu beschaffen? Er hätte sie verstehen müssen, anstatt mit Vernunftsgründen und sachlichen Einwänden zu argumentieren. Wie würde das sein, wenn sie Rowley heiratete, mit ihm auf der Farm lebte, für immer und ewig an die gleiche Scholle gebunden; nie mehr fremde Länder sehen, nie mehr fremden Menschen begegnen, nie mehr eine fremde Atmosphäre erleben, nie mehr Freiheit in vollen Zügen genießen . . .

Das Telefon schrillte.

Lynn holte tief Atem, dann ging sie quer durch die Halle und nahm den Hörer ab.

Wie ein unerwarteter heftiger Schlag traf der Klang von Tante Kathies Stimme ihr Ohr.

»Bist du's, Lynn? Ach, bin ich froh, daß du da bist. Ich weiß gar nicht, was ich machen soll. Ich glaube, ich habe wegen der Versammlung im Institut ein unverzeihliches Durcheinander angerichtet. Nämlich –« Und die Stimme plätscherte ohne Pause fort.

Lynn hörte zu, warf die von ihr erwarteten Bemerkungen ein, redete zu, nahm höflich überschwenglichen Dank entgegen.

»Ich begreife gar nicht, was das ist«, fuhr Tante Kathie fort, »jedesmal, wenn ich etwas organisiere, kommt ein Durcheinander heraus.«

Lynn begriff es ebensowenig, aber eines stand fest: Zum Durcheinanderbringen selbst der einfachsten Dinge besaß Tante Kathie eine geradezu geniale Begabung.

»Und mein Pech ist, daß immer alles Unangenehme zusammentrifft. Unser Telefon ist kaputt, und ich mußte zu einer Telefonzelle gehen. Und wie ich meine Tasche aufmache, sehe ich, daß ich keine Münzen habe. Ich mußte erst jemanden fragen, ob er mir vielleicht wechseln könnte . . .«

Es folgte eine lange Geschichte all der Nöte, die Tante Kathie hatte durchstehen müssen. Endlich konnte Lynn den Hörer wieder auflegen. Langsam kehrte sie ins Wohnzimmer zurück.

»War das –?« begann Mrs. Marchmont forschend, brach jedoch dann ab.

»Tante Kathie«, gab Lynn müde Auskunft.

»Was wollte sie denn?«

»Ach, ihr Leid klagen wie üblich. Sie hat wieder irgend etwas durcheinandergebracht und weiß sich keinen Rat.«

Lynn nahm ein Buch zur Hand und setzte sich. Verstohlen blickte sie auf die Uhr. Es würde kein Anruf mehr kommen. Doch fünf Minuten nach elf Uhr läutete das Telefon. Ohne jede Eile begab sie sich in die Halle. Vermutlich war es wieder Tante Kathie.

»Ist dort Warmsley Vale 34? Voranmeldung für Miss Lynn Marchmont aus London.«

Ihr Herz klopfte erregt.

»Am Apparat.«

»Einen Augenblick bitte.«

Sie wartete. Verwischte Geräusche drangen an ihr Ohr, dann herrschte Ruhe. Der Telefondienst wurde immer unzuverlässiger. Sie wartete geraume Zeit. Schließlich sagte eine unpersönliche, uninteressierte Frauenstimme: »Legen Sie bitte auf. Wir melden uns, sobald Ihr Gespräch kommt.«

Sie legte den Hörer auf und ging zurück zur Tür. Sie hatte die Hand noch auf der Klinke, als das Telefon abermals schrillte. Schnell lief sie zurück.

»Hallo?«

Eine Männerstimme erklang: »Warmsley Vale, Nummer 34? Miss Lynn Marchmont wird aus London verlangt.«

»Ja, am Apparat.«

»Einen Augenblick bitte.« Und gleich darauf, leiser: »Sie können sprechen.«

Und dann kam Davids Stimme.

»Bist du's, Lynn?«

»David!«

»Ich mußte dich sprechen.«

»Ja . . .«

»Lynn, ich glaube, es ist besser, ich mache mich aus dem Staub . . .«

»Was meinst du damit?«

»Ich verlasse England. Es hat ja doch alles keinen Sinn, Lynn. Du und ich – wir passen nicht zueinander. Du bist ein lieber Kerl, Lynn, du verdienst etwas Besseres als mich. Ich kann's nicht ändern, ich war immer so – Verantwortungsgefühl liegt mir nicht. Und ich fürchte, so werde ich mein Leben lang bleiben. Ich würde mir steif und fest vornehmen, mich zu bessern, solide und ehrenhaft zu werden – und das Ende vom Lied wäre, daß du unglücklich bist und ich der gleiche unstete Geselle geblieben bin, der ich war. Nein, Lynn, heirate Rowley. Bei ihm wirst du nie eine Stunde der Angst oder Unruhe kennenlernen, während dein Leben an meiner Seite die Hölle wäre.«

Lynn stand da, den Hörer am Ohr. Sie gab keinen Ton von sich.

»Lynn! Bist du noch da?«

»Ja, ich bin da.«

»Du sagst ja gar nichts.«

»Was ist da zu sagen?«

»Lynn . . .?«

»Ja.«

Sonderbar, wie sie trotz der zwischen ihnen liegenden Entfernung seine Erregung verspürte, die Spannung, in der er sich befand.

David sagte mit unterdrückter Stimme: »Ach, hol doch alles der Teufel!« und warf den Hörer auf die Gabel.

In diesem Augenblick kam Mrs. Marchmont aus dem Wohnzimmer und fragte: »War das –?«

»Eine falsche Nummer«, wehrte Lynn alle weiteren Fragen ab und lief rasch hinauf in ihr Zimmer.

16

Im »Hirschen« war es üblich, die Gäste zu der von ihnen gewünschten Stunde zu wecken, indem man mit der Faust an die betreffende Tür hämmerte und mit erhobener Stimme mitteilte, daß es halb acht Uhr, oder acht Uhr oder wie spät es eben gerade war, sei. Wünschten die Gäste des Morgens vor dem Aufstehen eine Tasse Tee, so wurde ein Tablett mit viel Geklirr und Gepolter auf die Matte vor der Tür gestellt.

An jenem bestimmten Mittwoch hämmerte Gladys, das Stubenmädchen, an die Tür von Nummer 5, trompetete, daß es acht Uhr fünfzehn sei, und knallte das Tablett mit dem Tee mit solcher Wucht auf die Matte, daß die Milch überschwappte und um das Milchkännchen einen kleinen See bildete. Gladys ließ sich davon nicht aus der Ruhe bringen, weckte weitere Gäste und ging dann ihren sonstigen Morgenarbeiten nach.

Gegen zehn Uhr fiel ihr auf, daß Nummer 5 das Teetablett noch nicht hereingeholt hatte. Sie klopfte mehrmals kräftig an die Tür, wartete ein paar Sekunden und trat, als keine Antwort zu hören war, kurzerhand ein.

Nummer 5 gehörte nicht zu der Sorte Leute, die sich verschliefen, und ihr war gerade eingefallen, daß sich vor dem Fenster dieses Zimmers ein bequemes Flachdach befand. Wer weiß, vielleicht hatte sich der Gast mit einem eleganten Sprung aus dem Staub gemacht, ohne seine Rechnung zu bezahlen.

Doch der Mann, der sich Enoch Arden nannte, hatte keinen Sprung über das Flachdach gemacht. Er lag mit dem Gesicht nach unten auf dem Boden in der Mitte des Zimmers, und selbst ohne die geringsten medizinischen Kenntnisse zu besitzen sah Gladys, daß der Mann tot war.

Sie stieß einen schrillen Schrei aus, rannte auf den Korridor hinaus und rief aus Leibeskräften:

»Miss Lippincott ... Miss Lippincott ... oooh ...«

Beatrice Lippincott saß in ihrem Privatzimmer und hielt Dr. Lionel Cloade ihre verletzte Hand hin – sie hatte sich geschnitten –, die der Arzt eben verband.

Gladys riß die Tür auf.

»O Miss Lippincott ...«

»Was ist denn passiert?« fuhr der Arzt sie an.

»Was gibt's denn, Gladys?« erkundigte sich Beatrice.

»Der Herr von Nummer 5, Miss ... Er liegt in der Mitte vom Zimmer ... tot!«

Dr. Cloade starrte erst Gladys an und dann Miss Lippincott. Miss Lippincott starrte ihrerseits zuerst Gladys an und dann Dr. Cloade.

Schließlich stieß Dr. Cloade brummig aus: »Unsinn!«

»Tot wie eine Maus, die im Wasser schwimmt«, beharrte Gladys, und mit einer gewissen Genugtuung über den ihr noch verbliebenen Trumpf fügte sie hinzu:

»Er is' übern Kopf geschlagen worden.«

Der Arzt meinte: »Vielleicht wäre es besser, wenn ich ...«

»Ja, bitte, Dr. Cloade, obwohl ich mir nicht vorstellen kann, wie das möglich sein sollte«, entgegnete Beatrice fassungslos.

Zu dritt machten sie sich auf den Weg, voran Gladys. Dr. Cloade betrat das Zimmer, warf einen Blick auf den am Boden liegenden Mann und kniete dann neben der gekrümmten Gestalt nieder.

Als er sich wieder erhob, schien er wie verwandelt.

»Benachrichtigen Sie die Polizei«, befahl er mit fester Stimme. Beatrice Lippincott verließ stumm das Zimmer. Gladys folgte ihr auf dem Fuß.

»Glauben Sie, daß er ermordet worden ist, Miss?« flüsterte sie mit beinahe erloschener Stimme.

»Halten Sie den Mund, Gladys«, wies Beatrice sie zurecht und nestelte erregt an ihrem Haarknoten herum. »Etwas als Mord zu bezeichnen, bevor man sicher ist, daß es sich wirklich um Mord handelt, ist Verleumdung, und man kann Sie für solch dummes Gerede vor Gericht bringen.« Etwas milder setzte sie hinzu: »Gehen Sie in die Küche, und stärken Sie sich mit einer Tasse Tee.«

»O ja, Miss, ich kann's gebrauchen. Mir ist ganz übel von dem Anblick. Ich bring Ihnen auch eine Tasse.«

Ein Angebot, das Beatrice Lippincott nicht ablehnte.

17

Inspektor Spence warf Beatrice Lippincott, die mit fest zusammengepreßten Lippen am anderen Ende des Tisches saß, einen prüfenden Blick zu.

»Vielen Dank, Miss Lippincott. Ich werde das Protokoll abschreiben lassen. Dann sind Sie bitte so freundlich, es zu unterzeichnen.«

»Ach, du meine Güte, ich werde doch nicht etwa vor Gericht aussagen müssen?« fragte Beatrice entsetzt.

»Hoffen wir, daß es nicht dazu kommt«, war des Inspektors wenig beruhigende Antwort.

»Es könnte doch Selbstmord sein«, mutmaßte Beatrice.

Inspektor Spence verzichtete auf den Hinweis, daß Selbstmörder andere Methoden zu wählen pflegten, als sich den Hinterkopf mit einer eisernen Feuerzange einzuschlagen. Statt dessen erwiderte er im gleichen unverbindlich freundlichen Ton:

»Es hat keinen Sinn, Mutmaßungen anzustelllen. Jedenfalls danke ich Ihnen, Miss Lippincott, daß Sie uns so prompt Ihre Beobachtungen mitgeteilt haben.«

Sobald Beatrice den Raum verlassen hatte, überschlug Spence in Gedanken noch mal ihre Angaben. Er kannte Miss Lippincott gut genug, um zu wissen, wie weit er ihrem Bericht Glauben schenken konnte. Ein gut Teil von dem, was sie gesagt hatte, mußte man ihrer Erregung zuschreiben, als sie die Unterhaltung im Nebenzimmer mit angehört hatte. Ein weiterer Teil ging auf Konto der Tatsache, daß sich in Zimmer Nummer 5 ein Mord abgespielt hatte. Was übrig blieb, war häßlich und bedeutungsvoll genug.

Inspektor Spence betrachtete die vor ihm auf dem Tisch ausgebreiteten Gegenstände. Eine Armbanduhr mit zerbrochenem Glas, ein goldenes Feuerzeug mit Initialen darauf, ein Lippenstift in goldfarbener Hülle und eine schwere Feuerzange, deren eiserner Knauf rostbraune Flecke aufwies.

Sergeant Graves meldete, daß Mr. Rowley Cloade draußen sei. Auf ein Nicken des Inspektors hin führte er Rowley herein.

Ebenso wie Inspektor Spence mehr oder weniger alles über Beatrice Lippincott wußte, war ihm auch Rowley Cloade sehr gut bekannt.

Wenn Rowley sich aufraffte, um der Polizei eine Mitteilung zu machen, so konnte man hundertprozentig sicher sein, daß es sich um etwas Ernstzunehmendes handelte. Abgesehen davon jedoch würde es geraume Zeit in Anspruch nehmen, denn Leute vom Schlage Rowley Cloades zu drängen, hatte keinen Sinn. Sie brauchten ihre Zeit, und man fuhr am besten mit ihnen, ließ man sie auf ihre eigene Art erzählen.

»Guten Morgen, Mr. Cloade. Es freut mich, Sie zu sehen.

Haben Sie uns irgend etwas mitzuteilen, was Licht auf diesen Mord im ›Hirschen‹ werfen könnte.«

Zu des Inspektors Überraschung antwortete Rowley mit einer Gegenfrage.

»Haben Sie den Mann identifiziert?« erkundigte er sich.

»Nein«, entgegnete Spence nachdenklich. »Er hat sich als Enoch Arden eingetragen, doch wir haben keinen Beweis gefunden, daß er Enoch Arden ist.«

Rowley runzelte die Stirn.

»Ist das nicht sonderbar?«

Es war sonderbar, in der Tat, doch der Inspektor hatte nicht die Absicht, seine Gedanken darüber, wie außerordentlich sonderbar dies sozusagen war, mit Rowley Cloade zu erörtern. Ruhig meinte er statt dessen:

»Nun lassen Sie mich mal die Fragen stellen, Mr. Cloade. Sie haben den Toten gestern aufgesucht. Warum?«

»Sie kennen doch Beatrice Lippincott vom ›Hirschen‹, Inspektor?«

»Natürlich kenne ich sie.« Und in der Hoffnung, auf diese Weise schneller zur Sache zu kommen, fügte er hinzu: »Ich habe schon mit ihr gesprochen. Ich kenne ihre Geschichte.«

Rowley sah erleichtert aus.

»Gott sei Dank. Ich hatte Angst, sie würde vielleicht nicht hineingezogen werden wollen und darum lieber den Mund halten. Na, jedenfalls hat Beatrice mir auch mitgeteilt, was sie zufällig mit angehört hat, und auf mich machte das Ganze einen sehr bedenklichen Eindruck. Es ist nun einmal so, Inspektor, daß wir das sind, was man ›interessierte Partei‹ nennt.«

Wieder nickte der Inspektor zustimmend. Wie alle übrigen Bewohner der Gegend hatte er lebhaftes Interesse an den Ereignissen in der Familie Cloade genommen, und seiner Meinung nach war der Familie durch Gordons Tod so kurz nach seiner Heirat ein schlimmer Streich gespielt worden. Er teilte die allgemeine Auffassung, daß die junge Mrs. Gordon Cloade »keine Dame« war und ihr Bruder zu der Sorte skrupelloser Draufgänger gehörte, die im Krieg unvergleichliche Dienste leisteten, in Friedenszeiten aber mit größter Vorsicht zu betrachten waren.

»Ich brauche Ihnen doch sicher kaum zu erklären, was es für uns alle bedeuten würde, stellte sich heraus, daß Mrs. Gordon Cloades erster Mann noch lebt«, sagte Rowley. »Beatrices Erzählung von dem, was zwischen dem Fremden und David Hunter besprochen worden war, brachte die erste Andeutung einer solchen Möglichkeit. Ich wäre nie auf den Gedanken gekommen; ich war überzeugt, sie sei Witwe gewesen. Ich muß sagen, die Neuigkeit setzte mir zu, wenn es auch ein Weilchen dauerte, bis ich mir klarmachte, *wie* wichtig sie für uns sein könnte. Ich wollte dann zunächst meinen Onkel Jeremy Cloade zu Rate ziehen. Ich ging auch hin, aber sie saßen noch bei Tisch – beim Abendessen –, und ich mußte warten. Und so während des Wartens überdachte ich das Ganze noch mal, und da überlegte ich, es sei doch besser, erst noch ein wenig mehr herauszubekommen, bevor ich meinen Onkel einweihte. Sie wissen doch, wie Rechtsanwälte sind. Sie wollen einen Haufen Angaben und eine Menge Beweise, und dann überlegen sie sich's noch zehnmal, bevor sie sich entschließen, etwas zu unternehmen. Ich dachte mir, am gescheitesten wäre es, ich ginge selbst mal in den ›Hirschen‹ und nähme mir den Fremden genauer unter die Lupe.«

»Und haben Sie diesen Plan ausgeführt?«

»Ja, ich ging geradewegs zum ›Hirschen‹ –«

»Wie spät war es da?«

»Lassen Sie mich mal nachdenken ... Zu meinem Onkel muß ich so ungefähr zwanzig Minuten nach acht Uhr gegangen sein. Dann hab ich dort ein Weilchen gewartet ... Ich würde sagen, es war kurz nach halb neun, so etwa zwanzig Minuten vor neun. Ich wußte, wo der Bursche zu finden war. Bee hatte mir die Zimmernummer genannt. Also ging ich gleich die Treppe hinauf und klopfte an die Tür.«

Rowley schaltete eine Pause ein.

»Ich glaube, ich habe die Sache nicht sehr geschickt angepackt. Als auf mein Klopfen jemand ›herein‹ sagte, trat ich ins Zimmer. Ich hatte gemeint, ich würde der Überlegene bei der Unterhaltung sein, aber dem Burschen war ich nicht gewachsen. Er war ein schlauer Fuchs. Ich machte so eine Andeutung, mir wäre was von Erpressung zu Ohren gekommen. Ich dachte, er würde es daraufhin mit der Angst zu tun kriegen, aber es schien ihn nur zu amüsieren. Er fragte mich ohne alle Umschweife, ob ich etwa auch als ›Käufer‹ in Frage käme. ›Bei mir können Sie mit Ihren schmutzige Geschäften nichts ausrichten‹, fuhr ich ihn an, worauf er mir in ziemlich frechem Ton antwortete: ›Ich hab was zu verkaufen, und mich interessiert, ob Sie oder die Familie Cloade was anzulegen gewillt sind für den positiven Beweis, daß Robert Underhay, der angeblich in Afrika begraben liegt, lebt.‹ Ich fragte, wieso wir überhaupt etwas dafür zahlen sollten. Darauf lachte der Kerl mir ins Gesicht und sagte: ›Weil ich heute abend einen Besucher erwarte, der mir von Herzen gern eine runde Summe hinlegt für den Beweis, daß Robert Underhay tot ist.‹ Und da ging mein Temperament mit mir durch, und ich erklärte ihm, daß meine Familie sich auf schmutzige Dinge prinzipiell nicht einlasse. Wenn Underhay wirklich noch am Leben sei, so ließe sich das ohne große Schwierigkeiten sicher feststellen. Ich machte kehrt und war eben im Begriff, das Zimmer zu verlassen, als er mir mit einem schmierigen Unterton nachrief: ›Ohne meine Mithilfe werden Sie kaum jemals einen Beweis liefern können.‹ In einem komischen Ton sagte er das.«

»Und dann?«

»Dann ... offen gestanden: Ich ging heim. Ich merkte, daß ich mich nicht gerade mit Ruhm bekleckert hatte, und machte mir schon Vorwürfe, es nicht Onkel Jeremy überlassen zu haben, mit dem Kerl zu reden. So ein Rechtsanwalt ist's eher gewohnt, mit solchen Typen zu verhandeln.«

»Um wieviel Uhr verließen Sie den ›Hirschen‹?«

»Keine Ahnung. Oder doch ... warten Sie, es muß gerade neun Uhr gewesen sein, denn wie ich draußen am Fenster vorbeiging, hörte ich gerade das Zeichen zum Nachrichtenbeginn im Radio.«

»Machte Arden eine Andeutung über den ›Klienten‹, den er erwartete?«

»Ich nahm stillschweigend an, es könnte nur David Hunter sein. Wer sollte sonst in Frage kommen?«

»Er machte nicht den Eindruck, als beunruhige ihn dieser bevorstehende Besuch?«

»Im Gegenteil. Er machte einen absolut selbstsicheren Eindruck und tat, als halte er alle Trümpfe in der Hand.«

Spence deutete mit einer leichten Bewegung auf die Feuerzange auf dem Tisch.

»Haben Sie diese Feuerzange beim Kamin hängen oder liegen gesehen, Mr. Cloade?«

»Nicht, daß ich mich erinnere. Es war kein Feuer im Kamin.« Rowley versuchte, sich das Hotelzimmer ins Gedächtnis zu rufen, wie er es an jenem Abend wahrgenommen hatte. »Ich erinnere mich vage, etwas Eisernes liegen gesehen zu haben, aber ob es diese Feuerzange war oder nicht, das könnte ich nicht sagen. Ist er mit diesem Ding –?«

»Die Untersuchung hat ergeben, daß er von hinten erschlagen wurde und daß die tödlichen Schläge mit dem Knauf dieser Feuerzange, und zwar von oben nach unten, ausgeführt wurden«, erklärte der Inspektor sachlich.

»Er war seiner Sache sehr sicher, aber trotzdem . . .« Rowley brütete einen Moment vor sich hin. »Wer wird einem Menschen den Rücken zuwenden, den man zu erpressen im Begriff steht? Er scheint nicht sehr vorsichtig gewesen zu sein, dieser Arden.«

»Wäre er vorsichtiger gewesen, lebte er wahrscheinlich noch«, stimmte der Inspektor trocken zu.

»Hätte ich mich bloß nicht aufs hohe Roß gesetzt, sondern wäre dortgeblieben. Wer weiß, vielleicht hätte ich etwas erfahren, was uns jetzt nützen könnte. Ich hätte natürlich so tun sollen, als wären wir sehr interessiert daran, ihm für den angebotenen Beweis jede Summe zu zahlen. Aber das ist alles so dumm. Wie können wir schon mit Rosaleen und David Hunter konkurrieren? Sie haben Geld, und wir haben höchstens Schulden.«

Der Inspektor nahm das Feuerzeug auf.

»Wissen Sie, wem das gehört?«

»Es kommt mir bekannt vor.« Eine steile Falte grub sich zwischen Rowleys nachdenkliche Augen. »Aber ich komme nicht darauf, wo ich es gesehen habe.«

Spence gab Rowley das Feuerzeug nicht in die ausgestreckte Hand. Er legte es nieder und nahm den Lippenstift auf.

»Und das?«

Rowley schmunzelte.

»Da bin ich nicht zuständig, Inspektor.«

Spence schraubte die Hülle ab und malte sich einen kleinen roten Strich auf den Handrücken.

»Würde zu einer Brünetten passen«, murmelte er.

»Was für komische Sachen ihr Leute von der Polizei wissen müßt«, bemerkte Rowley. Er erhob sich. »Und Sie haben wirklich keine Ahnung, wer der Ermordete gewesen sein könnte?«

»Haben Sie denn irgendeine Idee?« fragte der Inspektor.

»Nicht die geringste. Der Mann war unsere einzige Möglichkeit, an Robert Underhay ranzukommen«, erwiderte Rowley langsam. »Nach Underhay suchen, ohne jeden Anhaltspunkt, das wäre das gleiche, wie in einem Heuhaufen nach einer Stecknadel fahnden.«

»Die Nachricht von diesem Mord wird an die Öffentlichkeit gelangen. Die Umstände werden in der Zeitung geschildert werden, und es besteht die Möglichkeit, daß Underhay, falls er wirklich noch lebt, davon hört oder liest und sich meldet.«

»Möglich«, gab Rowley zu. »Unwahrscheinlich, aber möglich.«

Nachdem Rowley sich verabschiedet hatte, betrachtete der Inspektor sinnend das Feuerzeug. Es trug die Initialen D.H.

»Kein billiges Stück«, sagte er zu Sergeant Graves gewandt. »Haben Sie sich's angesehen?«

Der Sergeant bejahte die Frage.

Inspektor Spence wandte seine Aufmerksamkeit der Armbanduhr zu. Das Glas war zerbrochen, und die Zeiger waren auf zehn Minuten nach neun stehengeblieben.

»Was halten Sie davon?« fragte er, zu Graves aufblickend.

»Sieht so aus, als ob die Uhr uns den Zeitpunkt der Tat angibt«, meinte der Sergeant.

Spence sah zweifelnd drein.

»Wenn Sie erst einmal so viele Jahre Dienst hinter sich haben wie ich, Graves, werden Sie mißtrauisch beim Anblick eines so auffallend überzeugenden Beweisstücks wie einer stehengebliebenen Uhr. Sie kann wirklich beim Fall des Opfers zerbrochen sein und dadurch die genaue Zeit des Mordes angeben, aber die Gefahr, daß man uns damit in die Irre führen will, läßt sich nicht von der Hand weisen. Es ist ein oft erprobter alter Trick. Stellen Sie die Zeiger einer Uhr auf den Zeitpunkt, der Ihnen gerade ins Programm paßt, schmeißen Sie das Ding auf den Boden, der Mechanismus steht still – und Sie haben das schönste Alibi, das Sie sich wünschen können. Aber so leicht kriecht ein alter Fuchs wie ich nicht auf den Leim. Laut ärztlicher Aussage erfolgte die Tat zwischen acht und elf Uhr abends. Daran halte ich mich.«

Sergeant Graves räusperte sich.

»Edwards, der zweite Gärtner in Furrowbank, behauptete, er habe David Hunter so gegen halb acht aus einer Seitentür kommen sehen. Die Angestellten waren der Meinung, Hunter sei nach London zu Mrs. Gordon gefahren. Aber wenn Edwards ihn gesehen hat, muß er sich doch hier in der Nachbarschaft herumgetrieben haben.«

»Warten wir einmal ab, was uns Mr. Hunter über seinen Verbleib während der betreffenden Zeit zu sagen hat«, erwiderte Spence.

»Das sieht doch alles nach einem klaren Fall aus«, meinte Graves zuversichtlich.

Spence wiegte nachdenklich den Kopf.

»Für dieses Ding hier fehlt vorläufig noch jede Erklärung.« Er nahm den Lippenstift zur Hand. »Er war unter eine Kommode gerollt. Womöglich lag er da schon seit Tagen oder Wochen.«

»Man hat nichts von einer Frau in Verbindung mit diesem Arden gehört«, bemerkte Graves.

»Darum eben nenne ich diesen Lippenstift die unbekannte Größe in der Rechnung«, erwiderte Spence.

18

Inspektor Spence sah erst prüfend an dem imposanten Gebäude, das sich »Shepherd's Court« nannte, hinauf, bevor er durch das Marmorportal schritt.

Drinnen sanken des Inspektors Füße tief in die dicken weichen Teppiche ein, mit denen die Halle ausgelegt war. Ein Blumenarrangement und ausladende Polstermöbel fielen ihm ins Auge, doch steuerte er pflichtbewußt sogleich auf eine Tür zu, die als »Büro« gekennzeichnet war. Hinter der Tür befand sich ein mittelgroßer Raum, der durch eine massiv hölzerne Barriere abgeteilt war. Jenseits der Barriere standen ein Tisch mit einer Schreibmaschine und zwei Stühle, doch war niemand zugegen.

Der Inspektor erspähte eine Glocke und bediente sich ihrer. Als sich daraufhin nichts ereignete, versuchte er sein Glück abermals, diesmal etwas anhaltender. Ungefähr eine Minute darauf, vielleicht sogar noch etwas später, öffnete sich eine Seitentür, und eine uniformierte Erscheinung mit der Würde eines Generals, wenn nicht gar eines Feldmarschalls, näherte sich der Barriere. Doch als die Erscheinung zu sprechen begann, wurde offenbar, daß die Uniform täuschte und sich darunter ein waschechtes Produkt der weniger vornehmen Vorstadtgegenden Londons befand.

»Sie wünschen?«

»Ich möchte zu Mrs. Gordon Cloade.«

»Dritter Stock. Soll ich Sie anmelden?«

»Ist sie da?« erkundigte sich Spence. »Ich dachte schon, sie wäre womöglich auf dem Land.«

»Nein, sie ist schon seit letztem Sonnabend hier.«

»Und Mr. David Hunter?« forschte der Inspektor.

»Mr. Hunter ist ebenfalls da.«

»War er nicht weg?«

»Nein.«

»Und letzte Nacht war er auch hier?«

»Was soll dieses Gefrage eigentlich bedeuten?« fuhr der General erzürnt auf. »Soll ich Ihnen vielleicht die Lebensgeschichte von jedem einzelnen unserer Gäste erzählen?«

Ohne ein Wort zu erwidern, zog Inspektor Spence seinen Dienstausweis aus der Tasche. Der General gab sofort seine Angriffsstellung auf und zog sich in die Verteidigung zurück.

»Entschuldigen Sie bitte. Ist mir sehr peinlich. Aber wie konnte ich das wissen?«

»Na, und war Mr. Hunter gestern nacht nun hier oder nicht?« fragte Spence.

»Er war hier. Wenigstens soweit ich im Bilde bin. Das heißt, er hat nichts von Weggehen gesagt.«

»Erfahren Sie es immer, wenn einer der Gäste, sagen wir Mr. Hunter, abwesend ist?«

»Nicht immer. Aber im allgemeinen sagen es einem die Herrschaften, wenn sie wegfahren, schon wegen der Post oder falls angerufen wird.«

»Laufen alle Anrufe über dieses Büro?«

»Nein, die meisten Appartements haben eigene Telefonanschlüsse. Nur ein oder zwei ziehen es vor, sich kein Telefon hinauflegen zu lassen. Kommt ein Anruf, dann geben wir durchs Haustelefon Bescheid in das betreffende Zimmer, und die Herrschaften kommen in die Halle herunter und sprechen von dort.«

»Aber in Mrs. Cloades Appartement ist ein Telefon installiert?«

»Ja.«

»Und soweit Sie unterrichtet sind, waren beide Herrschaften gestern abend und gestern nacht im Haus?«

»Ja.«

»Wie steht's mit den Mahlzeiten?«

»Wir haben ein Restaurant, aber Mrs. Cloade und Mr. Hunter nutzen dessen Angebot nicht oft. Meist gehen sie zum Essen aus.«

»Und das Frühstück?«

»Das wird aufs Zimmer serviert.«

»Können Sie sich erkundigen, ob heute morgen Frühstück in Mrs. Cloades Appartement gebracht wurde?«

»Gewiß, Inspektor, das kann mir der Kellner sagen, der Zimmerdienst hatte.«

Spence nickte zufrieden.

»Finden Sie das heraus. Ich gehe jetzt hinauf. Wenn ich wieder herunterkomme, sagen Sie mir Bescheid.«

»Selbstverständlich, Inspektor. Sie können sich auf mich verlassen.«

Spence betrat den Fahrstuhl und fuhr in den dritten Stock hinauf. Es befanden sich nur zwei Appartements auf jeder Seite. Der Inspektor klingelte bei Nummer 9.

David Hunter öffnete. Er kannte den Beamten nicht und fragte unwirsch:

»Was ist los?«

»Mr. Hunter?« sagte Spence fragend.

»Ja.«

»Ich bin Inspektor Spence von der Oastshire County Polizei. Kann ich Sie einen Moment sprechen?«

»Entschuldigung, Inspektor.« David grinste. »Ich dachte, Sie wollten mir irgendwas verkaufen.«

Er führte den Inspektor in den modern eingerichteten Salon. Rosaleen hatte am Fenster gestanden und drehte sich beim Eintritt der beiden Männer um.

»Das ist Inspektor Spence, Rosaleen«, stellte David vor. »Setzen Sie sich, Inspektor, und machen Sie sich's bequem. Wie steht's mit einem Whisky?«

»Danke, Mr. Hunter.«

Rosaleen hatte sich gesetzt. Die Hände ineinander verkrampft, beobachtete sie den Inspektor.

»Rauchen Sie?«

David bot Zigaretten an.

»Danke.«

Spence nahm eine der Zigaretten und wartete. David fuhr mit der Hand in die Tasche, runzelte die Stirn und sah sich dann suchend nach Zündhölzern um. Er nahm eine Schachtel vom Tisch und gab dem Inspektor Feuer.

»Na?« meinte David zwischen zwei Zügen, nachdem auch er sich eine Zigarette angezündet hatte. »Was ist passiert in Warmsley Vale? Hat sich unsere Köchin etwa bei Einkäufen auf dem schwarzen Markt erwischen lassen? Sie tischt uns wunderbare Mahlzeiten auf, und ich habe mich schon längst gefragt, ob sie nicht über irgendwelche dunklen Quellen verfügt.«

»Leider geht es um etwas Schlimmeres als das. Gestern nacht starb ein Mann im Hotel ›Hirschen‹. Sie haben vielleicht darüber in der Zeitung gelesen.«

David schüttelte verneinend den Kopf.

»Ich habe nichts gesehen. Was war mit ihm?«

»Genauer gesagt, er starb nicht, sondern er wurde ermordet«, berichtete der Inspektor. »Er wurde erschlagen.«

Ein halb erstickter Schreckenslaut entrang sich Rosaleens Lippen. David sagte schnell:

»Verschonen Sie uns mit Einzelheiten, Inspektor, ich bitte Sie. Meine Schwester ist sehr empfindlich. Sie kann nichts dafür, aber sobald von Blut und Schreckenstaten die Rede ist, wird sie ohnmächtig.«

»Entschuldigen Sie bitte.«

Der Inspektor deutete eine kleine Verbeugung an, fuhr jedoch unverdrossen fort: »Von Blut kann auch eigentlich nicht die Rede sein. Obwohl es ganz eindeutig Mord war.«

Er schaltete eine Pause ein. Davids Augenbrauen hoben sich fragend. Als der Inspektor nicht fortfuhr, fragte er sehr freundlich.

»Und was haben wir damit zu tun?«

»Ich hoffte, Sie könnten mir etwas über den Ermordeten erzählen, Mr. Hunter?«

»Ich?«

»Ja. Sie haben ihn doch am letzten Sonnabend besucht. Sein Name – oder jedenfalls der Name, unter dem er sich eingetragen hatte – war Enoch Arden.«

»Ach ja, natürlich. Jetzt erinnere ich mich.«

David sprach ruhig, ohne jede Nervosität.

»Aber ich fürchte, ich kann Ihnen wenig helfen, Inspektor. Ich weiß so gut wie nichts von dem Mann.«

»Wieso suchten Sie ihn dann auf?«

»Ach, die übliche Geschichte. Er hatte sich an mich gewandt, weil es ihm schlechtging. Er erwähnte ein paar Städte, in denen ich auch gelebt habe, nannte Bekannte von mir, mit denen er zusammengetroffen war, erzählte vom Krieg, packte Erlebnisse aus – wie das so zu sein pflegt.« David zuckte die Achseln. »Es war ein Pumpversuch, nichts weiter, und was er mir auftischte, war reichlich fadenscheinig.«

»Haben Sie ihm Geld gegeben?«

Für den Bruchteil einer Sekunde schien David zu zögern, dann erwiderte er:

»Nur eine Fünfernote, mehr als Glücksbringer gemeint. Der Mann hatte schließlich den Krieg mitgemacht.«

»Und er nannte Namen von Bekannten?«

»Ja.«

»Nannte er auch Captain Robert Underhay?«

Diesmal hatte der Inspektor die Genugtuung, eine Wirkung seiner Frage beobachten zu können. David richtete sich auf. Seine Haltung wurde steif. Rosaleen, die hinter ihm saß, stieß einen kleinen Schrei aus.

»Wie kommen Sie darauf?« fragte David schließlich. Seine Augen versuchten den anderen zu durchdringen.

»Wir haben eine dahingehende Information erhalten«, gab Spence vage Auskunft.

Es entstand eine kleine Pause. Der Inspektor spürte Davids forschenden Blick auf sich ruhen.

»Wissen Sie, wer Robert Underhay war, Inspektor?« fragte David schließlich.

»Wie wär's, wenn Sie es mir erzählten?« kam die Gegenfrage.

»Robert Underhay war der erste Mann meiner Schwester. Er starb vor ein paar Jahren in Afrika.«

»Sind Sie dessen ganz sicher?« erkundigte sich Spence sachlich.

»Ganz sicher. Stimmt's, Rosaleen?«

David drehte sich zu seiner Schwester um.

»Ja . . . ja, natürlich.« Sie sprach hastig und kurzatmig. »Robert starb an Sumpffieber. Es war sehr traurig.«

»Es muß nicht unbedingt alles wahr sein, was gesagt wird, Mrs. Cloade. Manchmal wird von Ereignissen berichtet, die gar nicht stattgefunden haben.«

Rosaleen gab keine Antwort. Ihre Augen hingen an David. Nach einer ängstlichen Pause stammelte sie:

»Robert ist tot.«

»Wie ich erfahren habe, behauptete dieser Enoch Arden, ein Freund von Captain Robert Underhay zu sein. Außerdem hat er Ihnen mitgeteilt, daß sich Underhay noch am Leben befände.«

David schüttelte den Kopf.

»Unsinn«, erklärte er. »Absoluter Unsinn.«

»Sie bleiben also dabei, daß der Name Robert Underhay in Ihrer Unterhaltung mit Enoch Arden nicht gefallen ist?«

David lächelte entwaffnend.

»O doch, der Name wurde erwähnt. Der Mann kannte Underhay.«

»Handelte es sich vielleicht um eine kleine – Erpressung, Mr. Hunter?«

»Erpressung? Ich verstehe nicht, was Sie meinen, Inspektor.«

»Wirklich nicht? Nun, lassen wir das. Aber etwas anderes hätte ich gern gewußt – eine reine Formsache selbstverständlich: Wo haben Sie sich gestern abend zwischen sieben und elf Uhr aufgehalten?«

»Und wenn ich – eine reine Formsache selbstverständlich – die Antwort auf diese Frage verweigere?«

»Wäre das nicht etwas kindisch, Mr. Hunter?«

»Dieser Meinung bin ich nicht. Ich hasse es und habe es von jeher gehaßt, beaufsichtigt und kontrolliert zu werden.«

Der Inspektor zweifelte nicht an der Aufrichtigkeit dieser Behauptung.

Er hatte schon öfter mit Leuten vom Schlage dieses David Hunter zu tun gehabt. Sie waren imstande, aufsässig und widerspenstig zu sein, keineswegs, weil sie eine Schuld zu verbergen hatten, sondern weil diese Aufsässigkeit ihrem Charakter entsprach. Die Tatsache allein, daß sie über ihr Kommen und Gehen Rechenschaft ablegen sollten, reizte sie zu Widerspruch und Auflehnung.

Der Inspektor blickte fragend zu Rosaleen Cloade hinüber, und sie reagierte unverzüglich auf die stumme Aufforderung.

»Warum sagst du es ihm nicht, David –«

»So ist's recht, Mrs. Cloade. Uns liegt doch einzig und allein daran, Licht in diese Sache zu bringen«, hakte Spence versöhnlich ein.

»Lassen Sie meine Schwester in Ruhe«, fuhr David ihn an. »Was schert es Sie, ob ich gestern abend hier, in Warmsley Vale oder in Honolulu war?«

»Man wird Sie als Zeugen vor Gericht zitieren, Mr. Hunter, und dort werden Sie wohl oder übel Auskunft erteilen müssen«, hielt der Inspektor ihm vor.

»Ich ziehe es vor zu warten, bis ich vor Gericht befragt werde. Und jetzt wäre es mir angenehm, wenn Sie so schnell wie möglich von der Bildfläche verschwänden.«

»Wie Sie wünschen.«

Der Inspektor ließ sich von dem hitzigen Ton des jungen Mannes nicht aus der Ruhe bringen.

»Bevor ich mich jedoch zurückziehe, habe ich noch eine Frage an Mrs. Cloade.«

»Ich wünsche nicht, daß meine Schwester belästigt wird«, brauste David von neuem auf.

»Verständlich, aber ich muß Mrs. Cloade bitten, sich den Toten anzuschauen, da sie ihn vielleicht identifizieren kann. Dem können Sie sich nicht widersetzen, Mr. Hunter. Es ist lediglich eine Frage des Zeitpunkts, denn früher oder später muß Mrs. Cloade den Mann persönlich in Augenschein nehmen. Am besten wäre es, sie käme gleich mit mir. Je eher man so eine unerfreuliche Sache hinter sich bringt, desto besser. Wir haben Zeugen dafür, daß Mr. Arden sagte, er habe Mr. Underhay gekannt. Nichts liegt näher, als daß er auch Mrs. Underhay gekannt hat, und wenn er Mrs. Under-

116

hay gekannt hat, ist es sehr wahrscheinlich, daß Mrs. Underhay auch ihn kannte. Es ist eine ausgezeichnete Chance, den wirklichen Namen des Mannes, der sich Enoch Arden nannte, herauszufinden.«

Zu des Inspektors Erstaunen erhob sich Rosaleen sofort und erklärte:

»Ich komme, wann immer Sie wünschen.«

Spence erwartete einen neuen Ausbruch Davids, doch verblüffenderweise lächelte der junge Mann nur.

»Das ist recht, Rosaleen«, sagte er. »Ich muß gestehen: Ich bin selbst neugierig. Sehr gut möglich, daß du uns sofort verraten kannst, wer der Bursche in Wirklichkeit war.«

»Sie haben ihn in Warmsley Vale nicht getroffen?« erkundigte sich Spence.

»Ich bin schon seit Sonnabend in London«, antwortete Rosaleen.

Der Inspektor nickte.

»Und Arden traf Freitag nacht in Warmsley Vale ein.«

»Möchten Sie, daß ich jetzt gleich mitkomme?« vergewisserte sich Rosaleen im Ton eines folgsamen Kindes, das seinen Lehrern gefallen möchte. Wider Willen fühlte sich Spence zu ihren Gunsten beeinflußt. Diese Bereitwilligkeit, ihn zu unterstützen, hatte er nicht erwartet.

»Ich warte in der Halle auf Sie.«

Er zog sich zurück.

Unten begab er sich abermals ins Büro, wo der General ihn bereits erwartete.

»Nun?«

»Beide Betten sind letzte Nacht benutzt worden, Inspektor. Auch die Badetücher waren naß, und um halb zehn heute früh wurde Frühstück aufs Zimmer serviert.«

»Um welche Zeit Mr. Hunter gestern nacht heimkam, haben Sie nicht in Erfahrung bringen können?«

»Leider nicht, Inspektor.«

Der Inspektor hatte mit keiner besseren Auskunft gerechnet. Er war sich nicht im klaren darüber, ob Davids kindisches Verhalten nur einem trotzigen Charakter entsprach oder ob

117

sich mehr hinter der Widerspenstigkeit des jungen Mannes verbarg. Wie die Dinge lagen, konnte er sich eigentlich nicht verhehlen, daß er in Verdacht stand, einen Mord begangen zu haben. Je eher er mit der Wahrheit herausrückte, desto besser. Was für einen Sinn sollte es haben, der Polizei zu trotzen? Aber gerade das bereitete Leuten wie David Hunter besonderes Vergnügen. Inspektor Spence wußte das nur zu gut.

Die Fahrt nach Warmsley Vale verlief äußerst schweigsam. Als die drei am Leichenschauhaus anlangten, war Rosaleen sehr blaß. Ihre Hände zitterten. David redete tröstend, so wie man einem verschüchterten Kind Mut zuspricht.

Auf ein Zeichen des Inspektors hin wurde das Leintuch von der leblosen Gestalt auf der Bahre gezogen. Stumm stand Rosaleen Cloade vor dem Toten, der sich Enoch Arden genannt hatte. Spence war einen Schritt zurückgetreten, doch seine Augen hingen am Gesicht der jungen Witwe.

Sie schaute auf den Toten hinunter, ohne sich zu rühren, ohne aufgeregt zu sein, es war fast ein Staunen in ihrem Blick, eine leichte Verwunderung. Und dann machte sie ruhig, beinahe sachlich, das Zeichen des Kreuzes über ihm und sagte:

»Gott sei seiner armen Seele gnädig. Ich habe diesen Mann noch nie in meinem Leben gesehen. Ich habe keine Ahnung, wer er ist.«

Ihr Ton war so überzeugend, daß es für den Inspektor nur zwei Möglichkeiten gab: Entweder hatte Rosaleen Cloade die Wahrheit gesagt, oder sie war eine der besten Schauspielerinnen, die er je erlebt hatte.

Etwas später rief Inspektor Spence Rowley Cloade an.

»Mrs. Cloade hat den Toten gesehen«, sagte er. »Sie behauptet, ihn nicht zu kennen. Damit ist jeder Zweifel, ob es Robert Underhay war oder nicht, ein für allemal aus der Welt geschafft.«

Es entstand eine kleine Pause, bevor Rowley langsam entgegnete:

»Sind Sie fest überzeugt davon?«

»Jede Geschworenenbank würde Mrs. Cloade Glauben schenken«, erwiderte der Inspektor. »Solange kein Beweis für das Gegenteil vorliegt, selbstverständlich.«

»Ja«, erwiderte Rowley zögernd.

Er hängte den Hörer ein und langte nach dem Telefonbuch von London. Er schlug den Buchstaben P auf und fuhr mit dem Zeigefinger die Kolonnen entlang, bis er auf den gesuchten Namen stieß.

19

Hercule Poirot faltete die letzte der zahlreichen Zeitungen zusammen, nach denen er seinen Diener George geschickt hatte. Nur sehr wenig war deren Berichten zu entnehmen. Die Untersuchung des Gerichtsarztes hatte ergeben, daß der Mann durch mehrere kräftige Schläge auf den Kopf ermordet worden war. Dieser Mr. Arden schien vor kurzem aus Kapstadt gekommen zu sein.

Poirot legte die letzte Zeitung auf einen säuberlich ausgerichteten Stoß bereits gelesener Blätter und überließ sich seinen Gedanken. Die Sache interessierte ihn. Wäre nicht Mrs. Lionel Cloades kürzlicher Besuch bei ihm gewesen, hätte er vielleicht die erste, knapp gefaßte Notiz über den Mord übersehen. Doch da gab es noch eine andere Begebenheit in Zusammenhang mit dem Namen Cloade, der ihm im Gedächtnis haftengeblieben war. Der langweilige Major Porter hatte an jenem nun schon einige Zeit zurückliegenden Tag im Club prophezeit, es könnte eines Tages irgendwo ein Mr. Enoch Arden auftauchen. Hercule Poirot hätte in diesem Augenblick gern mehr über diesen Enoch Arden gewußt, der in Warmsley Vale eines gewaltsamen Todes gestorben war.

Der Detektiv erinnerte sich, daß er Inspektor Spence von der Polizei in Oastshire flüchtig kannte, und er erinnerte sich weiter, daß der junge Mellon irgendwo in der Nähe von Warmsley Vale wohnte und ein Bekannter Jeremy Cloades war.

Während er noch erwog, den jungen Mellon anzurufen, wurde Hercule Poirot von seinem Diener gestört, der meldete, ein Mr. Rowley Cloade wünsche Monsieur Poirot zu sprechen.

»Aha«, stieß der Meisterdetektiv befriedigt aus. »Führen Sie ihn herein.«

Ein gutaussehender, doch etwas verwirrt wirkender junger Mann betrat das Zimmer. Er schien nicht recht zu wissen, wie er die Unterredung beginnen sollte.

»Womit kann ich Ihnen dienen, Mr. Cloade?« erkundigte Poirot sich höflich.

Rowley Cloade musterte sein Gegenüber abschätzend. Der Schnurrbart, die Gamaschen und die glänzenden Lackschuhe flößten ihm wenig Vertrauen ein.

Hercule Poirot entging der Blick nicht, und die Bestürzung in den Augen des jungen Mannes amüsierte ihn.

»Ich fürchte, ich werde Ihnen erst einmal erklären müssen, wer ich überhaupt bin«, begann Rowley unbeholfen. »Mein Name wird Ihnen nichts sagen –«

»Ihr Name ist mir völlig geläufig«, unterbrach Poirot ihn. »Ihre Tante hat mich vor einer Woche aufgesucht.«

»Meine Tante?«

Das Erstaunen Rowleys war so offensichtlich echt, daß Poirot seine anfängliche Vermutung, die beiden Besuche könnten miteinander in Zusammenhang stehen, fallenließ.

»Mrs. Lionel Cloade ist doch Ihre Tante? Oder irre ich mich?«

Rowley schien – falls dies möglich war – noch erstaunter dreinzublicken.

»Tante Kathie?« fragte er mit ungläubiger Stimme. »Meinen Sie nicht eher Mrs. Jeremy Cloade?«

Poirot schüttelte verneinend den Kopf.

»Aber was um alles in der Welt kann Tante Kathie –«

»Eine spiritistische Eingebung führte sie zu mir, wenn ich die Dame richtig verstanden habe«, erklärte Poirot mit diskret gedämpfter Stimme.

»Ach, du lieber Himmel!« Rowley schien zugleich erleichtert und amüsiert. »Sie ist ganz harmlos«, versicherte er dann.

»Wirklich?«

»Was meinen Sie damit?«

»Gibt es überhaupt ganz harmlose Menschen?«

Rowley starrte Poirot fassungslos an. Der seufzte leise.

»Sie kamen doch sicher aus einem bestimmten Grund zu mir«, versuchte er dann das Gespräch in Gang zu bringen.

In Rowleys Augen schlich sich wieder der besorgte Ausdruck.

»Es ist eine ziemlich lange Geschichte, fürchte ich –«

Das fürchtete Poirot ebenfalls. Rowley Cloade machte nicht den Eindruck eines Mannes, der sich kurz, knapp und sachlich zu einem bestimmten Thema äußern konnte. Also lehnte sich der Meisterdetektiv in seinem Sessel zurück und schloß halb die Augen.

»Gordon Cloade war mein Onkel«, hub Rowley an, aber schon wurde er unterbrochen.

»Über Gordon Cloade weiß ich Bescheid.«

»Um so besser, dann brauche ich Ihnen nichts über ihn zu erzählen. Er heiratete ein paar Wochen vor seinem Tod eine junge Witwe namens Underhay. Seit Gordons Tod lebt sie in Warmsley Vale, zusammen mit ihrem Bruder. Wir waren alle der Meinung, ihr erster Mann sei in Afrika an Sumpffieber gestorben. Nun scheint dies aber nicht der Fall zu sein.«

»Ah«, Poirot richtete sich aus seiner lässigen Stellung auf. »Und was veranlaßt Sie zu dieser Vermutung?«

Rowley schilderte das Erscheinen Mr. Enoch Ardens in Warmsley Vale.

»Sie haben vielleicht in den Zeitungen darüber gelesen . . .«

»Ja, ich bin im Bilde«, versicherte Poirot.

Rowley fuhr fort. Er schilderte seinen ersten Eindruck von diesem Arden, wie ein Brief Beatrice Lippincotts ihn sodann in den »Hirschen« bestellt und was er über das von Beatrice belauschte Gespräch zwischen David Hunter und dem Fremden vernommen hatte.

»Wie weit man das, was sie behauptet, gehört zu haben, für

bare Münze nehmen kann, ist natürlich fraglich«, fügte er vorsichtig hinzu. »Möglich, daß sie ein bißchen übertrieben oder gar falsch verstanden hat.«

»Hat Miss Lippincott der Polizei von diesem Gespräch erzählt?« erkundigte sich Poirot.

Rowley nickte.

»Ich riet ihr dazu.«

»Ich verstehe nicht ganz, Mr. Cloade, was Sie zu mir führt. Wünschen Sie, daß ich in dieser Mordaffäre Nachforschungen anstelle? Ich nehme an, es unterliegt keinem Zweifel, daß es sich um Mord handelt.«

»Diese Seite der Sache interessiert mich nicht«, erklärte Rowley. »Das ist die Arbeit der Polizei. Ein Mord war es, das steht fest. Nein, ich möchte, daß Sie herausfinden, wer der Mann in Wirklichkeit war.«

Poirots Augen zogen sich zu schmalen Schlitzen zusammen.

»Wer war er denn, Ihrer Vermutung nach, Mr. Cloade?«

»Ich meine . . . nun ja . . . Enoch Arden ist doch schließlich kein Name. Das war doch sozusagen ein Pseudonym, von Tennyson entlehnt. Ich habe das Gedicht nachgelesen. Es geht um einen Mann, der zurückkommt und entdeckt, daß seine Frau einen anderen geheiratet hat.«

»Sie vermuten, daß Enoch Arden in Wirklichkeit Robert Underhay war?« fragte Poirot ohne Umschweife.

»Möglich, daß er's war«, entgegnete Rowley bedächtig. »Dem Alter und der Figur nach hätte er's sein können. Ich hab mehr als einmal mit Beatrice darüber gesprochen. Der Fremde sagte, Robert Underhay ginge es schlecht, und er brauche dringend Geld für ärztliche Pflege. Es ist aber nicht ausgeschlossen, daß er sich selbst meinte. Anscheinend ließ er eine Bemerkung fallen, es sei doch wohl kaum in David Hunters Interesse, wenn Robert Underhay plötzlich in Warmsley Vale auftauchen würde – mehr oder weniger ein Hinweis darauf, daß er sich unter falschem Namen eingeschrieben hat aus Rücksicht auf Hunter und seine Schwester.«

»Befand sich irgendein Ausweis unter den Sachen des Mannes?«

Rowley schüttelte den Kopf.

»Über seine Identität liegen nur die Aussagen der Leute vom ›Hirschen‹ vor – daß er sich unter dem Namen Enoch Arden eingetragen habe.«

»Er besaß überhaupt keine Papiere?«

»Nein. Eine Zahnbürste, ein Hemd und ein Paar Ersatzsokken – das waren seine gesamten Habseligkeiten. Kein Ausweis, kein Papier.«

»Das ist interessant, sehr interessant«, murmelte Poirot.

»David Hunter behauptet, einen Brief von dem Fremden erhalten zu haben«, fuhr Rowley fort. »Der Mann habe sich als Freund Robert Underhays ausgegeben und geklagt, wie schlecht es ihm gehe. Auf Rosaleens Bitte hin sei Hunter in den ›Hirschen‹ gegangen und habe dem Mann mit einer Kleinigkeit unter die Arme gegriffen. So erzählt David Hunter die Geschichte, und ich wette, daß er nicht davon abgeht.«

»Und David Hunter hatte den Mann nie vorher gesehen?«

»Angeblich nicht. Hunter und Underhay kannten sich jedenfalls nicht. Das steht fest«, erklärte Rowley.

»Und Rosaleen Cloade?«

»Auf Veranlassung der Polizei hat sie sich den Toten angesehen. Sie erklärte, der Mann sei ihr völlig fremd.«

»*Eh bien*«, sagte Poirot. »Damit ist Ihre Frage ja beantwortet.«

»Der Meinung bin ich nicht«, widersprach Rowley unverblümt. »Wenn der Tote Robert Underhay ist, bedeutet dies, daß Rosaleens Ehe mit meinem Onkel nicht gültig war und ihr demzufolge kein Cent vom Geld Gordon Cloades gehört. Glauben Sie, daß sie unter diesen Umständen die Identität des Toten preisgeben würde?«

»Sie trauen Ihr nicht?« lautete Poirots Gegenfrage.

»Ich traue keinem von ihnen.«

»Es gibt doch sicher noch mehr Leute, die sagen könnten, ob der Tote Robert Underhay ist oder nicht?«

»Das ist ja eben der Haken. Es scheint sehr schwierig zu sein, jemanden zu finden, der darüber Auskunft geben kann. Und deshalb bin ich zu Ihnen gekommen. Sie sollen jemanden aufspüren, der Robert Underhay kennt oder kannte.«

»Und wieso wenden Sie sich da gerade an mich?«

Rowley sah verwirrt aus.

In Poirots Augen trat ein amüsiertes Funkeln.

»Hat Sie vielleicht auch eine spiritistische Eingebung zu mir geführt?«

»Um Himmels willen! Nein!« wehrte Rowley entsetzt ab. »Ein Freund hat mir von Ihnen erzählt. Sie seien Spezialist in solchen Dingen, hat er gesagt. Ich nehme an, es kostet eine Menge Geld, solche Nachforschungen anzustellen, und ich bin nicht gerade reich, aber ich glaube, in diesem Fall könnten wir es – ich meine, die Familie – mit vereinten Kräften schaffen, die Summe aufzutreiben. Vorausgesetzt natürlich, daß Sie den Auftrag annehmen wollen.«

»Ich denke, daß ich Ihnen behilflich sein kann«, entgegnete Hercule Poirot langsam.

Seine kleinen grauen Zellen arbeiteten. Namen aus der Vergangenheit, Begebenheiten und Begegnungen fielen ihm ein.

»Könnten Sie heute nachmittag noch mal bei mir vorbeischauen, Mr. Cloade?« erkundigte er sich.

»Heute nachmittag?« fragte Rowley erstaunt. »Aber in so kurzer Zeit werden Sie doch kaum etwas herausgefunden haben!?«

»Ich kann nicht dafür garantieren, es besteht jedoch eine Möglichkeit.«

In Rowleys Augen lag ein Ausdruck derart fassungsloser Bewunderung, daß Poirot schon übermenschliche Charakterstärke hätte besitzen müssen, um nicht der Versuchung zu erliegen, sich geschmeichelt zu fühlen.

»Man hat so seine Methoden«, sagte er mit unnachahmlich würdevoller Schlichtheit.

Es war die richtige Antwort gewesen. Der ungläubige Ausdruck in Rowleys Augen verwandelte sich in Respekt.

»Natürlich ... ich verstehe ... obwohl ich mir beim besten Willen nicht vorstellen kann, wie Sie so etwas fertigbringen«, stammelte er.

Poirot verzichtete darauf, seinen Besucher aus seiner Unwissenheit zu erlösen. Statt dessen wartete er, bis Rowley gegangen war, dann setzte er sich an seinen Schreibtisch, schrieb ein kurzes Briefchen und beauftragte seinen Diener George, die Nachricht in den Coronation Club zu bringen und dort auf Antwort zu warten.

Die Antwort fiel sehr zufriedenstellend aus. Major Porter dankte Monsieur Hercule Poirot für seine freundlichen Zeilen und drückte seine freudige Bereitwilligkeit aus, Monsieur Poirot und dessen Freund am Nachmittag des gleichen Tages um fünf Uhr in seiner Wohnung in Campdon Hill zu empfangen.

Um halb fünf war Rowley Cloade zur Stelle.

»Wie steht's, Monsieur Poirot? Hatten Sie Glück?«

»Selbstverständlich, Mr. Cloade. Wir machen uns gleich auf den Weg zu einem alten Freund von Robert Underhay.«

»Was?« Rowley meinte, seinen Ohren nicht zu trauen. »Aber das ist ja kaum zu glauben! Vor ein paar Stunden habe ich Ihnen die Sache erst erzählt, und schon haben Sie einen Freund Underhays entdeckt? Phantastisch!«

Poirot machte eine abwehrende Handbewegung und versuchte, bescheiden dreinzuschauen. Er hütete sich, Rowley darüber aufzuklären, wie einfach seine Methode in diesem Fall gewesen war.

Major Porter bewohnte den oberen Stock eines kleinen, wenig gepflegten Hauses. Das Zimmer, in welches man die beiden Herren führte, war ringsum mit Bücherregalen vollgestellt. Über den Regalen hingen billige Drucke, meist Szenen aus der Welt des Sports darstellend. Auf dem Boden lagen zwei einst sehr gute, doch nun vom Gebrauch dünn gewordene Teppiche.

Der Major erwartete die Herren.

»Tut mir wirklich leid, Monsieur Poirot, aber ich kann mich nicht erinnern, Ihnen schon mal begegnet zu sein. Im Club, sagen Sie? Vor längerer Zeit? Ihr Name ist mir selbstverständlich bekannt.«

»Und dies ist Mr. Rowley Cloade«, stellte Poirot vor.

Major Porter machte eine steife Bewegung mit dem Kopf, was seiner Art einer höflichen Begrüßung entsprach.

»Freut mich«, sagte er wohlerzogen. »Bedaure unendlich, Ihnen nicht einmal ein Glas Sherry anbieten zu können, aber das Lager meines Weinlieferanten wurde von Bomben getroffen. Das einzige, was ich im Haus habe, ist etwas Gin, miserable Qualität allerdings, meiner Meinung nach. Wie steht es mit einem Glas Bier?«

Man einigte sich auf Bier. Der Major bot Poirot eine Zigarette an.

»Sie rauchen ja nicht«, bemerkte er, zu Rowley gewandt. »Gestatten die Herren, daß ich meine Pfeife anzünde?« Und nachdem er mit einiger Mühe diese Prozedur vollzogen hatte, sagte er: »Und nun: Worum handelt es sich?«

»Sie haben vielleicht in den Zeitungen Berichte über den Tod eines Mannes in Warmsley Vale gelesen?« begann Poirot.

Porter schüttelte den Kopf.

»Möglich, erinnere mich aber nicht daran.«

»Der Name des Mannes war Arden. Enoch Arden.«

Porter schüttelte abermals den Kopf.

»Der Mann wurde mit eingeschlagenem Schädel in seinem Zimmer im Hotel ›Zum Hirschen‹ gefunden.«

»Warten Sie . . .«, der Major runzelte nachdenklich die Stirn. »Doch, mir schient, ich habe da vor ein paar Tagen eine Notiz gelesen.«

»Ich habe hier ein Foto dieses Mannes«, fuhr Poirot fort. »Es ist eine Presseaufnahme, nicht besonders scharf, aber vielleicht genügt sie. Wir möchten wissen, ob Sie diesen Mann schon einmal irgendwo gesehen haben.«

Er reichte dem ehemaligen Offizier die beste Aufnahme, die er von Enoch Arden hatte auftreiben können.

Der Major nahm das Bild.

»Lassen Sie mich mal sehen . . .«, sagte er langsam.

Plötzlich fuhr er mit einem Ruck zurück.

»Aber das ist doch . . . Der Teufel soll's holen . . .«

»Sie kennen den Mann, Major Porter?«

»Natürlich kenne ich ihn«, rief der Major. »Es ist Underhay. Robert Underhay.«

»Sind Sie Ihrer Sache sicher?« Die Genugtuung in Rowleys Stimme war unverkennbar.

»Selbstverständlich bin ich meiner Sache sicher. Robert Underhay, ich würde jeden Eid darauf leisten.«

20

Das Telefon klingelte, und Lynn eilte an den Apparat.

»Lynn?«

Es war Rowley.

»Rowley?«

Ein fremder Ton klang in Lynns Stimme mit.

»Was ist los mit dir?« erkundigte sich Rowley. »Man sieht dich ja gar nicht mehr.«

»Ach, die Zeit verfliegt nur so, ich weiß es selbst nicht. Man muß sich für alles anstellen, am Morgen für Fisch und am Nachmittag für ein Stückchen klebrigen Kuchen, und im Handumdrehen ist so ein Tag herum. Das ist das gemütliche Leben daheim heutzutage.«

»Ich muß dich sehen. Etwas Wichtiges.«

»Was gibt's denn?«

»Gute Nachrichten. Komm zum oberen Hügel. Wir pflügen dort.«

Gute Nachrichten? Nachdenklich hängte Lynn ein. Was bezeichnete Rowley Cloade wohl als eine gute Nachricht? Vielleicht hatte er den jungen Stier zu einem besseren Preis als vorgesehen verkaufen können?

Nein, es mußte etwas Bedeutenderes sein als das. Sie machte sich auf den Weg. Als sie sich dem bezeichneten Hügel näherte, kletterte Rowley vom Traktor und kam ihr entgegen.

»Tag, Lynn.«

»Tag, Rowley. Nanu . . . du siehst ja ganz verändert aus!«

»Das will ich meinen. Ich habe auch allen Grund dazu. Das

Blatt hat sich gewendet, und zwar diesmal zu unserem Vorteil, Lynn.«

»Ich verstehe dich nicht.«

»Erinnerst du dich an einen gewissen Hercule Poirot, von dem Onkel Jeremy einmal erzählte?«

»Hercule Poirot?« Lynn überlegte. »Mir ist, als hätte ich den Namen schon gehört.«

»Es liegt bereits einige Zeit zurück. Es war noch während des Krieges. Und Onkel Jeremy kam aus diesem Mausoleum von einem Club, dem er angehört, und erzählte von mehreren Leuten, die er dort getroffen hatte. Vor allem von diesem sonderbaren kleinen Mann. Trägt ausgefallene Kleidung und einen komischen Schnurrbart, aber er ist nicht auf den Kopf gefallen. Franzose oder Belgier wird er wohl sein.«

Lynn schien es zu dämmern.

»Ist er nicht ein Detektiv?«

»Stimmt. Und jetzt paß gut auf, Lynn. Ich weiß nicht wieso, aber mir ging es einfach nicht aus dem Kopf, daß der Mann, der im ›Hirschen‹ ermordet worden ist, Robert Underhay sein könnte. Rosaleens erster Mann.«

Lynn lachte.

»Bloß, weil er sich Enoch Arden genannt hat, verdächtigst du ihn? Das ist doch verrückt.«

»So verrückt nun auch wieder nicht, meine Liebe. Inspektor Spence hat scheint's nicht viel anders gedacht, denn er brachte Rosaleen her, damit sie sich den Toten anschaut und ihn identifiziert. Sie behauptet allerdings steif und fest, es sei nicht ihr erster Mann.«

»Dann ist doch erwiesen, daß dein Argwohn unbegründet war.«

»Damit hätte man sich abgefunden, wäre ich nicht hartnäckig geblieben«, erklärte Rowley fest.

»Wieso? Was hast du denn gemacht?«

»Ich suchte diesen Hercule Poirot auf und fragte ihn, ob er nicht jemanden aufspüren könne, der Robert Underhay gekannt hat. Und was soll ich dir sagen? Wie ein Zauberer

128

Kaninchen aus dem Hut produziert, brachte dieser Poirot im Handumdrehen einen Mann zum Vorschein, der mit Robert Underhay gut befreundet war. Ein ehemaliger Offizier namens Porter. Und dieser Porter war ganz sicher – aber das behalte bitte für dich, Lynn –, daß der Tote Robert Underhay ist.«

»Was?« Lynn trat einen Schritt zurück.

Sie starrte Rowley ungläubig an.

»Robert Underhay, jawohl. Wir haben gewonnen, Lynn. Jetzt haben diese Schwindler das Nachsehen.«

»Welche Schwindler?«

»Hunter und seine Schwester. Sie können sehen, wo sie bleiben. Aus der Traum. Rosaleen bekommt Gordons Geld nicht in die Finger. Wir bekommen es. Diese Entdeckung beweist klar, daß Rosaleen nicht Witwe war und darum auch nicht wieder heiraten konnte, und demnach ist das Testament rechtskräftig, das Gordon als Junggeselle gemacht hatte. Laut diesem Testament wird das Geld unter uns geteilt. Und ich bekomme ein Viertel. Wenn Robert Underhay noch am Leben war, als Rosaleen Gordon heiratete, war diese Heirat ungültig. Begreifst du nicht?«

»Bist du sicher?«

»Ganz sicher. Nun kommt alles so, wie Gordon es gewollt hätte. Es ist wieder, wie es früher war, bevor sich dieses Schwindlerpaar hier einnistete.«

Wieder wie früher? Kaum, dachte Lynn. Wie wollte man Geschehenes mit einem Federstrich löschen? Geschehenes ließ sich nicht ungeschehen machen.

»Was soll aus ihnen werden?«

»Hm?«

Lynn merkte, daß Rowley diese Seite der Angelegenheit überhaupt nicht bedacht hatte.

»Was weiß ich . . .«, wehrte er ungeduldig ab. »Sie werden wohl dorthin zurückgehen, wo sie hergekommen sind.«

Langsam dämmerte ihm, was sie meinte.

»Ich denke, Rosaleen handelte in gutem Glauben, als sie Gordon heiratete. Sie war sicher überzeugt, ihr erster Mann sei tot. Es ist nicht ihr Fehler. Nein, du hast recht. Wir müssen uns um sie kümmern. Vielleicht kann man ihr eine monatliche Summe aussetzen. Wir müssen das gemeinsam besprechen.«

»Du magst sie, nicht wahr?«

»Sie ist ein liebes Geschöpf«, gab Rowley bedächtig zu. »Und sie versteht etwas von Landwirtschaft.«

»Ich verstehe nichts davon«, meinte Lynn.

»Du wirst es lernen«, erwiderte Rowley liebevoll.

»Und was wird aus David?« fragte Lynn leise.

»Der soll sich zum Teufel scheren. Was ging ihn Onkel Gordons Geld überhaupt an? Er heftete sich wie eine Klette an seine Schwester und nutzte sie aus. Ein Schmarotzer.«

»Das ist nicht wahr, Rowley. Jetzt bist du ungerecht. David ist kein Schmarotzer, ein Abenteurer vielleicht –«

»Und ein skrupelloser Mörder.«

»Das glaube ich nicht! Das glaube ich nicht!«

»Wer sonst soll Underhay ermordet haben? Hunter war hier an dem betreffenden Tag. Er kam mit dem Halb-sechs-Uhr-Zug. Ich hatte unten am Bahnhof etwas in Empfang zu nehmen und sah ihn von weitem.«

»Er fuhr an jenem Abend nach London zurück«, entgegnete Lynn heftig.

»Ja, nachdem er Underhay getötet hatte«, versetzte Rowley triumphierend.

»Wie kannst du nur eine solche Behauptung aufstellen, Rowley. Um welche Zeit wurde Underhay denn ermordet?«

»Genau weiß ich's nicht.« Rowley besann sich. »Und vor der Verhandlung morgen werden wir es auch kaum erfahren, denke ich. – Es wird wohl zwischen neun und zehn Uhr abends gewesen sein.«

»David hat den 9-Uhr-20-Zug nach London noch erreicht«, versetzte Lynn eifrig.

»Woher willst du das wissen, Lynn?«

»Weil ich ihn zufällig traf, als er zum Bahnhof rannte.«

»Und woher weißt du, daß er den Zug noch erreichte?«

»Weil er mich später von London aus angerufen hat.«

»Was hat der Kerl dich anzurufen?« grollte Rowley. »Das paßt mir nicht, Lynn, ich sage dir –«

»Ach, reg dich nicht auf, Rowley, es hat nicht das geringste zu bedeuten. Es beweist aber, daß er den Zug noch erwischt hat.«

»Er hatte übergenug Zeit, den Mord zu begehen und dann zum Bahnhof zu laufen.«

»Unmöglich, wenn Arden nach neun Uhr ermordet worden ist.«

»Vielleicht wurde er kurz vor neun Uhr ermordet.«

Rowleys Stimme klang nicht mehr ganz so sicher. Seine Theorie war erschüttert worden.

Lynn schloß die Augen. Entsprach Rowleys Verdacht der Wahrheit? War David vom »Hirschen« hergerannt gekommen, ein Mörder, der vom Tatort floh, als er sie küßte? Seine sonderbar euphorische Stimmung fiel ihr ein, die verhaltene Erregung, in der er sich befunden hatte. War dies die Nachwirkung eines Mordes gewesen? Und war es David Hunter zuzutrauen, daß er einen Menschen ermordet, der ihm nie ein Leid zugefügt hatte? Nur, weil er zwischen Rosaleen und einem großen Vermögen stand?

»Warum hätte David Hunter Underhay ermorden sollen?« murmelte sie, aber es klang wenig überzeugend.

»Wie kannst du nur fragen, Lynn! Ich habe dir doch eben erklärt, daß wir Onkel Gordons Geld bekommen, wenn sich beweisen läßt, daß Underhay noch lebt oder jedenfalls zur Zeit der Eheschließung von Rosaleen und Gordon Cloade noch gelebt hat. Außerdem versuchte Underhay, David zu erpressen.«

Das ist etwas anderes, dachte Lynn. Mit einem Erpresser würde David nicht viel Federlesens machen. Es ließ sich vorstellen, daß er, in Wut gebracht, zuschlug. Und die Erregung nach der Tat, der kurze Atem, seine hastige, fast ärgerliche Zärtlichkeit ihr gegenüber und später dann die Bemerkung: »Ich mache mich besser aus dem Staub.« Ja, es paßte alles zusammen.

»Was ist dir, Lynn? Fühlst du dich nicht wohl?«

Wie aus weiter Ferne drang Rowleys Stimme an ihr Ohr.

»Was soll mit mir sein? Nichts.«

»Dann mach kein so bedrücktes Gesicht. Stell dir vor, jetzt können wir wenigstens ein paar Maschinen anschaffen, die uns eine Menge Arbeit ersparen. Es wird ein ganz anderer Zug in den Betrieb kommen. Du sollst es schön haben, Lynn . . .«

Er sprach von ihrem zukünftigen Heim, von dem Haus, in dem sie mit ihm leben würde . . .

Und an einem Morgen zu früher Stunde würde David Hunter am Galgen . . .

21

Mit blassem Gesicht, äußerste Wachsamkeit in den Augen, hielt David seine Schwester bei den Schultern gepackt.

»Es wird alles gutgehen, Rosaleen, du mußt mir glauben. Du darfst nur nicht den Kopf verlieren und mußt genau das sagen, was ich mit dir besprochen habe.«

»Aber was mache ich, wenn sie dich von mir wegholen? Du hast selbst gesagt, das könnte geschehen. Was mache ich dann?«

»Es ist eine Möglichkeit, die ich erwähnt habe, aber selbst wenn es geschieht, wird es nicht für lange Zeit sein. Nicht, wenn du meine Instruktionen befolgst.«

»Ich werde alles so machen, wie du es sagst, David.«

»Das ist vernünftig. Du brauchst nichts weiter zu tun, Rosaleen, als bei deiner Aussage zu bleiben, daß der Tote nicht Robert Underhay ist.«

»Sie werden mir Dinge in den Mund legen, die ich gar nicht gesagt oder nicht gemeint habe.«

»Nein, das tut niemand. Hab keine Angst.«

»Ach, wir sind selbst schuld, David. Es war nicht recht, das Geld zu nehmen. Es stand uns nicht zu. Ich liege Nächte hindurch wach und grüble darüber nach. Man darf nichts nehmen, was einem nicht zukommt. Gott straft uns für unsere Sünden.«

Sie war am Ende ihrer Kraft. David musterte seine Schwester prüfend. Ihr Gewissen hatte sie nie ganz zur Ruhe kommen lassen. Und nun drohte sie völlig zusammenzubrechen. Es gab nur eine einzige Möglichkeit, sie vor einer Dummheit zu bewahren.

»Rosaleen«, sagte er mit ernster Stimme, »willst du mich am Galgen hängen sehen?«

»Um Himmels willen, David . . .« Ihre Augen wurden groß vor Entsetzen. »Das können sie nicht tun . . .«

»Nicht, wenn du vernünftig bist. Du bist der einzige Mensch, der mich an den Galgen bringen kann. Vergiß das nie. Wenn du auch nur ein einziges Mal durch einen Blick, eine Bewegung oder eine Antwort zugibst, daß der Tote vielleicht Robert Underhay sein könnte, legst du die Schlinge um meinen Hals. Begreifst du das?«

Sie hatte es begriffen. Mit vor Angst erstickter Stimme flüsterte sie:

»Aber ich bin so dumm, David.«

»Du bist nicht dumm, Rosaleen. Du brauchst nur ruhig zu bleiben und zu schwören, daß der Tote nicht Robert Underhay ist. Wirst du das können?«

Sie nickte.

»Sicher, David, sicher kann ich das.«

»So ist's recht. Und wenn alles vorbei ist, fahren wir weg. Nach Südfrankreich oder nach Amerika. Bis es soweit ist, achte auf deine Gesundheit. Lieg nicht wach in der Nacht und zermartere dich nicht mit Vorwürfen und dummen Gedanken. Nimm die Pulver, die Dr. Cloade dir verordnet hat. Nimm jeden Abend vor dem Zubettgehen eines. Dann wirst du schlafen können. Und denke immer daran, daß uns eine wunderbare Zeit bevorsteht.«

Er sah sich in dem prachtvollen Raum um. Schönheit, Bequemlichkeit, Reichtum . . . Er hatte es genossen. Ein herrliches Haus, dieses Furrowbank. Wer weiß, vielleicht war dies sein Abschied vom guten Leben . . .

133

Er hatte sich selbst hineingeritten. Es war nicht mehr zu ändern, und er bedauerte es nicht einmal. Man mußte das Leben nehmen, wie es war, und die Gelegenheiten, die sich einem boten, beim Schopfe packen. Wie hieß es bei Shakespeare? »Wir müssen das Gefäll des Stromes nutzen, wo nicht, verlieren wir des Zufalls Gunst.« Er würde des Zufalls Gunst auch in Zukunft stets nutzen.

Er schaute zu Rosaleen hinüber. Ihre Augen hingen in banger, stummer Frage an ihm. Er wußte, was ihr am Herzen lag. »Ich habe ihn nicht ermordet, Rosaleen«, sagte er weich. »Ich schwöre es dir bei allen Heiligen in deinem Kalender.«

22

Das offizielle Verhör der Voruntersuchung hatte begonnen. Der Coroner, Mr. Pebmarsh, blinzelte hinter seinen Brillengläsern und war offensichtlich von der Wichtigkeit seiner Person zutiefst überzeugt.

Neben ihm saß breit und behäbig Inspektor Spence. Etwas abseits saß ein untersetzter, dunkelhaariger, fremdländisch anmutender Herr mit gepflegtem schwarzem Schnurrbart. Weiter waren die Cloades zugegen. Jeremy Cloade mit Frau, Lionel Cloade mit Frau, Rowley Cloade, Mrs. Marchmont, Lynn – sie saßen alle beieinander. Etwas entfernt hatte sich Major Porter niedergelassen. Er machte den Eindruck eines Menschen, dem nicht ganz wohl ist in seiner Haut. David und Rosaleen betraten den Raum als letzte. Sie suchten ihre Plätze abseits von den anderen.

Mr. Pebmarsh räusperte sich achtunggebietend und musterte ernst die neun Geschworenen, alles ehrenwerte Bürger der Gegend. Dann begannen die Verhöre.

Dr. Lionel Cloade wurde als erster aufgerufen.

»Sie befanden sich in Ausübung Ihrer beruflichen Tätigkeit im ›Hirschen‹, als Gladys Aitkin sich an Sie wendete. Was sagte sie?«

»Sie sagte, daß der Herr aus Nummer 5 tot am Boden läge.«
»Worauf Sie sich in Zimmer Nummer 5 hinaufbegaben?«
»Jawohl.«
»Beschreiben Sie, was Sie dort vorfanden.«
Dr. Cloade kam der Aufforderung nach. Leiche eines Mannes auf dem Boden ... Verletzungen am Kopf ... Schädeldecke eingeschlagen ... Feuerzange ...
»Und Sie waren der Meinung, daß die Verletzungen von Schlägen mit der Feuerzange stammten?«
»Einige rührten ohne Zweifel von der Feuerzange her.«
»Der Mann war tot?«
»Daran konnte kein Zweifel bestehen.«
»Was können Sie über den Zeitpunkt seines Todes sagen?«
»Ich möchte mich nicht auf einen allzu genauen Zeitpunkt festlegen. Es waren mindestens elf Stunden, möglicherweise aber auch dreizehn oder vierzehn Stunden seither vergangen. Der Tod muß zwischen halb acht und halb elf des vorangegangenen Abends eingetreten sein.«
Als nächster wurde der Gerichtsmediziner um seine Meinung befragt. Der Mord sei mit brutaler Wildheit ausgeführt worden, erklärte er, doch sei nicht unbedingt große Körperkraft dazu nötig gewesen, da als Schlaginstrument die Feuerzange gedient habe. Der schwere eiserne Knauf mache die Feuerzange, mit beiden Händen an der Zangenseite gepackt, zu einer gefährlichen Waffe. Selbst eine Person von mittlerer Körperkraft könne, angetrieben von einem plötzlichen Wutausbruch, wuchtige Schläge damit austeilen.
Beatrice Lippincott schilderte das Eintreffen des Fremden im »Hirschen«. Er habe sich als Enoch Arden aus Kapstadt eingetragen.
»Händigte der Gast Ihnen seine Lebensmittelkarte aus?«
»Nein.«
»Fragten Sie ihn danach?«
»Nicht gleich. Ich wußte ja nicht, wie lange er zu bleiben beabsichtigte.«
»Aber später fragten Sie ihn danach?«
»Ja. Er kam am Freitag an, und am Sonnabend sagte ich ihm,

falls er länger als fünf Tage bliebe, müßte ich ihn um seine Lebensmittelkarte bitten.«

»Und was antwortete er darauf?«

»Er sagte, er würde sie mir geben.«

»Aber er gab sie Ihnen nicht?«

»Nein. Er würde sie heraussuchen und mir geben, sagte er.«

»Haben Sie am Sonnabend abend eine Unterhaltung zwischen dem Fremden und einer anderen Person mit angehört?«

Mit wortreichen Erklärungen der absoluten Notwendigkeit, zu der bewußten Zeit in Zimmer Nummer 4 die Wäsche gewechselt haben zu müssen, begründete Beatrice Lippincott mit leicht geröteten Wangen ihre Anwesenheit im Nebenzimmer und erging sich dann in einer nicht minder wortreichen Wiederholung der bewußten Unterhaltung.

»Erwähnten Sie das Gespräch zwischen den beiden Männern einem Dritten gegenüber?«

»Ja, ich weihte Mr. Rowley Cloade ein.«

Einer der Geschworenen hatte eine Frage.

»Erwähnte der Ermordete in dem Gespräch irgendwann einmal, daß er selbst Robert Underhay sei?«

»Nein . . . nein, das habe ich nicht gehört.«

»Er sprach also von Robert Underhay, als ob dieser Robert Underhay ein anderer sei?«

»Ja, so war es.«

»Danke, ich wollte mir über diesen Punkt nur Klarheit verschaffen.«

Beatrice Lippincott wurde in Gnade aus dem Zeugenstand entlassen, und Rowley Cloade trat an ihre Stelle.

Er bestätigte, daß Beatrice Lippincott ihm von der Unterhaltung zwischen den beiden Männern berichtet hatte. Dann schilderte er seine eigene Unterredung mit dem Ermordeten.

»Seine letzten Worte zu Ihnen waren also: ›Ohne meine Mithilfe werden Sie kaum jemals einen Beweis liefern können‹, und das bezog sich auf einen Beweis dafür, daß Robert Underhay noch am Leben sei?«

Mr. Pebmarsh blickte Rowley streng an.

»Jawohl, das waren seine Worte. Und er lachte dazu.«

»Um welche Zeit verließen Sie Mr. Arden?«

»Es muß ungefähr fünf Minuten vor neun gewesen sein.«

»Woher wissen Sie die Zeit so genau?«

»Als ich den ›Hirschen‹ verließ und am Haus entlangging, hörte ich durchs Fenster gerade den Glockenton, der immer vor den Nachrichten durchgegeben wird.«

»Erwähnte Mr. Arden, zu welcher Zeit er den anderen Besucher erwartete?«

»Nein, er sprach nur vom gleichen Abend.«

»Ein Name fiel nicht?«

»Nein.«

Als nächster wurde David Hunter aufgerufen. Alle Köpfe reckten sich, als der trotzig dreinblickende junge Mann den Zeugenstand betrat.

Die stets gleichen Fragen nach Name, Stand, Alter und Wohnort waren schnell beantwortet.

»Sie suchten den Ermordeten am Sonnabend abend auf?«

»Ja. Er wandte sich brieflich an mich, behauptete, daß er meinen verstorbenen Schwager in Afrika gekannt habe, und bat um Unterstützung.«

»Haben Sie diesen Brief bei sich?«

»Ich habe ihn überhaupt nicht mehr. Ich hebe niemals Briefe auf.«

»Sie haben Beatrice Lippincotts Schilderung Ihres Gesprächs mit dem Fremden gehört. Entspricht diese Wiedergabe der Wahrheit?«

»Absolut nicht. Der Fremde behauptete, meinen verstorbenen Schwager gekannt zu haben, klagte im übrigen über sein Pech und bat um eine Unterstützung, die er – das sagen sie ja alle – ganz bestimmt zurückzahlen werde.«

»Teilte er Ihnen mit, daß Robert Underhay noch am Leben sei?«

David lächelte.

»Im Gegenteil. Er sagte: ›Wenn Robert noch am Leben wäre, würde er mir helfen. Das weiß ich genau.‹«

»Ihre Wiedergabe unterscheidet sich aber wesentlich von Miss Lippincotts Schilderung des Gesprächs.«

»Lauscher fangen gewöhnlich nur einen Teil des Gesprächs auf, verstehen dann nicht recht, worum es geht, und füllen die Lücken mit Produkten der eigenen blühenden Phantasie.«

»Das ist doch . . .«, fuhr Beatrice wütend auf, doch der Coroner ließ sie nicht zu Wort kommen.

»Ruhe im Saal!« donnerte er.

»Suchten Sie den Fremden am Dienstag abend noch mal auf, Mr. Hunter?« ging das Verhör weiter.

»Nein.«

»Sie haben gehört, daß Mr. Rowley Cloade ausgesagt hat, Mr. Arden habe noch einen Besucher erwartet.«

»Sehr gut möglich, aber ich war dieser Besucher nicht. Ich hatte ihm schon eine Fünfernote gegeben und fand, damit sei die Sache erledigt. Schließlich hatte ich nicht einmal einen Beweis dafür, daß er meinen Schwager Underhay überhaupt gekannt hat. Seit meine Schwester das Vermögen ihres zweiten Gatten geerbt hat, ist sie die Zielscheibe sämtlicher Bittsteller dieser Gegend gewesen.«

Mit vielsagender Langsamkeit ließ er seinen Blick über die versammelten Cloades wandern.

»Wo befanden Sie sich am Dienstag abend, Mr. Hunter?«

»Finden Sie es heraus, wenn Sie es wissen wollen«, war die patzige Antwort.

»Mr. Hunter!« Der Coroner klopfte auf den Tisch. »Wenn Sie diese Haltung einnehmen, so lassen Sie sich gesagt sein, daß Sie unter Umständen sehr bald vor einem Gericht stehen werden, dem Sie Antwort zu erteilen gesetzlich verpflichtet sind.«

Ärgerlich griff Mr. Pebmarsh nach dem Feuerzeug vor sich.

»Kennen Sie das?« fragte er barsch.

David beugte sich vor und nahm das Feuerzeug entgegen. Er betrachtete es einen Augenblick verwirrt und gab es dann wieder zurück.

»Es gehört mir«, gab er zu.

»Wo und wann hatten Sie es zuletzt?«

»Ich vermißte es –«

Er stutzte mitten im Satz.

»Ja?« drängte der Richter.

»Am Freitag benutzte ich es zum letzten Mal, soweit ich mich erinnere. Freitag morgen. Seither habe ich es nicht mehr in Händen gehabt.«

Major Porter war der nächste. Mit steifen Beinen stelzte er vor und stellte sich mit durchgedrückter Brust in Positur, durch und durch eine soldatische Erscheinung. Nur die Art, wie er wiederholt die Lippen mit der Zunge befeuchtete, verriet seine Nervosität.

Den Beginn der Einvernahme machte wie jedesmal die Frage nach den Personalien.

»Wo und wann lernten Sie Robert Underhay kennen?«

Major Porter bellte seine Antwort in militärischer Knappheit heraus.

»Sie haben die Leiche in Augenschein genommen?«

»Jawohl.«

»Sind Sie imstande, die Leiche zu identifizieren?«

»Jawohl. Der Tote ist Robert Underhay.«

Ein Raunen ging durch den Saal.

»Sie hegen nicht den geringsten Zweifel an dieser Tatsache?«

»Nicht den geringsten Zweifel«, echote der Major.

»Ein Irrtum ist ausgeschlossen?«

»Ausgeschlossen.«

»Danke, Major Porter. Und nun Mrs. Gordon Cloade, bitte.«

Rosaleen erhob sich. Als der Major und sie aneinander vorbeigingen, würdigte sie ihn keines Blickes, während er sie neugierig betrachtete.

»Sie haben in Gegenwart von Inspektor Spence die Leiche in Augenschein genommen, Mrs. Cloade?«

»Ja.«

Ein Schauder rannte über Rosaleens Körper.

»Sie erklärten, der Mann sei Ihnen unbekannt.«

»Ja.«

»Hegen Sie nach Major Porters eben gemachter Aussage den Wunsch, Ihre Erklärung zu berichtigen oder zurückzuziehen?«

»Nein.«

»Sie bleiben dabei, daß es sich bei dem Toten nicht um Ihren ersten Mann, Robert Underhay, handelt?«

»Es war nicht mein Mann. Es war ein völlig Fremder.«

»Aber wie ist das möglich, wo Major Porter in dem Toten seinen Freund Robert Underhay erkannt hat?«

»Major Porter irrt sich«, erwiderte Rosaleen ruhig und ohne jede sichtbare Gemütsbewegung.

»Sie stehen nicht unter Eid, Mrs. Cloade, aber voraussichtlich werden Sie binnen kurzem vor einem anderen Gerichtshof unter Eid aussagen müssen. Sind Sie bereit zu schwören, daß es sich bei dem Ermordeten um einen Ihnen gänzlich unbekannten Mann und nicht um Ihren ersten Gatten handelt?«

»Ich bin bereit zu beschwören, daß es nicht die Leiche meines ersten Gatten, sondern die eines mir völlig unbekannten Mannes ist«, bestätigte Rosaleen ausdruckslos.

Sie sprach klar und ohne zu zögern. Ihre Augen wichen dem Blick des Coroners nicht aus.

Mr. Pebmarsh nahm die Brille von der Nase. Er hieß Rosaleen, sich wieder zu setzen, und wandte sich den Geschworenen zu.

Über die Todesart des Mannes bestand kein Zweifel. Es war weder Selbstmord noch Unfall. Hier liegt glatter Mord vor. Umstritten war nur noch die Person des Toten. Ein Mann von untadeligem Charakter und tadellosem Ruf, ein Mann, auf dessen Wort man sich verlassen konnte, hatte erklärt, es handle sich um Robert Underhay. Andrerseits hatten die Behörden seinerzeit den Tod Robert Underhays als genügend bewiesen erachtet und nicht gezögert, sein Hinscheiden in die amtlichen Bücher einzutragen. Im Widerspruch zu Major Porters Aussage behauptet die Witwe Robert Underhays, die jetzige Mrs. Gordon Cloade, daß der Tote ein Fremder und nicht ihr erster Ehemann sei. Aussage stand also gegen Aussage. Abgesehen von der Frage der Identität des Mannes würde es den Geschworenen nun obliegen, darüber zu entscheiden, wer als Täter in Betracht kam. Man dürfe sich nicht von gefühlsmäßigen Eindrücken beeinflussen lassen, erklärte Pebmarsh. Zu einer Anklageerhebung gehörten Indizien der Täterschaft, Motive und Nachweis der Gelegenheit zur Vollbringung der Tat. Falls sich weder durch Zeugenaussagen noch andere Hinweise die Schuld einer bestimmten Person erhärten ließ, müßte man zu dem Schluß kommen: Mord, begangen von einem Unbekannten. Ein so lautendes Verdikt überließ es der Polizei, den Täter aufzuspüren.

Nach erfolgter Belehrung zogen sich die Geschworenen zur Beratung zurück.

Sie brauchten nur eine Dreiviertelstunde.

Ihr Spruch lautete: Anklage gegen David Hunter wegen vorsätzlichen Mordes.

23

Nach der Verhandlung trafen sich Inspektor Spence und Hercule Poirot.

»Ich weiß nicht, was ich von diesem Hunter halten soll«, gestand der Inspektor. »Ich habe schon häufig mit Leuten seines Schlags zu tun gehabt. Sind sie schuldig, benehmen sie sich so, daß man jeden Eid auf ihre Unschuld schwören möchte, und haben sie ein reines Gewissen, führen sie sich auf, als seien sie das verkörperte Verbrechen.«

»Sie halten ihn für schuldig?« erkundigte sich Poirot.

»Sie nicht?« fragte Spence.

»Ich wüßte gern, was Sie gegen ihn in der Hand haben«, gab der Belgier zurück.

»Indizien meinen Sie, die einer gerichtlichen Untersuchung standhalten?«

Poirot nickte.

»Das Feuerzeug zum Beispiel.«

»Wo wurde es gefunden?«

»Unter dem Toten.«

»Fingerabdrücke.«

»Keine.«

»Ah«, machte Poirot.

»Ja, das gefällt mir auch nicht«, gestand Spence.

»Außerdem war die Uhr des Toten um zehn Minuten nach neun stehengeblieben. Das stimmt mit den Aussagen der Ärzte hinsichtlich der Todeszeit überein. Dazu kommt Rowley Cloades Erklärung, Arden habe noch Besuch erwartet.«

Poirot nickte.

»Ja, es fügt sich alles sehr schön zueinander.«

»Was mir nicht aus dem Kopf will, Monsieur Poirot, ist, daß Hunter – und seine Schwester – die einzigen sind, die ein Motiv haben. Es gibt nur zwei Möglichkeiten: Entweder hat David Hunter diesen Underhay ermordet, oder die Tat ist von jemandem begangen worden, der ihm hierher gefolgt ist und ihm auflauerte aus einem Grund, von dem wir nichts ahnen. Aber diese zweite Möglichkeit erscheint mir sehr weit hergeholt.«

»Das ist auch meine Meinung.«

»Wer in Warmsley Vale sollte irgendeinen Groll gegen Robert Underhay hegen? Nur David Hunter und seine Schwester kannten ihn überhaupt. Es sei denn, es gibt jemanden in der Nachbarschaft, der mit Underhay in Verbindung stand. Das wäre ein Zufall, und völlig darf man auch Zufälle nicht ausschließen. Doch bis jetzt hat sich nicht die kleinste Andeutung für das Bestehen solcher Beziehungen entdecken lassen. Für die Familie Cloade mußte dieser Underhay ein mit aller erdenklicher Rücksicht zu behandelnder Zeuge sein. Der lebende Underhay bedeutete für die Cloades ein Riesenvermögen.«

»Ich bin ganz Ihrer Meinung, *mon ami*«, versicherte Poirot. »Die Familie Cloade braucht Robert Underhay, den lebenden Robert Underhay.«

»Was die Aussage von Beatrice Lippincott betrifft, so kann man sich, meiner Meinung nach, darauf verlassen«, fuhr der Inspektor fort. »Sie hat vermutlich dieses und jenes dazugedichtet, aber im großen und ganzen wird die Unterhaltung zwischen den beiden Männern so verlaufen sein, wie sie es gehört zu haben behauptet. Schließlich wußte sie doch von den erwähnten Dingen nichts. Wie soll sie sich das alles ausgedacht haben? Nein, ich traue eher ihrer Aussage als der David Hunters.«

»Auch in diesem Punkt gebe ich Ihnen recht.«

»Außerdem haben wir eine Bestätigung für Beatrice Lippincotts Behauptung. Was meinen Sie, weshalb Hunter und seine Schwester so schnell nach London fuhren, nachdem der Fremde im Dorf aufgetaucht war?«

»Das ist eine der Fragen, die mich am meisten interessieren.«

»Die finanzielle Lage Mrs. Cloades ist so, daß sie das Kapital ihres verstorbenen Mannes nicht anrühren darf, nur die Nutznießung des Kapitals steht ihr zu, darüber hinaus höchstens tausend Pfund oder so. Aber sie hat viel Schmuck, wertvollen Schmuck. Und das erste, was sie nach ihrer Ankunft in London tat, war, in die Bond Street laufen und ihre Juwelen verkaufen. Sie brauchte also schnell eine größere Summe Geld. Mit anderen Worten: Sie mußte einem Erpresser den Mund stopfen.«

»Und Sie betrachten diese Tatsache als Beweis?« fragte Poirot.

»Natürlich. Sie etwa nicht?«

»Nein.« Poirot schüttelte den Kopf. »Eine Erpressung lag offensichtlich vor. Den Beweis dafür sehe ich als erbracht an. Aber der Vorsatz, einen Mord zu begehen? Nein, *mon ami*. Sie können entweder das eine annehmen oder das andere. Beides zusammen widerspricht sich. Entweder war der junge Mann bereit, dem Erpresser das verlangte Geld zu zahlen, oder er faßte den Entschluß, den Mann unschädlich zu machen. Ihre Nachforschungen haben den Beweis dafür geliefert, daß er zu zahlen bereit war.«

»Das stimmt, aber vielleicht hat er seine Absicht geändert.«

Poirot zuckte zweifelnd die Achseln.

»Sie nehmen großes Interesse an diesem Fall, Monsieur Poirot«, meinte der Inspektor. »Darf ich fragen, wieso?«

»Ehrlich gesagt –« Hercule Poirot streckte seine Arme in

einer etwas pathetischen Geste aus – »weiß ich das selbst nicht so genau. Sie erinnern sich, daß ich Ihnen erzählte, wie ich in einem Club zufällig anwesend war, als Major Porter die Cloades und diesen Robert Underhay erwähnte?«

Spence nickte.

»Damals dachte ich: eine interessante Situation. Wer weiß, ob daraus nicht eines Tages etwas entsteht.«

»Und das Unerwartete ist eingetroffen, wie?« fügte der Inspektor hinzu.

»Nein, das Erwartete«, verbesserte Poirot ihn.

»Haben Sie denn einen Mord erwartet?« forschte Spence ungläubig.

»Nein, nein, natürlich keinen Mord«, wehrte Poirot ab. »Aber nehmen Sie die Tatsachen: Eine Frau heiratet zum zweiten Mal. Die Möglichkeit besteht, daß der erste Mann noch lebt. Und *voilà* – er lebt. Die Möglichkeit besteht, daß er eines Tages auftaucht. *Voilà* – er taucht auf. Die Möglichkeit besteht, daß eine Epressung versucht wird. *Voilà* – die Erpressung findet statt. Die Möglichkeit besteht, daß man den Erpresser zum Schweigen bringen möchte. Und *voilà* – er wird umgebracht.«

»Tja«, meinte Spence zweifelnd. »Das sieht doch alles nach dem Schema-F-Mordfall aus. Erpressung, aus der sich ein Mord ergibt.«

»Und Sie finden das nicht interessant?« erkundigte sich Poirot. »Solange es sich wirklich nur um den gewöhnlichen Schema-F-Mordfall handelt, haben Sie recht. Aber in diesem Fall liegen die Dinge anders, und das macht die Sache so überaus interessant. Nichts stimmt bei diesem Mord.«

»Nichts stimmt? Was meinen Sie damit?«

»Wie soll ich mich ausdrücken?« Poirot suchte nach Worten. »Das Muster ist falsch, es ist verzerrt.«

»Das müssen Sie mir erklären«, sagte Spence geradeheraus. »Da komme ich nicht mit.«

»Nun, nehmen wir einmal den Toten. Es fängt schon mit ihm an, denn mit ihm stimmt etwas nicht.«

Spence machte ein zweifelndes Gesicht.

»Haben Sie denn nicht auch das Gefühl, daß mit dem Mann etwas nicht in Ordnung war?« fragte Poirot. »Aber machen wir weiter. Möglich, daß ich die Dinge in einem eigenen Licht sehe. Underhay taucht im ›Hirschen‹ auf. Er schreibt einen Brief an Hunter. Hunter erhält diesen Brief am nächsten Morgen beim Frühstück. Und was ist seine unmittelbare Reaktion? Er schickt seine Schwester Hals über Kopf nach London.«

»Dabei kann ich nichts weiter finden«, meinte Spence. »Hunter schickte seine Schwester weg, um sie aus dem Weg zu haben und allein mit Underhay verhandeln zu können.«

»Schön, lassen wir sein Motiv für dieses plötzliche Wegschicken der Schwester aus dem Spiel. Hunter sucht Enoch Arden auf, und aus dem Bericht Beatrice Lippincotts über das belauschte Gespräch wissen wir eindeutig, daß David Hunter nicht sicher war, ob der Mann, mit dem er sprach, Robert Underhay war oder nicht. Er *vermutete* es, *wußte* es aber nicht.«

»Sie finden es sonderbar«, hakte Inspektor Spence ein, »daß dieser Enoch Arden nicht rundheraus sagte: ›Ich bin Robert Underhay‹, ja? Aber auch das läßt sich erklären. Wenn anständige Leute sich dazu verleiten lassen, ein krummes Ding zu drehen, verzichten sie gern darauf, ihren richtigen Namen zu nennen. Das ist die menschliche Natur.«

»Die menschliche Natur, jawohl«, wiederholte Poirot. »Das ist wahrscheinlich die beste Antwort auf die Frage, was mich an diesem Fall so interessiert. Ich habe mir während der Verhandlung die Anwesenden in Ruhe betrachtet. Nehmen wir zum Beispiel die Cloades. Da saßen sie alle beisammen, eine Familie, verbunden durch die gleichen Interessen und doch so grundverschieden in ihren Charakteren, Gedanken und Lebensauffassungen. Und sie alle verließen sich jahraus, jahrein auf den starken Mann, auf Gordon Cloade. Sie klammerten sich an ihn. Und was geschieht, Inspektor Spence, wenn die Eiche, um die sich der Efeu gerankt hat, plötzlich gefällt wird?«

»Die Frage schlägt nicht in mein Fach«, wehrte der Inspektor lächelnd ab.

»Ich glaube doch. Charakter, *mon ami,* ist nichts Feststehendes, Unwandelbares. Ein Charakter kann erstarken, aber auch schwach werden. Wie der Charakter eines Menschen in Wahrheit beschaffen ist, tritt erst zutage, wenn eine Prüfung an ihn herantritt. Wenn ein Mensch auf sich selbst gestellt ist, dann erweist sich erst, ob er stark oder schwach ist.«

»Ich weiß nicht recht, worauf Sie hinauswollen.« Spence sah etwas verwirrt drein. »Die Cloades machen alle einen guten Eindruck auf mich. Es ist eine anständige Familie, und Sie werden sehen, wenn der Prozeß erst vorbei ist, werden sie alle tadellos dastehen.«

»Wir haben immer noch Mrs. Gordon Cloades Aussage«, fuhr Poirot fort. »Schließlich ist anzunehmen, daß eine Frau ihren eigenen Mann erkennt, wenn sie ihn sieht.«

Er blinzelte zu dem ihn überragenden Inspektor auf.

»Wenn ein Millionenvermögen auf dem Spiel steht, lohnt sich's vielleicht für eine Frau, ihren Mann nicht zu erkennen«, gab Spence zurück. »Und außerdem – wenn der Mann nicht Robert Underhay war, warum wurde er dann ermordet?«

»Das ist eben die große Frage«, murmelte Hercule Poirot.

24

Als Poirot am Abend dieses Tages in den »Hirschen« zurückkehrte, blies ein scharfer Ostwind. Fröstelnd betrat der Detektiv die – wie stets – verlassen und öde daliegende Halle.

Er stieß die Tür zum Salon auf, aber das nur noch glimmende Feuer im Kamin und der unangenehme Geruch erkalteter Zigarrenasche waren wenig verlockend.

Poirot durchschritt die Halle und öffnete die Tür mit der Aufschrift: »Nur für Gäste.« Hier knisterte ein behagliches Feuer im Kamin, aber in einem der Sessel hatte sich eine alte Dame von achtunggebietendem Umfang niedergelassen, und der empörte Blick, den sie dem Eindringling zuwarf, war so durchdringend, daß Poirot sich nur widerstrebend näherte.

»Dieser Salon ist für die Gäste des Hotels reserviert«, belehrte sie ihn mit zürnender Stimme.

»Ich gehöre zu den Gästen des Hotels«, klärte Poirot sie höflich auf.

Die alte Dame überdachte das Gehörte einen Augenblick, bevor sie ihre Attacke wiederaufnahm.

»Sie sind ein Ausländer«, war ihre nächste, keineswegs freundliche Feststellung.

»Jawohl.«

»Meiner Meinung nach sollten sie alle zurückgehen«, trompetete die alte Dame.

»Zurückgehen? Wohin?« erkundigte sich Poirot verständnislos.

»Dorthin, woher sie gekommen sind.«

Und mit etwas gedämpfter Stimme und verächtlich heruntergezogenen Mundwinkeln fügte sie hinzu:

»Ausländer!«

»Das dürfte schwer sein.«

Poirot behielt seinen zurückhaltend höflichen Ton bei.

»Unsinn«, wies die alte Dame ihn zurecht. »Dafür haben wir schließlich den Krieg geführt. Dafür haben wir gekämpft, daß jeder wieder dahin zurückgeht, wohin er gehört, und dort bleibt.«

Poirot verzichtete auf eine Diskussion über dieses heißumstrittene Thema. Er hatte längst festgestellt, daß jeder eine andere Auffassung darüber hatte, »wofür der Krieg ausgefochten« worden war.

Ein Weilchen herrschte ziemlich feindselig anmutendes Schweigen.

»Ich weiß nicht, wozu das alles noch führen soll«, nahm nach einiger Zeit die alte Dame das Gespräch wieder auf. »Ich komme jedes Jahr für einen Monat her. Mein Mann starb hier vor sechzehn Jahren. Er liegt hier begraben. Und sooft ich komme, ist es schlimmer bestellt um dieses Hotel. Das Essen ist bald ungenießbar. Wiener Schnitzel! Daß ich nicht lache. Schnitzel! Das hat es früher nicht gegeben, solchen Firlefanz. Rumpsteak oder Filetsteak, aber nicht gehacktes Pferdefleisch!«

Poirot nickte in betrübtem Einverständnis.

Die alte Dame hüstelte und überließ sich dann mit ungezügelter Energie ihrem Ärger, froh, in Poirot einen Zuhörer gefunden zu haben.

»Und wie die Frauen heutzutage rumlaufen! In Hosen! Du lieber Himmel, sie würden darauf verzichten, könnten sie sich von hinten sehen. Und wie sie sich gebärden, es ist eine Schande. Laufen jedem Mannsbild nach, das sie nur von weitem sehen. Keine Röcke mehr, wie sich's gehört, kein ordentliches Benehmen mehr. Und was tragen sie auf dem Kopf? Keinen Hut, Gott bewahre, nein, irgendein buntes Stück Tuch wickeln sie sich um ihr gefärbtes Haar. Dazu schmieren sie sich Schminke ins Gesicht und lackieren sich nicht nur die Fingernägel, sondern auch noch die Fußnägel. Pfui Teufel! Als ich jung war, führte man sich anders auf.«

Poirot musterte die erzürnte, grauhaarige alte Dame verstohlen. Es schien ihm unvorstellbar, daß sie einmal jung gewesen sein sollte.

»Steckte doch neulich eines von diesen frechen Dingern den Kopf da zur Tür herein. Einen orangenen Schal um den Kopf geschlungen, Hosen an und das Gesicht ein einziger Farbfleck von Rouge und Puder. Ich hab ihr einen Blick zugeworfen! Nur einen Blick! Aber sie hat sofort verstanden und ist verschwunden.«

Ein Schnauben der Entrüstung wurde eingeschaltet. Dann ging es weiter.

»Sie gehörte nicht zu den Gästen des Hotels. Diese Sorte wohnt zum Glück noch nicht hier. Was hatte sie dann im Zimmer eines Mannes zu suchen, frage ich Sie? Widerlich ist das, jawohl. Ich habe mich bei der Lippincott beschwert, aber die ist nicht viel besser als der Rest. Die läuft eine Meile weit, wenn es um ein Mannsbild geht.«

Ein Anflug von Interesse erwachte in Poirot.

»Sie kam aus dem Zimmer eines Mannes?« erkundigte er sich.

Die alte Dame spann nur zu gern ihr Lieblingsthema weiter.

»Aus dem Zimmer eines Mannes, jawohl. Ich habe es mit meinen eigenen Augen gesehen. Aus Nummer 5.«

»Wann war das, Madame? Ich meine, an welchem Tag?«

»Am Tag, bevor die Geschichte mit dem Mord hier das Unterste zuoberst kehrte. Ich begreife nicht, wie so etwas in einem anständigen Hotel geschehen kann.«

»Und um welche Tageszeit war es?« forschte Poirot behutsam weiter.

»Tageszeit? Abend war es. Spät am Abend obendrein. Nach zehn Uhr. Ich bin meiner Sache ganz sicher, denn ich gehe jeden Abend um Viertel nach zehn zu Bett. Und an jenem Abend, gerade wie ich die Treppe hinaufgehe, kommt dieses Frauenzimmer aus Nummer 5 heraus, ohne sich im geringsten zu schämen. Starrt mich an, dreht sich dann um und unterhält sich mit dem Mann bei offener Tür.«

»Sie haben ihn gesehen oder sprechen gehört?«

»Gesehen nicht, aber gehört. ›Mach, daß du wegkommst, ich hab genug von dir.‹ Das hat er gesagt. Eine schöne Art, mit Frauen umzugehen, ist das, aber diese Sorte will ja nichts anderes.«

»Und Sie haben diese Beobachtung nicht der Polizei mitgeteilt?« fragte Poirot mit leisem Vorwurf.

Ächzend erhob sich die alte Dame. Poirot mit einem stählernen Blick abgrundtiefer Verachtung bedenkend, sagte sie:

»Ich habe noch nie etwas mit der Polizei zu tun gehabt. Ich und die Polizei!«

Zitternd vor Empörung, das Haupt stolz erhoben, verließ sie den Salon.

Poirot überließ sich ein Weilchen seinen Gedanken, bevor er sich aufmachte, um Beatrice Lippincott zu suchen.

»Sie meinen die alte Mrs. Leadbetter«, antwortete sie auf seine Frage nach der alten Dame. »Sie kommt jedes Jahr her. Ganz unter uns: Sie ist eine Plage. Sie stößt die anderen Gä-

ste manchmal schrecklich vor den Kopf mit ihrer rücksichts-
losen Kritik. Und sie will einfach nicht einsehen, daß sich die
Zeiten, und damit die Moden, geändert haben. Sie ist an die
achtzig, da kann man natürlich auch nicht mehr viel Einsicht
verlangen.«

»Aber sie ist noch bei klarem Verstand?«

»Klarer als einem manchmal lieb ist«, erwiderte Beatrice lachend.

»Wissen Sie, wer die junge Dame gewesen sein könnte, die
den Ermordeten am Dienstag abend besucht hat?«

Beatrice sah ihn verständnislos an.

»Ich hatte keine Ahnung, daß Mr. Arden überhaupt Besuch
von einer Dame bekommen hat. Wie sah sie aus?«

»Sie hatte einen orangefarbenen Turban um den Kopf geschlungen, trug Hosen und war ziemlich stark geschminkt,
wenn ich recht unterrichtet bin. Sie muß am Dienstag abend
um Viertel nach zehn bei Arden im Zimmer gewesen sein.«

»Ich habe wirklich keine Ahnung, Mr. Poirot.«

Hercule Poirot machte sich auf den Weg zu Inspektor
Spence, den er von der neuen Entdeckung unterrichtete.

»*Cherchez la femme*«, sagte Spence. »Immer das gleiche.«

Er holte den Lippenstift hervor, der in Zimmer Nummer 5
gefunden worden war.

»Es sieht also doch so aus, als ob ein Außenseiter mit der Sache zu tun hat«, meinte er. »Dieser abendliche Besuch einer
Frau schaltet David Hunter als Täter aus.«

»Wieso?« erkundigte sich Poirot.

»Der junge Mann hat sich endlich bequemt, über seinen
Aufenthalt am fraglichen Tag Rechenschaft abzulegen«, erwiderte Spence. »Hier ist sein Bericht.«

Er reichte Poirot ein Blatt Papier.

Verließ London um 4 Uhr 16 mit dem Zug nach Warmsley Heath,
hieß es da. *Ging über den Fußpfad nach Furrowbank.*

Er sei noch mal hergekommen, um ein paar Sachen, die er in
Furrowbank vergessen hatte, zu holen«, warf der Inspektor
erklärend ein. »Ein paar Briefe, sein Scheckbuch und etwas
Wäsche.«

Verließ Furrowbank um 7 Uhr 52, bin dann spazierengegangen, da ich den 7-Uhr-20-Zug verpaßt hatte und der nächste Zug erst um 9 Uhr 20 ging.

»Welche Richtung schlug er bei seinem Spaziergang ein?« fragte Poirot.

Der Inspektor zog seine Notizen zu Rate und beschrieb dann die von David Hunter angegebene Route.

»Als er oben am Hügelkamm entlangspazierte, kam ihm zu Bewußtsein, daß er sich nun beeilen müsse, wollte er den späten Zug nicht auch noch verfehlen. Er rannte zum Bahnhof, erwischte den Zug gerade noch und kam um 10 Uhr 45 in London an. Um elf Uhr war er in seiner Londoner Wohnung, was von Mrs. Cloade bestätigt wird.«

»Und welche Bestätigung haben Sie für den Rest seiner Angaben?«

»Herzlich wenig. Rowley Cloade und einige andere sahen ihn in Warmsley Heath ankommen. Das Personal von Furrowbank hatte Ausgang. Er hatte natürlich seinen eigenen Schlüssel. Es sah ihn dort niemand, aber die Mädchen entdeckten später anscheinend einen Zigarettenstummel in der Bibliothek und fanden auch im Wäscheschrank eine unerklärliche Unordnung vor. Einer der Gärtner arbeitete noch spät im Garten und sah ihn von weitem. Und oben beim Wäldchen traf ihn Miss Marchmont, als er zum Bahnhof hinunterrannte.«

»Hat jemand ihn beim Einsteigen in den Zug gesehen?«

»Nein, aber er rief kurz nach seiner Ankunft in London von dort aus Miss Marchmont an. Um fünf Minuten nach elf.«

»Sie haben den Anruf kontrolliert?«

»Ja. Vier Minuten nach elf Uhr wurde Warmsley Vale Nummer 36 – das ist die Nummer der Marchmonts – von London aus verlangt.«

»Sehr interessant«, murmelte Poirot.

Spence hielt sich weiter an sein Notizbuch und ging methodisch alle Angaben durch.

»Rowley Cloade verließ Arden fünf Minuten vor neun. Zehn Minuten nach neun sieht Miss Marchmont David Hunter am Waldrand oben. Selbst wenn wir annehmen, daß er den ganzen Weg vom ›Hirschen‹ bis zum Waldrand hinauf gerannt ist, kann er nicht genügend Zeit gehabt haben, sich mit Arden zu streiten, ihn zu ermorden und dann noch zum Waldrand hinaufzulaufen. Aber abgesehen davon, stehen wir jetzt sowieso wieder am Anfang unserer Untersuchungen. Denn durch die Aussage der alten Dame wissen wir, daß Arden um zehn nach zehn noch am Leben war. Entweder wurde der Mord von der Frau mit dem orangenen Schal, die den Lippenstift verlor, begangen, oder es ist ein uns noch Unbekannter bei Arden eingedrungen, nachdem die Frau ihn verlassen hatte. Wer es auch gewesen sein mag, er hat jedenfalls die Zeiger der Armbanduhr absichtlich zurückgestellt auf zehn Minuten nach neun.«

»Eine Tatsache, die für David Hunter außerordentlich belastend geworden wäre, hätte er nicht das Glück gehabt, auf dem Weg zum Bahnhof Lynn Marchmont zu treffen. Andere Zeugen hätte er nicht gehabt«, warf Poirot ein.

»Woran denken Sie, Monsieur Poirot?« fragte Spence, von seinen Notizen aufblickend.

»Eine Begegnung am Waldrand ... später ein Telefonanruf ... und Lynn Marchmont ist mit Rowley Cloade verlobt ... Ich gäbe viel darum, wüßte ich, was in diesem Telefongespräch gesagt wurde.«

25

Obwohl es spät geworden war, beschloß Hercule Poirot, noch einen Besuch zu machen.

Er lenkte seine Schritte Jeremy Cloades Haus zu.

Das Mädchen führte ihn in das Arbeitszimmer des Hausherrn.

Allein gelassen, blickte Poirot sich um. Auf dem Schreibtisch stand ein großes Bild Gordon Cloades. Daneben befand sich eine bereits etwas verblaßte Fotografie Lord Edward Trentons zu Pferde. Poirot studierte gerade Lord Trentons Gesichtszüge, als Jeremy Cloade das Zimmer betrat.

»Verzeihung.«

Poirot stellte das Bild zurück.

»Der Vater meiner Frau«, erklärte Jeremy Cloade, nicht ohne leisen Stolz in der Stimme. »Aber womit kann ich Ihnen dienen?«

Er deutete auf einen Sessel, und Poirot nahm Platz.

»Ich wollte Sie fragen, Mr. Cloade, ob Sie ganz sicher sind, daß Ihr Bruder kein Testament hinterlassen hat?«

»Ich halte es für ausgeschlossen, Monsieur Poirot. Man hat nichts gefunden. Gordon pflegte alle wichtigen Papiere in seinem Büro aufzubewahren, und dort ist alles genau untersucht worden. Das Wohnhaus selbst ist ja beinahe ganz zerstört worden beim Angriff.«

»Aber es könnte immerhin möglich sein, daß sich in den Trümmern noch etwas findet. Man sollte Nachforschungen anstellen. Ich würde es begrüßen, wenn Sie mich ermächtigten, die erforderlichen Schritte zu unternehmen, Mr. Cloade.«

»Natürlich, natürlich«, beeilte sich Jeremy Cloade zu versichern. »Sehr freundlich von Ihnen, sich dieser Aufgabe unterziehen zu wollen. Nur fürchte ich, Ihre Mühe wird von keinem Erfolg gekrönt sein. Aber immerhin . . . Sie beabsichtigen also, nach London zurückzukehren?«

Poirots Lider senkten sich über die Augen, bis diese nur noch schmale Schlitze waren. Ein sonderbarer Eifer hatte in Jeremy Cloades Stimme mitgeschwungen. Schon während einer kurzen Unterhaltung mit Rowley Cloade war ihm aufgefallen, daß es der Familie Cloade anscheinend nicht recht war, daß er, Poirot, sich noch immer in Warmsley Vale aufhielt. Sie hatten ihn gerufen, doch jetzt wünschten sie ihn offensichtlich so schnell wie möglich wieder weg. Was steckte dahinter?

Bevor er auf Jeremys Frage antworten konnte, öffnete sich die Tür, und Frances Cloade trat ein.

Zwei Dinge fielen Poirot sofort auf. Erstens, daß Frances

Cloade schlecht aussah, und zweitens, daß sie ihrem Vater sehr ähnelte.

»Monsieur Poirot stattet uns einen Besuch ab, meine Liebe«, teilte Jeremy Cloade völlig überflüssigerweise mit.

Er berichtete seiner Frau von Poirots Plan, in London nach einem eventuell doch vorhandenen Testament zu forschen.

»Ich halte jede Suche für aussichtslos«, meinte Frances.

»Wenn ich recht unterrichtet bin, war Major Porter dem Luftschutz in dieser Gegend Londons zugeteilt«, warf Poirot ein.

Ein sonderbarer Ausdruck trat in Mrs. Cloades Augen.

»Wer ist eigentlich dieser Major Porter?« erkundigte sie sich.

»Ein pensionierter Offizier.«

»War er wirklich in Afrika?«

Poirot warf ihr einen verwunderten Blick zu.

»Natürlich, Madame. Wieso sollte er nicht dort gewesen sein?«

»Ach, nur so«, erwiderte Frances Cloade geistesabwesend, »Jeremy, ich habe mir überlegt, daß Rosaleen Cloade sich furchtbar einsam in Furrowbank fühlen muß. Hast du etwas dagegen, daß ich sie auffordere, zu uns zu ziehen?«

»Bist du der Meinung, daß das ratsam wäre?« meinte Jeremy zweifelnd.

»Ratsam? Mein Gott, ich weiß nicht. Aber sie ist ein so hilfloses Geschöpf. Man muß ihr doch beistehen.«

Ruhig erwiderte der Anwalt.

»Wenn es dich glücklicher macht, meine Liebe.«

»Glücklicher!« entfuhr es Frances.

»Ich werde mich jetzt verabschieden.«

Hercule Poirot erhob sich.

»Sie fahren jetzt gleich nach London zurück?« fragte Frances, ihn in die Halle begleitend.

»Morgen. Aber nur für vierundzwanzig Stunden, dann kehre ich hierher – in den ›Hirschen‹ – zurück, wo Sie mich jederzeit finden können, Madame, falls Sie mich brauchen.«

»Wieso sollte ich Sie brauchen?« kam es scharf von Frances' Lippen.

Poirot antwortete nicht auf die Frage. Er wiederholte nur:

»Sie finden mich im ›Hirschen‹.«

Später in der Nacht sagte Frances Cloade zu ihrem Mann:
»Was sollen wir nur tun, Jeremy? Was sollen wir nur tun?«

Es verging ein Weilchen, bevor Jeremy Cloade leise entgegnete:

»Es gibt nur einen Ausweg, Frances.«

26

Versehen mit der Vollmacht Jeremy Cloades hatte Poirot in London alle Auskünfte erhalten, an denen ihm lag. Sie ließen wenig Hoffnung. Das Haus, in dem Gordon Cloade umgekommen war, lag in Trümmern. Außer Mrs. Cloade und David Hunter hatte keiner der Bewohner den Bombenangriff überlebt. Drei Dienstboten hatten sich außer der Familie im Haus befunden: Frederick Game, Elisabeth Game und Eileen Corrigan. Alle drei waren auf der Stelle tot gewesen. Gordon Cloade wurde noch lebend geborgen, starb aber auf dem Weg ins Krankenhaus, ohne das Bewußtsein wiedererlangt zu haben. Poirot notierte sich die Namen und Adressen je eines nahen Verwandten der drei Dienstboten.

»Möglich, daß sich auf diesem Weg der Hinweis finden läßt, nach dem ich suche.«

Der Beamte, an den Poirot sich gewandt hatte, schüttelte zweifelnd den Kopf. Das Ehepaar Games stammte aus Dorset, Eileen Corrigan kam aus Irland.

Poirots nächstes Ziel war Major Porters Wohnung.

Doch als er um die Ecke der Edge ·Street bog, bemerkte er voller Bestürzung einen postenstehenden Polizisten vor dem Haus, welches das Ziel seiner Schritte war.

Der Polizist hinderte Poirot am Eintreten.

»Nichts zu machen, Sir.«

»Was ist denn passiert?«

»Sie wohnen doch nicht hier?« fragte der Polizist statt einer Antwort. »Wen wollen Sie denn besuchen?«

»Major Porter.«

»Sind Sie ein Verwandter oder Freund des Majors?«

»Nein, kein Verwandter, und als ein Freund würde ich mich auch nicht gerade bezeichnen. Aber was sollen diese Fragen?«

»Der Major hat sich erschossen, soviel ich weiß. Ah, da ist der Inspektor.«

Die Tür hatte sich geöffnet; zwei Herren betraten die Straße. Der eine mußte der Inspektor des zuständigen Bezirks sein, im anderen erkannte Poirot Sergeant Graves von Warmsley Vale. Graves erkannte Poirot ebenfalls und machte ihn mit dem zuständigen Inspektor bekannt.

Zu dritt gingen sie ins Haus zurück.

»Sie haben uns in Warmsley Vale angerufen, und Inspektor Spence hat mich hergeschickt«, erklärte Graves.

»Selbstmord?«

»Ja. Ziemlich klarer Fall. Hat sich wohl die Gerichtsverhandlung und das ganze Drum und Dran zu sehr zu Herzen genommen. Außerdem soll er in finanziellen Schwierigkeiten gewesen sein. Na, wie's so ist. Eines kommt zum anderen. Mit seinem eigenen Armeerevolver hat er sich erschossen.«

»Ist es erlaubt hinaufzugehen?« fragte Poirot.

»Wenn Ihnen daran liegt. Führen Sie Monsieur Poirot hinauf, Sergeant«, ordnete der Inspektor an.

Graves ging die Treppe voran zu dem im ersten Stock gelegenen Zimmer.

»Vor ein paar Stunden muß es passiert sein«, berichtete er. »Niemand hat's gehört. Die Vermieterin war gerade einkaufen.«

Poirot sah nachdenklich auf die stumme Gestalt im Sessel.

»Können Sie sich erklären, wieso er das getan hat?« forschte Graves respektvoll.

Poirot erwiderte geistesabwesend:

»Ja, natürlich. Er hatte einen guten Grund. Da liegt die Schwierigkeit nicht.«

Der Meisterdetektiv trat an einen Schreibtisch, dessen Rolldeckel offen war. Er war tadellos aufgeräumt. In der Mitte stand ein Tintenlöscher, davor ein Schälchen mit einem Federhalter und zwei Bleistiften. Rechts lag ein Schächtelchen mit Büroklammern und ein Markenheft. Alles war am Platz und wie es sich gehörte. Ein ordentliches Leben und ein ordentlicher Tod. Natürlich – das war es! Etwas fehlte.

Zu Graves gewandt, fragte Poirot:

»Hinterließ er keinen Brief? Kein Blatt Papier mit ein paar Zeilen?«

Graves schüttelte den Kopf. »Wir haben nichts gefunden. Wäre eigentlich zu erwarten gewesen von einem Mann wie dem Major.«

»Sonderbar. Sehr sonderbar«, murmelte Poirot.

27

Es war bereits acht Uhr vorbei, als Poirot wieder im »Hirschen« eintraf. Er fand eine Botschaft von Frances Cloade vor, in der sie ihn bat, sie aufzusuchen. Er machte sich sogleich auf den Weg.

Frances Cloade empfing ihren Besucher im Salon.

»Sie haben mir prophezeit, daß ich Sie brauchen würde, Monsieur Poirot, und Sie haben recht behalten. Es gibt etwas, was ich jemandem anvertrauen muß, und ich glaube, Sie sind die am ehesten geeignete Persönlichkeit, meine Geschichte zu hören.«

»Es ist stets leichter, Madame, sich jemandem anzuvertrauen, der mehr oder weniger ahnt, worum es geht.«

»Sie wissen, worüber ich reden will?«

Poirot nickte langsam.

»Und seit wann?«

»Seit ich die Fotografie Ihres Herrn Vater gesehen habe. Sie sehen sich sehr ähnlich. Ihre Verwandtschaft ist offenkundig. Und diese Familienähnlichkeit fand sich ebenso stark bei dem Fremden, der im ›Hirschen‹ ein Zimmer nahm und sich als Enoch Arden ins Fremdenbuch eintrug.«

Frances stieß einen bedrückten Seufzer aus.

»Sie haben es erraten. Obwohl der arme Charles einen Bart trug. Er war ein Vetter zweiten Grades von mir, Monsieur Poirot. Sehr nahe haben wir uns nie gestanden. Er war das schwarze Schaf der Familie. Und ich bin schuld an seinem Tod.«

Sie verfiel für einen Augenblick in Schweigen. Poirot drängte sanft:

»Wollen Sie mir nicht erzählen?«

Frances riß sich zusammen.

»Ja, es muß sein. Wir brauchten furchtbar dringend Geld. Damit begann alles. Mein Mann befindet sich in Schwierigkeiten, in sehr schlimmen Schwierigkeiten. Wir fürchteten, es könnte zu einer Verhaftung kommen. Aber eines möchte ich von vornherein klarmachen, Monsieur Poirot. Der Plan stammte von mir. Ich dachte ihn mir aus, und ich führte ihn durch. Meinem Mann wäre das alles viel zu riskant gewesen. Aber ich will der Reihe nach berichten.

Zuerst wandte ich mich an Rosaleen Cloade wegen eines Darlehens. Ich weiß nicht, ob sie es nicht gegeben hätte, aber ihr Bruder trat dazwischen. Er war an jenem Morgen besonders schlechter Laune und benahm sich ausfallender als gewöhnlich. Ausgesprochen frech, um es deutlich zu sagen. Und als mir später die Möglichkeit dieses Planes in den Sinn kam, hatte ich keine Bedenken, ihn auszuführen.

Ich überlegte, daß Zweifel am Tod Robert Underhays bestanden und daß man mit diesem Zweifel vielleicht etwas anfangen könnte. Mein Vetter Charles war mal wieder im Lande. Er war so ziemlich am Ende, hatte sogar im Gefängnis gesessen, glaube ich. Ich machte ihm meinen Vorschlag. Es war Erpressung, nichts anderes. Aber wir dachten, es würde uns gelingen. Schlimmstenfalls, überlegten wir, würde David Hunter eben nicht die verlangte Summe zahlen. Daß er zur Polizei gehen könnte, hielten wir für ausgeschlossen. Leute seines Schlages halten wenig von der Polizei und wollen lieber nichts mit ihr zu tun haben.

Es lief alles gut. Besser, als wir gehofft hatten. David kroch ihm auf den Leim. Charles gab sich natürlich nicht direkt als Robert Underhay aus. Rosaleen hätte ihn ja jeden Moment entlarven können. Aber als sie zu unserem Glück nach London fuhr, wagte Charles es, ein bißchen deutlicher zu werden und die Möglichkeit anzudeuten, er sei vielleicht selbst Robert Underhay. Wie gesagt: David ging auf die Erpressung ein. Er versprach, am Dienstag abend mit dem Geld zu kommen. Statt dessen . . .«

Ihre Stimme brach zitternd ab.

»Wir hätten uns klarmachen müssen, daß David ein gefährlicher Mensch ist. Hätte ich nicht diese unglückselige Idee gehabt, wäre Charles noch am Leben. Nun ist er tot . . . ermordet, und ich bin schuld.«

»Immerhin packten Sie eine weitere Gelegenheit beim Schopf, die Komödie bis zum Ende zu führen. Sie überredeten Major Porter, Ihren Vetter als Robert Underhay zu ›erkennen‹.«

Frances fuhr heftig auf.

»Ich schwöre Ihnen, damit habe ich nichts zu tun. Niemand war erstaunter als ich . . . was heißt: erstaunter! Aus allen Wolken fielen wir, als Major Porter öffentlich erklärte, Charles – mein Vetter Charles! – sei Robert Underhay. Ich begriff es einfach nicht. Ich begreife es immer noch nicht.«

»Aber jemand muß Major Porter aufgesucht und überredet haben. Jemand hat ihn bestochen, den Toten als Robert Underhay zu identifizieren. Wissen Sie übrigens, daß Major Porter sich heute nachmittag erschossen hat?«

»Nein!« Frances fuhr zurück, die Augen weit aufgerissen vor Entsetzen. »Nein! O Gott!«

»Leider ist es so, Madame. Major Porter war im Grunde ein anständiger Mensch. Er befand sich in finanziellen Schwierigkeiten, und als die Versuchung an ihn herantrat, war er, wie so viele, zu schwach, ihr zu widerstehen. Wie wenig wohl er sich bei seiner Aussage vor Gericht fühlte, war ihm anzumerken. So weit hatte er sich bringen lassen. Doch nun sah die Situation anders aus. Ein Mensch war des Mordes angeklagt. Und von seiner Aussage über die Identität des Ermordeten hing vielleicht das Schicksal des Angeklagten ab.

Er kehrte heim in seine Wohnung und schlug den Ausweg ein, der ihm als einziger möglich schien.«

Frances erhob sich und trat ans Fenster.

»Da stehen wir also wieder am Anfang«, meinte sie langsam.

28

Inspektor Spence wiederholte am folgenden Morgen beinahe wörtlich Frances Cloades Ausspruch:

»Da wären wir also wieder da, wo wir angefangen haben. Wir müssen herausfinden, wer dieser Enoch Arden in Wirklichkeit war.«

»Das kann ich Ihnen sagen, Inspektor«, meinte Poirot. »Sein richtiger Name war Charles Trenton.«

Der Inspektor blickte überrascht auf.

»Trenton? Einer von den Trentons? Warten Sie . . .«

Er dachte angestrengt nach und schien in seiner Erinnerung zu kramen.

»Ja, Charles Trenton. Er hatte allerhand auf dem Kerbholz. Zechpreller und Schuldenmacher.«

»Wie steht es mit Ihrer Anklage gegen David Hunter?« erkundigte sich Poirot.

»Wir werden ihn wohl laufenlassen müssen«, bekannte der Inspektor. »Es ist erwiesen, daß eine Frau nach zehn Uhr bei Arden war. Wir haben nicht nur die Aussage dieses alten Drachens im ›Hirschen‹, wir haben die Bestätigung von Jimmy Pierce. Er hatte im ›Hirschen‹ ein paar Gläser getrunken und machte sich kurz nach zehn Uhr auf den Heimweg. Er hatte eine Frau aus dem ›Hirschen‹ kommen und zur Telefonzelle gegenüber gehen sehen. Es sei niemand gewesen, den er kannte, sagte er, vermutlich ein Hotelgast, habe er sich gedacht. Ein Frauenzimmer sei es gewesen, das waren seine Worte.«

»Sah er sie aus der Nähe?«

»Er stand auf der anderen Straßenseite«, gab der Inspektor Auskunft. »Wer zum Teufel war diese Frau, Monsieur Poirot?«

»Konnte dieser Jimmy Pierce etwas über die Kleidung der Fremden aussagen?«

»Ja, seine Schilderung deckt sich mit der der alten Dame. Stark geschminkt, einen orangenen Schal um den Kopf und lange Hosen.«

Ein Weilchen herrschte Schweigen zwischen den beiden Männern. Hercule Poirot unterbrach es als erster.

»Es gibt noch mehr ungelöste Fragen in diesem Fall«, sagte er bedächtig. »Wieso läßt David Hunter sich so leicht erpressen? Es entspricht nicht seinem Charakter, gleich die Flinte ins Korn zu werfen. Dann haben wir da Rosaleen Cloade, deren Benehmen völlig unverständlich ist. Wovor hat sie solche Angst? Wieso befürchtet sie, sie sei in Gefahr, jetzt, wo ihr Bruder sie nicht mehr beschützen kann? Irgend etwas muß ihr diese Furcht eingeflößt haben. Sie zittert nicht um das Vermögen Gordon Cloades, nein, sie zittert um ihr Leben.«

»Lieber Himmel, Monsieur Poirot, Sie denken doch nicht etwa, daß –«

»Erinnern wir uns an das, was Sie eben selbst gesagt haben, Inspektor«, mahnte Poirot. »Wir stehen wieder da, wo wir angefangen haben. Genauer gesagt, die Cloades stehen wieder da, wo sie angefangen haben. Robert Underhay starb in Afrika. Und zwischen Gordon Cloades großem Vermögen und den lachenden Erben steht Rosaleen Cloade.«

29

Gemächlich spazierte Hercule Poirot die Hauptstraße entlang, doch strebte er nicht dem »Hirschen« zu, sondern lenkte seine Schritte dem weißen Haus zu, in dem Lynn Marchmont wohnte.

Es war ein herrlicher Tag, ein sommerlicher Frühlingsmorgen mit jener Frische, die dem Hochsommermorgen fehlt.

Poirot bog in den Pfad ein, der zu Mrs. Marchmonts Haus führte. In einem Liegestuhl unter dem mächtigen Apfelbaum im Garten lag Lynn Marchmont.

Sie sprang erschrocken auf, als sie eine höfliche Stimme neben sich »guten Morgen« sagen hörte.

»Oh, haben Sie mich erschreckt, Monsieur Poirot. Sie sind also noch immer hier?«

»Ich bin noch immer hier – allerdings.«

»Bedeutet dies, daß Sie mit dem Gang der Dinge nicht zufrieden sind?« fragte Lynn mit hoffnungsfroher Stimme. »Ich meine, nicht zufrieden damit, daß man David eingesperrt hat?«

»Sie wünschen sich sehr, daß er unschuldig sein möge, nicht wahr?«

Hercule Poirots Stimme klang sanft.

»Ich will nur nicht, daß ein Unschuldiger gehängt wird«, wehrte Lynn ab. »Aber die Polizei ist voreingenommen. Weil er sich trotzig gebärdet, halten sie ihn für schuldig.«

»Sie tun der Polizei unrecht. Die Geschworenen fällten das Urteil: schuldig, also mußte die Polizei David Hunter in Haft nehmen. Aber ich kann Ihnen verraten, daß sie weit davon entfernt sind, sich mit der Lage abzufinden.«

»Sie lassen ihn vielleicht frei?«

Poirot zuckte vielsagend die Achseln.

»Wen verdächtigt man denn, Monsieur Poirot?«

»Man hat eine Frau in der betreffenden Nacht am Tatort gesehen.«

»Ich verstehe überhaupt nichts mehr«, rief Lynn aus. »Als wir glaubten, der Fremde sei Robert Underhay, schien alles so einfach. Warum hat dieser Major Porter denn behauptet, er sei Underhay, wenn er es gar nicht war? Und warum hat er sich erschossen? Wir sind wieder da, wo wir angefangen haben.«

»Sie sind jetzt schon der dritte Mensch, der das sagt«, stellte Poirot fest.

»Ja?« Sie schaute fragend zu dem Detektiv auf. »Was gedenken Sie zu tun, Monsieur Poirot?«

»Ich gedenke, nach Furrowbank hinaufzugehen, und ich möchte Sie auffordern, mich zu begleiten«, erwiderte Poirot, obwohl er sehr gut verstand, daß Lynn ihre Frage anders gemeint hatte.

»Nach Furrowbank? Ich war gestern oben und habe Rosaleen gefragt, ob ich ihr in irgendeiner Beziehung behilflich sein könnte. Sie hat mich angesehen und gesagt: ›Sie! Ausgerechnet Sie!‹ Ich glaube, sie haßt mich.«

»Zeigen Sie sich großmütig und verständnisvoll«, erwiderte Poirot. »Rosaleen Cloade tut mir leid. Ich würde ihr gern helfen. Selbst jetzt noch, wenn sie auf mich hören wollte –«

Mit einem plötzlichen Entschluß richtete er sich auf.

»Kommen Sie, Mademoiselle, gehen wir nach Furrowbank.«

30

Das Dienstmädchen empfing sie mit der Mitteilung, daß Madame noch nicht aufgestanden sei und sie daher nicht wisse, ob sie die Herrschaften zu empfangen wünsche.

Poirot blickte sich in dem Salon um. Er war teuer und gut eingerichtet, doch fehlte dem Raum jegliche persönliche Note.

Rosaleen Cloade hatte offensichtlich in Furrowbank gewohnt, wie ein Fremder in einem guten Hotel wohnt.

»Ob wohl auch die andere –«, murmelte Poirot, aber er vollendete den Satz nicht.

Das Mädchen kam ins Zimmer gerannt, Entsetzen in den Augen, und rief: »O Miss Marchmont, Madame liegt oben . . . es ist schrecklich . . . sie rührt sich nicht, und ich kann sie nicht wachkriegen, und ihre Hände sind so kalt.«

Ohne eine Sekunde zu verlieren, lief Poirot die Treppe hinauf. Lynn und das Mädchen folgten. Oben deutete das Mädchen auf eine der Türen.

Es war ein prachtvoll ausgestattetes Zimmer. Die Sonne schien hell durch die weit offenen Fenster herein und überglänzte die kostbaren pastellfarbenen Teppiche.

In dem großen geschnitzten Bett lag Rosaleen Cloade. Die langen Wimpern hoben sich von den blassen Wangen ab. Sie hielt ein zerknülltes Taschentuch in der Hand und sah aus wie ein trauriges Kind, das sich in den Schlaf geweint hat.

Poirot fühlte ihren Puls. Er sah seine Befürchtungen bestätigt.

»Sie muß im Schlaf gestorben sein«, sagte er leise zu Lynn. »Es scheint schon einige Zeit her zu sein.«

»Was sollen wir nur tun? Was sollen wir nur tun?« jammerte das Mädchen.

»Wer war ihr Arzt?« erkundigte sich Poirot kurz.

»Onkel Lionel«, antwortete Lynn.

»Rufen Sie Dr. Cloade an«, befahl er dem schluchzenden Mädchen, das sofort das Schlafzimmer verließ, um seine Anordnung auszuführen.

Poirot sah sich um. Auf dem Nachttisch lag eine weiße Schachtel mit der Aufschrift: »Allabendlich vor dem Schlafengehen ein Pulver.« Seine Hand vorsichtig mit seinem Taschentuch umwickelt, öffnete er das Schächtelchen. Drei Pulver waren übriggeblieben. Poirot wandte sich dem Schreibtisch zu. Der davorstehende Stuhl war beiseite geschoben, auf der Platte lag ein Bogen Papier, auf dem mit ungeschickter, kindlicher Hand geschrieben stand:

»Ich weiß nicht, was ich tun soll. Ich kann nicht mehr weiter. Ich bin schlecht. Ich muß mich einer Menschenseele anvertrauen, sonst komme ich nie mehr zur Ruhe. Ich wollte nichts Schlechtes tun. Ich habe nicht gewußt, daß es so werden wird. Ich muß es niederschreiben –«

Doch weiter war die Schreiberin nicht gekommen. Die Feder lag noch neben dem Papier, achtlos hingeworfen.

Lynn stand neben dem Bett, als die Tür aufgerissen wurde und David Hunter, atemlos vom schnellen Laufen, ins Zimmer stürzte.

»David! Hat man dich freigelassen? Ich bin so froh –«

164

Er beachtete sie überhaupt nicht, sondern eilte an ihr vorüber zum Bett.

»Rosa! Rosaleen!«

Er berührte die kalte Hand. Dann fuhr er wie ein Wahnsinniger herum und sprühte Lynn aus wutblitzenden Augen an.

»Habt ihr sie ermordet, ja? Habt ihr sie aus dem Weg geschafft? Mich hat man mit einer hinterlistigen, erlogenen Anklage ins Gefängnis gesteckt, um freies Spiel zu haben, und dann habt ihr euch verschworen und Rosaleen ermordet. Mörder!«

»Nein, David!« rief Lynn zitternd. »Wie kannst du das denken. Keiner von uns würde so etwas tun. Niemals.«

»Einer von euch hat sie ermordet, Lynn Marchmont«, fuhr David sie kalt an. »Und du weißt es so genau, wie ich es weiß.«

»Bevor sie sich letzte Nacht zu Bett begab, schrieb sie dies hier«, mischte sich Poirot ruhigen Tones ein und deutete auf den Schreibtisch.

David wandte sich sofort dem Briefbogen zu, aber Poirot warnte ihn noch rechtzeitig, das Papier nicht zu berühren. Die Hände hinter dem Rücken verschränkt, las David die wenigen Zeilen.

»Und wollen Sie vielleicht behaupten, sie hätte Selbstmord begangen?« rief er. »Weshalb hätte Rosaleen Selbstmord begehen sollen?«

Die Stimme, die die Frage beantwortete, gehörte nicht Poirot, sondern – Inspektor Spence.

Der Inspektor stand auf der Schwelle.

»Angenommen, Mrs. Cloade war letzten Dienstag nicht in London, sondern in Warmsley Vale? Angenommen, sie suchte den Mann auf, der versucht hatte, sie zu erpressen? Angenommen, sie ermordete ihn in einem Anfall hysterischer Wut?«

»Meine Schwester war letzten Dienstag in London«, entgegnete David heftig. »Sie befand sich in unserer dortigen Wohnung, als ich um elf Uhr heimkam.«

»Das behaupten Sie, Mr. Hunter«, sagte Spence. »Und ich

nehme an, daß Sie an dieser Geschichte festhalten werden. Aber niemand kann mich zwingen, sie zu glauben. Abgesehen davon« – er deutete auf das Bett –, »ist es zu spät. Der Fall wird nie vor Gericht kommen.«

31

»Er will es nicht zugeben«, sagte Inspektor Spence, »aber ich glaube, er weiß, daß sie den Mord begangen hat.«
Er blickte über seinen Schreibtisch hinweg Poirot an, der ihm gegenüber saß.
»Es ist doch merkwürdig, wie wir immer an seinem Alibi herumrätselten und nie auf den Gedanken kamen, einmal Rosaleen Cloades Angaben zu überprüfen. Dabei haben wir nur David Hunters Aussage, daß seine Schwester sich wirklich am Dienstag abend in ihrer Londoner Wohnung befand. Über sie selbst habe ich mir nie den Kopf zerbrochen. Sie war so ein unbedeutendes Persönchen, wirkte fast ein wenig beschränkt, aber darin liegt wahrscheinlich die Erklärung.«
Poirot verhielt sich still. Der Inspektor fuhr fort:
»Sie muß Arden in einem Anfall hysterischer Wut erschlagen haben. Er vermutete keine Gefahr bei ihrem Besuch. Wie sollte er auch! Aber etwas will mir nicht in den Kopf. Wer hat Major Porter bestochen, eine falsche Aussage zu machen?«
»Ich hätte es wissen müssen. Major Porter selbst hat es mir gesagt«, entgegnete Hercule Poirot.
»Er selbst hat es Ihnen gesagt?«
»Nicht direkt natürlich. Eine Bemerkung von ihm verriet es. Er war sich dessen gar nicht bewußt.«
»Und wer war es?« fragte Spence ungeduldig.
Poirot neigte seinen Kopf etwas zur Seite und sah schräg zu dem Inspektor auf.
»Darf ich Ihnen zwei Fragen stellen, bevor ich Ihnen die gewünschte Antwort gebe?«
»Fragen Sie, was Sie wollen.«

166

»Diese, die wir auf dem Nachttisch neben Rosaleen Cloades Bett fanden; was war es?«

»Die Schlafpulver? Ganz harmloses Zeug. Ein Brompräparat. Sie nahm jede Nacht ein Beutelchen. Es beruhigt die Nerven.«

»Wer hat sie ihr verschrieben?«

»Dr. Cloade, schon vor einiger Zeit.«

»Und hat man den Befund über die Todesursache bereits?«

»Morphium«, erwiderte Spence.

»Und nun kommt meine zweite Frage«, fuhr Hercule Poirot fort. »Sie haben die Telefongespräche nachgeprüft, nicht wahr? Aus dem Appartementhaus, in dem Hunter und seine Schwester in London lebten, wurde Dienstag nacht um elf Uhr ein Gespräch für Lynn Marchmont durchgegeben. Wurde die Londoner Wohnung ebenfalls angerufen?«

»Ja, um zehn Uhr fünfzehn. Der Anruf kam aus Warmsley Vale aus einer öffentlichen Telefonzelle.«

»Aha. Ich danke Ihnen, Inspektor.«

Hercule Poirot erhob sich und schritt zur Tür.

»Halt«, rief ihm der Inspektor nach. »Wie steht es mit der versprochenen Antwort?«

»Gedulden Sie sich noch ein wenig«, bat Poirot höflich. »Ich erwarte noch einen Brief, einen wichtigen Brief. Wenn ich ihn habe, fügt sich das letzte Glied in die Kette. Dann stehe ich Ihnen für alle Auskünfte zur Verfügung.«

32

Lynn trat aus dem Haus und schaute zum Himmel empor. Die Sonne ging eben unter; der Himmel war von einem glasigen Leuchten überzogen. Eine bedrückende Ruhe lag über der Landschaft. Es war die Ruhe vor einem Sturm.

Sie durfte ihren Entschluß nicht mehr länger hinausschieben. Sie mußte Rowley reinen Wein einschenken. Ihm zu schreiben, wäre feige gewesen. Sie war ihm eine offene Aussprache schuldig.

Dies bedeutet den Abschied von meinem bisherigen Leben, sagte Lynn zu sich selbst. Denn das Leben mit David würde einem Spiel gleichen. Sie hatte ihre Wahl getroffen und war doch nicht froh darüber. David heiraten, hieß einem Abenteuer entgegengehen. Und das Abenteuer konnte ebensogut glücklich wie traurig enden. Vor wenigen Stunden hatte David sie angerufen.

»Ich dachte, ich dürfte dich nicht an mich ketten, Lynn. Aber ich war ein Narr. Ich bringe es nicht über mich, von dir wegzugehen. Wir fahren nach London, besorgen uns eine Lizenz und heiraten auf der Stelle. Und Rowley teilen wir die Neuigkeit erst mit, wenn du Mrs. David Hunter bist.«

Aber damit war sie nicht einverstanden gewesen. Sie wollte selbst mit Rowley sprechen, und nun war sie auf dem Weg zu ihm.

Rowley öffnete ihr die Tür und trat erstaunt einen Schritt zurück.

»Lynn! Warum hast du nicht vorher angerufen und gesagt, daß du kommst. Um ein Haar hättest du mich nicht angetroffen.«

»Ich muß mit dir reden, Rowley. Ich werde David Hunter heiraten.«

Sie hatte empörten Protest, Wut, jede nur denkbare heftige Reaktion erwartet, nur nicht die, die sie jetzt erlebte.

Rowley sah sie einen Augenblick stumm an. Dann drehte er sich um und stocherte mit dem Schürhaken die Glut im Kamin auf. Erst dann wandte er sich wieder ihr zu.

»Du heiratest David Hunter? Und warum?«

»Weil ich ihn liebe.«

»Das ist nicht wahr. Du liebst mich.«

»Ich habe dich geliebt, Rowley, bevor ich wegging. Aber vier Jahre sind eine lange Zeit. Und ich habe mich geändert. Nicht nur ich, auch du hast dich geändert.«

»Nein, ich habe mich nicht geändert. Ich bin hier geblieben, habe tagaus, tagein das gleiche Leben geführt. Ein schönes, sicheres Leben ohne Gefahren, wie?«

Die Adern an seiner Stirn schwollen. Langsam stieg ihm das

Blut ins Gesicht, und in seine Augen trat ein Ausdruck zügellosen Zorns.

»Rowley –«

»Sei ruhig. Jetzt rede zur Abwechslung einmal ich. Ich bin um alles gekommen, was mir zugestanden hätte. Ich habe nicht für mein Vaterland kämpfen dürfen; ich habe meinen besten Freund im Krieg verloren, und ich habe mein Mädchen, meine Braut, in der Uniform umherstolzieren sehen, während ich der Tölpel war, der auf seiner Scholle hockte und in dumpfer Ergebenheit seinen Acker pflügte. Mein Leben war die Hölle, Lynn. Und seit du zurück bist, ist es schlimmer als die Hölle, Lynn. Seit ich an jenem Abend bei Tante Kathie euch zwei beobachtet habe, David und dich, wie ihr euch angeschaut habt. Aber merk dir eins: Er soll dich nicht haben. Wenn ich dich nicht haben kann, soll niemand dich haben.«

»Rowley –«

Lynn hatte sich erhoben und ging langsam, Schritt um Schritt, rückwärts zur Tür. Dieser Mann war nicht länger Rowley Cloade. Er war wie ein wildes Tier.

Rowley war neben ihr. Seine Hände schlossen sich um ihre Kehle.

»Ich habe zwei Menschen ermordet«, klang es an ihr Ohr. »Glaubst du, ich werde davor zurückschrecken, einen dritten Mord auf mein Gewissen zu laden?«

Seine Hände umschlossen ihre Kehle fester. Es flimmerte vor Lynns Augen, dann wurde alles schwarz, sie war dem Ersticken nahe . . .

Und da, plötzlich, hustete jemand leise. Ein kurzes, gekünsteltes Husten.

In der Tür stand Hercule Poirot, ein um Entschuldigung bittendes Lächeln spielte um seine Lippen.

»Ich hoffe, ich störe nicht?« sagte er höflich.

Einen Augenblick schien die Atmosphäre zum Zerreißen gespannt. Dann sagte Rowley mit müder Stimme:

»Sie sind im richtigen Augenblick gekommen. Es stand auf Messers Schneide.«

Hercule Poirot zog ein sauberes Taschentuch hervor, tränkte es mit kaltem Wasser und reichte es zusammen mit einer Sicherheitsnadel Lynn.

»Legen Sie sich das um den Hals, Mademoiselle. Es wird den Schmerz gleich lindern.«

Er geleitete sie behutsam zu einem Stuhl.

»Sie haben kochendes Wasser?« fragte er dann Rowley, auf den dampfenden Kessel auf dem Herd deutend. »Ein starker Kaffee täte gut.«

Mechanisch brühte Rowley Kaffee auf.

»Ich glaube, Sie haben nicht begriffen«, sagte er dann langsam. »Ich habe versucht, Lynn zu erwürgen.«

»Tz . . . tz . . . tz . . .«, machte Poirot, als sei er betrübt darüber, Rowley bei einer Geschmacklosigkeit zu ertappen.

Stumm wartete er, bis Rowley mit den Tassen zum Tisch trat. Lynn nippte an ihrem Kaffee. Die Wärme tat gut. Der Schmerz ließ nach.

»Und nun können wir reden. Wenn ich das sage, meine ich: Ich werde reden.«

Hercule Poirot reckte sich zu voller Höhe auf.

»Wieviel wissen Sie?« fragte Rowley. »Wissen Sie, daß ich Charles Trenton getötet habe?«

»Das ist mir seit einiger Zeit bekannt«, gab Poirot zu.

Die Tür wurde aufgerissen. David Hunter stürzte in die Küche. Beim Anblick der drei Menschen blieb er abrupt stehen und sah verdutzt von einem zum andern.

»Was ist mit deinem Hals los, Lynn?«

»Noch eine Tasse«, befahl Hercule Poirot.

Rowley reichte ihm eine. Poirot nahm sie, schenkte Kaffee ein und drückte sie dann dem fassungslosen David in die Hand.

»Setzen Sie sich. Wir werden jetzt gemeinsam Kaffee trinken, und Sie drei werden zuhören, wie Hercule Poirot Ihnen einen Vortrag über Verbrechen hält.

Ich will von den Cloades sprechen. Es ist nur einer von ihnen anwesend, also brauche ich kein Blatt vor den Mund zu nehmen. Die Cloades hatten nie die Möglichkeit, sich über ihre eigene Stärke oder Schwäche klarzuwerden. Bis zu dem Tag, da sie plötzlich auf sich selbst gestellt waren. Über Nacht zwang das Schicksal sie, mit ihren Schwierigkeiten allein fertig zu werden. Ohne auch nur im geringsten darauf vorbereitet zu sein, befanden sie sich in einer unsicheren Situation. Zwischen sie und ihr gewohntes, sicheres Leben, garantiert durch Gordon Cloades großes Vermögen, war Rosaleen Cloade getreten. Rosaleen Cloade war an allem schuld. Rosaleen Cloade war der Schlüssel zu allen Schwierigkeiten, und ich bin überzeugt, daß jeder einzelne von den Cloades einmal den Gedanken hegte: ›Wenn Rosaleen doch tot wäre . . .‹«

Ein Schauer überlief Lynn.

»Haben Sie daran gedacht, Rosaleen Cloade zu töten?« fragte Poirot Rowley, ohne den Ton der Stimme zu verändern.

»Ja«, gab Rowley leise zu. »An dem Tag, als sie mich hier auf der Farm besuchte. Es ging mir durch den Kopf, daß ich sie leicht töten könnte. Ja, der Gedanke kam mir, als ich ihr mit ihrem Feuerzeug Feuer gab für ihre Zigarette.«

»Sie vergaß das Feuerzeug hier, nehme ich an.«

Rowley nickte.

»Ich weiß selbst nicht, wieso ich den Gedanken nicht in die Tat umsetzte«, sagte er nachdenklich.

»Es war nicht die Art Verbrechen, zu der Sie fähig sind. Das ist die Antwort«, entgegnete Poirot. »Den Mann, den Sie ermordeten, töteten Sie in einem Anfall blinder Wut, und Sie hatten nicht die Absicht, ihn zu töten.«

»Mein Gott, woher wissen Sie das?«

»Ich glaube, ich habe Ihre Handlungen ziemlich genau rekonstruiert. Unterbrechen Sie mich, wenn ich mich irre. Nachdem Beatrice Lippincott Ihnen von dem belauschten Gespräch erzählt hatte, gingen Sie zu Ihrem Onkel Jeremy Cloade. Sie wollten seinen fachmännischen Rat. Aber Sie änderten Ihren Plan, ihn zu Rate zu ziehen. Sie erblickten eine Fotografie. Das gab den Ausschlag.«

Rowley nickte.

»Ja, das Bild stand auf dem Schreibtisch. Die Ähnlichkeit fiel mir auf. Und ich begriff, warum mir das Gesicht des Fremden so bekannt vorgekommen war. Ich begriff auch, daß Jeremy und Frances ein dunkles Spiel mit ihrem Verwandten trieben, um hinter dem Rücken der Familie Geld von Rosaleen zu erpressen. Ich sah rot vor Wut. Ich ging geradewegs in den ›Hirschen‹ und sagte dem Burschen auf den Kopf zu, er sei ein Schwindler. Er gab es lachend zu und trumpfte auf, daß er David Hunter richtig habe einschüchtern können. Er käme noch am gleichen Abend, um ihm das Geld zu bringen. Meine eigene Familie hinterging mich. Ich wußte nicht mehr, was ich tat. Er sei ein Schwein, warf ich Trenton an den Kopf und versetzte ihm einen Kinnhaken. Er sackte zusammen und fiel mit dem Hinterkopf auf das Kamingitter. Ich konnte es überhaupt nicht fassen, als ich erkannte, daß er tot war.«

Poirot nickte.

»Und dann?«

»Das Feuerzeug gab den Ausschlag. Es fiel mir aus der Tasche, als ich mich über den Toten beugte, und ich sah die Initialen. D.H. Es war Davids Feuerzeug, nicht Rosaleens. Ich zog den Toten in die Mitte des Zimmers und drehte ihn um, daß er mit dem Gesicht nach unten lag. Dann nahm ich die Feuerzange – die Einzelheiten erspare ich mir lieber. Als ich es hinter mir hatte, rückte ich die Zeiger seiner Uhr auf zehn Minuten nach neun Uhr und drückte das Glas ein.

Dann nahm ich dem Toten die Lebensmittelkarte und alle Papiere aus der Tasche und machte mich aus dem Staube. Mit Beatrices Geschichte von dem Gespräch zwischen dem Fremden und David Hunter, dachte ich, würde sich der Verdacht nur gegen David richten.«

»Danke«, warf David trocken ein.

»Und dann spielten Sie eine kleine Komödie mit mir«, nahm Poirot den Faden des Gesprächs wieder auf. »Sie kamen zu mir und forderten mich auf, einen Zeugen zu suchen, der Robert Underhay gekannt hat. Sie hatten – wie alle Cloades – längst von der Geschichte gehört, die Major Porter seinerzeit im Club zum besten gegeben hatte und deren Zeuge Ihr Onkel Jeremy geworden war. Sie wußten, ich würde mich an Major Porter wenden. Und mit Major Porter hatten Sie bereits eine Unterredung unter vier Augen gehabt. In aller Heimlichkeit natürlich. Aber der Major verriet sich, und ich hätte sofort darauf kommen müssen. Er bot mir eine Zigarette an, als wir ihn gemeinsam aufsuchten, und sagte zu Ihnen: ›Sie rauchen ja nicht.‹ Dabei hatten Sie beide so getan, als hätten Sie sich eben erst kennengelernt.« Poirot lächelte grimmig. »Aber wie dem auch sei, der Major bekam es mit der Angst zu tun und kündigte das Abkommen.«

»Er schrieb mir, er könne es doch nicht tun«, gestand Rowley. »Er schrieb, er würde sich eher erschießen als einen Meineid leisten, wo es um Mord ging. Hätte er nur gewartet. Ich hätte ihm klargemacht, daß wir zu weit gegangen waren, um noch umkehren zu können. Ich suchte ihn auf, aber ich kam zu spät. Es war furchtbar. Mir war zumute, als sei ich nun zum zweifachen Mörder geworden. Wenn er doch nur gewartet hätte . . .«

Rowleys Stimme erstarb.

»Er hinterließ einen Brief?« fragte Poirot. »Haben Sie ihn an sich genommen?«

»Ja. Das Schreiben war an den Staatsanwalt gerichtet. Major Porter berichtigte darin seine Aussage und bezichtigte sich selbst des Meineids. Der Tote sei nicht Robert Underhay. Ich habe den Brief zerrissen und weggeworfen.«

Er holte tief Atem.

»Ich wollte Geld, um Lynn heiraten zu können. Ich wollte Hunter aus dem Weg schaffen. Und dann – ich verstand nichts mehr – wurde die Anklage gegen ihn plötzlich fallengelassen, und es war von einer Frau die Rede.«

»Es war keine Frau«, erklärte Poirot nüchtern.

»Aber die alte Dame im ›Hirschen‹, Monsieur Poirot«, warf Lynn mit heiserer Stimme ein. »Sie hat sie doch mit eigenen Augen gesehen.«

»Die alte Dame sah eine Gestalt in Hosen, mit einem orangenen Schal um den Kopf und einem stark geschminkten Ge-

173

sicht, ein ›Frauenzimmer‹ eben. Und sie hörte eine Männerstimme in Nummer 5 sagen: ›Mach, daß du wegkommst.‹ *Eh
bien,* sie sah einen Mann und sie hörte einen Mann. Die Idee
war genial, Mr. Hunter.«

Poirot wandte sich mit einer kleinen Verbeugung David Hunter zu.

»Was meinen Sie damit?« fragte David argwöhnisch.

»Nun werde ich Ihre Geschichte erzählen«, fuhr Poirot fort.
»Sie kommen so gegen neun Uhr zum ›Hirschen‹, nicht um zu
morden, sondern um zu zahlen. Und Sie finden den Mann,
der Sie erpreßt hatte, tot auf dem Boden liegend vor. Sie haben eine schnelle Auffassungsgabe, Mr. Hunter, und Sie sind
sich sofort im klaren darüber, daß Sie sich in großer Gefahr
befinden. Niemand hat Sie den ›Hirschen‹ betreten sehen.
Die einzige Möglichkeit für Sie ist, so schnell wie möglich
den Tatort zu verlassen, den 9-Uhr-20-Zug nach London zu
erwischen und zu beschwören, daß Sie nicht in Warmsley
Vale waren an diesem Nachmittag. Um den Zug noch zu erwischen, müssen Sie querfeldein laufen. Sie treffen unerwartet
Miss Marchmont, und Sie machen sich klar, als Sie den Rauch
der Lokomotive im Tal sehen, daß Sie den Zug nicht mehr erreichen werden. Sie erzählen Miss Marchmont, es sei erst
neun Uhr fünfzehn, was sie Ihnen glaubt. Sie gehen zurück
nach Furrowbank, kramen in den Sachen Ihrer Schwester,
schlingen sich einen orangenen Schal um den Kopf, benützen
die Schminke Mrs. Cloades und kehren zurück in den ›Hirschen‹, wo Sie sorgsam darauf achten, von der alten Dame gesehen zu werden. Wie die alte Dame die Treppe hinaufsteigt,
kommen Sie aus dem Zimmer Nummer 5, kehren nochmals
um und sagen: ›Mach, daß du wegkommst‹ oder so etwas
Ähnliches. Natürlich denkt die alte Dame, der Bewohner des
Zimmers habe diese Worte gesprochen.«

»Ist das wahr, David?« fragte Lynn ungläubig.

David grinste.

»Und ich habe eine gute Vorstellung als Damenimitator gegeben. Du hättest das Gesicht dieses alten Drachen sehen sollen.«

»Aber wie konntest du um zehn Uhr hier sein und mich um elf Uhr von London aus anrufen?« forschte Lynn weiter.

»Das war sehr einfach«, erklärte Poirot. »Mr. Hunter rief von der öffentlichen Telefonzelle aus seine Schwester in London an und gab ihr genaue Anweisungen. Kurz nach elf Uhr verlangte Mrs. Cloade eine Fernverbindung mit Warmsley Vale. Als die Verbindung hergestellt war, sagte das Fräulein von der Zentrale vermutlich ›London ist da‹ oder ›Sie können sprechen‹, woraufhin Mrs. Cloade den Hörer wieder auflegte. Mr. Hunter achtete genau auf die Zeit und rief Miss Marchmont wenige Minuten später an. Er brauchte nur in das Telefon mit verstellter Stimme zu sagen: ›Sie werden aus London verlangt‹, das genügte, um ein Ferngespräch vorzutäuschen. Eine Unterbrechung von ein oder zwei Minuten in einem Ferngespräch ist heutzutage nichts Auffälliges.«

»Deinem Alibi zuliebe hast du mich also angerufen, David«, sagte Lynn. Ihr Ton war ruhig, aber es schwang etwas darin mit, was David veranlaßte, Lynn prüfend anzusehen.

Mit einer Gebärde der Resignation wandte er sich dann Poirot zu: »Sie haben recht. Ich lief fünf Meilen bis Dasleby und fuhr mit dem Milchzug am Morgen nach London. Beim Morgengrauen schlich ich mich in unsere Wohnung und kam gerade noch rechtzeitig, um das Bett zu zerwühlen und mit Rosaleen Kaffee zu trinken.«

»Die große Schwierigkeit lag in der Frage des Motivs«, fuhr Poirot in seinem Bericht fort. »Sie hatten ein Motiv, Arden zu töten, jeder der Cloades hatte ein Motiv, Rosaleen Cloade zu töten.«

»Sie wurde also ermordet? Es war kein Selbstmord?« fragte David scharf.

»Nein, es war Mord. Und Sie haben sie ermordet, Mr. Hunter.«

»Ich?« fuhr David auf. »Wieso sollte ich meine eigene Schwester ermorden?«

»Weil sie nicht Ihre Schwester war. Ihre Schwester kam bei dem gleichen Bombenangriff um wie ihr Mann Gordon Cloade. Es gab nur zwei Überlebende damals. Sie und das

Stubenmädchen namens Eileen Corrigan. Ich erhielt heute ihr Bild aus Irland.«

Er hielt dem jungen Mann eine Fotografie hin. David ergriff sie, sprang auf und war zur Tür hinaus, bevor einer der Anwesenden recht begriffen hatte, worum es ging.

»Das kann nicht wahr sein!« rief Lynn aus.

»Leider ist es wahr. David Hunter drängte das Stubenmädchen, die Rolle seiner Schwester zu spielen, um so das Cloadesche Vermögen für sich zu retten. Kein Zweifel, daß er ihr schon vorher den Kopf verdreht hatte und überzeugt war, sie zu der Komödie überreden zu können. Er verstand es, mit Frauen umzugehen.«

Poirot machte diese Feststellung sachlich und vermied es, Lynn anzusehen.

»Doch als die Geschichte eine unerwartete Wendung nahm und der Brief des Erpressers kam, wurde Eileen-Rosaleen von Angst gepackt. David schickte Eileen-Rosaleen nach London, als der Fremde auftauchte, weil er nicht riskieren konnte, daß der richtige Underhay die falsche Rosaleen zu Gesicht bekam. Und wie die Situation am schwierigsten wird, beginnt auch das Mädchen durch seine Gewissensbisse gefährlich zu werden. Sie zeigt alle Anzeichen eines Nervenzusammenbruchs. Wer weiß, was daraus werden wird. Außerdem stören ihn ihre Liebesbezeugungen, denn er hat sich inzwischen in Miss Marchmont verliebt. So sieht er als Ausweg nur Eileens Tod. Und er schmuggelt Morphium zwischen die Schlafpulver, die sie auf sein Geheiß allabendlich nimmt. Der Verdacht wird nicht auf ihn fallen, da der Tod seiner Schwester ja den Verlust des Cloadeschen Vermögens für ihn bedeutet. Mangel an Motiv, das war sein Trumpf. Ich habe von Anfang an erklärt, daß das Muster dieses Falles nicht stimmt.«

Die Tür wurde geöffnet, und Inspektor Spence trat ein.

»Wir haben ihn«, sagte er gemütlich. »Alles in Ordnung.«

34

An einem Sonntagmorgen klopfte es an Rowleys Tür. Er öffnete und sah sich Lynn gegenüber.

»Lynn!«

»Darf ich hereinkommen, Rowley?«

Rowley trat etwas zurück, und Lynn ging an ihm vorbei in die Küche. Langsam nahm sie ihren Hut ab und setzte sich.

»Ich bin heimgekommen, Rowley.«

»Was willst du damit sagen?«

»Ich bin heimgekommen. Dies ist mein Heim, hier, wo du bist. Ich war eine Närrin, Rowley. Ich gehöre zu dir.«

»Du weißt nicht, was du sagst, Lynn«, entgegnete Rowley heiser. »Ich habe versucht, dich umzubringen.«

Lynn lächelte.

»Gerade weil du das tatest, kam mir zu Bewußtsein, was für ein dummes Ding ich gewesen war. Ich habe doch immer nur dich haben wollen, Rowley. Aber dann brachte der Krieg uns auseinander, und du erschienst mir so zahm, so langweilig. Ich hatte Angst vor dem eintönigen Leben. Aber als du sagtest, wenn du mich nicht haben könntest, dürfte auch niemand sonst mich haben, da wurde mir klar, daß ich dich und nur dich liebte.«

»Es hat keinen Sinn, Lynn. Du kannst keinen Mann heiraten, der, wenn's gutgeht, ins Gefängnis wandert.«

»Dazu wird es nicht kommen. Die Polizei glaubt, daß Hunter sowohl Arden wie Rosaleen ermordet hat. Aber nach englischem Gesetz kann man nicht zweimal des gleichen Verbrechens angeklagt werden. Sie haben ihn wegen des Mordes an Arden freigelassen. Für ihn ändert sich nichts. Doch solange die Behörden glauben, daß David der Täter ist, suchen sie nach keinem anderen.«

»Aber dieser Hercule Poirot weiß es doch . . .«

»Er sagte dem Inspektor, es sei ein Unfall und kein Mord gewesen, und der Inspektor lachte nur. Nein, Monsieur Poirot wird niemandem etwas sagen, dafür lege ich meine Hand ins Feuer. Er ist ein —«

»Nein«, unterbrach Rowley sie. »Du darfst mich nicht heiraten, es wäre nicht sicher –«

»Möglich . . .« Lynn lächelte. »Aber ich liebe dich nun einmal, Rowley, und außerdem habe ich mir nie sehr viel aus Sicherheit gemacht.«

Agatha Christie

Agatha Mary Clarissa Miller, geboren am 15. September 1890 in Torquay, Devonshire, sollte nach dem Wunsch der Mutter Sängerin werden. 1914 heiratete sie Colonel Archibald Christie und arbeitete während des Krieges als Schwester in einem Lazarett. Hier entstand ihr erster Kriminalroman *Das fehlende Glied in der Kette*. Eine beträchtliche Menge Arsen war aus dem Giftschrank verschwunden – und die junge Agatha spann den Fall aus. Sie fand das unverwechselbare Christie-Krimi-Ambiente.
Gleich in ihrem ersten Werk taucht auch der belgische Detektiv mit den berühmten »kleinen grauen Zellen« auf: Hercule Poirot, der ebenso unsterblich werden sollte wie sein weibliches Pendant, die reizend altjüngferliche, jedoch scharf kombinierende Miss Marple (*Mord im Pfarrhaus*).
Im Lauf ihres Lebens schrieb die »Queen of Crime« 67 Kriminalromane, unzählige Kurzgeschichten, 7 Theaterstücke (darunter *Die Mausefalle*) und ihre Autobiographie.
1956 wurde Agatha Christie mit dem »Order of the British Empire« ausgezeichnet und damit zur »Dame Agatha«. Sie starb am 12. Januar 1976 in Wallingford bei Oxford.

Von Agatha Christie sind erschienen:

Das Agatha Christie Lesebuch
Agatha Christie's Miss Marple
  Ihr Leben und ihre Abenteuer
Agatha Christie's Hercule Poirot
  Sein Leben und seine Abenteuer
Alibi
Alter schützt vor Scharfsinn nicht
Auch Pünktlichkeit kann töten

Auf doppelter Spur
Der ballspielende Hund
Bertrams Hotel
Die besten Crime-Stories
Der blaue Expreß
Blausäure
Das Böse unter der Sonne
  oder Rätsel um Arlena

Die Büchse der Pandora
Der Dienstagabend-Club
Ein diplomatischer Zwischenfall
Dreizehn bei Tisch
Elefanten vergessen nicht
Die ersten Arbeiten des Herkules
Das Eulenhaus
Das fahle Pferd
Fata Morgana
Das fehlende Glied in der Kette
Ein gefährlicher Gegner
Das Geheimnis der Goldmine
Das Geheimnis
   der Schnallenschuhe
Das Geheimnis von Sittaford
Die großen Vier
Das Haus an der Düne
Hercule Poirots größte Trümpfe
Hercule Poirot schläft nie
Hercule Poirots Weihnachten
Karibische Affaire
Die Katze im Taubenschlag
Die Kleptomanin
Das krumme Haus
Kurz vor Mitternacht
Lauter reizende alte Damen
Der letzte Joker
Die letzten Arbeiten des
   Herkules
Der Mann im braunen Anzug
Die Mausefalle und andere Fallen
Die Memoiren des Grafen
Mit offenen Karten
Mörderblumen
Mördergarn
Die mörderische Teerunde
Die Mörder-Maschen
Mord auf dem Golfplatz
Mord im Orientexpreß

Mord im Pfarrhaus
Mord im Spiegel oder
   Dummheit ist gefährlich
Mord in Mesopotamien
Mord nach Maß
Ein Mord wird angekündigt
Die Morde des Herrn ABC
Morphium
Nikotin
Poirot rechnet ab
Rächende Geister
Rotkäppchen und der böse Wolf
Ruhe unsanft
Die Schattenhand
Das Schicksal in Person
Schneewittchen-Party
Ein Schritt ins Leere
16 Uhr 50 ab Paddington
Der seltsame Mr. Quin
Sie kamen nach Bagdad
Das Sterben in Wychwood
Der Tod auf dem Nil
Tod in den Wolken
Der Tod wartet
Der Todeswirbel
Tödlicher Irrtum oder
   Feuerprobe der Unschuld
Die Tote in der Bibliothek
Der Unfall und andere Fälle
Der unheimliche Weg
Das unvollendete Bildnis
Die vergeßliche Mörderin
Vier Frauen und ein Mord
Vorhang
Der Wachsblumenstrauß
Wiedersehen mit Mrs. Oliver
Zehn kleine Negerlein
Zeugin der Anklage